마하뜨마 간디의 도덕 · 정치사상 권3
The Moral And Political Writings Of Mahatma Gandhi

비폭력 저항과 사회 변혁 (하)

비폭력 저항과 사회 변혁 (하)

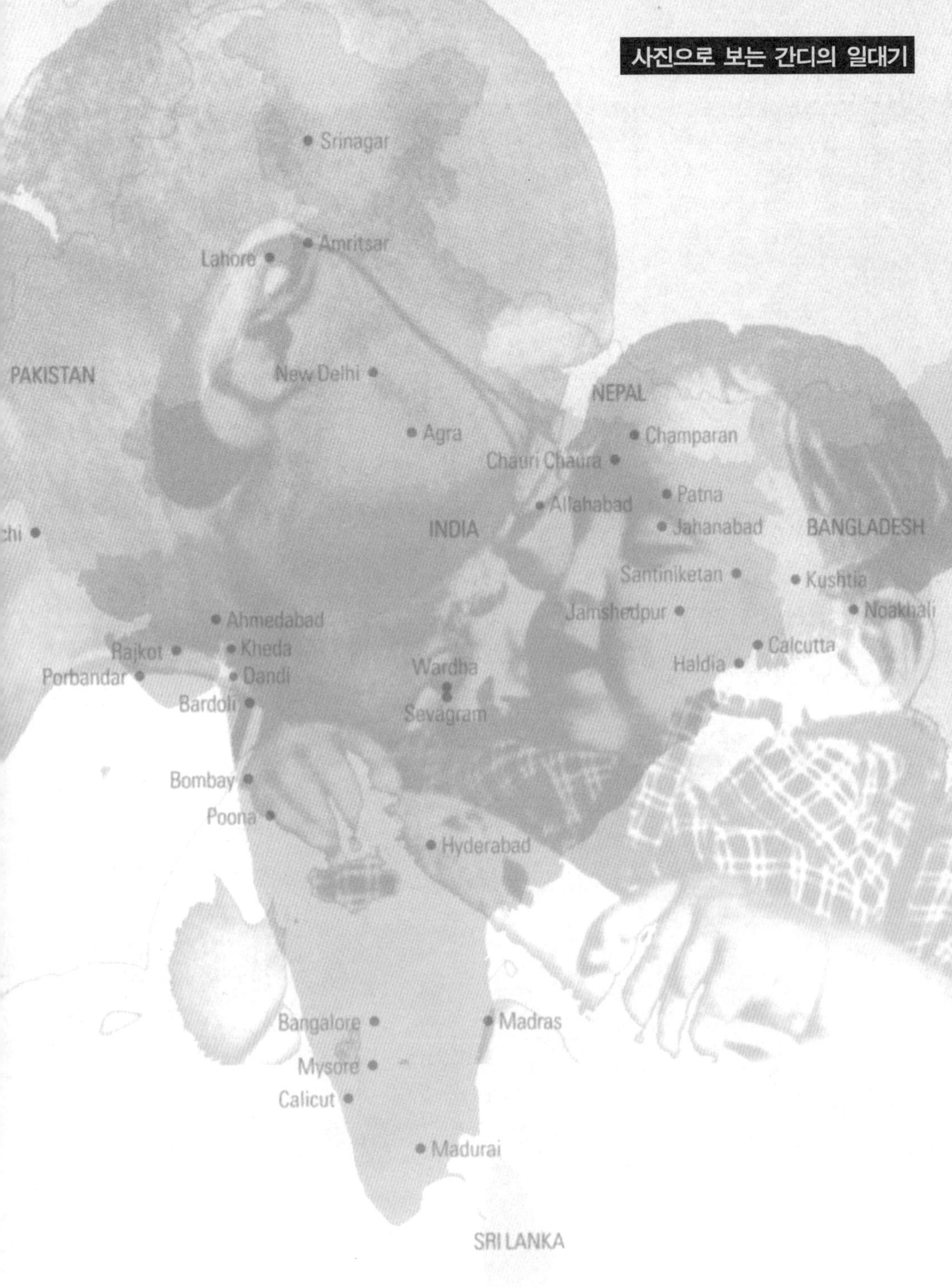
Srinagar
Lahore
Amritsar
PAKISTAN
New Delhi
NEPAL
Agra
Champaran
Chauri Chaura
Allahabad
Patna
INDIA
Jahanabad
BANGLADESH
Santiniketan
Kushtia
Jamshedpur
Noakhali
Ahmedabad
Calcutta
Rajkot
Kheda
Haldia
Porbandar
Dandi
Wardha
Bardoli
Sevagram
Bombay
Poona
Hyderabad
Bangalore
Madras
Mysore
Calicut
Madurai
SRI LANKA

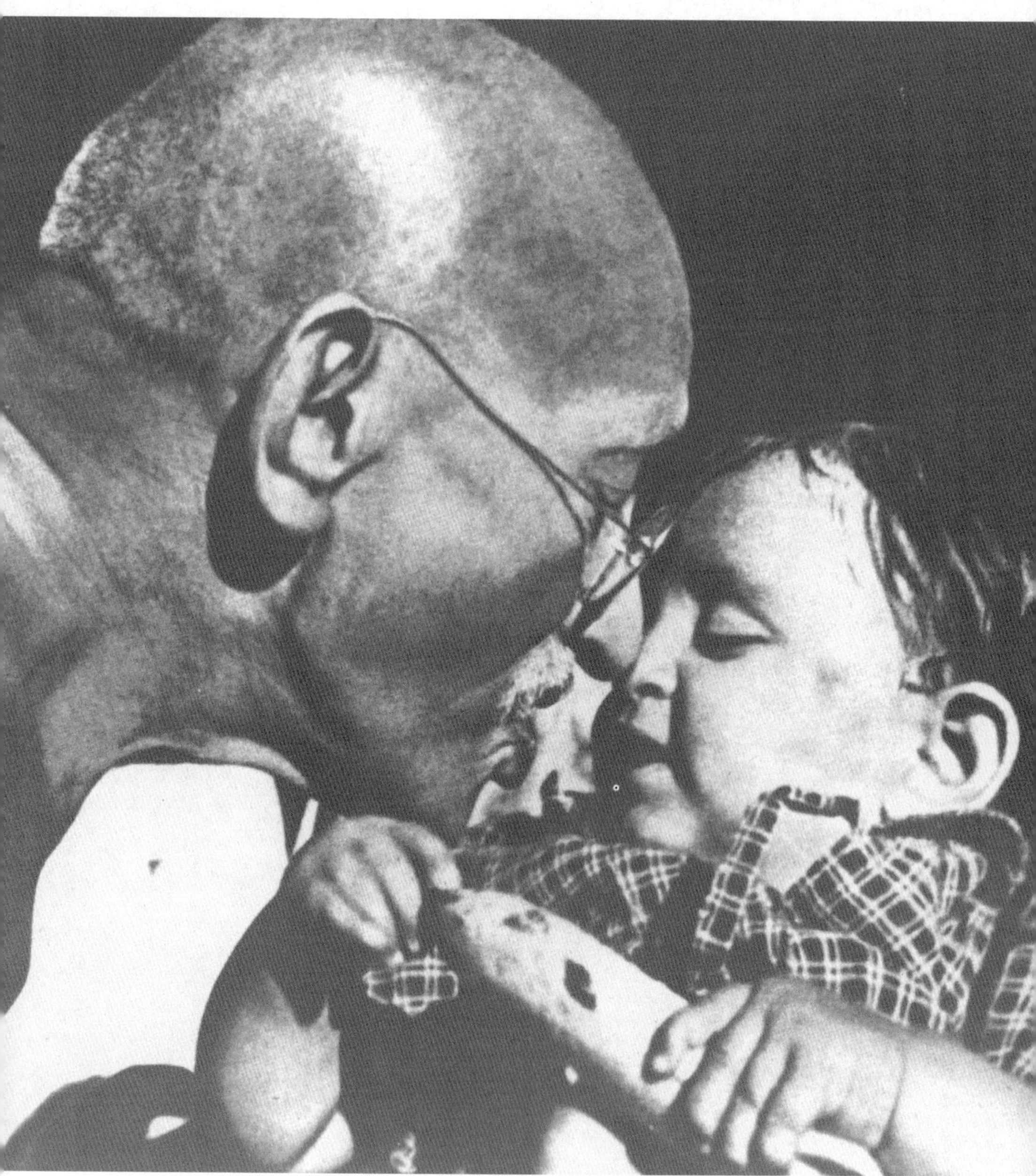

▲ 어린 아이와 함께(년도 미상)

▲ 간디의 아버지, 까람찬드 간디(Karamchand Gandhi)

▲ 간디의 어머니, 뿌뜰리바이 간디(Putlibai Gandhi)

▲ 가장 오래된 사진으로 알려진 일곱 살의 간디(1876)
그는 까람찬드 간디와 뿌뜰리바이 사이의 3남 중 막내였다. 소년시절 어머니와 간디는 참으로 애정 있는 관계를 유지했다. 그러나 그는 친구를 쉽게 사귀지 못했으며, 그로 인해 수줍음이 아주 심했다.

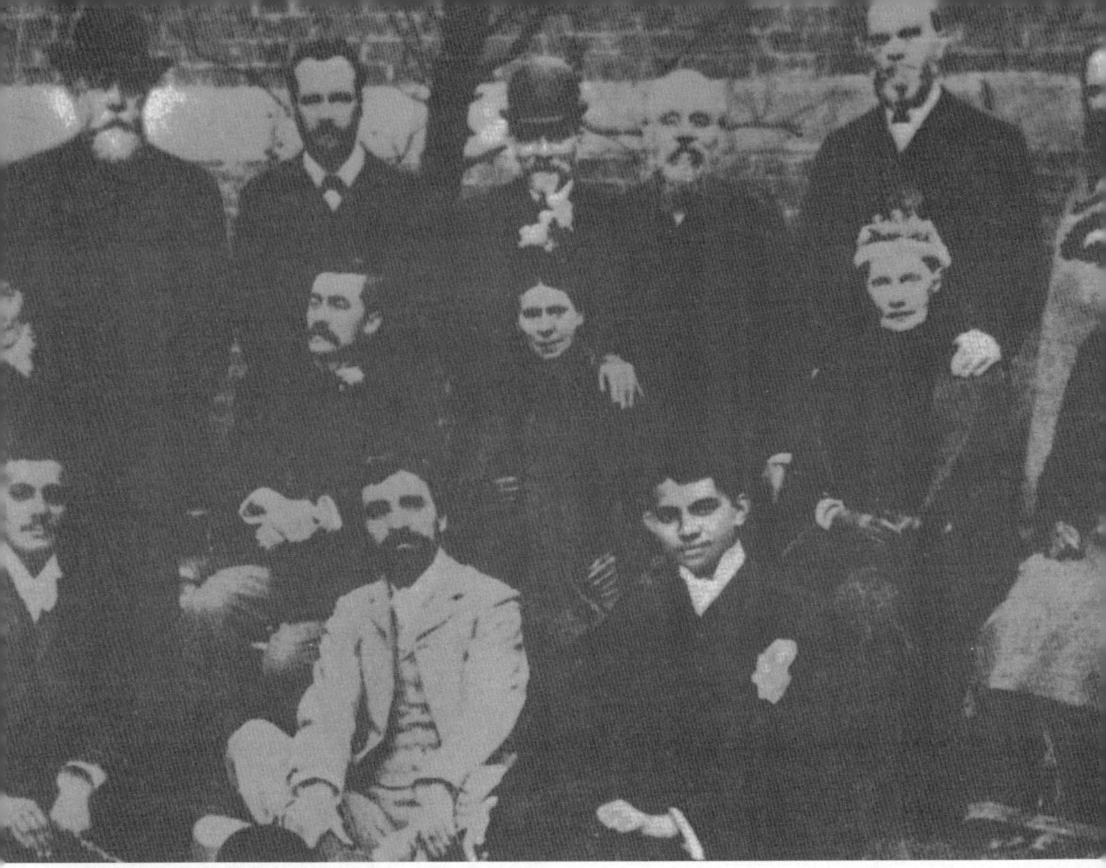

▲ 1890년 런던, 채식주의자협회의 회원들과 함께
변호사 공부를 하기 위해 영국으로 건너가기 전 간디는 어머니에게 육식을 하면서 영국인 흉내를 내지 않겠다고 맹세하였다. 그것이 비록 지속적인 굶주림과 대중의 비웃음을 가져올지도 모른다는 공포가 있었음에도 불구하고……. 그러나 그는 도시 안에 몇몇 채식주의자 단체가 있다는 것을 발견하고서 재빨리 열렬한 회원이 되었다.

INNER TEMPLE.

This is to Certify to whom it may concern
That Mohandass Karamchand Gandhi
of 20 Barons Court Road West Kensington, the
youngest son of Karamchand Uttamchand Gandhi
of Porbandar, India, deceased, was generally admitted of
The Honourable Society of the Inner Temple
on the sixth day of November One thousand eight
hundred and eighty eight and was Called to the Bar by the same
Society on the tenth day of June One thousand eight
hundred and ninety one and has paid all duties to the
House and to the Officers thereunto belonging

In Testimony whereof I have hereunto set my hand
and the Seal of the said Society this eleventh day of
June in the year of Our Lord One thousand eight hundred
and ninety one

William F. Robinson
Bencher

Witness
H.W. Lawrence

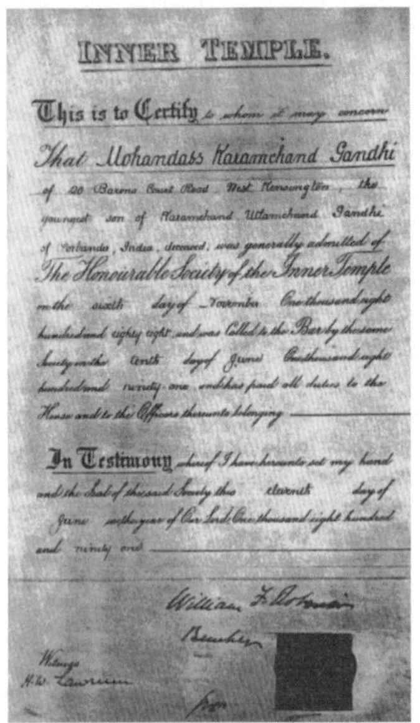

◀ 간디의 변호사 등록증(1891)

▲ 1895년, 더반, 나탈 인도 국민회의 발기인들과 함께
그의 교육과 직업으로 인하여 간디는 인도인 사회 내에서 지도자가 되었고, 그의 단호함과 정치적 수완으로 금방 명성을 얻었다. 그는 원래 계약이 만료된 후 남아프리카에 남아서 몇몇 자유 인도인들과 함께 1894년 인도인들의 이익을 대변하는 영구기관 나탈 인도 국민회의를 창설했다.

▼ 남아프리카의 보어전쟁(1899~1900) 동안 인도인 위생병부대와 함께 한 간디(중앙)
1899년에 보어인들과 영국인들 사이의 교전이 발발했을 때, 간디는 굳게 대영제국의 편에 섰으며, 300명의 자유 인도인들과 800명의 계약노동자들로 구성된 인도인 위생병부대를 조직하였다. 인도인들은 전쟁 기간 동안의 자신들의 일로 영국인들의 존경을 받았으므로, 종전과 더불어 더 큰 정치적 자유를 얻을 것으로 믿었지만, 그런 일은 일어나지 않았다.

▲ 1906년 남아프리카, 변호사 간디.

M. K. GANDHI.
Attorney.

21-24 Court Chambers,
CORNER ROAD & ANDERSON STREET.
TELEPHONE No. 194   P.O. Box 6522
TELEGRAM "GANDHI." A.B.C. Code 5TH EDITION

Johannesburg, 4th April, 1910
Transvaal
(S. Africa)

Count Leo Tolstoy,
 Yasnya Polyana,
  Russia.

Dear Sir,
        You will recollect my having carried on correspondence
with you whilst I was temporarily in London.   As a humble follower
of yours, I send you herewith a booklet which I have written.   It
is my own translation of a Gujarati writing.   Curiously enough the
originalwriting has been confiscated by the Government of India.   I, there-
fore, hastened the above publication of the translation.   I am most
anxious not to worry you, but, if your health permits it and if
you can find the time to go through the booklet, needless to say I
shall value very highly your criticism of the writing.   I am sending
also a few copies of your letter to a Hindoo, which you authorised me
to publish.   It has been translated in one of the Indian languages
also.

                I am,
                Your obedient servant,

▲ 톨스토이에게 보낸 간디의 편지(1910.4.4)

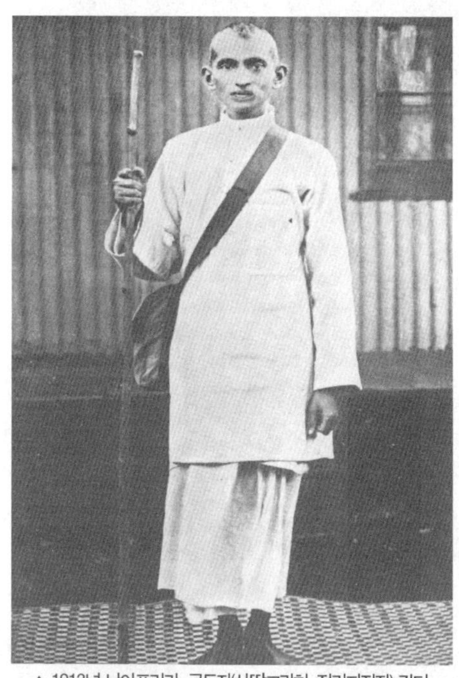

▲ 1913년 남아프리카, 구도자(사따그라히, 진리파지자) 간디.

▼ 1913년 사따그라하(진리파지)운동 기간의 더반 인도 축구경기장에서 600명 이상이 모인 집회에서 강연하는 지도자, 땀비 나이두
결과적으로 모든 비기독교도들의 결혼을 불법화하기 위해 제안된 법안은, 간디가 남아프리카에서 벌인 저항운동 중 최후의, 가장 광범위한 저항을 촉발시켰다. 뉴캐슬 탄광지역에 사는 대략 5천 명 정도의 인도인 노동자들이 간디의 파업 요청에 응했다. 게다가 여성들이 처음으로 대규모로 동원되었다. 나탈에서 트란스발로 불법적으로 월경함으로써 여러 그룹들이 연이어서 체포되었다.

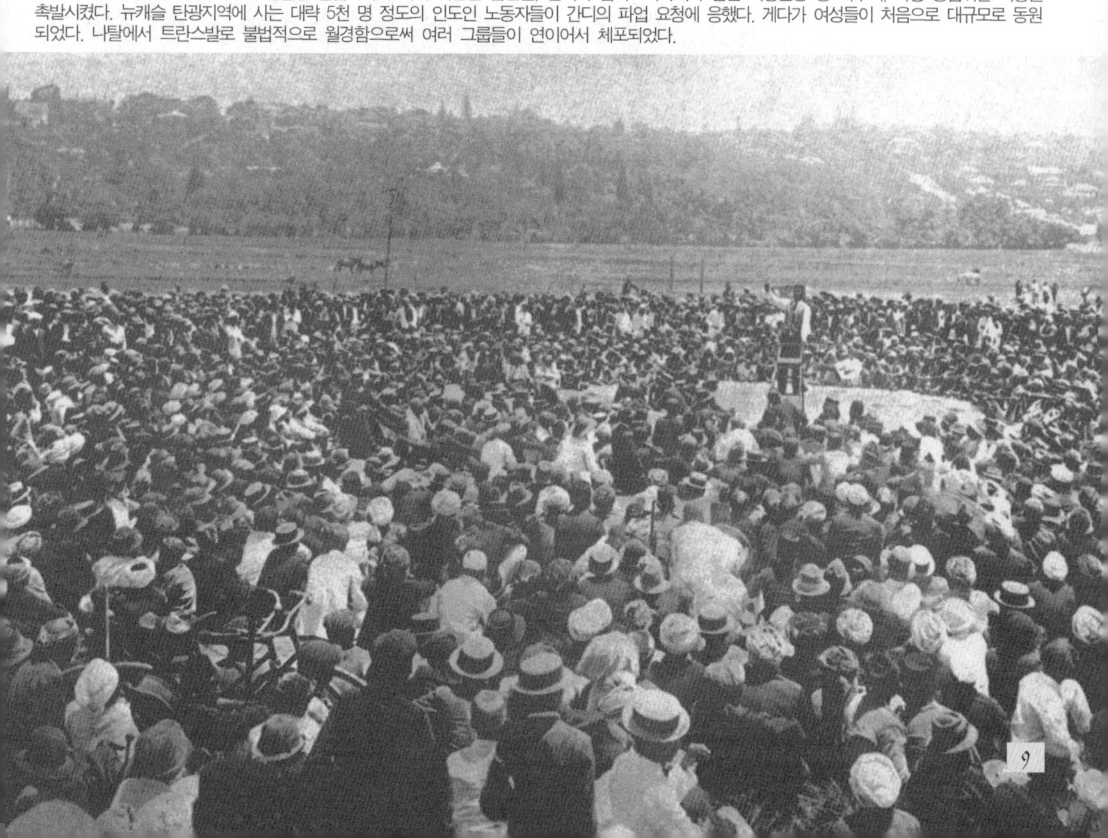

▲ 1913년 11월 6일. 폴크스러스트 국경에 멈춘 데모참가자들
간디의 구속은 수천 명 이상의 인도인 노동자들을 사땨그라하운동에 신속하게 참가하게 하였다. 인도의 부왕 하딩 경은 몹시 차별적이고 불공평한 남아프리카 법에 대한 그들의 싸움에 대해 공공연히 동정을 표현했다.

3월에 간디는 신드(Sind)에서 까라치를 비롯한 도시들과 마을들을 순회했다. 그 지역은 대부분 이슬람교도들이 사는 곳으로 인종적·종교적 화합에 대한 자신의 생각을 촉진시키기 위하여 여행했다. 그는 종종 '인도는 반드시 힌두교와 이슬람의 두 눈을 통해서 보아야 하며, 만약 그렇지 못하다면 부분적인 장님에 불과하다'라고 주장하곤 했다.

그 유명한 시인은 간디에게 깊은 존경심을 가지고 있었으며, 간디의 정신적인 자질로부터 영감을 받은 타고르는 그에게 마하뜨마(위대한 영혼)라는 칭호를 주었다. 타고르는 간디에게 비판적이기도 하며, 그가 무심코 외국 혐오의 내셔널리즘을 불러일으키는 것에 대해 의문을 표시하기도 했다.

▲ 1922년 7월 26일 외국산 직물 불매 운동

1920년 영국 당국과의 모든 유형의 협조를 종결하고, 그 자리에 인도의 대안 기관을 설립하기 위해 간디는 비협조운동을 시작했다. 외국산 직물의 문제는 그것이 간디에게 서구의 물질주의를 상징하는 것이며, 게다가 식민지지배자들에 의한 경제·문화적 통치를 의미하기 때문에 특히 중요했다. 불매운동은 영국의 경제적 이익에 타격을 가하고 토착산업을 촉진시키기 위해 고안되었다. 한편 빈번한 공개 소각행위는 외제 직물이 갖고 있는 유해성을 개개인에게서 상징적으로 정화하는 방법이었다.

◀
1922년 차우리 차우라의
폭도에 의한 희생자들
인도 북부지방의 고라끄뿌르
자치구 차우리 차우라의 경찰과
시위 행렬의 무력 충돌 후에
간디는 비협조운동의
즉시 정지를 명하였다.
혼란 속에서 불타는 경찰서를
탈출하려고 했던 22명의 경찰관은
난도질당해 죽었다.
이 끔찍한 사고는 운동 전체의
특징은 아니었으나,
간디는 인도 내 분위기는
더 이상의 운동을 벌이기에는
너무나 폭발적이라는
결론을 내렸다.
간디는 운동을
끝내기로 결정을 내렸지만
구속을 피할 수는 없었다.
세상을 떠들썩하게 한 공판 이후
1922년 3월에 그는
6년형을 선고받았다.

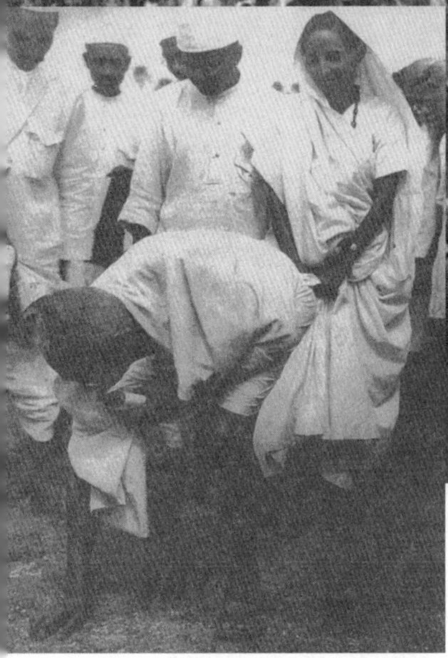

▲ 1930년 3월 소금행진을 시작하기 전 사바르마띠 강 바닥에서 지지자들에게 연설하는 간디
주야로 맹렬하게 생각한 후, 소금에 대한 정부의 세금부과에 항의하는 행진으로 새로운 사땨그라히를 시작하기로 1930년 1월에 결정했다. 그가 소금을 이슈로 선택한 이유는 그것이 단지 모든 인도인들에게, 특히 가난한 자들에게 큰 영향을 미치는 것뿐만 아니라 소금에서 나오는 정부 세입이 적어서, 정부의 보복이 심하지 않을 것을 예상했기 때문이다. 이러한 이유로 많은 인도 민족주의자들은 대중 동원은 불가능할 것이고 관심조차 끌지 못할 것으로 믿었다.

▲ 간디는 1930년 4월 6일 단디에서 천일염 덩어리를 집는 것으로 소금법을 위반하는 의식을 행하였다. 소금 행진을 시작한 지 24일 후 최종 목적지에 도착했으며, 모든 인도인들은 단디 해변의 사건으로 꼼짝 못할 정도로 놀랐다. 간디의 간결한 불복종은 현장에 있던 모든 이들에게 반향을 불러일으켰으며, 인도인들에게 전국적으로 가능한 모든 곳에서 소금법을 위반하게 하는 계기가 됨.

▶
1930년 6월 3일 봄베이 와달라 소금창고 급습으로 체포된
사땨그라히들
와달라에서 경찰들의 되풀이되는 이런 난폭한 행동에도 불구하고
비폭력에 대한 자원자들의 공약은 확고했다.
목격자들의 보고는
세계적으로 동정과 찬양을 불러일으켰다.

▲ 1931년 8월 국민회의에서 봄베이 자원자들에게 강연하는 간디

▲ 1931년 1월, 알라하바드에서 국민회의 간부들과 회합(사르다르 발라브바이 빠뗄, 마하테브 데사이, 수바스 찬드라 보세, 잠나랄 바자즈, 자와할랄 네루) 독립투쟁의 다음 국면을 구상하고, 헌법에 대해 정부와 타협을 시작할지 결정하기 위해 간디의 석방 이후 의회 지도자들이 알라하바드에 모였다.

▼ 1931년 9월 12일 프랑스 불로뉴에서, 영국 형사들과 사로지니 나이두(중앙)를 동행하고서
유럽 방문 동안 형사 에반스와 로저스는 간디의 안전을 지키고, 구경꾼들이 성가시게 구는 것으로부터 간디를 보호하려는 명을 받고 간디를 수행함

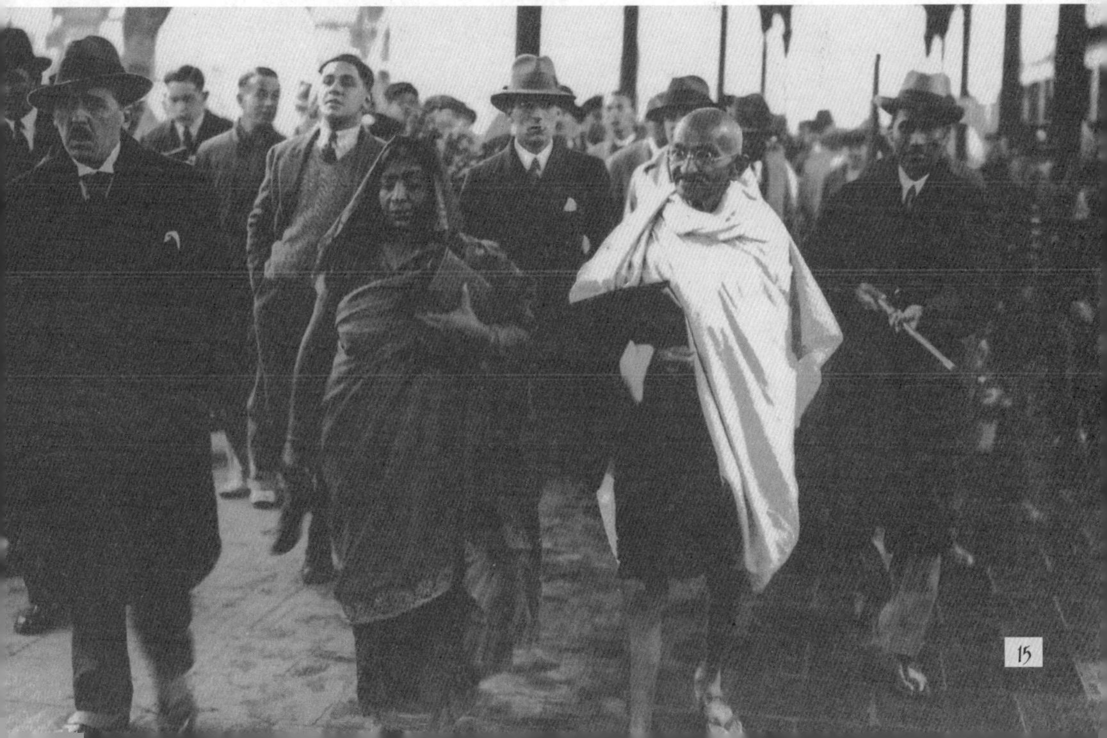

▲ 1931년 랭커셔에서

▲ 1934년 3월 지진이 일어난 직후 비하르에서.
1934년 1월 15일 비하르를 덮친 강력한 지진은 지역을 파괴하고 수천 명의 사람들을 죽음으로 몰았다. 간디는 3~4월에 구호작업을 시찰하기 위해 그 지역을 여행하고, 부상당하고 집 없는 난민들에게 원조물자를 제공했다. 그는 그 재앙이 신의 일이라고 설명했으며, 불가촉천민제도의 죄에 대한 천벌이라고 생각하였다. 라빈드라나트 타고르를 포함한 일부 인도인들은 그의 미신적이고 비과학적인 설명을 비난했다.

▲ 1938년 10월 서북 변경 지방의 대중집회에서 간디와 칸 압둘 가파르 칸.

간디가 변경 지방을 순회했을 때 수행한 사람은 몸집과 업적에 있어서 모두 거인이었던 압둘 가파르 칸이었다. 그는 힌두·무슬림 일치에 대한 공약과 빠탄인을 순무하는 일에 있어서 초인적인 노력을 기울인 덕분에 변경의 간디로 알려졌다. 그는 비폭력에 대한 자신의 신념을 코란에서 도출해 내었고, 간디와 접촉하기 훨씬 이전부터 그것을 고취시켜 왔다. 시간이 흐르면서 그는 간디의 가장 효과적인 사땨그라히가 되었다. 서북 변경 방문시 그는 간디를 항상 수행했으며, 엄마가 자식을 보호하듯이 간디를 지켰다.

▲ 힌두교의 전통 인사법.
이것으로 간디는 자신의 암살자를 축복했다.

As at Wardha
C.P.
India.
23.7.'39.

Dear friend,

Friends have been urging me to write to you for the sake
of humanity. But I have resisted their request, because of
the feeling that any letter from me would be an impertinence.
Something tells me that I must not calculate and that I must
make my appeal for whatever it may be worth.

It is quite clear that you are today the one person in
the world who can prevent a war which may reduce humanity to
the savage state. Must you pay that price for an object
however worthy it may appear to you to be ? Will you listen to
the appeal of one who has seliberately shunned the method of
war not without considerable success? Any way I anticipate
your forgiveness, if I have erred in writing to you.

Herr Hitler   I remain,
Berlin
Germany.   Your sincere friend

                                  M.K.Gandhi

▲ 1939년 7월 23일 아돌프 히틀러에게 보낸 간디의 첫 번째 편지, 그러나 전달되지는 못했다.

◀ 제2차 세계대전이 발발함에 따라 1939년 9월 4일 심라의 부왕 린리스고(Linlithgow) 경을 만나러 가는 중 1939년 9월 3일 린리스고 경은 인도의 참전을 선포했다. 이 점에 대해 사전 논의를 받지 못했던 간디와 국민회의는 무척 당황했다. 격노한 네루는 '외국인 한 사람이 한 마디 물어보지도 않고 4억의 민중을 전쟁 속으로 빠뜨렸다'고 썼다.

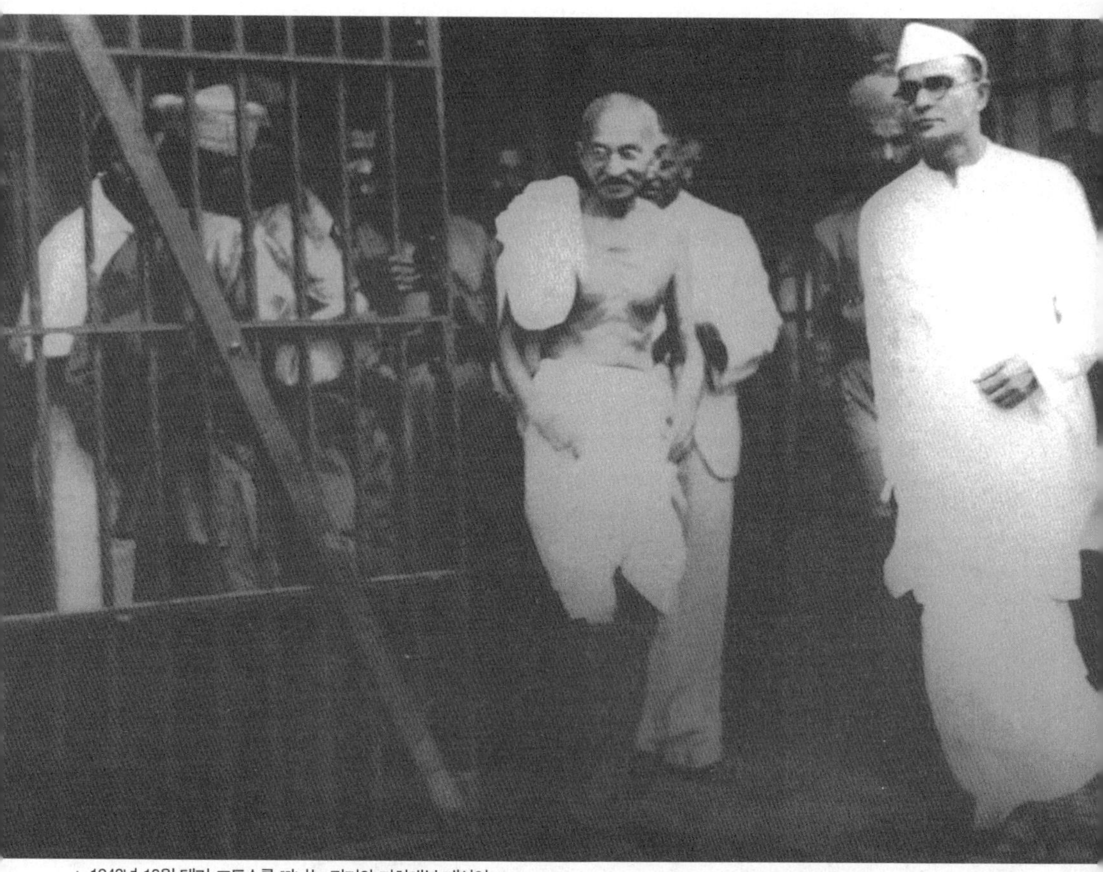

▲ 1940년 10월 델리 교도소를 떠나는 간디와 마하데브 데사이.

독일의 대영제국 침략 위협과 그 침략이 인도에 초래할 결과(독일이나 일본의 인도 침략) 탓으로 국민회의는 영국과의 협조에 대해 새로운 조건을 내걸게 되었다. 조건이란 만일 전후 영국이 인도의 독립을 무조건 선언한다면, 국가를 효과적으로 방어하기 위해 국민회의는 즉각적으로 임시정부에 참여한다는 것이었다. 부왕이 영국의 입장을 분명히 확인해 주기를 거부하자, 국민회의는 간디에게 비폭력저항운동을 재개하자고 했다. 간디는 '일인 사땨그라하'를 전개하기로 결정했다. 이는 자유언론에 대한 영국의 전시 제한 규정을 위반함으로써 핵심적인 인물들이 연속적으로 구속당하는 것이었다. 수 주 안에 2만 명 이상의 사땨그라히가 투옥되었다.

▲ '인도를 떠나시오' 운동 중의 봄베이의 여성 행렬
간디와 네루 그리고 다른 의회 지도자들은 '인도를 떠나시오'라는 결의안이 통과된 다음날 신속하게 체포되었다. 수일 전에 수립된 뉴 캠페인 계획에 따르면, 행군·단식·기도로 하루를 보낸 다음 그 운동을 시작하기로 되어 있었다. 그러나 간디의 체포소식으로 전국 곳곳에서 그 계획이 무산되었다.

하리잔(불가촉천민)을 위한 모금(1944)

▼ 1946년 1월 17일 도시의 폭동 기간에 체포범들을 방문하기 위해 캘커타의 둠둠 교도소 문으로 호위된 간디

1946년 1월의 사건 동안 인도는 대규모 혼란과 폭력으로 소용돌이치기 시작할 것은 영국관리들에 의해 확실히 예견된 듯 보였다. 몇 개 도시에서 아주 경미한 도발로 집단간의 폭력사건이 발생했다. 인도 국민군 무슬림 장교의 재판에 대한 반발로 무슬림들은 캘커타에서 폭동을 일으켰고, 그는 군법회의에 회부되었다. 간디는 평온을 호소하기 위해 그 도시를 방문했고, 그의 비폭력 정책은 ‘위축되지 않고’, 지속될 것임을 전국의 인도인들에게 상기시켰다.

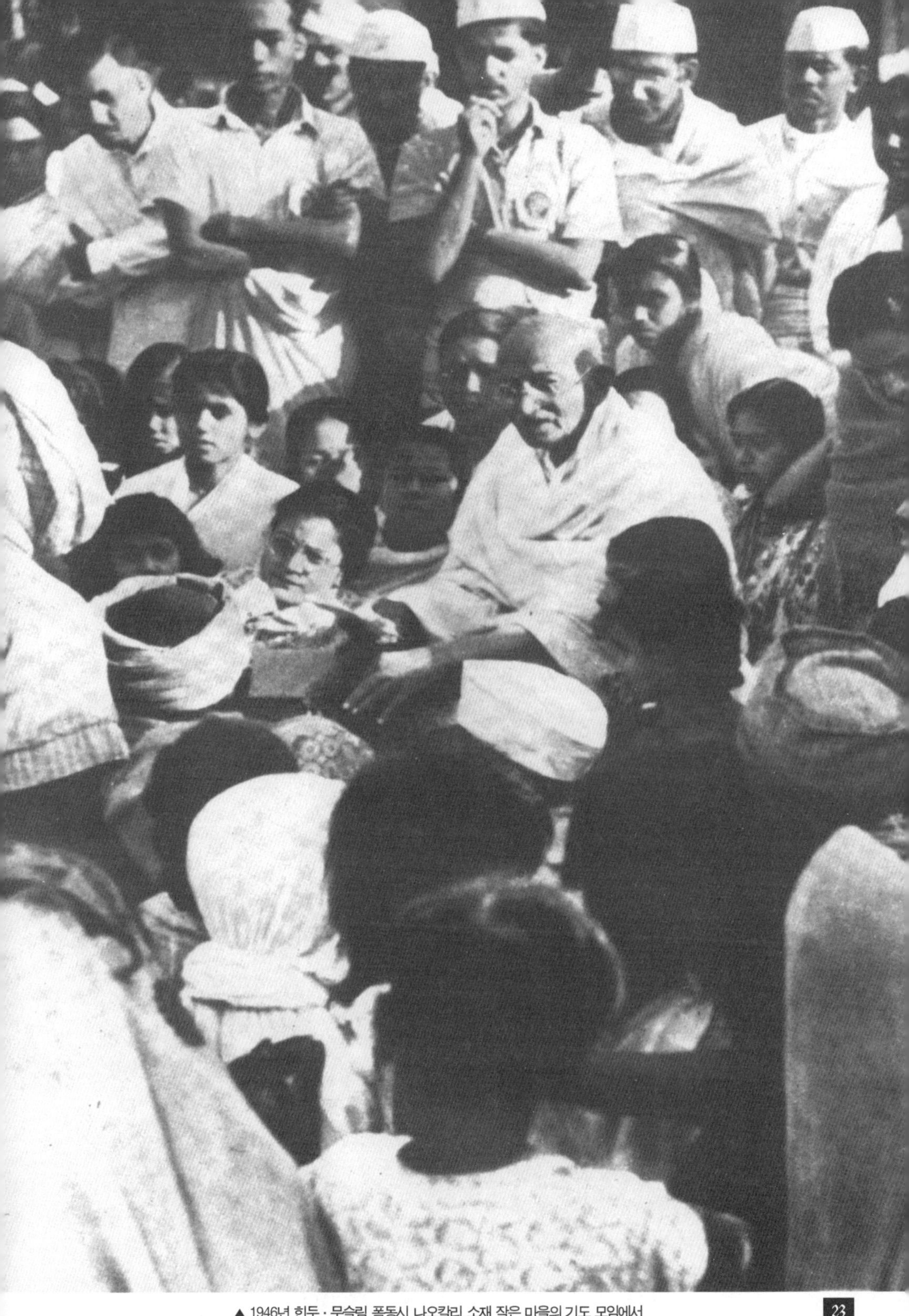

▲ 1946년 힌두·무슬림 폭동시 나오칼리 소재 작은 마을의 기도 모임에서

▲ 1947년 10월 델리, 비를라 하우스에서 매일 열리는 기도 모임의 간디
간디는 델리의 불가촉천민 구역인 방기 거주지에 머물기를 좋아했는데, 난민들의 수가 너무 많아서 부득이 궁전 같은 비를라 하우스에 머물 수밖에 없었다.

▼ 1947년 비하르, 무슬림 소년과 함께

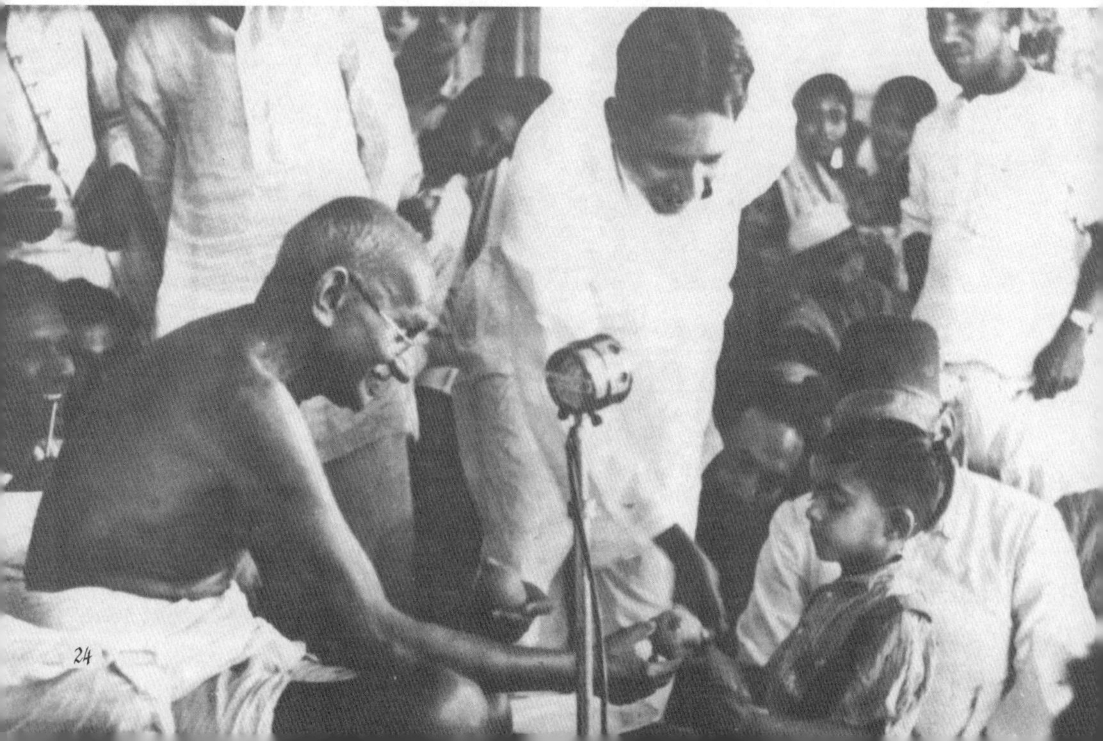

▲ 꽃에 덮인 간디(1948.1.31)

▼ 1948년 1월 31일 장례식 행렬
간디의 시신은 새로운 인도 국기에 덮혀서 델리를 통과한 다음 야무나 강에서 화장됨.

▲ 1948년 1월 31일 델리, 라즈빠뜨를 따라 지나가는 행렬

장례 행렬은 역사의 슬픈 아이러니들 중 하나였다. 20세기 가장 위대했던 비폭력주창자 간디는 79발의 군(軍) 예포를 받았으며,
무기수송 차량이 운구를 맡았고, 영국인 장군이 장례식 전체를 지휘했다.

마하뜨마 간디의 도덕·정치사상 권3
The Moral And Political Writings Of Mahatma Gandhi

비폭력 저항과 사회 변혁 (하)

라가반 이예르 편 / 허우성 역

소명출판

약어표기

CWMG 『간디전집(*The Collected Works of Mahatma Gandhi*)』(90권), 인도 정부 출판국.
CW 전집 사무실 공문서 보관소, 뉴델리.
G. 원래 구자라뜨어로 쓴 것이거나 말한 것.
GN 간디 기념관과 도서관, 뉴델리.
H. 원래 힌디어로 쓴 것이거나 말한 것.
Hu. 원래 힌두스따니어로 쓴 것이거나 말한 것.
MMU 이동용 축소 복사 필름, 간디 기념 재단과 박물관, 뉴델리.
SN 사바르마띠 박물관, 아메다바드.
SWMG 『마하뜨마 간디의 연설과 저서(*Speech and Writings of Mahatma Gandhi*)』, 나떼산, 마드라스.

일러두기

1. 영어 원전에는 범어나 구자라뜨어 등이 나올 경우 그 해당 글의 말미에 미주의 형식으로 영어로 설명되어 있다. 한글 역『마하뜨마 간디의 도덕·정치사상』에서는 미주가 간략한 경우 각주로 처리했다.「용어해설」에 등장하는 범어나 힌디어에 대한 간단한 설명도 각주로 처리하여 손쉬운 이해를 돕고자 했다.

2. 영어 원전을 번역하는 데 결정하기 어려웠던 문제의 하나는 존칭의 사용 여부였다. 편지에서 상대방이 간디를 바뿌(아버지)로 부르는 경우 비칭체(卑稱體)를 사용했고 그 이외의 경우에는 경어체를 썼다. 연설이나 강연의 경우 모두 경어체로 처리했다. 여기에 'I'의 번역에 어려움이 있었다. 정중한 호칭을 요구하는 집단으로 추정되는 경우에만 '저'를 사용하고 대부분은 '나'를 유지했다. 독자와의 문답을 주고 받는 글은 질문과 답변을 모두 경어체로 처리했다.

3. 주와 용어해설
   원주는 따로 표시하지 않았고 역주는 '(역주)'로 표시했다. 단 원주를 역주로 보충해야 할 경우 각각 '(원주)', '(역주)'라는 말로 갈라서 표시했다. 서양인의 경우 그 인물이 누구인지를 확인할 목적으로만 주를 간략하게 달았다. 인도 근대사나 간디와 관련이 깊은 인물이나 지명에 대해서는 보다 상세한 주를 달았다. 영어 원전 각 권의 말미에 용어해설이 붙어 있는데 내용상 대동소이하다. 그래서 역자는 공통의 용어해설을 만들어 말미에 붙였다.

4. 영어 원전의 편집자는 모든 글에 대해 그것이 최초로 쓰이거나 발표된 장소와 일시를 밝혀 두었다. 그것들이 분명한 경우(주로 편지에 해당)에는 편집자가 괄호 없이 그것을 밝혀 두고 있고, 추정치의 경우에는 [ ] 괄호를 사용하고 있다. 역자도 그것을 따랐다.

5. 범어를 영어 알파벳으로 표기할 때 영어 원전을 따라 일체의 발음 구별 부호를 생략했다.

6. 역자가 교정을 보는 동안 『간디전집(*CWMG*)』(90권)을 담고 있는 『마하뜨마 간디 전자책(*Mahatma Gandhi E-book*)』(전98권, Mumbai, Gandhi Book Centre, 1999)을 입수했다. 그래서 그『전집』을 번역 원전과 비교하기도 하고 그곳의 주를 참조하여 번역에 반영하기도 했다. 따라서 번역에서 언급된『간디전집』은 모두 전자책을 본 것이지만, 전자책이『간디전집』에 기초한 것이므로 간단히『전집』으로 표기한다. 각 글의 말미에 『전집』내의 출전을 밝혔으며, '『전집』○:○○'의 형식은 권과 번호를 나타낸다. 다만『마하뜨마 간디의 도덕·정치사상』권1, 권2, 권3의 편자 서문에 나오는 출전은 전부『간디전집(*CWMG*)』(90권)을 가리킨다.

1. 행동가 간디

간디는 참을 실현하려고 손발을 포함하여 온 몸으로 행동했다. 그는 참의 실현이 단순히 말이나 글에 의해서도 아니고 무행위로 빠질 수 있는 명상이나 선정에 의해서도 아니며, 오로지 민중에 대한 봉사 행위에 의해서만 가능하다고 보았다. 그는 진심으로 봉사하면서 신 또는 아뜨만을 실현하기 위해, 홀로 있거나 집단 속에 있을 때 침묵하고 명상하고 예배하고 기도했다. 간디의 삶은 정중동, 아니 동중정(動中靜)의 삶이다.

간디는 인생의 목적이 민중에 대한 봉사라고 선언하고, 행위에서 무행위를 보고 무행위에서 행위를 보는 사람, 그가 진실한 요기이고 참된 까르마(행동)의 사람임을 믿었다. 증오의 한복판에서 사랑의 삶을 살아갔던 그는 스스로 까르마 요기의 모범이 되었다. 그는 도 닦는다 하고 고행하면서 세상을 버리려는 자에게 세상에 봉사하기 위해서만 세상에서 살아가는 자가 바로 진실한 구도자라 하고, 이 세상이 구도자를 위한 곳이 아니라는 생각은 정신적 나태를 드러내는 것이라고도 했다.

간디의 기도는 우주의 창조자요 유지자요 파괴자인 신으로 향한 기도였다. 간디는 신의 존재를 인간 이성이나 지성을 넘어가는 진리, 우주의 이법, 만물을 감싸는 힘으로 이해했다. 그에게 진실하고 완전한 종교는 하나뿐이지만, 그것이 인간이란 매체를 거치면서 다수가 되고, 모두 일정한 불완전함을 지니게 되었다고 본다. 간디에게는 진리가 곧 신이다. 그는 진리가 모든 인간과 인간이 사용하는 일체의 언어를 무한히 초월하지만 비폭력이 아니고서는 단 한 걸음도 접근할 수 없다고 보았다. 진리가 간디를 포함한 모든 인간을 초월한다는 의미에서, 그리고 인간이 육신을 입고 있는 한 완전한 비폭력이 불가능하다는 의미에서 간디는 기도해야 했다. 그래서 그는 깨달음(묵띠)에 대해 말하는 것보다 귀의(박띠) 안에서 시간 쓰기를 좋아했는데, 박띠는 자기 한계의 고백, 자기포기, 다른 생명과의 일치를 위해 절대자에게 귀의하는 태도이기 때문이다.

간디는 경전의 집필조차 거부했다. 스스로 고대의 위인과 감히 견줄 수 없다는 것도 이유의 하나였지만 세상이 갈망하는 것은 경전이 아니라 성실한 행동임을 알았기 때문이다. "내 인생 자체가 내 메시지"[1](권1, 22번)라고 했던 간디, 그의 글은 모두 자신의 행동에 대한 기술과 설명이었다. 그리고 간디는 진리와 비폭력이 책을 요구하지 않으며 행동만이 가장 위대한 현시이고, 그것들이 실천에 의해서만 보급될 수 있다고 보았다. 자신의 이름을 딴 간디봉사회 회원들에게는 "책쓰기에 바빠서 진짜 일이 손상당하지 않도록 하시오"라고 당부하기도 했다(권3, 93번).

간디는 하지만 진리와 비폭력을 전파하기 위해서는 말과 글이 꼭 필요하다고 보았고, 그래서 말이 많았고 엄청난 양의 글도 남겼다. 그는 사땨그라하 운동을 돕기 위해 주간지를 발행하고, 인도의 방방곡곡에서 연설하

---

1) 『마하뜨마 간디의 도덕·정치사상』

고, 수많은 외국인들과 편지를 주고받았다. 그의 사후 인도 정부가 영어로 출판한 『간디전집』은 98권 5만여 쪽 분량에 달하므로 아주 방대하다. 이번에 번역된 『마하뜨마 간디의 도덕·정치사상』은 『간디전집』의 30분의 1정도에 해당된다. 그가 보낸 편지들의 수신자에는 정치가, 종교인, 법률가, 학자, 교육자, 사업가, 예술가, 노동자, 대학생 등이 포함되어 있다. 여기에 네루, 윈스턴 처칠, 타고르, 톨스토이, 로맹 롤랑도 들어 있다. 간디는 히틀러에게도 편지를 썼지만 배달되지는 못했다.

2. 진리와 세속

간디에게는 세속을 변화시키기 위한 행위를 동반하지 않는 명상이나 수행은 모두 정신적 방탕이고 순결(브라마차르야, 梵行) 계율의 정면 위반이다. 그리고 행위를 위한 적당한 장소는 히말라야 같은 곳이 아니라 봄베이나 캘커타와 같이 세속사가 일어나는 세속이었다. 다음의 한 대목을 보자.

진리의 길을 밟는다는 것 자체가 쁘라브리띠 안으로 들어감을 상정한다네. 쁘라브리띠가 없다면 진리의 길을 밟을 기회도, 밟지 않을 기회조차 없네. 거룩한 『기따』는 여러 시구에서 사람은 단 한 순간도 쁘라브리띠 없이 존재할 수 없다는 점을 분명히 했다네. 귀의자와 귀의자가 아닌 자와의 차이는 다음과 같다네. 즉, 귀의자는 최고선에 시선을 고정시킨 채 쁘라브리띠 안에 남아 있는 자로서 쁘라브리띠 안에 살면서도 결코 진리에 대한 고수를 포기하지 않으며 집착과 혐오를 약화시키는 자이고, 귀의자가 아닌 자는 쁘라브리띠에 탐닉하고, 그의 목적을 추구하는 과정에 거짓 등의 악마적 행위로부터 멀리 떨어져 있으려고 노력조차 하지 않는 사람이라네. 이 세속사는 경멸의 시선으로 보아야 할 것은 아니네. 주님의 비전은 오로지 세속사를 통해서만 가능할 뿐이네. 미혹을 일으키는 세속사는 경멸의 시선으로 봐야 하고 언제나 피해야 할 일이라네. 이것은 나의 확고한 생각이며 경험이라네. (권2, 358번)

이 대목은 간디가 형제라고 부른 동료에게 보낸 편지의 일부다. 간디에게 세속이나 세속사를 떠나 진리를 추구하는 일은 공화나 신기루를 좇는 일이다. 세속에서가 아니라면 진리의 길을 밝을 기회조차, 아니 진리를 언급할 기회조차 없기 때문이다. 우리는 심지어 존재할 수조차 없다. 그래서 세속을 버리는 것은 진리 추구를 아예 포기하는 일이다. 간디는 자신의 이런 생각을 『바가바드 기따』의 가르침으로 뒷받침하기도 했다. 그는 진실한 귀의자란 세속사를 실행하는 가운데 최고선을 실현하는 자라고 했다. 그리고 우리는 주님의 극히 작은 부분이나마 보자면 세속을 떠나서는 안 된다.

모든 종교는 자아실현의 길과 자기에 대한 지식을 가르쳐 준다. 그런데 간디에게는 "자아실현이나 자기 지식은 우리가 모든 유정자(有情者)와 일치되기 전 —신과 하나되기 전— 까지는 불가능하다. 그와 같은 일치를 완수하는 일은 타인의 고통을 의도적으로 나누는 것, 그 고통을 제거하는 것을 포함한다."(권1, 218번) 유정자와 그들의 고통, 그리고 신을 외면하거나 도외시한다면 개인적 완성, 자아에 대한 지식, 진리추구도 모두 거짓이다. 그리고 무엇보다도 자아완성은 봉사를 통해 얻어진다는 간디의 말을 수용하면 (권2, 25번), 자아가 완성되기를 기다려 봉사하려는 태도는 근본적으로 잘못이다. 봉사 없는 자아완성은 도대체 불가능하기 때문이다.

진리와 세속은 처음부터 같이 가는 것이므로, 정치와 경제 등의 세속과 세속의 역사를 떠난 자에게는 진리도 없고 진리 추구의 역사도 없다. 이것이야말로 간디의 삶이 세상에 소리 높여 선포하는 메시지이다. 묵띠 대신 박띠를! 이 찬송은 완전한 비폭력이 불가능하다는 점을 인정한 위에 이타적 봉사행위를 요청하고 있다. 라마, 부처님, 하느님을 염송하면 소란하고 더러운 봄베이, 캘커타, 그리고 서울을 포함하여 못 갈 곳이 있겠는가. 바로 거기가 유일무이한 진리의 구현 장소가 아닌가!

3. 간디와 석존

간디는 힌두교 신자로 자처하면서도 자신을 이끈 여러 스승의 한 분으로 석존을 주저 없이 꼽았다. 그에게 석존은 인도에서 잊혀진 분이 아니라, 힌두교도 중의 힌두교도, 힌두교 안에 있는 최선의 것에 흠뻑 빠져 있었던 인물, 그리고 잡초가 무성하게 우거져 있는 가르침에 새 생명을 준 인물이었다. 불교가 표면상 인도 외부로 쫓겨났다고 하지만 정신은 인도에 그대로 남아 힌두교도들이 주창하는 모든 원리에 새로운 힘을 부여했다(권1, 165번). 불교가 인도를 떠나 사방으로 퍼져 지구의 표면을 휩쓴 것을 두고, 간디는 자신이 불교도로 오해받을 위험을 감수하면서까지 힌두교의 승리로 부른다고 했다(권1, 176번).

간디에게 석존은 예수나 마호메트와 마찬가지로 공동선을 위해 고통을 자초한 분, 숲에서 숲으로 방랑하면서 극단적인 더위와 추위를 감수하고 수많은 궁핍을 겪은 다음, 자아실현을 성취하고 민중 사이에서 영적 복리의 이념을 전파한 분이었다. 그래서 석존의 자아실현과 진리 추구는 민중의 복리와 불가분의 관계에 있었다. 간디에 따르면, 석존은 자신이 살았던 참담한 시대의 개혁자였는데, 당시 눈 먼 바라문들은 이기적이어서 석존을 거부했지만, 실천적인 대중들은 석존이 자신들의 신앙을 앞장서서 주장하는 분임을 확인하고 그를 따랐으므로, 불교는 "대중의 이름으로 실천되는 힌두교"였다(권1, 171번). 간디는 석존을 비폭력 행동가의 한 사람으로 내세워 칭기즈칸, 히틀러, 무솔리니와 같은 폭력 행위자와 선명하게 대조하기도 했다(권2, 269번). 석존이야말로 진리와 비폭력을 앞세워 당시 부패와 나태에 빠져 있는 바라문 계급을 내치고, 민중에게 지고의 행복을 선물했던 인물이었다.

간디는 당시의 아시아 불교에 대해 경고를 마다하지 않았다. 그 내용은 불교도들에게 결코 단 한 순간이라도 나태하여 이웃에게 부담이 되어서는 안 된다는 것이었고, 이 경고를 무시하는 것은 아힘사 최초의 교훈을 범한다는 것이었다. 간디는 인도의 구도자와 마찬가지로 스리랑카, 미얀마, 티베트에 있는 불교 사원들이 무지와 나태에 빠졌음을 비판했다(권2, 77번). 간디의 눈에 비친 당시의 불교도들은 기아 상태에 있는 민중의 운명에 관심이 없거나, 무지와 나태에 빠져 있어서 자신들의 개조 석존의 가르침을 실천하지 못하고 있었던 셈이다. 이와 같은 무관심, 무지, 나태에 대한 비판은 동아시아 불교 전통에도 분명히 적용될 것이었다.

석존 및 불교전통에 대한 간디의 이해에 따르면, 순결을 지키며 깨닫겠다는 일념으로 줄기차게 선수행하는 자는 자칫 정신적 방탕에 빠질 가능성, 즉 순결 계율을 위반하고 있을 가능성이 아주 높다. 마음공부라도 선정이 아니라, 일을 통해서 곧 오로지 민중에 대한 봉사행위를 통해서만 제대로 된다는 것이었다. 불교의 목적은 흔히 상구보리와 하화중생이란 구절로 표현된다. 그런데 이 구절이 불교도가 가야할 길의 순서를 의미한다면 간디는 동의하지 않을 것이다. 왜냐하면 수행의 이상적인 높이에 도달하기 전까지 봉사하기를 거부하는 것은 그 높이에 도달할 수 있는 가능성 자체를 차단하는 것이기 때문이다. 우리는 실제 봉사에 의해서, 그리고 봉사하며 실수할 위험을 감수함으로써 성장하기 때문이다. 누구라도 겸허한 마음으로 계속 봉사해야 하고, 봉사를 통해 언젠가는 자기완성을 성취할 것임을 소망해야 한다는 것이다.

간디는 열반을 최고선으로 인정하면서도 그것을 소극적인 무행위가 아니라 생동적인 평화로 이해하고, 열반도 애타주의에 연결될 경우에만 의미가 있는 것으로 이해했다(권1, 176번). 열반에 대한 이런 이해는 선정에의 탐닉이 순결 계율 위반이라는 그의 지적과 함께 동전의 양면을 이루고 있는 것으로 보인다. 현대의 한국불교가 간디를 별로 내세우지 않고 있는 이유는 민중을 섬기기보다는 고요함이나 구복을 부단히 강조하고 있기 때문일까, 아니면 신이나 아뜨만의 존재에 대한 간디의 믿음 때문일까? 간디가 파악하고 본받았던 석존이 그 분의 진면목에 가깝다면, 우리는 우리의 선불교 전통, 아니 동아시아 불교 전통을 통째로 힐문의 대상으로 삼고, 불교사 전체를 다시 써야 할 것이 아닌가? 우리는 행동가 석존을 선실의 방장이나 종단의 장(長)쯤으로 유폐시킨 다음, 고요와 복 빌기 불교를 실천하고 있는 것이 아닌가? 한국의 불교사에서 간디와의 친화성을 찾을 수 있는 불교도는 동 속에서만 정을 찾고, 세속(생멸)에서만 참을 찾으려고 했던 원효와 만해 등이 아닐까? 간디의 시절보다 오늘날의 민중은 더 깨어있고, 정치는 더욱 치열하게 우리 삶 속에 파고든다면, 우리는 정치, 경제, 사회 현실을 한 순간이라도 도외시할 수 없을 것이므로 이런 질문을 던지지 않을 수 없다.

4. 종교와 정치

간디는 세속에서 정치 · 종교 · 경제 · 법률 · 문화 · 교육 등은 서로 얽혀 있다고 보았다. 하지만 그는 영국의 제국주의로부터 조국의 독립을 쟁취하는 일을 사땨그라하의 최우선 과제로 삼았으므로 정치 분야에서 가장 많이 활동한 셈이다. 스스로 성자라고 부르지도 않고 정치가의 기질이 자신을 지배한 적이 단 한 차례도 없다고 했던 간디이지만, 그가 한 모든 일은 자신에게는 정치라고 했고, 인도의 자치(스와라즈)를 얻기 위한 노력조차 해탈하기 위해서라고 했다. 그런데도 간디는 정치를 한없이 성가신 일로 보았고 자신이 정치를 털어 버릴 수 있다면 기뻐 춤출 것이라고 했다(권1, 149번). 그렇다면 그는 왜 그토록 성가신 정치에 깊이 연루될 수밖에 없었을까? 그 이유는 크게 두 가지이다.

첫째, 진리가 삶의 모든 실제적인 측면에 적용될 수 있다는 그의 확신 때문이다. 그는 진리와 비폭력이 사람이 하는 모든 말, 행위와 거래 안에 구현되어야 한다는 신념을 갖고 있었다. 이 신념은 정치적 삶이 반드시 영화(靈化)되어야 한다는 '큰 말씀'으로 표현되었다. 간디는 이 말씀을 자신의 정치적 구루 고칼레에게 배웠다고 한다. 그리고 간디는 "정부의 정치 형태는 영적인 힘의 구체적 표현"이라고 보았고(권1, 27번), 자신의 사명이 정치적인 것이더라도 그 뿌리는 영적이라고 확신했다. 그래서 만일 어떤 종교인이 정치와 역사를 헛것이라고 한다면, 그 종교인의 종교야말로 헛것이라고 해야 할 것이다. 둘째, 정치판을 차마 두고 볼 수 없었던 간디의 불인지심(不忍之心) 때문이다. 간디는 오늘날의 정치가 더 이상 왕들의 관심사가 아니라 사회의 최하층에까지 영향을 미친다고 하고(권1, 135번), "민중이 약탈당하고 있는데 가만히 앉아 있을 수가 없습니다"라고도 했다(권1, 152번).

간디는 자신의 정치참여에 대해 "그것은 오늘날의 정치가 뱀의 똬리처럼 우리가 아무리 노력해도 빠져 나올 수 없게끔 우리를 휘감고 있기 때문이었다"라는 말도 했다(권1, 25번). 그는 1894년 나이 스물다섯 남아프리카에서 공적 생활과 공공봉사에 투신한 뒤로 죽을 때까지 뱀과 같이 자신의 몸을 휘감고 있는 정치, 민중을 약탈하는 정치라는 뱀과 씨름했다. 그 씨름에는 정치도 거룩하게 되어야 한다는 확신과 정치에 대한 불인지심이 함께 작용하고 있었던 것이다.

5. 간디와 함석헌

함석헌(1901~1989) 선생님은 우리가 간디를 배워야 할 이유의 하나로 간디 사상에는 정치와 종교가 하나로 잘 조화되어 있기 때문이라고, 다시 말해 정치 문제를 종교적으로 해결했기 때문이라고 하셨다. 역자가 함 선생님을 처음 뵌 것은 1973년 대학 3학년 때, 박정희 씨의 시월유신 반대 데

모로 용산경찰서 유치장에 붙들려 들어가 29일 간의 구류를 살고 나온 직후 박재순 선배님의 소개로 서울 신촌 봉원동 퀘이커 모임집에서였다. 그리고 1975년 무렵 다른 십여 명의 또래 청년들과 더불어 『바가바드 기따』를 영어 번역으로 공부했다. 『기따』의 시구를 함께 읽고 함 선생님께서 해설을 붙이시는 방식이었다. 선생님께서는 그것을 손질하고 보충하여 『씨알의 소리』에 연재하셨고, 생전에 책으로도 내셨다. 그리고 칠순이 훌쩍 넘어 『간디자서전』도 번역·출판하셨다. 용산 원효로 선생님 방에서 이마에 하얀 머리띠를 두르시고 번역에 열중하시던 모습이 지금도 눈에 선하다. 그런데 함 선생님은 "간디는 간디고, 나는 나야 하지"라는 말로 옮긴이의 말을 끝맺으셨다. 간디가 훌륭하여 배울 데가 많은 인물이지만 우리는 노력해도 그의 길을 다 따라갈 수는 없을 것이다. 그래도 탄식하거나 낙망해보아야 소용없고, 주어진 여건에 따라 당신에게 주어진 길을 가야할 것이라는 취지로 이해할 수 있는 말이다. 그런데 이제 와서 생각해보면 이런 말조차 아무나 할 수 있는 것은 아니다. 누가 감히 진리를 향한 간디의 정직하고 치열한 삶을 바라보면서 교만한 생각 조금도 없이 "간디는 간디고, 나는 나야 하지"라고 할 수 있을까?

역자는 함 선생님을 새삼스레 기억하면서 간디에 대해 그 분이 남기신 글 다섯 편 중 네 편을 골라 1권에 두 편, 2권과 3권에 각각 한편씩을 붙여 해설로 삼으려고 한다. 이 역서의 출판을 계기로 평생토록 진리 구현을 위해 노력했던 간디, 원효, 만해, 함석헌 등의 비교연구도 가능할 것이다. 물론, 단순한 비교연구보다는 제2의 간디, 제2의 원효, 제2의 만해, 제2의 함석헌이 나타나 미물과 뭇짐승에서부터 민족을 거쳐 마침내 전 세계에 봉사하는 자, 그 세계마저도 잘못되면 진리와 비폭력의 제단에 바쳐 제사 지낼 수 있는 자의 출현이 인류의 역사에 훨씬 보탬이 되겠지만 말이다.

6. 비폭력과 문명비판

2000년 하반기부터 학교 수업과 관련된 공부 시간을 빼 놓고는 거의 전적으로 간디 번역에 매달려 왔다. 주로 방학을 이용하며 어느덧 4년 가까이 흘렀다. 법률문서 및 물레와 직조를 설명하는 글 등, 역자에게 아주 생경한 글 안에 있는 전문용어를 정확히 번역해 내는 일, 그리고 셀 수도 없이 많은 문장 하나하나를 형용사나 부사 하나 놓치지 않고 번역하는 일은 결코 쉬운 작업이 아니어서 아직도 오역이나 놓친 단어와 구절이 있을까 봐 불안하다. 하지만 그보다 더 어려웠던 것은 그의 삶과 글을 똑바로 쳐다보는 일이었다. 그것들이 햇빛 내려쬐는 눈밭 같이 눈부시게 정직하기 때문이다.

간디는 우리나라에 종종 왔다. 자서전이나 전기의 형태로 오다가 이번에는 선집의 모습으로 오는 셈이다. 이 선집은 종교적인 가르침을 우리 시대에 발생하는 각종 이슈에 적용·실험한 사례집이라는 의미에서 현대의 경전이라고도 할 수 있다. 하지만 진리와 아힘사 실천에서 그가 보여 주었던 엄격함과 정직함, 그리고 그 실천의 폭과 깊이로 말미암아, 이미 비천함과 경박함의 거의 극치에까지 와버린 이 세상에 그 경전의 내용이 전면적으로 실현되기는 거의 불가능할 것이다.

간디가 실천한 비폭력 강령의 폭과 깊이는, 그가 그 강령은 인간을 넘어가 송아지와 원숭이, 심지어 뱀에게도 당연히 적용되어야 한다고 믿었다는 점에서 분명히 보인다. 간디는 역시 하나의 피조물에 불과한 인간에게 다른 피조물들을 마음대로 처리할 수 있는 권리는 없다고 보았다. 하지만 그는 병든 송아지를 독극물로 안락사시킬 수밖에 없었고, 소 우리에 침입한 뱀을 죽일 수밖에 없는 자신의 처지에 대해 깊이 고뇌하고 인간의 삶에 내재해 있는 근원적인 폭력성을 절감하며, 바로 그 이유 때문에라도 우리는 더욱 겸손해야 한다는 진리를 깨달았다.

간디는 현대문명을 신랄하게 비판했다. 그 문명을 만끽하며 살아가는 우리는 간디의 문명비판을 머리로 납득하기가 어렵고 그 비판 정신에 따라 살아가기는 더더욱 어렵다. 간디는 『힌드 스와라즈』(권1)에서 현대문명에 대해 우리가 참기만 하면 저절로 파멸하고 말 문명이라고 단언했다. 현대문명이 소유와 향유에 대한 욕망을 전제하고 있으므로 가만 둬도 망하고 말 문명이라는 저주에 가까운 말로 그것을 근본에서부터 전복하려고 했다. 이보다 더 무시무시한 말이 있을까? 진리와 비폭력의 이름으로 간디가 퍼부은 현대문명 비판은 하도 신랄하고 혹독해서 네루조차도 이를 외면했을 정도였다. 저주 같은 이 비판을 어떻게 감당해야 할까? 비판 내부의 오류를 찾아내서 그 비판을 거부하든지, 아니면 우리는 그의 소리를 경청하고 우리가 가는 길을 고쳐야 한다. 그것도 아니면 이대로 가다가 망할 수밖에 없다.

7. 선동가 간디

참의 실현! 간디는 참을 위해 목숨 걸었고 수많은 동시대인들을 불러내어 여기에 동참시켰으며 동참자들에게는 이 길을 가는 데 필수적인 인격적 자질을 철저하게 닦으라고 엄중히 요구했다. 많은 정치가, 종교인, 법률가, 학자, 선생 그리고 학생도 간디의 부름에 응하고 개인적 차원의 품성 함양을 요구받았다.

이제 누가 간디의 독자가 될 수 있을까? 아니 누가 간디를 읽어야 할까? 오늘날 우리나라에서 세상에 참을 실현함으로써 세상을 고치려는 사람들 모두, 다시 말해 시민운동가와 자원봉사자를 비롯하여 세상에 봉사하려는 자들은 반드시 간디를 읽어야 한다. 간디의 삶이 보여준 지와 행의 합일,

그리고 우리는 그 합일을 위해 투옥은 물론이고 목숨마저 버리겠다는 각오―히말라야 설산의 하얀 눈 같이 순결하고 태양 같이 뜨거운 각오―만이 시민운동의 개혁성과 지속성을 보장하고, 봉사를 올바르게 이끌어 준다는 점을 통렬히 자각해야 한다. "내 인생 자체가 내 메시지"라는 간디의 말은 이런 각도에서도 깊이 새겨 봐야 한다. 만일 우리가 진리를 믿고 이에 따라 행동한다면 우리의 인생 자체가 세상의 변화와 개혁을 위해 가장 강력한 메시지가 될 것이기 때문이다.

간디는 행위에서 무행위를 찾았고, 생멸의 시간 속에서 진여의 영원을 보려고 했다. 그의 삶과 글은 맑은 마음과 눈으로 조용히 들여다보기만 해도 아주 선동적이어서 사람을 가만 두지 않는다. 그 스스로 참을 실현하려고 온 몸으로 움직인 행동가였기 때문이다. 그가 오늘날에도 선동하고 싶은 사람들은 아주 다양하고 광범위해서, 허위와 폭력 안에서 성찰 없이 무심코 살아가는 사람들 모두를 대상으로 삼을 것이다.

간디는 먼저 국가와 민족을 위한다고 동분서주하는 정치가들에게는, 그들이 명예욕과 물욕 그리고 자만심에 빠지기 쉽다 하고, 정치가란 직업 자체가 진실이란 덕은 지키기 어렵고 허풍떨기는 아주 쉬운 직업이라고 일갈할 것이다. 무슨 값을 치르고서라도 부자 되는 길을 가르치려는 자본주의 경제 관료 및 학자에게는, 그 길이 부익부·빈익빈에의 길, 탐닉과 궁핍에의 길, 사악에의 길이 아니냐고 항변할 것이고, 사업가에게는 부의 축적이 불살생 원리의 정면 위반이라는 말로 가슴팍을 찌를 것이고, 파업 노동자에게는 너희 역시 부자가 되고 싶은 것이 아니냐고 반문할 것이며, 공산주의자에게는 공산사회의 수립 과정이 이미 폭력적이었다고 꼬집어 말할 것이다.

팍스 브리태니커든, 팍스 아메리카나든 강대국 주도의 세계 질서에 대해서는, 그것이 오만, 오류 그리고 무엇보다도 순전한 물리력에 근거한 것이 아니냐고 맨 가슴으로 대들 것이다. '대한민국'이라고 외쳐대는 피 끓는 우리의 애국 청년에게는 진리의 제단 위에 자신과 가족은 물론 조국이나 민족마저 희생시킬 각오가 없다면, 그 외침은 조급함이나 허위의 소리이기 십상일 것이라고 충고할 것이다.

읽고 글쓰기로 자족하는 글쟁이에게는, 자신과 세상의 변화를 위해서는 지성만이 아니라 심정이 중요하며, 손이나 머리만이 아니라 온 몸을 움직여야 할 것, 그렇지 않으면 세련된 위선에 빠지게 된다고 경고할 것이다. 철학이 동료들과 더불어 있는 일과 그들에게 봉사하는 일에서 우리를 기쁘게 할 수 없다면 철학 공부는 모두 "헛된 짓"이라고 크게 꾸짖을 것이다(권2, 141번).

실천할 생각도 없는 글쟁이가 글의 스타일이나 미문만을 추구한다면, 그는 속빈 강정에 달콤한 꿀을 바른 것 같이 진실을 이중으로 호도하는 것이고, 결국 자신도 속이고 남도 속이게 된다. 무엇보다도 손과 머리의 분리에 근거한 사회적·경제적 분업을 믿지 않았던 간디에게, 글이나 그림 등에서 진리를 망각하고 아름다움만을 추구하는 일은, 일그러진 개인적 삶의 징표이면서, 동시에 이런 분업 자체를 가능하게 하는 현대문명의 실상, 다시 말해 현대문명에 내재해 있는 허위와 폭력, 그리고 불평등을 감추는 일이라고 보았다.

말과 글로 진실을 호도하여 세상을 기만하는 부류에는 언론인들도 둘째 가라면 서러워할 존재들이다. 이들은 매스 미디어가 휘두르는 폭력에 가까운 힘을 믿고 공명심에 취하여 자신들의 생각을 사실인양 보도하면서, 세상을 어지럽히고 세상 사람들을 속이는 악마적 행위를 수시로 저지르고 있는 것이 아닌가?

세상을 바꾸려는 모든 개혁자는 진리, 비폭력, 무소유, 무외, 일체의 차별폐지 등의 도덕적 자질을 스스로 갖춘 만큼 세상을 바꿀 수 있다는 점을 명심해야 한다. 이런 자질을 일정 수준 이상 갖추지 않았다면 차라리 개혁을 단념하는 편이 낫다. 그렇지 않으면 세상은 더욱 어지럽게 되고 더 큰 혼란에 빠질 것이기 때문이다.

간디는 종교인들에게 고요에의 탐닉 대신 민중을 섬기고 그들에게 봉사

하라고 권했다. 하지만 섬김과 봉사는 결코 민중에게 영합하는 것이 아니
라, 진리와 비폭력의 잣대로 그들을 추궁·비판·계몽하는 일을 반드시 수
반해야 한다. 민중을 질책하고 교육하는 일은 종교인과 비종교인을 불문하
고 세상을 바꾸겠다는 모든 이들의 사명이 되어야 한다. 맞아 죽을 각오로
간디가 그렇게 했듯이 …….

　우리가 지금 마음속 깊이 불안, 초조, 불만, 어둠을 느끼고 있다면, 이는
아뜨만, 불성, 일심(一心), 주님이 우리를 선동하고 있다는 증거이다. 먼저
참을 향해 선동당하고 다음 순간 남을 선동하면서 평안을 구한다면 그가
참 사람이다. 아, 우리 속의 영원한 선동가여! 인류의 역사상 가장 위대한
선동가들 가운데 한 사람이 여기 있다. 이 사람을 보라!

2004년 가을, 과천 가일 마을에서

허 우 성

　마하뜨마 간디에 대한 방대한 문헌들이 급증하고 있음에도 불구하고 그의 핵심적인 글들을 모은 기록문서, 즉 쉽게 구할 수 있으면서도 일관된 기록문서가 지금까지 없었다. 간디는 평생 동안 자신이 편집했던 『인디언 어피니언』, 『영 인디아』, 『하리잔』과 『나바지반』이라는 주간지를 위해 매주 기사를 썼다. 그는 남아프리카, 영국, 인도 및 세계 각지에서 편지를 보내는 모든 사람들에게 답장할 만큼 아주 양심적이어서 하루 최고 70통의 편지를 쓰기도 했는데 이런 일을 40여 년 동안이나 계속했다. 그가 보낸 엄청난 양의 편지가 그의 『전집』이 90권에 달하는 주된 이유이다(인도 정부는 간디 사후 곧바로 『전집』 발간사업에 착수했는데 이제 거의 완료되었다).* 그가 실제로 집필한 책들은 몇 권 되지도 않고, 그것들조차 단편적이고 결론을 분명히 내리지도 않았다. 이 범주에는 『힌드 스와라즈』, 『나의 진리실험 이

---

* 1999년 인도 정부 출판국이 98권에 달하는 『마하뜨마 간디 전자책』을 발간한 것을 보면 이 사업은 완료된 것으로 보인다. 『전자책』은 간디의 육성과 동영상까지 담고 있다. (역주)

야기』, 『남아프리카에서의 사땨그라하』, 『아슈람 실천 규율』이 있으며, 여기에 『바가바드 기따』, 건설적 프로그램, 건강 관련 소책자들이 추가되었다. 간디라는 인물과 그의 영향력에 대한 대중적 지식의 원천에는 간디 자신의 미완성 자서전과 인기 있는 전기 몇 종이 있는데 이것들은 더러 오해를 낳기도 하였다. 그에 관한 선집들이 꽤 다수 출간된 것도 사실이지만, 대부분은 피상적이거나 단편적이어서 그의 사상의 풍요함을 크게 가리고 있다.

나는 옥스퍼드의 콜(G. D. H Cole)과 플라머나츠(John Plamenatz)를 비롯한 제씨들의 제안을 받아들여 『전집』 두 권이 채 나오기 전인 1956년, 미출간된 간디 저술에 대한 연구를 시작했다. 다행스럽게도 비노바 바베가 스와미나탄(K. Swaminathan) 교수를 설득하여 『전집』의 편집과 출간을 착수하도록 했다. 스와미나탄 교수는 이 부담스런 과업을 기꺼이 수행해 나갔고, 비범한 인내와 주도면밀함 그리고 조심성을 발휘하여 최근 이 과업을 완수해 냈다. 나는 그로부터 큰 도움을 받아서 그의 사무실과 기타 여러 도서관에 있는 방대한 자료를 열람할 수 있었다. 그 덕분에 나는 『마하뜨마 간디의 도덕·정치사상』*을 완성하여 1973년 옥스퍼드 대학에서 그것을 출판할 수 있었다.

나는 그 이후 간디에 대한 종전의 선집들이 간디를 아주 잘못 나타내고 있다는 점을 분명히 알게 되었다. 나는 『전집』 안에 있는 수없이 많은 세세한 사항들(그리고 찰나적인 사항들)로부터 간디의 핵심적인 글을 구해내려고 했으며, 그 과정에서 간디 사상의 섬세함과 범위를 정당하게 다루자면 그의 전체 저술에서 최소한 세 권 분량 정도를 끄집어내야 한다는 점을 깨달았다. 포괄적이고, 균형 있고, 쉽게 읽힐 수 있는 선집을 만들기 위해서 『전집』 한권 한권을 세밀히 살펴보아야 했고 아주 엄정한 기준을 적용해야 했다. 그리고 선정된 자료들은 『전집』의 정본에 의존하면서도 소소한

---

* 우연하게도 이 책과 본 역서의 서명이 같게 되었다. 저자명을 밝히지 않는 것은 모두 본 역서를 가리킨다. (역주)

변화가 필요했다. 나는 수록된 글 하나하나에 적합한 제목을 달아주었고, 간디나 그의 동료들이 붙인 원제목은 각 글의 말미에 언급했다. 독자가 선집을 읽어 가는 데에 불필요한 상세한 사항들로 방해받지 않도록 각주는 최소한으로 줄였다. 나는 간디 필생의 업적 전체에서 따온 정선된 글들을 기술적(記述的)인 제목 아래 편집했다. 그것들은 수십 년에 걸쳐 그의 사상이 정련(精鍊)되어 가는 과정을 보이면서도 그의 공약과 관점들의 바탕이 되는 일관성을 보이고 있다.

이 세 권으로 이뤄진 선집*은 인도 및 다른 나라에 살고 있는 다양한 씨알들이 20세기와 그 이후의 미래에 대해, 의미 깊고 주목하지 않을 수 없는 간디의 기여를 보다 완전하고 보다 정당하게 평가하는 데에 도움이 될 수 있을 것이다.

R. N. I.

1983.10.2

감사의 말

『간디전집』(90권)의 사용을 허락해 준 나바지반 출판사에 감사드린다. 이 세 권짜리 선집에 대해 귀중한 제안을 해주신 K. 스와미나탄 교수께 감사 드린다. 이 책을 준비하는 데 관대한 도움을 주신 데 대해 킬리안 코스트와 엘튼 홀 교수께 감사 드리고, 출판을 위해 자료를 준비해 준 루쓰 엘로트와 폴라 켈리께, 그리고 마지막으로 옥스퍼드 대학 출판부 편집진에게 감사를 드린다.

---

* 한글판 선집 『마하뜨마 간디의 도덕·정치사상』은 모두 6권으로 했다. (역주)

현대사의 조명탄(照明彈) 간디*

함석헌

간디는 현대 역사에 있어서 하나의 조명탄입니다. 캄캄한 밤에 적전 상륙을 하려는 군대가 강한 빛의 조명탄을 쏘아올리고 공중에서 타는 그 빛의 비쳐줌을 이용하여 공격목표를 확인하여 대적을 부수고 방향을 가려 행진을 할 수 있듯이 20세기의 인류는 자기네 속에서 간디라는 하나의 위대한 혼을 쏘아 올렸고, 지금 그 타서 비치고 있는 빛 속에서 새 시대의 길을 더듬고 있습니다. 그의 탄생 1백 년을 기념하는 의미는 "그 빛 속에 걸어서 넘어짐을 면하자"는 데, "그 빛을 믿어 빛의 아들이 되자"는 데 있습니다.

그렇습니다. 그는 분명히 인류가 인류 속에서 쏘아올린 혼이었습니다. 그가 있기 위해서는 인도 5천 년의 종교문명과 유럽 5백 년의 과학발달과 아시아·아프리카의 짓눌려 고민하는 20억 넘는 유색인종이 필요했습니

---

* 이 글은 『주간조선』 1969년 10월 5일자와 『咸錫憲全集』 7(『간디自敍傳』, 한길사, 1993)에 실린 글임을 밝혀둔다. 또한 옮기는 과정에서 표준어 규정에 의거하여 약간의 수정을 가하였다.

다. 그러나 모든 위대하고 아름다운 혼이 그랬듯이, 그도 고통과 시련 없이는 되어 나올 수 없었습니다.

그를 다듬기 위해서는 대영제국의 가혹한 3백 년 식민지 정치가 있어야 했고, 인류 역사에서 가장 부끄럼인 보어전쟁과, 두 차례의 세계대전이 있어야 했습니다. 그를 낳은 것도 인류지만 그를 못살게 학대한 것도 인류입니다. 어려서부터 숨을 거두는 때까지 그의 일생의 표어는 '참'이었는데, 이 참의 사람을 인간들은 얼마나 학대했나 보십시오. 어려서 동무와 같이 놀면 동무 아이들이 못살게 굴었지, 학교에 가면 선생이 괴롭혔지, 유학을 가겠다 할 때는 문중이 파문을 했고, 공부를 다 하고 변호사가 된 때는 영국 관리가 멸시를 했습니다. 인도에서 살 수 없어 남아프리카로 가면, 거기서 백인이 학대를 했고, 인도 독립을 위해 돌아와 활동하면 영국 정부가 잡아 감옥으로 보냈습니다. 그 대영제국을 물리치고 나니 회교도가 시기하고 미워하지, 회교도를 또 감화시키고 나니, 이번은 남 아닌 힌두교도가 쏘아 죽였습니다.

그러나 그는 폭발하는 혼이었습니다. 누르면 누를수록 더 일어섰습니다. 그는 비겁을 가장 큰 죄로 알았습니다. 뺏으면 뺏을수록 커졌습니다. 그는 사랑을 모든 선의 근본으로 여겼습니다. 민족주의가 박해하면 민족을 초월해 인도주의에 오르고 인종차별의 업신여김을 당하면 인종을 초월해 세계에 올라갔으며, 종파주의 설움을 당하면, 모든 종교를 초월해 우주에 섰습니다. 크다 크다 못해 다시 더 용납될 수가 없이 됐을 때 그는 폭발하는 조명탄이 되어 공중에서 타올라, 그 빛 속에 내 편과 대적을 다 비치게 됐습니다.

재미있습니다. 어제까지 그를 못살게 굴다가 쏘아 죽인 인간들이 한번 죽고 나면, 오늘은 그 숭배자가 됐습니다. 그가 원탁회의를 하러 가는 것을 싫어해서 "그 한 절반 벌거벗은 몸의 중놈을 우리 폐하께 뵙게 한단 말이냐" 하고 반대했던 저 처칠조차도 부의를 보내지 않을 수 없었으니 놀랍지 않습니까? 그러나 놀라운 것은 그것만이 아닙니다. 지금은 피 흐르는 칼을 엇메고 발 밑에 민중을 짓밟고 서는 군국주의자들까지 간디 1백년제라고 떠들게 됐으니 어찌합니까?

모순이람 모순이고, 익살이람 참 익살입니다. 그러니 그만큼 위대합니다. 진리이기 때문입니다. 조명탄은 양쪽에 다 같이 빛이 되듯이, 참 속에는 옳은 것 그른 것이 다 같이 서는 것이고, 사랑 안에는 선한 것 악한 것이 다 하나로 살 수 있습니다. 간디를 이해 못하기는 고사하고 그의 정신을 분명히 반대하는 무리들조차도 그를 존경하(는 척하)지 않을 수 없는 것은, 그의 비쳐주는 길이, 어쩔 수 없이 인류 역사가 나가야 하는 필연의 방향이기 때문입니다.

그 길이 무슨 길입니까? 비폭력반항의 길입니다. 평화의 길입니다. 간디는 자기 일생을 진리에 대한 실험이라고 했습니다. 그는 희생봉사의 일생을 통해 이것을 인류 앞에 실지 증거해 놓았습니다. 남아프리카에서 자기 동족에게까지 의심을 받아가며 몇 번을 죽을 뻔하면서 20년 세월이 들어서 마침내 이겼고, 아프리카에서 얻은 것을 밑천으로 해서 인도 본토에서 30년에 가까운 세월을 싸워서 마침내 피흐름이 없이 "이곳은 당신들의 있을 곳이 아닙니다"라는 한 마디로 3백 년 해먹던 대영제국을 몰아내고 아직도 주리고 헐벗음을 벗어나지 못한 인도민족을 인류 행진의 선봉으로 내세웠습니다. 정치는 반드시 문명의 전부도, 제일 중요한 부분도 아닙니다. 오늘 유럽과 미국에 가서 인도 젊은이들이 어떻게 자부심을 가지고 대보 활보하는가를 보십시오. 이것은 오로지 간디의 비폭력반항에서 온 것입니다.

어째서 그렇게 됐습니까? 폭력으로 경쟁하는 정치의 시대가 지나갔기 때문입니다. 현대는 고민하는 시대입니다. 고민의 원인은 전쟁을 할 수도 아니할 수도 없는 데 있습니다. 이때까지 전쟁은 자연의 법칙으로 알았습니다. 그러나 그것은 자연의 법칙이 아니라 지배자들이 일부러 만들어내고 선전한 결과란 것이 밝혀졌습니다. 또 무기의 발달은 전쟁을 이기고 짐의 구별 없이 다 망해버리게 하는 정도로 파괴적인 것으로 만들었습니다. 그리해서 이날까지의 습관으로 하면 전쟁을 해야만 될 듯하나 현실로는 할 수 없는 딜레마에 빠졌습니다. 이때에 있어서 비폭력반항은 오직 하나의 길입니다. "싸움은 만물의 아버지"라는 말은 이제는 지나간 말입니다. 협동이야말로 생물진화의 진리라는 것을 과학적으로 밝히고 있습니다. 물론 싸움이 부분으로 없는 것은 아닙니다. 생명은 관대한 것이어서 제 시대를 잃어버린 것도 쓸어버리지 않고 남겨둡니다.

오늘이 파충류의 시대는 아니지만 도마뱀 따위가 남아 있습니다. 인류의 문명이 더 높아진 후일에도, 군인이란 지나간 시대의 찌꺼기가 상당한 시간을 남아 있을지 모릅니다. 그러나 그들의 시대는 지나가고 있습니다. 지나가고 쓰레기통에 들어갈 것을 알기 때문에 지금 단말마적인 발악을 해보는 것이 오늘의 현상입니다. 형장으로 나가는 사형수는 마구 처먹는 법입니다.

또 설혹 싸움이 없어질 수 없는 법칙이라 가정을 하더라도 도저히 폭력으로는 싸울 수 없어졌습니다. 싸운다면 정신의 힘으로 하는 수밖에 없습니다. 그런데 정신의 힘이란 사랑과 참으로만 기를 수 있는 것입니다. 그렇기 때문에 비폭력이야말로 할 수 있는 단 하나의 길이라는 것입니다.

비폭력반항은 하나의 조직적인 사랑입니다. 사랑이 생명의 원리인 것은 인간이 안 지 오랩니다. 우리나라 옛날 종교인 선도의 핵심은 평화주의입니다. 전쟁 정복의 얘기 없이 나라의 시작을 말하는 단군부터 그렇고, 고구려에서 온달로, 백제에서 검도령으로, 신라에서 처용으로 대표되는 그 사상이 다 그것입니다. 중국에서 하면 황제, 노자 장자 공자 맹자 묵자의 근본사상은 다 평화주의에 있습니다. 아힘사 곧 생명을 해하지 않음을 핵심원리로 삼는 인도사상은 언제부터인지도 알 수 없을이 만큼 오랩니다. 예수는 다시 말할 필요도 없고 그보다 거의 8백 년이나 앞서 살았던 이사야 때 벌써 높은 평화주의가 나타나 있습니다.

이렇듯이 사랑이야말로 살리는 원리인 것을 안 것은 퍽 오랩니다. 아마 원시적인 가족 사이에서 벌써 발달됐을 것입니다. 그러나 그것은 주로 개인적인 것이었지 단체적인 것이 아니었습니다. 생활이 비교적 단순하던 때는 인간관계도 자연적으로 되는 정도이었으므로 사회는 개인적인 도덕활동만으로도 되어갈 수 있었습니다. 그러나 과학이 발달하고 그것을 실생활에 적용함에 따라 인간 사이의 교통이 굉장히 잦아졌고 사회는 거기 따라 점점 더 동적인, 조직적인 것이 됐습니다. 이제 정치는 결코 공자 예수가 있던 때의 유가 아닙니다. 한마디로 지배자는 아주 조직적인 악을 행하게 됐습니다. 그러므로 인심이 천심이라던 논법으로는 도저히 악의 세력을 물리칠 수가 없어졌습니다. 그렇기 때문에 사회악과 싸우는 것을 사명으로 하는 종교가조차도 개인으로는 살인하는 것이 죄요, 자기 희생을 하는 것이 최고의 선이나 단체적으로 전쟁을 해도 살인이 아니요, 민족적으로 자기 희생은 할 수 없는 것이라고 내놓고 가르치게까지 됐습니다. 그러나 아무도 거기 시원치 못한 것이 있는 것을 부인할 수는 없습니다. 여기에 현대 종교가 무력해진, 정치가 극도의 현실주의로 타락된 큰 원인이 있습니다.

그런데 여기서 큰 새 빛을 들어 비춰준 것이 간디입니다. 간디의 한 사랑이나, 참은 새 것이랄 것 없습니다. 해묵은 진리입니다. 그것을 실행하는 방법이 달라졌습니다. 위에서 조직적인 선이라고 한 것은 그 뜻입니다. 이 의미에서 간디는 역사상에 새 큰길을 열었습니다.

그는 조직적인 악에는 조직적인 사랑으로 대항할 것과 그렇게 하면 반드시 이기는 것을 증명했습니다. 개인에서와 마찬가지로 단체에 있어서도 죽음으로써 사는 것이 진리라는 것을 보여주었습니다.

문명은 발달하는데, 하면 할수록 어디를 보아도 광명이 없습니다. 빠져나갈 길이 없습니다. 어느 철학도 어느 사상도 핵무기 앞에서 큰말을 할 수 없어졌습니다. 말하는 이가 있다면 오직 하나 간디뿐입니다. 이리 가면 산다 합니다. 그 길은 곧 스스로 세상 죄의 값인 고난을 자기 등에 짐으로써 너와 나를 다 살리자는 비폭력반항의 길입니다. 그것을 단체로써 하자는 것입니다. 압박받는 대중이 아무런 무기가 없어도 이 조직된 사랑의 공세를 취할 때 무너지지 않을 악의 요새는 하나도 없다는 것입니다.

　　어떤 사람은 2차 대전 이후의 세계 형편을 보고 간디정신에 대해 비판하려고 합니다. 그러나 그것은 잘못입니다. 참나무는 빨리 자라지 않습니다. 단기로서는 역사적인 인간은 못됩니다. 믿음이 우리를 구원할 것입니다. 인간은 인간입니다. 악하기도 하지만 선하기도 합니다. 문제를 스스로 제출한 것이 인간이면, 인간은 또 해결하고야 말 것입니다. 자멸할 수 없는 것이야말로 인간입니다. 정신은 물질을 이기고야 말 것입니다. 간디정신은 이기고야 말 것입니다. 간디정신은 간디의 것이 아닙니다. 우주의 정신이요, 하나님의 말씀이기 때문입니다. 그의 위대는 어린애 같은 겸손한 믿음에 있었습니다.

차례

비폭력 저항과 사회 변혁 (하)

As at Wardha
C.P.
India.
23.7.'39.

Dear friend,

Friends have been urging me to write to you for th[e]
of humanity. But I have resisted their request, becaus[e]
the feeling that any letter from me would be an imperti[nence]
Something tells me that I must not calculate and that I
make my appeal for whatever it may be worth.

It is quite clear that you are today the one perso[n]
the world who can prevent a war which may reduce human[ity]
the savage state. Must you pay that price for an objec[t]
however worthy it may appear to you to be ? Will you li[sten]
the appeal of one who has seliberately shunned the meth[od of]
war not without considerable success? Any way I anticip[ate]
your forgiveness, if I have erred in writing to you.

Herr Hitler   I remain,
Berlin   Your sincere friend
Germany.   M. K. Gandh[i]

차례

비폭력 저항과 사회 변혁 (상)

제 **4** 장

스와데시-자급자족

1. 스와데시의 원리

152) 스와데시의 의미

우리는 작년의 대차대조표를 검토해 보았다. 우리가 날짜를 헤아리는 데 외래의 달력을 따라야 한다는 생각이 들자 기분이 좋지 않았다. 만일 스와데시가 외국에서 온 것 일체를 대체한다면, 불행의 씨앗은 조금도 남지 않을 것이다. 이제 막 시작한 새해에 우리가 그 목적을 위해 애쓴다면 우리는 쉽게 행복을 얻을 것이다. 스와데시는 위대하고 심원한 의미가 있다. 그것은 자국 내에서 생산된 것만의 사용을 의미하지 않는다. 그 의미도 스와데시 속에 분명히 있긴 있다. 그러나 거기에는 그보다 훨씬 위대하고 중요한 의미가 있다. 스와데시는 우리 자신의 힘에 의존한다는 것을 의미한다. 우리는 '우리 자신의 힘에 의존한다'는 것이 무슨 뜻인지도 알아야 한다. '우리의 힘'이란 우리의 신체·마음·혼의 힘을 의미한다. 이 셋 가운데 우리는 어디에 의존해야 하는가? 대답은 간단하다. 혼이 지고의 것이므로, 혼의 힘은 우리가 그 위에 무엇인가를 건축해야 할 토대이다. 수동적 저항 곧 사땨그라하는 그런 힘에 의존하고 있는 전투 방식이다. 그렇다면 그것이 인도인들이 성공을 거두기 위한 유일하게 참된 열쇠다.

올해에는 많은 것이 트란스발과 나탈에 달려 있다. 트란스발 투쟁은 진행중이다. 나탈에서는 법적 권리의 문제가 제기될 것이다. 만일 트란스발 인도인들이 자신들의 투쟁을 포기한다면, 그것은 나탈에 당장 나쁜 효과를 줄 것이다. 올해 나탈에서 일어날 사건의 전말이 이 운동에 의해 주로 결정될 것이기 때문이다. 나탈 정부에 청원을 제출하는 방법으로는 아무 것도 얻지 못할 것이다. 그렇다면 무엇이든 얻으려면 어떻게 해야 할까? 트란스발이 여기에 해답을 제공한다. 다시 말하자면, 올해가 우리를 위해 무엇을 간직하고 있을까라는 문제에 대한 해답은 트란스발 인도인들이 최후까지 투쟁할 것인지의 여부에 달려 있다.

2천 명의 남자들을 교도소로 보낸 적이 있는 공동체는 그 속에 배반자가 좀 있더라도 패배를 결코 용납하지 말기를 기대한다. 이런 관점에서 그 사안을 보면, 모든 인도인들은 새해가 무엇을 실현할지는 자신들의 손에 전적으로 달려 있다는 점을 알게 될 것이다.

—「새해」(G.), 『영 인디아』, 1909.1.2; 『전집』 9 : 139

153) 삶의 규칙으로서의 스와데시

1916.2.14

제가 여러분에게 말씀드린다고 했을 때 저에게 주저함이 전혀 없었던 것은 아닙니다. 그리고 연설 주제의 선택에 있어서 많이 고민했습니다. 저는 대단히 미묘하고 어려운 주제를 골랐습니다. 그것이 미묘하다고 한 이유는 스와데시에 대해 제가 아주 독특한 견해를 갖고 있기 때문이고, 그것이 어렵다고 한 이유는 제 생각을 적합하게 표현하는 데 필요한 언어를 제 마음대로 부릴 수 없기 때문입니다. 여러분은 분명히 제 말 안에서 많은 단점들을 알아차리겠지만, 이 점에 대해 여러분의 관대함에 기댈 수밖에 없음을 저는 잘 알고 있습니다. 제가 말씀드리려고 한 것 가운데 현재 실천하지 않는 것은 단 한 가지도 없고, 최선을 다해 실천할 각오가 되어 있지 않은 것 역시 단 한 가지도 없다는 점을 말씀드릴 때는 더더욱 여러분의 관대함이 필요하다는 것을 알고 있습니다. 여러분이 지난 달 한 주 동안 연설 대신 기도에 헌신했다는 것을 보고 저는 격려를 받았습니다. 제가 지금 말씀드리려는 것이 열매 맺기를 진심으로 기도했으며, 여러분이 유사한 기도로 제 말에 축복을 내려주실 줄 알고 있습니다.

저는 깊이 성찰한 뒤, 제가 생각한 의미를 아마 가장 잘 드러낼 수 있는 스와데시에 대한 정의에 도달했습니다. 스와데시란 우리 안의 정신, 즉 우리에게 가장 인접한 주변의 것들을 사용하고 봉사하는 데에 우리 자신을 제한하고, 보다 멀리 떨어져 있는 것을 배제하는 정신을 말합니다. 이것을 종교에 적용하면, 이런 정의에 맞는 요구 조건을 충족시키기 위해 나는 조상의 종교에 자신을 제한해야 합니다. 그것이 저에게는 가장 가까운 주변의 것을 사용하는 일입니다. 그 안에 결함이 있다면 저는 그 결함을 청산함으로써 종교에 봉사해야 합니다. 정치 영역에서 저는 토착기관을 사용해야 하고, 확인된 결점들을 치유함으로써 그 기관에 봉사해야 합니다. 경제 영역에서 저는 인접한 이웃들이 생산해낸 것만을 사용해야 하고, 산업 안에 부족함이 있다면 그것을 효과적이고 완전한 것으로 만듦으로써 그것에 봉사해야 합니다. 만일 이와 같은 스와데시가 실천된다면, 천년 왕국이 사실상 도래할 것이라고들 합니다. 우리는 우리 시대에 천년 왕국에 도달하지 않을 것이라 해서 그에 대한 추구를 포기하지 않듯이, 스와데시가 장차

다가올 수세대 안에 완전히 얻을 수 없는 것이라고 해도 그것을 버릴 수는 없습니다.

위에서 언급된 스와데시의 세 분야에 대해 간략히 검토해 봅시다. 힌두교는 보수적인 종교이고, 그래서 그 기초를 이루는 스와데시정신 덕분에 강력한 세력이 되었습니다. 그것은 비선교적 종교이므로 가장 관대한 종교이며, 그것이 과거에 확장되었듯이 현재에도 확장될 수 있습니다. 힌두교는 불교를 몰아내는 일에 성공한 것이 아니라 그것을 흡수하는 일에 성공했습니다. 불교를 몰아냈다고 말하는 것은 제 생각에는 잘못된 주장입니다. 힌두교도는 스와데시정신을 내세워 다른 종교를 개종하기를 거부합니다만, 그 이유는 그가 힌두교를 최선의 종교로 간주하기 때문이 아니라, 개혁을 도입함으로써 힌두교를 보완할 수 있다는 것을 알기 때문입니다. 그리고 힌두교에 대해 제가 말하는 것이 세계의 다른 위대한 종교에도 적용될 수 있을 것이라고 생각합니다. 다만 힌두교에 특별히 그러할 것이라고 주장할 수 있을 뿐입니다. 그런데 제가 말씀드리려고 하는 바의 요점이 바로 여기에 있습니다. 제 말씀에 뭔가 실질적 내용이 있다면, 인도에 위대한 선교단—인도는 그 선교단이 인도를 위해 한 일, 그리고 하고 있는 일에 대해 무거운 감사의 빚을 지고 있습니다만—이 개종의 목표를 버리고 박애 사업만을 계속할 경우, 그 사업을 더 잘 하고, 기독교정신에 따라 더 잘 봉사하지 않겠습니까? 이 말을 저의 무례함이라고 간주하지 마시기 바랍니다. 저는 이 제안을 성심을 다해 그리고 겸손한 마음으로 드리는 바입니다. 더구나 저는 여러분의 주목을 요청하는 바입니다. 저는 성경 공부를 하려고 노력해 보았습니다. 저는 그것을 제 성전의 일부라고 여깁니다. 산상수훈의 정신은 제 마음을 차지하기 위해 『바가바드 기따』와 거의 대등한 수준에서 경쟁을 벌입니다.

제가 '빛이여, 늘 인도하소서'[1]라는 찬송가를 비롯하여 유사한 성격의

---

1) 한글역 찬송가에는 '늘 인도하소서'로 번역되어 있다. (역주)

영감받은 다른 찬송가를 부를 때, 제가 느끼는 헌신의 힘은 절대 다른 기독교도에 비해 모자라지 않습니다. 저는 여러 다른 교파에 속하는 저명한 기독교 선교단들의 영향을 받았습니다. 그리고 저는 오늘날까지 저들 몇 사람과 우정을 누리는 특권을 향유하고 있습니다. 그러므로 여러분은 제가 말씀드린 상기 제안을 편견 있는 힌두교도로서가 아니라, 기독교를 향해 크게 마음이 열려 있는 겸손하고 공평한 종교학도로서 말씀드린 것임을 이해해 주시길 바랍니다. '너희들, 온 세상으로 들어가라'고 하는 예수의 메시지가 좀 협소하게 해석되고, 그 정신이 사라진 것은 아닐까요? 제 경험에 비춰 말씀드리면, 수많은 개종이 오직 명목상의 개종이라는 점은 부인할 수 없습니다. 어떤 경우에는 이와 같은 개종에의 호소가 심정으로 가는 것이 아니라 배로 가기도 했습니다.[2] 그리고 모든 경우에 개종은 그 뒤에 상처를 남기는데, 감히 생각한다면 그것은 불가피한 일입니다. 제 경험을 다시 들먹인다면, 새로운 탄생, 즉 심정의 변화는 모든 위대한 종교에서 완벽하게 가능한 일일 것입니다. 제가 지금 엷은 얼음을 밟고 있다는 점을 저도 알고 있습니다. 그러나 이런 주제를 마치면서, 저는 사죄하는 마음 없이 당당하게 다음의 말씀을 드리고 싶습니다. 즉, 지금 유럽에서 진행되고 있는 이 무서운 분노는 나자렛 예수, 즉 평화의 아들의 메시지가 유럽에서 거의 이해되지 못하고 있다는 점, 그리고 그 메시지를 비추는 빛은 동양으로부터 와야 한다는 점을 말입니다.

저는 종교적인 문제들에 대해 여러분의 도움을 구해 왔는데, 그것은 특별한 의미의 도움이었습니다. 그러나 그것을 정치적인 문제에서도 감히 구하고 싶습니다. 종교가 정치와 아무 관련이 없다는 것을 저는 믿을 수 없

---

2) 배는 영어 'stomach'의 역어이다. 그런데 이 문장의 뜻이 무엇인지 분명하지 않다. stomach은 욕망·기분·기호·마음의 의미를 갖고 있기도 하다. 간디의 용법으로 심정 (heart)이란 마음(mind)보다도 더 깊은 곳에 있는 것으로 보고 있는 경우가 있음을 염두에 두면, 개종에의 호소가 심정으로 간다는 것은 진정한 의미로 개종한 것을 의미하고, 배로 간다고 한 것은 종교 선택을 기분이나, 기호 문제 정도로 여기는 태도가 아닌가 한다. (역주)

습니다. 종교와 분리된 정치는 매장해야 할 사체(死體)와 같습니다. 사실상 아주 조용한 방식이긴 하지만 여러분이 정치에 미치는 영향은 적지 않습니다. 그리고 요즘처럼 정치를 종교에서 분리하려는 시도가 없었다면 정치와 종교는 오늘날 보이듯이 그렇게 자주 타락하지 않았을 것입니다. 이 나라의 정치적 삶이 행복한 상태에 있다고 여기는 사람은 아무도 없습니다. 스와데시정신을 끝까지 따라가면 토착기관들과 촌락의 빤차야뜨가 저를 사로잡습니다. 인도는 진실로 공화국입니다. 그리고 인도가 지금까지 받아온 충격을 견딜 수 있었던 이유는 인도가 바로 공화국이었기 때문입니다. 인도 태생이든 외국인이든 왕들과 유지들은 모두 징세의 목적을 제외하고는 거대한 대중과 거의 접촉하지 않았습니다. 대중은 카이저의 것을 카이저에게 보냈고, 카이저의 것을 뺀 나머지에 대해서는 원하는 대로 했습니다. 광대한 조직의 카스트는 공동체 안의 종교적 수요에 응한 것만이 아니라, 정치적 필요에 대해서도 대답한 것이었습니다. 촌민들은 카스트제도를 통해 내부 일을 처리했고, 그 제도를 통해 지배 권력자나 복수의 지배 권력자들의 모든 탄압을 다뤄왔습니다. 카스트제도를 만들어낼 수 있었던 국민에 탁월한 조직력이 없다고 말할 수는 없을 것입니다. 사람들은 작년에 하르드와르에서 열린 성대한 꿈바멜라축제[3]를 한 번 주목하기만 하면, 눈에 띄는 노력 없이도 1백만 명 이상의 순례자들을 효과적으로 접대할 만큼 우리가 조직에 분명히 능숙하다는 사실을 알게 될 것입니다. 그런데도 우리가 조직력이 부족하다고 말하는 것이 유행처럼 되어 있습니다. 새로운 전통 속에서 양육된 사람들에 대해서는 이런 말이 어느 정도는 사실일 것이라고 저는 우려하지 않을 수 없습니다.

우리는 스와데시정신에서 거의 치명적으로 떨어져 나온 탓에 끔찍한 장애 아래에서 수고해 왔습니다. 식자층인 우리는 외국어를 통해 교육을 받아 왔습니다. 그래서 우리는 대중에 대해 적절하게 반응하지 못했습니

---

3) 가장 큰 규모의 힌두교 순례축제. 『마하뜨마 간디의 도덕·정치사상』 권1, 1번 참조 (역주)

다. 우리는 대중을 대표하려고 했지만 실패했습니다. 그들은 우리보다 오
히려 영국 관리들을 더 인정했습니다. 그들은 어느 편에 대해서도 마음
을 열지 않았습니다. 그들의 열망은 우리의 열망이 아닙니다. 그래서 괴
리가 존재합니다. 여러분은 사실 조직상의 실패를 목격하는 것이 아니라,
대표자들과 피대표자들 사이의 의사 소통의 결핍을 경험합니다. 만약 지
난 50년 동안 우리가 토착어로 교육을 받았다면, 우리의 연장자·하인·
이웃사람들은 우리의 지식을 나눠 가질 수 있었을 것입니다. 보세와 레
이와 같은 사람들이 발견한 것들이 『라마야나』와 『마하바라따』와 같은
가보(家寶)가 되었을 것입니다. 그러나 실상 군중들의 입장에서 보는 한,
위대한 발견들은 외국인들이 한 것이라고 말해도 괜찮을 정도입니다. 모
든 학문 분야에서 교육이 토착어로 진행되었다면, 나는 토착어가 놀랍도
록 풍요로워졌을 것이라는 점을 감히 말씀드리는 바입니다. 촌락 위생설
비 등의 문제는 예전에 해결되었을 것입니다. 지금쯤이면 촌락의 빤차야
뜨는 특별한 방식으로 생동적인 힘으로 작용하고, 인도는 그 필요 조건
에 걸맞은 자치 정부를 향유하며, 성스러운 땅 위에 벌어진 조직적 암살
이라는 모욕적인 광경을 보지 않아도 되었을 것입니다. 고치기에 아직
늦지는 않았습니다. 다른 어떤 단체도 할 수 없지만 여러분의 의지만 있
다면 고칠 수 있습니다.

　이제 스와데시의 마지막 부문을 말할 차례입니다. 일반 대중의 지독한
가난은 대부분 경제생활과 산업생활에서 스와데시정신으로부터 파멸적으
로 일탈한 것에 기인합니다. 만일 교역에 대한 글이 하나라도 인도 외부에
서 들어오지 않았다면, 인도는 오늘날 젖과 꿀이 흐르는 땅이 되었을 것입
니다. 하지만 그렇게 되지는 못했습니다. 우리가 탐욕스러웠고 영국 또한
탐욕스러웠습니다. 영국과 인도가 관계를 맺게 된 것은 분명 하나의 과오
에 근거합니다. 그러나 영국은 실수로 인도에 계속 남게 된 것이 아닙니다.
영국 국민을 위해 인도를 위탁물로 잡아두는 것은 영국이 천명한 정책입
니다. 만일 이 말이 사실이라면, 랭커셔는 뒤로 물러나 있어야 합니다. 만

일 스와데시가 건전한 원칙이라면, 랭커셔가 뒤로 물러나 있더라도 당분간 충격은 받겠지만 상처는 입지 않을 것입니다. 나는 스와데시를 복수의 방도로 벌이는 보이콧으로 생각하지 않습니다. 나는 그것을 만인이 추종해야 하는 종교 원리로 생각합니다. 나는 경제학자가 아닙니다. 그러나 영국은 필요한 제품을 모두 생산할 수 있는 자급자족의 나라가 쉽게 될 수 있음을 보여주는 논문들을 읽은 적이 있습니다. 이것은 지독히 황당무계한 주장일 것입니다. 그것이 진실일 수 없음을 보여주는 최선의 증명은 영국이 세상에서 가장 큰 수입국의 하나라는 사실일 것입니다. 하지만 인도는 랭커셔 또는 다른 어떤 나라를 위해 살기 전에 인도 자신을 위해 먼저 살 수 있어야 합니다. 인도가 자신의 영토 내에서 자신의 필수품을 위해 모든 것을 생산하거나 또는 생산할 수 있도록 도움을 받을 때만, 자신을 위해 살 수 있습니다. 인도는 광기의 경쟁, 파멸적인 경쟁의 소용돌이에 빠져 들어갈 필요도 없고 그래서도 안 됩니다. 이 경쟁은 형제살해, 질투 그리고 수많은 다른 악들을 양산하기 때문입니다. 그러나 누가 인도의 거대한 백만장자들이 세계 경쟁에 뛰어 들어가는 것을 막을 수 있습니까? 법으로 막을 수 없음은 분명합니다. 하지만 대중 여론의 힘, 적절한 교육은 바람직한 방향으로 크게 작용할 수 있을 것입니다.

수직기 산업이 거의 빈사지경에 빠졌습니다. 작년에 만유(漫遊)하는 동안, 저는 될 수 있는 한 많은 직공(織工)들을 만나려고 특별히 노력했습니다. 그들이 한때는 번성했던 명예로운 직업을 잃어버린 일, 그리고 많은 가족들이 직업을 빼앗긴 과정을 보고 마음이 아팠습니다. 우리가 만일 스와데시 원칙을 따른다면, 우리의 수요를 공급할 수 있는 이웃들을 찾아내는 일, 그리고 그들이 공급의 방도를 모를 경우 그들을 교육하는 일이 여러분과 저의 의무입니다. 물론 여기에는 건전한 직업을 필요로 하는 이웃들이 있음을 전제로 합니다. 그렇게 되면 인도의 모든 촌락은 거의 완전한 자조(自助)와 자급자족의 단위가 되고, 그 지역에서 나지 않는 필수품만을 다른 마을들과 상호교환하게 될 것입니다. 이 모든 것이 황당한 일로 들릴 것입니다. 인도는 황당무계한 나라입니다. 친절한 이슬람교도가 깨끗한 물을 줄 준비가 되어 있는 데도 힌두교도 자신의 목을 갈증으로 태우는 일도 황당무계한 일입니다. 하지만 수천 명의 힌두교도들은 이슬람 가정에서 물을 얻어 마시느니 차라리 목말라 죽을 것입니다. 이와 같이 황당한 사람들은 자신들의 종교가 인도에서 만들어진 의복만 입어야 하고 인도에서 나온 음식만 먹어야 한다고 요구하는 것에 대해 확신이 서기만 한다면, 다른 의복을 입거나 다른 음식을 먹는 것을 거절할 수도 있습니다. 커전 경이 차 마시는 유행을 만들어 냈습니다. 그리고 이 해로운 약이 이제는 전국을 삼킬 것 같습니다. 이 차는 수십만 명의 남녀의 소화 기관을 이미 손상했으며, 그들의 얇은 지갑에 추가 세금을 부과했습니다. 하딩 경은 스와데시 풍조를 창안할 수 있고, 거의 인도 전체가 외래품을 금지하게 될 것입니다.

『바가바드 기따』를 자유롭게 번역한다면, 군중들은 계급을 따른다는 시구가 있습니다. 만일 한 집단의 사려 깊은 사람들이, 당분간 상당한 불편을 초래하더라도 스와데시 서약을 하게 되면 악을 쉽게 없앨 수 있을 것입니다. 나는 삶의 단 한 부문에라도 다른 것이 관여하는 것을 증오합니다. 그것은 가장 좋은 경우에도 작은 악일 뿐입니다. 그러나 외제품에 대해 부과되는 엄격한 관세는 용인하고, 환영하며 심지어 간청할 작정입니다. 영국 식민지의 하나인 나탈은 자신의 설탕을 보호하기 위해 영국의 다른 식민지인 모리셔스4)에서 반입되는 설탕에 대해서는 과세하고 있습니다. 영국은 인도에 자유 무역을 강요함으로써 죄를 지었습니다. 그 무역이 자신들에게는 음식이 되었는지 모르지만 이 나라에게는 독이 되었습니다.

인도의 경제적 삶에서는 여하튼 스와데시를 수용할 수 없다고 흔히 강하게 주장하는 사람들이 있습니다. 이런 반론을 펴는 사람들은 스와데시를 삶의 규칙으로 삼지 않습니다. 그들에게 스와데시는 자기 부정을 약간

---

4) Mauritius : 인도양의 마다가스카르에서 동쪽으로 약 800km 지점, 마스카린제도 중앙에 있는 독립된 섬나라. 수도는 포트루이스이다. (역주)

이라도 포함하고 있다면, 해서는 안 될 단순한 애국적 행동에 불과합니다. 여기에서 정의된 스와데시는 개인에게 초래할 신체적 불편함을 철저하게 무시하면서 진행되어야 하는 종교적 훈련입니다. 스와데시의 마법 아래 에서는 핀이나 바늘이 제조되지 않으므로 인도에 이것들이 없다고 해도 우리는 어떠한 공포도 느끼지 않습니다. 스와데시를 실천하는 자는 오늘 필요하다고 여기는 수백 가지의 물건이 없더라도 살아가는 법을 배울 것 입니다. 더구나 스와데시가 불가능한 일이라고 논함으로써 자신들의 마 음으로부터 이것을 지워버리려는 자들은, 스와데시가 지속적인 노력에 의해 결국 도달될 수 있는 목표란 점을 망각하고 있습니다. 우리는 스와 데시를 일정한 수의 품목들에 한정한다고 해도, 이 나라에서 생산될 수 없는 물건들을 일시적으로 사용하도록 허용함으로써, 우리는 그 목표에 이바지할 수 있습니다.

이제 저는 스와데시에 대해 제기된 반대를 하나 더 검토하려고 합니다. 반대자들은 스와데시가 문명화된 도덕률에서는 어떤 근거도 찾아볼 수 없 는 아주 이기적인 원칙이라고 간주합니다. 그들에게 스와데시의 실천은 야 만으로 복귀하는 것입니다. 저는 그 주장을 자세히 분석할 수는 없습니다. 그러나 저는 스와데시가 겸손과 사랑의 법칙에 일관된 유일한 원칙임을 힘써 강조하는 바입니다. 가족에 봉사하기도 거의 어려울 때 인도 전체에 봉사한다고 시도하는 것은 교만입니다. 가족에게 노력을 집중하는 편이 낫 고, 그들을 통해 국민 전체에 봉사한다고 생각하십시오 그리고 원하신다 면 인류 전체에 봉사한다고 생각하십시오 이것이 겸손이며 사랑입니다. 동기가 행위의 질을 결정할 것입니다. 저는 다른 사람들에게 고통을 야기 할지도 모르지만 가족에게 봉사하는 것입니다. 예를 들어 말하자면, 저는 타인에게서 돈을 빼앗는 직업을 가질 수 있습니다. 저는 그렇게 함으로써 자신을 살찌우고, 가족의 많은 부당한 요구를 충족시킵니다. 이 경우에 저 는 가족에게도 국가에게도 봉사하는 것이 아닙니다. 혹은 저는 신이 저에 게 손과 발을 주셔서 제 자신의 생계 유지를 위해 그리고 저에게 의존하는 사람들의 생계를 위해 그 손발로 일하게 하셨다는 점을 인정할 수 있습니다. 그렇다면 저는 제 삶과 제가 직접적으로 영향을 미칠 수 있는 사람들의 삶을 단순하게 만들 수도 있을 것입니다. 이런 경우에 저는 다른 누구에게도 조금도 해를 끼치지 않고도 가족에게 봉사하게 될 것입니다.

모두가 이런 식으로 산다면, 우리는 당장 이상 국가를 얻게 될 것입니다. 모든 사람들이 동시에 그런 상태에 도달할 수는 없을 것입니다. 그러나 우리 가운데 이 말의 진리를 깨달은 자들이 그것을 실행으로 옮긴다면, 행복한 날의 도래를 분명히 예상할 수 있고, 촉진할 것입니다. 삶에 대한 이러한 계획 아래에서, 저는 다른 모든 나라를 배제하고 인도에만 봉사하는 것 같지만, 다른 어떤 나라에도 해를 입히지 않습니다. 제 애국심은 배타적이면서 동시에 포용적입니다. 제가 아주 겸손한 마음으로 저의 탄생지로만 관심을 기울인다는 의미에서 배타적이며, 제 봉사가 경쟁적이거나 절대적이지 않다는 의미에서 포용적입니다. "Sic utere tuo ut alienum non laedas"[5]라는 구절은 단순한 법률적 금언(金言)만이 아니라 삶의 위대한 원칙입니다. 그것은 아힘사 곧 사랑을 적절하게 실천하는 열쇠입니다. 여러분은 증오에 근거한 애국심은 '죽이며', 사랑에 근거한 애국심은 '생명을 준다'고 가르칩니다. 이 가르침에 대해 모범을 세울 사람, 그리고 이 가르침을 실천으로 축성(祝聖)하여 드러내야 할 사람은 바로 위대한 신앙의 보호자인 여러분입니다.

— 마드라스, 선교단 대회에서 스와데시에 관한 연설, 『더 힌두』, 1916.2.28;
『영 인디아』, 1919.6.21; 『전집』 15 : 127

---

5) 이 라틴어 구절은 '타인의 재산에 손해를 입히지 않는 범위 내에서 당신의 재산을 사용하라'는 뜻이다. (원주) 간디는 이 구절을 애용한 것으로 보인다. (역주)

154) 활동적인 힘으로서의 스와데시[6]

1916.3.20

나는 내 말 가운데 기록으로 남길 만한 것만을 재생하기를 제의하는 바이며, 필요한 경우에는 다른 것을 첨언할 수 있을 것입니다. 연설은 힌디어로 진행되었다는 점을 주목해 주길 바랍니다. 나는 내 자식들에게 두 차례에 걸쳐 잠자리를 제공해 주고 부친처럼 행동해 준 일에 대해 마하뜨마지 문쉬 람에게 감사를 표하고, 연설이 아니라 행동할 때가 도래했다고 선언한 후, 다음과 같이 말했습니다.

나는 아르야 사마즈[7])에게 감사의 빚을 졌습니다. 나는 그 활동에서 자주 영감을 얻었습니다. 나는 사마즈 회원들 안에서 커다란 자기 희생을 목격했습니다. 나는 인도를 여행하는 동안 나라를 위해 훌륭한 일을 수행하는 많은 아르야 사마즈 회원들을 만났습니다. 그 결과 여러분과 함께 하게 되었으니 마하뜨마지에게 감사를 드립니다. 동시에 솔직하게 말하자면 나는 사나따니스트(sanatanist : 영원을 믿는 자)라고 말해도 괜찮을 것입니다. 나에게 힌두교는 원만(圓滿)합니다. 그 힌두교의 넉넉한 울타리 속에는 갖가지 신념들이 보호를 받습니다. 그리고 아르야 사마즈 회원들, 시크교도, 브라모 사마즈[8]) 회원들은 힌두교도와는 다른 무리로 구분될 수도 있지만, 그들이 모두 가까운 장래에 힌두교에 합쳐질 것이며 힌두교 안에서 완전성

---

6) 『전집』 권15, 203면에는 이 연설문이 다음 구절로 시작하고 있다. "다음은 구루꿀 기념식에서 행한 간디 씨 연설 원고인데, 그 자신이 쓴 것이다." (역주)

7) 다야난다 사라스와띠(Dayananda Sarasvati, 1824~1883)가 창설한 협회. 이 협회는 서구의 영향을 의도적으로 거부하고 고대 인도 전통의 우월성을 역설함으로써 그 영향에 대응했다. 자세한 점은 존 콜러 저, 허우성 역, 『인도인의 길』(소명출판, 2003), 591면 이하 참조 (역주)

8) 람 모한 로이(Ram Mohan Roy, 1772~1833)가 1828년에 창설한 협회. 람 모한은 서양에 대한 인도 대응의 주조(主調)를 설정하고 방향을 지시했기 때문에 흔히 '근대 인도의 아버지'로 불린다. 그는 인도와 서구에서 최선의 이념들과 전통을 결합하여 근대 인도를 형성하려고 노력했다. 유니테어리언의 영향을 크게 받았다. 보다 자세한 점은 존 콜러 저, 허우성 역, 『인도인의 길』(소명, 2003), 582면 이하 참조 (역주)

을 찾을 수 있을 것이라는 점에 대해 나는 의심하지 않습니다. 다른 모든 인간의 제도처럼 힌두교 역시 결점이 있습니다. 여기에 일꾼은 개혁을 위해 노력할 충분한 여지는 있지만 분열을 위한 자리는 거의 없습니다.

무외의 정신[9]

나는 여행하는 동안 인도의 긴급한 필요에 대해 질문을 받아 왔습니다. 그리고 그런 질문에 대해 다른 장소에서 대답했던 것을 오늘 오후에 반복하는 것 이상으로 더 잘 할 자신이 없습니다. 일반적으로 말하자면, 적절한 종교적 정신이야말로 최대의, 가장 긴급한 필요입니다. 그러나 이 말이 너무 일반적이어서 아무도 만족시킬 수 없을 것임을 나는 알고 있습니다. 그렇지만 이것은 항상 진실한 대답입니다. 여러분에게 말씀드리고 싶은 것은, 우리 속에 깃들어 있는 종교적 정신 덕분에 우리는 영속적인 공포 속에 살고 있다는 점입니다. 우리는 영적인 권위만이 아니라 세속적인 권위에 대해서도 두려워합니다. 우리는 우리의 사제와 빤디뜨 앞에서 감히 발설하려고 하지 않습니다. 우리는 세속적인 권위에 대해 경외심을 품고 있습니다. 우리가 그렇게 하게 되면 그들에 대해서도 우리에 대해서도 해가 될 것임을 나는 확신합니다. 영적인 스승이든 정치적 지도자든, 그들은 우리가 그들로부터 진리를 감추는 것을 절대 원하지 않았습니다. 윌링튼 경은 봄베이 청중에게 우리가 '아니오'라고 말하고 싶을 때도 그것을 말하기를 주저한다는 점을 보았다고 최근 말했으며, 무외(無畏)의 정신을 기르라고 충고했습니다. 물론 무외는 다른 사람들의 감정에 대한 존경이나 배려의 결여를 뜻해서는 안 됩니다.

내 소견으로는, 뭔가 영속적이며 참된 것을 성취하기 위해 우리에게 반드시 필요한 것이 무외입니다. 이 자질은 종교적 의식(意識) 없이는 얻을 수 없습니다. 신을 두려워합시다. 그러면 우리는 인간을 두려워하지 않게 될

---

9) 『전집』 권15, 203면에 따라 소제목을 단다. (역주)

것입니다. 우리 속에 신이 계시고 그 분이 우리가 생각하고 행하는 모든 것을 목격하시고, 우리를 보호하시고 진실한 길로 인도하신다는 사실을 터득한다면, 우리는 오직 신만을 두려워할 뿐 지상에서 어떤 다른 두려움도 없을 것이라는 점이 분명합니다. 지도자들 중의 지도자이신 그 분에 대한 충성심은 모든 다른 충성심에 우선하고, 모든 다른 충성심에 이지적인 토대를 제공할 것입니다.

스와데시의 의미[10)

우리는 무외의 정신을 충분히 기르게 되면 진정한 스와데시 없이는 구원이 없다는 점을 알 것입니다. 그러나 진정한 스와데시는 걸핏하면 중지시켜 버릴 수 있는 것이 아닙니다. 나에게 스와데시는 깊은 의미를 지닙니다. 나는 우리가 그것을 종교적·정치적·경제적 삶에 적용하기를 원합니다. 그래서 그것은 이따금 스와데시 옷을 입는 것으로 한정되어서는 안 됩니다. 스와데시는 질투심이나 복수심에서 항상 행해야 되는 것이 아니라, 그것이 사랑하는 조국에 대한 우리의 의무이기 때문에 행하는 것입니다. 우리가 외제품 직물을 걸친다면 이것은 물론 스와데시정신의 위배입니다. 하지만 우리가 만일 외국식의 헤어스타일을 받아들인다면, 이것도 스와데시정신의 위배입니다. 우리 의복의 스타일은 우리 환경과 상통한다는 점은 분명합니다. 우아함과 풍류에 있어서, 우리 의복은 바지와 상의에 비해 비교할 수 없을 정도로 우수합니다. 인도인이 바지 위에 펄럭이는 셔츠를 입고, 그 위에 넥타이도 없이 조끼를 껴입었는데 그 조끼의 꼬리를 뒤쪽으로 느슨하게 달고 있는 모습이란 결코 우아한 모습은 아닙니다. 종교에서의 스와데시는 우리로 하여금 영광스런 과거를 헤아려서 그것을 오늘날의 세대 속에서 재연하도록 가르칩니다.

현재 유럽에서 진행중인 아수라장은, 현대문명은 악과 어둠의 세력을 대

---

10) 『전집』 권15, 204면에 따라 소제목을 단다. (역주)

표하고 있고, 고대문명 곧 인도문명은 본성상 거룩한 세력을 대표하고 있음을 보여줍니다. 현대문명은 주로 물질적이며, 우리의 문명은 주로 영적인 것입니다. 현대문명은 물질의 법칙을 탐구하는 데 전념하고, 생산 수단과 파괴의 무기를 창안하거나 발견하는 데 인간의 재주를 활용합니다. 이에 반해 우리 문명은 영적인 법칙을 탐색하는 데 주로 전념합니다. 우리의 경전들은 진리, 순결, 모든 생명에 대한 사려 깊은 배려, 다른 사람들의 소유물에 대한 탐심의 금지, 일용의 필요 이외에는 아무 것도 저장하지 말기, 이런 덕목들을 올바르게 준수하는 것이 올바른 삶을 위해 없어서는 안 된다는 점, 그리고 그것들을 준수하지 않는다면, 신성한 요소에 대한 지식이 불가능하다는 점을 분명한 어조로 규정합니다. 우리 문명은 너무도 명확하게 아힘사—그 능동적인 형태로는 가장 순수한 사랑과 연민을 의미하는 아힘사—라는 자질을 적절하고 완벽하게 기르는 것이 전 세계를 우리 발 아래 굴복시키는 것이라고 말합니다. 그것을 발견한 사람은 그에 대한 확신을 보여줄 사례를 우리에게 제시하고 있습니다.

아힘사 원리[11]

아힘사의 결과를 정치적 삶에서 검토해 보십시오. 우리의 경전에 따르면 생명의 선물보다 더 가치 있는 것은 없습니다. 우리가 우리의 지배자들에게 생명에 대한 절대적 안전을 제공했다면, 그들과의 관계가 어떻게 되었을지 생각해 보십시오. 우리가 그들의 행위에 대해 뭐라고 느끼든 간에, 그들의 몸을 우리 자신의 몸만큼이나 거룩하게 받들 것이라고 느낄 수만 있었더라도, 상호신뢰라는 분위기가 금방 형성되었을 것이며, 오늘날 우리를 불안하게 하는 수많은 문제들을 명예롭고도 정당하게 해결할 수 있는 길을 예비할 정도의 솔직함이 쌍방 모두에게 있었을 것입니다. 명심해야 할 일은 아힘사 실천에 있어서 그에 상응하는 아힘사 행동이 있을 필요가

---

11) 『전집』 권15, 205면에 따라 소제목을 단다. (역주)

전혀 없다는 점입니다. 비록 그 최종 단계에 가면 아힘사는 상응하는 행동을 일으킬 것이지만 말입니다. 나를 포함하여 우리 가운데 많은 사람들은 우리가 우리 문명을 통해 세계에 전달해 줄 메시지가 있다고 믿습니다. 영국 정부에 대한 나의 충성심은 대단히 이기적입니다. 나는 아힘사라는 이 강력한 메시지를 전 세계에 전파하는 데 영국인을 참여시키고 싶습니다. 그러나 그것은 우리가 소위 정복자들을 정복한 이후에라야 가능할 것입니다. 아르야 사마즈 친구 여러분, 여러분은 이 사명을 위해 아마 특별히 선출되었을 것입니다. 여러분은 우리의 경전을 비판적으로 검토한다고 주장합니다. 여러분은 어떤 것도 당연지사로 받아들이지 않습니다. 여러분은 여러분의 신념을 실행하는 일을 조금도 두려워하지 않는다고 주장합니다. 나는 아힘사 원리를 희롱하거나 제한할 여지가 있다고 생각지 않습니다. 그렇다면 여러분은 확신의 힘을 분명히 시험하게 될 직접적인 결과와 관계없이 그 원리를 과감히 실행해야 할 것입니다. 여러분은 인도의 구원을 가져올 뿐만 아니라, 한 인간으로서 인류에게 베풀 수 있는 가장 고귀한 봉사를 하게 될 것입니다. 더구나 여러분은 저 위대한 스와미[12]가 그 봉사를 위해 탄생했다고 단언하는데 그 말은 옳습니다.

이와 같은 스와데시는 나날이 강화되는 경계심과 탐색하는 자성의 태도로 부단히 사용되어야 할, 매우 활동적인 힘으로 간주되어야 합니다. 그것은 원래 나태한 자를 위한 것이 아니라 진리를 위해 기꺼이 목숨을 바칠 사람들을 위한 것입니다. 스와데시의 몇몇 다른 모습들에 대해 상세히 말씀드릴 수도 있습니다만, 내가 뜻하는 바를 여러분이 이해할 수 있게끔 충분히 말씀드렸다고 생각합니다. 인도에서 개혁가를 대표하는 여러분이 철저한 검토도 없이 내가 말한 바를 거부하지 마시길 바랄 뿐입니다. 그리고 만일 내 말이 여러분의 마음에 드신다면, 여러분의 과거 행위를 보건대, 나는 오늘 오후 여러분에게 감히 말씀드렸던 영원의 사안들을 여러분의

---

12) 다야난드 사라스와띠(Dayanand Sarasvati).

삶에 적용하실 것으로 기대할 수 있습니다. 여러분의 활동으로 전 인도를 덮어 버리십시오.

아르야 사마즈의 활동[13]

위의 연설에 대한 보고 말씀에 대해 결론을 내리면서, 나는 위대한 청중들에게 말하지 않았던 바를 말씀드리고 싶습니다. 그것은 바로 다음과 같은 것입니다. 내가 구루꿀을 방문한 것은 이번으로 두 번째입니다. 아르야 사마즈의 형제들과 내 사이에는 중대한 차이가 존재합니다만, 나는 그들에 대해 은근한 존경심을 품고 있습니다. 아르야 사마즈협회의 활동이 낳은 최선의 결과는 아마 구루꿀의 창립과 그 활동일 것입니다. 그 생명력이 전적으로 마하뜨마지 문쉬 람의 존재가 주는 영감에 의존하고 있지만, 진실로 국민적이고 자치적이며 독립된 기관입니다. 그것은 정부의 조력이나 정부의 후견으로부터 완전히 독립되어 있습니다. 군자금은 소수의 특권층으로부터 받은 돈으로 채워지는 것이 아니라, 가난한 다수의 사람들에게서 받은 돈으로 채워집니다. 가난한 사람들은 해마다 깡그리로 순례 여행을 가는 것을 명예로운 일로 여기고, 이 국민대학을 유지하기 위해 그들의 정성어린 한 푼을 기꺼이 바칩니다. 여기에 해마다 열리는 기념식에는 거대한 군중이 모이고, 그들을 다루고, 재우고, 먹이는 방식은 예사롭지 않은 조직의 힘을 보여줍니다. 그러나 구루꿀에 대해 가장 놀라운 일은 경찰관 한 사람 없는데도 혼란이나 폭력 비슷한 것도 없이, 약 1천 명의 남녀노소를 다룬다는 점이고, 군중과 본 기관의 간사들 사이에 존재하는 유일한 힘은 사랑과 상호 존중의 힘이라는 점입니다.

이와 같이 커다란 조직의 생명에서 14년이란 세월은 아무 것도 아닙니다. 지난 2~3년 전부터 여기에서 배출되었던 학생들이 무엇을 보여줄지는 두고 지켜봐야 할 일입니다. 대중은 사람과 조직을 평가할 때, 그 사람이나 조직

---

13) 『전집』 권15, 206면에 따라 소제목을 단다. (역주)

이 산출하는 결과를 통해서가 아니면 판단하지 않을 것이고 판단할 수도 없습니다. 대중은 실패를 용납하지 않으며 가장 엄격한 재판관입니다. 모든 대중 조직들의 경우와 마찬가지로 구루꿀은 최종적으로는 이 재판관에게 호소해야 합니다. 그래서 이제 대학을 마치고 험난한 인생길로 나간 학생들의 어깨에 커다란 책임이 놓였습니다. 그들은 경계해야 합니다. 그러는 동안 이 위대한 실험의 후원자들은 나무를 보면 열매를 알 수 있다는 사실을 우리가 반박할 수 없는, 삶의 규칙으로 삼는다는 점에서 만족을 얻을 수 있을 것입니다. 나무는 충분히 사랑할 만합니다. 그 나무에 물주는 자는 고귀한 혼을 가진 사람입니다. 열매가 어떻게 될지 걱정할 이유가 어디 있겠습니까?

실업(實業) 훈련[14]

구루꿀을 사랑하는 사람으로서 내가 위원회와 부모님들에게 한두 가지 제안을 드리는 것을 허락해 주시길 바랍니다. 구루꿀 소년들이 자립 자족하는 사람이 되려면 철저한 실업 훈련이 필요합니다. 인구의 85%는 농업에 종사하고, 10% 정도의 사람은 농민의 필수품을 공급하는 나라에서, 모든 청년들이 농업과 수직에 대해 상당히 실용적인 지식을 갖도록 이 부문에서도 소년들 한사람 한사람을 훈련해야 합니다. 그가 적절한 연장 사용법, 나무판자를 제대로 톱질하는 법, 배관공이 배관을 잘못 다루더라도 무너져 내리지 않도록 벽을 쌓는 법을 안다면, 그에게 손해날 일은 없을 것입니다. 이렇게 준비된 소년은 세상과 싸우는 일에 있어서 결코 무력감을 느끼지 않을 것이고 실업(失業) 상태에 빠지지 않을 것입니다.

육아의 기술만이 아니라 위생과 위생시설에 대한 규칙들에 대한 지식은 구루꿀 소년들이 받아야 할 훈련의 필수 부문이 되어야 합니다. 이번 축제에서 위생시설은 여러 모로 개선의 여지를 남기고 있습니다. 파리의 대량 발생이 그것을 잘 말해 줍니다. 두고 볼 수 없었던 위생 담당 검사관들은

---

14) 『전집』 권15, 207면에 따라 소제목을 단다. (역주)

위생 문제에 있어서는 모든 것이 잘못되어 있다고 우리에게 부단히 경고했습니다. 그들은 음식찌꺼기와 배설물은 땅에 적절히 파묻어야 한다고 솔직하게 제안했습니다. 해마다 오는 방문객들에게 위생에 대한 실제적 교훈을 줄 수 있는 황금 같은 기회를 놓친 것으로 보여 유감입니다. 그러나 그런 일은 반드시 소년들에게서 시작해야 합니다. 그렇게 되면 감독부는 연차 모임에서는 3백 명의 실제적인 위생 교사들을 갖게 될 것입니다. 마지막이기는 하지만 결코 무시하지 못할 사항이 하나 있는데, 부모님들과 위원회는 그네들의 자식들이 유럽식 복장이나 현대식 사치품을 모방하게 함으로써 그들을 망치지 말도록 합시다. 이런 것들은 소년들의 내세에 장애물이 될 것이며 브라마차르아(범행 : 梵行)에 해롭습니다. 소년들은 모든 사람들에게 공통되고 사악한 성향에서 나오는 싸움거리를 이미 충분히 갖고 있습니다. 그들에게 유혹거리를 보탬으로써 그들의 싸움을 더 어렵게 만들지 맙시다.

— 구루꿀 기념식에서의 연설, SWMG(4판), 329~335면;『전집』15 : 153

155) 스와데시 서약

[1919.4.8]

현재 수많은 사람들에게 영감을 불어넣고 있는 스와데시의 욕구는 드높이 칭찬할 만하지만, 그들은 스와데시의 준수 과정에서 겪을 어려움을 충분히 깨닫지 못했던 것으로 보인다. 서약이란 하지 않았을 경우 성취가 어려운 사안에 관련해서만 하는 법이다. 우리가 일련의 노력에도 불구하고 어떤 일을 함에 있어 실패했을 경우, 서약하고 난 뒤 그 일을 함으로써 우리는 우리 주변에 방어선을 치게 된다. 우리는 그 방어선에서 절대 자유로울 수 없게 되고, 그렇게 됨으로써 실패를 막을 수 있다. 그런 강직한 결심에 모자라는 것은 서약이라고 부를 수 없다. 우리가 가능하다면 특정한 행위를 하겠다고 말할 때, 그것은 서약이나 맹세가 아니다. 가능하다면 스와데시 물품만을 사용할 것이라고 말하는 것을 두고 스와데시 서약을 한 것으로 간주할 수 있다면, 부왕에서 말단 일꾼에 이르기까지 그런 서약을 하지 않았다고 생각될 사람은 소수에 불과할 것이다. 그러나 우리는 이런 부류의 사람들을 넘어서서 훨씬 높은 목표를 겨냥하고 싶다. 그리고 우리가 마음에 두고 있는 행동과 위에서 묘사된 행동 사이에는 상당한 차이가 존재하며, 그것은 직각과 여타 모든 각도들 사이에 존재하는 차이와 같다. 만일 이런 정신으로 스와데시를 서약하기로 결정한다면, 우리가 포괄적인 서약을 하기란 거의 불가능할 것임이 분명하다.

나는 수년 동안 서약의 문제에 대해 숙고해 보았다. 그 결과 면직·견직·모직 가운데 어느 것이든 직물에 대해서만 완전한 스와데시 서약을 할 수 있을 것이란 점이 아주 분명해졌다. 이 정도의 서약을 준수하는 데도 우리는 초기 단계에서 여러 난관에 직면해야 하는데, 물론 그러한 난관이 생기는 것은 당연하다. 우리는 외제 직물을 애용함으로써 중대한 죄를 지었다. 우리는 농업 다음으로 중요한 직업을 간과하고 말았다. 까비르는 수직(手織)을 위해서 태어났고 그것을 예찬했는데, 우리는 이제 그 직업의 전면적인 와해에 직면하게 되었다. 스와데시 서약의 여러 의미 가운데 내가 제안한 한 가지 의미는, 우리가 그런 서약을 함에 있어서 우리의 죄를 참회하기를 원한다는 점, 거의 망실된 수직의 기술을 부활하기를 원한다는 점, 그리고 매년 직물을 수입하기 위해 인도로부터 빠져나가는 수천만 루삐의 돈을 절약하기로 결심했다는 점이다. 그런 고상한 결과는 난관 없이 얻어질 수 없으며, 그 중에 반드시 장애물이 있을 것이다. 쉽게 얻은 것들은 실제로 아무 가치가 없다. 하지만 서약을 준수하는 것이 아무리 어렵다고 해도, 우리나라가 정상까지 완전히 성장하기를 바란다면, 언젠가는 그 서약에서 도망치지 말고 적어도 한 번은 지켜야 할 것이다. 우리가 전적으로 이 나라에서 생산된 직물만을 사용하고 다른 어떤 것의 사용도 금하는 것을 종교적 의무로 간주할 때, 우리는 그 서약을 완수하게 될 것이다.

성급한 일반화[15]

어떤 친구들은 현재 우리에게는 충분한 스와데시 직물이 없고, 그런 목적을 위해서는 기존의 방직공장 수가 너무 적다고들 한다. 이런 말은 성급한 일반화로 보인다. 우리가 3억의 스와데시 서약자를 가질 만한 행운을 예상하는 것은 거의 불가능하다. 확고한 낙관주의자라고 해도 수십만 명 이상을 기대할 수는 없을 것이며, 나는 그들에게 스와데시 직물을 제공하는 데 아무 난관이 없을 것으로 예상한다. 그러나 종교가 있는 곳에서는 난관을 생각할 여지가 없을 것이다.[16] 인도의 일반적인 분위기를 보면 우리는 직물을 거의 필요로 하지 않는다. 중산층의 3/4이 꼭 필요치도 않은 직물을 사용할 것이라고 말하는 것은 과장이다. 더구나 많은 사람들이 서약을 하게 되면, 많은 수의 물레와 수직기들이 설치될 것이다. 그렇게 되면 인도는 직조인들을 수없이 많이 양산할 수 있을 것이다. 격려만 해주면 된다. 그렇다면 대체로 봐서 두 가지 사항, 즉 자기 부정과 정직이 필요하다. 서약자에게 이 두 자질이 필요하다는 것은 자명하다. 그러나 민중으로 하여금 그런 위대한 서약을 비교적 쉽게 지키도록 하기 위해서는, 우리의 상인들도 그런 자질을 갖춰 축복받아야 할 필요가 있을 것이다. 정직하며 자기 부정의 정신을 가진 상인은 인도산 면화로만 실을 자을 것이고, 베짜기도 그런 면화로만 할 것이다. 그는 인도에서 제조된 염료만을 사용할 것이다. 사람이 어떤 일을 하기를 원할 때, 그는 자신의 길 앞에 놓여 있는 난관을 제거하는 데 필요한 능력을 양성한다.

모든 외제 직물을 파괴하라[17]

필요하다면 우리가 가능한 한 적은 양의 직물로 견디는 일만으로는 충분

---

15) 『전집』 권17, 395면에 따라 소제목을 단다. (역주)
16) 전후 맥락과 별 무관하게 간디가 툭 던진 구절이다. 텍스트대로 하자면 '종교'가 아니라 '종교의 문제(a question of religion)'로 번역해야 하는데 의미가 잘 통하지 않아서 '문제'란 단어를 탈락시켜 보았다. (역주)
17) 『전집』 권17, 396면에 따라 소제목을 단다. (역주)

치 않다. 서약을 완전히 준수하려면 우리가 소유한 모든 외제 직물을 파괴하는 것도 필요하다. 우리가 외제 직물을 사용한 것이 과오였다는 점, 인도에 한량없는 손해를 끼쳤다는 점, 직조공의 씨를 말려 버렸다는 점을 기꺼이 받아들인다면, 그런 죄로 얼룩진 직물을 파괴하는 것은 지극히 당연하다. 이런 점과 관련지어서 스와데시와 불매운동의 차이점을 이해하는 것이 필요하다. 스와데시는 종교적 관념이다. 그것은 만인에게 부과된 자연적인 의무이다. 민중의 복리가 거기에 달려 있고, 스와데시 서약은 처벌의 정신이나 복수심으로 이행되어서는 안 된다. 스와데시 서약은 외래의 어떤 사건에서 도출될 수 없다. 반면, 불매운동은 순전히 세속적이며 정치적인 무기이다. 그것은 악의와 처벌하려는 욕구에 근거하고 있으며, 불매운동을 사용한 나라는 결국 손해를 볼 수밖에 없을 것이다. 영원한 사땨그라히가 되려고 하는 자는 불매운동에 결코 참여해서는 안 되고, 영속적인 사땨그라하는 스와데시 없이는 불가능하다. 나는 이런 의미가 불매운동에 깃들어 있다고 생각한다. 우리는 롤래트 입법이 철회될 때까지 영국 상품에 대해 불매운동을 벌여야 하고, 입법이 철회되면 불매운동을 종료해야 한다는 제안도 있었다. 그러한 구도하의 불매운동에서는, 일제(日製)나 다른 외제품들이 부패한 것이라 하더라도 그 제품들을 받아들이게 될 것이다. 내가 만일 외제품을 사용해야 한다면, 나는 영국과의 정치적 관계를 고려해서 영국 제품만 받아들일 것인데, 그러한 행위는 정당한 것이다.

우리가 영국 제품의 불매운동을 선언하게 되면, 영국인을 처벌하고 싶어한다는 비난을 들을 수 있다. 하지만 우리는 그들과 다투는 것이 아니라 지도자들과 다투는 것이다. 그리고 사땨그라하 법칙에 따르면 우리는 지배자들에 대해서 악의를 조금이라도 품어서는 안 된다. 우리가 일체의 악의를 품지 않으므로, 불매운동은 적합하지 않은 것으로 보인다.

스와데시 선서[18]

위에서 시사한 대로 엄격한 스와데시 서약의 완전한 준수를 위해, 나는 다음과 같은 서약서를 권한다. '나는 신을 내 증인으로 모시고 오늘부터 내 개인적 필요를 위해 인도산 면화·생사·양모를 이용하여 인도에서 제조된 직물만을 사용하고, 외제 직물을 일체 사용하지 않을 것이며, 내가 소유하고 있는 모든 외제 직물을 파괴할 것임을 엄숙하게 선서합니다.'

수많은 남녀들이 이렇게 서약할 준비를 하길 바란다. 많은 남녀들은 각오가 되어 있을 경우에만 대중 선서가 바람직할 것이다. 소수의 남녀들 역시 공개적으로 선서할 수 있지만, 스와데시를 국민적 운동으로 만들기 위해 많은 사람들이 여기에 참여해야 한다. 내 생각에는 이와 같이 제안된 운동에 동의하는 자들은 그것을 시작하는 데 효과적인 조처를 바로 취해야 한다. 상인들과 면담하는 것은 필수적이다. 그렇다고 성급해할 필요는 없다. 스와데시의 토대는 진실하게, 그리고 잘 닦여야 한다. 사땨그라하와 같은 정화운동이 진행될 때, 그 운동과 연합된 활동이 쉽게 성공을 거둘 가능성이 있다고 생각하기 때문에, 바로 지금이 스와데시운동을 하기에 적기인 것이다.

─「스와데시 서약 1」, 『봄베이 크로니클』, 1919.4.17; 『뉴 인디아』, 1919.4.19;
『전집』 17 : 366

156) 스와데시와 대중적 자각

[1919.4.8]

다음이 스와데시 서약서이다.

나는 신을 내 증인으로 모시고 오늘부터 내 개인적 필요를 위해 인도산 면화·생사·양모를 이용하여 인도에서 제조된 직물만을 사용하고, 외제 직물을 일체 사용하지 않을 것이며, 내가 소유하고 있는 모든 외제 직물을 파괴할 것임을 엄숙하

---

18) 『전집』 권17, 397면에 따라 소제목을 단다. (역주)

게 선서합니다.

우리가 서약을 잘 지키기 위해서는 손으로 뽑아낸 실로 만든 수직의 직물만을 사용하는 것이 꼭 필요하다. 인도 면화에서 실을 뽑아 꼬아서 만든 수입사는 스와데시 직물이 아니다. 인도에서 토착의 물레를 이용하여 우리의 면화에서 실을 뽑아내고, 그렇게 뽑아낸 실을 인도산 수직기를 이용하여 베를 짤 때, 우리는 완전함에 도달할 것이다. 그러나 우리가 인도산 면화로부터 인도산 기계로 뽑아낸 실을 수입된 기계로 짠 직물만을 사용하더라도 앞에서 말한 서약의 요구 사항은 충족될 것이다.

여기에서 언급된 제한적 의미의 스와데시를 서약한 사람들이 스와데시 의류만으로 만족하지 않을 것이라는 점을 부가하고 싶다. 그들은 그 서약을 가능한 한 다른 물건에까지 확장할 것이다.

영국인 소유 방직공장[19]

나는 인도인 주주를 인정하지 않는 영국인 소유의 방직공장이 우리나라에 존재한다는 말을 들었다. 만일 이 정보가 사실이라면, 나는 그 공장에서 제조된 직물을 외제 천으로 간주할 것이다. 더구나 그런 직물은 악의의 흔적이 배어 있다. 아무리 잘 만들어진 직물이라고 해도 사용해서는 안 된다. 하지만 대다수의 사람들이 이런 문제를 고려하지 않는다. 모든 사람들이 자신들의 행위가 조국의 복리를 촉진하는지, 아니면 저해하는지에 대해 반성할 것이라고 기대할 수 없다. 하지만 식자층, 사려 깊은 자, 지성인, 또는 조국에 봉사하기를 원하는 자들은, 사적인 행동이든 공적인 행동이든 자신들의 모든 행위를 위에서 언급한 방식으로 검증해야 한다. 그리고 국민적으로 중요한 것으로 보이는 이념이 있고, 실제적인 경험에 의해 검증된 것이 있다면 다음과 같은 거룩한 노래에서 말한 대로 민중 앞에 제시되어야 한다. 즉, '민중은 깨달은 자의 행동을 따른다.' 사려 깊은 남녀조차도

---

19) 『전집』 권17, 398면에 따라 소제목을 단다. (역주)

지금까지는 앞서 언급한 반성을 대체로 수행하지 않았다. 그래서 우리나라는 이런 태만 때문에 고통을 당해 왔다. 그러한 반성은 종교적인 감수성이 있을 경우에만 가능하다.

수천 명의 사람들은 그들이 인도의 방직공장에서 짜여진 직물을 사용하게 되면 스와데시 서약의 요구를 충족시킨다고 믿는다. 그런데 가장 훌륭한 직물은 외국산 면화에서 외국에서 뽑아낸 실로 만들어진다고 한다. 그래서 인도산 직물을 사용하면서 얻는 유일한 만족은 그것이 인도에서 짜여졌다는 점이다. 수직기도 가장 훌륭한 직물을 만들기 위해서는 외제 실만 사용한다. 그런 직물의 사용은 스와데시의 준수가 될 수 없으며, 만일 그렇게 말한다면 그것은 명백한 자기 기만이다. 사땨그라하 곧 진리파지는 스와데시에서도 필수적이다. 남자들은 "우리가 단순히 도띠(허리감개)로 만족해야 하는 일이 있더라도 순수한 스와데시 직물만 사용할 것이다"라고 말하고, 여자들은 "우리가 수수한 느낌을 만족시킬 정도의 옷만 사용해야 할지라도 우리는 순수한 스와데시를 지킬 것이다"라고 결연히 말할 때, 우리는 위대한 스와데시 서약을 성공적으로 준수할 수 있을 것이다. 만일 2~3천 명의 남녀들이 이런 정신으로 스와데시 서약을 한다면, 다른 사람들은 가능한 범위 내에서 그들을 모방할 것이다. 그렇게 되면 그들은 스와데시의 관점에서 그들의 옷장을 검사하기 시작할 것이다. 쾌락과 개인적 장신구에 대해 집착이 없는 사람만이 스와데시운동에 커다란 자극을 줄 수 있을 것임을 나는 과감히 말한다.

경제적 구원에의 열쇠[20]

일반적으로 말하자면, 베 짜는 사람이 없는 촌락은 거의 없다. 오늘날 촌락에 목수·구두장이·대장장이 등이 있듯이, 아주 옛날부터 촌락에 농민과 베 짜는 사람이 있었다. 그러나 농민들은 가난에 찌들게 되었고, 베

---

20) 『전집』 권17, 399면에 따라 소제목을 단다. (역주)

짜는 사람들은 가난한 계급 출신들만 단골로 두고 있다. 그들에게 인도에서 짠 직물을 제공함으로써, 우리는 우리에게 필요한 직물을 얻을 수 있다. 당분간 그것이 힘들 수도 있지만, 부단히 노력한다면 우리는 베 짜는 사람으로 하여금 고운 실에서 베를 짜게 할 수 있고, 그렇게 되면 베 짜는 사람을 보다 좋은 처지에서 살 수 있게 할 것이고, 만일 한 걸음 더 나간다면, 우리는 우리가 가는 길에 놓여 있는 난관의 바다를 쉽게 건널 수 있을 것이다. 우리는 여성과 아동에게 면화에서 실을 잣고 베를 짜는 방법을 쉽게 가르칠 수 있다. 우리 집에서 짠 직물보다 순수한 것이 어디에 있을까? 이런 방식으로 행동하게 되면, 우리는 여러 난관에서 구원받을 것이고, 수많은 불필요한 수요를 없앨 것이고, 삶이 기쁨과 아름다움을 구가(謳歌)하게 될 것이라는 사실을 나는 경험상 알고 있다. 그런 삶이 한때 인도에서 흔한 풍경이었다고 속삭이는 신성한 음성을 나는 항상 듣는다. 그러나 그러한 모습의 인도가 시인의 한가한 꿈이라고 해도 문제될 것은 없다. 그런 인도를 지금 꼭 창조해야 할 것이 아닌가? 우리가 추구하는 인생 목표(뿌루샤아르타)는 거기에 있는 것이 아닐까?

나는 인도 전역을 여행해 보았다. 나는 가난한 자들의 심정이 내는 찢어질 듯한 울음소리를 차마 들을 수가 없다. 그들은 노소를 불문하고 나에게 이렇게 말한다. "우리는 값싼 천을 구할 수 없습니다. 우리는 귀한 직물을 구입할 방도가 없습니다. 모든 것이 귀합니다. 양식과 천, 그리고 모든 것이 귀합니다. 우리는 어떻게 해야 할까요?" 그리고 그들은 절망의 한숨을 쉰다. 이들에게 만족스런 대답을 주는 것이 내 의무이다. 그것은 이 나라의 모든 하인들의 의무이지만, 나는 만족할 만한 대답을 주지 못한다. 생각하는 인도인이라면 우리의 원자재가 유럽으로 수출되고, 우리가 그것을 되사기 위해 비싼 값을 지불해야 한다는 사실에 대해 참아서는 안 될 것이다. 이것의 최초이자 최후의 치유책은 스와데시이다. 우리의 면화를 아무 사람에게나 파는 것은 의무가 아니다. 힌두스딴이 스와데시의 메아리로 가득할 때 면화 생산자 그 누구도 면화를 팔아서 외국에서 직물로 제조되도록 내버려두지 않을 것이다. 스와데시가 이 나라에 널리 퍼지게 되면, 모든 사람들은 왜 면화를 생산지에서 다듬고, 실을 뽑고, 직물을 짜면 안 되는지에 대해 생각하기 마련일 것이고, 스와데시 만뜨라(眞言)가 모든 사람들의 귀에 들리게 되면, 수백만 명의 사람들은 인도를 경제적으로 구원할수 있는 열쇠를 자신들의 손 안에 얻게 될 것이다. 이를 위해 수백 년 동안 훈련받을 필요는 없다. 종교적 감각이 깨어날 때, 사람들의 생각은 단번에 혁명을 이뤄낼 수 있다. 오로지 사심 없는 희생만이 필수 조건이다.

희생정신은 현재 인도의 분위기에 퍼져 있다. 만일 우리가 이 최적기에 스와데시를 가르치지 않는다면, 우리는 절망으로 우리 손을 비틀어야 할 것이다. 이 나라에 소속되어 있다고 믿는 사람이라면 나는 모든 힌두교도·이슬람교도·시크교도·파시교도·기독교도·유대인에게 스와데시 서약을 하라고, 다른 사람에게도 그렇게 하도록 요청하라고 탄원한다. 우리가 우리나라를 위해 이 정도의 일이라도 할 수 없다면, 이 나라에 헛되이 태어난 것이다. 깊이 생각하는 자들은 그와 같은 스와데시가 순수 경제를 포함하고 있음을 보게 될 것이다. 모든 남녀들이 나의 겸손한 제안에 대해 진지하게 생각해 주기를 바란다. 영국 경제를 모방하는 것은 우리의 파멸일 뿐이다.

—「스와데시 서약 2」, 『봄베이 크로니컬』, 1919.4.18; 『뉴 인디아』, 1919.4.22; 『전집』 17 : 367

157) 스와데시와 다르마

1919.6.28

스와데시 이념은 대단히 중요하며, 이 나라가 다르마 면에서 진보한다는 것은 스와데시와 긴밀하게 연결되어 있습니다. 스와데시를 버린 나라는 애국심이 없는 나라라고 할 수 있으며, 자신의 다르마에 결코 순종할 수 없을 것입니다. 우리는 우리의 경전에서 이런 말을 찾을 수는 없습니다. 오히려 이와 반대로 어떤 사람들은 애국심이 다르마의 길에 장애물이 될 수 있다는 점을 경전에서 추론하기도 합니다. 이것은 전적으로 황당무계하며 잘못된 생각입니다. 사람은 각자 자신의 의무를 돌봐야 하며, 그렇게 하지 못한다면 까르마의 길을 엄청난 혼란에 빠뜨리게 될 것입니다. 이 길의 비밀은 어떤 다른 종교에서보다 자이나교에서 더 위대한 통찰을 갖고 설명됩니다. 여기에 모인 친구 여러분들은 그것이 무엇인지 말을 들을 필요가 없습니다. 우리는 인도에 태어났습니다. 그런데 그 사실의 배후에는 어떤 이유가 분명히 있어야 합니다. 그렇다면 우리는 우리의 특별 의무가 무엇인지 고찰할 필요가 있습니다. 그 의무가 스와데시이고 다르마 속에 있습니다. 자이나교는 살아 있는 생명체에 대한 자비와 비폭력의 의무를 가르칩니다. 그것은 작은 피조물로부터 폭력적인 동물도 보호할 것을 가르칩니다. 하지만 이것이 우리가 인간에 대한 자비와 비폭력의 의무를 경시하는 일을 정당화하지는 못합니다. 우리의 이웃들이 고통이나 불행 속에 있다면, 그들과 고통을 나누고 그들을 도와주는 것이 우리의 의무입니다. 세계 전역에서 종교적 삶은 중요성을 상실하여 반종교가 종교의 이름으로 확산되기에 이르렀고, 사람들은 어디에서든 자신들을 기만합니다. 우리는 다르마의 사람임을 자처하고 있음에도, 우리의 모든 행위는 아다르마(adharma : 非法)로 얼룩져 있습니다. 우리가 아다르마를 통해 돈을 번 뒤, 경건한 명분을 진작하기 위해 자선으로 그 돈을 바친다고 해서 다르마를 추종한 것이라고 주장할 수는 없습니다. 여기에 모인 대다수의 사람들은 상인의 직업을 갖고 있습니다. 우리는 장사를 하면 부정직이 섞이지 않을 수 없다는 말을 듣습니다. 나는 솔직하게 "사실이 그렇다면 당신은 장사를 포기하는 편이 낫다"고 여러분에게 말씀드릴 것입니다. 사람의 다르마는 진리의 방기를 거부하는 데 있습니다. 그것이 비록 굶주림을 의미한다고 해도 말입니다. 그리고 우리가 이런 식으로 살아가지 않는다면, 다르마는 우리 삶의 중심 목표가 될 수 없을 것입니다.

내가 언급하지 않을 수 없는 고통스런 일 한 가지가 있습니다. 그것은 민중을 깨우치는 일을 자신들의 의무로 삼아야 할 종교 지도자들이 그 의무를 망각해버렸다는 것입니다. 이것은 우리에게 아무리 큰 상처를 준다고 해도 사실입니다. 종교 지도자들은 자신들의 행동으로 추종자들에게 모범을 세우는 일에 능합니다. 단순한 설교는 말씀을 들으려고 모여든 사람들에게 아무런 영향력을 미치지 못합니다. 종교 지도자들 역시 스와데시 규칙을 따라야 합니다. 그들은 시간이 많습니다. 그들은 물레를 차고 앉아 돌리며, 그들의 추종자들에게 모범을 보여야 합니다. 그들은 염주를 돌리면서 라마 이름을 반복하기보다, 물레의 음악 안에서 아뜨만의 음성을, 그 자체의 미를 지니고 있는 아뜨만의 음성을 들어야 합니다.

스와데시는 우리에게 자연스러운 것이므로 일차적 책무입니다. 우리는 이와 같은 자연스런 책무를 버리고 말았습니다. 스와데시에 대한 태만으로 우리 국민은 망하고 말았습니다. 우리나라 전체 인구의 1/10에 해당되는 3천만 명은 하루 한 끼, 그것도 빵 이외의 것은 먹을 것이 없습니다. 그러나 매년 수천만 루삐의 돈이 외국으로 유출됩니다. 만일 이와 같은 수천만 루삐의 부가 이 나라에 남을 수 있다면, 우리는 굶주리는 동포들을 구할 수 있습니다. 그래서 우리의 경제적 복리 역시 스와데시와 연결되어 있고, 그것을 준수하는 데 생명에 대한 자비가 있습니다. 더구나 스와데시 직물은 영국산 직물보다 값이 저렴할 가능성이 높습니다. 여러분은 여러분 자신의 직물을 만들거나, 남에게 만들게 해야 할 것입니다. 스와데시 서약은 지키기 어려운 것이 아닙니다. 그것을 통해 우리는 우리 동포들의 고생을 없앨 것입니다. 우리가 물레질을 8시간 한다면, 원사 1파운드를 뽑아낼 수 있습니다. 오늘날 인도에서 생산되는 직물은 전체 인구 중 25%의 필요량만 충족시킬 수 있으므로, 우리는 나머지 75%의 필요량을 충족시킬 수 있도록 더 생산해야 합니다. 사람들이 물레를 돌리게 된다면, 우리는 스와데시 서약을 성공적으로 지킬 수 있을 뿐만 아니라 충분한 양의 직물 생산을 보장할 수 있을 것입니다.

─ 스와데시에 대한 연설, 쭈뜨츠치 자인, 만달, 봄베이(G.),
『구자라띠』, 1919.7.6;『전집』 18 : 130

158) 제한된 의미의 스와데시

[1919.8.8]

요즘 내 연설의 주제는 스와데시입니다. 나는 다른 활동에 드는 시간을 절약하여 그 전부를 스와데시에 바칩니다. 우리가 스와라즈를 얻는 방식은 스와데시입니다. 내가 수라뜨에서 '스와데시와 스와라즈'에 대해 연설했을 때, 나는 스와데시가 내 마음에 두고 있는 모든 것을 어떻게 포괄하고 있는지를 민중에게 설명해야겠다는 생각이 들었습니다. 지금 나는 이 생각을 보급하고 싶고, 며칠 동안 아니면 몇 달 동안 부왕에서부터 청소부에 이르기까지 인도에 있는 모든 사람들이 스와데시가 스와라즈를 가지고 올 것임을 깨닫게 하고 싶다는 소망이 있습니다.

이런 목적을 위해, 스와데시라는 이상이 순수함을 유지하는 것이 아주 중요합니다. 그것은 대단히 위대한 것이므로 더럽혀서는 안 됩니다.

인도는 다음에서 말하는 세 가지 종류의 고통을 앓고 있습니다.

1. **질병** : 과거 어느 때도 오늘날만큼 인도 사람들이 많은 질병으로 고통을 당했던 적이 없었습니다. 이 나라에서 질병으로 썩어 문드러지는 사람들의 수가 세계 전부에서 병을 앓고 있는 사람들의 수보다 더 많습니다.

2. **기아** : 과거 수년간의 경험이 보여주는 분명한 사실은 인도 민중의 대다수가 먹을 것을 충분히 갖고 있지 못하다는 것입니다. 윌리암 윌슨 헌트 경은 40년 전 인도에서 3천만 명의 사람들이 하루 한 끼 밖에 먹지 못

하고, 그 한 끼도 간단한 빵과 소금으로만 이뤄져 있다고 단언했습니다.
이것만 있을 뿐 그들은 기(ghee)라는 버터기름, 기름이나 칠리도 없습니다.
이것이 40년 전의 우리 불행이었습니다. 모든 관리들은 조사 보고서로부터
인도의 빈곤이 나날이 심화되고, 특히 농민들의 운명이 최악이라는 점을
받아들일 수밖에 없었는데, 이유는 그들만이 촌락에서 누가 활동하고 있는
지를 알기 때문입니다. 만일 여러분이 구자라뜨 민중의 형편을 묻는다면,
그들이 우유를 구하는 데 어떤 어려움을 겪고 있는지를 알게 될 것입니다.
그들은 생후 6개월의 갓난아이를 위한 우유를 구하는 데도 큰 어려움을
겪고 있습니다. 나는 아메다바드 인근의 촌민들에게 질문할 때마다, 그들
자신은 고사하고 자신의 아이들조차도 우유를 구할 수 없다는 말을 들었
습니다. 여러분은 이런 사실에서 현재의 곤경이 40년 전보다 훨씬 더 악화
되었음을 알게 될 것입니다.

3. 불충분한 육신 가리개 : 현재 인도는 직물 기근(饑饉)으로 고통을 당하
고 있습니다. 딘쇼 와챠 경[21]의 계산에 따르면, 4년 전 인도인들은 1인당
13야드의 천을 구했는데, 오늘날에는 9야드밖에 구하지 못합니다. 다시 말
하자면, 1인당 4야드의 감소가 있었으며, 그만큼 우리의 가난은 심화되었
습니다.

내가 2년 전 참빠란에서 일하고 있었을 때, 일단의 여성들을 개인적으
로 만난 경험이 있었습니다. 이들은 꾸밈없이 솔직하게 말하면서 다음과
같이 항변했습니다. "우리들은 사지를 가릴 만한 천 조각도 없습니다. 그
런데 어떻게 우리가 목욕해서 자신들을 청결하게 할 수 있겠습니까?"라고.
내 마음은 우리의 순결한 자매들이 그와 같이 불쌍한 처지에 있는 것을 보
고 피를 흘렸습니다.

이와 같은 삼중고를 겪고 있는 땅은 용기와 불굴의 정신, 그리고 진실이

---

21) Sir Dinshaw Edulji Wacha(1844~1936) : 저명한 인도 파시교도 정치가. 1901년 인도 국
   민회의 의장 역임.

란 도덕적 자질을 잃었습니다. 그와 같은 나라의 민중은 자신들에게 다르마
가 없다고 하는데, 나는 그들을 묘사하기 위해 '인간 말짜'라는 용어까지 사
용하고 싶습니다. 여기 인도에서도 우리는 오늘날 이런 용어를 사용합니다.

내가 이런 생각을 하며 민중에게 질문을 던졌을 때, 얻은 대답 중에 하
나는 다르마가 회복되어야 한다는 것입니다. 우리는 정말로 우리의 다르마
를 상실했습니다. 그러나 현 상황에서 그것을 회복하는 일은 대단히 어렵
습니다. 그와 같이 지독한 불행 속에 있는 사람이 다르마를 따르기란 지극
히 어렵기 때문입니다. 그렇게 할 수 있는 혼은 드물지만 전무한 것은 아닙
니다. 나는 그런 사람들을 요기라고 부릅니다. 하지만 모든 사람들이 요기
가 될 수 있는 것은 아닙니다. 아뜨만의 순결을 위해 육신의 순결은 필수적
입니다. '순결한 아뜨만은 오직 순결한 육신에만 깃든다.' 용기 등의 자질
을 회복하기 위해서는, 이 삼중의 고통이 제거되어야 합니다. 그런 고통 속
에서도 다르마에 순종하는 자들을 나는 요기라고 부릅니다.

이런 질병을 치유하기 위해서는 지식과 함께 대담한 노력이 요구됩니다.
또한 우리는 그런 질병들로 고통받는 사람들을 구하기 위해 시간을 바쳐
야 할 것입니다. 우리는 사람들의 굶주림이 그들의 나태 때문인지, 아니면
결핍 때문인지를 먼저 확인해야 합니다. 음식은 인도에 풍부합니다. 주린
자들이 그것을 가져야 합니다. 그러나 그것을 구입할 돈이 있어야 하는데,
인도가 가난한 이유는 바로 돈이 부족하기 때문입니다.

이런 사태에 대처하기 위해 스와데시가 필요합니다. 스와데시라는 말은
우리의 면화와 생사의 보호를 의미합니다. 이것은 오늘날의 상황을 보고
내가 내린 제한된 의미의 스와데시입니다. 우리는 작년 면직물을 사기 위
해 외국에 5억 6천만 루삐를, 그리고 견직물을 사기 위해 4천만 루삐를 지
불했습니다. 고매한 다다바이 나오로지는 인도가 자금이 다 고갈되어 버렸
다고 말하곤 했습니다. 이 돈에서 상당한 액수가 군사 부문과 연금 지급에
지출되고 있음은 사실이지만, 내 개인적인 생각에는 스와데시의 부재가 돈
이 유출되는 최대의 원인입니다. 작년에 설탕을 위해 1억 8천만 루삐가 지

불되었습니다. 이것 이외에도 자금이 다양하게 유출되었지만 여기에서 다 언급할 수는 없습니다. 나는 몸통을 손으로 붙잡고 싶습니다. 그렇게 되면 다른 유출 통로는 저절로 막힐 것입니다. 그렇게 되면, 현 상황 아래에서 우리의 최초의 의무는 제한된 의미에서 스와데시를 실천하는 것입니다. 그 목적을 달성하기 위해서는 내가 제시했던 세 가지 서약들을 지켜야 할 것 입니다. 원사 교역을 통제하십시오 그러면 여러분은 나머지를 충분히 쉽 게 잡을 수 있을 것입니다.

우리는 오늘날 우리의 수요를 충족시킬 만큼 충분한 직물을 생산할 수 없습니다. 우리의 직물 공장은 충분히 공급할 수 없습니다. 우리는 인도가 현재 생산하지 않는 양을 생산할 수 있도록 조치를 취해야 합니다. 이것이 하나의 문제입니다. 나는 현재 이 문제를 공장 소유자들과 논의하고 있습 니다. 대화 도중에 파잘바이 까림바이 경은 공장들이 필요한 양만큼의 직 물을 공급할 수 있으려면 50년이 걸릴 것이라고 나에게 말했습니다. 그렇 다면 우리는 50년을 기다려야 할까요? 산업위원회 보고서에 따르면 우리 는 직물 양의 1/3이 수직으로 공급될 수 있다는 것, 그리고 이 수직 산업이 발전하면 일이 더 쉬워질 것임을 알 수 있습니다. 공장은 기계가 필요하고, 이를 위해 우리는 다른 데 의존하게 됩니다. 외국은 그 기계를 모두 여분 으로 갖고 있는 것이 아닙니다. 어떤 사람은 한 공장이 기계 하나를 구입 하는 데 1년이 걸리고, 그것을 설치하는 일은 대단히 어려운 작업이라고 말합니다. 이런 모든 장애물을 감안한다면, 수직은 매우 쉬워 보입니다. 그 것은 이러한 노력을 요구하지 않기 때문입니다. 평균적인 능력을 가진 사 람이라면 6개월 만에 수직을 배울 수 있고, 재주가 좀 있는 사람이라면 석 달 만에 배울 수 있습니다. 원사를 뽑는 방식은 너무나 간단합니다. 나는 그것을 배우는 데 15일이 걸렸습니다.

150년 전 우리는 직물을 스스로 생산했습니다. 인도의 모든 어머니들은 신에 대한 사랑을 위해 일을 했습니다. 물레질에 대해 인도 여인들이 품고 있는 해묵은 욕구의 흔적이 여전히 눈에 띕니다. 최근 내가 비자뿌르와 까롤에 갔을 때, 나는 거의 2만 명에 달하는 남녀를 만났습니다. 우리가 참여했던 여러 대담에서, 여인들은 이것이 좋으면서도 쉬운 실험이었다고 나에게 말했습니다. 그들이 물레를 공급받을 수 있다면 그들도 일할 것이라고 말했습니다. 지금 현재 비자뿌르에서 150명의 여인들이 하루 면화 1/2몬드[22]에서 실을 잣고 있습니다. 그리고 만일 물레와 면화가 함께 공급되면 4백 명의 여인들이 일할 준비가 되어 있습니다. 까롤에 있는 여인들도 같은 대답을 했습니다. 나의 친애하는 친구 체띠아르 씨는 나를 만나러 마드라스로부터 왔습니다. 나는 체띠아르 부인도 왔다는 것을 알았을 때, 체띠아르 씨에게 당신 부인이 떠나기 전 물레질을 배운다면 대단히 좋은 일일 것이므로 내가 부인을 8일 동안 감금하겠다고 말했습니다. 그녀는 내 제안을 즉각 수용하고 그 일을 배운 뒤 돌아갔습니다. 그녀가 그 일을 한 것은 나를 개인적으로 존경해서가 아니라 그 일을 사랑했기 때문입니다. 이런 일은 물레질이 우리에게는 유전적인 일임을 보여 줍니다. 다윈의 글을 읽은 사람들은 유전의 이론을 이해하실 것입니다.

우리가 이 일에 착수하기를 거부한다면 유산을 잃게 됩니다. 나는 여러분이 신앙을 포기하지 말기를 호소합니다. 우리가 노력하기만 한다면 우호적인 환경이 만들어질 것이고, 상속 포기를 선언했던 유산을 회복할 수 있을 것입니다. 빠란자쁘예 학장[23]은 우리가 나머지 세상과의 경쟁에서 패배할 수 있다고 말했습니다. 그러나 여기에서 경쟁의 문제란 존재하지 않습니다. 이것은 오히려 농민들과 빈곤층의 경제적 자유에 관한 문제입니다. 농부는 세상의 아버지입니다. 미국이나 일본의 예를 들어봅시다. 그곳 사람들은 경작자들을 돕습니다. 우리의 지도자 역시 어떻게 하면 경작자들을 도울 수 있을지에 대해 간절히 알고 싶어합니다. 문제는 경제 원리에 따라 해결될 수 있을 것입니다.

---

22) maund : 인도·중동 여러 나라의 무게 단위; 인도에서는 2/7파운드, 중동 여러 나라에서는 20~60파운드. (역주)
23) R. P. Paranjapye : 뿌나 소재 퍼거슨대학 학장.

나는 젊은이에게 스와데시를 실천하라고 권합니다. 그것은 아주 쉬워서 특별한 노력이 필요한 것도 아니고 많은 지성이 요구되는 것도 아닙니다. 꼭 필요한 것은 약간의 경험입니다. 사람은 이 일을 통해 커다란 자유를 향유합니다. 물레질하는 사람은 하루 3아나를 법니다만, 베 짜는 사람은 하루 8아나를 벌어들입니다. 봄베이의 마단와디에서 베 짜는 사람과 얘기를 나눠보고, 그들 중 많은 사람들은 하루 1루삐, 심지어 2루삐까지 벌어들인다는 것을 알았습니다. 이 산업은 우리에게 유용하므로 널리 대중화되어야 합니다. 식자층도 이 기술에 대해 조금씩은 배워야 합니다. 영국의 모든 소년들이 해군에 대해 알고 있듯이, 우리는 모두 이 일에 대해 알아야 합니다.

그래서 만일 인도가 이 만뜨라[24]를 이해하고 종교적 의무로 간주하여 일하기 시작한다면, 우리나라의 경제 상태는 호전될 것이고, 기아와 질병은 우리에게서 사라질 것입니다. 여러분은 이 생각을 이해했으므로, 실천하기를 기도하겠습니다.

— 구자라뜨 반두 사바에서의 연설(G.), 『인디언 어피니언』, 1919.10.10;
『전집』 18 : 211

159) 스와데시와 기계

[1919.9.14]

간디 씨는 수신자에게 대답하면서 스와데시와 기계의 양립 가능성에 대해 자신의 견해를 피력했다.[25]

나는 많은 사람들이 이런 의심을 품고 있는 것을 보았고, 그래서 그것에

---

24) 주문. 그러나 여기서는 '메시지'의 뜻이다. 『전집』 권18, 275면. (역주)
25) 『전집』 권18, 285면에 따라 추가한다. (역주)

대해 대답했다. 순수 스와데시는 결코 기계에 반대하지 않는다. 스와데시 운동은 외제 직물의 사용을 반대할 뿐이다. 하지만 방직 공장에서 제조된 직물에 반대하는 것은 전혀 아니다. 나 자신은 공장에서 짠 직물을 입지 않는다. 내가 스와데시 서약을 설명하면서 손으로 뽑은 실로써 손으로 짠 직물을 입는 것이 모든 인도인들의 이상이 되어야 한다는 점을 제안했던 것도 분명히 사실이다. 다행스럽게도 만일 수천만 명의 인도인들이 이 이상을 실천하게 된다면, 방직 공장은 일정한 손실을 입을 수밖에 없을 것이다. 그러나 인도 전체가 그런 순수한 결심을 한다면, 우리의 공장 소유자들조차도 그런 결심을 환영하고, 순수함을 존중하고, 자신들도 그 결심과 연대할 것임을 나는 확신한다. 그러나 해묵은 습관을 이기기 위해서는 시간이 많이 걸린다. 그래서 우리나라에는 방직 산업과 수직, 양자 모두를 위한 여유가 있다. 물레와 수직기만이 아니라 방직 공장도 늘리자. 물레와 수직기 역시 기계인 것은 사실이다. 수직기는 소형 직조 공장이다. 물레는 소형 방적 공장이다. 나는 그와 같이 아름다운 공장들이 각 가정에 있는 것을 보고 싶다. 이 나라는 물레질과 수직 산업이 참으로 필요하다.

어느 나라에서든 농민들은 농업에 부가된 보조 산업이 없다면 살아갈 수 없다. 그리고 우호적인 몬순 기후에 전적으로 의존해 있는 인도에서 물레와 수직기는 까마데누[26]와 같다. 스와데시운동은 2억 1천만 명의 인도 농민들의 이익을 겨냥한 것이다. 우리에게 우리나라 전역에 공급할 직물을 충분히 생산할 만한 공장이 있다고 해도, 나날이 빈곤해지고 있는 농민들에게 보조 산업을 제공해야 한다. 그런 의미에서 수천만 명의 사람들에게 적합한 것은 물레질과 수직일 것이다. 제조공장이나 기계에 대한 반대가 요점이 아니다. 요점은 우리나라에 가장 적합한 것이 무엇인가 하는 것이다. 나는 우리나라의 기계 제작운동이나 기계 개량에 반대하는 것이 아니다. 나는 이 기계들의 목적이 무엇인가에 대해서만 관심이 있을 뿐이다.

---

26) Kamadhenu는 사람이 소원하는 것이면 무엇이든 주는 전설의 소다.

러스킨의 말을 빌리자면, 나는 이 기계들이 단 1분만에 1백만 명의 사람들을 날려버릴 기계인지, 아니면 황무지를 경작 가능한 옥토로 바꿀 수 있는지에 대해 질문할 수 있을 것이다. 그리고 만일 입법의 권리가 내 손에 있다면, 나는 노동절약형 기계 제작을 처벌할 것이고 개개인이 다룰 수 있는 좋은 쟁기를 제조하는 산업을 보호할 것이다.

—「스와데시 대 기계?」,『영 인디아』, 1919.9.17;『전집』18 : 285

160) 스와데시와 불매운동

밥띠스따[27] 씨는 불매운동이 사실상 스와데시와 동일할 뿐만 아니라 오히려 그보다 우월하다고 말한다. 그가 그렇게 말하는 이유는 불매운동이 국산 제품의 사용을 촉진한다는 의미에서 스와데시의 목적에 충분히 이바지하면서도 영국 상인 겸 제조업자의 주머니를 소진시킴으로써 그에게도 영향을 미친다는 데 있다. 밥띠스따가 덧붙인 바에 따르면, 영국인들은 불매운동에 대한 나의 반대가 순전히 영적인 관념이어서 그 의미를 이해하지 못하면서도, 그들이 이해하는 불매운동을 완벽하게 합헌적이며 정당한 무기로서 항상 인정해 왔다.

불매운동이 스와데시와 동일하다고 한 것, 양자가 사실상 동일하다고 한 것은 두 가지 모두를 이해하지 못한 결과이다. 스와데시는 영원한 원리로서 인류가 그것을 무시한 결과 막대한 고통을 초래했다. 그것은 각 나라에서 제조된 물건들의 생산과 분배를 의미한다. 스와데시는 현대의 협소한 의미로 말하자면 농민을 이용하여 매년 6억 루삐의 돈을 절약하는 것을 의미한다. 그것은 인구의 72%에게 그들이 대단히 필요로 하는 보조 산업을 제공하는 것도 의미한다. 스와데시는 건설적 프로그램이다. 반면, 불매

---

27) Joseph Baptista : 자치운동과 관련되어 있는 민족주의 지도자.

운동은 하나의 임시변통으로 영국인들에게 일부러 재정적 손실을 줌으로써 그들의 손을 강제로 묶기 위해 사용된다. 따라서 불매운동은 자신의 목적을 실현하기 위해 도입된 부당한 영향력으로서 작용한다. 그것이 끈질기게 장기간 지속된다면, 간접적으로 국내에 보다 더 많은 제조품을 생산할 수도 있을 것이다. 하지만 불매운동이 모든 외제품의 배제를 의미하는 것은 아니기 때문에 다른 교란 요인을 도입할 수 있다. 그런 의미에서 그것은 다른 외국인들 이를테면 일본 상인과 미국 상인을 부추길 수도 있다. 하지만 나는 인도 교역에 대해 점증하는 일본의 영향력을 태연히 지켜볼 수가 없다.

불매운동이 효과를 얻자면 상당한 정도로 보편화되어야 하지만, 단 한 사람이 스와데시를 실천하는 일도 그만큼 국민의 이익이 된다. 불매운동이 성공을 거두자면 우리는 분노심을 이용해야 한다. 그래서 불매운동은 예상치 못했던 결과를 초래할 수도 있고, 쌍방 간에 항구적인 소원함을 낳을 수도 있다. 하지만 밥띠스따 씨는 특히 나와 같은 사람이 불매운동을 지도한다면 이 운동이 결과적으로 반드시 분노심을 이용하지 않아도 될 것이라고 본다. 나는 감히 그런 입장에 도전한다. 부정의 때문에 고통당하는 사람은 아주 작은 구실만 주어지면 최악의 정열을 일으킬 수 있는 유혹에 넘어갈 수 있다. 여러분이 그에게 영국 제품에 대한 불매운동을 요청하는 것은, 잘못을 행하는 자를 처벌한다는 관념을 그에게 주입하는 것이다. 모든 처벌은 꼭 분노를 야기한다.

자후르 아메드 씨 역시 나의 입장을 반박하기 위해 글을 발표했는데, 그는 거기에서 협조의 철회가 본성상 불매운동과 동일하지만, 전자는 실천하기가 거의 불가능하기 때문에 후자에 비해 훨씬 효과가 떨어진다고 말했다. 잘못을 행하는 자에게 봉사하거나 협조하는 것은 그의 잘못에 동참하는 셈이 된다. 따라서 그 잘못이 심각한 경우 협조의 철회는 하나의 의무가 된다. 단 한 사람이 협조를 중지한다고 해도, 그것은 그 사람의 의무 수행이기 때문에 그만큼 효과가 있을 것이다. 그러나 불매운동은 하나의 처벌이고 어떤 처벌도 의무일 수는 없기 때문에, 불매운동은 일정한 결과를 낳지 못한다면 에너지를 낭비하는 셈이 된다. 6명 정도의 불매운동은 지푸라기로 코끼리치기와 같다.

하지만 불매운동에 대한 나의 근본적인 반대는 영적인 관념에 기초를 두고 있다. 이 말은 내가 영적인 법칙을 정치세계에까지 확장하려고 노력한다는 것을 의미한다. 하지만 나는 영국인이 영적인 법칙을 이해하지 못할 것이라는 말을 부인한다. 나는 남아프리카의 유럽인으로 하여금 그 의미를 이해하게 하고 그 진가를 인정하게 하는 데 아무런 난관이 없었다. 그리고 영적인 법칙을 효과 있는 것으로 만들기 위해, 영적 행위가 갖고 있는 영적인 관념을 이해하는 것이 필수는 아니다. 순수하게 영적인 행위는 이해하기도 아주 단순하고, 실천하기도 아주 쉽다고 나는 주장한다. 영성은 그것이 탁월하게 실제적이지 않다면 아무 것도 아니다. 손이 더러울 때 손을 씻어야 한다는 것은 이해하기 어렵지 않다. 손을 씻는 일 역시 간단하다. 하지만 그것은 본질적으로 영적 실천이다. 건전한 신체에 건전한 정신이 깃든다(Mens sana in corpore sano)라는 것은 혼의 교의이다. 그리고 우리가 청결에 대해 영적인 관념을 품지 않고도 더러운 손을 씻을 필요성을 인정하듯이, 우리는 불매운동의 실제적 실패를 인정할 수 있고, 특별한 조건 아래에서는 비협조의 영적인 토대를 이해하지 않고도 비협조의 실제적 필요성을 인정할 수 있을 것이다.

그렇다면 불매운동은 실천 가능한가? 밥띠스따 씨는 영국 상품에 대한 불매운동에 찬성했다. 우리나라 최고의 항구적인 선이 우리의 상인들로 하여금 외제를 배제하는 스와데시를 지지하게 만드는 충분한 동기가 될 수 없다면, 영국인들로부터 정의를 끌어내기 위해 우리 상인들에게 자신들의 습관을 잠정적으로 중지하라는 호소는 철저하게 실패할 것이라고 나는 감히 주장하고 싶다. 그런 것이 내 생각이다. 사건 이후의 불매운동은 별로 중요하지 않다. 결과에 영향을 주기 위한 불매운동은 즉각적이어야 한다. 내 생각에 우리는 즉각적인 행동을 일으킬 만큼 조직되어 있지 않다. 불매운동의 영역은 너무도 넓어서 즉시의 통지로 결성되는 어느 단체도 감당할 수 없을 것이다. 영국인 제조업자들이 자신들의 상품을 일본이나 미국을 통해 인도에 반입하는 데는 아무 어려움도 없을 것이다. 독일은 수년 전 자국의 상품을 영국을 통해 인도에 반입한 적이 있었다.

나는 스와데시를 선서했다. 그것은 전진하면 기운을 더 얻게 되는 점진적 과정이기 때문이다. 어떤 단체라도 그것을 실행할 수 있다. 스와데시는 영국 통치자들과 영국 국민들의 정의나 부정의와는 별개의 문제이다. 스와데시에 대한 보상은 바로 스와데시이다. '에너지의 낭비도 실패도 없다. 이 다르마를 약간만 실천해 보아도 이것은 우리를 큰 위험에서 구원해 준다.' 그래서 스와데시와 불매운동은 같은 것이 아니라 대극점에 위치하는 것이다.

—「불매운동이 스와데시인가?」, 『영 인디아』, 1920.1.14; 『전집』 19 : 173

161) 스와데시운동

뻰자브에서 행해진 슈리마띠 사랄라데비(Shrimati Saraladevi)의 일에 대한 짤막한 보고서가 지난 주 『나바지반』지에 실렸다. 나중에 도달한 전보에 따르면, 그녀가 참석했던 제룸 킬라파뜨 대회에서도 스와데시에 대해 연설한 것으로 보인다. 무슬림들이 아주 신속하게 스와데시를 벌이고 있는데, 킬라파뜨 강령으로부터 스와데시를 보급하는 것은 쉬운 일이다.

그렇다면 스와데시의 몇몇 근본적인 원리들을 철저하게 이해하는 것이 아주 필요하다. 만일 수십만 명의 무슬림들이 스와데시 서약을 한다면 스와데시의 대의명분이 고취될 것인가? 고취될 것이다. 단 다음 두 조건을 충족시켜야 한다. 첫째, 그들의 필요를 충족시킬 만한 스와데시 제품의 생산을 늘리는 것이고, 두 번째는 그들과 다른 사람들이 직물에 대한 수요를 줄이는 것이다.

우리의 면방직 공장들이 생산하는 직물은 인도의 수요에 부족하고, 이 공장들이 가까운 장래에 직물 생산을 증대할 처지에 있지도 않다. 그들의 베 짜는 능력은 실뽑기 능력보다는 낫다. 우리가 수직물을 위해 공장에서 생산한 면사를 사용한다면, 그 면방직 공장들이 그만큼 적게 생산하게 되므로 직물 전체의 생산량은 감소하게 될 것이다. 그러면 직물 수입의 증대가 아니라 원사 수입의 증대가 될 것이다. 그렇게 되면 우리는 출발점으로 되돌아온다. 우리가 베짜기에서 절약하게 될 것이라고 믿을 수도 없다. 면사의 가격이 높아지기 때문이다. 이것은 스와데시가 아니다.

우리가 생각하는 스와데시는 다르마와 아르타[28]를 동시에 보호한다. 우리 이웃과 친척들에게 봉사할 수 없는 것, 즉 이웃과 친척들의 입에서 한 입 빼앗아 낯선 자들의 입에 넣어주는 것은, 삶의 보다 고상한 목표에 봉사하는 일도 아니고 자비라고 할 수도 없다. 그것은 우리의 고유한 의무의 방기일 뿐이다. 그러므로 우리는 물레질하는 자매들과 베짜기하는 사람들을 격려해야 할 도덕적 의무가 있다. 이런 과정에서 우리는 6억 루삐를 기아선상에 있는 수백만 명의 가정에 보낼 것이고, 이것은 아르타를 보호할 것이다. 따라서 스와데시 다르마는 우리의 다르마와 아르타를 보호하는 왕도이다.

우리는 손으로 실을 잣고, 손으로 베짜기를 할 경우에만 스와데시를 따르는 것이다. 진실하고 순수한 스와데시운동은 그래서 원사 생산의 증대, 그 원사로 직물짜기, 그리고 생산된 직물을 파는 일을 포함한다. 스와데시를 사랑하는 모든 사람들과 스와데시 상점 소유자 전원에게, 그들이 여성들로 하여금 물레질을 하게 하고, 그들이 생산한 원사를 이용하여 짠 직물을 대중화해야 한다고 나는 제안한다. 이 작업이 어렵고 지루한 과정임을 알고 있다. 그러나 난관으로 가득한 길로 모험하지 않고서는 전진은 불가

---

28) 물질적 복지.

능하다. 다울라기리 산꼭대기[29]로 올라가는 길에는 수많은 여행자들의 뼈가 온통 흩뿌려져 있다. 약한 심정의 소유자는 산기슭에서 이미 열심을 잃고 말 것이지만, 언덕과 골짜기를 통과하지 않고서는 달리 꼭대기로 가는 길은 없다. 이처럼 스와데시의 기초 원리를 충분히 이해하고 난 다음, 스와데시 대의를 받아들인 사람들이 낙담하는 일은 없을 것이다. 모든 일꾼들이 물레만 돌리고 각자의 열성을 다해 두서너 명의 사람들을 감화시켰다면 만족할 만한 일이다. 하지만 스와데시운동이 스와데시라는 이름 아래 진행되는 일에만 만족한 나머지, 앞으로 전진하지 못한다면 커다란 위해가 생길 것이다. 놋쇠가 아무리 반짝인다고 해도 금이 될 수 없고, 유리 조각이 금강석이 될 수 없다. 유리 조각을 금강석으로 오인하는 일이 금강석을 얻는 일을 지체시키듯이, 우리가 만일 그릇된 스와데시를 진정한 스와데시로서 받아들인다면 우리는 스와데시의 진보를 방해할 뿐일 것이다.

어떤 사람들은 원사를 생산하기 위해 수백만 여성들로 하여금 물레를 돌리도록 설득하는 대신, 10개 내지 20개의 새 방직 공장을 세우면 되지 않느냐 하고 생각할 수도 있다. 나는 『나바지반』지에서 이 문제에 대해 이미 대답했다. 새로운 공장은 쉽게 건설되는 것이 아니다. 어느 누구도 그런 노력을 특별히 기울일 필요가 없다. 돈 많은 사람들은 나름대로 시도하고 있으며 공장 수를 늘려가고 있다. 그러나 새로운 공장 건설은 기계에 대해 외국인들에게 항구적으로 의존한다는 것을 의미한다. 이것 이외에도 그것은 굶주리는 수백만 명의 사람들에 대한 치유책도 아니고, 그것으로 해서 우리가 매년 6억 루삐를 그들 사이에 유통시킬 수 있는 것도 아니다. 농업을 주업으로 삼고 있는 수백만 명의 가정에 우리가 부업을 도입할 때까지, 수백만 명에 달하고 1900마일에 걸쳐 퍼져 있는 인도인들은 기아에서 절대로 해방될 수 없을 것이다. 따라서 유일한 부업은 물레질이고 어느 정도는 수직이다. 150년 전 이런 산업은 인도에 번성했고, 그 당시 우리는

---

29) 히말라야산맥에 있는 봉우리. 『전집』 권21, 33면. (역주)

오늘날처럼 그렇게 비참하게 가난하지는 않았다.

—「순수한 스와데시」(G.), 『나바지반』, 1920.7.11; 『전집』 21 : 21

162) 스와데시와 스와라즈

국민회의 결의안이 스와데시의 중요성 그리고 그 때문에 상인들이 치러야 할 더 큰 희생의 중요성을 강조한 것은 옳다.

인도가 지난 150년 간 진행되어 온 경제적 유출을 자발적으로 조장하거나 용인하는 한, 인도는 자유로울 수 없다. 외제에 대한 불매운동은 외제 직물에 대한 불매운동 그 이상도, 이하도 아니다. 외제 직물은 우리가 자발적으로 허용한 최대의 경제적 유출을 이루고 있다. 그것은 우리가 피륙을 위해 매년 6억 루삐를 지불한다는 것을 의미한다. 만일 인도가 그 돈의 유출을 중지하기 위해 노력을 기울이고 또 성공한다면, 인도는 단 하나의 행동으로 스와라즈를 획득할 수 있다.

인도는 외국 직물 제조업자들의 탐욕을 만족시키는 노예가 되어 왔다. 동인도회사가 우리나라에 들어왔을 때, 우리는 필요한 직물을 모두 짤 수 있었고, 수출할 만한 직물도 짤 수 있었다. 하지만 여기에서 거론할 필요도 없는 과정을 통해, 인도는 직물을 위해 실제 전면적으로 외제에 의존하게 되었다.

우리는 다른 나라에 의존해서는 안 된다. 인도는 인도의 자식들이 직물을 위해 일한다면, 필요로 하는 모든 직물을 제조할 능력이 있다. 다행스럽게도 아직 인도는 직물 공장의 생산량을 보충할 만큼 충분한 수의 베짜기하는 사람들이 있다. 직물 공장들은 우리가 필요한 모든 직물을 당장 제조하지도 않고 제조할 수도 없다. 지금 이 순간에도 베짜기하는 사람들이 직물 공장보다 더 많은 직물을 생산한다는 사실을 독자들은 모를 것이다.

그러나 직물 공장들은 품질 좋은 외제 번수(番手) 5천만 야드를 방적하는데, 이것은 보다 굵은 번수의 면사 4억 야드와 맞먹는다. 외제 직물에 대해 성공적으로 불매운동을 수행하는 방식은 면사의 생산량을 증가하는 일이다. 그리고 이것은 물레질에 의해서만 가능하다.

이러한 불매운동을 벌이기 위해, 우리의 상인들은 모든 수입을 중지하고, 인도에 이미 비축된 외제 직물을 손해를 보면서도 팔아 버리는 것이 필수적이다. 그때는 외국인 구매자에게 팔아버리는 것이 상책이다. 우리 상인들은 면화를 투기 매매해서는 안 되고, 국내 수요에 필요한 모든 면화를 확보해야 한다. 일체의 외국 면화 구입을 중지해야 한다.

면방직 공장 소유주들은 이윤을 위해 공장을 운영해서는 안 되고, 국민 기업으로 운영해야 한다. 따라서 가는 번수의 실을 생산하지 말고 오로지 국내 시장을 위해서만 직물을 짜야 한다.

세대주는 패션에 대한 자신의 관념을 바꿔야 하고, 적어도 당분간은 반드시 육신을 가릴 목적이 아닌, 고운 의복의 착용을 중지해야 한다. 그는 흠결 없이 하얀 카다르(카디, 손으로 짠 옷감)에서 예술과 미를 볼 수 있게, 그리고 그 부드러운 비균질성을 인정할 수 있게 자신을 훈련시켜야 할 것이다. 세대주는 수전노가 자신의 금고를 사용하듯이 직물을 능숙하게 다루기를 배워야 할 것이다.

그리고 세대주들이 의복에 대한 자신들의 기호를 바꾼다면, 어떤 사람들은 베짜기하는 사람들을 위해 면사를 뽑아야 할 것이다. 이것은 사랑을 위해서든 돈을 위해서든 여가 시간에 물레질하는 모든 사람들에 의해서만 가능할 것이다.

우리는 영적인 싸움을 벌이고 있다. 우리는 평상의 시대에 살아가는 것이 아니다. 비상시에는 정상적인 행위들은 언제나 중지된다. 우리가 만일 1년 내 스와라즈를 획득하려 애쓴다면, 그것은 우리가 다른 모든 것을 배제하고 목표에 집중해야 할 것임을 의미하는 것이다. 그래서 나는 인도 전역의 학생들에게 1년 간 정상적인 공부를 중단하고 그 시간을 물레질을 하여 면사를 제조하는 데 바칠 것을 감히 제안하는 바이다. 그것은 모국에 대한 위대한 봉사 행위이자, 스와라즈를 획득하기 위한 가장 자연스러운 기여가 될 것이다. 최근의 전쟁 동안 우리의 지배자들은 모든 공장을 납탄환을 생산하는 무기 공장으로 만들려고 시도했다. 이번에 싸우는 우리 전쟁에서 나는 모든 인도 민족학교와 대학이 나라를 위해 면사의 방추(紡錘)를 준비하는 공장이 되기를 제안하는 바이다. 학생들이 그 직업에 의해 잃을 것은 아무 것도 없다. 그들은 지금 그리고 나중에도 왕국을 얻을 것이다. 인도에는 직물 기근이 있다. 이 기근을 제거하는 일을 돕는 것은 분명히 칭찬받을 만한 행위이다. 외제 면사를 사용하는 것이 죄라면, 외제 면사를 사용하지 않음으로써 일어날 수요에 대처할 수 있도록 더 많은 양의 스와데시 면사를 제조하는 것은 미덕이다.

다음과 같은 질문이 분명 제기될 것이다. 즉, "면사 제조가 그렇게 필수적이라면, 왜 모든 가난한 사람들에게 돈을 주어서 그 일을 시키지 않는가?" 그것은 물레질이 베짜기와 목공 등의 일과는 달리 과거에 직업이었던 적이 없고 현재에도 직업이 아니기 때문이다. 영국 지배 이전의 인도 경제에서 물레질은 인도 여성의 고귀하고 여유로운 직업이었다. 주어진 시간 내에 그것을 우리 여성들 사이에 부활시키는 일은 어렵다. 하지만 학생들이 나라의 부름에 응하는 것은 믿을 수 없을 정도로 간단하고 용이하다. 어느 누구도 그 일이 인간의 존엄이나 학생의 존엄을 손상하는 일이라고 비난해서는 안 될 것이다. 그것이 인도 여성들에게 한정되어 있었던 이유는 그들이 보다 한가했기 때문이었다. 물레질은 우아하고, 음악적이며, 크게 힘쓸 일이 없기 때문에 여성의 전유물이 되었다. 마치 음악이 그러하듯 물레질이 남녀 모두에게 우아한 것은 분명하다. 물레질에는 여성의 품성 보호, 기근 방지의 보장, 가격 하락이 숨겨져 있다. 그 안에 스와라즈의 비밀도 숨겨져 있다. 물레질의 부흥은 외국 제조업자들의 악마적인 영향력에 굴종해버린 우리 선조들의 죄악에 대해 우리가 지불해야 하는 최소한의 고행이다.

학생들은 물레질을 예전에 누렸던 존경할 만한 지위에까지 회복시킬 것이다. 그들은 카다르를 유행시키는 과정을 재촉할 것이다. 자신들의 아이들이 뽑아낸 면사로 만든 직물을 입기를 거부하는 부모가 있다면 그런 사람들은 부모로 불릴 자격이 없다. 그리고 학자들이 그 기술을 실제 인정한다는 사실로 말미암아 그 기술은 인도의 베짜기하는 사람들의 주목을 받게 될 것이다. 만일 우리가 뻔자브 사람으로부터 군인이란 직업을 뺏는 것이 아니라, 죄 없이 자유로운 다른 나라 백성들을 죽이는 직업을 뺏기를 원한다면, 우리는 그에게 베짜기 직업을 되돌려 주어야 한다. 뻔자브의 평화로운 줄라히 종족(julahis, 베 짜는 사람들)은 거의 멸종 직전에 있다. 뻔자브 학자들은 뻔자브의 베짜기하는 사람들이 그들의 무해한 직업으로 돌아가도록 할 수 있을 것이다.

본지 다른 호에서 학교에 이런 변화를 도입하는 것이 얼마나 쉬운지, 우리가 중·고등학교와 대학들을 이런 방향으로 얼마나 빨리 민족화할 수 있는지 보여주고 싶다. 어디에 살든 학생들은 내가 우리의 민족학교에 무슨 새로운 일을 소개하고 싶은지에 대해 물어 왔다. 나는 그들에게 매번 물레질을 꼭 도입하고 싶다고 변함 없이 대답해 주었다. 전환기를 살아가는 우리는 물레질과 우리나라에 당장 필요한 일에만 전적인 주의를 기울여서 과거의 태만을 벌충해야 한다고 나는 어느 때보다 더 분명히 느끼고 있다. 그리고 학생들은 새로운 방향의 공부로 더 잘 들어갈 수 있고, 더 잘 준비되어 있을 것이다.

내가 진보의 시계 바늘을 뒤로 돌려놓기를 원하느냐고? 내가 직물 공장을 물레질과 수직으로 대체하고 싶어하느냐고? 내가 철도를 시골 마차로 대신하고 싶은 거냐고? 내가 기계를 전부 부수기를 원하느냐고? 몇몇 기자들과 공공의 일을 하는 사람들이 이런 질문들을 물어왔다. 내 대답은 다음과 같다. 만일 기계가 사라진다면 그 때문에 나는 울지 않을 것이며 재앙으로 간주하지도 않을 것이다. 하지만 나는 기계류 자체에 대해서는 아무런 복안이 없다. 현재 내가 하고 싶은 일은 우리 공장에서 생산하는 면사와 직물을 보충하여, 인도 외부로 보내는 수백만 루삐를 절약하고 그것을 우리 인도인의 오두막집에 분배하는 것이다. 국민이 여가 시간을 물레질에 바치지 않는다면, 그때까지 나는 이런 일을 할 수 없다. 그러기 위해 우리는 물레질을 생계 수단으로서가 아니라 하나의 의무로서 대중화하기 위해 내가 감히 제안했던 여러 방안을 수용해야 할 것이다.

—「스와라즈의 비밀」,『영 인디아』, 1921.1.19;『전집』 22 : 116

163) 자발적인 협조와 빈곤

물레질의 진전이 이 세상이 여태껏 목격한 것 중에서 가장 위대한 자발적인 협조였음을 아는 일꾼들은 거의 없었을 것이다. 그것은 광대한 지역에 흩어져서 자신들의 생계를 꾸려나가는 수백만 명의 사람들 사이의 협조를 의미한다. 농업은 분명히 협조적인 노력을 많이 요구한다. 하지만 물레질은 그보다 더 크고 더 정직한 협조를 요구한다. 밀은 사람들의 정직함보다는 자연의 정직함으로 잘 자란다. 우리 인도인들의 오두막에서 면사의 제조는 인간의 정직함에만 의존한다. 물레질은 수백만 명의 인간들 사이에 자발적이며 영리한 협조 없이는 불가능하다. 물레질하는 사람이 곡물업자처럼 자신의 면사를 팔기 위한 안정적인 시장에 대해, 그리고 그가 소면의 과정을 모른다고 해도 면화의 굵은 고치(슬리버)의 공급에 대해 안심할 수 있는 상태까지 우리는 나가야 한다. 물레질이 증가일로에 있는 대중의 빈곤을 마법처럼 물리칠 수 있다고 내가 주장한다고 해도 그것이 놀랄 일인가? 영국인 친구 한 사람이 신문에서 오린 기사를 하나 보내 주었는데, 그것은 중국 내 기계의 진보에 관한 것이었다. 내가 물레질을 주창하면서 기계에 대한 내 생각을 보급한다고 그가 상상했음이 분명하다. 하지만 나는 그따위의 일을 하는 것이 결코 아니다.

최고로 정교한 기계를 사용함으로써 인도의 빈곤과 그것에 수반된 나태를 피할 수 있다면 나는 그 기계의 사용에 찬성할 것이다. 나는 물레질이 궁핍을 내몰고, 일과 부를 풍부하게 만들 수 있는 유일하게 준비된 방안이란 점을 제안한 바 있다. 물레 자체가 가치 있는 기계이며, 나는 보잘것없는 방식이긴 하지만 인도의 특별 조건에 맞춰서 물레를 향상시키기 위해 나름대로 노력해 왔다. 그러므로 인도와 인류를 사랑하는 사람이 자문해야 할 유일한 질문은 인도의 비참함과 불행을 줄이는 실용적인 방도를 어떻게 고안해 낼까 하는 것이다. 인간의 재주가 창안할 수 있는 어떤 구도의 관개(灌漑) 사업도, 농업 분야의 어떤 향상도, 인도에 광범위하게 산재되어 있는 인구를 다룰 수 없고, 끊임없이 일자리에서 쫓겨나는 대중들에게 일자리를 제공할 수 없다. 선택에 의해서가 아니라 환경의 힘 때문에 하루 평균 5시간 일하는 나라를 상상해 보라. 그것이 바로 인도의 실상이다.

독자가 인도의 실상을 상상해 보기를 원한다면, 그는 도시생활의 분주한 야단법석, 공장생활에서 오는 뼈에 사무치는 듯한 피곤, 그리고 플랜테이션 농업의 노예 신분, 이런 그림들을 자신의 마음에서 지워 버려야 한다. 이런 것들은 인도인들의 바다에 비하면 물 몇 방울에 불과하다. 그가 인도에 대한 대체적인 윤곽을 그리려면, 자신의 땅에서 일하며, 1년에 적어도 4개월은 실제로 직업이 없어서 거의 기안선상에서 살아가는 80%의 인구를 떠올려야 한다. 이것이 일상적인 경우이다. 늘 반복되는 기근은 강요된 나태를 더욱 악화시킨다. 남녀들이 자신들의 빈약한 자원을 보충하기 위해 오두막에서 쉽게 할 수 있는 일이 무엇일까? 그것이 다른 것이 아니라 오직 물레질이라는 점에 대해 아직도 의심하는 사람이 있을까? 그리고 만일 일꾼들이 의지만 있다면 2~3개월 안에 물레질을 보편적인 것으로 만들 수 있을 것임을 나는 강조한다. 그것은 실제로 보편적인 것으로 되어 가는 중이다. 그것을 조직화하기 위한 전문가들만 있으면 된다.

민중은 준비되어 있다. 그리고 물레질이 가지는 가장 유리한 점은 그것이 시도해 본 적이 없는 새로운 방도가 아니라 민중이 최근까지 사용하고 있었던 것이라는 점이다. 그것이 성공적으로 재도입되기 위해서는 능숙한 수완, 정직 그리고 세상에 알려진 것 중에서 가장 큰 규모의 협조가 필요하다. 인도가 이 협조를 성취할 수 있다면, 그와 같은 단 하나의 행동으로 스와라즈를 얻을 것임을 누가 부인할 수 있겠는가?

—「협조」, 『영 인디아』, 1921.11.3; 『전집』 25 : 21

164) 회전하는 바퀴

독자 여러분이 아시다시피, 바로 다다 드위젠드라나트 타고르(Baro Dada Dwijendranath Tagore)는 나에게 약한 면이 하나 있다. 그가 내가 말하거나 행하는 거의 모든 것을 저항하지 않고 그냥 받아들인다. 그러므로 독자 여러분은 그가 나의 생각과 구도에 찬성한 것을 과소평가해도 괜찮다. 그러나 여러분은 조국에 대한 바로 다다의 열성과 헌신에 대해서는 존경할 수밖에 없을 것이다. 바로 이런 열성과 헌신 덕분에 그는 우리 정치에 현재 널리 통용되는 사조와 접촉을 유지한다. 아래의 것이 물레에 대한 그의 최근의 의견이다.

이론상으로가 아니라면 실제상으로, 자만심이 매우 강한 사람은 자신들에게 일어날 것 같지 않은 일은 불가능하다고 믿고, 일어날 만한 일만이 가능하다고 즐겨 믿는다. 나폴레옹의 적수들은 군대가 겨울 동안 알프스산을 넘는 일은 불가능하다고 생각했다. 풍선으로 달로 날아가는 일이 불가능한 것처럼 말이다. 그러나 나폴레옹은 달리 생각했다. 그의 통찰력에는 알프스산을 넘는 일이 이탈리아로 들어가는 유일하게 가능한 방법으로 보였다.

이와 같이 대부분의 동포들은 정치적 자유가 아니라 경제적 자유라는 대의명분이 차르카(물레)를 돌리는 간단한 행위에 의해 결코 한 걸음도 전진할 수 없다고 생각한다. 하지만 이와 달리 마하뜨마지는 차르카가 우리가 노력하는 목표에 도달할 수 있는 유일한 방도라고 생각한다.

바로 다다는 차르카가 어원에서 보면 원환과 같으며, 비유로 보면 돌아가는 우주의 바퀴 곧 삼사라와 같다는 점을 주석에서 덧붙인다. 까비르 노래 중에 하나는 이와 같은 이미지에 기초한다. 그러나 바로 다다 편지에서 가장 중요한 부분은, 세상에서 영리한 자들에게 차르카가 불가능하게 보인다고 해도, 나라의 진정한 전진을 위해서는 유일하게 가능한 일이라는 엄격한 사실을 그가 강조했다는 점이다. 차르카는 우리나라가 벌일 수 있는 대규모의 모든 정치적 움직임에 실질을 부여할 수 있는 유일한 길이다.

—「회전하는 바퀴」, 『영 인디아』, 1925.1.15; 『전집』 30 : 52

165) 스와데시는 봉사 행위이다

까티아와르에 사는 친구가 다음과 같은 편지를 보냈다.[30] ……

많은 독자들은 이 편지 안에 있는 오류를 금방 볼 수 있을 것이다. 그렇다손 치더라도 우리는 다른 사람들에게 유사한 견해를 종종 듣고 있으므로, 스와데시의 의미를 가능한 한 분명하게 다시 한번 설명해야 할 필요가 있다. 더구나 스와데시 이념의 오용 때문에 우리가 크게 고통당하는 실정이 아닌가. 스와데시 이름으로 진행되는 많은 활동들이 중지되고, 진실한 스와데시를 위해 노력한다면, 우리는 목표를 훨씬 조기에 달성할 것이다.

내가 스와데시 서약을 준수함에 있어서 더욱 철저해진 것은 틀림없다. 나는 1920년 스와데시 서약을 창안해 내었던 그런 방식으로 줄곧 실천해 왔고, 오늘날에는 더욱 철저하게 실천한다. 외제 바늘 하나가 유용한 물건이고 활용될 수 있다면 우리는 그것을 흔쾌히 받아들일 수 있을 것이다.

---

30) 투고자는 인도 내에서 제조될 수 없지만 유용한 외제 상품들을 쉽게 용인하면 안 된다는 간디의 견해를 비판했다.

그것을 수용한다고 해도 우리는 국내의 어떤 산업이나 기술에도 손해를 입히지 않는다. 그래서 바늘을 수용하는 일은 단 한 사람의 일자리도 빼앗지 않는다. 이와 반대로 바늘은 수백 명의 사람들에게 나라에 보탬이 되는 일자리를 준다. 외제 직물은 질이 좋을 수도 있고 값도 저렴하며, 공짜로 주기까지 한다. 그렇다고 해도 우리는 그것을 거부해야 한다. 그것을 수용해 온 결과 동포 수천만 명을 망쳤기 때문이다. 우리는 직물을 우리 촌락에서 생산해 왔고, 그 산업을 대체할 만한 어떤 다른 일도 발견하지 못했다. 우리는 그것을 내버림으로써 큰 죄를 범했다. 그것은 기아를 초래했고, 이어서 질병·죄·부도덕을 증가시켰다.

우리나라의 민중이 물레질과 베짜기보다 더 정직한 직업을 갖게 될 때, 그리고 면화를 우리나라의 흙에서 재배할 수 없거나 재배자 자신들이 더 큰 이익을 내는 다른 작물을 재배하기를 좋아할 때가 정말로 온다면, 스와데시 직물 서약은 유용한 목표를 다 상실하고 말 것이다. 미래의 세대들이 오늘날의 문헌을 읽고 이 서약을 불멸의 원리로 간주하여 그때도 스와데시 원리를 직물에 적용한다면, 그들은 어리석은 짓을 하는 셈이고, 조상들의 우물을 헤엄쳐 건너는 것이 아니라 그 안에 익사하는 사람들처럼 행동하는 셈이 될 것이다. 하지만 나의 이성은 그런 때가 도저히 올 것이라고 보지 않는다. 그런 때가 오든 말든, 현 상태에서는 카디가 스와데시의 가장 순수한 형태라는 점에 대해 이견이 있을 수 없고, 지금도 이견이 없다고 우리는 말할 수 있다.

수천만 루삐에 상당하는 원료가 우리나라에서 생산된다. 그런데 우리의 무지, 무기력과 발명의 부재 탓에 외국에 수출해 버렸다. 그 결과 슈리 마두수단 다스(Shri Madhusudan Das)가 지적했듯이, 우리는 동물처럼 무지하게 되었고, 우리의 손은 마땅히 받아야 할 훈련을 받지 못했고, 지성은 응당 발전해야 할 만큼 발전하지 못했다. 결과적으로 살아 있는 예술이 우리 땅에서 사라져 버렸고, 우리는 서양을 모방하는 일로 만족하고 있다. 우리나라에는 널리 구할 수 있는 생가죽이 있는데, 이는 9천만 루삐에 달한다. 우리가 만일 죽은 가축의 생가죽을 활용하는 데 필요한 기계를 제작할 수 없다면, 나는 그 기계를 세상의 어디서라도 수입할 준비가 되어 있고, 그러면서도 스와데시 서약을 철저하게 지키고 있다고 믿을 수 있을 것이다. 나는 내가 완고하여 그런 기계의 수입을 거부할 때 오히려 그 서약을 욕되게 한다고 믿는다. 이와 마찬가지로 우리나라는 치료의 효과가 있는, 대단히 많은 품목들을 생산하고 수출한다. 그런데 그것들은 약이나 다른 모습으로 우리에게 되돌아온다. 그런 품목들을 우리나라에서 활용할 수 있도록 기계를 수입하거나 어떤 도움을 얻는 것은 우리의 의무이다.

스와데시는 영원한 종교적 의무이다. 그것을 따르는 방식은 시대에 따라 다를 수 있고 달라야 할 것이다. 스와데시의 원리는 혼이고, 카디는 이 시대 이 나라의 육신이다. 시간이 흘러 이 육신이 사라져 버리면, 스와데시는 새로운 육신을 입을 것이지만 그 안에 거주하는 혼은 동일할 것이다. 스와데시는 봉사이다. 우리가 스와데시의 본성을 이해한다면 자신·가족·조국·세계에 동시에 이익을 줄 것이다. 스와데시는 자기 이익에 봉사하려는 것이 아니라 순수한 애타주의이다. 그래서 나는 그것을 야즈나(희생제사)의 한 형식이라고 부른다. 그것이 우리에게 이익이 되는 것은 분명하다. 그러나 거기에 타인에 대한 증오가 들어갈 여지는 없다. 어떤 경우에도 어떤 물건도 수입하면 안 된다는 절대 의무란 존재하지 않는다. 그러나 우리나라에 해를 주는 것은 어떤 것도 수입해서는 안 된다. 우리나라 고유의 것, 우리나라에서 생산되는 것만 좋다는 것을 절대 원리로 받아들일 수는 없다. 토착의 것이든 외래의 것이든, 좋은 것이며 우리에게 이익이 되는 것이라면 쉽게 수용되어야 할 것이다. 이와 마찬가지로 토착의 것이든 외래의 것이든 나쁘고 해로운 것이라면 부정되어야 한다. 우리나라는 엄청난 양의 술을 생산한다. 그러나 술은 전부 기피되어야 한다. 만일 나라 전체가 금주하게 되면 술 판매업에 종사하고 있는 사람들이 망할 것이라고 믿을 이유는 없다. 그리고 그들이 지금 벌이고 있는 사업 자체가 자신들과 나라를 해친다. 하지만 그들이 그것을 잃는다고 해도 굶어죽지는 않을 것이다.

그들이 선택할 수 있는 더 나은 직업이 있을 것이기 때문이다.

—「스와데시 대 외국제」(G.), 『나바지반』, 1927.6.19; 『전집』 39 : 87

166) 스와데시 원칙

스와데시는 현대라는 시대가 명령한 법 중의 법이다. 자연의 법칙과 마찬가지로 영혼의 법칙은 제정할 필요가 없다. 그것은 스스로 제정하기 때문이다. 그러나 사람은 무지 혹은 다른 이유로 그것을 흔히 무시하거나 그것에 불복한다. 그럴 때 사람은 자신이 가는 길을 공고히 하기 위해 서약을 필요로 한다. 기질상 채식주의자가 자신의 채식주의를 강화하기 위해 서약할 필요는 없다. 그가 고기 음식을 볼 때 그것이 그를 유혹하는 것이 아니라 혐오감을 일으킬 뿐이기 때문이다. 스와데시 법칙은 인간의 본성에 깃들어 있지만 오늘날 망각 속으로 빠지고 말았다. 따라서 스와데시 서약의 필요성이 생기는 것이다. 스와데시는 궁극적이며 영적인 의미에서 인간의 혼을 지상의 속박에서 최종적으로 해방시키는 것을 의미한다. 왜냐하면 이 지상의 용기(容器)는 혼의 자연스럽고 영원한 주처가 아니기 때문이다. 그 용기는 혼이 전진하는 데 장애물이며, 혼이 다른 생명체와 하나됨을 실현하는 길을 가로막는다. 그러므로 스와데시 신봉자는 자신을 피조된 세계 전체와 일치시키려고 노력함으로써 물리적 신체의 속박에서 해방되기를 추구한다.

만일 스와데시에 대한 이와 같은 해석이 옳다면, 신봉자는 가장 가까운 이웃들에 대한 봉사를 최초의 의무로 여기고 거기에 자신을 바쳐야 한다는 결론이 나온다. 이것은 나머지 사람들의 이익의 배제 또는 희생마저 낳을 수 있지만, 그것은 표면적으로만 그렇게 보일 뿐이다. 이웃에 대한 순수한 봉사는 그 성격상 멀리 사는 사람들에게 결코 해가 될 수 없다. 오히려 그 반대이다. '개인에게 그러하듯 이 우주에 대해서도 그러하다'라는 것은 절대 확실한 원리로서, 이를 명심해야 할 것이다. 반면에 '멀리 있는 광경'에 현혹되어 봉사하기 위해 지구의 끝까지 달려가는 사람은 야망에서도 좌절을 맛볼 것이고 이웃에 대한 의무에서도 실패할 것이다. 구체적인 사례 하나를 들어보자. 내가 사는 특정 장소에 이웃·친척·부양가족이 살아간다고 해보자. 그들은 모두 나에게 요구할 것이 있고, 도움과 협조를 구하여 나를 찾아 올 것이라고 자연스럽게 느끼고 있으며, 그럴 만한 권리도 있다. 그런데 내가 갑자기 그들을 단번에 내버리고 먼 곳에 있는 사람들에게 봉사하러 간다고 가정해 보자. 나의 결정은 이웃과 친척이라는 작은 세계를 제대로 작동하지 못하게 하고, 나의 호의적인 기사도적 방랑은 아마도 새로운 장소의 공기를 깨뜨려 놓을 것이다. 그래서 스와데시 원리를 범할 경우 생기는 최초의 열매는 가장 가까운 이웃에 대한 태만이라는 죄이고 내가 봉사하고 싶은 민중에게 본의 아니게 해를 끼치는 것이다.

그런 사례는 드물지 않다. 그 때문에 『기따』는 "자신의 의무 곧 스와다르마(svadharma)를 행하다가 죽는 것이 낫나니, 다른 사람의 의무(paradharma)는 위험으로 가득 차있다"[31]라고 말한다. 이 구절은 물리적 환경의 관점에서 해석한다면 우리에게 스와데시의 법칙을 준다. 『기따』가 스와다르마에 관련하여 말한 것 역시 스와데시에 적용된다. 스와데시는 스와다르마를 자신의 바로 이웃의 환경에 적용한 것이기 때문이다.

스와데시 원칙이 폐해의 결과를 낳는 경우는 그 원칙이 잘못 이해되었을 경우일 뿐이다. 다시 말해, 내 가족의 응석을 받아주기 위해 내가 정·부당을 따지지 않고 모든 수단으로 돈을 거머쥐기로 한다면 그것은 스와데시 원칙을 희화화하는 것이다. 스와데시 법칙은 가족에 대한 나의 정당한 책무를 정당한 수단으로 수행할 것만을 요청한다. 그렇게 하려고 시도하게 되면, 보편적인 행위 규범이 나에게 드러날 것이다. 스와데시 실천은

---

31) 『바가바드 기따』 3 : 35.

어느 누구에게도 해를 끼치지 않을 것이다. 그리고 만일 그런 경우가 있다면, 나를 움직인 것은 스와다르마가 아니라 이기주의이다.

스와데시 신봉자가 보편적 봉사 제단에 자신의 가족을 바치도록 요구받을 경우도 있을 수 있다. 그와 같이 자발적으로 제물을 바치는 행위는 그 가족에게 베푼 최고의 봉사가 될 것이다. '누구든 자신의 생명을 얻고자 하면 그것을 잃을 것이요, 주님을 위해 자신의 생명을 잃는 자는 누구든 그것을 얻을 것이다'라는 기독교 성경 말씀은 개인에게만 아니라 가족에게도 적용된다. 다른 사례를 들어보자. 내가 사는 마을에 전염병이 발발했는데, 전염병에 걸린 사람을 돌보다가 나 자신, 아내와 자식들 그리고 나머지 가족 전부가 몰살하게 되었다고 가정해보자. 그렇게 되면 나는 가장 귀하고 가까운 가족들에게 나와 함께 일을 하자고 권면하는 일에서, 가족의 파괴자로서가 아니라 반대로 내 가족의 가장 진실한 친구로서 행동한 것이 된다. 스와데시에는 이기주의가 들어설 여지가 없다. 만일 그 안에 이기주의가 있다고 한다면, 그 이기주의는 최고의 애타주의와 다름없는 최고 형태의 이기주의일 것이다. 가장 순수한 형식의 스와데시는 보편적 봉사의 정점이다.

이 논의를 따라가다가 나는 카디(수직천)를 만나게 되었는데, 그것은 스와데시 원리를 사회에 적용했을 때 그 원리의 필수적이며 가장 중요한 결과인 셈이다. 나는 자문해 보았다. '우글거리는 수백만의 인도인들에게 현재 가장 필요로 하는 봉사가 무엇일지, 그들 모두가 쉽게 이해하고 인정할 수 있는 봉사가 무엇일지, 그리고 동시에 실천하기 쉽고 기아선상에 있는 수천만의 동포들을 살릴 수 있는 봉사가 무엇일지' 하고. 이런 조건들을 충족시킬 수 있는 것은 카디 또는 물레의 보편화일 뿐이라는 대답이 왔다.

카디를 통한 스와데시 실천이 외국의 공장 소유자들을 해칠 것이라고 생각하지는 말자. 자신에게서 악을 떼어버린 도둑, 훔친 물건을 되돌려 준 도둑이 그 행위 때문에 해를 입는 것은 아니다. 반대로 그는 한편으로 의식적인 승리자이고 다른 편에서는 무의식적인 승리자이다. 이와 마찬가지로 이 세상에 있는 모든 아편 중독자들과 술주정뱅이들이 악에서 자신들을 자유롭게 한다면, 고객을 뺏길지도 모르는 주점의 주인이나 아편 장사꾼이 패배자라고 할 수 없다. '죄의 삯'을 제거하는 일은 관련된 개인에게도 사회에게도 절대로 손실일 수는 없다. 이는 순전한 이득이다.

스와데시의 의무가 단순히 많은 양의 면사를 잣고 그것으로 짠 카디를 입는 것으로 시작하고 종결된다고 생각하는 것은 최대의 착각이다. 카디는 사회에 대한 스와데시 다르마의 수행으로 가는 피치 못할 첫 걸음이다. 우리는 카디를 입고 있지만 다른 모든 물건에서는 외제를 열렬히 즐기는 사람들을 흔히 만난다. 그런 사람들은 스와데시를 실천하는 것이 아니고, 그저 유행을 쫓고 있을 뿐이다. 스와데시 신봉자는 자신의 주변을 자세히 공부하여, 자기의 지역 제품이 다른 곳의 제품보다 질이 낮거나 가격 면에서 비싸더라도 그 지역 제품에 우위를 둠으로써 가능하면 자신의 이웃을 도우려고 할 것이다. 그는 그 제품의 결함을 고치려고는 하겠지만 결함 때문에 그 물건을 포기하고 외제로 가지는 않을 것이다.

그러나 다른 모든 좋은 것처럼 스와데시 역시 그것을 맹목적으로 숭배하면 효과가 없어질 수 있다. 이런 위험에 대해서는 꼭 경계해야 한다. 외제라는 이유만으로 단순히 거부하고, 국민의 돈과 시간을 써가면서 우리나라에 어울리지도 않는 제품을 장려하는 일은 범죄적 아둔이고 스와데시정신의 거부이다. 스와데시정신의 진실한 신봉자는 외국인에 대해 결코 악의를 품지 않으며, 지상의 어느 누구에 대한 반감으로 움직이지 않는다. 스와데시즘은 증오의 의식(儀式)이 아니다. 그것은 가장 순수한 형태의 아힘사 곧 사랑에 뿌리를 둔 사심 없는 봉사의 원칙이다.

— 「스와데시 법칙」,[32] 『나바지반』(G.), 1931.5.31[33]; 『영 인디아』, 1931.6.18;
『전집』 52 : 286

---

32) 이 글의 구자라뜨어 원본은 『나바지반』지(1931.5.31)에 실렸고, 이것은 삐아렐랄의 번역이다. 『전집』 권52, 209면. (역주)
33) 텍스트에는 4.31로 되어 있으나, 『전집』에 따라 5월 31일로 했다. (역주)

167) 경제적 독립

1936.12.27

이 연설이 8시 30분에 하기로 예정되어 있었습니다만, 좀 늦어져 9시 15분에 시작하게 되어 미안합니다. 그러나 달리 대안은 없었습니다. 사람들이 여기에 너무 많이 몰려왔으며, 박람회장이 그 벽을 생대나무로 칸막이한 정도여서, 모든 사람들이 이곳으로 쏟아져 들어오게 되면 벽이 무너지고 말 것이기 때문입니다. 따라서 물건들을 보호하기 위한 조처를 취해야만 했고, 그러기 위해 주최자들이 시간을 좀 썼습니다. 그들은 이렇게 많은 사람들의 참석에 대해 준비하지 못했습니다. 여러분은 프로그램에 내 연설을 포함시킨 일에 어떤 책략이 있다고 느꼈을 것입니다. 이것은 의도적이었습니다. 별다른 이유가 없다면, 사람들은 내 말을 듣고 나와서 박람회를 위해 2아나를 기부할 것입니다. 그렇게 하면서 그들이 우연이든 잘못이든 카디를 좀 구입하고 농촌 기술을 약간이나마 볼 수 있다면, 특별한 노력을 기울이지 않고도 약간의 공덕을 얻을 것이고, 나 역시 약간의 공덕을 쌓을 것입니다.

여러분은 띨락나가르 전체가 하나의 박람회와 같다는 것을 분명히 보았습니다. 이런 일은 슈리 난달랄 보세의 덕분입니다. 박람회와 국민회의, 양자 모두에 동일한 계획이 하나 있어야 한다고 결정했던 사람은 바로 그였습니다. 그렇게 하는 데 돈이 적게 들었습니다. 나는 이번처럼 적은 돈으로 조직된 국민회의 집회에 대해 알지 못합니다. 물론 내 의견으로는 불필요하게 발생한 비용도 없지 않지만, 이것이 촌락에서 개최된 최초의 국민회의가 아닙니까? 토지 구입을 위해 상당한 돈이 지출되었습니다. 그러나 우리는 국민회의의 장래의 집회도 촌락에서 개최할 것을 독려하는 일을 좀 했습니다. 여러분은 군중이 증가한 것을 목격할 수 있습니다. 수많은 자원봉사자들도 있습니다. 그러나 그들은 군중 속에서 자신의 위치를 잃어

버리는 것처럼 보이기도 합니다. 먹어야 할 사람들이 너무 많아서 그들을 위해 조치를 취하는 일이 어렵게 되었습니다.

나는 오늘 새로운 것에 대해서는 한 마디도 하지 않겠습니다. 물레 예찬도 이제 18년이 되었습니다. 나는 1918년 우리가 물레로 스와라즈를 얻을 수 있다고 말했습니다. 물레의 능력에 대한 나의 신앙은 1918년 내가 그것을 처음 선언했을 때만큼이나 밝습니다. 지난 여러 해 동안의 경험과 실험 덕분에 그것은 더 풍요로워졌습니다.

그러나 여러분은 물레나 그 생산품인 카디의 의미를 알아야 합니다. 우리가 만일 의복 이외에 다른 일에 있어서 비데쉬(videshi : 외제)로 우리를 둘러싸고 있다면, 우리가 예식에서 카디를 착용하는 것, 또는 다른 모든 직물을 배제하고 그것만 착용하는 것으로도 충분하지 못합니다. 카디는 가장 진실한 스와데시정신을 의미하고, 굶어죽는 수백만 사람들과 일치됨을 의미합니다.

스와라즈에 대한 나의 생각에 오해가 없기를 바랍니다. 그것은 외국인의 통치로부터 완전 독립과 완전한 경제적 독립을 얻는 일입니다. 그래서 한 쪽 끝에는 여러분은 정치적 독립이 있고, 다른 쪽 끝에는 경제적 독립이 있습니다. 그것에는 또 다른 두 끝이 있는데, 하나는 도덕적·사회적 면이고, 그 반대편에는 다르마 곧 가장 고상한 의미의 종교입니다. 그 종교는 힌두교·이슬람·기독교 등을 포함합니다만, 이것들을 모두 합친 것보다 우월합니다. 여러분은 그것을 진리의 이름으로 인정할 것입니다. 그 진리란 편의에서 나온 정직함이 아니라 만물에 널리 가득 차고 모든 파괴와 모든 변화에도 살아남을 생생한 진리입니다. 도덕적·사회적 고양은 우리에게 익숙한 용어, 즉 비폭력이란 말로도 인정될 것입니다. 이것을 스와라즈의 정사각형이라고 불러 봅시다. 그 중 어느 하나의 각이라도 거짓이라면 그 정사각형은 깨어지고 맙니다. 우리는 진리와 비폭력 없이는, 보다 구체적 용어로 말한다면 신에 대한 열렬한 신앙 없이는, 따라서 도덕적·사회적 고양에 대한 신앙 없이는, 국민회의가 말하는 정치적·경제적 자유를 성취할 수 없습니다.

나는 정치적 독립이란 말로 영국의 하원이나 러시아의 소비에트 통치 또는 이탈리아의 파시스트 통치, 독일의 나치 통치의 모방을 의미하는 것이 아닙니다. 그것은 그들 자신의 특성에 걸맞은 제도이고, 우리에게는 우리의 특성에 걸맞은 제도가 있어야 합니다. 그것이 무엇일지는 나는 말할 수 없습니다. 나는 그것을 라마라즈야(Ramarajya) 곧 순수한 도덕적 권위에 기초한 민중의 통치라고 불러 보았습니다. 나그뿌르와 봄베이의 국민회의 헌법들 — 그것들에 대한 책임은 주로 나에게 있지만 — 은 이런 유형의 스와라즈를 성취하려는 시도였습니다.

이제 경제적 자유에 대해 말씀드리겠습니다. 그것은 현대식 산업화 또는 서구식 산업화의 산물이 아닙니다. 나에게 인도의 경제적 독립은 자신들의 의식적인 노력으로 남녀 각 개인이 경제적으로 고양되는 것을 의미하며, 그 제도 아래에서는 모든 남녀들이 충분한 의복을 가질 것입니다. 우리가 의복이란 말로 이해하는 것은 단순히 도띠(허리감개)만이 아니라, 필요한 모든 종류의 의복과 오늘날 수백만의 사람들이 얻을 수 없는 우유와 버터를 포함한 충분한 음식을 말합니다.

이제 사회주의에 대해 말씀드리겠습니다. 진짜 사회주의는 우리의 조상들이 전수했습니다. '모든 땅은 고빨에게 속한다. 그렇다면 경계선이 어디에 있는가? 사람은 그 선을 긋는 자이다. 그래서 그 선을 지우는 자도 그다'라는 가르침과 함께. 고빨은 말 그대로 양치기를 의미하고, 신을 의미합니다. 현대어로는 국가, 즉 민중을 의미합니다. 오늘날 땅이 민중에게 귀속하지 않는다는 것 역시 사실입니다. 그러나 잘못은 그 가르침에 있는 것이 아니라 가르침에 따라 살지 못하는 우리에게 있습니다.

러시아를 포함한 다른 어떤 나라도 가능하듯이 우리는 의심의 여지없이 사회주의로 훌륭하게 접근할 수 있습니다. 하지만 우리는 폭력을 배제합니다. 폭력적인 재산 몰수에 가장 효과적인 대안은 물레입니다. 온갖 함축을 포함해서 말입니다. 토지와 모든 다른 재산은 그것에 노동을 가하는 자의 것입니다. 불행하게도 노동자들은 이 간단한 사실을 아직까지 모르고 있으며, 지금도 모르고 있습니다.

이제 인도가 어떻게 이렇게까지 지독하게 가난해졌는지를 봅시다. 역사를 보면 동인도회사가 면직물 산업을 망하게 했고, 갖은 수단을 다 써서 식량 다음으로 사람에게 필요하다는 인도의 면직물을 랭커셔에 의존하도록 만들었습니다. 그것은 여전히 최대의 수입 품목입니다. 그것은 수백만 명에 달하는 반(半)실업 상태의 거대한 남녀 군대를 만들고, 그 대가로 대체 직업을 주지 않았습니다. 수공 조면·소면·물레질·베짜기가 일정 정도 파괴되자, 인도 촌락의 다른 산업들도 함께 망했습니다. 지속적인 실업은 민중 속에 일종의 나태를 초래했는데, 이것만큼 기운 빠지게 하는 것도 없습니다. 외국인에 의한 통치가 나날이 증가하는 민중의 빈곤에 책임이 있는 것은 분명하지만, 우리에게 더 큰 책임이 있습니다. 인도의 중산층은 민중의 신뢰를 배신하고 죽 한 사발과 인도의 경제적 독립을 바꿔버렸습니다. 이제 그들이 자신들의 과오를 자각하고, 물레의 메시지를 촌민들에게 전달하고, 그들로 하여금 나태를 털어 버리게 하고, 물레 작업을 하게 한다면, 우리는 민중의 처지를 크게 향상시킬 수 있을 것입니다. 나태가 근면을 대신하고 절망이 희망을 이긴다면 엄청난 일이 될 것입니다.

의회 프로그램이 확산되었습니다. 이제 그것은 확고한 자리를 잡게 되었고 그것은 옳은 일입니다. 그러나 그것은 우리에게 독립을 가져다 줄 수는 없습니다. 그것은 대단히 필요한 것이지만 기능은 엄격하게 제한되어 있습니다. 의회 프로그램이 성공을 거두었기 때문에, 성공을 향하여 우리가 전진하는 것을 제한하는 법령이나 어떤 조치가 민중의 대표자들에 의해 재가를 받았던 것이라고 정부는 주장하지 못할 것입니다. 따라서 투표자들은 대중의 지지를 받지 못할 조처에 대해 감히 찬성 투표하지 않는 의회 후보자들을 뽑을 필요가 있습니다. 만일 의회 후보자들이 찬성 투표한다면 국민회의의 징계를 받을 수 있습니다. 그 프로그램의 성공은 개별적인 경우, 즉 슈리 수브하스 보세 또는 구류되어 있는 자들의 석방과 같은 경우에 약간의 도움을 줄 수 있을 것입니다. 그러나 그것은 정치적으로도 경제적으로도 독립이 아닙니다.

그렇다면 다른 시각에서 생각해 봅시다. 오직 제한된 수, 예를 들면 1500명 정도의 남녀 사람들이 의회의 의원이 될 수 있습니다. 여기 청중 가운데 몇 사람이나 의원이 될 수 있을까요? 그리고 지금 당장은 3천 5백만 정도의 사람들만이 1500명의 의원을 위해 투표할 수 있습니다. 그렇다면 나머지 3억 1천 5백만 명의 사람들은 어떻습니까? 우리가 생각하는 스와라즈에서는 그들이 진정한 주인이며, 저 3천 5백만의 사람들은 예전에는 하인이었지만 이번에는 1500명의 주인이 된 자들입니다. 따라서 1500명의 의원들은 진정한 주인들의 믿음에 진실하게 부응한다면 이중으로 하인이 될 것입니다.

그러나 3억 1천 5백만 명의 사람들은 자신들과 국민에 대해 수행해야 할 책무가 있습니다. 국민에 대해 그들은 개인으로서 오직 작은 부분에 불과합니다. 그리고 만일 그들이 나태하고, 스와라즈 자체에 대해 그리고 그것을 획득하는 방안에 대해 아주 무지하면, 그들 자신이 1500인의 의원들의 노예가 될 것입니다. 내 논의에서는 3천 5백만의 투표자들은 3억 1천 5백만 명의 사람들과 동일한 범주에 속합니다. 그들이 근면하고 현명하지 못하면, 그들은 1500인의 선수들 손에 잡힌 3천 5백만 명의 볼모가 될 것이기 때문이며, 이 경우 저 선수들이 국민회의 의원이든 아니든 그것은 그다지 중요한 것이 아닙니다. 만일 투표자들이 3년쯤마다 한 번씩 깨어나서 투표하고, 그런 다음 잠자러 간다면, 하인들이 주인이 되어 버릴 것입니다.

내가 알기로 그런 재앙을 막을 수 있는 유일한 길은 3억 5천만 명의 사람들이 모두 근면하고 현명하게 되는 것입니다. 그들이 이렇게 되자면, 물레와 다른 촌락 산업들을 차고앉아야 합니다. 그들은 그런 산업들에 비지성적으로 접근하지는 않을 것입니다. 나는 경험에서 여러분에게 다음과 같이 말씀드릴 수 있습니다. 그 노력이 올바른 유형의 성인교육을 의미한다는 점, 그 노력이 인내와 도의심의 소유, 그리고 일꾼들이 그들 자신이 선택한 촌락에 도입하려는 산업에 대한 과학적 실제적 지식의 소유를 요구한다는 점을 말입니다.

그런 구도에서는 물레가 중심이 됩니다. 여러분이 이것을 태양계라고 부른다면, 물레는 황금 원반(圓盤)이 되고 다른 산업들은 행성이 되어서 태양계의 거역할 수 없는 법칙에 따라 태양 주위를 회전하게 됩니다. 태양이 동인도회사의 행위에 의해 그 비추는 힘을 상실한다면, 행성들은 그 힘을 잃고 전혀 보이지 않게 되거나 거의 보이지 않게 될 것입니다. 태양은 이제 과거의 위상을 되찾고, 행성들은 태양의 힘에 정확히 비례하여 그 운동을 회복할 것입니다.

여러분은 이제 차르카의 의미와 메시지를 이해할 것입니다. 나는 만일 국민회의가 카디, 집단간의 일치, 술·마약 등 취하게 하는 품목의 금지, 힌두교도에 의한 불가촉천민제도의 폐지로 이뤄진 4중의 건설적 프로그램을 포함하여 1920년에 제시된 프로그램을 진실로 성공적으로 수행하면, 1년 이내 스와라즈의 획득은 분명한 일이라고 말했던 적이 있습니다. 그러한 선언에 대해 나는 미안하지도 수치스럽지도 않습니다. 나는 오늘 여러분 앞에서 그 선언을 반복하고 싶습니다. 4중 프로그램이 완전히 실현되는 순간, 여러분은 청구만 하면 스와라즈를 획득할 수 있습니다. 그렇게 되면 여러분이 스와라즈를 이룰 만한 힘을 얻기 때문입니다. 오늘날 차르카가 여러분의 신앙에서 어느 위치에 서 있는지를 잠깐 생각해 보십시오 봄베이에서 서로 상대방을 암살하는 것이 집단간의 일치의 표시입니까? 취하게 하는 것들의 완전 금지는 어디로 갔습니까? 힌두교도들은 불가촉천민제도의 뿌리와 가지를 다 제거했습니까? 제비 한 마리가 온다고 해서 봄이 온 것은 아닙니다. 뜨라방꼬르의 위대한 선언은 종말의 시작일 수 있지만 종말은 아닙니다. 만일 우리가 하리잔의 불가촉천민제를 폐지한다고 하면서 무슬림과 다른 사람들을 그런 식으로 대한다면, 우리는 그 오점을 제거한 것이 아닙니다. '모든 땅이 전부 신에게 속한다'라는 말은 보다 깊은 의미가 있습니다. 이 지구처럼 지구의 일부인 우리들도 신에게 속합니다. 따라서 우리 모두는 한 사람처럼 느껴야 하고, 경계의 벽을 세우거나 상대방에 대해 금지령을 내려서는 안 됩니다.

이는 행동하는 비폭력의 길입니다. 우리가 만일 이 프로그램을 실행한다면, 시민불복종운동을 할 필요도 없고 폭력적인 행위를 할 필요가 없다는 것도 분명합니다. 모두 하나가 되어 자신들의 수적인 힘을 자각하고 있는 3억 5천의 민중은, 인도에 거주하는 7만의 백인들이 아무리 폭력을 잘 다루고 단 한 순간에 수백만 사람들에게 독을 퍼뜨릴 수 있다고 해도, 그 백인들에 대한 폭력 행사를 수치스럽게 느낄 것입니다. 지성적으로 이해된 차르카는 경제적 구원을 가져올 뿐만 아니라, 우리의 마음과 심정을 혁명적으로 바꾸고, 스와라즈에 대한 비폭력적인 접근이 가장 안전하고 가장 쉬운 길이라는 점을 우리에게 보여줄 수 있습니다. 그 진보가 완만해 보일지라도, 장기적인 관점에서 보면 가장 신속한 길임을 증명해 줄 것입니다.

자와할랄이 오늘 수감되어 있지 않다면 그가 교도소를 무서워하기 때문이 아닙니다. 내 말을 믿어주십시오 그는 입가에 미소를 띠면서 교수형틀에 올라가듯이 교도소 문을 걸어 들어가는 것 정도는 충분히 할 수 있습니다. 나는 내가 그런 고통의 효력이나 그 효력에 대한 신앙을 상실했다고 생각하지 않습니다. 내가 보는 한 오늘 그 효력에 대한 문제는 없습니다. 그러나 우리가 단합된 신앙과 의지로 건설적 프로그램을 성취할 수 있다면 그런 고통을 피할 수 있다고 나는 느낍니다. 우리가 그것을 성취할 수만 있다면, 영국과 함께 투쟁을 벌이거나 영국에 대항하여 투쟁을 벌일 필요가 없음을 약속드립니다. 그렇게 되면 린리스고 경34)이 우리에게 와서 우리의 비폭력과 진리를 불신한 점이 잘못되었다고, 그의 나라를 대신하여 우리의 결정을 따르기로 한다고 고백할 것입니다. 그가 그렇게 할지의 여부와 관계없이, 나는 다른 것이 아니라 바로 그것을 향해 일하고 있습니다.

---

34) 린리스고(Victor Alexander John Hope, 2nd marquess of Linlithgow, 1887~1952) : 영국의 정치가. 최장기 인도 부왕(1936~1943)으로 봉직하면서 제2차 세계대전 중 인도의 영국군 주둔에 반대하여 일어난 반영운동(反英運動)을 진압했다. (역주)

'만사가 신의 것입니다.'

— 파이즈뿌르, 박람회장에서의 연설, 『하리잔』, 1937.2.2; 『하리잔반두』, 1937.1.3

168) 자립

1945.5.5

사땨나라얀지에게,

자네가 개인적 자립을 이해한다면 한 사회의 자립이나 한 기관의 자립도 이해할 것이네. 한 개인이 자신의 정직한 노동을 투입하면 자신의 빵을 구할 것이라고 믿는다면, 한 기관에 대해서도 같은 말을 할 수 있을 것이네. 다시 말하자면, 그 기관이 봉사하게 되면 요구하지 않아도 빵을 얻을 것이며, 그렇게 함으로써 자체 비용을 감당할 만한 돈을 구할 것임을 의미한다네. 실제 그 기관은 자신의 이웃들에게서 돈을 구해야 한다네. 그 돈을 구하지 못한다면, 아무도 그 기관의 봉사에 상관하지 않는다는 점을 자각해야 한다네. 우리는 맹목의 땅에서 무지를 깨고 있는 중이지만 그런 일이 일어날 수 있다네. 그렇다면 그 비용은 개혁자들이 부담할 것이라네. 동일한 규칙이 이 경우에도 적용될 것이라네. 개혁자들은 개혁의 초기에는 굶주릴 것이며, 그들 가운데 서너 명은 죽기조차 할 것이네. 하지만 우리는 신이 그들을 어떤 방식으로든 붙들어 주실 것임을 믿어야 한다네. 자네가 이 말을 충분히 이해하지 못한다면, 그것에 대해 논의해보세. 그 이상 말하지는 말게나. 자네가 그것을 원하는 경우에만 나는 그것을 논의할 것이라네. 하지만 나는 그것을 좋아할 것이라네.

바뿌로부터 축복을

— M. 사땨나라얀에게 보낸 편지(H.), 『뻬아렐랄 페이퍼스』; 『전집』 70 : 260

169) 차르카와 평등

빠뜨나, 간디 캠프, 1947.4.28

우리가 차르카(물레)를 망각하고 어떻게 살 수 있을까? 물레질 배후에 있는 정신은 만인에 대한 평등을 의미한다. 차르카는 우리에게 우리 자신을 4억 명의 인도인들과 일치하라는 특별 교훈을 가르치고, 그들과 완벽한 조화 속에 살라고 가르친다. 차르카는 지위의 높낮이, 주인과 하인 사이에 어떤 차별도 인정하지 않는다. 그러한 차별이 오늘날 세계에서 일어나는 갈등의 원인이 아닌가. 차르카는 그것에 대해 우리에게 경고한다. 그런데 우리가 어떻게 차르카의 모습으로 신을 예배하지 않을 수 있을까?

—「마누 간디에게 한 말씀」(G.),『비하르니 꼬미 아그만』, 273면;『전집』 94 : 413

170) 자립과 아힘사

1947.6.15

자립적인 사람만이 어떤 과업에서도 성공할 수 있습니다. 이 말은 한 개인에게도 한 나라에도 진실입니다. 현재 우리는 자립하지 못했으므로 아힘사에 대한 신앙이 없습니다. 매사에 있어서 다른 민족, 다른 국민을 바라보는 일이 우리의 두 번째 본성이 되었습니다. 그 결과 우리는 신심과 자원에 있어서 너무 연약하게 되어, 우리 자신들조차 보호할 수 없습니다. 바로 그 때문에 나는 라젠드라바부에게 우리가 외부에서 곡물 한 톨을 수입하는 것보다 차라리 굶어죽는 편이 낫겠다고 매일 말합니다. 그러나 내 목소리는 황야에서 들리는 목소리입니다. 내가 너무 늙어서 사물들을 파악하는 힘을 잃고 있나요?

—편지(G.),『비하르 빠츠히 딜히』, 142면;『전집』 95 : 262

171) 스와데시정신

스와데시 라즈(swadeshi raj)가 스와라즈 모습을 띠고 도래한 이후 스와데시 정신이 이 땅에서 아주 빠르게 사라지고 있다는 말을 들었다. 카디의 비축은 최저 수준에 도달했을 것이다. 머리에 간디 두건을 쓴 것을 제외하고는 전부 파라데시(paradeshi : 외제 직물)로 만든 옷을 입은 사람들을 보는 것이 보통이다. 만일 그런 사실이 대규모로 일어난다면, 애지중지 아끼는 자유가 단명하고 말 것이다. 인도는 동방의 빛이 될 권리가 있다. 그런데도 인도는 동방의 빛이 된다는 희망에 작별을 고해야 한다. 파라데시는 사치와 나란히 손잡고 가는데, 한 특파원에 따르면 그런 사치가 모든 곳에서 판친다고 한다. 나는 이런 비극적인 그림이 인도의 도시에서는 사실일지 몰라도, 농촌에서는 사실이 아닐 것이라는 즐거운 희망을 갖고 있다. 농촌이 가난하기 때문이라고 해도 말이다.

1915년 귀국한 직후 나는 카디가 스와데시의 중심에 있음을 발견했다. 나는 그 당시에도 이미 카디가 사라지면 스와데시도 없어질 것이라고 주장했다. 나는 인도 소재 공장의 생산품들이 스와데시를 의미하는 것이 아님을 보여준 바 있고, 오늘날에도 그런 신념을 고수하고 있다.

우리가 벌인 최초의 국민적 투쟁에서 외제 천을 태워버렸던 큰 모닥불을 생각해 보자. 슈리 사로지니 나이두와 빤디뜨 모띨랄 네루가 자신들의 화려한 옷을 그 불 속에 던져 넣었다. 빤디뜨 모띨랄 네루는 나중에 옥중 편지에서 카디의 단순성과 순결성에서 진정한 행복을 찾았다고 썼다. 그런 정신이 오늘 존재하지 않아서 슬프다. 차르카는 우리 삼색기의 중심이며, 수백만 명의 일치와 비폭력적 힘의 상징이다. 나는 차르카가 자아낸 면사를, 삼색기로 대표되는 사람들을 묶어주는 결합력이라고 간주하고 있기 때문에 스와라즈라는 전체 직물이 손으로 뽑은 면사에 달려 있다고 하고, 차르카를 우리 최대의 무기라고 불렀던 것이다. 오늘날 그 물레는 어디에 있는가?

나는 스와데시정신이 여러분 안에 있다면, 여러분이 주요 수요를 위해 서양 쳐다보기를 거부할 것이라고 이미 상기시킨 바가 있다. 지금과 같이 지독한 궁핍의 시기에 식량과 직물 두 분야의 수요에 대해 인도 내부로부터 공급이 아주 불가능하다는 것이 입증된다면, 인도가 외국에서 식량과 직물을 수입하는 일에 대해 나는 반대하지 않겠다. 하지만 그런 사실은 전혀 입증되지 않았다. 인도가 수많은 농촌에서 자신의 카디를 충분히 제조할 수 있고, 식량을 생산할 수 있다는 점을 나는 주저 없이 말해 왔고 앞으로도 거듭 말할 것이다. 아 얼마나 슬픈 일인가. 민중이 너무나 나태해져서 내면을 바라볼 수 없고, 두 가지 필수품을 인도 국경 내부에서 조달하는 일을 지속하지도 못하다니. 나는 한 걸음 더 나아가서, 이 필수품을 공급받기 위해 서양을 쳐다보기보다는 차라리 굶주리고 헐벗은 채 살고 말겠다는 말을 하고 싶다. 불굴의 결심이 없다면 올바른 일을 이룰 수 없을 것이다.

—「스와데시」, 『하리잔』, 1947.6.20[35]

2. 교육

172) 영혼·마음·육신의 최대 계발

'교육(education)'이란 영어는 그 어원을 보면 '끌어내기'의 의미가 있다. 그것은 우리에게 잠재적인 재능을 계발(啓發)하기 위한 노력을 의미한다. 교육에 해당되는 구자라뜨어인 껠라바니(kelavani)의 의미도 이와 같다. 우리

---

35) 『전집』에서 확인 불능. (역주)

가 어떤 것을 계발한다고 말할 때 그것은 우리가 그 종류나 성질을 바꾼다는 것을 의미하는 것이 아니라 그 안에 있는 잠재적인 성질들을 끄집어낸다는 것을 의미한다. 따라서 '교육'은 '드러냄'을 의미할 수도 있다.

이런 의미에서 우리는 알파벳에 대한 지식을 교육이라고 간주할 수 없다. 이런 의미의 교육은 우리에게 석사학위를 얻게 해주는 지식이나, 전통 학교(pathshala)에서 꼭 필요한 산스끄리뜨 지식을 갖춰 선생(shastri)[36]의 자리를 얻게 해주는 지식에도 적용된다. 최고의 문자 지식이 교육, 즉 드러냄을 위한 훌륭한 도구일 수는 있지만, 그것 자체로 교육이 되는 것은 분명히 아니다.

진정한 교육은 이것과는 좀 다르다. 사람은 육신·마음·영혼의 세 요소로 구성되어 있다. 그 중에서 영혼은 인간 속에 있는 항구적인 요소이다. 육신과 마음은 그 덕분에 작용한다. 따라서 우리는 영혼의 성질을 드러내는 것을 교육이라고 부른다. 바로 그 때문에 비드야삐트(Vidyapith)라는 교육 기관의 문장(紋章)이 '교육이란 해탈(목샤)로 이끌어주는 것이다'라는 금언을 갖는다.

교육은 다른 의미로도 이해될 수 있다. 즉, 육신·마음·영혼, 이 셋 모두의 완전한 계발, 또는 최대의 계발로 이끌어 주는 것이라면 그것은 무엇이든 교육이라고 할 수 있다. 오늘날 전수되는 지식은 마음을 좀 계발할 수는 있지만 육신과 영혼을 계발하지 못하고 있음이 분명하다. 나는 마음의 계발에 대해서도 의심을 품고 있다. 왜냐하면 우리가 마음에 많은 정보를 채운다고 해서 마음이 계발되었음을 의미하는 것이 아니기 때문이다. 따라서 우리는 우리 마음을 교육했다고 말할 수는 없다. 훌륭히 교육받은 사람은 사람들에게 봉사함에 있어서 우리가 기대하는 방식으로 봉사할 뿐이다. 우리의 박식한 마음은 오늘날 우리를 여기 저기로 끌고 간다. 그런 행위는 야생마가 하는 짓이다. 야생마가 길들여졌을 때 우리는 그 말을 훈

---

36) 간디는 다른 곳에서 '학자'의 의미로 사용한 적도 있다. (역주)

련받은 말이라고 부른다. 오늘날 얼마나 많은 '교육받은' 청년이 그런 식으로 훈련을 받았을까?

이제 우리의 육신을 검토해보자. 우리는 매일 한 시간씩 테니스·축구·크리켓 경기를 함으로써 육신을 양성하도록 되어 있는가? 그와 같은 스포츠가 육신을 증진시킬 것임은 분명하다. 하지만 그런 육신은 야생마처럼 강건하긴 하지만 단련된 것은 아니다. 단련된 육신은 건강하고, 기운차고, 근골이 늠름하다. 수족은 필요한 일이라면 어떤 일도 할 수 있다. 곡괭이·삽·망치 등은 단련된 손의 장식품과 같다. 손은 그것들을 마음대로 부릴 수 있다. 그 손은 물레를 비롯하여 실을 꼬는 링을 부지런히 놀릴 것이고, 발은 베틀을 움직인다. 잘 단련된 육신은 30마일은 터벅터벅 걸어도 지치지 않을 것이다. 그 육신은 숨이 가쁘지도 않으면서 산을 오를 수 있다. 학생은 그런 체육교육을 받는가? 현대의 교과 과정은 이런 의미에서 체육교육을 전달하지 못하고 있다고 우리는 단언할 수 있다.

영혼에 대해서는 적게 말하면 적게 말할수록 더 좋다. 오직 선각자나 구도자가 혼을 깨울 수 있다. 누가 우리 모두 안에 잠자고 있는 영적 에너지를 일깨울까? 교사들은 광고를 통해 구할 수 있다. 그들이 제시해야 하는 증명서 안에 영적 구도에 대한 난이 존재하는가? 그런 난이 존재한다고 해도 무슨 가치가 있을까? 우리가 광고를 통해 자아실현의 구도자인 교사를 구할 수 있을까? 자아실현, 즉 깨달음 없는 교육은 기초 없는 벽과 같고, 영국 속담을 인용한다면 회칠한 무덤과 같다. 그 안에는 벌레들이 다 먹어 치운 시체나 벌레들이 먹고 있는 시체밖에 없다.

이런 삼중교육을 전수하는 것이 구자라뜨 비드야삐트의 이상이고 이상이어야 할 것이다. 젊은 남녀가 이 이상으로 양육을 받는다면, 나는 비드야삐트의 존재 가치가 있다고 간주할 것이다.

—「교육이란 무엇인가?」(G.), 『나바지반』, 1926.2.28; 『전집』 34 : 74

173) 학교교육과 도덕교육

1927.11.24

이 즐거운 행사[37]에 내가 참석할 수 있게 되어서 아주 기쁩니다. 여러분은 나로 하여금 여러분의 진행을 지켜 보게 하고, 이렇게 많은 소년들을 만나게 해주심으로써 나에게 대단히 큰 찬사를 보내 주셨고, 나에게 큰 영광을 안겨주셨습니다.

나는 이 기관이 서서히 발전하기를 바라며, 확장될 가치가 충분히 있다는 점에 대해 조금도 의심하지 않습니다. 나는 이와 같이 아름다운 섬과 여기에 사는 사람들을 잘 알고 있습니다만, 이 나라에는 많은 불교신도들이 살고 있어서 이런 기관만이 아니라 여러 기관까지도 원조할 수 있을 것입니다. 이 기관이 물질적 원조의 결핍 때문에 애를 태우는 일이 없기를 바랍니다. 그러나 남아프리카와 인도의 교육기관들을 좀 알고 있는 나로서, 학교교육이 단순히 책과 공책이 아님을 여러분에게 말씀드리고 싶습니다. 학교기관들을 날마다 세우는 것은 진정한 남녀 학생들입니다. 나는 학교기관이라고 불리는 건축학적으로 완벽한 건물들, 하지만 회칠한 무덤에 불과한 그런 건물 몇 동을 알고 있습니다. 이와 반대로 나는 물질적 존재를 위해 나날이 투쟁을 벌여야 하지만 바로 이 궁핍 때문에 날로 영적으로 성장하는 기관들을 알고 있습니다. 인류가 목격한 가장 위대한 스승 가운데 한 분, 여러분이 여러분의 심정 속에 유일한 왕으로 모시고 있는 분[38]은 살아 있는 메시지를 인조 건물에서가 아니라 웅장한 나무 아래에서 전달하셨습니다. 이와 같이 위대한 기관의 목표가 그 분의 가르침을 전달하는 것이어야 하며, 이 기관은 스리랑카에 있는 모든 남녀 학생들에게 열려 있기를 감히 제안하는 바입니다.

---

37) 상장 수여식. 『전집』 권40, 427면. (역주)
38) 이 연설이 스리랑카의 마힌다대학에서 한 연설이니 물론 부처님을 지칭하는 것이다. (역주)

나는 인도에서처럼 이 나라에서도 여러분이 교육을 나날이 점점 비싸게 만들어서 극빈층 아이들이 갈 수 있는 정도를 넘겼다는 사실을 이미 알게 되었습니다. 우리 모두 저 심각한 오류를 범하지 않도록 경계하고, 후손이 당연히 퍼부을 비난을 초래하지 않도록 조심합시다. 그 목적을 위해 아이들에게 싱할라어를 통해 알파벳교육을 보급하는 것이 바람직하다는 점을 최대로 강조하고 싶습니다. 모국어 이외의 언어로 교육받는 나라의 아동들은 자살하는 것과 같다고 나는 확신하는 바입니다. 그것은 그들에게서 생득의 권리를 박탈하고 있습니다. 외국어라는 매체는 아동들에게 부당한 긴장을 야기하고 그들에게서 모든 독창성을 박탈합니다. 그것은 그들의 성장을 저해하고 고향으로부터 그들을 소외시킵니다. 그러므로 나는 그런 일을 민족 최대의 비극으로 봅니다. 그리고 내가 산스끄리뜨를 인도의 모국어로 간주해 왔다는 것, 그리고 여러분 자신이 인도인 중의 인도인이었던 분의 가르침으로부터, 산스끄리뜨 문헌에서 자신의 영감을 얻었던 분의 가르침으로부터, 모든 종교교육을 받아 왔다는 것을 나는 압니다. 그래서 나는 열심히 배워야 할 언어의 하나로 여러분에게 산스끄리뜨를 소개하는 것이 당연하다는 점도 말씀드리고 싶습니다. 나는 이런 기관이 스리랑카에 있는 불교공동체에 싱할라어로 쓴 교과서를, 고대 보물 중 최선의 것을 주는 교과서를 공급할 것으로 기대합니다.

달성할 수 없는 이상을 내가 여러분 앞에 제시했다고 생각하지 마시기 바랍니다. 선생들이 모국어의 위엄을 회복하기 위해, 그리고 거의 망실 직전에 있던 옛 보물의 위엄을 회복하기 위해 엄청난 노력을 기울인 역사적 사례들이 존재한다는 것을 기억하고 있습니다.

여러분이 체육에 적절하게 주목하니 정말 기쁩니다. 그리고 여러분이 경기를 잘 하신 것을 축하드립니다. 나는 여러분에게 전통 민속놀이가 있는지는 모릅니다. 하지만 나는 크리켓과 축구가 거룩한 이 땅에 도래하기 전, 소년들이 놀이를 전혀 하지 못했다는 말을 듣는다면, 대단히 놀랐을 것이고 아주 고통스러워했을 것입니다. 여러분에게 민속놀이가 있다면, 나는 이 기관이야말로 그러한 옛날 놀이를 부흥하는 데 앞장서는 곳이기를 강조하고 싶습니다. 우리 인도에는 크리켓이나 축구만큼 재미있고 사람을 흥분시키고, 축구만큼 위험이 따르지만 그러면서도 실제 비용이 거의 들지 않기 때문에 저렴하다는 이점까지 있는 민속놀이가 있습니다.

나는 '옛날의 것'이라는 이름 아래 통용되는 모든 것을 무조건 맹신하는 숭배자가 절대 아닙니다. 어떤 것이 아무리 오래되고 힘들여 행한 것이라고 해도 사악하거나 부도덕한 것이라면 그것을 파괴하는 데 주저한 적이 없습니다. 나는 그와 같은 유보적인 태도를 갖고 있지만 고대 기관들의 숭배자라는 점, 그리고 현대적인 것으로 돌진하는 사람들이 자신들의 고대 전통을 통째로 경멸하고 삶에서 그것을 무시한다는 사실에 생각이 미치면 마음이 아파 온다는 점을 고백하지 않을 수 없습니다.

우리 동양인은 조상들이 우리에게 제시한 모든 것들이 미신의 다발에 불과하다고 너무나 자주 성급하게 판단합니다. 하지만 나는 동양이 보유하고 있는 더 없이 훌륭한 보배에 대해 상당히 오랜 세월 동안 경험을 쌓은 결과, 그 안에 미신적인 것이 많이 있을 수도 있지만, 미신적인 아닌 것, 게다가 우리가 올바르게 이해하고 실천하기만 하면, 우리에게 생명을 주고 우리를 고귀하게 만드는 것들이 무한히 많이 존재한다는 결론에 도달할 수 있었습니다. 그러므로 서양의 최면적인 현혹에 의해 눈멀지 맙시다.

다시 한번 주의의 말씀을 드립니다만, 내가 서양에서 온 것이라면 뭐든 무조건 경멸하는 사람이라고 믿으시면 안 됩니다. 나 자신이 서양에서부터 많은 것을 받아들여 소화했습니다. 우리로 하여금 바람직한 것과 바람직하지 못한 것, 옳은 것과 그른 것을 항상 분별하게 해주는 특별한 능력을 표시하는 대단히 훌륭하고 효과적인 산스끄리뜨 단어 하나가 있는데, 그것은 비베까(viveka)로 알려져 있습니다. 그것을 영어로 번역하면 가장 근접한 것이 분별(discrimination)입니다. 나는 여러분이 이 말을 빨리어와 싱할라어 속에 편입시키기를 진정으로 바랍니다.

여러분의 교과 내용과 관련하여 말씀드리고 싶은 것이 하나 더 있습니다. 나는 수공예에 대한 내용을 좀 보고 싶었습니다. 여러분이 돌보고 있는 소년들에게 현재 수공예를 진지하게 가르치고 있지 않다면, 이 섬에 익히 알려져 있는 수공예, 그리고 반드시 필요한 수공예를 도입하기를 여러분에게 역설합니다. 그 도입이 시기적으로 너무 늦지만 않다면 말입니다. 우리는 이 기관을 졸업하는 소년들이 모두 서기나 공무원이 될 것이라고 기대하지도 않고, 그들이 그렇게 되고 싶어하지도 않을 것임은 분명합니다. 소년들은 이 국민의 기운에 뭔가를 보태려면 모든 민속 공예를 익숙하게 될 때까지 배워야 할 것입니다. 내가 알기로는 문화 훈련으로서 그리고 가난한 사람들 중에 가장 가난한 자들과 하나됨의 상징으로서, 물레질만큼 고귀한 것이 없습니다. 그것은 간단해서 배우기도 쉽습니다. 여러분이 물레를 돌리면서 여러분 자신을 위해서가 아니라 이 나라에서 가장 가난한 자를 위해 돌린다는 생각까지 보탠다면, 거룩한 일이 될 것입니다. 이런 성사(聖事)에는 어떤 다른 직업, 다시 말하자면 졸업 이후 소년들이 자신들의 생계를 벌 수 있을 것으로 생각할 수 있는 다른 수공예가 추가되어야 합니다.

여러분은 종교교육을 위해 올바른 장소를 택한 것으로 보입니다. 나는 종교교육을 위한 최선의 방법을 알아내기 위해 많은 소년들과 실험을 해 보았습니다. 그 결과 책을 통한 교육이 약간 도움이 되기는 하지만, 그것 자체만으로는 아무 짝에도 쓸모 없다는 것을 알았습니다. 종교교육은 스스로 그 종교 안에 살아가는 선생들을 통해 전달된다는 것을 발견했습니다. 학생들은 선생들이 읽어주는 책이나 입술로 하는 강의에서보다는 선생 자신들의 삶에서 더 많은 것을 흡수한다는 점을 나는 알았습니다. 소년 소녀들이 선생들의 생각을 읽어낼 수 있는 무의식적인 통찰력을 갖고 있다는 것을 발견하고 나는 매우 기뻤습니다. 입술로는 이것을 가르치고, 가슴에는 다른 것을 간직하는 선생들에게 화 있을진저!

이제 소년들에게 한두 마디만 하고 그치겠습니다. 나는 수많은 소년 소녀들의 아버지, 아니 수천 명의 소년 소녀들의 아버지라고도 할 수 있습니다. 소년들이여! 여러분의 운명은 여러분 자신들의 손에 달려 있다는 점을 말씀드리고 싶습니다. 여러분이 학교에서 무엇을 배우든 말든, 다음 두 조건을 지킨다면 나는 상관하지 않겠습니다. 그 중에 하나는 여러분이 상상할 수 있는 가장 불리한 상황에서도 두려움 없이 진실해야 한다는 것입니다. 진실하고 용감한 소년은 파리 한 마리에게 해를 끼칠 생각조차 하지 않을 것입니다. 그는 학교에서 약한 소년들을 모두 지킬 것이고, 학교 내외에서 자신의 도움을 필요로 하는 모든 사람들을 도울 것입니다. 심신과 행동에서 개인적 순결을 준수하지 않는 소년은 모든 학교에서 쫓아내야 합니다. 기사도를 갖춘 소년이라면 마음은 항상 순결하고, 눈은 사물을 바로 보고, 손은 더럽지 않을 것입니다. 여러분은 이와 같은 인생의 좌우명을 배우기 위해 학교까지 갈 필요가 없습니다. 여러분이 이 세 가지 품성을 갖고 있다면, 견고한 토대 위에서 성장해 나갈 것입니다.

진실한 아힘사와 순결이 여러분의 삶에서 영원히 방패가 되기를 기원합니다. 신이 여러분의 고상한 야망을 실현할 수 있도록 도와주시기를. 나를 이 행사에 참여할 수 있도록 초대해 주셔서 다시 한번 감사드립니다.

— 마힌다[39]대학에서의 연설, 갈,[40] 『스리랑카에서 간디지와 함께 (*With Gandhiji in Ceylon*)』, 105~109면; 『전집』 40 : 286

174) 인격 형성

나는 기초교육에 관해 세 개의 기고문을 썼으므로, 이제 다음 질문에 쉽

---

39) 마힌다(Mahinda)는 빨리어로, 싱할라 말로는 마헨드라(Mahendra)로서, 스리랑카의 불교 포교자. 일반적으로는 인도 아쇼까 왕의 아들로 알려져 있는데, 스리랑카에서는 국교인 불교의 기초를 닦은 전도자로서 추앙받고 있다. 마힌다대학은 그를 기념하여 세운 대학일 것이다. (역주)
40) 갈(Galle) 옛 이름은 'Point de Galle'. 스리랑카의 항구 도시. 섬 남쪽 해안의 큰 항만에 자리잡고 있다. (역주)

게 대답할 수 있다.

질문 1 당신은 영어가 학생들에게 주는 부담을 덜어 주는 것이 그들 인생에서 수년을 절약해 주는 것과 같다고 말한 적이 있습니다. 만일 우리가 국민교육을 나라 전체의 교육으로 의미한다면, 사회에 주는 부담은 얼마나 되겠습니까? 햇수로 따지자면 몇 해 나 되겠습니까?

답변 '영어가 주는 부담을 덜어준다'라는 구절의 의미부터 먼저 설명하겠습니다. 학생들에게 영어를 조금이라도 가르쳐서는 안 된다고 내가 주장하는 것은 아닙니다. 그러나 프랑스인이 영어를 배우는 것과 같은 방식으로 우리도 영어를 외국어로서 배우도록 해야 합니다. 우리가 만일 영어를 그 정도로만 배운다면, 우리는 정확하게 영어로 생각하고, 말하고, 쓰는 것에 대해 부심하지 않아도 될 것입니다. 내 의견으로는, 적어도 학생의 인생에서 5년은 이 부담 때문에 낭비되고 있습니다. 이것만이 아닙니다. 5년 동안 야기된 긴장 때문에, 사유의 능력은 영향을 받고, 육신은 약해지고, 잉크 압지(壓紙)처럼 피상적인 방식으로 모방하기를 시작할 뿐입니다. 그가 필요로 하는 지식을 모국어로 얻는 데 5년을 보낸다면 그 사람은 얼마나 많이 배울 수 있겠습니까! 그것으로 그는 얼마나 많은 시간을 절약할 수 있겠습니까! 그는 자신의 언어로 가장 좋은 생각을 쉽게 배울 수 있고, 외국어의 어려운 발음을 배우는 부담을 덜 수 있을 것입니다.

질문 2 아동교육에서부터 대학교육에 이르기까지 교육비는 아주 비쌉니다. 이 두 가지 모두가 국민교육에 포함될 수 있습니까? 당신은 그 대안으로 저렴한 비용으로 견실한 교육을 똑같이 제공할 수 있는 방안이 있습니까?

답변 나는 앞에서 말한 세 개의 기고문에서 아동교육이 어떻게 저렴한 것으로, 그리고 거의 자립적인 것으로 될 수 있는지를 보여주기 위해 노력했습니다. 우리가 대학교육을 짤 때 초등교육을 도울 수 있는 방식으로 짠다면, 기초교육이 저렴해질 수 있고 대학생들은 국민에게 유익한 필수적인 지식을 얻을 수 있을 것입니다. 만일 '견실한 교육'이 정부학교들이 제공하는 것과 유사한 교육을 의미한다면, 그 질문은 여기에서는 관계없는 것입니다. 왜냐하면 나는 그런 교육을 견실한 교육으로 간주하지 않기 때문입니다. 국민대학이나 초등학교에서 주어지는 교육은 정부학교가 제공하는 교육과는 분명 다른 것이고, 대단히 자주 독특하고 독창적인 교육입니다. 그래서 그것은 나름대로 견실한 것입니다.

질문 3 전통의 주창자들은 구루에 대한 헌신을 생도들에게 주입하려고 합니다. 그들은 생도들에게 학문이 다른 방식이 아니라 오로지 구루를 기쁘게 함으로써만 얻어질 수 있다고도 하고, 구루를 기쁘게 하지 않거나, 그에게 봉사하지 않고, 시중들지 않는다면, 그가 음흉하게도 지식을 주지 않는다고 합니다. 구루를 이런 방식으로 사악하게 만들지 않으려면 우리는 늘 구루에게 아첨해야 한다 등등을 얘기합니다. 이것이 구루박띠(gurubhakti)[41]의 정의입니까?

답변 나는 구루박띠를 믿는 사람입니다. 하지만 모든 선생들이 다 구루가 될 수 있는 것은 아닙니다. 스승과 제자의 관계는 영적이며 자발적인 것이지, 인위적인 것도 아니고 외부의 압력에 의해 창조될 수 있는 것도 아닙니다. 그런 구루들이 아직까지 인도에서 발견됩니다. (내가 여기에서 말하고 있는 구루는 해탈을 주는 구루가 아니라는 점을 경고하지 않더라도 아실 것입니다.) 그런 구루에게 아첨할 필요는 결코 없을 것입니다. 그러한 구루에 대한 존경은 자연스러울 뿐이고, 제자에 대한 구루의 사랑 역시 자연스러운 것입니다. 따라서 한 편은 언제나 줄 준비가, 다른 한 편은 언제나 받을 준비가 되어 있습니다. 반면, 보통의 지식은 누구에게서라도 받아들일 수 있는 것입니다. 나는 나와 인간적인 관계가 없는 목수, 내가 그의 결점을 알고 있는 목수로부터도 많은 것을 배울 수 있습니다. 나는 점원에

---

41) 이 산스끄리뜨를 직역하면 '구루에 대한 신애(信愛) 또는 헌신'의 의미이다. 얘기의 주제는 '스승에 대한 존경'이다. (역주)

게서 물건을 사는 것과 같이 그로부터 목공 기술을 얻을 수 있습니다. 물론, 여기에도 일정 종류의 믿음이 필요합니다. 내가 목공에 대해 목수가 가진 지식에 대해 믿음이 없다면 그로부터 목공을 배울 수 없을 것입니다. 하지만 구루박띠는 이와 전혀 다른 사안입니다. 교육의 목표인 인격 형성에 있어서 구루와 제자의 관계는 지극히 중요하며, 가장 순수한 형태의 구루박띠가 없다면 인격 형성은 있을 수 없습니다.

—「교육에 관한 질문 1」(G.), 『나바지반』, 1928.6.3; 『전집』 42 : 98

175) 만인을 위한 교육

질문 14 당신이 이 나라에서 공공생활에 들어온 이래, 한 사람이든 집단이든 그들이 의심이 생기고 분명한 결론에 도달하지 못했을 때마다, 당신에게 접근하여 어떤 문제에 대해 당신의 견해를 구하게 되었습니다. 사람들은 특정한 경우 특정한 일이 옳은지의 여부에 대해 당신의 의견을 간절히 바랍니다. 나는 있는 그대로 묘사하고 있을 뿐입니다. 당신의 모든 활동이 종교적인 성격임을 알 수 있습니다. 당신이 이 세상에 더 이상 존재하지 않게 되면, 그리고 필요하다면 일단의 사람들이 다수 투표로 이런 결정을 내려야 합니까? 만일 그렇지 않다면, 다르마 계율을 익숙하게 잘 알고 있는 식자층으로 지속적인 맥을 만들어야 할 필요가 있지 않겠습니까?

답변 나는 사람들이 나에게 와서 논쟁점들에 대해 판정해 달라고 요구하는 일을 가치 있는 일로 여기지 않습니다. 나의 모든 활동이 겉모습과는 관계없이 근본적으로 종교적이라는 점은 사실입니다. 그러나 모든 논쟁거리에 대해 나에게 판정해달라고 요청하는 사실은, 사람들이 나의 행동을 형성해 온 원리들을 이해하지 못했거나 아니면 그 원리들에 대해 의심이 있음을 보여주는 것입니다. 그리고 내가 마하뜨마로 알려져 있고 또 훌륭한 사람으로 존경받고 있기 때문에, 그리고 우리 민중이 지나치게 잘 믿고 스스로 생각하지 않기 때문에, 온갖 유형의 문제들을 계속 나에게 던집니다. 이것이 나의 자부심을 충족시킬 수도 있고, 내 일을 하는 데 어느 정도 도움이 되기도 합니다만, 민중이나 질문자를 괄목할 만한 정도로 돕는 것으로는 보이지 않습니다. 나는 일체의 선언을 중지하고 생각이 조용히 떠오르는 대로 행할 수 있다면 얼마나 좋을까라고 종종 느낍니다. 그러나 그런 경우, 나는 지금 발행하고 있는 이 주간지를 먼저 그만 두어야 하고, 동시에 현재 왕래하는 편지의 양을 크게 줄여야 할 것입니다. 하지만 그렇게 하자면 용기가 필요할 것인데, 내 속에 그런 용기가 지금은 없는 것 같습니다. 그러나 인간의 최대 친구인 죽음의 주님이 계시므로, 그 분은 나에게 언제든 초청장을 보내셔서, 나의 동의 여부와는 관계없이 이러한 모든 잡담에 종지부를 찍으실 것입니다.

내가 이 세상에 없을 때나 내가 살아 있는 지금 나의 원리를 추종하는 사람들로 이뤄진 단체나 연대들이 쟁점 사항에 대해 다수결로 자신들의 의견을 표한다고 해도 거기에 무슨 잘못이 있다고 생각하지 않습니다. 그러나 개인의 경우와 마찬가지로 집단의 경우에도 그들은 다르마라는 이상으로부터 영감을 받아야 합니다.

질문 15 비드야삐트에서 하는 교육은 3단계, 즉 기초·중급·고급으로 분명히 나눠집니다. 이들 교육을 각각 촌락교육, 도시교육, 사회 봉사의 일에 종사하려는 사람들을 위한 교육이라고 부르는 것이 어느 정도 옳습니까?

답변 나는 투고자가 기초교육·중급교육·고급교육에 제각기 부여한 의미들을 좋아하지 않습니다. 우리가 어떻게 촌민들이 기초교육만으로 만족하기를 바랄 수 있습니까? 그들 역시 중급교육과 고급교육을 받을 권리가 있습니다. 적어도 원하는 자에게는 말입니다. 그리고 도시의 아동들은 기초교육 없이 살아갈 수 없을 것입니다. 상기 삼종교육의 목표는 촌락들의 번영이어야 할 것입니다.

질문 16 당신은 왜 음악에 그렇게 큰 중요성을 늘 부여합니까?

답변 음악교육이 오늘날 우리나라에서 일반적으로 무시되고 있는 것은 슬픈 일입니다. 음악이 없다면, 교육제도 전체는 나에게 불완전한 것으로 보입니다. 음악은 개인에게 그리고 민중의 사회적 삶에 감미로움을 가져다 줍니다. 쁘라나야마(수식관 : 數息觀)[42]조차 호흡의 조절을 위해 필수적이듯이, 음악은 목소리 훈련에 필수적입니다. 음악에 관한 지식을 민중 속에 확산하는 일은 우리나라 공공 집회의 일상적 모습인 소음을 조절하고 중지시키는 데 큰 도움을 줄 것입니다. 음악은 분노를 잠재우고, 음악을 적절하게 사용하는 일은 사람을 신에 대한 비전으로 인도하는 데 대단히 큰 도움이 됩니다. 음악은 장황한 얘기와 같은 음조를, 고함치거나 비명 지르는 것을 의미하는 것도 아니고, 무대에서 노래 부르는 것을 의미하는 것도 아닙니다. 나는 위에서 음악의 일상적 의미에 대해 이미 언급했습니다. 그러나 그보다 깊은 의미는 우리의 삶 전체가 노래와 같이 달콤해야 하고 음악적이어야 한다는 것입니다. 진실·정직 등의 품성 훈련 없이 인생이 그렇게 될 수 없다는 것은 부인할 수 없습니다. 인생을 음악적으로 산다는 것은 인생을 신과 하나 되게 한다는 것, 그 분 안에 융합되는 것을 의미합니다. 자신 안에서 아직 라가와 드베샤 곧 호오를 제거하지 못한 자, 봉사의 열락을 맛보지 못한 자는 천상의 음악에 대해 조금도 이해할 수 없습니다. 그러나 이 신성한 예술이 갖고 있는 이와 같은 깊은 면모를 설명하지 못하는 음악 공부는 나에게 가치가 거의 없습니다.

질문 17 회화라는 예술은 선과 색채를 통해 예술가의 감정을 표현하는 것을 의미합니다. 만일 회화에 대한 이 정의가 수용된다면, 당신은 회화를 만인에게 보편적으로 가르쳐야 할 국민교육의 구도에 필수 과목으로 포함하겠습니까?

답변 나는 한 번도 데생과 회화를 멸시한 적은 없습니다. 내가 회화라는 이름 아래에 통용되는 잉크와 물감의 얼룩들을 분명히 반대하지만 말입니

---

42) 호흡 조절.

다. 나는 저 예술가가 정의하는 회화가 보편적인 것이 될 수 있을지 의심을 품고 있습니다. 음악과 회화 사이에는 차이점이 있습니다. 회화는 그것에 대해 자연스런 적성이 있는 소수의 사람들이 배울 수 있지만, 음악은 모든 사람들이 배워야 하고 배울 수 있습니다. 회화에서도 직선 긋기와 생물과 무생물의 모습 그리기는 모두에게 가르칠 수 있습니다. 그것은 분명 유용하고 필수적입니다. 나는 모든 아동들에게 알파벳을 가르치기 전 그것을 가르치기를 바랍니다.

질문 18 문법·복리(複利)·고급기하학 등은 나이가 들면 쉽게 망각하기 쉬운 과목들인데, 이런 과목들이 국민교육의 목적을 위한 틀에 포함되어서는 안 된다는 견해가 있습니다. 당신은 이런 견해에 동의합니까? 만일 동의한다면, 우르두어 역시 동일한 범주 안에 들어가야 하지 않겠습니까? 힌두와 무슬림들이 서로 가까워지고 싶고 상대방의 문화를 이해하고 싶은 충동을 느낄 때만 산스끄리뜨와 우르두어 지식이 유용하고 지속적인 것으로 판명될 것입니다. 우르두어가 매개하는 문화를 존중하고 그 문화를 배우고 싶은 욕구가 있는 경우에만 우르두어에 대한 지식은 활발하게 사용될 것이며 따라서 증가할 수도 있을 것입니다. 그때까지 그것은 가네슈 신에 대한 숭배와 같은 종교 의례 정도—실제 가치는 아무 것도 없이 형식적인 일—로 남아 있을 수밖에 없을 것입니다.

답변 나는 문법·복리·고급기하학이 하나로 묶인 이유를 이해하지 못합니다. 문법이 언어숙달을 위해 절대 필요한 과목이고, 문법과 고급기하학이 아주 흥미로운 과목이라고 언제나 믿어 왔습니다. 둘 다 해롭지 않은 재미, 지적인 재미를 제공합니다. 그래서 나는 고등교육을 좋아하는 자들, 또는 언어학을 공부하고 싶어하는 자들을 위한 국민교육 안에 이 두 과목을 설치할 것입니다. 마찬가지로 부기(簿記)를 잘하고 싶어하는 사람은 복리를 배우지 않고서는 잘할 수 없을 것입니다. 그러므로 투고자가 질문에서 언급한 세 과목은 국민교육에서 합당한 자리를 차지하게 될 것입니다. 요점은 모든 교육의 구도에 공통되는 과목들이 있다는 것입니다. 오늘날 정부교육이 국민 발전을 저해하고 있으므로, 우리는 그것을 국민교육과 구별해야 합니다. 그러나 정부학교에 포함되어 있는 것들 중에서 우리 학교에 있게 될 것, 있어야 할 것도 많이 있습니다. 따라서 양자 사이에 유사성이 있다고 해도, 정부학교의 분위기는 노예제도의 족쇄를 강화하고, 중대한 대목에서 우리를 억압하기 위하여 사용됩니다. 그러므로 그런 학교는 부정되어야 합니다. 그 외에도 우리가 살펴본 대로 그곳에서 전달되는 교육의 적어도 일부는 전적으로 불필요합니다. 그것은 부담에 불과합니다. 하지만 나는 논의 주제로부터 벗어나고 있습니다. 내가 스스로 이 질문 배후의 요점을 파악하지 못한 것은 아닌가 하는 느낌을 갖게 되었기에 나는 이에 대해 해명하는 것이 적합하다고 생각했습니다.

우르두어는 위에 언급한 주제와는 별개의 것입니다. 우르두어 공부의 문제는 별도로 논의되어야 합니다. 힌두와 무슬림은 결국 통일될 것이지만, 우리는 국민교육기관에서 양편을 접근시키는 일에 부단히 노력해야 합니다. 우리는 이를 위해 상대방의 종교를 알아야 합니다. 만일 학생들이 우르두어를 아주 조금만 배웠지만 그것을 망각한다면, 그들이 그 공부를 진지하게 여기지 않았으며, 앞으로는 꼭 배워야 할 경우에만 배우게 될 것이라는 점이 명백합니다. 그러나 이 말은 힌디어에 대해서도 마찬가지입니다. 학생들 사이에서 힌디어나 우르두어에 대한 관심이 어떻게 형성될지는 신만이 알 수 있습니다. 그러나 내 마음에 그것에 대한 지식은 이 나라의 진보를 위해 필요하다는 점에 대해서는 의심이 없습니다.

질문 19 학생들은 완전한 자유를 누려야 합니다. 그들의 자유로운 성장을 방해하는 것이 있으면 안 됩니다. 이 목적을 달성하기 위해 선생들은 어떤 것에 대해 편견이나 반감이 있어서는 안 됩니다. 가르치는 동안 어떤 특정한 규칙, 습관 또는 원리에 대해 편파성이 없는 것처럼 행동해야 합니다. 선생에 대한 이상은 여러 장소에서 수용될 것입니다. 당신은 그것을 인정합니까?

답변 우리는 위에서 말한 내용을 지지할 수도 있고 반대할 수도 있습니다.

그 내용이 진정한 본질을 보존하는 일을 돕지 못한다면 반대해야 하고, 그 것이 도움이 된다면 학생들에게 완전한 자유가 허용될 수 있을 것이며, 선생들은 그들이 원하는 대로 초연한 채 중립을 지킬 수도 있을 것입니다. 선생들은 학생들의 독립을 보장해 주기 위해 자신들이 원하는 대로 해도 좋지만, 학생과 하나가 될 정도로 학생과 섞여야 한다는 조건은 지켜져야 합니다. 아카[43]의 말대로, 나는 선생들에게 다음과 같이 말하고 싶습니다.

> 이 세상을 원하는 대로 사십시오
> 그러나 당신 마음 앞에 부단히
> 무슨 값을 치러서라도 신을 얻으려는 목적을 두십시오

이상적인 선생은 자신 앞에 어떤 다른 목적을 둔 적이 있어서는 안 되고 두어서도 안 됩니다.

—「교육에 관한 질문 5」(G.), 『나바지반』, 1928.7.1;『전집』42 : 206

3. 여성

176) 여성 참정권운동

영국 여성들은 모든 예상을 뛰어 넘었다. 인도인 사회가 트란스발에서 추악한 법률에 대한 투쟁을 개시했을 때, 영국에서는 여성 참정권운동이 수개월 전에 이미 시작되었고, 그들은 조금도 굽히지 않고 그 투쟁을 계속하고 있다. 트란스발 인도인의 투쟁은 이 여성들의 용기와 끈기에 비하면

---

43) Akha Bhagat, 구자라뜨어 시인.『전집』권42, 190면. (역주)

아무 것도 아니다. 더구나 영국 여성들은 수많은 여성들의 반대에도 직면해야 한다. 여성 자신들에 대한 선거권인데도, 찬성하는 여성들보다 반대하는 여성들의 수가 훨씬 더 많다. 그 여성들은 소수에 불과한데도 패배를 인정하지 않았고 억압을 받으면 받을수록 더 강력한 저항을 전개하였다. 그들 중 많은 사람들은 수감되었으며 비열하고 겁쟁이 남성들한테 채이기도 하고 돌팔매질을 당하기도 했다. 하지만 지난주에 도착한 전보에 따르면 그들은 투쟁을 더욱 강화하기로 결의했다고 한다. 이 여성들과 남편들은 정부에 세금도 납부해야 한다. 세금을 납부하지 않으면 그들의 소유물은 무엇이든 경매 처분당할 수 있다. 심지어 투옥당할 수도 있다. 그러나 여성들은 이제 그들이 권리를 얻을 때까지 어떤 세금이나 부과금도 납부하지 않을 것이며 소유물이 경매 처분당하기를 허용하고, 자신들은 투옥을 감수하기로 결의했다.

이 용기와 끈기는 트란스발 인도인들, 아니 인도인 사회 전체가 본받아야 한다. 나탈 인도인들은 허가 없이 교역한 일에 대해 자신들의 물건이 경매당하는 일을 훨씬 큰 난관이라고 생각하고 있다. 이들은 정부가 많은 수의 사람들의 물건은 경매할 수 없다는 점을 알지 못한다. 그러나 그들이 깨달았다고 해도 무슨 상관이란 말인가? 여성들이 선거권을 위해 자신들의 소유물을 포기할 수 있는데, 우리는 우리 자신들의 생계를 위해 투쟁하면서 그와 유사한 난관을 왜 감내할 수 없을까? 여성 참정권운동은 장기간 지속될 것이고, 그들은 결단코 지치지 않고 운동을 유지해 나갈 것이다. 그들은 진리에 대해 신앙을 갖고, 그들 자신이 권리를 향유하는 것이 아니라 그 뒤에 올 세대들이 그것을 향유한다고 해도, 그들 자신이 향유한 것만큼이나 좋다고 납득하면서 계속 투쟁할 것이다. 인도인들도 동일한 정신으로 싸워야 할 것이다.

—「용감한 여성들」(G.), 『인디언 어피니언』, 1907.12.28; 『전집』 8 : 22

177) 여성과 자아실현[44]

[1926]

나는 다음과 같은 이상을 갖고 있습니다. 즉, 남성은 남성이면서 여성이 되어야 하고, 마찬가지로 여성은 여성이면서 남성이 되어야 한다는 것입니다. 이것은 남성이 여성의 온화함과 분별력을 길러야 하고, 여성은 심약함을 던져 버리고 용기를 가져야 하고 용감해져야 한다는 것을 의미합니다.

여성은 질투심이 있다고 하지만 이 말은 남성이 이러한 잘못에서 자유롭다거나 모든 여성이 질투한다는 것을 의미하는 것은 아닙니다. 여성은 24시간 동안 항상 집안에 머물러 있어야 하므로 질투심이 보다 두드러지는 것뿐입니다. 이것이 전부입니다.

*　　*　　*

여러분을 가르치는 일에 대한 나의 인내심은 무한합니다. 여러분의 배우려는 의향이 그칠 경우에만 그것은 그칠 것입니다.

*　　*　　*

남녀 모두 두려움을 갖지 않을 수 있습니다. 남성은 두려움을 갖지 않을 수 있다고 생각하지만 그것이 항상 사실인 것은 아닙니다. 이와 유사하게, 여성은 스스로 연약하다고 생각하고 그렇게 불려도 항의하지 않습니다. 이역시 옳지 않습니다. 여성은 두려워 할 필요가 없습니다. 나는 미라바이에 대해 그저께 들은 말을 여러분에게 소개하겠습니다. 미라바이는 브린다반에 가서 사두의 집 문을 두드렸습니다. 사두는 여성을 한 번도 만난 적이

---

44) 1926년 여성을 위한, 여러 번의 아침 기도 모임에서 간디가 말한 것을 마니벤 빠델이 기록한 것. 『전집』 권36, 467면. (역주)

없다고 안에서 대답했습니다. 미라바이는 그에게 물었습니다. "당신은 누구십니까? 저는 오직 한 남성, 즉 *끄리슈나* 님만을 알고 있습니다." 이 말을 듣고, 사두는 문을 열고 미라바이의 발 아래 엎드렸고, "당신은 오늘 제 눈을 열어주셨습니다. 저는 지옥으로부터 구원을 받았습니다"라고 말했습니다.

*   *   *

남성과 여성은 모두 정염에 굴복하는 한 두려움을 갖고 있습니다.

드라우빠디는 유디슈티라가 보인 것과 같은 위대한 힘을 보여주었습니다.

드라우빠디는 한때 다섯 사람의 남편이 있었지만 '순결하다'는 말을 들었습니다. 그 이유는 그 시대에 한 남성이 여러 아내를 둘 수 있듯이, 한 여성도 (어떤 지역에서는) 여러 남편을 둘 수 있었기 때문입니다. 결혼의 규범은 시간과 장소에 따라 변합니다.

그러나 다른 관점에서 보면 드라우빠디는 마음의 상징입니다. 그리고 다섯 빤다바 형제들은 통제하에 있는 다섯 감관을 의미합니다. 그것들이 통제되는 것은 참으로 바람직한 일입니다. 오관이 전부 마음의 통제 아래 있으면서 미묘하게 되었으므로, 마음(드라우빠디)은 오관(빤다바 형제들)과 결혼했다고도 말할 수 있습니다.

드라우빠디가 보여준 기운은 막대합니다. 비마와 다르마라자 유디슈티라조차 그녀를 두려워했습니다.

나는 교도소에 있을 때 『마하바라따』의 한 대목에 나오는 *끄리슈나* 신에게 드린 드라우빠디의 기도문을 읽고 처절하게 울었습니다.

드라우빠디의 기도문은 그 안에 비범한 힘이 있습니다. 북인도의 수없이 많은 사람들이 이 시구를 음송했습니다.

이처럼 말의 힘 역시 말 아래 있는 고행에 비례하여 늘거나 줄거나 합니다. '옴(aum)'이라는 말 안에 무엇이 있습니까? 그것은 단순히 아(a), 우(u),

므(m)의 세 음절로 구성되어 있습니다. 그러나 그 가치는 그와 관련된 고행 안에 있습니다. 그 말의 배후에 더 혹독한 고행이 있다면 가치는 더 커집 니다. 드라우빠디의 경우도 같습니다. 그녀는 브야사(Vyasa)가 창조해 낸 가 공인물로 간주되기조차 합니다. 따라서 그와 같은 여성이 존재했을 수도 존재하지 않았을 수도 있습니다. 그러나 브야사의 고행이 갖는 위대한 힘, 그리고 브야사가 드라우빠디의 입을 빌어 기도하고 수천만 명의 사람들이 암송한 일이 그 기도의 가치를 높였습니다.

'고빈다(Govinda)'는 감각의 주인을 의미합니다. 고삐스(gopis)라는 말은 수 천 개의 감각기관을 의미합니다. 고삐자나쁘리야(Gopijanapriya)는 연약한 대 중들이 사랑하는 자를 의미합니다. 드라우빠디는 까우라바 형제들에 의해 포위되어 있었습니다. 까우라바 형제들은 우리들의 사악한 욕망입니다. 드 라우빠디는 "오 께샤바여, 어떻게 당신이 저를 모르실 수 있습니까?" 하고 울부짖습니다. 그것은 고뇌에 찬 사람의 외침, 슬퍼하는 자의 목소리입니 다. 우리 모두 사악한 욕망을 가진 것이 아닙니까? 우리가 정염에서 자유 로울 때가 언제 입니까? 드라우빠디는 자신이 까우라바 형제들에 의해 둘 러싸여 있었다고 말합니다. 여기에서 '까우라바 형제'들은 사악한 자를 의 미할 수 있습니다. 그러나 우리는 사악한 사람들에 의해서라기보다는 우리 자신의 사악한 욕망들에 의해 더 압도당합니다. 따라서 '까우라바' 형제들 은 사악한 욕망이라고 해석하는 편이 더 낫습니다.

드라우빠디는 신의 종이기에, 그녀 자신은 그 분과 다툴 권리가 있습니 다. 그녀는 다음과 같이 외칩니다. "오 주인이시여, 오 주님이시여, 오 라마 라트여(락슈미빠띠, 세상의 주님이시여), 구원을 주시는 분이시여, 자아실현을 가져오는 분이시여, 브라즈나트(우주의 주인)여, 아르띠나샤나(슬픔을 물리치시 는 자)여, 저는 까우라바 바다에서 허우적대고 있습니다. 즉, 저는 무수한 욕망의 늪에서 가라앉고 있습니다. 저는 정염으로 가득 차 있습니다. 저를 구원해 주십시오"

드라우빠디는 "끄리슈나 님, 끄리슈나 님"라고 반복하여 외칩니다. 사람이 커다란 기쁨이나 불행 속에 있을 때, 그는 신을 두 차례 부릅니다. 그리고 "저는 피난처를 찾아 당신에게로 왔습니다. 저를 구원해 주십시오 저는 사악한 정염으로 포위당해 있어서 약해졌습니다. 저의 사지는 무너지고 있습니다. 저를 구해 주십시오"라고 드라우빠디는 절규합니다.

봄베이에 자나끼바이(Janakibai)라는 여성이 있습니다. 1915년 내가 레바샹까르바이(Revashankarbhai)와 함께 있었을 때, 그녀는 나를 만나러 왔습니다. 그녀는 자신에 대해 자랑을 많이 했습니다. 그때 나는 그녀를 믿지 않았습니다. 그런데 내가 드와르까(Dwarka)[45]에 갔을 때, 그녀가 거기에도 있었습니다. 나는 그녀에 관해 특별한 질문을 좀 하고서, 그녀가 가장 사악한 남정네들 사이를 대단히 자유롭게 움직이고 있음을 알아냈습니다. 그녀의 생각은 가장 나쁜 남성들 틈에서 살면서도 정조를 지킬 수 있어야 한다는 것이었습니다. 그들이 화가 났을 때, 어떤 남성도 그녀에게 불경스런 '너'란 말을 사용하지 않는다는 것은 사실이었습니다. 그녀는 그들 틈에서 마치 암사자처럼 움직입니다.

*　　*　　*

우리는 드라우빠디처럼 무력합니다. 왜냐하면 우리가 온갖 부정(不淨)과 사악한 욕망으로 가득 차 있기 때문입니다. 뱀 따위에 대한 공포는 우리가 연약하다는 증거입니다. 나는 아슈람에서 최고로 간주됩니다. 그런데도 나는 두려움을 느낍니다. 이는 나 역시 드라우빠디보다 무력하다는 것을 의미합니다.

드와르까는 전 세계, 또는 우리 자신을 의미하는 것이지 단순히 까티아와르 뽀르반다르 인근의 더러운 작은 읍이 아닙니다.

---

45) Dwarka : 구자라뜨 해안에 위치. 힌두교도들의 가장 거룩한 순례지의 하나. (역주)

*　　*　　*

뚤시다스와 같은 남성들조차도 여성들에게 모욕적인 칭호를 사용하고 있는데, 여성들은 이런 사실을 어떻게 받아들여야 합니까? 그것이 뚤시다스의 잘못일 수도 있고 시대의 잘못일 수도 있지만, 흠은 흠입니다.

고대 법칙들은 남성 현자들에 의해 제정되었습니다. 그러므로 여성들의 경험은 그 안에 대변되어 있지 않습니다. 그러나 엄밀히 말하자면, 남성과 여성 중에 어느 성이든 우월과 열등으로 간주되어서는 안 됩니다. 양자의 자리와 기능이 다르므로, 신이 남녀를 각각 구별해 두었을 뿐입니다.

*　　*　　*

오직 자기 자신만이 자신을 고양할 수 있고, 자신의 도우미가 될 수 있습니다. 오직 여성만이 여성을 고양할 수 있습니다. 이것은 따빠스차르야(tapascharya : 고행)와 어려운 일을 요구합니다. 여성이 남성보다 더 많은 고행을 할 수 있음은 사실입니다. 하지만 따빠스차르야는 지성적이어야 합니다. 오늘날 여성은 어쩔 수 없는 처지에서 종처럼 고생할 뿐입니다.

여성 자신을 제외하고는 여성을 구원할 사람이 없다는 점에 대해 동의할 수 있을 것입니다. 그러나 "그녀가 자립할 수 있을까?" 하고 물을 수도 있습니다. 내 심정은 그럴 수 있다고 대답합니다. 만일 그녀가 사땨그라하를 배운다면, 완벽하게 독립하고 자립할 수 있습니다. 또한 그녀는 그 누구에게도 의존한다고 느낄 필요가 없습니다. 이것은 그녀가 다른 사람으로부터 일체의 도움을 받지 않겠다는 것을 의미하는 것은 아닙니다. 그녀는 분명히 도움을 받을 것입니다. 그러나 그런 도움이 오지 않는다고 해도, 그녀는 결핍을 느끼지 않을 것입니다. 우리가 집착하지 않는다면, 받은 물건들을 사용하면서도 자립적으로 살 수 있을 것입니다. 그런 상태에서는 우리가 전 세상으로부터 도움을 받는다고 해도, 실제로 어느 누구에게도 의존한 것이 아닙니다. 그리고 그런 도움이 주어지지 않는다면, 우리는 다음과 같이 말할 것입니다. 즉, 도움이 없어도 좋다. 화를 내거나 누구도 원망하지 않을 것이다. 이것이 사땨그라하입니다. 우리가 두려움이 없다고 확신하는 것만으로는 충분하지 않으며, 우리의 심정에서 두려움이 없어져야 합니다. 하지만 두려움을 버리는 일이 우리가 세상 여론에 대해 상관하지 않아야 함을 의미하지는 않습니다.

사람은 자신이 무력하다는 생각을 버려야 합니다. 신은 만인을 도우십니다. 여성들이 겪는 현재의 비참한 처지에 대해 남편들을 비난할 수도 있습니다. 그러나 여성들은 그들 자신의 연약함을 버릴 수 있는 최선의 방법에 대해 생각해야 합니다.

*　　*　　*

우리 모두를 위한 단 하나의 기도가 있을 것입니다. 우리가 이러한 기도를 올바르게 이해하고 매일 간구한다면, 그것은 우리 마음속 깊이 각인될 것입니다. 께샤바(신)는 언제나 우리와 함께 계십니다. 그는 드와르까와 같은 순례지에 계시지 않습니다. 그것이 시인의 유일한 언어입니다. 드라우빠디는 께샤바가 그녀와 함께 계신다는 것을 망각했습니다. 그 분은 그녀 몸에 옷을 입히고 또 입히고 언제나 그녀의 옆에 계셨습니다. 사악한 생각이나 사악한 욕망들이 우리 마음에 샘솟아 오를 때마다, 우리 자신들에게 "오, 왜 그런 생각이 저에게 옵니까?"라고 기도해야 합니다. 그런 다음 우리는 이 기도의 송구에 대해 생각해야 합니다.

*　　*　　*

이것46)은 단순한 정치서가 아닙니다. 나는 정치 언어를 사용했습니다만,

---

46) 『힌드 스와라즈』.

다르마의 편린을 제시하기 위해 진실로 노력했습니다. '힌드 스와라즈'의 의미가 무엇입니까? 그것은 다르마의 통치 곧 라마라즈야를 의미합니다. 나는 남성들의 모임만큼이나 많은 수의 여성 집회에서도 연설을 했습니다. 나는 여성들의 집회에서 항상 스와라즈 대신에 라마라즈야라는 말을 사용했습니다.

이 책은 여러 해 동안 내 생각의 요지였습니다. 우리의 마음이 가득 차게 되면 발설하지 않을 수 없듯이, 마음이 가득 차게 되어서 이 책을 쓰지 않을 수 없었습니다. 이 책은 주로 무지한 대중들을 위한 것이었습니다.

* * *

우리가 부모에게서 어떤 성격을 물려받더라도 그것은 우리의 진정한 유산입니다. 그것은 우리의 영적인 유산이라고 말할 수 있으며, 거기에 무언가를 보태는 것이 우리의 의무입니다. 아버지가 자식에게 10만 루삐의 유산을 물려주었는데, 자식이 1백만 루삐로 불린 다음, "나에게 고작 10만 루삐밖에 물려주지 못한 내 부친은 도대체 어떤 사람인가? 내가 1백만 루삐를 모았으니 나는 얼마나 똑똑한 사람인가"라고 말한다면, 그는 사악한 자식입니다. 그의 말에는 자만심이 있습니다. 우리는 부모에게서 물려받은 돈을 불리기를 원하지 않고, 인격이라는 영적인 유산에 더 보태기를 원합니다. 우리는 그것에 대해 자만심을 느껴서는 안 됩니다. 영적인 유산은 겸손 없이는 불가능한 것이기 때문입니다.

* * *

태어난 이래 우리가 사용한 적이 없는 것 — 예를 들면, 육식 — 을 금한다고 해도 우리가 무엇을 희생하는 것은 아닙니다. 그런 일은 우리에게 대단히 자연스러운 일일 뿐이며, 그런 행동으로 어떤 영웅적인 행위를 수행한 것도 아닙니다.

*　　*　　*

　인간의 아름다움은 인격에 있고 짐승의 아름다움은 육신에 있습니다. 예를 들어 암소의 경우, 우리는 가죽·털·발·뿔 등을 보고 그 암소가 얼마나 좋은지를 말할 수 있습니다. 하지만 사람은 이와 달리, 그가 5피트 반이라고 해서 좋다고 말하거나, 4피트 반이라고 해서 나쁘다고 말하지 않으며, 그가 5피트 반보다 1인치 더 크다고 해서 더 좋다고 말하지는 않습니다. 사람의 경우 좋고 나쁜 것은 그의 마음에 있는 것이지 육신이나 모은 재산에 있는 것은 아닙니다. 아슈람에서 우리는 마음의 덕성을 기르는 것을 우리의 다르마로 간주해 왔습니다. 우리는 먹고 마시고, 모래와 시멘트로 건물을 짓습니다. 그 이유는 우리가 이러한 일을 해야 하기 때문입니다. 우리는 진흙 오두막집을 경멸하지 않았고, 그런 곳에 사는 것을 수치로 여기지 않고, 오히려 사치 속에 사는 것을 정말로 수치로 여깁니다. 우리가 부를 증대한다면 수치 속에 사는 것입니다. 우리는 봉사를 위해 부를 소유할 수 있습니다. 우리는 의지에 반하여 그런 부를 축적해야 합니다. 그러나 어떤 사람들은 탐욕을 자신들의 종교로 삼아서 부를 축적합니다. 이것은 적절치 않습니다. 외면적인 삶을 점점 복잡하게 하면 할수록, 우리는 도덕적 진보를 저해하고, 우리의 다르마는 손상을 입을 것입니다.

*　　*　　*

　우리의 상인들은 봄베이 시장에서 수천만 루삐를 벌어들입니다. 그것은 우리가 기뻐해야 할 명분은 되지 못합니다. 오히려 유감을 표해야 할 사안입니다. 봄베이 상인이 중개수수료로 5천만 루삐를 벌 때, 영국인들은 9억 5천만 루삐를 벌고, 그 돈마저도 빈곤한 자들로 하여금 핏기를 잃을 정도로 출혈하게 함으로써 이 나라로부터 뺏어간 돈이기 때문입니다. 우리는 이것을 자각하지 못하고 있습니다. 그 이유는 3억 3천만 민중의 나라가 출혈하는 데는 시간이 걸리기 때문입니다.

＊　　＊　　＊

노동자가 신에게 바치는 마음으로 자신의 일을 한다면, 그것으로 자아실현을 성취할 수 있을 것입니다. 자아실현은 자아의 순수성을 의미합니다. 엄밀하게 말한다면, 육체 노동을 하는 자만이 자아실현을 얻을 수 있습니다. '신은 약한 자들의 힘이기 때문입니다.' 비록 그들의 힘이 신에서 온다고 해도 '약하다'고 한 것은, '육신의 약함'을 의미하는 것이 아니고, 수단이나 물질의 약함을 의미하는 것으로 이해해야 합니다. 노동자는 당연히 겸손을 길러야 합니다. 왜냐하면 지성의 단순한 발전은 아수리(asuri : 악마적) 지성의 발전으로 이어질 수 있기 때문입니다. 단순히 지적인 일을 하게 되면 우리는 아수리 성향을 발전시키게 됩니다. 그래서 『기따』는 노동 없이 먹는 자는 훔친 음식을 먹는다고 말하고 있습니다. 노동 안에는 겸손이 내재해 있습니다. 그리고 그 때문에 구원으로 우리를 인도하는 것이 까르마 요가 곧 행동인 것입니다. 단순히 임금을 위해 노동하는 것은 까르마 요가가 아닙니다. 생각이 단순히 돈을 버는 데 있기 때문입니다. 돈벌이를 위해 변소 청소하는 것은 야즈냐(희생제사)가 아닙니다. 그러나 봉사의 길로서, 위생을 위해, 그리고 다른 사람의 선을 위해 행해진 것이라면 같은 일이라도 야즈냐가 됩니다. 봉사정신에서 자아실현을 위해 지극히 겸손한 태도로 육체 노동을 한 사람은 자아실현을 얻을 것입니다. 그런 자는 일하기를 절대 주저하지 않을 것입니다. 그는 항상 깨어 있어야 합니다.

　　　　＊　　　＊　　　＊

　항아리와 주전자가 실제 동일한 색깔일 경우 어떻게 항아리가 주전자더러 검다고 말할 수 있습니까? 이와 마찬가지로 남자가 여자에게 무엇을 말할 수 있고, 그가 어떻게 여자를 비난할 수 있습니까? 수없이 많은 의혹·의심·정염·공포가 여성의 성격을 이루고 있다면, 그것들은 남성 안에도 있습니다. 어떤 빤디뜨들은 여성들은 구원을 얻을 수 없다고 말합니다. 그러나 내가 아는 한 그렇지 않습니다. 비슈누신 교도들은 미라바이보다 더 위대한 귀의자가 있었던 적이 없다고 믿습니다. 미라바이가 구원을 얻을 수 없다면, 어떤 남성도 그것을 얻을 수 없을 것이라고 생각합니다.

　　　　＊　　　＊　　　＊

　농부는 들판에서 잠을 잡니다. 하지만 여러분이나 영국인 관리들이 그곳에서 한번 잠잘 수 있을 것 같습니까? 그렇다면 누가 가난한 자의 감정에 대해 걱정합니까? 가난한 농부는 어떤 기쁨을 자신의 삶에서 얻습니까? 그는 이른 아침부터 들판에서 일해야 합니다. 그리고 잠자리도 그곳에 펴야 합니다. 뱀에 물려 죽을 수도 있습니다. 그러나 농부는 강요에 의해 그런 삶을 영위합니다. 그것이 희생으로 불릴 수 있다면, 그것은 강요된 희생입니다. 그것은 그가 기차로 여행하기를 거절한 것과 같지는 않습니다. 만일 누군가가 그에게 그럴 기회를 준다면, 그는 여행할 것입니다. 그러나 그가 자신의 삶의 특성에 대해 충분히 알면서도 그런 삶을 영위한다면, 그의 삶은 진실로 축복 받을 것입니다. 어떤 성자들은 이 농부와 같은 삶 또는 자다 바라뜨와 같은 삶을 영위합니다. 그러나 그들의 경우에는 일부러 그런 삶을 살았던 것입니다.

                          *   *   *

나는 진흙으로 빚은 형상을 분명히 예배할 것입니다. 그렇게 함으로써
내 마음이 가벼워진다면 말입니다. 내 인생이 열매를 풍부히 맺는다면, 청
년 끄리슈나 우상에 대한 예배만으로도 의미가 있을 것입니다. 돌멩이는
신이 아닙니다. 하지만 신은 그 안에 있습니다. 내가 그 신상을 백단나무
로 만든 풀로 더럽히고 쌀을 공물로 바치면서, 수많은 머리들을 벨 수 있
는 기운을 달라고 기도한다면, 여러분 가운데 한 분은 그 신상을 우물 속
에 처박아버리고 산산조각 내야 할 것입니다.

                          *   *   *

우리가 평등심으로 만물을 볼 수 있는 능력을 우리 속에 기르기를 원한
다면, 나머지 세계가 얻은 것만을 얻는 것이 우리의 목표입니다. 그래서
전 세계가 우유를 얻는다면 우리는 그것을 가져도 좋을 것입니다. 우리는
신에게 다음과 같이 말하면서 기도해야 할 것입니다. "오 신이여, 당신이
저에게 우유를 허락해 주시려면 그것을 나머지 세상 사람들에게 먼저 주
십시오." 그러나 누가 그렇게 기도할 수 있습니까? 오직 다른 사람들에 대
해 많은 연민을 가진 자, 그들의 선을 위해 수고하는 자들만이 그럴 수 있
을 것입니다. 우리는 이 원리를 실행할 수는 없다고 해도, 최소한 그것을
이해하고 그 진가를 인정해야 할 것입니다. 현재 우리가 신에게 하는 유일
한 기도는, 우리가 너무나 비참하게 타락해 있으므로 아무리 적은 일을 해
도 신이 그것을 받아들여 주시기를 바라는 것이어야 합니다. 우리는 이 방
향으로 전진할 수 없을지도 모릅니다. 하지만 신은 우리의 빠리그라하(집착
또는 소유)를 줄일 수 있도록 반드시 우리에게 기운을 주실 것입니다. 우리
가 지은 죄를 회개한다면, 죄는 더 이상 늘어나지 않을 것입니다. 우리는
우리 것이라고 생각하는 것을 가져서는 안 되며, 우리의 빠리그라하 중에

서 가능한 한 많은 것을 포기하도록 노력해야 합니다.

*　　*　　*

어떤 사람이 진리와 비폭력을 따르기 전 세계 전체의 도움을 필요로 한다면, 그는 정말로 의존적인 사람이 될 것입니다. 그러나 신은 사물들을 아주 아름답게 배치하셨으므로, 세계 전체가 그에게 대들더라도 그는 스스로 진리와 비폭력을 따를 것입니다. 우리가 언쟁하기를 원치 않는다면, 상대방도 우리와 언쟁하기를 분명 원치 않을 것입니다. 결국 그는 지치고, 고요해질 것입니다. 반면 우리가 화를 내면 화를 더 키우고 맙니다. 그것은 불에 기름을 붓는 격입니다.

*　　*　　*

자신의 마음속에 문제를 품어 본 적이 한 번도 없는 사람이 어떻게 일어설 수 있습니까?

*　　*　　*

어떤 사람이 자살했다는 사실에서 슬픔이나 고민으로 우리 마음을 부단히 괴롭혀서는 안 된다는 점을 우리는 배워야 합니다. 우리는 그것들을 골똘히 생각해서는 안 됩니다. 우리가 다른 사람에 의해 상처를 받았다고 느낀다면 그것을 그에게 당장 말해야 합니다. 그래야만 고통이 우리 심정에 남아 있지 않을 것입니다. 스스로 슬픈 생각을 골똘히 하는 것도 일종의 자살입니다.

자기 비난은 어느 정도까지는 바람직합니다. 어느 면에서는 자신에 대해 불만을 갖는 것이 좋은 일입니다. 불만이 어느 정도까지 존재한다면 그는 일어설 것입니다. 그러나 만일 그 사람이 언제나 쓸데없이 자신의 잘못을 계속 찾으려 하고, 이런 저런 일을 하지 못했다고 말한다면, 그는 정말로 어떤 일도 못하게 되고 바보가 될 것입니다. 우리는 동시에 만족하기도 해야 하고 불만족하기도 해야 합니다. 그럴 경우에만 우리는 고양될 수 있습니다.

육신은 때때로 라뜨나친따마니(ratnachintamani : 여의주)로 불립니다. 우리가 만일 신에 귀의한다면, 귀의했다는 것이 참으로 증명될 것입니다. 그러나 신에 전적으로 귀의하자면, 우리는 육신을 통제해야 합니다.

남자는 집 바깥에서 돌아다녀야 합니다. 그의 일은 바깥에 있으므로 쉽사리 낙담하지 않습니다. 그러나 여자는 항상 집 안에 머물러 있어야 하므로 외롭고 쉽게 낙담합니다. 그녀가 말을 걸 수 있는 다른 여자를 만나면, 그녀는 너무나 수다스러워져서 말해야 할 것과 말하지 말아야 할 것을 분별하지 못합니다. 그녀는 언제나 집에 머문 까닭에 그런 결점을 갖게 됩니다. 물론 어떤 의미로는 그런 외로움은 바람직하기도 합니다. 그것은 수많은 유혹으로부터 그녀를 건져 줍니다. 그러나 우리가 눈을 내부로 돌리고, 우리 마음을 살펴보고, 반성적이 될 경우에만 열매를 맺을 것입니다.

*　　*　　*

일자 무식이지만 자신의 의무에 헌신하는 여성이 있다고 가정해 봅시다. 그녀는 자신의 것이 아니라면 풀잎 하나조차 손대지 않을 것입니다. 그녀는 꿈에서도 훔치지 않습니다. 여러분이 그녀에게 『바가바드 기따』가 무엇이냐 하고 묻는다면, 그녀는 여러분의 얼굴을 빤히 쳐다볼 것입니다. 그러나 그녀는 모든 인류의 어머니인 것처럼 모든 인간을 사랑합니다.

여기에 다른 여성, 만사를 알고 있고, 모든 우빠니샤드를 암송하고, 그 발음 또한 탁월한 여성, 하지만 훔치고 거짓말하고, 자신을 위해 다른 사람들에게 일을 시키는 데 영리하고, 거의 모든 일에 능숙한 여성이 있다고 가정해 봅시다. 전자가 후자보다 낫다는 점에 대해 의심이 조금도 있을 수 없습니다. 물론 전자가 읽기와 쓰기를 배운다면 더 나아질 것임은 사실입니다.

*　　*　　*

겸손이나 온유함을 갖추지 않은 지식은 무슨 소용이 있겠습니까? 성자 까우시까는 새 한 마리가 자기 머리 위에 똥을 찍 갈기자 그만 화가 났습니다. 그는 분노의 힘으로 새를 태워 재로 만들어 버렸습니다. 그 성자는 자신의 고행의 힘에 약간 자부심이 생겼습니다. 그런 뒤 손님으로 어느 집을 방문했습니다. 그 집의 안 주인은 남편에게 음식을 대접하기에 분주했으므로 그 손님을 기다리게 했습니다. 그녀는 그 일이 끝나자 성자에게 음식을 좀 들고 가 지체 이유를 설명하고 사과했습니다. 성자는 화를 냈습니다. 그 안주인은 말했습니다. "저는 성난 시선으로 태워버릴 수 있는 새가 아닙니다. 그 외에도 그런 분노는 지혜라고 할 수 없습니다." 성자는 교훈을 배웠고 그래서 말했습니다. "당신은 나에게 먹을 것과 지혜라는 두 종류의 음식을 주었습니다."

*　　*　　*

자연스럽게 자신의 운명이 된 일을 행하는 자는 그 일에 초연할 수 있습니다. 그는 그런 일에 대해 사적인 집착이 없습니다.

참지식과 참교육은 자신의 의무를 헌신적으로 수행함으로써 얻어질 수 있습니다.

병원에 쇄도하는 사람들을 보는 것은 혐오스러운 일입니다. 의사들이 그들을 치료하지만, 어떻게 건강을 유지하는지를 가르치는 것도 의무입니다. 그러나 이런 일을 하는 의사는 거의 없습니다. 대부분의 의사들은 육신의 응석을 받아줍니다. 이렇게 함으로써 그들은 사람의 인격을 해치고 그 혼을 타락시킵니다. 그들은 육신의 응석을 받아주지만 그것을 실제로 구원하는 것도 아닙니다.

봉합을 배운다는 의료의 목적을 위해 살아 있는 동물을 죽이는 것이 인간이 할 짓입니까? 그것은 악마의 짓입니다.

*　　*　　*

정염은 남녀 모두에게 공통입니다. 정열적인 사람의 마음은 쾌락의 대상을 찾아 항상 헤매고 있습니다. 우리는 인생이 그런 쾌락을 즐기거나 그런 쾌락을 주기 위한 것이 아니라 자아실현을 위한 것임을 이해해야 합니다.

시바와 빠르바띠의 결혼은 이상적인 결혼으로 간주되고 있습니다. 빠르바띠와 같이 결혼하고 싶어하는 자는 모든 정염에서 자유로운 시바와 같은 남성을 염두에 두어야 할 것입니다. 그런 남편을 얻을 운명을 지닌 여성은 빠르바띠만이 아닐 것입니다. 모든 여성은 자신의 두 손에 그러한 운명을 쥐고 있습니다.

여성이 남편을 고를 때 입은 옷이나 머리에 쓴 터번의 종류를 보고 골라서는 안 됩니다. 그가 어떤 교육을 받았는지, 인격이 얼마나 훌륭한지를 보아야 합니다. 일단 결혼하기로 마음먹었다면, 훌륭한 인격의 남성, 마음이 서로 맞는 남성과 결혼하십시오. 여러분이 그런 남성을 찾게 된다면, 그것대로 좋습니다. 그렇지 않다면 결혼하지 않기로 결심하십시오. 아무나 하고 결혼하겠다고 생각해서는 안 됩니다. 빠르바띠는 시바와 같이 일체의 정염에서 자유로운 자와 결혼하고, 그렇지 않다면 결혼하지 않으리라고 결심했습니다. 모든 소녀들은 빠르바띠의 이상을 품어야 할 것입니다.

*　　*　　*

다른 사람의 등에 올라타지 않는 것도 봉사입니다. 다른 사람에게서 봉사를 받아들이지 않는 것, 자신을 위해 다른 사람이 일하지 않게 하는 태도를 기르는 것 역시 봉사입니다.

*   *   *

이 세상이란 우리가 한 군데에서 세 바늘을 꿰매면 다른 곳에서는 열세 바늘이 터지는 식입니다. 그렇다면 우리가 세상을 어떻게 진보시킬 수 있을까요? 진정한 진보는 우리의 혼으로 우리 안에 거하는 진리를 확인하는 데 있습니다.

여러분이 선량하면 세계도 선량합니다. 바가반 빠딴잘리는 비폭력 앞에서는 복수의 욕구가 사라진다고 쓰고 있습니다. 우리 자신이 노예라면, 우리는 다른 사람 모두를 노예로 간주합니다. 짧게 말한다면, 누가 순진무구한 사람을 속이려고 하겠습니까? 그런 사람을 해코지하려는 자는 끝내 자신을 망칠 따름입니다. 우리가 보복하지 않고 사악한 자의 악행에 대해 반대하지 않는다면, 그 악행 자체가 그의 몰락을 초래할 것입니다. 그는 몰락할 것이고 그 뒤에 자신을 고칠 것입니다.

*   *   *

우리 자신의 아슈람에서 스와라즈를 성취한다면 인도 전체를 위해 스와라즈를 얻을 것입니다. 그것은 우리 모두가 막대기처럼 곧아야 함을 의미합니다. 우리들 중 어느 누구도 다른 사람을 의혹의 눈초리로 보지 않을 것입니다. 우리에게 상호불신이 없다면 스와라즈는 가까이 있습니다.

스와라즈는 다른 사람이 아닌 자기 자신에 대한 통치를 의미합니다. 그것은 또한 자신의 통제를 의미합니다. 자신의 감관에 대해 통제를 얻은 자는 거의 모든 것을 얻은 것입니다.

처벌과 폭력을 믿는 자는 반드시 기만을 사용할 것입니다. 기만은 그런 신념에 꼭 동행합니다.

*　　*　　*

사원은 우리의 아슈람 안에, 아니 우리 마음속에 존재합니다. 서너 개의 돌로 건축한 사원은 의미가 없습니다. 우리 마음속에 건축된 사원만이 유용합니다.

우리 아슈람이 이와 같이 잘 유지되고, 한 사람의 나쁜 사람조차 만들어내지 않는다면, 그것은 순례의 장소가 될 것입니다.

*　　*　　*

나르마다 강가에 있는 조약돌 하나 하나가 다 시바 신이라고 합니다. 우리가 나르마다강이라고 말할 때 브로우치 인근의 강만을 의미하는 것이 아니라 모든 강을 의미합니다. 우리가 그 강둑에 있는 조약돌 하나를 깨끗하게 씻어서 거기에다 성수(聖樹)의 나뭇잎 하나(bilva patra)를 바친다면, 그 조약돌은 우리에게 시바 신이 될 것입니다. 한 걸음 더 나아가 우리가 진흙 한 덩이를 집어 들고 그것으로 시바 신의 링가 형상을 빚는다면, 그것 역시 우리에게는 시바 신이 될 것입니다. 또 한 걸음 나아가서 시바가 우리 모두의 마음속에 거한다고 생각해도 좋습니다.

우리는 우상타파주의자 겸 우상숭배자입니다. 우리는 돌멩이를 우상이라고 하여 부숩니다. 하지만 우리는 그 안에 있는 신의 이미지는 섬깁니다.

나는 아슈람의 모든 여성들이 적절한 생각 없이는 단 한 가지의 일도 하지 말기를 기대합니다. 이럴 목적으로 여성들은 지식을 얻어야 합니다. 현재 인도 여성들은 아둔해지고 생기를 잃어버렸습니다.

*　　*　　*

독신으로 살기를 원하는 소녀는 독립과 결혼해야 합니다. 다른 사람들에게 의존하는 소녀는 결코 독신으로 살아갈 수 없습니다.

허깨비가 죽으면 영혼이 일어섭니다. 우리가 누구에게서 무엇을 강탈한다면, 다른 사람이 우리에게서 약탈할 것입니다. 구자라뜨어 격언으로 '사자가 강하다고 해도 그 사자를 굴복시킬 수 있는 보다 강한 놈이 항상 존재하는 법'이라는 말이 있습니다.

*　　*　　*

우리가 요리할 줄을 몰라서 음식을 반숙하여 먹을 때 소화불량에 걸리듯이, 우리가 읽는 것을 이해하지 못하고 계속 읽어간다면 책 소화불량에 걸립니다.

*　　*　　*

가장 위대한 사람이라고 해도 해서는 안 될 짓을 하게 되면 처벌을 받습니다.

*　　*　　*

신에게 귀의하는 자는 자신의 내면의 목소리가 명하는 바를 수행합니다. 그러나 이 내면의 목소리는 때때로 우리를 기만하기도 합니다. 그러므로 귀의자는 항상 깨어 있어야 합니다.

* * *

반쯤 거짓말을 말하는 사람은 거짓말 한 개 반을 한 셈입니다. 자신의 마음까지 속였기 때문입니다. 반면에 새빨간 거짓말을 한 사람은 그가 거짓말을 하고 있다는 것을 압니다.

* * *

아동교육은 주로 어머니의 몫입니다. 내가 아무리 아슈람에서 아동을 교육시키려고 노력해도, 어머니의 협력이 없다면 헛된 노력이 되고 맙니다. 우리는 다른 사람에게 도움이 되도록 그들을 교육해야 합니다.

아동이 공부하기 위해 선생에게 갈 때에도 어머니의 마음과 연결된 끈 하나를 갖고 갑니다. 그는 자신이 언제 어머니에게 돌아갈 수 있을지를 항상 생각하고 있습니다. 그 어머니는 이 끈으로 아이를 자신에게로 당기고 있습니다.

우리는 『기따』, 『라마야나』, 또는 『힌드 스와라즈』를 읽을 수도 있습니다. 그러나 우리가 이런 책에서 배워야 할 것은 다른 사람들의 복리에 대한 욕구입니다. 우리는 이것을 우리의 아동들에게도 가르쳐야 합니다.

* * *

술을 포기한 우리의 조상들은 사내다운 일을 한 셈입니다. 그러나 한 번도 술을 마셔 본 적이 없는 우리에게는, 술을 마시지 않는다고 해도 오로지 소극적인 의미의 덕밖에 없습니다. 우리는 그저 음주의 죄를 짓지 않습니다. 그뿐입니다. 우리는 음주에서 오는 모든 악을 이해할 경우에만 음주를 참으로 포기했다고 말할 수 있습니다.

마찬가지로 거룩한 날과 서약의 의미를 이해하지 않고서는 그것들을 준수한다고 해도 아무 의미가 없습니다. 우리가 그런 서약의 의미를 이해하고 그것을 다른 사람들에게 설명한다면 우리와 사회에 유용할 것입니다. 우리 여성들은 나가빤차미, 잔마슈따미, 그리고 다른 길일(吉日)을 지키고 있습니다. 하지만 그들은 그 의미를 이해해야 합니다. 나가빤차미의 의미는 뱀을 적수의 상징으로 간주하고, 뱀이라는 수단을 통해 자신의 적수조차 죽이지 않는 원리를 가르치려는 데 있을 수 있습니다. 이 세상에는 아마 사람을 제외하고는 뱀만큼 독성 있는 피조물이 없을 것입니다. 뱀처럼 독으로 가득 차 있는 사람이 있다면, 우리는 그를 마치 감로주로 가득한 사람처럼 사랑하기를 배워야 합니다. 이렇게 함으로써, 우리는 모든 사람들이 존경받을 가치, 즉 봉사받을 가치가 있음을 배울 것입니다.

*　　*　　*

이 세상은 사랑의 굴레로 묶여져 있습니다. 역사는 나날이 일어나는 사랑과 봉사의 사건을 기록하지 않습니다. 갈등과 전쟁의 사건만을 기록합니다. 하지만 실제로 사랑과 봉사의 행위는 이 세상에 갈등과 투쟁에 비해 훨씬 더 일상적인 일입니다. 우리는 이 세상에 번성하는 무수한 촌락과 읍들을 봅니다. 만일 이 세상이 항상 불협화음으로 가득 차 있다면, 그것들은 도저히 존재할 수 없었을 것입니다.

*　　*　　*

우리는 다르마를 파괴하는 법률들을 반드시 폐기해야 합니다. 우리는 그 법률들을 준수해서는 안 될 뿐만 아니라 그것들에 적극적으로 저항해야 합니다. 저항하는 데는 폭력과 사땨그라하의 두 가지 방법이 있는데, 우리는 오직 사땨그라하의 길만을 따라야 합니다. 우리는 다르마의 이름으로 폭력을 범할 수는 없습니다. 우리는 다른 사람을 다르마의 이름으로 죽이기보다는 차라리 스스로 교수형을 당해야 할지도 모릅니다.

*　　*　　*

　여성들이 어떻게 자신들의 명예를 지킬 수 있느냐 하는 물음이 종종 제기됩니다. 단검을 몸에 지녀야 한다는 제안도 있었습니다. 그들이 단검을 지니고 다닌다면 그 단검은 물론 그들 자신에 대해서도 사용될 수 있습니다. 사람이 단검을 휘두를 수 있기 위해서는 아주 강해야 합니다. 다른 사람의 몸에서 피가 흐르는 것, 그 자신이 피를 흘리는 것을 한 번도 본 적이 없는 사람은 절대로 단검을 사용할 수 없으므로, 그 사람은 자신의 삶의 방식 전체를 바꿔야 할지도 모릅니다. 단검을 사용할 수 있기 위해서는, 우리는 사냥도 하고, 양(羊)도 많이 죽여야 할 것입니다. 그래서 우리가 단검을 다른 사람 몸 속에 박기 전에 우리는 마음을 단단히 먹어야 할 것입니다.

　그래서 여성들에게 단검 사용을 가르치기보다 무외(無畏)를 가르치는 편이 더 낫습니다. 우리를 보호하시는 신의 손은 언제나 우리 위에 있습니다. 우리가 신의 존재를 진실로 믿는다면 누구를 두려워하겠습니까? 가장 사악한 자가 여러분을 공격해도 라마나마를 암송하십시오 대부분의 극악무도한 사람들은 신을 향한 이 진지한 외침 앞에 도망가고 말 것입니다. 그러나 그런 일이 일어나지 않는다고 해도 무슨 상관이겠습니까? 그와 같은 경우 우리는 죽는 법을 배워야 합니다. 자식이 죽어갈 때, 우리는 우리 자신을 거의 죽여가면서까지 자식을 돌보지 않습니까? 어머니의 최대의 노력에도 불구하고 자식이 그녀 무릎에서 죽는다면, 그녀는 자식을 위해 최선을 다했다는 것에 만족할 수 있습니다. 따라서 우리는 우리의 생명을 바치겠다는 각오를 늘 해야 합니다. 그것이 우리의 의무입니다. 그 사람이 아무리 사악한 자라고 해도, 우리가 그의 물리적 힘에 굴종하느니 차라리 죽는다면, 그가 우리에게 무엇을 할 수 있겠습니까? 사악한 자가 죽을 각오가 단단히 되어 있는 순수한 마음을 가진 사람을 만난다면, 자신의 사악함을 포기할 수도 있을 것입니다. 그러므로 사땨그라하는 두 번 축복을 받습니다. 그것은 그것을 실천하는 자를 축복하며, 사땨그라하의 대상이 되는 사람도 축복합니다.

— 「아슈람 여성들과의 대담」(G.), 『바뿌나 빠뜨로 — 아슈람니 베노네
(*Bapuna Patro — Ashramni Behnone*)』, 77~79면; 『전집』 37 : 208

178) 아힘사의 화육으로서의 여성

세가온, 1940.2.12

나는 교육 수준이 대단히 높은 자매 한 분의 글에서 어떤 부분을 제외하고 다음의 글을 인용한다.

당신은 아힘사와 사땨그라하를 통해 혼의 존엄을 세상에 보여주었습니다……. 그러나 사람이 자신의 공격성과 욕정 따위를 제거하기 위해 아힘사와 브라마차르야가 필요하듯이, 여성은 자신이 비천한 자질들을 제거할 수 있기 위해 어떤 원리들을 필요로 합니다. 그 비천한 자질들이란 남성의 것과 다르고 보통 자연이 여성에게 주었다고들 합니다. 그녀의 성이 지닌 자연적 자질들, 여성이라는 이유로 받았던 훈육, 그리고 여성이라는 이유로 창조된 환경, 이 모든 것이 그녀에게 불리합니다. 그리고 그녀가 일을 하는데, 그녀의 본성, 훈육, 주변환경들은 언제나 방해가 되고, 그녀를 훼방하고, '그녀는 결국 여자일 뿐이야'라는 상투적 문구를 사용하게 합니다……. 우리에게 우리 자신을 향상시키는 올바른 해결책과 방법이 있다면, 우리가 연민과 유연함과 같은 자연적 자질을 방해물이 아니라 도움이 되게 할 수 있다고 나는 생각합니다. 남성과 아동들의 경우 당신이 제시한 해결책과 같이, 그 향상은 반드시 우리 안에서 나와야 합니다…….

당신이 저에게 주신 충고는 『하리잔』지를 읽으라는 것이었습니다. 그래서 열심히 읽었습니다. 그런데도 저는 아직 내면의 영혼을 위한 충고는 읽지 못했습니다. 나라의 자유를 위한 물레질과 투쟁은 훈련의 일부일 뿐입니다. 그것들이 전체 해결책을 갖고 있는 것 같지는 않습니다. 왜냐하면 물레를 돌리고 국민회의의 이상을 실현하기 위해 노력하는 여성이지만 여성이라는 이유로 범하게 되는 실수를 여전히 범하고 있는 여성을 저는 보아 왔기 때문입니다.

…… 제발, 우리의 자질을 가장 잘 활용할 수 있는 방도를, 약점을 강점으로 전환할 수 있는 방도를 말씀해 주십시오

나는 여성운동에 대한 나의 기여가 사땨그라하의 발견과 더불어 분명히 시작되었음을 자랑으로 여겨왔다. 그러나 이 편지의 필자는 여성이 남성과는 다른 대접을 요구한다는 견해를 갖고 있다. 만일 그러하다면, 나는 남성이 올바른 해결책을 발견하리라고 생각하지 않는다. 그가 아무리 노력한다고 해도, 자연이 그를 여성과 달리 만들었기 때문에 실패할 것이다. 항상 압박당하는 사람만이 아픈 부위를 안다. 따라서 궁극적으로 여성은 자신이 필요한 것에 대해 권위를 갖고 정해야 할 것이다. 내 자신의 견해는 남성과 여성이 근본적으로 하나이듯이 그들의 문제 역시 본질적으로는 하나라는 것이다. 양성에 있는 혼은 같다. 양성은 같은 삶을, 동일한 감정을 갖는다. 한 성은 다른 성의 보완이다. 한 성은 다른 성의 활발한 도움 없이는 살 수 없다.

그러나 무슨 까닭인지 예전부터 남성은 여성을 지배해 왔다. 그리고 여성은 열등 콤플렉스를 길러 왔다. 그녀는 남성보다 열등하다는 남성 위주의 가르침을 진리로 믿어 왔다. 그러나 남성들 가운데 현자들은 여성의 평등한 지위를 인정해 왔다.

하지만 적절한 시기에 양성 사이에 분리가 일어난 것은 의심의 여지없이 사실이다. 양성은 근본적으로 하나지만 모습에 있어서 양성 사이에 중대한 차이점이 있다는 사실 역시 진실이다. 따라서 양성의 천직도 달라야 한다. 아주 많은 대다수 여성들이 항상 수행하는 모성의 의무는 남성이 가질 필요가 없는 자질들을 요구한다. 여성은 소극적이고 남성은 활동적이다. 여성은 본성상 가정의 여주인이다. 남성은 빵을 버는 자이고 여성은

그 빵을 지키고 분배하는 자이다. 여성은 모든 의미에서 관리인이다. 종족의 유아를 양육하는 기술은 여성의 특별하고 유일한 특권이다. 여성의 보살핌이 없다면 그 종족은 멸망하고 말 것이다.

따라서 여성이 가정을 지키기 위해 가정을 버리고 총대를 메라는 요청이나 권유를 받아야 한다는 것은 남녀 양성 모두를 위해 창피스런 일인 것이다. 그것은 야만에의 복귀이고 종말의 시작이다. 여성은 남성이 타고 있는 말에 올라타기 위해 남성을 내리게 하고 자신이 올라탄 셈이다. 남성이 자신의 동료인 여성에게 여성 자신의 소명을 버리도록 유혹하거나 강요하는 것은 죄이다. 가정을 좋은 질서와 상태로 유지하는 데는 그것을 외부의 공격으로부터 지켜내는 것만큼이나 많은 용기가 필요하다.

나는 작은 촌락 세가온에서 자연환경 속에서 살아가는 수백만의 농민들을 매일 목격하면서 일의 분야에 따라 이루어지는 자연적 분업에 주목하지 않을 수 없었다. 여성 대장장이와 목수는 전혀 없었다. 그러나 남녀가 함께 들판에서 일하며 가장 고된 일은 남성들이 한다. 여성들은 집을 유지하고 관리한다. 그들은 가족의 빈약한 자원을 보충한다. 그러나 집안의 주요 수입원은 남성이다.

일의 분야에 따라 분업이 인정되지만, 요구되는 일반 자질과 교양은 실제로 양성에게 동일하다.

이 크나큰 문제에 대한 나의 기여는 개인이든 나라든 삶의 모든 분야에서 진리와 아힘사를 수용하도록 제시한 점에 있다. 나는 여기에 여성이 명백한 지도자일 것이라는 희망, 그리고 인간의 진보에 자신의 자리를 확보한 여성은 열등감을 떨쳐 버릴 것이라는 희망을 품어 왔다. 그녀는 이 일을 성공적으로 수행하려면 모든 것이 성적 충동에 의해 결정되고 조절된다는 현대의 가르침을 결코 믿지 말아야 한다. 나는 위의 명제를 조금 빈약하게 제시하지 않았나 하는 두려움이 있다. 그러나 내 뜻은 분명히 전달되었을 것이라고 믿는다. 나는 전쟁에서 능동적인 역할을 맡은 수백만 명의 남성들이 섹스 유령에 붙잡혀 있다고는 생각하지 않는다. 들판에서 함께 일하는 농민들 역시 섹스 유령에 의해 곤란을 당하거나 지배를 받지는 않는다. 이 말은 그들이 자신들 안에 심어져 있는 본능으로부터 해방되었다고 말하거나 암시하는 것은 아니다. 그러나 그 본능은 현재 성 문학에 젖어 있는 사람들의 삶을 지배하듯이 농민들의 삶을 지배하지는 못하고 있다. 남녀가 냉혹한 실재로서의 삶을 살아가야 하는 엄연한 현실에 직면하게 되면 그런 일을 위한 시간은 없을 것이다.

나는 본지의 이 난에서 여성이 아힘사의 화신이라고 암시한 바 있다. 아힘사는 무한한 사랑을, 다시 말하자면 고통을 참아내는 무한한 능력을 의미한다. 여성이 아니라면, 남성의 어머니인 여성이 아니라면 누가 이 능력을 최대로 보여줄 수 있을까? 여성은 아이를 뱃속에 넣고 다니면서 9달 동안 먹이고, 그 일에 따른 고통에서 기쁨을 얻는다. 산고로 야기된 고통보다 더한 것이 어디에 있을까? 그러나 여성은 창조의 열락으로 인해 그 고통을 잊는다. 갓난아이가 나날이 커져 가는 일에 누가 늘 고통을 겪는가? 여성으로 하여금 그 사랑을 전체 인류에게 전달하도록 하자. 여성으로 하여금 남성의 욕정의 대상이 되었다는 것, 대상이 될 수 있다는 점을 잊게 하자. 그러면 여성은 남성의 어머니로서, 남성을 만드는 자로서, 남성의 조용한 지도자로서 남성의 옆에 나란히 그 자랑스런 위치를 차지할 것이다. 평화의 감로주에 목말라 싸우는 세계에 평화의 기술을 가르쳐 주는 것이 여성의 임무이다. 여성은 사땨그라하의 지도자가 될 수 있는데, 그 사땨그라하는 책이 주는 학문이 필요 없고, 고통과 신앙에서 오는 강건한 심정을 요구한다.

내가 수년 전[47] 뿌나에 있는 사순 병원에서 병석에 앓아 누워 있을 때 나의 착한 간호사는 한 여성에 대해 얘기해주었다. 그 여성은 배 속에 있는 아이의 생명을 위험에 빠지게 하지 않기 위해 크로로포름[48]의 흡입을 거절한

---

47) 1924년 1월.
48) 클로로포름(chloroform) : 트리클로로메탄이라고도 함. 불연성으로 투명하고 무색을 띠
    며 유동성이 있는 밀도가 큰 액체. 클로로포름은 가장 강한 흡입 마취제 중 하나로 수

채로 고통스런 수술을 받았다는 것이다. 그녀에게 유일한 마취제는 갓난애에 대한 사랑이었고, 그 아이를 위해서라면 어떤 고통도 크지 않았다. 여성들 사이에는 이와 같은 여장부들이 많다. 그런 여성들이 자신의 성을 절대 경멸하지 말게 하고, 남자로 태어나지 않았다는 사실을 개탄하지 말도록 하자. 그 여장부를 생각하면 나는 종종 그녀의 처지가 부럽다. 그녀가 이 마음을 알아줄까. 한 여성이 남성으로 태어났으면 소망하는 것도 이유가 있듯이, 남성이 여성으로 태어나기를 소망하는 데도 그만한 이유가 다 있는 법이다. 그러나 그런 소망은 부질없는 짓. 우리가 태어난 그 상태에 대해 행복을 느끼고, 자연이 우리에게 정해 준 의무를 이행하자.

—「무엇이 여성의 역할인가?」, 『하리잔』, 1940.2.24; 『전집』 77 : 387

179) 세상의 여성들은 단결해야 한다

뉴델리, 1947.7.18

세상의 여성들이 단결만 한다면, 그들은 원자탄을 축구공처럼 차 버리는 행위와 같은 영웅적인 비폭력 행위를 벌일 것이다. 신은 여성들에게 그런 재주를 주셨다. 만약 집안 한 구석에 식구들 모르게 묻혀 있던 조상의 보배가 갑자기 발견되었다면, 그것은 얼마나 축하할 만한 일인가. 그와 마찬가지로 여성의 놀라운 힘도 잠자고 있다. 아시아의 여성들이 깨어난다면 세상을 감탄시킬 것이다. 내가 만일 여성의 도움을 확보하기만 하면 나의 비폭력 실험은 즉각 성공을 거둘 것이다.

—중국 여성에게 보낸 메시지(G.), 『비하르 빠츠히 딜히』, 354면; 『전집』 96 : 115

㎖ 만으로 몇 분 안에 외과수술이 가능한 정도의 마취효과를 낼 수 있다. (역주)

제 **5** 장

사르보다야—비폭력적 사회 변혁

1. 이 최후의 사람에게

180) 사르보다야[1] [이 최후의 사람에게]

서문

서양인들은 보통 최대 다수의 행복, 즉 최대 다수의 번영을 장려하는 것이 사람의 의무라고 생각한다. 행복이란 오직 물질적 행복, 즉 경제적 번영을 의미한다. 그들은 이 행복을 추구하면서 도덕 법칙이 위반되더라도 그것을 별로 문제로 삼지 않는다. 다시 말하자면, 최대 다수의 행복[2]이 목

---

1) 만인의 향상.
2) 여기에서 언급한 것은 벤담의 격률 '최대 다수의 최대 행복'을 가리킨다. 간디는 도덕

표이므로, 서양인들은 그 행복이 소수의 희생 위에 얻어지더라도 잘못이라고 생각하지 않는다. 이런 태도로 나타나는 결과는 서양의 모든 나라에 현저하다.

하지만 신의 법은 사람들이 다수의 물리적이고 물질적인 행복만을 추구하는 것을 허락하지 않는다. 사실상 서양의 몇몇 사려 깊은 사람들은 도덕원리를 거슬러 행복을 추구하는 것은 신의 법에 위배된다는 점을 지적한 바 있다. 고 존 러스킨[3]은 이런 사람들 중에서 최고였다. 그는 위대한 학문을 성취한 영국인으로서 예술과 공예에 대해 많은 책을 집필했다. 그는 윤리적 문제에 대해서도 많은 글을 썼다. 그의 저서들 중에 아주 작은 책이 하나 있는데 이것을 러스킨 자신은 자신의 글 중에서 최고라고 했다. 그것은 영어가 통용되는 곳에서 널리 읽힌다. 그 책에서 그는 효과적으로 위의 논의를 비판하고, 민중 일반의 복지가 주로 도덕법에 순응하는 데 있음을 보여주었다.

우리 인도인들은 오늘날 많은 것에서 서양을 모방하고 있다. 우리는 어떤 점에서는 서양을 모방하는 것이 필요하다는 점을 인정해야 한다. 이와 동시에 서구의 많은 관념들이 틀렸다는 것도 분명하므로 나쁜 것은 반드시 피해야 한다는 점 역시 인정해야 할 것이다. 남아프리카에서 인도인의 처지는 더욱 가련하다. 우리는 돈벌이를 위해 먼 곳까지 간다. 우리는 그

적인 근거에서 그것을 반대했다. 러스킨 역시 뉴턴의 모델에 근거하여 경제 '학'을 구성하는 것을 비판했다. 이 모델로부터 '사회적 정서'가 전적으로 추상화되었다. 러스킨은 최대의 예술 또는 과학은 '최고 이념들의 최대 다수'를 낳는 것이라고 했다.

3) 1819~1900 : 스코틀랜드인. 건축, 회화, 사회 문제 및 산업의 문제점, 사회에서 여성의 지위 등에 대해 많은 책을 지었다. 일정 기간 옥스퍼드대의 슬레이드 석좌 예술 교수를 역임; 나중 생체해부와 전당포업에 반대하고, 노동자교육과 협동적 산업 정착촌에 관심을 가졌다. 『콘 힐 매가진(*Cornhill Magazine*)』에서 일련의 논문으로 집필된 『무네라 풀베리스(*Munera Pulveris*)』와 함께 『이 최후의 사람에게(*Unto This Last*)』는 러스킨의 사회적 유토피아를 상세히 설명하고 있다. 간디는 러스킨을 '나에게 깊은 영향을 준 세 사람 중의 하나'로 묘사하고 있다. 『이 최후의 사람에게』는 '즉각적이고 실제적인 변화를 가져왔다……. 이 원리들을 실천에 옮길 각오를 한 채로 나는 새벽에 일어난다.' 폴락이 이 책을 간디에게 추천했는데, 간디는 이 책을 요하네스버그와 더반 사이의 기차 여행 중에 읽었다. 『자서전』 4부 18장을 보시오

돈벌이에 사로잡혀 도덕과 신을 망각하고 있다. 우리는 자기 이익의 추구에 골몰하고 있다. 하지만 결국 우리는 외국에 가는 것이 이로움보다 해로움을 더 많이 주고, 마땅히 그래야 하는 만큼의 이익은 우리에게 주지 못한다는 것을 알게 된다. 모든 종교는 도덕법을 전제하고 있다. 우리가 종교 자체를 무시한다고 해도, 도덕법의 준수는 상식의 토대 위에서도 필수적이다. 우리의 행복은 그것을 준수하는 데 있다. 이것이 존 러스킨이 확립한 바였다. 그는 이 점에 대해 서구인의 눈을 열어주었으며, 오늘날 우리는 많은 유럽인들이 그의 가르침에 따라 행동하는 것을 볼 수 있다. 인도인들이 그가 제시한 여러 이념에서 이익을 얻도록 하기 위해, 우리는 이 책에서 발췌문을 제시하려고 했다. 특히 영어를 모르는 인도인들도 알 수 있도록 했다.

소크라테스는 인간의 의무에 대한 신념을 우리에게 제시했다. 그는 자신이 말한 교훈을 실행했다. 러스킨의 신념은 소크라테스의 신념을 더 상세하게 만든 것이라고 할 수 있다. 러스킨은 소크라테스의 신념대로 살고 싶어하는 자들이 각자 자신의 직업에서 행동해야 할 방식을 생생하게 묘사하고 있다. 우리는 여기에서 그의 저서의 요약을 제공하지만, 그것은 실제 번역이라고 할 수는 없다. 우리가 만일 그것을 번역했다면, 일반 독자는 성경 얘기 중 일부는 이해할 수 없을 것이다. 그래서 우리는 러스킨 책의 핵심만을 제시할 것이다. 우리는 이 책의 제목이 무엇을 의미하는지도 설명하지 않을 것이다. 성경4)을 영어로 읽는 사람들만이 그것을 이해할 수 있기 때문이다. 그러나 그 책이 삼고 있는 목표는 만인의 복지—즉 단순히 최대 다수의 향상이 아니라 만인의 향상—이므로 우리는 이 논문들의 제목을 '사르보다야(Sarvodaya)'라고 붙였다.

---

4) 포도원 일꾼의 비유. 「마태오복음」 20 : 14. "나는 이 최후의 사람에게도 당신에게 준 만큼의 삯을 주기로 한 것이오"

진리의 뿌리[5]

사람은 수많은 망상을 앓고 있다. 그러나 사람들의 사회적 애정(social affection)이 가져올 효과를 무시한 채 그들이 마치 작동하고 있는 기계인양 그들의 행동에 대해 법칙을 제정하려는 시도보다 더 큰 망상은 없다. 그런 망상을 품는 것이 우리에게 득이 되는 것도 아니다. 다른 유형의 오류처럼, 정치경제학의 법칙들 역시 개연성의 요소를 포함한다. 정치경제학자들은 사회적 애정이 인간 본성에 있어서 우연적이며 방해되는 요소로 간주되어야 한다고 그리고 탐욕과 진보를 위한 욕망은 불변적인 요소라고 단언한다. 가변적인 요소를 제거하자. 그리고 인간을 단순히 돈 만드는 기계로 간주하면서, 노동과 매매에 관한 어떤 법칙이 최대의 부를 축적할 수 있는지를 검토하자. 그런 법칙들이 일단 정해진 후, 방해하는 정서적 요소를 그가 선택하는 양만큼 도입하는 것은 각 개인의 몫이다.

사회적 애정이라는 요소가 수요·공급의 법칙과 같은 성질의 것이라면, 위에서 말한 것은 설득력 있는 논의가 된다. 인간의 애정은 내면의 힘이다. 이에 반해 수요·공급의 법칙은 외부세계에 관한 공식이다. 따라서 사회적 애정이라는 요소와 수요·공급의 법칙은 동일한 성질의 것이 아니다. 만일 운동하는 물체가 한 방향에서 불변의 힘을 받고 다른 방향에서 변화하는 다른 힘을 받는다면, 우리는 불변의 힘을 먼저 측정한 다음 가변적인 힘을 측정해야 할 것이다. 우리는 저 두 힘을 비교함으로써 물체의 속도를 결정할 수 있을 것이다. 그러나 사회적 제 관계에서는 수요·공급의 법칙이 갖는 불변의 힘과 사회적 애정이 갖는 우연적 힘은 종류가 다른 법이다. 애정은 사람마다 다른 효과를 가지며 다른 방식으로 활동한다. 애정은 인간의 본성을 바꾼다. 그래서 우리는 가감의 법칙의 도움을 받아 그 효과를 측량할 수는 없다. 교환 법칙에 대한 지식은 인간의 사회적 애정의 효과를

---

5) 『이 최후의 사람에게』에서는 '명예의 뿌리'로 되어 있다. 『전집』 권8, 318면. (역주)

결정하는 데 아무 도움이 되지 못한다.

—『전집』 8 : 175

나는 경제학의 전제를 수용할 수 있다면 결론에 대해 아무 의심도 품지 않을 것이다. 만일 체조 전문가가 인간이 뼈 없이 살로만 이뤄졌다는 가정하에서 법칙을 형성했다면, 그 법칙은 타당할지는 몰라도 인간에게는 적용되지 않을 것이다. 인간은 뼈가 있기 때문이다. 이와 마찬가지로 정치경제학의 법칙은 타당하지만 정서에 종속되는 사람에게는 적용되지 않을 것이다. 신체 단련사는 다음과 같이 제안할 수 있을 것이다. 즉, 사람의 살을 뼈에서 발라내어 작은 환약으로 만든 다음 굵은 대롱 속에 집어넣으라고. 그런 다음 그는 뼈를 재삽입해도 아무 불편을 야기하지 않을 것이라고 말할 수도 있다. 그런 사람은 터무니없는 사람이다. 신체 단련에 관한 법칙은 살에서 뼈를 분리해 내는 일에 기초를 둘 수 없기 때문이다. 마찬가지로 인간의 애정을 배제하는 정치경제학의 법칙은 인간에게 아무 소용이 없다. 그리고 오늘날의 정치경제학자들은 체조 교사와 똑같이 행동하고 있다. 그들의 논법에 따르면, 사람은 단순히 신체, 즉 기계일 뿐이다. 그들은 자신들의 법칙의 기초를 그러한 가정 위에 두고 있다. 그들은 인간에게 혼이 있음을 알면서도 혼을 고려하지 않는다. 인간에게는 혼이 주도적인 요소인데 어떻게 그런 과학이 인간에게 적용될 수 있을까?

우리는 파업이 있을 때마다 경제학이 과학이 아니라는 것, 경제학이 소용이 없을 뿐만 아니라 해롭기조차 하다는 명백한 증거를 갖게 된다. 그런 상황에서 그 사안에 대해 고용주와 노동자는 각기 다른 관점을 갖는다. 여기에 우리는 수요·공급의 법칙을 적용할 수 없다. 사람들은 고용주와 종업원의 이익이 동일하다는 것을 증명하기 위해 머리를 쥐어짰다. 하지만 사람들은 그런 사안에 대해 아무 것도 모른다. 실제 그들의 세속적 이익, 즉 경제적 이익이 서로 상충하기 때문에, 사람들은 꼭 적대적이어야 한다고 말할 수는 없다. 한 가족의 구성원들이 굶어 죽는다고 가정해 보자. 그

가족은 어머니와 아이들로 이뤄져 있다. 그들에게 빵 조각 하나밖에 없다고 해보자. 그들은 모두 굶주렸다. 여기에 어머니의 이익과 아이들의 이익이 상호 충돌하고 있다. 어머니가 먹는다면 애들이 굶주릴 것이고, 애들에게 그 빵을 먹인다면 어머니가 굶주릴 것이다. 그 때문에 어머니와 아이들 사이에 적대감은 없다. 그들은 상호간에 적대적이지 않다. 어머니는 강자이지만 빵 조각 전부를 먹어 치우지는 않을 것이다. 동일한 것이 사람들 상호간의 관계에도 적용된다.

사람과 동물 사이에 아무 차이가 없다고, 그리고 우리 개별적인 이익을 위해 인간도 동물처럼 싸워야 한다고 가정해보자. 그렇다고 해도 우리는 고용주와 종업원이 항상 상대방에 대해 적대적일지의 여부에 대해 일반적인 규칙을 제시할 수 없다. 그들의 태도는 상황에 따라 달라진다. 예를 들면, 작업이 잘 진행되고, 적절하게 되고, 그 일에 대해 정당한 대가를 받는 일은 양자 모두의 이익을 위한 일이다. 그러나 이익 분배에 있어서 한 편의 이득은 다른 편의 손실이 될 수도 있고 되지 않을 수도 있다. 노동자의 임금을 너무 낮게 지불하여 종업원을 아프게 하거나 궁핍하게 한다면, 그것은 고용주의 이익이 아니다. 공장의 부담 능력 여부와 관계없이 고임금을 요구하는 것은 노동자의 이익이 아니다. 만일 공장주가 엔진 바퀴를 수리할 만한 돈이 없는데도 노동자들이 임금 전부나 일부라도 요구하는 것은 분명히 잘못된 것이다.

그래서 공급과 수요 원리의 기초 위에 과학을 수립하는 일은 성공하지 못할 것이다. 인간의 일이 이익과 손실의 원리에 의해 작동되어야 한다는 것은 결코 신의 의도가 아니었다. 그 토대는 정의에 의해서 제공해야 한다. 그러므로 사람은 도덕적 고려 없이 편의를 따름으로써 이익을 증진할 것이라는 일체의 생각을 포기해야 할 것이다. 주어진 행동 노선의 결과를 언제나 확실하게 예언할 수는 없다. 그러나 대부분의 경우 우리는 어떤 특정 행위의 정당성 여부를 결정할 수 있고 도덕적 행동의 결과가 좋을 수밖에 없다고 단언할 수는 있지만, 그 결과가 무엇일지, 어떻게 될지는 예측할 수 없다.

정의(正義)는 그 속에 애정을 포함한다. 주인과 직공의 관계는 이와 같은 애정의 요소에 의존한다. 주인이 하인으로부터 최대의 작업량을 착취하기를 원한다고 가정해보자. 주인은 하인에게 휴식 시간을 조금도 허용하지 않고, 낮은 임금을 주고, 다락에서 잠재운다. 간단히 말해 그는 생존할 수 있을 정도의 임금만을 준다. 여기에 부정의가 전혀 없다고 주장할 수도 있다. 하인은 임금을 받는 대가로 자신의 시간 전부를 주인의 수중에 두었고, 주인은 이를 적당히 사용한다. 그는 일을 시킬 때, 다른 하인들의 노동량에 따라 일의 강도의 한계를 정한다. 하인이 더 나은 자리를 얻었을 수 있다면, 그것을 차지하는 것은 자유이다. 수요·공급의 법칙을 만드는 자들은 이를 경제학이라고 부른다. 그들은 주인이 최소 임금을 지불하고 최대량의 일을 시키는 것이 이윤을 남기는 일이라고 주장한다. 결국 사회 전체는 그것에 의해 이익을 얻을 것이고, 그 사회를 통해 하인 자신도 이익을 얻게 될 것이다.

그러나 반성해 보면 우리는 이것이 반드시 사실이 아님을 알 수 있다. 만일 종업원이 단순한 기계라면 — 즉, 그것을 움직이기 위해 어떤 종류의 힘이 필요한 단순한 기계라면 — 이런 계산법은 타당했을 것이다. 그러나 이 경우 하인을 움직이는 힘은 혼의 힘이고, 혼의 힘은 경제학자의 모든 계산을 반박하고 논파할 것이다. 사람이라는 기계는 돈이라는 연료에 의해 최대량의 작업을 하도록 몰아붙일 수 있는 것이 아니다. 사람은 자신의 애정을 작동하는 경우만 최선을 다할 수 있다. 주인과 하인의 관계는 금전적인 관계가 아니라 사랑의 관계여야 한다.

—『전집』 8 : 183

주인이 영리하고 에너지가 있는 사람이라면, 하인은 압력을 받아 아주 열심히 일하는 것이 보통이다. 주인이 나태하고 연약하면 하인의 활동도 질과 양의 면에서 최선을 다하지 않는 경우가 있다. 그러나 우리가 동일한 지성을 지닌 두 주인을 비교한다면, 동정심(sympathy) 있는 주인의 하인이 그 렇지 못한 사람의 하인보다 일을 더 잘할 것이다. 이것이 진정한 법칙이다.

이 원리는 반드시 그렇게 작용하지는 않는다는 논의가 있다. 친절과 관 대함이 때때로 그 반대의 것으로 보상되는 경우가 있기 때문이다. 이 경우 주인은 하인을 통제할 수 없게 된다. 그러나 그 논의는 그럼에도 불구하고 타당하지 않다. 친절에 대해 태만으로 보답하는 자가 거친 대접을 받는다 면 앙심을 품게 될 것이다. 너그러운 주인에게 부정직한 하인은 부당한 주 인을 만나는 날이면 주인을 해칠 것이다.

그래서 어느 경우든 어떤 사람에게든, 이와 같이 사심 없는 대접은 가장 효과적인 보답을 낳을 것이다. 여기에서 우리는 애정만을 동기의 힘으로 간주한다. 친절함이 좋기 때문에 우리가 친절해야 한다는 것은 전혀 다른 고려 사항이다. 우리는 현재 그렇게 생각하지 않는다. 우리가 여기에서 고 려한 바는 경제학의 일상 법칙이 친절이나 동정심이라는 동기의 힘에 의 해 무효화되어 버렸을 뿐만 아니라, 전혀 다른 종류의 힘에 해당하는 애정 은 경제학의 법칙에 부합하지 않으며, 그 법칙이 무시되었을 경우에만 그 애정이 살아남을 수 있다는 사실을 지적하고 싶다. 보답을 기대하고서만 친절을 보여주는 계산적인 인간이라면, 아마 그 주인은 실망하게 될 것이 다. 친절은 친절 자체를 위해 베풀어져야 할 것이고, 그렇게 되면 보답은 구하지 않아도 오게 될 것이다. 자기 목숨을 얻으려는 자는 잃을 것이며 자기 목숨을 잃는 사람은 얻을 것이라는 말도 있다.[6]

군대의 연대(聯隊) 조직과 지휘관의 사례를 살펴보자. 장군이 경제학의 법칙에 따라 자신의 군대를 움직이려고 한다면 실패하고 말 것이다. 자신 의 부하들과 직접적이며, 인간적인 관계를 기르고, 친절하게 대해 주며, 그 들의 기쁨과 고난을 함께 하고, 그들의 안전을 보장해 주는 장군, 간단히 말한다면 동정심으로 대하는 장군들의 사례들이 많이 있다. 이런 종류의

---

6) 「마태오복음」 10 : 39.

장군은 자신의 군대에게 가장 어려운 일을 요구할 수 있을 것이다. 역사를 들여다보면, 우리는 군인들이 자신들의 장군에 대한 사랑이 없었던 경우 전쟁에서 승리한 사례는 거의 찾아 볼 수 없다. 그래서 장군과 그의 군대 사이의 동정심이라는 유대는 가장 진실한 힘이다. 도둑의 무리도 두목에 대한 지극한 애정이 있다. 그런데 방적공장 및 다른 공장들의 고용주와 종업원 사이에는 그와 같은 친밀한 관계를 찾아 볼 수 없다. 그 이유는 이러한 공장들에서 종업원들의 임금이 수요·공급의 법칙에 의해 결정되기 때문일 것이다. 그래서 거기의 고용주와 종업원 사이에는, 애정 대신에 불평, 동정심 대신에 반감이 존재한다. 그렇게 되면 두 개의 질문을 고려해야 한다. 첫째, 임금 수준이 노동에 대한 수요에 의해 변동되지 않도록 어느 정도로 규제될 수 있을지, 둘째, 노동자들이 사업의 상태와 관계없이 그들의 수에 변동을 초래하지 않고 얼마만큼 공장에서 취업할 수 있을지 하는 문제이다. 그런데 후자의 경우 노동자와 고용주 사이에 오래된 가족에서 볼 수 있는 하인과 주인, 사병과 지휘관 사이와 유사한 관계를 전제로 한다.

 첫 번째 질문을 고려해보자. 경제학자들은 공장 직공들의 임금 기준이 고정될 수 있도록 아무 일도 하고 있지 않는데, 그것은 놀라운 일이다. 이와 반대로, 영국의 수상직이 경매에 붙여지지 않으며, 현직 수상이 누구든 급료는 동일하게 유지된다. 우리는 최저 급료를 받기로 동의하는 누구에게나 사제의 자리를 주지 않는다. 의사와 변호사의 경우에도 우리는 보통 이런 식으로 다루지 않는다. 그래서 우리는 이 사례들에서 일정 수준의 급료가 고정되어 있음을 본다. 하지만 좋은 노동자와 나쁜 노동자에게 동일한 임금을 지불해야 할지를 물을 수 있다. 실제 그렇게 지불해야 한다. 그 결과 모든 노동자들에 대한 임금이 동일하기 때문에, 우리는 좋은 벽돌공이나 좋은 목수만을 고용하게 될 것이다. 이는 모든 의사와 법률가에 대한 사례금이 동일하다면 좋은 의사와 좋은 법률가에게 가는 것과 마찬가지이다. 선택받는 것 자체가 좋은 일꾼에 대한 적절한 보상이다. 그래서 모든 노동자들을 존중하는 올바른 제도는 그들에게 고정급을 지급하는 제도이다. 나쁜 직공이 저임금을 받아들임으로써 고용주를 기만할 수 있는 곳에서는, 최종 결과는 나쁠 수밖에 없다.

이제 두 번째 요점을 고려해 보자. 경영 상태가 어떻든 공장은 동일한 수의 종업원들을 유지해야 한다. 고용 안전이 없는 곳에서는, 노동자들은 보다 높은 임금을 요구할 수밖에 없다. 하지만 그들이 지속적인 고용이 평생 보장될 수 있다면, 아주 낮은 임금을 위해서도 일할 준비가 되어 있다. 그래서 노동자들에게 고용 안전을 보장해 준 고용주는 그렇게 하는 것이 결국 이로운 길임을 알게 될 것이 분명하다. 종업원들도 동일 직종에 안정적으로 남아 있는 편이 이익이 될 것이기 때문이다. 이런 노선을 따라 운영되는 공장은 큰 이익을 낼 수는 없다. 큰 위험도 감수할 수 없다. 대규모의 도박은 가능하지 않을 것이다. 사병들은 사령관을 위해 자신의 목숨을 버릴 각오가 되어 있다. 그 이유 때문에 사병의 일이 일상적인 노동자의 일보다 더욱 명예로운 것이다. 실제로 사병이 하는 거래는 다른 사람을 죽이는 것이 아니라 타인들을 보호하다가 죽임을 당하는 것이다. 누구든 군인으로 입대하는 자는 자신의 생명을 국가 봉사에 바친다. 이 말은 법률가·의사·성직자에게도 적용된다. 그 때문에 우리는 그들을 존경하는 것이다. 법률가는 자신의 생명을 희생해서라도 정의를 행해야 한다. 의사는 자신이 불편을 감수하고서라도 환자를 치료해야 한다. 그리고 성직자는 결과에 관계없이 자신의 신도들에게 올바른 길을 가르치고 인도해야 한다.

—『전집』 8 : 191

만일 이런 일이 위에서 언급한 직업에서 일어난다면, 장사와 교역에서는 왜 일어나지 않는 것일까? 왜 장사는 늘 파렴치한 행위와 연결되는 것일까? 좀 생각해 본다면, 상인이 자기 이익에 의해서만 움직인다고 항상 간주되고 있음을 우리는 알 수 있을 것이다. 비록 그가 사회적으로 유익한 기능이 있다고 해도 자기 자신의 목표가 금고를 채우는 일임을 당연시한다. 법률조차 상인이 최대한의 속도로 부를 축적할 수 있도록 제정되어 있다. 매수자는 최저 가격을 제시해야 하고, 매도자는 최고 가격을 요구·수용해야 한다는 점이 하나의 원리로서 인정되고 있다. 그래서 상인은 이러한 습관을 기르도록 고무 받아 왔는데, 대중은 상인을 부정직하다고 경멸하고 있다. 이런 원리는 당연히 폐기되어야 한다. 상인이 자기 이익만을 바라보고 부를 축적해야 한다는 것은 옳지 않다. 그것은 장사가 아니라 강도질이다. 군인은 국가를 위해 자신의 생명을 내놓고, 상인은 사회의 이익을 위해 상당한 손실을 감내해야 하고 때로는 자신의 생명을 잃기도 해야 할 것이다. 모든 국가에서 군인들의 직업은 국민을 보호하는 일이고, 성직자의 직업은 국민을 가르치는 일이고, 의사의 직업은 국민을 건강하게 유지하는 일이고, 법률가의 직업은 국민 속에서 순수한 정의를 실행하는 일이고, 상인의 직업은 국민에게 물자를 공급하는 일이다. 그리고 적당한 때가 오면 이런 직업 하나 하나가 국민을 위해 죽는 것이 제각기의 의무이다. 군인은 임지(任地)를 버리기보다 그곳에서 죽을 각오가 되어 있어야 한다. 전염병이 나돌 때 의사는 자신의 일을 버리고 도망가서는 안 되고, 대신 감염될 위험을 감수하고서라도 환자들을 돌봐야 한다. 성직자는 신도들을 잘못으로부터 진리로 인도해야 하므로, 신도들이 자신을 죽이는 한이 있더라도 그래야 한다. 법률가는 자신의 생명을 희생해서라도 정의가 지배하는 세상을 보증해야 한다.[7]

우리는 위에서 각 직업의 구성원들이 자신의 생명을 내놓아야 하는 적절한 경우들을 지적했다. 그렇다면 상인이 자신의 생명을 내놓아야 할 적절한 경우는 언제인가? 이것은 상인을 포함하여 모든 사람들이 물어야 할 질문이다. 죽어야 할 때를 모르는 자는 살아가는 방법도 모르는 자이다. 우리는 상인의 기능이 국민에게 물자를 공급하는 것임을 보았다. 성직자의

---

7) 러스킨은 '살아 있는 생명의 기능이 경사스럽게 완성되는 모습 안에서, 특히 인간 안에서, 완벽한 생명이 즐겁고 올바르게 작용하는 모습 안에서' 아름다움을 보았다. (『Modern Painters』 Vol.II, Part III, Sec.I, Ch.3). 간디 역시 사땨그라하의 아름다움, 다시 말하자면 '진리를 실현하는 데서 겪는 고통'의 아름다움에 대해 말하고 있다.

기능이 급료를 받는 일이 아니라 가르치는 일이듯이, 상인의 기능은 이익을 만드는 것이 아니라 국민에게 물자를 공급하는 일이다. 설교에 헌신하는 성직자가 필요한 물자를 공급받고, 동일한 방식으로 상인은 이익을 얻게 될 것이다. 그러나 양자 가운데 어느 편도 자신의 직업을, 이익을 도모할 절호의 기회로 삼아서는 안 된다. 성직자와 상인 모두 급료나 이익을 받을지의 여부와 관계없이 해야 할 일, 자신이 수행해야 할 의무가 있다. 만일 이 명제가 진실하다면, 상인은 최고의 명예를 누릴 자격이 있다. 그의 의무가 양질의 상품을 구입하여 국민이 살 수 있는 가격으로 공급하는 일이기 때문이다. 그리고 자기 아래에서 일하는 수백 명 또는 수천 명의 사람들의 안전과 복리를 보증해 주는 것 역시 그의 의무이다. 이것은 상당한 정도의 인내·친절·지성을 요구한다. 이와 같은 여러 기능을 수행함에 있어서 그는 다른 사람들이 그러하듯이, 필요하다면 자신의 목숨을 포기해야 한다. 그런 상인은 어떤 난관에 봉착하더라도, 심지어 지독한 빈곤에 빠진다고 해도, 불량품을 팔거나 사람을 속이려고 하지 않을 것이다. 더구나 그는 자기 부하를 지극히 정성껏 대접할 것이다. 큰 공장이나 상사에 일자리를 구한 젊은이는 아주 종종 집에서 멀리 여행할 경우 주인이 부모의 역할을 맡아야 한다. 주인이 무관심하다면, 그 젊은이는 고아와 같을 것이다. 그러므로 상인 겸 주인은 매사에 있어 '내가 부하를 내 아들처럼 다루고 있는가?' 하고 자문해 보아야 한다.

어느 배의 선장이 자신의 아들을 자기가 지휘하고 있는 일반 선원들 가운데 둔다고 가정해 보자. 선장의 의무는 모든 선원들을 자신의 아들처럼 다루는 것이다. 이와 마찬가지로 상인은 아들에게 자신의 부하와 나란히 일하기를 요구할 수 있다. 그는 항상 아들을 다루듯이 자신의 일꾼들을 다뤄야 한다. 이것이 진정한 의미의 경제학이다. 그리고 배가 난파하면 선장은 배를 떠나는 최후의 사람이 되어야 하듯이, 상인은 기근이나 다른 재난이 일어날 경우 자신의 이익에 앞서 부하의 이익을 보호해야 한다. 이 모든 말이 이상하게 들릴 수도 있다. 그러나 현대에 정말로 이상한 일은 그런 말이 이상하게 들려야 한다는 사실 자체이다. 자신의 마음을 그 말에 적용시켜 보는 사람은 누구든 우리의 말이 진정한 원리라는 점을 알게 될 것이기 때문이다. 진보적인 나라에서는 이것과 다른 기준이 있을 수 없다. 만일 영국인들이 그렇게 오랜 기간 동안 생존해 왔다면, 그것은 그들이 경제학의 격률에 따라 살아 왔기 때문이 아니라 경제학의 격률을 향해 질문을 던지며 도덕적 행위의 원리를 추종해 온 수많은 영웅들이 있었기 때문이다. 이런 원리들의 위반에 기인하는 위해(危害), 그리고 그 결과로 국가가 위대함을 잃게 된 일, 이런 문제는 다른 기회에 고려해 보기로 한다.

—『전집』 8 : 199

부의 광맥

경제학자들은 우리가 앞서 '진리의 뿌리'를 말한 것에 대해 다음과 같이 대답할 수 있다. 즉, "사회적 애정에 어떤 장점이 있음은 사실이다. 그러나 경제학자들은 이런 장점을 고려하지 않는다. 그들이 관심을 쏟는 과학은 부자가 되는 과학이다. 그것은 결코 잘못이 아니라 경험상 효험이 있었다는 점이 판명되었다. 그 과학을 따르는 자들은 부자가 되고 무시하는 자는 가난뱅이가 된다. 유럽의 모든 백만장자들은 이 과학의 여러 법칙에 따름으로써 부를 획득했다. 이를 반박하는 것은 헛된 일이다. 이 세상의 모든 사람들은 돈을 어떻게 벌고 잃는지를 알고 있다."

이 말은 진실과는 다소 거리가 있다. 사업가들이 돈을 버는 것은 사실이다. 하지만 그들은 돈을 정당한 방법으로 버는 것인지, 그들의 돈벌이가 국민의 복지에 기여하는지를 알지 못한다. 그들은 너무나도 자주 '부자'라는 단어의 의미조차 모른다. 그들은 부자가 존재하자면, 가난뱅이도 있어야 한다는 점을 깨닫지 못하고 있다. 사람들은 종종 일정한 가르침을 따르면 모든 사람들이 부자가 될 수 있다고 믿고 있지만 이는 잘못이다. 그러나 올바른 입장은 한 물통이 채워지면 다른 물통이 비게 되는 물레방아의 바퀴에 비교될 수 있다. 당신이 소유한 루삐의 힘은 그 돈을 소유하지 않은 다른 사람에 의존한다. 만일 그 돈을 원하는 사람이 없다면 그것은 당신에게 아무 소용이 없을 것이다. 돈의 힘은 당신 이웃의 결핍에 의존한다. 부족이 있는 곳에서만 부가 있을 수 있다. 이것은 부자가 되기 위해서는 사람이 다른 사람을 가난에 붙들어 둬야 한다는 것을 의미한다.

정치경제학은 가장 적합한 장소와 시간에 유용하고 유쾌한 물건들을 생산하고 보존하고 분배하는 데 달려 있다. 적기에 추수하는 농부, 벽돌을 적절하게 쌓는 벽돌공, 목세공을 조심스럽게 돌보고 있는 목수, 자신의 부엌을 효과적으로 꾸려 나가는 여인, 이들은 모두 진정한 정치경제학자들이다. 이들은 모두 나라의 소득에 뭔가를 보태고 있다. 이것과 반대되는 것을 가르치는 과학은 '정치적'인 것이 아니다. 그것이 갖고 있는 유일한 관심은 자신이 특정 금속을 축적하는 것과 다른 사람들로 하여금 그것을 갖지 못하도록 함으로써 이익을 남기는 일이다. 이런 일을 하는 사람은 자신의 부—농장과 가축의 가치—를 농장과 가축을 팔아 얻을 수 있는 돈의 액수로 평가하지, 자신이 가진 돈의 가치를 그 돈으로 구입할 수 있는 가축과 농장의 수로 평가하지 않는다. 더구나 이와 같은 방식으로 금속, 즉 루삐를 축적하는 자들은 자신들이 부릴 수 있는 직공의 수의 관점에서 생각한다. 어떤 개인이 금·은·옥수수 등을 갖고 있다고 상정해보자. 이 사람은 하인이 필요할 것이다. 그리고 자신의 이웃 사람들 중에 금·은·옥수수를 필요로 하는 사람이 없다면, 그것을 필요로 하는 사람을 찾기 어려울 것이다. 그렇게 되면 그는 철저하게 혼자서 빵을 구워야 하고, 옷을 지어야 하고, 쟁기로 밭을 갈아야 할 것이다. 이 사람은 금이 자신의 땅에 있는 누런 돌멩이보다 더 높은 가치를 지니고 있지 않다는 것을 알게 될 것이다. 창고의 옥수수는 썩어 갈 것이다. 그가 자신의 이웃 이상으로 소비할 수 없기 때문이다. 그래서 그는 다른 사람들이 그러하듯 고된 노동에 의해서 자신을 지탱해가야 한다. 대부분의 사람들은 이런 조건이라면 금이

나 은을 축적하고 싶지 않을 것이다.

조심스럽게 반성해 보면, 우리가 부의 획득으로 진정 바라는 것은 다른 사람을 부릴 수 있는 힘, 즉 우리의 이익을 위해 하인·상인·장인의 노동을 획득할 수 있는 힘이란 것을 알게 될 것이다. 우리가 이렇게 획득한 힘은 타인들의 가난과 정비례한다. 목수를 고용할 수 있는 입장에 있는 사람이 오직 한 사람일 경우, 목수는 주어지는 대로 임금을 받을 것이다. 그의 일을 필요로 하는 사람들이 서너 사람 있다면 최고의 임금을 지불하는 사람을 위해 일할 것이다. 그래서 부자가 된다는 것은 될수록 많은 사람들이 우리 자신들에 비해 적게 가질 것을 고안하는 일이다. 대중을 이런 식으로 결핍 속에 둔다면 나라에 득이 된다고 경제학자들은 보통 가정한다. 사람들 사이의 평등이 가능하지 않다는 것은 분명한 일이다. 정의롭지 못하게 만들어진 결핍의 조건은 국민에게 해를 끼친다. 그러나 자연스럽게 발생하는 결핍과 풍요는 나라를 행복하게 만들고 행복하게 유지할 것이다.

—『전집』 8 : 204

그래서 국민들 사이에 부를 순환시키는 일은 육신 속에 피를 순환시키는 것과 유사하다. 피의 순환이 빠르면, 그것은 튼튼한 건강 상태, 운동의 결과, 수치감 또는 발열 중의 하나를 의미할 수 있다. 몸에 홍조(紅潮)가 있을 경우 이것은 건강의 표시거나 괴저8)의 표시일 수 있다. 더구나 한 지점에서의 충혈(充血)은 몸에 해롭다. 이와 마찬가지로 부가 한 장소에 집중하는 것도 나라의 파멸을 초래할 것이다.

선원 두 사람이 무인도 해안에 난파했다고 가정하자. 그들은 자신들의 노동을 통해 음식과 기타 생필품을 생산해야 한다. 두 사람이 건강하고 우호적으로 일을 한다면, 그들은 좋은 집을 지을 수도 있고, 미래를 위해 땅을 개간하고 불행에 대비할 수 있을 것이다. 이 모든 것들이 진정한 부를

---

8) 壞疽(gangrene) : 상처나 감염으로 인해 혈액공급이 오랫동안 중단되어 동물의 연조직이 국소적으로 죽은 상태. (역주)

이룰 것이다. 두 사람 모두 일을 잘 한다면 그들은 평등하게 공유할 것이다. 그래서 경제학이 이들에 대해 말할 수 있는 것은 그들이 노동으로 얻은 수확에 대해 균등한 몫을 얻을 권리를 획득했다고 하는 것이 전부이다. 이제 얼마 후 한 사람이 불만을 느끼게 되자 땅을 분배하여 각자 혼자서 그리고 독립하여 자신의 땅에서 일을 하게 되었다고 해보자. 시간이 흘러 중대한 시기에 그들 중 한 사람이 병에 걸렸다고 해보자. 그는 다른 사람에게 가서 도움을 청할 것이다. 후자는 "내가 당신을 위해 이 일을 해주겠다. 단 필요할 때 나를 위해 일을 해준다는 조건하에. 당신은 내가 지금 당신을 위해 일하는 시간과 똑같은 시간만큼 필요한 때 내 밭에서 일하겠다고 문서로 약조해야 한다"고 대답했다고 하자. 병에 걸린 사람의 병이 지속되고, 매번 그가 다른 사람에게, 즉 건강한 사람에게 약정문서를 주어야 한다고 가정해보자. 병든 사람이 회복되었을 경우 이 두 사람의 위치가 어떨까? 두 사람 모두 지독한 가난에 빠져 있을 것이다. 병든 사람은 앓아 누워 있는 동안 자신의 노동을 제공할 수 없었다. 친구가 열심히 일했다고 가정해도, 병든 사람의 땅에 바쳤던 시간만큼 자신의 땅에 일을 할 수 없었다는 것은 명백하다. 이것은 두 사람의 재산을 합한 것이 한 사람이 아프지 않은 경우보다 적어졌음을 의미한다.

두 사람의 관계 역시 변했다. 병자는 채무자가 되었고, 빚에 대한 상환으로서만 자신의 노동을 제공할 것이다. 이제 건강한 사람은 자신이 보관하고 있던 채권 서류를 사용하기로 결정했다고 가정해보자. 그는 이제 일을 완전히 그만둘 수 있다는 것, 즉 나태할 수 있다는 것을 알게 될 것이다. 그가 선택하면 회복된 사람으로부터 얻은 약조9)를 가차없이 요구할 것이다. 이와 같은 거래에서 약간의 불법성이라도 찾을 수 있는 사람은 아무도 없을 것이다. 이제 이방인이 현장에 도착하면 두 사람 중 한 사람은 부자가 되었고 다른 사람은 자신의 복리를 상실했다는 점을 알게 될 것이

---

9) 채무자가 당장의 필요에 의해 붙인 단서조항에 따라 돌려주기로 되어 있는 바의 차입된 노동이라는 담보물.

다. 그는 한 사람은 게으른 사치 속에서 나날을 보내는 반면, 다른 사람은 아무리 열심히 노동해도 궁핍 속에 있는 것을 볼 것이다. 독자는 이 사실에서 다른 사람의 노동이 거둔 열매를 당연히 자신의 것으로 주장하는 일이 진정한 부의 감소로 이어진다는 것을 알게 될 것이다.

또 하나의 사례를 검토해 보자. 세 사람이 하나의 왕국[10]을 건설하고 각자 개별적으로 살게 되었다고 해보자. 세 사람이 제각기 다른 작물을 재배했는데, 나머지 두 사람은 이것들을 이용할 수 있었다. 그 중 한 사람이 세 사람 모두의 시간을 절약하기 위해 농사를 포기하고 상품을 한 사람에게서 다른 사람에게로 전달하는 일에 착수하고, 그 대가로 일정량의 곡물을 받기로 했다고 가정하자. 만일 그가 적기에 필요한 상품[11]을 제공해 준다면 세 사람 모두 번성할 것이다. 그런데 그가 전달해야 할 곡물의 일부를 감추었다고 가정해 보자. 그리고 결핍의 시기가 닥쳤다. 그 중간상이 훔친 옥수수를 터무니없는 값에 제시했다고 해보자. 이런 식으로 그는 두 사람의 농부를 가난에 빠뜨리고 그들을 노동자로 고용할 수 있었다.

이것은 분명한 부정의의 경우이다. 하지만 이것이 요즘 상인들이 장사하는 방식이다. 우리는 이런 사기 행위의 결과로서 세 사람의 재산을 모두 합한 것이 만일 중간 상인이 정직하게 행동했을 경우의 부에 비해 적을 것이라는 점을 알 수 있다. 두 사람의 농부는 그들이 할 수 있었던 것보다 더 적게 일을 했다. 그들은 필요로 했던 물건을 공급받을 수 없었기 때문에, 그들의 노동은 최선의 열매를 맺지 못했고, 부정직한 중간 상인의 손에 들어간 훔친 물건[12]은 가장 효과적으로 사용될 수 없었다.

우리는 한 나라의 부에 대한 추정치가 그 부를 획득하는 방식에 얼마나 깊이 의존해 있는지를 수학적으로 정확히 계산할 수 있다. 물론 우리는 그 나라가 보유한 현금에 기초하여 그 나라의 부를 견적할 수는 없다. 개인의

---

10) 『이 최후의 사람에게』에는 '공화국'으로 되어 있다. 『전집』 권8, 384면. (역주)
11) 농기구와 종자 등.
12) 중간 상인이 매점매석한 곡물과 농기구.

손에 있는 현금은 인내력·기술·번영의 표시일 수도 있지만, 유해한 사치, 무자비한 학정과 발뺌의 표시일 수도 있다. 부를 추정하는 방식은 부를 획득하는 다양한 방식들이 갖고 있는 도덕적 성질들을 고려해야 할 뿐만 아니라 수학적으로도 타당해야 한다. 한 뭉치의 현금은 그것을 획득하는 과정에서 그보다 열 배 더 많이 창출했을 수도 있고, 열 배나 더 없애버렸을 수도 있다.

그래서 도덕적 고려 없이 돈벌이 지침을 내리는 것은 인간의 오만함을 나타내는 추구이다. '가장 값싸게 사서 가장 비싸게 팔아라'는 원리보다 인간에게 더 수치스런 것은 없다. '가장 값싸게 산다?' 그래, 시장의 물건을 저렴하게 하는 것이 무엇인가? 화재 이후 지붕용 목재에서 나온 숯은 저렴할 것이다. 지진에 의해 무너진 집의 벽돌은 저렴할 수 있다. 그러나 그렇다고 해서 화재와 지진이 국가의 부를 늘린다고 감히 주장할 사람은 없을 것이다. 다시, 가장 비싸게 팔아라? 그래, 무엇이 시장의 물건을 비싸게 만들었는가? 당신은 오늘 빵을 팔아서 큰 이익을 보았다. 그러나 그것이 죽어가는 사람의 마지막 한 닢을 강탈했던 것은 아니었던가? 아니면 당신은 그것을 내일이면 당신의 소유물 전부를 차지해 버릴 부자에게 팔았는가? 아니면 강도가 당신 은행을 약탈할 때 당신이 그 강도에게 주었는가? 당신은 아마 이 질문들 중 어느 것에 대해서도 대답할 수 없을지 모르겠다. 당신은 모르기 때문이다. 그러나 한 가지 질문에 대해서는 대답할 수 있을 것이다. 즉, 당신이 그것을 바르게 그리고 정당한 가격에 팔았는지 하는 질문이 그것이다. 그리고 정말로 문제가 되는 것은 정의(justice)이다. 당신의 행위를 통해 어느 누구도 고통을 당하지 않게 하는 것이 당신의 의무이다.

—『전집』 8 : 213

우리는 돈의 가치가 사람의 노동을 부릴 수 있는 힘 속에 있다는 점을 살펴보았다. 그 노동이 돈의 지불 없이 얻어질 수 있었다면, 돈에 대한 필요성은 더 이상 없을 것이다. 돈을 지불하지 않고 노동을 얻는 사례들이 알려져 있다. 우리는 도덕적인 힘이 돈의 힘보다 더 효과가 있는 사례들도 고찰해 보았다. 우리는 돈이 할 수 없는 것을 사람의 착함이 할 수 있다는 것도 보았다. 돈으로 속일 수 없는 사람들이 영국 도처에 존재한다.

더구나 우리가 부에 노동을 움직일 수 있는 힘이 있다는 점을 인정한다면, 사람들이 더 영리하고 도덕적일수록, 축적된 부가 더 클 것이라는 점도 알게 될 것이다. 보다 더 깊이 성찰하면, 금과 은이 아니라 사람들 자신이 부를 이룬다는 점이 사실처럼 보일 수도 있을 것이다. 우리는 땅 속에서가 아니라 인간의 마음속에서 부를 찾아야 한다. 이 말이 옳다면, 경제학의 진정한 법칙은 사람들이 심신에서 최대한의 건강 상태와 최고조의 명예심을 유지하는 것이 될 것이다. 영국이 노예의 터번을 골꼰다[13]산의 다이아몬드로 장식하여 자신의 부를 뽐내는 대신, 자신에게 유덕한 사람을 가리키면서, 진정으로 탁월한 희랍인의 말을 빌어 "이것이 내 부(富)요"라고 말할 수 있는 순간도 올 것이다.

공평한 정의[14]

그리스도 강림 수세기 전 솔로몬[15]이라는 이름의 유대 상인이 살았다. 그는 큰 부와 높은 명성을 얻었고, 그의 격률은 유럽에서 오늘날에도 기억되고 있다. 베네치아 사람들은 그를 매우 사랑해서 그를 기념하여 도시에 조상(彫像)을 세웠다. 사람들이 그의 격률을 다 외우기는 하지만, 그 말을

---

13) 골꼰다(Golkonda) : Golconda, Golkund라고도 씀. 인도 남부 안드라쁘라데슈 주 중북부의 하이데라바드 도시 지구에 있는 요새로서 폐허가 된 도시. 궁전, 모스크, 쿠뜨브 샤히의 무덤이 지금까지 그대로 보존되어 있다. 근처의 산에서 나는 역암에서 추출해낸 다이아몬드로 유명했다. 『브리태니커 CD EX 백과사전』, 한국브리태니커, 2002 참조 (역주)
14) 이 부분은 러스킨의 'Qui Judicatis Terram.' '세상의 심판관들, 당신들은 정의를 사랑하시오'라는 장에 해당한다.
15) (993~953 BC) : 러스킨의 시절에는 구약 잠언의 저자로 믿어졌다.

실제로 실천하는 자는 거의 없다. 그는 말했다. "거짓말로 돈을 번 사람들은 자만으로 괴로워할 것이고, 그런 돈은 죽음의 표시이다"라고 다른 데서 그는 "사악함의 보물은 아무 이익도 주지 않는다. 우리를 죽음에서 구원하는 것은 진리다"[16]라고 했다. 이 두 격률에서 솔로몬은 죽음은 부당하게 획득한 부의 결과라고 단언한다. 오늘날에는 사람들이 아주 영리하게 거짓말을 하고 부정의를 범하므로 우리는 거짓과 부정의를 찾아낼 수 없다. 사람을 오도하는 선전들이 존재하기 때문이기도 하고, 물건들이 매력적인 이름을 달고 있기 때문이기도 하다. 그 밖의 이유도 있을 것이다.

현자는 다시 말한다. "자신의 부를 늘리기 위해 가난한 자를 억압하는 자는 궁핍의 때를 반드시 맞이할 것이다." 그리고 그는 덧붙인다. "가난한 자를 가난하다는 이유로 강탈하지 말라. 사업장에서 괴로움을 당하고 있는 자를 억압하지 말라. 야훼께서 그들을 괴롭히는 자들의 혼을 타락시키실 것이기 때문이다." 하지만 지금은 이미 죽은 자를 또 한 번 차버리는 것이 사업의 실정이다. 우리는 궁핍한 사람을 이용하기 위해 혈안이 되어 있다. 노상강도는 부자를 강탈하지만 상인은 가난한 자를 강탈한다.

솔로몬은 또 말한다. "부자와 가난한 자는 평등하다. 야훼께서 그들의 조물주이시다. 야훼께서 그들에게 지식을 주셨다."[17] 부자와 가난한 자는 상대방이 없다면 살 수 없다. 그들은 항상 상대방을 필요로 한다. 어느 편도 상대방에 비해 우월하다거나 열등하다고 간주될 수 없다. 그러나 이 둘은 자신들이 평등하다는 것, 야훼가 그들의 빛이라는 점을 망각하면 나쁜 결과가 따라온다.

—『전집』 8 : 227

부는 강물과 같다. 강물은 늘 바다로, 즉 낮은 곳으로 흘러간다. 그래서

---

16) 「잠언」 21 : 6, 10 : 2를 참조할 것.

17) 「잠언」 22 : 2. "늘 상종하는 부자와 가난한 사람, 이들은 모두 야훼께서 지으셨다." 「잠언」 29 : 13. "가난한 사람과 학대하는 사람이 한데 어울려 사는데, 야훼께서는 둘에게 같이 빛을 내려 주신다." (원주) 『공동 번역 성서』, 1977, 대한성서공회 발행. (역주)

부는 필요한 곳으로 가야 한다는 것이 일반 규칙이다. 그러나 부의 흐름은 강물의 흐름과 같이 조절될 수 있다. 대부분의 강들은 규제되지 않은 채 끝까지 흘러가 버리고, 축축한 습지 같은 강둑은 대기를 망친다. 만일 강을 가로지르는 댐이 건설되어 필요한 만큼 물을 흘려보내면, 강은 땅에 물을 대주고 대기를 청결하게 유지할 것이다. 이와 마찬가지로 무절제한 부의 사용은 사람들 사이에 사악함을 증대시키고 기아를 초래할 것이다. 간단히 말해, 그런 부는 독처럼 활동할 것이다. 그러나 우리가 동일한 부의 순환을 규제하고 사용을 통제한다면 흐름이 잘 조절되는 강처럼 번영을 촉진할 수 있다.

경제학자들은 부의 순환을 조절하는 원리를 철저하게 무시한다. 그들의 학문은 부자가 되는 과학일 뿐이다. 그러나 부자가 되는 데도 다양한 방식이 있다. 유럽에서 민중이 거부를 독살시켜 그들의 재산을 착복함으로써 부의 획득을 추구했던 때가 있었다. 요즘 상인들은 가난한 사람들에게 파는 음식에 이물질을 섞는데, 예를 들면 우유에는 붕사(硼砂)를, 밀가루에는 감자가루를, 커피에는 치커리[18]를, 버터에는 지방을 섞는 등의 사례가 있다. 이것은 다른 사람들을 독살함으로써 부자가 되는 것과 같은 수준이다. 우리는 이것을 부자가 되는 기술이나 학문이라고 부를 수 있을까?

하지만 경제학자들이 말하는 '부자되기'가 '다른 사람들을 강도질함으로써 부자되기'만을 의미한다고 상정해보자. 그들은 자신들의 학문이 합법적이며 정당한 방법으로 부자가 되는 학문이라는 점을 지적할 것이다. 그런데 요즘 합법적인 일이긴 하지만 정당하지(just) 못한 일이 많이 일어나고 있다. 부를 획득하기 위한 하나뿐인 올바른 길은 부를 정당하게 획득하는 일이다. 그리고 이 말이 사실이라면 우리는 무엇이 정당한지를 알아야 한다. 수요·공급의 법칙에 따라 산다는 것만으로 충분치 않다. 물고기·늑대·

---

18) 치커리(chicory) : 국화과(菊花科 Asteraceae)에 속하는 푸른색 꽃이 피는 다년생 식물. 채소 또는 샐러드로 먹으며, 뿌리를 구운 뒤 갈아서 조미 첨가제를 만들거나 커피 대용으로 쓴다. (역주)

쥐도 그런 식으로 생존해 간다. 큰 물고기는 작은 놈을 먹고 살고, 쥐는 벌레를 삼키고, 늑대는 사람조차 먹어치운다. 그들에게 그것이 자연의 법칙이고 그 이상은 모른다. 하지만 신은 사람에게 이해력과 정의감을 부여하셨다. 사람은 이것들을 따라야 하고, 다른 사람들을 삼킴으로써, 속임으로써 그리고 거지신세로 전락시킴으로써 부자가 될 생각을 하지 말아야 한다.

그렇다면 노동자에 대한 임금 지불에 관한 정의의 법칙을 검토해보자.

우리가 앞서 말한 대로, 노동자에 대한 정당한 임금은 노동자가 오늘 우리에게 제공하는 노동과 같은 노동을 그들이 필요로 할 경우, 노동을 확보할 수 있게 해주는 임금이어야 한다. 우리가 그에게 낮은 임금을 준다면 그는 저임금을 받는 것이고, 높은 임금을 준다면 고임금을 받는 것이다.

어떤 사람이 노동자를 고용하기를 원한다고 하자. 두 사람이 노동을 제공할 수 있다. 만일 낮은 임금을 받겠다고 한 사람이 고용된다면 그는 저임금을 받을 것이다. 만일 고용주는 많고 노동자는 혼자라면, 그는 자신이 제시하는 조건을 받을 것이고 고임금을 받을 가능성이 높다. 정당한 임금은 이 두 지점 사이에 존재한다.

어떤 사람이 나에게 돈을 빌려준다면, 나는 그에게 이자를 지불할 것이다. 이와 같이 어떤 사람이 오늘 나에게 그의 노동을 제공한다면, 나는 그에게 동일한 양의 노동에다가 이자로 노동을 좀더 보태 그에게 되돌려 주어야 할 것이다. 어떤 사람이 오늘 나에게 1시간의 노동을 제공한다면, 나는 그에게 1시간 5분이나 그 이상의 노동을 제공하기로 약속해야 한다. 이것은 모든 종류의 노동자들에게 적용된다.

이제 나에게 자신들의 노동을 제공할 두 사람 중에서 내가 만일 낮은 임금을 받아들이는 자를 고용한다면, 그는 반기아 상태에 빠질 것이고 다른 사람은 실업 상태에 있게 될 것이다. 이와 달리 내가 직공에게 완전한 임금을 지불한다면, 다른 사람은 실업 상태에 있게 될 것이다. 그러나 전자는 굶주리지는 않을 것이고, 나는 내 돈을 정당하게 사용한 셈이 될 것이다. 기아는 정당한 급료가 지불되지 않을 경우에만 실제로 발생한다. 내가 정당한 급료를 지불한다면 잉여의 부는 내 수중에 축적되지 않을 것이다. 나는 돈을 사치에 낭비함으로써 가난을 더 심화시키지 않을 것이다. 나로부터 정당한 임금을 받고 있는 그 직공은 이번에는 다른 사람들에게 정당한 돈을 지불할 것을 배울 것이다. 그렇게 해서 정의의 강물은 마르지 않을 것이고, 대신 흘러가면서 가속도가 붙을 것이다. 그와 같은 정의감을 가진 나라의 국민은 점차 행복해지고 올바른 방향으로 번영하게 될 것이다.

이와 같은 논법을 따른다면 경제학자들이 틀렸음을 알 수 있다. 그들은 강화된 경쟁이 나라의 번영을 증가시키는 것을 의미한다고 말하지만 이것은 진실이 아니다. 사람들이 경쟁을 바라는 것은 그것이 임금의 수준을 떨어뜨리기 때문이다. 그럼으로써 부익부 빈익빈이 야기된다. 그런 경쟁은 장기적으로 보면 나라를 패망시킬 것이다. 올바른 수요·공급의 법칙은 직공에게 자신의 가치에 따라 정당한 임금의 지불을 보장할 것이다. 이것 역시 경쟁을 의미할 수 있지만 그 결과 사람들은 행복을 느끼고 숙련된 사람이 될 것이다. 보다 싼 임금으로 입찰하는 대신 그들은 고용을 안전하게 하기 위해 새 기술을 익혀야 하기 때문이다. 이런 이유로 사람들은 정부 공무원직을 선호한다. 거기에서는 봉급이 직위에 따라 고정되어 있다. 경쟁은 능력의 방면에서만 존재한다. 공무원 지원자는 낮은 봉급을 받아들일 것을 제안하지 않고, 다른 사람들에 비해 보다 많은 능력이 있다고 주장한다. 육군과 해군의 경우도 마찬가지이며, 그 때문에 그런 일에는 부패가 적다. 그러나 장사와 교역에는 불건전한 경쟁이 있고, 그 결과로 사기와 발뺌, 절도와 같은 부패한 관행들이 증대했다. 더구나 불량품이 제조되었다. 제조업자는 제일 큰 몫을 차지하려하고, 직공은 다른 직공들의 눈에 먼지를 던지고 싶어하고, 소비자는 자기 이익을 위해 상황을 부당하게 이용하려고 한다. 이런 행태는 모든 인간 관계를 망친다. 우리 주변 곳곳에 기아가 있고, 파업은 증가하고, 제조업자들은 깡패가 되고 소비자들은 윤리적 고려를 무시한다. 하나의 부정의는 여러 가지 다른 부정의를 낳는다. 그래서 결국 고용주·공원(工員)·소비자 모두 불행해지고 파멸을 맞이할 것이다. 사람들 사이에 이런 부패한 관행이 우세할 경우 국민은 결국 비탄에 빠진다. 부 자체는 독성처럼 활동한다.

바로 이런 이유로 지혜로운 사람들은 맘몬이 신이 되는 곳에서는 아무도 진정한 신을 섬기지 않는다고 생각했다. 부는 신과 조화될 수 없다. 신은 가난한 사람들의 집에서만 산다. 이것은 영국인들이 고백한 바이지만, 그들은 실제 부를 최고의 자리에 두고, 그 나라 부자의 수에 따라서 나라의 번영을 평가한다. 영국 경제학자들은 모든 사람들이 신속하게 부자가 될 수 있는 원칙을 만든다. 진정한 경제학은 정의의 경제학이다. 삶의 모든 상황에서 정의를 어떻게 행할지, 정의로울 수 있는지를 배우는 국민만이 행복할 것이다. 이것을 제외한 다른 모든 것은 공허하고, 일종의 도덕적 도착이고 이 도착은 파멸의 전조이다. 무슨 값을 치르고서라도 부자가 되는 길을 국민에게 가르치는 것은 그들에게 사악한 교훈을 가르치는 것과 같다.

—『전집』 8 : 237

무엇이 정당한가?

우리는 상기 세 개의 장에서 경제학에서 일반적으로 인정되는 원리가 타당하지 않음을 보았다. 우리가 그 원리를 따른다면, 개인과 나라는 불행해질 것이고 빈익빈 부익부가 야기될 것이다. 그 때문에 부자든 가난한 자든 모두 조금도 행복해지지 않을 것이다.

경제학자들은 사람의 품행을 고려하지 않고, 번영을 축적된 부의 양으로 계산하고, 국민의 행복이 부에만 의존한다는 결론을 내린다. 따라서 공장에서 더 많은 일을 해서 더 많은 부를 축적해야 한다고 주장한다. 이런 관념이 확산되자 영국과 다른 곳에서 공장들이 증가했다. 많은 수의 사람들이 농장을 떠나 도시로 모여들었다. 그들은 시골의 맑고 신선한 공기를 포기하고 공장의 더러운 공기를 호흡하면서 행복을 느낀다. 그 결과 나라는 점점 약해지고, 탐욕과 부도덕이 증가한다. 만약 어떤 사람이 악의 철폐를 위한 조처를 제안한다면, 소위 현자들은 악은 제거할 수 없고, 무지한 사람은 단번에 교육할 수 없으며, 무슨 일이든 있는 그대로 내버려두는 것이 최선이라고 말한다. 그들은 이 논의를 펴면서 가난한 자들의 부도덕성에 대해 책임져야 할 사람이 부자라는 사실을 망각하고 있다. 비참한 노동자들은 부자를 위해 밤낮으로 노예처럼 뼈빠지게 일하고 덕분에 부자들은 사치품을 공급받는다. 노동자들은 자기 향상을 위해 단 1분의 시간도 갖지 못한다. 그들은 부자를 떠올리며 그들 역시 부자가 되고 싶어한다. 그들은 부자가 되지 못하면 성을 내고 한을 품는다. 그런 다음 그들은 분노에 치를 떨고, 정직한 방법으로 부를 모으는 일에 실패한 나머지 필사적으로 속임수를 쓰게 된다. 이런 식으로 부와 노동이 낭비된다. 그렇지 않으면, 그것들은 사기를 고취하는 데 활용된다.

진정한 의미의 노동은 유용한 물건을 생산하는 것이다. 유용한 물건은 사람의 삶을 지탱한다. 사람의 삶을 지탱한다는 것은 사람으로 하여금 도덕적인 삶을 살 수 있게 하고, 사는 동안 선을 행할 수 있게 하기 위해 음식과 의복 등을 공급한다는 것을 의미한다. 이 목적을 위해 대규모 산업을 일으킬 필요는 없을 것이다. 큰 공장을 건립함으로써 부를 획득하려는 것은 죄로 나아갈 가능성이 높다. 많은 사람들이 부를 축적하지만, 그것을 선용하는 사람은 별로 없다. 만일 돈벌이가 한 나라를 멸망으로 이끌 가능성이 높다면, 그 돈은 쓸모 없는 것이다. 그와 반대로 현재의 자본가들은 광범위하게 확산되어 있는, 정의롭지 못한 전쟁들에 대해 책임져야 한다. 우리 시대에 일어나는 대부분의 전쟁들은 돈에 대한 탐욕에서 생겨난다.

사람들을 향상시키기 위해 그들을 교육시키는 것은 불가능하고, 최선의 길은 각자 가능한 방식대로 살면서 부를 축적함이라고 말하는 것을 듣는다. 이와 같은 견해를 가진 자들은 윤리적 원리를 거의 고려하지 않는다. 우리는 윤리적 원리를 높이 평가하고, 탐욕에 빠지지 않는 훈련된 마음을 갖고, 정도(正道)에서 일탈하지 않고, 스스로 모범으로 보임으로써만 다른 사람들에게 영향을 주기 때문이다. 한 나라를 이루는 개인들이 행동에서 도덕 원리를 준수하지 않는 행동을 한다면, 그 나라가 어떻게 도덕적일 수 있을까? 우리가 원하는 대로 행동하고, 그릇된 이웃에게 비난의 손가락질을 한다면 우리의 행동을 어떻게 선하다고 할 수 있을까?

그러므로 우리는 돈이란 행복이나 불행에 이바지하는 수단에 불과하다고 본다. 돈은 착한 사람의 손에서는 땅을 경작하고 곡물을 재배하는 데에 사용될 수 있다. 경작자들은 순결한 노동에서 만족을 얻게 될 것이고 나라는 행복해질 것이다. 나쁜 사람의 손에 들어간 돈은 화약의 생산 따위에 사용되며, 국민에게 지독한 파멸을 안겨주게 된다. 화약을 생산하는 사람들, 화약의 희생자가 되는 사람들 모두가 결과적으로 고통을 받을 것이다. 그래서 우리는 생명을 제외하고는 부가 있을 수 없음을 안다. 도덕적인 나라가 부유한 나라이다. 지금은 자기 탐닉에 빠질 때가 아니다. 각자는 자신의 능력에 따라 일해야 한다. 앞에 든 사례에서 보았듯이, 한 사람이 나태하면 다른 사람은 두 배나 열심히 일해야 한다. 이런 일이 영국에 횡행하는 기아의 뿌리에 있다. 제 손으로 축적한 부 때문에 스스로 유용한 일을 거의 하지 않고, 자신들을 위해 다른 사람들에게 일을 강요하는 사람들이 있다. 이런 종류의 노동은 비생산적이므로 노동자들에게 이익을 주지 않는다. 결과적으로 나라의 소득은 감소하게 된다. 만인이 고용되는 것처럼 보이더라도, 자세히 살펴보면 우리는 많은 수의 사람들이 억지로 놀고 있음을 알게 된다. 더구나 선망이 일어나게 되고, 불만족이 뿌리를 내리고, 결국 부자와 가난한 자, 고용주와 직공은 상호 관계에 있어서 품위의 경계를 넘을 것이다. 고양이와 쥐가 서로 늘 다투듯이, 부자와 가난한 자, 고용주와 직공은 상대방에 대해 적대적으로 되어 사람이기를 그치고 짐승의 수준으로 떨어지게 된다.

결론

러스킨의 위대한 책에 대한 우리의 내용 정리가 이제 끝났다. 일부 독자는 지루했겠지만, 우리는 그 기사들을 이미 읽은 사람들이 재독하기를 권고한다. 『인디언 어피니언』지의 모든 독자들이 기사들에 대해 성찰하고 그에 따라 행동하기를 바라는 것은 지나친 기대일 것이다. 그러나 소수의 독자들이 이 요약을 조심스럽게 연구하고 핵심 내용을 파악하기만 해도, 우리의 노동이 충분한 보상을 받았다고 생각할 것이다. 그런 일이 일어나지 않는다고 해도, 러스킨이 마지막 장에서 말했듯이 노동의 보답은 사람의 의무 수행에 있고 그것이 그 사람을 만족시킬 것이다.

러스킨이 자신의 영국 동포를 위해 쓴 글은 인도인들에게 1천 배나 더 잘 적용될 것이다. 새로운 관념들이 인도에 확산되고 있다. 서양식교육을 받은 청년들 사이에 새 정신의 도래는 물론 환영할 만하다. 그러나 그 정신이 올바르게 인도되었을 때만 결과가 유익할 것이다. 만일 그러지 못했을 때, 그것은 해로울 수밖에 없다. 한 편에서 우리는 자치(스와라즈야, swarajya)를 위한 외침을 듣고, 다른 편에서는 영국의 공장들과 같은 공장들을 설립함으로써 부를 신속하게 축적하자는 외침을 듣는다.

우리 민중은 스와라즈야의 의미를 거의 이해하지 못하고 있다. 나탈은 스와라즈야를 향유하고 있다. 그러나 우리가 나탈을 본받아야 한다면, 스와라즈야는 지옥보다 나을 것이 없다고 우리는 말할 것이다. 나탈의 백인들은 카피르족[19]을 공포에 떨게 하고, 인도인들을 내쫓고, 몽매 속에서 이기심을 마음대로 부렸다. 카피르족과 인도인이 정말로 나탈을 떠나야 한다면, 백인들은 내란에서 자신들을 파멸시킬 것이다.

그렇다면 우리는 트란스발에서 성립한 스와라즈야와 같은 것을 추구해야 하는가? 스뫼츠 장군은 그들 중에 지도적인 인물이다. 그는 말로 한 것

---

19) Kaffir, Kafir : 아랍어로 '이교도'라는 뜻. 지금은 코사족, Xhosa Xosa라고도 씀. 주로 남아프리카의 트란스케이에 사는 종족. (역주)

이든 글로 한 것이든 어떤 약속도 지키지 않는다. 언행이 일치하지 않는 사람이다. 영국인들은 그에 대해 진절머리를 낸다. 효과 있는 경제학이라는 구실하에, 그는 영국 군인들로부터 생계 수단을 박탈하고 그들을 네덜란드 사람으로 대체했다. 우리는 이것이 길게 보아서 네덜란드인조차 행복하게 만들지 않을 것으로 믿는다. 자신의 이익만을 돌보는 사람은 이방인들을 강도질한 다음 자신의 민중을 강도질할 준비가 되어 있는 법이다.

온 세상에서 일어나는 사건들을 관찰하면 사람들이 스와라즈야라고 부른 것이 나라의 번영과 행복을 확보하는 데 충분치 않음을 알 수 있을 것이다. 우리는 이것을 간단한 사례를 통해 파악할 수 있다. 한 무리의 강도들이 스와라즈를 향유할 수 있으려면, 무슨 일이 일어나야 할지를 우리 모두는 머리 속에 그릴 수 있을 것이다. 그들은 결국 강도가 아닌 사람들의 통제 아래 들어갈 때 비로소 행복해질 것이다. 미국·영국·프랑스는 모두 위대한 국가이다. 그러나 이 국가들이 실제로 행복하다고 생각할 이유는 없다.

진정한 스와라즈야는 억제에 있다. 도덕적 삶을 영위하고, 아무도 속이지 않고, 진리를 버리지 않고 자신의 부모·아내·자식·하인·이웃에 대한 의무를 수행하는 사람만이 스와라즈야를 할 수 있다. 그런 사람은 어디에 살든 스와라즈야를 향유할 것이고, 그런 사람들을 많이 가진 나라는 항상 스와라즈야를 즐길 것이다.

일반적으로 말해, 한 국민이 다른 국민을 지배한다는 것은 잘못이다. 영국의 인도 통치는 악이다. 하지만 영국인들이 인도를 떠나면 인도인들에게 아주 큰 이익이 생길 것이라고 믿을 필요는 없다. 그들이 우리를 지배하는 이유는 우리 안에서 찾아야 할 것이다. 그 이유는 우리의 분열·부도덕·무지 때문이다.

이 세 가지가 사라질 수 있다면, 영국인들은 나뭇잎 하나 살랑거리지 않고 인도를 떠날 뿐만이 아니라, 우리는 진정한 스와라즈야를 향유할 수 있을 것이다.

많은 사람들이 폭탄들의 폭발에 기뻐 날뛴다. 이것은 무지와 이해의 부족을 드러낼 뿐이다. 모든 영국인들이 죽임을 당한다면, 그들을 죽인 사람들이 인도의 주인이 될 것이고, 그 결과로 인도는 계속 노예 신분으로 살아가야 할 것이다. 영국인을 죽인 폭탄은 영국이 떠난 다음 인도 위에 떨어질 것이다. 프랑스공화국의 대통령을 살해한 사람 자신이 프랑스인이었고, 미국의 클리블랜드 대통령의 암살범은 미국인이었다.[20] 그러므로 우리는 조심해야 하고, 성급해서도 안 되며, 서양인들을 생각 없이 모방해서도 안 된다.

우리는 영국인을 살해하는 악의 길을 따름으로써 진정한 스와라즈야를 달성할 수 없듯이, 인도에 큰 공장을 건설함으로써 스와라즈야를 얻지 못할 것이다. 금과 은의 축적은 스와라즈야를 가져다주지 않을 것이다. 이것은 러스킨에 의해 설득력 있게 증명되었다.

서양문명의 나이가 이제 100살이라는 점, 보다 정확히 말한다면 50살밖에 되지 않았다는 점을 기억하자. 이 짧은 기간에 서양인들은 문화적 무정부주의의 상태로 전락한 것처럼 보인다. 우리는 인도가 유럽과 같은 상태에 결코 빠지지 않기를 기도한다. 서양의 여러 나라는 상대방을 습격하기를 열렬히 원하고 있어서, 오직 사방 천지에 무기를 비축함으로써 습격자를 억제할 수 있다. 사태가 폭발하게 되면, 우리는 유럽에서 풀려난 진짜 지옥을 목격하게 될 것이다. 모든 백인의 나라들은 흑인을 자신들의 합법적인 제물로 본다. 돈만을 문제로 삼을 경우 이런 일은 불가피하다. 그들은 어떤 지역이든 눈에 띄면 까마귀가 썩은 고기를 향해 내리 덮치듯 그 지역을 공격한다. 이것이 그들이 대규모 산업을 일으킨 결과인바, 이렇게 말할 수 있는 여러 이유가 존재한다.

결론을 내리면, 스와라즈야의 요구는 모든 인도인들의 정당한 요구이다. 그러나 스와라즈야는 정당한 방법으로 획득되어야 하고, 진정한 스와라즈

20) 클리브랜드 대통령은 자연사했다. 간디는 아마 링컨을 염두에 두었던 것으로 보인다.

아여야 한다. 그것은 폭력적인 방법이나 공장 설립을 통해 얻어질 수 없다.
우리는 산업, 하지만 올바른 종류의 산업이 있어야 한다. 인도는 한때 황금
의 땅으로 간주되었다. 당시 인도인들이 진가를 지닌 민중이었기 때문이다.
땅은 같지만 사람들이 달라졌고, 그로 인해 불모의 땅이 되었다. 그 땅을
다시 한번 황금의 땅으로 바꾸자면, 우리는 도덕적인 삶을 영위함으로써
우리 자신을 황금으로 바꿔야 한다. 이것을 가져올 수 있는 철학자의 돌은
두 음절의 단어, 즉 사띠(satya)이다.[21] 그래서 모든 인도인들이 진리를 항상
따르기로 한다면, 인도가 스와라즈야를 얻는 것은 당연지사일 것이다.

　이것이 러스킨 책의 골자이다.

— 「사르보다야[9개의 글]」(G.), 『인디언 어피니언』, 1908.4.16~7.18;
『전집』 8 : 257

2. 사르보다야

181) 모든 원리 중에 최고선

『영 인디아』지의 꾸준한 독자 한 분이 다음 내용을 보내왔다……[22]
내가 그 편지를 여기에 게재한 이유는 그것이 나의 입장을 해명하는 데

---

21) 역자는 'satya'가 두 음절이라는 간디 자신의 말에 따라 '사띠아' 대신 '사띠'로 음사
(音寫)해 왔다. (역주)

22) 이 투고자는 신문에서 오려낸 것을 동봉했는데, 거기에는 블레이저Blazer박사라는 사
람이 그가 죽으면 돌볼 사람이 없다고 해서 자신의 저능아 딸을 클로로포름으로 살해
했다는 기사가 있었다. 그것은 한 프랑스 여배우가 불치의 병을 앓고 있는 자신의 연인
의 청에 따라 그를 권총으로 쏴 죽였다는 기사도 담고 있었다. 두 경우 모두 배심원은
피고들을 무죄 석방했다.

도움이 되기 때문이다. 내가 알기로는 위의 투고자는 『영 인디아』지의 아주 조심스런 독자이다. 그런데 만일 그런 독자마저 그의 편지가 분명히 보인 대로 나의 입장을 오해한다면, 가끔 읽는 독자 중에는 얼마나 많은 사람들이 비슷하게 오해했을까? 우리 마음에는 해묵은 완고함, 즉 우리로 하여금 폭력을 저지를 수 있는 모든 기회를 포착하게 하는 완고함에서 일어나는 몰이해의 위험이 존재한다. 몇몇 독자들은 그 위험에 대해 나에게 주목하라고 말한 바 있다. 사람은 미묘한 문제를 다룸에 있어서 아주 조심할 수밖에 없고 또한 그래야 한다. 그러나 우리의 발언이 오용당할 위험이 있다고 해서, 근본적인 진리를 자유롭고 정직하게 논의하는 일을 중지할 수는 없다. 나는 기도 속의 논의와 설명, 그리고 의견들의 상호 교환을 통해 바르게 살아가고 바르게 행동하기를 배울 것이다. 내가 인용한 이 편지는 적절한 사례이다. 논의 결과, 동일한 원리를 해석하는 데 투고자와 나 사이에 차이점이 있고, 그 차이점에 대해 분명한 오해가 있었음이 밝혀졌다.

나는 블레이저 박사가 무죄 석방된 일이 잘 되었다고 여기지만, 내가 제시한 검증 방법에 따른다면, 그가 자신의 딸의 생명을 거둔 일은 잘못이었다. 그것은 주변 사람들에 대한 신앙의 부족을 드러냈다. 그는 다른 사람들이 자신의 딸을 돌보지 않을 것으로 가정하고 있지만 그 가정에 대한 근거는 없다. 내가 상정했던 상황에서 개의 경우는 그 입장이 블레이저 박사 자신이 처했던 입장과는 아주 다르다. 그리고 나는 저능아가 혼이 없다는 견해에 찬성할 수 없다. 저급한 피조물도 혼이 있다고 나는 믿는다.

또 다른 진지한 독자가 제시한 난점은 다음과 같이 요약될 수 있는데 더 중대한 문제이다.

나는 당신이 취한 입장을 인정합니다. 그것은 유일하게 진실한 입장입니다. 그러나 당신의 논의는 결국 최대 다수의 최대 행복이라는 공리주의 교의로 귀착될 것이 아닙니까? 그리고 그것이 당신의 입장이라면, 공리주의적 교의 — 즉 비폭력 주장을 하지도 않고 생명을 파괴하는 것이 최대 다수의 최대 선을 가져온다면 주저 없이 생명을 파괴한다는 공리주의적 교의—와 뭐가 다릅니까?

우선 겉에서 보아서 같은 행동이라고 해도, 그 행동을 촉발한 동기에 따라 함의가 다를 것이다. 그래서 서양에서는 비폭력이 인간에게 한정되며 그것도 가능한 경우에만 그러하지만, 서양인들은 인류의 소위 더 큰 선을 위한답시고 실시하는 동물의 생체해부에 대해, 그리고 유용성이라는 동일한 원리의 이름으로 가장 파괴적인 군비(軍備)를 강화하는 일에 대해 아무 양심의 가책을 느끼지 않는다. 이와 달리 비폭력 신봉자는 공리주의자와 같이 파괴 행위를 했을 수도 있다. 하지만 그는 생체해부에 가담하거나 군비의 무한한 확장을 선택하기보다는 스스로 죽는 길을 택할 것이다.

아힘사 신봉자가 공리주의 공리에 찬성을 표할 수 없음은 엄연한 사실이다. 그는 만인의 최대 선을 실현하기 위해 분투할 것이고, 그 이상을 실현하려다가 죽을 것이다. 그래서 그는 자신을 바쳐, 자신을 죽임으로써 나머지 사람들에게 봉사할 것이다. 만인의 최대 선은 반드시 최대 다수의 선을 포함하게 되고, 그래서 그와 공리주의자는 그들의 경력상 많은 점에서 만날 것이다. 하지만 그들이 헤어져야 할 때, 심지어 반대 방향으로 움직일 때가 오고 말 것이다. 공리주의자가 논리적이기 위해서는 자신을 절대로 희생하지 않을 것이다. 절대주의자(absolutist)는 자신을 희생하기조차 할 것이다. 절대주의자는 개를 죽일 때 자신의 약함 때문에 개를 죽이거나 아니면 드문 경우이긴 하겠지만 개 자신을 위해 죽일 것이다. 개를 위해 무엇이 선이고 무엇이 선이 아닌지를 결정해 주는 것이 위험한 짓이라는 것, 절대주의자가 그래서 심각한 잘못을 범할 수 있을 것이라는 것, 이 사실들은 그 행위를 촉구하는 동기와는 무관한 것이다. 절대주의자에게 파괴의 영역은 언제나 최소여야 한다. 공리주의자의 파괴 영역은 한계가 없을 것이다. 비폭력의 기준에서 판단해보건대, 지난 전쟁은 전적으로 잘못이었다. 공리주의자의 기준으로 판단해보면 쌍방이 모두 자신이 품고 있는 공리의 이념에 따라 그것을 정당화했다. 잘리안왈라 바그[23] 살육 사건조차 가해

자는 공리를 근거로 하여 그것을 정당화했다. 그리고 정확하게 동일한 근거에서 무정부주의자는 자신의 암살 행위를 정당화한다. 그러나 이런 행위들 가운데 어느 것도 만인의 최대 행복 원리에서는 정당화될 수 없다.

—「만인의 최대 선」, 『영 인디아』, 1926.12.9; 『전집』 37 : 113

182) 조직과 규율

카디봉사회의 몇몇 일꾼들이 다음과 같이 적고 있다 …….24)

여기 이상들의 명백한 혼란이 있다. 우월과 열등에 대한 왜곡된 관념이 거의 모든 전국적인 조직체에 무질서를 야기했다. 많은 사람들은 계급 차별을 폐지하는 것이 무정부와 방종에의 첩경이라고 생각한다. 이와 반대로 차별의 폐지가 의미하는 것은 완벽한 규율이어야 한다. 완벽하다고 한 것은 우리가 소속할 수도 있는 조직의 법칙들, 즉 우리 존재의 법칙들에 대한 자발적인 순종이기 때문이다. 왜냐하면 인간 자신이 탁월한 조직이며, 그에게 적용되는 것은 자신이 회원으로 있을 수 있는 사회적·정치적 조직에도 적용되기 때문이다. 그리고 우리 육신의 한 지체가 어떤 다른 지체에 비해 열등하지 않지만, 그 지체들은 마음의 통제에 자발적으로 순종한다. 육신이 건강한 상태에 있듯이, 한 조직의 회원들도—한 회원이 다른 회원에 비해 우월하거나 열등하지 않은 것처럼—머리에 해당되는 조직의 마음에 자발적으로 순종해야 한다. 지도하는 마음이 없는 조직, 회원들이 그 마음과 전혀 협동하지 않는 조직은 마비되고 죽어갈 것이다.

---

23) 1919년에 발생한 암리짜르 사건의 이명이다. 암리짜르 사건에 대해서는 조길태, 『인도사』(민음사, 1994), 510면 참조. (역주)

24) 그 일꾼들은 카디 사무실에 정시에 참석하도록 되어 있는데, 서기 자신은 정시에 오지 않는다고 불평했다. "…… 이런 열등감과 우월감이 같은 분야에서 일하는 일꾼들 사이에 왜 있어야 합니까?" 하고 물어 왔다.

내가 여기에 다시 소개한 편지에 서명한 저 투고자들은, 그들이 정기적인 참석과 관련된 기초 규율을 수용하지 않는다면, 회원으로 있는 카디 사무실이 자체의 목적, 즉 다리드라나라야나(Daridranarayana)의 봉사에 이익이 되도록 활동할 수 없다는 점을 깨닫지 못하고 있다. 그들은 카디 사무실의 자발적인 규율이 정부 사무실의 강제적인 규율보다 훨씬 엄격해야 한다는 점을 깨달아야 한다. 해당 카디 사무실의 장이 정시에 출석하지 않는 경우가 있다면, 그가 사무실에 부재한 시간조차 카디 작업에 종사하고 있을 가능성이 대단히 높다. 스텝들은 상당히 규칙적으로 움직이지만, 그 장은 따로 휴식 시간이 없다. 그가 정직하고 자신의 고위직의 책임을 자각한다면, 카디를 당연한 모습으로 만들기 위해 밤낮으로 일해야 한다. 세계 최대가 되기 위해 새롭게 형성된 조직에 들어가는 것은 운영중인 사업에 들어가는 것과 전적으로 다르다. 새로운 조직은 방심하지 않고, 영리하며 정직한 감시자가 필요한데, 그것도 단 한 사람이 아니라 수천 명의 감시자들이 필요하다. 이 일꾼들은 기존의 조직에 소속됨으로써 그리고 그들이 감당할 수 있는 가장 어려운 훈련을 자신들에게 부과함으로써 생겨나야 한다.

—「훈련의 필요성」, 『영 인디아』, 1928.5.3; 『전집』 42 : 2

183) 자아실현과 자기 부정

1928.10 이전

홀(Hall) 씨는…… 간디 씨에게 일련의 질문을 제기했는데, 그 첫 질문이 '사회에 최대의 기여를 할 수 있는 평생 직업의 선택'에 관련된 것이었다. 이 점에 대해 간디 씨는 다음과 같이 말했다.

가장 주요한 고려 사항은 이런 저런 직업의 선택이 아니라 자아실현의 성취입니다……. 사람은 직업의 문제에 직면하여 무엇보다도 삶의 영적인 측면을 강조해야 합니다. 이것을 자신이 생각한 가장 중요한 것으로 삼고, 자기 자신의 잠재력을 검토하고, 자신이 속한 지역공동체의 특별한 수요를 가장 잘 충족시킬 수 있는 방법을 발견하여 능력껏 수요를 충족시키도록 노력해야 합니다.

질문 오늘날 우리 프로그램에서 종교와 인격이 교육과 어떤 관계에 있어야 합니까?

답변 교육·인격·종교는 서로 교환할 수 있는 용어들로 간주되어야 합니다. 인격 양성을 돕지 않는 교육은 참된 교육이 아니고, 인격을 결정하지 않는 종교는 참된 종교가 아닙니다. 교육은 인생 전체를 염두에 두어야 합니다. 단순한 암기와 책을 통한 학습은 교육이 아닙니다. 나는 인격이라는 등뼈 없이 유식자만 양성하는 소위 교육제도를 믿지 못합니다.

질문 서양의 나라들은 군사주의를 대체할 만한 어떤 적합한 대안이 있습니까?

답변 군사주의는 본질적으로 자기 주장(self-assertion)입니다. 그래서 나는 자기 주장을 자기 부정(self-abnegation)으로 대체하겠습니다.

질문 그런데 자기 부정이란 말을 무슨 뜻입니까?

답변 예수께서 '자신의 생명을 잃는 자는 그것을 얻을 것이오'라는 구절에서 이해한 것과 같은 의미입니다.

질문 세계 전역에 존재하는 종교 분파들 사이의 가망 없어 보이는 반목에서 빠져나올 수 있는 방법은 무엇입니까?

답변 자선입니다. 우리는 상대방에 대한 관용과 존경을 배워야 합니다. 모든 종교는 일정한 정도로 사람들의 영적인 필요를 만족시킵니다. 만일 둥둥하고 소리내며 북을 치는 종교 행위가 신경을 거슬린다고 해도, 그것이 금지되도록 노력해서는 안 됩니다. 그것이 다른 사람의 수요를 만족시킨다는 점을 깨달아서, 내 자신이 그 소란(騷亂)의 장소를 떠나야 할 것입니다.

나는 이 잡지의 본 호에서 내 자신의 견해를 선언하는 일을 그만 두었습니다. 나의 견해는 잘 알려져 있습니다. 프랑스 속담에 '자신에 대해 변명하는 자는 자신을 고소하는 것'이라는 말이 있듯이, 나는 부단한 충고를 주기보다는 침묵을 유지함으로써 내 메시지가 더 강력하게 전달될 것이라는 점을 믿습니다. 하지만 올바른 일이 관련된 곳이면 이런 저런 이슈를 단념할 필요가 없습니다. 세상은 올바른 길로 움직이고 있습니다. 당신이 우리의 가멸적인 인생을 시간 전체에 비춰보아서 한갓 점에 불과하다고 생각할 때, 당신은 세상이 진보한다는 점을 인정할 수 있을 것입니다. 진보가 눈에 분명하지 않더라도 말입니다. 나는 엄청난 희망에 차 있습니다.

—『더 북미 리뷰(*The North American Review*)』지의 W. W. Hall과의 대담,
『더 인디언 리뷰』, 1928.10;『전집』43 : 67

184) 탐닉과 만인의 필요

1932.6.17

자연이 살아 있는 모든 피조물에게 그것들이 필요로 하는 것을 매순간 제공한다는 것은 진리입니다. 나는 개인으로서 이런 진리를 경험을 통해 매일 깨닫습니다. 그리고 우리가 삶의 매 순간 이 위대한 법칙을 자발적이거나, 강제로, 알게 모르게, 위반하고 있다는 점도 나는 알고 있습니다. 우리가 그 위대한 법칙을 범하고 있기 때문에 한편에서는 많은 사람들이 지나친 탐닉으로 고통을 당하고, 다른 한편에서는 수많은 사람들이 궁핍으로 고통을 당하고 있다는 점을 우리 모두는 알고 있습니다. 그래서 우리는 한편으로는 광범위하게 확산된 기아의 재앙으로부터, 또 다른 한편으로는 미국의 백만장자들이 경제 법칙에 대한 잘못된 이해를 통해 곡물을 파괴하

는 일로부터, 인류를 구하기 위해서 노력합니다. 물론 현재도 자연법에 완벽하게 순응하여 살아간다는 것은 불가능한 것이 사실입니다. 그러나 그 때문에 우리가 걱정할 필요는 없습니다.

— 츠하간랄 조시에게 보낸 편지, 『마하데브바이니 일기』 권1, 224면;
『전집』 56 : 13

185) 사르보다야, 비폭력, 따빠스차르야

세가온,[25] 1938.7.21

사르보다야는 사땨그라하 없이는 불가능하다. 사땨그라하라는 말은 여기에서 그 어원적 의미로 이해되어야 한다. 비폭력이 없는 곳에서 진리의 고수가 있을 수 없다. 따라서 사르보다야 획득은 비폭력의 획득에 의존한다. 그 다음 비폭력의 획득은 따빠스차르야(고행)에 의존한다. 그런데 따빠스차르야는 순수해야 한다. 따빠스차르야의 일부로서 부단한 노력, 분별력 등이 있어야 한다. 순수한 따빠스차르야는 우리를 순수한 지식으로 이끈다. 사람들이 비폭력에 대해 말함에도 불구하고, 많은 사람들이 정신적으로 너무나 나태하여 사실을 확인하는 수고조차 하지 않으려고 한다는 것을 우리는 경험으로 알고 있다. 예를 들면, 인도는 빈곤한 나라이다. 우리는 빈곤을 제거하기를 원한다. 그러나 빈곤이 어떻게 발생하게 되었는지, 의미가 무엇인지, 빈곤을 어떻게 제거할 수 있을지 등에 대해 연구하는 사람은 몇 사람이 되는가? 비폭력에 귀의한 자는 그런 지식을 충분히 갖고 있어야 한다.

그런 수단을 만들어 내면서도 논란 속에 빠지지 않는 것이 『사르보다야』지의 의무이다. 『사르보다야』지의 편집자들은 간디주의를 잊어버려야

---

25) D. B. 까렐까르와 다다 다르마디까리(Dada Dharmadhikari)가 발행하는 『사르보다야』지 1호를 위한 메시지.

한다. 간디주의와 같은 것은 존재하지 않는다. 나는 인도 앞에 새로운 것을 보여준 적이 없고, 다만 옛 것을 새롭게 제시했을 뿐이다. 나는 그것을 새로운 영역에 활용하도록 노력했다. 따라서 나의 이념을 간디주의로 부르는 것은 적절하지 않다. 우리는 진리라면 어디에서 발견하든지 수용해야 하고, 그것을 볼 때마다 찬양하고 추구해야 한다. 다시 말해 『사르보다야』지의 모든 문장에서 우리는 비폭력과 지식의 편린을 보아야 한다.

—「사르보다야란 무엇인가?」(H.), GN 7680; 『전집』 73 : 389

186) 사회의 복리

세바그람, 1942.2.8

슈리 상께를라오 데브 씨는 다음과 같이 적고 있다.

『하리잔』지 지난 호에 실린 당신의 글 「개탄할 만한 사건」에서 당신은 부자들에게 다음과 같이 말했습니다. "무슨 수단을 사용해서든 수천만 루삐를 벌어라. 그러나 여러분의 부가 여러분의 것이 아니라 민중의 것임을 알아라. 당신들의 합당한 수요에 필요한 것을 취하고, 나머지는 사회를 위해 사용하라." 내가 이것을 읽었을 때 내 마음에 최초로 일어난 질문은, '왜 먼저 수천만 루삐를 벌고 그 다음 그것을 사회를 위해 사용해야 하는가?'라는 것이었습니다. 오늘날 사회가 구성되는 방식을 보면, 수천만 루삐를 버는 수단은 반드시 부정할 수밖에 없을 것입니다. 그리고 부정한 수단으로 수천만 루삐를 벌어들이는 사람들이 '버린 다음 즐겨라 (thena thyakthena bhunjithaha)'는 만뜨라를 따를 것이라고 기대할 수 없습니다. 부정한 수단으로 수천만 루삐를 벌어들이는 과정 자체에 사람의 인격이 오염되고 악화되기 때문입니다. 더구나 당신은 언제나 수단의 정결함을 강조해 왔습니다. 그러나 나는 당신이 수단이 아니라 목적을 더 강조한다고 민중이 오해할 가능성이 있지 않을까 걱정됩니다.

나는 당신에게 돈의 지출에 대해 강조한 만큼, 그 이상은 아니더라도 돈벌이 수단의 정결함에 대해 강조해 주기를 요청하는 바입니다. 내가 생각하기에는 수단의 정결함이 엄격하게 준수되면, 수천만 루삐의 돈이 전혀 축적되지 않을 것이고 사회를 위해 지출하기에 어려움이 있을 가능성은 매우 낮습니다.

나는 당연히 항변해야겠다. 사람이 합법적으로 부를 소유할 수 있음을 상정한다면, 사람은 엄정하게 정당한 방법을 통해 수천만 루삐의 돈을 벌 수 있다는 것을 상상할 수 있다. 나는 논의를 진행하기 위해 사유재산 자체를 불순한 것으로 볼 수는 없다고 상정해 왔다. 내가 광산조차(租借)권을 갖게 되어 진귀한 다이아몬드를 우연히 발견하게 되었다면, 부정한 수법을 사용했다는 잘못을 범하지 않고도 갑자기 백만장자가 될 수 있을 것이다. 꼬히누르 광산보다 훨씬 가치 있는 쿨리난 다이아몬드가 발견되었을 때 이런 일이 실제로 발생했다. 그런 사례를 쉽게 찾을 수 있다. 나의 논의는 분명히 그런 사람을 염두에 둔 것이었다. 나는 일반적으로 부자들, 그리고 실제로 대부분의 사람들이 돈벌이하는 방식에 있어서 까다롭지 않다는 명제를 서슴없이 지지한다. 우리는 비폭력의 방법을 적용하면서, 아무리 타락한 사람이라고 해도 사람이라면 모두 인간적이고 능숙한 대우 아래에서 변화될 수 있다는 점을 꼭 믿어야 한다. 우리는 마땅히 사람들 속에 있는 선함에 호소하고 반응이 있기를 기다려야 한다.

사회의 모든 구성원들이 개인의 확장을 위해서가 아니라 만인의 선을 위해 그들의 모든 재주를 사용하는 것은 사회 복리를 증진시키지 않을까? 우리는 모든 사람들이 자신의 능력을 최대한으로 사용할 수 없게 만드는 죽은 평등을 원치 않는다. 그런 사회는 궁극적으로 망하고 말 것이다. 그래서 돈 있는 사람들은 수천만 루삐를(물론 정직한 수단으로만) 벌어들일 수 있고, 그 돈을 만인에 대한 봉사를 위해 바쳐야 한다는 나의 충고가 완벽하게 건전하다고 나는 주장하는 바이다. '버린 다음 즐겨라'는 비범한 지식에 토대를 둔 만뜨라이다. 그것은 자신의 이웃과 상관없이 자신만을 위해 살려고 하는 현 질서를 대신하여 보편적 이익의 새로운 질서를 낳는 가장 확실한 방법이다.

— 「반드시 부정한 것은 아니다」, 『하리잔』, 1942.2.22; 『전집』 81 : 761

187) 자립과 독립

세바그람, 1945.11.29

질문 건설적 프로그램의 목표는 비폭력적 정치 질서를 위해 사람들로 하여금 준비하게 하는 것이라고들 합니다. 이 정의는 옳습니까? 아니면 그런 사회적·정치적 질서를, 누구도 다른 사람의 노동을 착취할 수 없는 질서로 정의하는 편이 더 낫습니까?

답변 당신의 정의는 옳지만 불완전합니다. 어디에서 부족한지는 당신의 다음 질문에 대한 답변에서 설명될 것입니다.

질문 나의 정의가 옳다면, 그와 같은 사회적·정치적 질서는 이론적으로는 기계류를 가장 많이 사용함으로써 성취될 수 있다고 느낍니다. 그 경우 비폭력적 정치 질서를 위해 최대 숫자의 촌락 산업을 가지는 일이 필수적일까요? 만일 그러하다면, 이유는 무엇입니까?

답변 비폭력은 여러 구획으로 나눠지지 않습니다. 비폭력은 인간 고유의 특성이거나 또는 그가 깨어 있는 동안 인간의 특성이어야 합니다. 비폭력에 대한 헌신은 의식 상태의 최고의 표현입니다. 그래서 우리가 아힘사를 생각한다면, 우리는 손의 노동을 통해 모든 필요를 충족시켜야 합니다. 이렇게 하지 않는다면, 우리는 다른 힘에 의존해야 하고 그런 조건이 지속되는 한, 우리는 무외(無畏)의 경지를 실현할 수 없을 것입니다. 기계를 점점 더 많이 사용하게 될 경우 생기는 또 다른 위험은 기계를 보호하는 데 커다란 노력을 경주해야 한다는 것, 즉 오늘날 세상의 다른 곳에서 진행되는 것과 마찬가지로 군대를 유지해야 한다는 것입니다. 사실을 말하자면, 외부의 공격을 받을 위험이 없다고 해도, 우리는 그 큰 기계를 통제하는 사람들의 노예가 될 것입니다. 원자탄의 예를 들어봅시다. 원자탄을 소유한 나라들은 우방들조차 두려워합니다. 우리가 현명한 견해를 갖는다면, 기계의 작동으로부터도 구원을 받을 것입니다.

질문 물레질을 찬성하는 여러 이유 중 하나는 물레질이 우리를 자립적으로 만든다는 것입니다. 자립적인 사람이 다른 사람에 의존하는 자보다 사회에 더 많이 봉사할 수 있습니까? 당신은 자립과 사회 봉사 사이에는 분명한 관련이 있으므로 사람이 자립적이면 일수록 사회 봉사에 대한 능력이 더 커진다고 생각합니까?

답변 이런 의심을 해소하기 위해서라도 우리 역시 비폭력적 관점을 마음에 유지하고 있어야 합니다. 진리와 비폭력이 내가 생각하는 질서의 기초를 이루기 때문입니다. 우리의 첫째 의무는 우리가 사회의 부담이 되어서는 안 된다는 것입니다. 즉, 자립적이어야 한다는 것입니다. 그것은 자립이 그것 자체로 일종의 봉사임을 의미합니다. 우리는 자립하고 난 뒤 나머지 시간을 다른 사람들을 위한 봉사를 위해 사용할 것입니다. 모든 사람들이 자립적이 된다면 난관을 겪는 사람은 없을 것입니다. 그 경우 아무도 다른 사람을 위해 봉사할 필요가 없습니다. 그러나 우리는 아직 그 상태에 이르지 못했고, 그래서 사회 봉사에 대해 생각해야 합니다. 우리가 완전 자립을 실현하는 데 성공한다고 해도, 인간이 사회적 동물이므로 우리는 어떤 형식으로든 타인의 봉사를 받아들여야 합니다. 다시 말하자면, 사람은 자기 자신에게 의존하는 만큼 다른 사람에게도 의존하고 있습니다.

사회를 훌륭한 질서 아래 유지하기 위해 의존하는 것이 필수적일 때, 의존은 더 이상 의존이 아니라 협조가 됩니다. 협조에는 향기가 있고, 협조자들 사이에서는 약자도 강자도 없습니다. 모든 사람들은 평등합니다. 의존에는 무력감이 있습니다. 가족의 구성원들은 서로 의존하는 동시에 그만큼 독립적이기도 합니다. 그러나 내 것이니 네 것이니 하는 느낌은 없습니다. 그 때문에 그들은 협조자라고 불립니다. 이와 마찬가지로 우리가 한 사회, 한 나라, 인류 전체를 하나의 가족으로 수용하면, 모든 사람들은 협조자가 됩니다. 우리가 그런 협조의 그림을 그릴 수 있다면, 우리는 생명 없는 기계에 의존할 필요가 없음을 알게 될 것입니다. 기계를 반드시 사용해야 한다면, 기계를 가장 많이 사용할 것이 아니라 최소로 사용해야 할 것이며, 그래야 사회를 위한 진정한 안전과 자기 보호가 있습니다.

질문 당신은 농사보다 물레질을 더 강조하고 있습니다. 그 배후에 어떤 정치적 이유라도 있습니까? 그것은 사람들이 농사보다 물레질을 쉽게 할 수 있기 때문입니까?

답변 나는 사회적인 것, 경제적인 것, 정치적인 것, 이런 식으로 구분하지 않습니다. 정치적인 것은 사회적인 것이고 경제적인 것이기도 합니다. 하나는 다른 둘을 포함합니다. 우리가 명료하게 이해하기 위해 그런 구분을 하고 있고 해야 한다는 것은 사실입니다. 내가 농사를 강조하지 않았던 한 가지 이유는 그에 대한 지식이 거의 제로에 가깝기 때문입니다. 내가 농업을 강조했다면 어떻게 당신을 계몽할 수 있을까요? 차르카의 경우는 사정이 다릅니다. 나는 차르카에 대해 충분한 지식을 얻었습니다. 두 번째 이유는 외국인의 통치 아래 차르카는 사라져 버렸고 파괴되고 말았습니다. 농업은 결코 파괴될 수 없는 것입니다. 다만 그 형태가 변화되어 농업이 민중의 예속 상태를 강화시켰습니다. 차르카를 강조한 세 번째 이유는 손기술이 농업에 아주 작은 자리만을 차지하고 있기 때문입니다. 카디를 만드는 여러 과정에서만큼 손과 손가락을 많이 사용하는 산업 분야는 거의 없을 것입니다. 네 번째 이유는 외세(外勢)가 먼저 땅을 통제하고 그것을 통해 다른 것들을 통제하기 때문입니다. 그래서 정부의 도움이 농업의 향상을 위해 꼭 필요합니다. 여기서 말한 이유와 또 다른 이유 때문에 나는 물레질을 더 많이 강조했던 것입니다.

질문 인간사회에 물질적 진보의 여러 모습 중 하나는 인간이 자기 충족에서 의존으로 나가는 경향이 있는 것처럼 보인다는 것입니다. 이 경향성은 옳지 않고, 정반대의 경향성이 부흥할 것 같지 않습니까?

답변 나는 이 질문을 사회가 기계의 방향으로 진보하고 있다는 사실을 의미하는 것으로 받아들이겠습니다. 내가 만일 이 질문을 올바르게 이해했다면, 나의 대답은 사회가 기계에 대한 굴종을 제거해야 한다는 것입니다. 우리가 기계의 노예가 됨으로써, 우리의 감각기관들과 그것들의 활동에 대한 우리의 종속 역시 무한히 증가하고 있습니다.

질문 건설적 프로그램이 단순한 선전만으로도 당신의 일생 동안 목표를 달성할 수 있을 것이라는 점에 대해 자신합니까? 인간의 약함(정욕·분노·탐욕·미혹·자만·질투)을 감안하면 특히 이런 기계시대에 사람으로 하여금 건설적 프로그램을 대규모로 받아들이게 하기 위해서는 '법률적 도움'이 필요하다고 생각하지 않습니까? 선출된 민중의 대표자들에게서 그런 도움을 받는다는 것은 비폭력 원리를 위반하는 것이 아닙니까? 그렇다면 어떻게 위반한 것입니까?

답변 우리가 정한 조건에 따라 정부로부터 도움을 받아야 할 것이라고 나는 여러 차례 말한 바 있습니다. 그뿐 아니라, 전 세계로부터도 도움을 받아야 할 것입니다. 나는 한때 건설적 프로그램의 사안에 있어서 최소한의 도움만을 받을 수 있다고 느낀 적도 있습니다. 그러나 이제 민중의 대표자들이 의회에 들어가므로, 우리가 그들의 도움을 확보할 수 있을 것이라고 나는 깨닫게 되었습니다. 이와 더불어 우리는 우리가 불리한 여건에서 건설적 프로그램을 수행할 수 없다면 그 프로그램의 가치를 올바로 평가할 수 없다는 점을 명심해야 할 것입니다. 다른 사람들은 물론 평가할 수 없습니다. 나는 건설적 프로그램의 진보에 비례하여 민중의 힘이 증가했다는 점을 담담한 심정으로, 하지만 경험에서 말할 수 있습니다. 우리가 건설적 프로그램을 보편적인 것으로 만들고 민중을 통해 실시한다면, 스와라즈는 우리 손에 있습니다.

— 질문에 대한 대답(G.), 『카디의 세계(*Khadi Jagat*)』, 1945.12; 『전집』 88 : 707

188) 도덕적 가치와 사회적 혁명

샨띠니께딴, 1945.12.20

나는 무엇이 당신을 고무하여 여기에 오게 했는지, 당신이 직면한 난관들이 무엇인지를 당신의 입에서 듣고 싶습니다.

질문 샨띠니께딴이 정치적 일에 끌려 들어가야 하겠습니까?

답변 샨띠니께딴과 비스바바라띠26)가 정치와 섞여서는 안 된다는 말을 별 어려움 없이 말씀드릴 수 있습니다. 모든 기관은 내부적으로 한계가 있습니다. 이 기관이 천하게 보이지 않으려면 스스로 한계를 정해둬야 합니다. 내가 샨띠니께딴이 정치와 섞여서는 안 된다고 말할 때, 그것이 정치적 이상을 가져서는 안 됨을 뜻하는 것은 아닙니다. 완전한 독립이 나라의 이상이듯이, 그것은 이 기관의 이상이기도 합니다. 그러나 그 이상 때문에 샨띠니께딴은 현재의 정치적 소용돌이로부터 자신을 멀리해야 할 필요가 있습니다. 내가 30년 전 여기에 왔을 때 이런 질문을 받았는데, 그때 나의 대답은 오늘 나의 대답과 같았습니다. 실제로 이 말은 오늘날 더 강력하게 적용됩니다.

질문 우리는 비스바바라띠를 진정한 의미의 국제대학으로 만들기 위해 그 대학의 물질적 자원을 증가하도록 노력하고, 온 나라에서 탁월한 자격을 갖춘 학자와 연구원을

---

26) 라빈드라나트 타고르가 1921년 샨띠니께딴에 공식적으로 출범시킨 교육기관. 동서양의 문화를 포괄적으로 연구하는 것을 모토로 삼았다. (역주)

끌어들이기 위해 보다 더 좋은 시설과 삶의 일상적 안락을 제공하도록 노력해야 하지 않겠습니까?

답변 내가 생각하기에 여러분이 물질적 자원이라고 말하는 것은 재정을 의미하는 것 같습니다. 그렇다면 여러분의 질문은 물질적 자원이라는 이름으로 선서하지 않는 사람에게 주어진 것입니다. '물질적 자원'이란 결국 상대적 용어입니다. 예를 들면, 나는 음식과 의복 없이 살지 않습니다. 나는 나름의 방식으로 아마 어떤 사람보다도 더 열심히 인도의 보통 사람들의 물질적 자원의 수준을 향상시키기 위해 노력했습니다. 그러나 비스바바라띠가 물질적 자산의 힘, 또는 그 힘이 제공할 수 있는 물질적 흡인력에 의존한다면, 그것은 제대로 된 천재와 학자들을 유인할 수 없을 것입니다. 그 흡인력은 도덕적, 즉 윤리적인 것이어야 하고, 그렇지 않다면 그것은 수많은 교육기관 중의 하나가 되고 말 것입니다. 구루데브는 물질적 자원을 위해 살고 죽었던 것이 아닙니다. 여기에서 일하는 직원과 일꾼들에게 먹고 마실 것을 주지 말아야 한다는 것을 의미하는 것이 아닙니다. 여기에는 이미 풍부한 물질적 안락이 분명히 있습니다. 내가 만일 여기에 오래 머물고, 내 식으로 했다면 물질적 안락은 상당히 줄어들었을 것입니다. 비스바바라띠가 진전을 이루고, 더 많은 선물과 기부가 쏟아져 들어오는 때가 되면 학자와 연구원들에게 더 많은 흡인력을 제공할 수 있을 것입니다. 그 기관이 원하기만 한다면 말입니다. 그러나 나에게 충고를 구한다면, 나는 "이런 유혹에 굴복하지 마시오"라고 말할 것입니다. 비스바바라띠는 도덕적 가치의 고양에 기초를 두고 있어야 합니다. 만일 그 기관이 도덕적 가치를 대변하지 못한다면, 아무 가치도 없을 것입니다.

질문 그 기관이 높은 도덕적 호소력을 잃지 않으려면 무엇을 해야 합니까? 당신은 그것을 위해 어떤 치유책을 제안하시겠습니까?

답변 여러분은 모두 도덕적 가치의 의미를 이해해야 합니다. 도덕적 가치는 물질적 가치와는 쉽게 구별됩니다. 하나는 우리를 도덕적 가치에 대한 헌신으로 인도하고, 다른 하나는 물신 숭배로 인도합니다. 사람을 네 발 달린 짐승과 구별 짓는 것은 도덕적 가치의 인정일 뿐입니다. 즉, 한 사람의 도덕적 가치가 크면 클수록 그의 고귀함이 더욱 돋보입니다. 여러분이 이런 이상을 믿는다면, 여러분은 왜 여기에 있으며 무엇을 하는지 자문해 보아야 합니다.

모든 일꾼들은 자신과 부양가족을 위한 음식과 의복 등이 있어야 함은 당연합니다. 그러나 비스바바라띠가 여러분을 먹이고 입히고 육체적 안락을 제공한다는 단순한 이유로 여러분이 비스바바라띠에 속하는 것은 아닙니다. 여러분이 다른 선택이 없기 때문에, 그리고 그 이념을 위해 일함으로써 여러분의 도덕적 가치가 나날이 상승하기 때문에 여러분은 거기에 속합니다. 그래서 갑자기 나타나는 모든 결함과 기관의 활동을 저해하는 모든 난관은 궁극적으로는 도덕적 가치와 관련된 여러분의 관점상의 결함으로까지 거슬러 올라갈 수 있을 것입니다. 나는 60년 이상 수많은 기관들과 관계를 맺어 왔습니다. 그리고 그 기관의 활동에서 겪는 모든 난관이 도덕적 가치를 이해하는 데서 생기는 결함으로까지 거슬러 갈 수 있다는 결론에 도달했습니다.

질문 우리는 촌민들에게 봉사하려고 했습니다. 우리는 한 걸음씩 움직일 때마다 촌락의 사회적 환경에 의해 방해를 받았습니다. 촌락에는 기쁨 없는 반복적인 삶, 사악한 사회 습속의 정체와 몽매가 존재하며, 그것들이 우리의 노력을 방해했습니다. 우리는 다른 행위에서의 성공을 바라기 전 이런 것들을 제거해야 하지 않을까요? 그렇다면, 어떻게 제거될 수 있습니까?

답변 나는 인도로 온 뒤로 사회혁명(social revolution)이 정치혁명보다 이루기가 훨씬 어렵다고 느꼈습니다. 정치혁명이란 영국 통치하의 현 노예제도의 종식을 의미합니다. 어떤 비평가들은 우리가 사회 해방을 얻기까지는 정치적·경제적 해방을 얻을 수 없다고 말하기도 합니다. 나는 그 말을 우리가 풀어야 하는 뜻밖의 장애와 수수께끼로 간주합니다. 정치 해방의 부재가 사회적·경제적 해방을 이루려는 우리의 노력조차 저해한다는 점을 발견했기 때문입니다. 동시에 사회혁명 없이는 우리는 인도에 태어났을 때보다 행복하게 인도를 떠날 수는 없을 것이라는 점도 사실입니다. 하지만 우리가 사회혁명을 우리 자신의 삶의 미세한 점에까지 반영하는 길 이외에는 사회혁명을 성취할 왕도를 제시할 수 없습니다.

다른 나라에서는 사회 구조를 바꾸기 위해 강제력을 사용하기도 했습니다. 그러나 그것을 의도적으로 우리의 고려 대상에서 배제했습니다. 그래서 여러분에 대한 내 충고는 "노력하고, 노력하고, 노력하십시오 절대 패배했다고 말하지 마십시오. 여러분이 초조한 마음에 '민중이 나빴다'고 말하지 말고, '내가 나빴다'고 말하십시오" 만일 민중이 여러분이 설정한 시간 내에 반응하지 않는다면, 실패는 당신의 것이지 그들의 것이 아닙니다. 그 일은 보답 없는 일이고 고된 일입니다. 그러나 여러분은 여러분의 일에 대해 감사를 기대해서는 안 됩니다. 사랑을 위해 수행된 일은 부담이 아닙니다. 그것은 순수한 기쁨입니다.

질문 아슈람에 봉급제도를 도입하는 일이 기관의 이상을 고양시킵니까, 아니면 타락시킵니까?

답변 여러분이 고정 봉급을 지급하든, 또는 누가 여러분의 비용을 지불하든, 그것은 아무 차이가 없다는 점을 나는 쉽게 말할 수 있습니다. 두 방법 모두 실시해 볼 수 있습니다. 우리가 경계해야 할 위험은 다음 사항입니다. 여러분이 어떤 사람에게 특별 임금을 지불한다면, 여러분은 아슈람의 정신을 수행하는 것이 아니라는 사항은 명심하십시오 우리의 재능이 최상의 것이라고 해서 특별 임금을 요구한다면, 우리는 차라리 그런 재능이 없는 편이 낫습니다. 다른 말로 하다면, 재주 있는 사람이 돈에 이끌릴 것이 아니라 그 기관이 대표하는 다른 것에 이끌릴 때까지 우리는 기다려야 합니다. '필요에 따라'라는 원칙이 있다고 해서 여러분은 특별 임금을 넘어가서는 안 됩니다. 비스바바라띠의 봉급 체계는 불평할 일이 아닙니다. 여러분이 언급한 난관들은 간단한 땜질로 극복될 수 있는 것이 아닙니다. 여러분이 마음속에 둔 결함들의 뿌리에 있는 원인들을 찾아 제거해야 합니다.

질문 우리 젊은이들 사이에 있는 냉소주의 또는 신앙의 결핍에 대항하여 우리는 어떻게 전진할 수 있습니까?

답변 여러분이 나에게 그 질문을 던졌을 때 나는 낙망의 한숨을 쉬었습니다. 여러분은 여러분의 생도들이 신앙이 없음을 볼 때, 자신에게 다음과 같이 말해야 합니다. 즉, "나에게 신앙이 없었구나." 나는 그것을 나 자신의 경험에서 여러 번 반복하여 발견했습니다. 그리고 그 발견은 매번 나에게 기운을 솟아나게 하는 상쾌한 목욕과 같았습니다. '이웃 사람의 눈에 있는 티끌을 나무라기 전에 먼저 네 눈의 대들보를 제거하라'[27]라는 성경 말씀은 생도와 선생의 경우에 더욱 적합합니다. 생도는 여러분에게 와서 여러분 자신 안에 그 생도 자신보다 무한히 좋은 것을 발견합니다. "오, 학생이 신앙이 없네, 내가 어떻게 그 안에 신앙을 심어줄 수 있을까?"라고 불평하는 대신, 여러분은 직분에서 사임하는 편이 훨씬 더 나을 것입니다.

질문 구루데브의 지적 전통은 여기에서 상당히 잘 유지되고 있습니다. 하지만 나는 그가 대변하던 이상주의가 완전하게 실현되지 못했음을 우려합니다. 그런 결과를 낳는 조직체에는 뭔가 잘못된 것이 있는 게 분명합니다. 치유책이 무엇입니까? 두 번째, 우리의 기관은 길거리 사람만을 위한 문화를 만들기 위해 일해야 합니까? 이것이 당신의 이상입니다. 동시에 초보자를 위한 고차적인 문화가 보존될 수 있는 장소가 있어야 할 것이 아닙니까? 이것은 구루데브의 이상이었습니다. 그런 기관은 필연적으로 배타적이고 선택받은 소수를 위한 것이어야 합니다. 나는 당신의 이상과 구루데브 이상 모두의

---

27) 「마태오」 7 : 5.

추종자입니다. 이 양자 사이의 갈등 때문에 가슴이 찢어집니다.

답변 두 번째 질문에 대해 먼저 대답해 보겠습니다. 그것은 구루데브와 나에 대한 반성입니다. 나는 우리 사이에 진짜 갈등을 전혀 보지 못했습니다. 나는 구루데브와 나 자신 사이의 갈등을 간파할 작정으로 출발했습니다만, 아무 갈등이 없다는 영광스런 발견으로 끝냈습니다.

여러분의 질문에 대해 내가 말할 수 있는 모든 것은, '나는 괜찮다. 하지만 이 기관에 문제가 있다'라는 느낌은 자기 정당성을 드러내는 것입니다. 그것은 죽이는 일입니다. 여러분이 마음속으로 여러분 자신에게는 문제가 없는데 주변의 모든 것들이 잘못이라고 느낀다면, 사실은 주변의 모든 것들이 다 괜찮은데 여러분 자신에게 문제가 있다는 결론을 스스로 도출해야 합니다.

— 일꾼들과 직원들과의 대담, 『*Visva-Bharati News*』 권14, 9번; 『전집』 89 : 111

189) 주인과 노예

뿌나, 1946.3.1

가정 내의 하인제도는 오래된 것이다. 그러나 하인에 대한 주인의 태도는 때때로 변화해 왔다. 어떤 사람들은 하인을 가족의 일원으로 보고, 다른 사람들은 그들을 노예나 동산(動産)으로 본다. 하인에 대한 사회 일반의 태도는 이 두 극단적인 견해 중간쯤으로 요약될 수 있을 것이다. 오늘날 하인에 대한 수요는 어디에서든 아주 크다. 하인은 자신의 가치를 자각하게 되었고, 급료와 노무에 대한 자신의 조건을 자연스럽게 요구한다. 이런 자각과 요구는 그것들이 그에게 부과된 의무에 대한 적절한 이해와 수행에 불가분의 관계를 맺는다면 적합할 것이다. 그 경우 그는 더 이상 하인이 아니라 가족 구성원의 지위를 스스로 얻게 될 것이다. 하지만 폭력의 효과에 대한 신념이 팽배해 있다. 그렇다면 하인이 주인의 가족 구성원의 지위를 올바르게 얻을 수 있는 방법은 무엇일까? 이것은 충분히 던질 수 있는 질문이라고 생각한다.

나는 다른 사람들의 협조를 바라고 그들과 협조하기를 바라는 사람이라면 하인에게 의존해서는 안 된다고 생각한다. 우리가 하인이 귀할 때 하인을 필요로 한다면, 그가 요구하는 대로 지불해야 하고 다른 모든 조건을 들어주어야 한다. 그 결과 우리는 종업원의 주인이 되는 대신 하인이 될 것이다. 이것은 주인을 위해서도 소위 하인을 위해서도 이롭지 못하다. 그것은 오직 한 가지 생각, 즉 자기 이익을 추구한다는 생각에 따른 결과일 뿐이다. 그러나 한 개인이 추구하는 것이 노예제도가 아니라 동료의 협조라면, 그는 자신에게도 봉사하고 협조를 얻고 싶은 사람에게도 봉사한다. 이 원리를 확장해 보면, 한 사람의 가족은 세상과 동심원이 될 것이고, 동료에 대한 그의 태도는 그에 상응하는 변화를 겪게 될 것이다. 바람직한 지고의 목표에 도달할 수 있는 다른 길은 없다.

이 원리에 따라 활동하기를 원하는 자는 작은 것에서부터 출발하는 것에 만족한다. 그는 수천 사람들의 협조를 얻어낼 수 있는 능력을 갖고 있더라도, 혼자 설 수 있게 해주는 자제와 자존을 자신 안에 충분히 갖고 있어야 한다. 그렇다면 어떤 사람도 그를 머슴으로 여기거나 자신의 복종 아래 두려는 꿈을 꾸지 않을 것이다. 사실상, 그는 자신이 하인의 주인이란 사실을 완전히 잊을 것이고, 하인을 자신의 수준에까지 끌어올리기 위해 최선을 다할 것이다. 다른 말로 한다면, 그는 다른 사람들이 가질 수 없는 것이라면 그것 없이 사는 데 만족해야 할 것이다.

—「누구의 필요?」(G.),『하리잔』, 1946.3.10;『전집』90 : 25

190) 만인의 복리

뉴델리, 1946.10.14

사람은 신의 모든 피조물의 복리(福利)를 진지하게 열망해야 하고, 그럴 수 있는 힘을 달라고 기도해야 할 것이다. 만인의 복리를 열망하는 데 그 자신의 복리가 존재한다. 자기 자신이나 자신의 공동체의 복리만을 열망하는 자는 이기적인 자이고, 그러한 복리는 절대로 쉽게 얻을 수 없을 것이다.

—기도 모임에 주는 서면 메시지,[28] 『하리잔』, 1946.10.20; 『전집』 92 : 463

3. 야즈냐와 희생

191) 자기 희생

희생은 생명의 법칙이다. 그것은 삶의 모든 방면을 관통하고 다스린다. 사업적 용어로 말하면 값, 다른 말로 하면 희생을 치르지 않고서 우리는 아무 것도 할 수 없고 아무 것도 얻을 수 없다. 희생은 우리가 소속된 공동체의 구원을 보장해 줄 것이다. 우리는 공동체를 위해 일하면서 확보한 것에 비례해서만 우리 자신들을 위해 뭔가 간직할 수 있지만 그 이상은 안 된다. 그리고 바로 여기에 희생이 필요하다. 때때로 우리는 비싼 대가를 치러야 한다. 진정한 희생은 위험 부담이 얼마가 되었든 간에 그 행위에서 최대의 기쁨을 얻는 데 있다. 그리스도는 갈보리 언덕의 십자가 위에서 죽

---

28) 삐아렐랄의 '주간지'에서 발췌. 묵수의 날 기도 모임에서 낭독된 간디의 서면 메시지. 『전집』 권92, 322면. (역주)

었고, 영광된 유산으로 기독교를 남겨 주었다. 햄던[29]은 고통을 당했지만 선박세는 사라졌다. 잔다르크는 마녀로 몰려 화형을 당했지만, 그녀에게는 영원한 영광을, 그녀의 살해자들에게는 영구적인 치욕을 안겨 주었다. 세상은 그녀의 자기 희생의 결과를 모두 알고 있다. 미국인들은 그들의 독립을 위해 피를 흘렸다.

위의 사례들이 보여주는 희생에 비춰보면, 인도인 개개인이 공동체의 성공을 위해 바쳤던 희생은 보잘것없다. 이 사실을 적시하기 위해 우리는 이런 사례를 제시한 것이다. 일반적으로 말하자면 남아프리카의 인도인들, 특히 트란스발에 있는 인도인들은 많은 어려움을 겪고 있다. 트란스발에서 그들의 운명은 중대 국면에 처해 있다. 그들의 생계 수단 자체가 무참히 박탈당할 수도 있다. 그들은 거칠게 게토로 내몰릴 수도 있다. 그렇다면 어떤 구호(救護)를 기대하기 앞서 영령 인도인들이 스스로 수행해야 할 자기 희생이란 무엇인가? 모든 인도인들은 이 질문을 그것이 마치 개인적으로 자신에게 영향을 미치는 것처럼 성찰해야 하고, 공동선을 위해 자신의 셈을 치러야 하고, 자신의 시간과 기운을 써야 한다. 공동의 위험에 직면하여 개인적인 차이는 없어져야 한다. 개인의 안락과 이득은 포기되어야 한다. 여기에다 인내와 자제가 보태져야 한다. 여기에서 그려진 '곧고 좁은 길'에서 우리는 조금만 이탈하여도 절벽 아래로 떨어질 것이다. 그 이유는 대의명분이 부당하거나 약해서가 아니라 우리 앞에 놓여진 반대가 압도적이기 때문이다.

어떤 종족이나 공동체가 뭔가를 이루려면 반드시 공동체정신이 있어야 한다. 우리는 국민적인 대의를 진작하기 위한 욕구를 가진 것처럼 보인다. 하지만 단순한 욕구는 목표로 향하는 진보에 꼭 필요한 단계이지만, 더 강한 욕구가 없다면 그것만으로는 소용이 없다. 성취에 필요한 수단을 받아들일 각오가 있어야 한다. 쇠사슬은 그것을 이루는 가장 약한 고리보다 더 단단할 수는 없다. 우리가 일시적인 실망으로 조금도 움찔하거나 굽히지

---

29) 존 햄던(John Hampden, 1594~1643) : 영국의 의회파 지도자. 찰스 1세의 선박세 징수에 반대한 것으로 유명하며 이 논쟁이 결국 영국 내란(청교도혁명)으로 이어졌다. (역주)

말고, 나란히 어깨를 맞대고 서서 함께 일할 각오가 되어 있지 않다면, 의무에 대해 심대한 태만을 범하는 것이고, 태만에 대한 가장 적당한 보답은 실패이거나 처벌일 것이다. 핵심적으로 필요한 것은 합법적인 노력, 잘 유지되고, 지속적이며, 절제된 합법적인 노력이다. 이런 노력을 제외하고 영국 통치 아래 살아가는 공동체들이 요구하는 영웅적 희생은 따로 없다. 성실은 모든 곳에서 성공을 가져다 준다. 그것은 영국 자치령에서는 더 큰 일을 한다. 만일 영국민의 기질이 보수적이어서 영국이라는 조직이 천천히 움직인다고 해도, 그 조직은 재빨리 성실과 일치를 파악하고 인정할 것이다. 엄마라고 해도 울지 않으면 젖을 주지 않는다는 인도 격언이 있는데, 영국 정부는 말할 것도 없다. 그래서 우리는 남아프리카 전역에서 우리 동포가 영국 헌법의 이러한 측면에 대해 예의 주시하고, 완전한 정의가 허용되기 전에는 마음을 놓지 말기를 바란다.

—「자기 희생」,『인디언 어피니언』, 1904.1.21;『전집』 3 : 263

192) 희생과 용기

인간의 본성은 아주 평범한 일은 잘 알아차리지 못하도록 만들어져 있다. 우리는 사람이 음식과 물 없이 단 한 순간도 살아갈 수 없다고 말한다. 그러나 우리가 그렇게 말을 하는 동안, 음식이나 물보다 공기가 훨씬 더 중요하다는 점을 깨닫지 못한다. 우리는 언제나 숨을 쉬고 있기 때문에 그러한 사실에 주목하지 않는다. 그리고 때때로 기갈(飢渴)을 느끼기 때문에, 그런 것들을 자주 마음에 둔다. 이런 말은 희생에도 사실이다. 생명은 희생에 의해 유지되지만, 우리는 그것에 주목하지 않는다.

희생에는 여러 종류가 있다. 오늘 우리는 자기 이익의 희생만을 논할 것이다. 사람은 모두 희생의 고귀함에 대해 알고 있다. 사람이 그것에 대해 더 많이 성찰하면 할수록, 필요성을 더 느끼게 되고 이해하게 된다. 원시인이 희생에 대해 생각하고 있다면 그 역시 그것을 자각했을 것임에 분명하다. 현자는 그것을 경험하고 이해할 뿐만 아니라, 이해한 뒤에는 그런 희생을 자발적으로 실천하려고 한다. 우리는 이것을 유아기 때부터 안다. 그러므로 우리는 수고 없이 얻어지는 것은 아무 것도 없다고 흔히 말한다. 그러나 우리가 성장하고 반성하게 되면, 그리고 역사 연구를 통해서만 아니라 개인의 경험을 통해, 우리는 이 범상한 말의 의미를 더 깊이 이해하게 된다. 언덕을 오르는 데는 약간의 노력이 들지만, 산을 오르는 데는 훨씬 더 많은 노력이 든다. 작은 일을 하는 데는 위험도 고통도 거의 필요 없다. 하지만 크나큰 과업은 더 많은 위험과 더 많은 고통을 요청한다. 등산할 필요가 있다면, 우리는 커다란 노력을 아껴서는 안 된다. 그리고 큰 일을 하기를 원한다면, 우리는 그 일에 수반된 위험과 고통에 대해 조금도 괘념하지 않는다. 다시 말하자면, 우리는 희생이 필수적이라고 생각한다면 희생을 마다하지 않는다. 이 나라에서 살아가는 우리의 형제들에게는 이런 식의 생각이 생소하지 않다. 그들은 여기에 와서 희생의 결과로 약간의 소득을 얻었다. 그들은 집을 떠나 친척과 지기를 포기하고 바다를 건너 왔다. 그들은 이와 같은 희생을 했는데 그것도 조심스런 사려 이후에 그랬다. 그들이 이런 희생을 하고 용기를 보였기 때문에 이 나라에 와서 자신들의 처지를 향상시킬 수 있었다. 다른 말로 하면, 그들은 현명하게 바친 희생이 좋은 결과를 낳는다는 것을 아주 잘 이해하고 있다. 그 때문에 그들은 때때로 희생하려 하고, 그들의 운명을 끌어올리려고 한다. 우리는 그들이 지속적이며 현명한 희생을 통해 그들 자신의 처지, 그리고 일반적 처지가 나날이 향상되기를 바란다.

백인들이 이 나라에서의 우리의 처지, 특히 트란스발에서의 우리의 처지를 아주 난처하게 만들려고 하기 때문에 우리는 희생이라는 의무에 대해 글을 쓴다. 우리는 우리의 일반적 권리들을 하나씩 박탈당했다. 그런데도 우리를 위해 강력히 싸워주는 사람은 아무도 없다. 그래서 백인들은 우리가 무력하고 약하다고 생각한다. 그들의 교만은 나날이 커진다. 지방 정부는 백인의 통제 아래 있으며, 백인들을 불쾌하게 하기를 피하므로, 아무리 부적절하고 부당해 보이는 그들의 편벽된 행위도 받아들이고 인정해 준다. 그런 다음 지방 정부는 영국 정부로 하여금 지방 정부가 여론을 존중하기 위해 그렇게 할 수밖에 없다고 믿게 했다. 불행하게도 영국 정부는 여론의 오용을 막기 위해 자체의 권위로 충분한 압력을 행사하지 않았다. 우리를 보호하는 것을 자신들의 특수 임무로 삼는 인도 정부는 공포를 느껴 때때로 목소리를 조금 높이는 듯이 보인다. 우리를 대신하여 압력이 행사되고, 밀너 경[30]이 인도인 노동자들을 요구하고, 우리의 일을 말할 기회를 얻었다. 그때 우리는 만일 밀너 경이 자유 인도인들의 처지를 개선한다면, 잠정적으로 노예 신분을 수용하려는 인도 출신 노동자를 보내겠다고 말했다. 우리의 권리는 노동자들의 노예 신분과는 아무 관련이 없다. 하지만 그런 조건이 제시되었다. 여기에서 만일 트란스발 정부가 인도인 노동자를 노예처럼 부린다는 계약의 제안을 철회한다면, 인도 정부가 트란스발에 정착해 있는 인도인의 처지를 향상시킬 수 없다는 추론이 가능해진다. 우리는 나탈에 대해 또는 오렌지강 식민지에 대해 들은 바가 아무 것도 없다. 그것들이 마치 아무 문제없이 잘 지내는 것처럼 말이다. 우리의 처지는 불행하다. 그래서 우리는 우리의 의무와 책무에 대해 반복해서 써야 한다. '당신이 죽지 않는다면 천국에 갈 수 없다', '다른 사람들에 대한 의존은 언제나 실망을 낳는다'는 우리 할아버지들의 말씀은 그와 같이 슬픈 경험의 순간 우리 마음에 떠오르고, 우리는 그 의미를 인정하게 된다.

다음과 같은 것 정도는 꼭 기억해야 한다. 즉, 영국 정부의 의도는 공평하고 정의를 행하려고 한다는 점 말이다. 통치는 영국의 통치이다. 따라서

---

30) Sir Alfred Milner(1854~1925) : 강직한 성품을 가진 뛰어난 영국의 행정가. 남부 아프리카 고위 관리이자 총독으로 재직할 당시 그가 취한 태도로 남아프리카전쟁(1899~1902)을 불러일으켰다. 제1차 세계대전과 이후 평화 기간 동안 로이드 조지가 이끄는 영국 정부에서 장관을 지냈다(1916~1921). (역주)

영국 정치를 이해해야 하는 것은 우리의 의무이다. 우리가 영국의 정치·규칙·규정을 공부하게 되면, 우리의 요구를 어떤 방식으로 제시해야 할지를 알게 될 것이다. 우리가 그 방식을 알게 되면 우리의 소망을 실현하는 것은 별로 어렵지 않다. 시간은 걸리겠지만, 의도한 일들이 합리적이기만 하면 일어나게 될 것이다. 정의를 얻는 일에 인도인들만 시간이 걸리는 것은 아니다. 아일랜드의 예를 들어보자. 영국의 본성은 그러하다. 이것을 우리 마음에 두고 열심히 일하는 것은 우리의 의무이다. 우리가 고상한 생각을 품고 다른 사람의 행복을 우리의 행복으로, 다른 사람의 이익을 우리의 이익으로 간주하고, 일편단심으로 일을 계속한다면, 우리는 우리의 목표를 분명히 성취할 것이다. 우리가 요구하는 것은 호의가 아니라 정의이기 때문이다.

—「희생 1」(G.), 『인디언 어피니언』, 1904.1.21; 『전집』 3 : 266

193) 희생과 일치

우리 대부분은 우리 안의 일치가 공공선을 진작시킨다는 점을 경험으로 알고 있다. 20년 전, 나탈에서 인도인들에 대한 박해가 너무 가혹해져서 정부는 특별위원회를 임명해야 할 정도가 되었다. 정부는 면밀히 검토한 후 마침내 우리에게 유리한 판정을 내렸다. 백인들은 충분히 근면하고 일치의 덕성을 갖고 있었으므로 박해는 지속되었고, 인도인을 특정 지역에 제한하려는 요구가 거듭 나왔다. 그 당시 인도인들은 충분히 하나가 되지 못했으므로 그들의 불행은 멈추지 않고 더욱 심해졌다. 나탈이 자치를 얻은 직후, 인도인들을 모욕하고 괴롭힐 목적으로 제정된 법률이 시행되기 시작했다. 인도인들은 비록 때늦은 감이 있었지만 각성했고, 열광과 경계심을 갖고 일을 시작했기 때문에 더 이상의 탄압은 중지되었다. 그렇지 않았다면, 우리 모두는 오늘날 특별 구역 내에 살게 되었을 것이다. 불행하게도 그 열광은 3년 정도밖에 지속되지 않았다. 그런데도 우리는 많은 이익을 얻었다. 오늘날 그 열광은 없지만 목적에 대해 일치감이 점점 일어나고 있다. 목적에 대한 일치감이 힘을 얻는다면, 우리의 처지는 향상될 수밖에 없을 것이다. 돌이켜 보면 여기에서 희생의 중요성을 각성하는 것은 쉽다. 우리의 민중이 자기 이익을 희생하기 시작할 때, 보다 고상한 목표에 대한 자각이 꽃필 것이고 최종적으로 좋은 열매를 맺을 것이다. 희생이 없다면 일치도 조화로운 행동도 있을 수 없다. 사회는 희생 위에 건설되었다.

우리가 트란스발의 우리 형제들로 하여금 이 글에 특별히 주목하게 하고 싶은 까닭은 그곳의 여건을 보니 조직은 깨어지고 상황은 악화일로에 있기 때문이다. 지금까지 우리는 정부가 우리에게 분명히 정의를 행할 것으로 믿었고, 법정에 간다는 생각은 하지 않았다. 그러나 정부가 백인들의 영향하에 있고, 정의를 행할 의사가 없거나 그럴 만한 능력이 없다면, 공동체 전체가 만나서 사안을 의논하고, 적절한 조처를 취하는 것이 절대 필요하다. 그렇게 하기 위해서 필요하다면 그들은 분명히 시간이나 돈, 나중에는 양자 모두를 희생할 것이다. 지금 상황은 아주 중대한 고비에 이르렀고, 일단 놓쳐버린 기회는 다시 얻을 수 없을 것이다. 트란스발의 우리 동포들은 이것을 명심하고, 자신들을 보호하기 위해 최선의 노력을 경주해야 한다. 그리고 우리는 그들이 그런 일을 함에 있어서 어떤 노력도 아끼지 않을 것이라고 확신한다. 우리의 요구는 정당하다. 그리고 우리가 우리의 운동을 지혜롭게 지도해 간다면, 우리는 궁극적으로 승리를 얻을 수밖에 없다. 지금은 단합하고 대의를 위해 시간과 돈을 바쳐야 할 때이다. 우리는 의무를 행해야 한다. 신의 의지는 의무를 다한 다음에 나타나게 될 것이다. 어릴 때 읽었던 손수레꾼 얘기를 상기할 가치가 있다. 그는 손수레의 바퀴가 진흙에 빠져 꼼짝하지 못하자 신에게 기도하기 시작했다. 그러자 신은 '네 일은 그저 기도를 하는 것만으로는 안 된다'고 말씀하셨다. 그가 애를 쓰면 그 다음에 신이 도와주실 것이다. 그 이후 손수레꾼은 열심히 노력했고, 바퀴는 빠져나왔다. 우리 모두는 설명 없이 이 이야기의 교훈을 이해할 수 있다. 가능한 모든 노력을 기울이는 것이 우리의 의무이다. 결과는 신의 손에 있다.

— 「희생 2」(G.), 『인디언 어피니언』, 1904.1.28; 『전집』 3 : 271

194) 야즈냐와 비협조

야즈냐(yajna)[31]에서 남은 암리뜨(amrit)[32]을 먹으면서 그들은 영원한 브라만[33]에 이른다. 야즈냐를 드리지 않는 자에게는 이 세상도 없으니 어찌 다른 세상이 있겠는가, 오 아르주나여.[34]

나라다는 숙고한 다음 빠르바띠가 물러가서 따빠스야(tapasya, 고행)를 해야 한다는 의견을 제시했다. 그녀의 부모는 그 의견을 좋아했다. 따빠스야가 행복을 가져오고 죄와 고통을 파괴하기 때문이다. 따빠스야는 모든 창조의 기초이다. 그래서 그들은 빠르바띠가 이것을 명심하고 물러가서 따빠스야를 행하기를 원했다.

야즈냐라는 말은 여러 방식으로 해석이 가능하지만, 모든 종교인들이 받아들일 수 있는 의미는 오직 하나뿐으로, 진정한 복리를 위해 자신의 목숨조차 바치는 각오라는 뜻이다. 빠르바띠는 시바와 같은 자를 자신의 배우자로 원했고, 그래서 고행을 하라는 충고를 받았다. 그녀가 무슨 고행을 했는지를 알고 싶은 사람은 뚤시다스의 비할 데 없는 작품을 읽어야 할 것이다. 여인은 고통 속에 아기를 분만하고 양육하는 데 자신을 희생한다. 생명은 죽음에서 나온다. 하나의 씨앗은 곡물이 되기 전 땅 속에서 분해되고 없어져야 한다. 하리슈찬드라는 진리의 사람으로서 자신의 말을 영광되

---

31) 희생.
32) 불사(不死)를 준다는 신들의 음료.
33) 절대자.
34) 『바가바드 기따』 4 : 31. 길희성 역주, 『바가바드 기타』(현음사, 1988) 참조.

게 하기 위해 끝없는 고통을 겪었다. 예수는 민중을 위해 구원을 얻으려고 가시 면류관을 썼고, 그의 손발에 못질을 허락했고, 고통을 당했다. 그런 다음 예수는 죽었다. 이것이 태곳적부터 있었던 야즈냐의 법칙이다. 야즈냐 없이 이 지구는 단 한 순간도 존재할 수 없다. 터키인들은 콘스탄티노플을 함락하기[35] 전 수없이 많은 군인들을 잃었고 다리를 만드는 데 그 사체들을 이용했다. 우리 인도인들은 인도에 널리 확산된 고통에 관한 불멸의 법칙을 충족시키지도 않고 우리나라를 향상시키고 싶어한다는 느낌을 나는 피할 수 없다.

우리는 단 하나의 목숨도 바치지 않으면서 완전 독립을 원한다. 아무런 노력 없이, 돈 한 푼 바치지 않고도 독립을 원할 수 있다면 행복해질 것이다. 아주 많은 사람들이 비협조에 대해 경악하고 있는데, 도대체 그 이유가 무엇일까? 나는 오직 두 가지만을 생각해 낼 수 있다. 하나는 민중이 자신들의 직업을 포기한다면 굶어 죽어야 할지 모른다는 것이고, 또 다른 하나는 만일 누구든 실수를 하고 정부가 발포한다면 수천 명의 사람들이 생명을 잃을지도 모른다는 것 때문이다. 이렇게 많은 사람들이 경악하는 것은 우리가 우리 편의 최소한의 고통도 없이 킬라파뜨라는 어렵고도 중대한 문제의 해결을 원하고 있음을 의미한다. 비협조는 아주 손쉬운 야즈냐의 일종이고, 아주 작은 자기 희생을 요구하는 소규모의 고행이다. 정의를 얻기 위해, 또는 어떤 방식으로든 부정의에 가담하지 않기 위해, 2만이나 2만 5천, 혹은 10만 또는 15만의 사람들이 일을 포기한다고 해도, 나는 그것을 결코 고통으로 여기지 않을 것이다. 아니, 문제가 된 기관이 잘 운영되는 곳에서 나는 종업원이 감내하는 고통을 자연스런 것으로 간주할 것이다. 그들은 그 고통에서 도망가는 대신 그것을 환영해야 할 것이다. 킬라파뜨와 같은 문제를 정당하게 해결하려 하다가 수천 명의 사람들이 죽더라도 나는 조금도 괴로워하지 않을 것이다. 나는 그것을 다르마에 대한 민

---

35) 1487년.

중의 헌신을 시험하는 것으로 간주할 것이다. 그런 고통을 통과하지 않고서는 어떤 승리도 있을 수 없고, 그런 방식으로 고통을 당하는 수천 명의 사람들은 이길 수밖에 없다고 믿는다.

비협조의 결과로 정부가 아무리 심하게 탄압한다고 해도 나를 동요시키거나 놀라게 할 수 없다. 그 탄압이 혹독하면 할수록 그 문제가 더 조속하게 해결될 수 있을 것이라고 확신한다.

나에게는 오직 하나의 공포가 있다. 민중이 실수나 잘못을 저질러 처벌을 초래하지 않을지, 한 사람이라도 분노하거나, 관리를 공격하거나 죽이지 않을지 하는 것이다. 이런 일이 발생한다면, 자기 희생이라는 순수한 법은 더럽혀질 것이고, 그만큼 우리가 바라는 목표는 연기될 것이다. 희생에는 오직 순수한 것만을 바칠 수 있다. 만일 하리슈찬드라가 자신 속에 악을 아주 조금이라도 둔 채로 왕국을 포기했다면, 우리는 오늘날 그의 영광을 노래하지 않을 것이다. 기독교인들은 예수를 구세주로 받아들이면서 절대적 완전성을 그에게 부여한다. 사안을 이런 시각에서 본다면, 우리가 킬라파뜨나 다른 이슈들에 관련된 운동에 잘못을 범할 가능성이 없다는 것을 스스로 알았다면, 비폭력을 당장 전면적으로 시작할 수 있었음을 알 수 있을 것이다. 운동이 단계별로 나눠졌다면, 그것은 우리에게 결점이 있지 않을까 하는 의혹 때문일 것이다. 이 모든 것을 감안하고, 우리가 인도의 부흥을 확보하기 위해 자기 희생이 불가피한 의무라는 점을 감안한다면, 우리는 비협조에 대해 일체의 공포를 품어서는 안 된다. 이와 반대로 우리는 비협조의 형식을 빌린 일종의 야즈냐 또는 따빠스 없이 킬라파뜨 문제도 풀 수 없고, 뻔자브를 위한 정의도 얻을 수 없고, 스와라즈를 얻거나 유지할 수도 없다는 점을 자각해야 한다.

—「자기 희생의 의무」(G.), 『나바지반』, 1920.6.20; 『전집』 20 : 162

195) 야즈냐와 자조(自助)

친구 한 사람이 종교적 이슈들에 대해 여러 가지 질문을 해왔다. 나는 그런 질문들을 늘 받지만, 그것들에 대해 자주 대답하는 일에 망설임을 느낀다. 하지만 내가 이런 문제들에 대해 생각해 보았고 결론에도 도달하게 되었는데, 그런 질문들에 대해 대답하지 않는 것도 적합해 보이지 않는다. 그래서 나는 나의 능력과 이해의 최대치를 발휘하여 다음 질문에 대답한다.

질문 고대에 실시되곤 했던 야즈냐에 대한 당신의 견해는 무엇입니까? 그런 야즈냐가 공기를 청정하게 합니까? 우리 시대에 야즈냐가 차지할 자리가 있습니까? 어떤 그룹들은 야즈냐를 부활하려고 합니다. 그런 부활이 이익만 가져다주겠습니까?

답변 야즈냐는 아름답고 아주 내용이 풍부한 말입니다. 그래서 그 의미는 우리의 지식과 경험에 따라, 그리고 변화하는 시간과 더불어 확장될 수 있습니다. 그 말은 예배, 희생, 다른 사람에 대한 봉사를 의미하는 것으로 해석될 수 있습니다. 이런 의미로 이해한다면, 야즈냐는 언제든 부활할 가치가 있습니다. 그러나 여러 유형의 야즈냐들, 즉 경전(샤스뜨라)에 야즈냐로 묘사된 여러 종류의 의식(儀式)들은 소생시킬 만한 가치도 없고, 소생될 수도 없습니다. 이런 의식들의 일부는 유해하고, 베다시대에도 우리가 오늘날 부여하는 그런 의미로 이해되었는지 의심스럽기까지 합니다. 이런 의심의 정당성 여부와 관계없이, 이 의식들의 일부는 우리 이성과 도덕감에 맞지 않습니다. 인류학자들은 우리에게 예전에는 사람을 바치는 희생제사가 존재했다고도 말합니다. 지금 그런 희생제사를 드린다고 생각할 수 있겠습니까? 말을 희생으로 바치는 제사를 지내려고 하는 자가 있다고 해도 그는 조롱거리가 될 것입니다. 야즈냐가 공기를 청정하게 하는지의 문제에 들어갈 필요는 없을 것입니다. 종교의식에 관련하여 그 의식이 공기의 청정과 같은 사소한 이익을 낳을 것인지 여부를 묻는 것은 주제와 무관하기 때문입니다. 그 점에서 현대의 물리과학이 우리에게 더 좋은 도움이 될 것입니다. 경전의 핵심적 원리와 그 원리에 기초를 둔 관행은 서로 별개의 것입니다. 원리는 언제나 어디서든 동일합니다. 그러나 원리에 기초를 둔 관행은 시대와 나라에 따라 변합니다.

질문 인간으로 태어난다는 것이 진귀한 특권이라는 것, 그래서 우리가 시간을 들여 신의 찬양을 노래해야 한다는 것, 사람들은 일반적으로 이런 것을 믿습니다. 우리가 만일 현세의 호기를 올바르게 사용하는 데 실패한다면, 우리는 다시 한번 840만의 다른 종으로 거듭 태어나는 윤회의 바퀴를 통과해야 할 것입니다. 이 믿음 안에 있는 진리는 무엇입니까? 까비르 역시 다음과 같이 노래합니다.

> 오 형제여, 깨어나십시오, 라고 까비르는 말한다.
> 그렇지 않다면, 당신은 840만 번의 윤회 바퀴로 들어가고 말 것이오
> 당신은 돼지나 닭으로 태어날 수도 있소
> 당신은 그들의 운명을 겪을 것이오, 오 형제여.
> 여기에서 우리는 어떤 교훈을 얻어야 하나요

답변 나는 이것이 정말로 사실이라고 믿습니다. 사람은 수많은 생명으로 태어나는 윤회의 바퀴를 통과한 이후 사람으로 태어납니다. 그리고 해탈, 즉 대립 항으로부터의 완전한 구원은 오로지 사람의 육체가 겪는 삶을 통해서만 얻어질 수 있습니다. 궁극적인 분석의 결과 오로지 하나의 아뜨만이 존재한다면, 그 아뜨만은 수없이 다양한 생명으로 수없이 많은 종들의 윤회 바퀴를 통과한다는 것은 불가능하거나 놀라운 일이 아닐 것입니다. 우리의 이성 또한 이런 관념을 받아들일 수 있고, 어떤 사람들은 전생을 상기해내기조차 합니다.

질문 쁘라나야마(pranayama, 호흡 조절)를 통해 사마디36)의 경지에 도달하는 요기와, 감각기관의 통제를 얻는 자 사이에 누가 더 높은 영적인 선을 이룹니까?

---

36) 무사유 자각의 상태.

답변 이 질문은 요가와 자제 사이에 모순을 상정하고 있습니다. 실제로 하나는 다른 것의 원인입니다. 아니, 그것들은 상대방의 보완물입니다. 감각기관의 통제 없는 사마디는 꿈바까르나[37]의 수면 상태보다 나을 것이 없습니다. 마찬가지로 사마디 없이는 감각기관의 통제가 어렵습니다. 이런 맥락에서 사마디는 하타 요기[38]가 행하는 사마디의 제한된 의미로가 아니라 넓은 의미로 이해되어야 합니다. 사실상 하타 요기의 사마디는 감각기관의 통제를 얻는 데 필수적인 것이 아닙니다. 그것이 도움이 될 수는 있을 것입니다만, 오늘날에는 통상적인 사마디가 최선입니다. 통상적인 사마디는 선택한 과업에 몰두할 수 있는 능력을 의미합니다. 감관의 통제 없는 요가행의 성취는 아무 소용이 없다는 점을 망각해서는 안 됩니다.

질문 어떤 사람이 자조(自助)를 믿고 들판에서 일하고, 자신이 사용할 목적으로 곡식을 재배하고, 자신의 손으로 쟁기와 같은 농기구를 제작하고, 목수의 일을 하고, 자기 자신의 천을 짜고, 심지어 자신의 집까지 건축한다고 해봅시다. 간단히 말해 그가 필요로 하는 모든 것을 자신의 힘으로만 만들어내고, 그 목적을 위해 다른 사람의 노동을 이용하지 않습니다. 이렇게 하는 것이 옳습니까, 틀립니까? 자조의 사람에 대한 당신의 정의는 무엇입니까?

답변 자조(self-help)란 타인의 도움 없이 자신의 발로 설 수 있는 능력을 의미합니다. 이것은 사람이 타인의 도움에 대해 무관심하거나 타인의 도움이 오면 거절해야 한다는 것, 그 도움을 절대로 바라거나 요청하지 말아야 함을 의미하는 것은 아닙니다. 그러나 농부가 뭔가 결핍된 것이 있어서 타인의 도움을 구했지만 도와주기를 거부했을 때에도 평정심과 자존심을 유지할 수 있다면 그는 자조의 사람입니다. 타인의 도움을 얻을 수 있는 농부가 만일 땅을 경작하고, 파종과 추수 등의 모든 작업을 스스로 돌보고, 필요한 농기구를 스스로 제작하고, 자신의 옷을 위해 자신이 뽑아낸 실로 직물을

---

37) 『라마야나』에서 라바나의 동생으로서, 6개월에 한 번씩 잠자고 깨어나기를 반복했다.
38) hathayogi : 특정한 신체적 기술에 의존하는 요기.

짜며, 자신의 옷을 재봉(裁縫)하고, 스스로 요리하고, 집을 혼자서 짓는 사람이 있다면, 그런 농부는 아둔한 사람이든지, 아니면 자만에 빠진 사람이거나, 아니면 야만인과 같습니다. 자조는 육체 노동의 야즈냐를 함축하고 있는데, 이것은 모든 사람들이 자신의 생계를 위해 일을 해야 한다는 것을 의미합니다. 그래서 들판에서 하루 8시간 일하는 사람은 베 짜는 사람, 목수, 대장장이와 벽돌공의 봉사를 받을 자격이 있습니다. 그들의 봉사를 얻으려는 것이 그의 의무이고, 그는 그것을 충분히 쉽게 구할 것입니다. 그 대신 목수, 대장장이, 그리고 다른 장인들은 농부의 노동이 생산해 낸 곡물들을 얻을 것입니다. 손의 도움을 받지 않고 활동하는 눈은 자조를 실행할 수 없습니다. 그것은 과도하게 자만하고 있습니다. 우리 육신의 다른 지체들은 그들 자체의 기능 면에서는 자조를 수행하고 있지만, 다른 지체들에게 봉사합니다. 그것들이 서로 도움을 받고 있기에 서로 돕고 의존할 수 있기 때문입니다. 이와 마찬가지로 인도라는 육신이 가진 3억 개의 지체들은 우리 자신의 개별적인 분야에서 자조의 의무를 수행해야 하고, 우리가 동일한 나라의 지체들임을 증명하기 위해, 도움을 교환해야 합니다. 그런 다음에야 우리는 나라를 건설할 수 있고 애국자라는 우리의 주장을 증명할 수 있습니다.

질문 결혼식, 산드야(sandhya, 조석 기도), 야즈냐의식과 기도를 위해 산스끄리뜨 시구가 사용됩니다. 시구들은 그 의식의 주재자들이 음송합니다. 그리고 그를 초빙한 사람들은 그가 시구를 읊조릴 때 뜻도 모르고 함께 읊조립니다. 산스끄리뜨는 더 이상 우리의 모국어가 아닙니다. 수많은 기관들이 기도, 산드야, 야즈냐의식 등을 위해 산스끄리뜨를 사용하라고 사람들에게 요청합니다. 그러나 사람들은 그 언어를 이해하지 못합니다. 그렇다면 그들이 음송되고 있는 것에 어떻게 집중할 수 있습니까? 더구나 산스끄리뜨는 난해한 언어입니다. 내가 보기에는 그 시구를 암기하고, 그 의미를 기억하는 것은 이중 부담으로 보입니다. 산스끄리뜨가 민중의 모국어였던 때, 모든 일이 산스끄리뜨로 행해졌으므로 그것은 괜찮았습니다. 이제 더 이상 그런 입장을 취할 수 없습니다. 산스끄리뜨는 모든 일에 있어서 민중이 모국어를 사용하는 데 도움이 되었을 것입니다. 하지만 현재 우리의 관습은 다릅니다. 위에서 언급한 종교의식들은 일반 대중 사이에서 산스끄리뜨로 행해집니다.

답변 나는 산스끄리뜨가 힌두교의 모든 의식(儀式)에서 사용되어야 한다고 생각합니다. 번역은 아무리 좋아도 원어의 소리에 담겨 있는 의미를 우리에게 전달할 수 없습니다. 산스끄리뜨는 수천 년 동안 일정한 수준의 순화를 거듭해 왔고, 사람들은 시구들을 항상 산스끄리뜨로 암송해 왔습니다. 그러한 시구들을 지방어로 번역하고 그 번역에 만족하게 되면, 그 시구에 부여된 엄숙한 분위기는 감소되고 말 것입니다. 그러나 모든 시구의 의미, 의식의 매 단계의 의미는, 그 시구들의 암송과 수행이 주는 이득을 받아들이는 민중 자신의 언어로 설명되어야 한다는 점에 대해 나는 전혀 의심이 없습니다. 산스끄리뜨에 대한 기초 지식이 없다면, 모든 힌두교도에 대한 교육은 불완전하다고 나는 생각합니다. 산스끄리뜨에 대한 지식이 확산되지 않는다면, 나는 힌두교가 지속적으로 존재할 것이라고 생각하지 않습니다. 그 언어가 어려운 이유는 그것을 가르칠 때 우리가 따르는 교과목의 유형 때문에 그랬던 것이며, 그 자체로는 전혀 어려운 것이 아닙니다. 그것이 어렵다고 해도 다르마의 실행은 더 어렵습니다. 따라서 다르마를 자신의 삶에서 수행하려는 사람에게 수단이 실제로 아무리 어렵다고 해도 보기에는 쉬워야 할 것입니다.

—「종교적 이슈들에 대한 질문들」(G.), 『나바지반』, 1926.3.28; 『전집』 34 : 225

196) 야즈냐, 복지와 봉사

디왈리, 화요일 아침, 1930.10.21

안녕, 나란다스!

거기 있는 모든 친구들에게 나의 축복을 보낸다. 모든 사람들에게 나의 반데 마따람(애국가)과 마땅한 경의를 보낸다. 내년에는 보다 더 큰 봉사정신으로 그득하기를 바라고 더 나은 도구가 되기를, 그 점에서 우리의 의무에 대해 더 각성하기를 바란다.

우리는 '야즈냐'라는 단어를 자주 사용한다. 물레질을 일상의 마하야즈냐(큰 제사)의 경지에까지 올렸다. 그래서 '야즈냐'라는 말의 다양한 의미를 생각해 내는 것이 필수적이다. '야즈냐'는 타인들의 복리로 향한 행위, 즉 세속적이고 영적인 성격의 어떤 보답도 바라지 않는 행위를 의미한다. 여기에서 '행위'란 가장 광범위한 의미로 이해되어야 하는데, 행동만이 아니라 생각과 말까지 포함한다. '타인'이란 인간만이 아니라 모든 생명을 포함한다. 그래서 아힘사의 관점에서 보면, 인간에게 봉사할 목적으로 저급한 동물을 희생하는 일은 야즈냐가 아니다. 베다에 동물희생이 한 자리를 차지하고 있다고 해도 문제될 것은 없다. 그런 희생이 진리와 비폭력의 근원적인 검증을 견딜 수 없다는 사실만으로 우리에게 충분하다. 나는 베다학에 대해서는 무능하다고 선뜻 인정한다. 그러나 이 주제에 관련하여 내가 무능하다고 해도 나는 걱정하지 않는다. 동물 희생제사가 베다사회의 한 단면이었음이 증명된다고 해도, 그것은 아힘사의 신봉자를 위해서는 선례가 될 수 없다.

야즈냐에 대한 이 정의에서 기초적인 희생이란 가장 광범위한 지역에 있는 최대 다수의 사람들을 복리로 이끄는 행위, 최대 다수의 남녀들이 거의 문제없이 수행할 수 있는 행위여야 한다는 점이 도출된다. 그래서 이른바 고차적인 이익을 위해서라도 어느 누구에게 나쁜 일을 원하거나 행한다면, 그것은 야즈냐가 아니며 마하야즈냐는 더더욱 될 수 없다. 그리고 『기따』가 가르치고, 경험이 증거하는 바에 따르면, 야즈냐의 범주 아래 들어올 수 없는 행위는 속박을 촉진할 것이다.

이 세상은 이런 의미에서 야즈냐 없이 단 한 순간도 지탱할 수 없다. 그래서 『기따』는 2장에서 참된 지혜를 다룬 뒤 3장에서 그것을 얻는 수단을 다루고, 야즈냐가 창조 자체와 더불어 생겨났다는 점을 많은 말로 선언하고 있다. 그래서 이 육신은 우리가 그것으로 모든 피조물에게 봉사하기 위해서만 주어졌다. 그래서 『기따』는 야즈냐를 드리지 않고 먹는 자는 훔친 음식을 먹는 자라고 말하고 있다. 순결한 삶을 영위하는 자의 모든 행위는 야즈냐의 성격을 지녀야 한다. 야즈냐는 우리의 탄생과 더불어 우리에게 왔으므로, 우리는 우리의 모든 생에서 빚진 사람이며 그래서 영원히 우주에 봉사해야 한다. 그리고 노예조차 자신이 봉사하는 주인에게서 음식물과 의복 등을 제공받듯이, 우리는 우주의 주님이 우리에게 할당하신 선물을 기쁘게 받아야 할 것이다. 우리가 받는 것은 모두 선물이다. 우리는 빚진 사람으로서 우리 책무 수행을 위해 어떤 배려도 받을 자격이 없기 때문이다. 그래서 우리는 그것을 받지 못하더라도 주인을 비난해서는 안 된다. 우리의 육신은 그 분의 것으로서 귀하게 여겨지기도 하고 그 분의 의지에 따라 내버려지기도 한다. 이런 일39)은 불평의 사안도, 심지어 연민의 사안도 아니다. 그와 반대로 우리가 신의 구도 안에서 우리의 적절한 장소를 자각하기만 하면, 이런 일은 자연의 상태, 심지어 유쾌하고 바람직한 상태이다.

　이런 최고의 지복을 경험하려면 우리는 참으로 강한 신앙이 필요하다. '자신에 대해 아무 염려도 하지 마시오. 모든 걱정을 신에게 맡겨두십시오' 이것은 모든 종교에서 가장 중요한 계명으로 보인다. 그러나 이 때문에 우리가 놀랄 필요는 없다. 정결한 양심으로 자신을 봉사에 바치는 자는 나날이 봉사의 필요성을 크게 느낄 것이며, 신앙 안에서 계속 더 풍요롭게 될 것이다. 하지만 자기 이익을 포기할 각오가 없는 자, 탄생의 조건을 인정할 각오가 없는 자는 봉사의 길을 이행하기가 거의 불가능하다. 그런 사람이 행한 어떤 봉사도 이기심에 의해 오염될 것이다. 그러나 그와 같은 지독한 이기심을 가진 사람은 이 세상에 드물다. 우리 모두는 의식리 무의

---

39) 특히 내버려지는 일을 가리키는 것 같다. (역주)

식리에 이런 저런 봉사를 하고 있다. 우리가 봉사의 습관을 의도적으로 기르게 되면, 봉사에 대한 우리의 욕구는 점점 강해지고 우리 자신의 행복만이 아니라 세계 전체의 행복에 기여하게 될 것이다.

바뿌로부터 축복을

— 나란다스 간디에게 보낸 편지(G.), MMU / I;『전집』50 : 230(일부)

197) 야즈냐와 포기

1930.10.28 화요일 아침

안녕, 나란다스!

나는 지난 주 야즈냐에 대해 글을 썼다. 그러나 그것에 대해 좀더 쓰고 싶다. 인류와 더불어 만들어진 원리 하나를 더 고려해 보는 것이 아마 가치 있을 것이다. 야즈냐는 하루 24시간 내내 수행해야 할 의무이고, 베풀어야 할 봉사이다. 그래서 '선한 자들의 힘은 언제나 자선의 목적을 위해 사용되어야 한다'는 격률은 부적절하다. 자선(benevolence)이 그 안에 뭔가 호의(favour)의 태도가 있다면 말이다. 욕망 없이 타인에게 봉사하는 일은 타인에게 호의를 베푸는 것이 아니라 우리 자신에게 호의를 베푸는 것이다. 이는 마치 우리가 빚을 갚는 행위에 있어서 우리 자신에게 봉사하고, 우리의 부담을 덜어주고, 우리의 의무를 충족시키는 것과 같다. 다시 말하자면, 착한 사람들만이 아니라 우리 모두는 우리의 자원을 인류의 처분에 맡겨 둬야 한다. 그것은 하나의 법칙임이 분명하다. 만일 그것이 정말로 법칙이라면, 탐닉은 인생에서 한 자리를 차지하기를 그만 두고, 포기(renunciation)에 자신의 자리를 양보하고 말 것이다. 사람에게는 포기 자체가 기쁨이다. 이것이 사람과 짐승을 나누는 것이다. 어떤 사람들은 이렇게 이해되는 삶이란 무미건조하고, 예술도 없고, 가장(家長)을 위한 여지를 전혀 남겨 두지 않는다고 반대한다. 그러나 나는 그들이 이렇게 말할 때 포기라는 말을 잘못 해석하고 있다고 생각한다. 여기에서 포기란 말은 세상을 등지고 숲으로 들어감을 의미하는 것이 아니다.

포기의 정신이 삶의 모든 활동을 지배해야 한다. 자신의 삶을 탐닉으로서가 아니라 의무로 생각하는 사람만이 가장의 자격이 있을 것이다. 구두수선공·경작자·장사꾼·이발사는 자신들의 일이나 활동에 있어서 포기의 정신에 의해서거나 아니면 단순히 탐닉의 욕구에 의해 분발할 수 있다. 희생정신으로 자신의 업무를 수행하는 상인이 수중에 수천만 루삐의 돈을 만진다고 해보자. 그러나 그가 자원을 인류의 처분에 맡겨 둬야 한다는 법칙을 따른다면, 봉사를 위해 자신의 능력을 사용할 것이다. 그래서 그는 속이거나 투기하지 않고, 검소하게 살며, 살아 있는 혼에 상해를 입히지 않고, 누구에게 해를 끼치느니 차라리 수백만 루삐를 잃고 말 것이다. 이런 유형의 상인이 오직 내 상상 속에서만 존재한다고 지레짐작해서는 안 된다. 세상을 위해 다행스럽게도 그런 자는 동양에서도 서양에서도 존재한다. 그러한 상인들이 손가락으로 셀 정도라는 것이 사실이지만, 거기에 상응하는 단 하나의 산 표본이라도 발견될 수 있다면 그런 유형은 더 이상 상상의 존재가 아닐 것이다. 우리 모두는 와드완에 있는 박애주의자 재봉사를 알고 있다. 나는 그와 같은 이발사도 알고 있다. 우리 모두는 베 짜는 사람들 가운데서도 그와 같은 사람이 있음을 알고 있다.40) 그리고 우리가 이 사안에 대해 깊이 들어간다면, 우리는 헌신적인 삶을 사는 사람들을 모든 부문에서 만나게 될 것이다. 이들 봉사자가 그들의 일을 통해 생계를 꾸려가고 있다는 점은 의심할 것 없이 분명하다. 하지만 생계는 그들의 목표가 아니고, 단지 그들이 가진 천직의 부산물일 따름이다. 모띠랄은 처음 재봉사였고 그 이후에도 쭉 재봉사일을 하고 있다. 그러나 그의 정신은 변화되었고, 그의 일은 예배로 바뀌었다.

---

40) 이 암시는 까비르를 지칭하는 듯하다.

그는 타인들의 복리에 대해 생각하기 시작했고, 그의 삶은 진정한 의미에서 예술적으로 되어 갔다.

희생적인 삶은 예술의 정점이고, 진실한 기쁨으로 가득 차 있다. 그런 삶은 절대 마르지 않고 절대 물리지 않는 기쁨의 샘, 언제나 신선한 샘의 원천이다. 야즈냐는 사람이 그것을 부담스럽다거나 성가시다고 느낀다면 더 이상 야즈냐가 아니다. 자기 탐닉은 파멸로 나아가고, 포기는 불멸로 나아간다. 기쁨은 독립적으로 존재하는 것이 아니라 삶에 대한 우리의 태도에 의존한다. 어떤 사람은 연극의 한 장면과 같은 풍경을 즐길 것이며, 다른 사람은 창공에서 늘 새롭게 펼쳐 가는 장면들을 즐길 것이다. 그래서 기쁨은 교육에서 나오는 것이다. 우리는 어릴 때 즐기도록 교육을 받았던 일들에 대해 즐거움을 느낄 수 있을 것이다. 다른 국민적인 풍미들에 대해서도 이런 사례들을 쉽게 찾을 수 있을 것이다.

다시 한번 말해둔다. 많은 봉사자들은 그들이 필요로 하는 모든 것, 그리고 필요하지 않는 많은 것들을 민중에게서 공짜로 받을 수 있다고 상상하는데, 많은 봉사자들이 사심 없는 봉사 행위를 베풀고 있기 때문이다. 이런 관념이 직접적으로 사람을 지배하게 되면, 그 사람은 노예가 되고 민중에 대해 폭군이 된다. 타인들에게 봉사하려는 자는 자기 자신의 안락에 대해 단 한 차례의 생각도 낭비하지 않을 것이다. 그는 자신의 안락을 저 높은 곳에 계신 주님에게 맡겨 그 분의 뜻에 따를 것이다. 그래서 그는 얻게 되는 모든 것을 등에 지지 않을 것이고, 꼭 필요한 것만을 받아들이고 나머지는 남겨 둘 것이다. 그는 비록 불편한 곳에 처하더라도 고요하고, 분노로부터 자유롭고, 평온할 것이다. 그의 봉사는 덕과 같이 그 자체가 보답이다. 그리고 그것으로 만족할 것이다.

다시 말하자면, 사람은 감히 봉사에 나태하거나 봉사를 밀쳐두거나 하면 안 된다. 개인적 일에만 부지런하고 무보수의 공적인 일은 적당한 때, 적당한 방식으로 할 수 있을 것이라고 생각하는 사람은 봉사 과학의 기본 자체를 배워야 한다. 타인에 대한 자발적 봉사는 우리가 할 수 있는 최선을 요구하며, 자신에 대한 봉사에 선행해야 한다. 사실상 순수한 귀의자는 일체의 유보 없이 인류에 대한 봉사에 자신을 봉헌한다.

바뿌로부터 축복을

— 나란다스 간디에게 보낸 편지(G.), MMU / I;『전집』50 : 264(일부)

4. 아빠리그라하[41)]와 무소유

198) 아빠리그라하 이상

사바르마띠 아슈람, 1926.4.30 금요일

친애하는 하삼 히르지께,

당신이 보낸 첫 번째 편지에 대한 답신을 보내기도 전에 당신은 또 한 통의 편지를 보내셨군요. 당신의 첫 편지에 있던 핵심 문제에 대해서는 시간이 있다면『나바지반』지를 통해 대답할 것입니다. 두 번째 편지에 대해서는 여기에서 대답할 것입니다.

아빠리그라하는 이상적인 상태입니다. 이상은 결코 완벽하게 실현되는 것이 아니라고 말할 수도 있을 것입니다. 그러나 그 때문에 우리는 이상을 낮춰서는 안 됩니다. 어느 누구도 여태 기하학의 이상적인 직선을 그을 수 없었지만, 그 때문에 그 정의를 바꿀 수는 없을 것입니다. 우리가 직선을 그을 경우, 우리는 이상적인 선을 눈에 떠올리면서 우리의 목적에 합당한 선을 긋는데 성공할 수 있을 것입니다. 그러나 우리가 그 정의를 수정한다면, 우리는 키 없는 배와 같을 것입니다. 동전 한 닢의 돈에는 아무 잘못이

---

41) aparigraha. 「용어해설」에는 무소유, 포기로 번역되어 있다. (역주)

없습니다. 악은 그 사용에서 나오는 것입니다. 이를 명심하여 우리는 최선을 다해 아빠리그라하 이상을 성실하게 실현하도록 해야 할 것입니다. 이제 당신이 상상하는 사례들을 검토해봅시다. 부자들이 자발적으로 자신들의 부를 포기한다고 해도 이 세상은 잃을 것이 없고, 이와 반대로 그들의 행동으로 이익을 얻을 것입니다. 성실한 아빠리그라하 행동의 결과로서 참신하고도 강력한 힘이 생성되기 때문입니다. 어느 누구도 그런 문제들에 있어서 기계적으로 행동하지는 않습니다. 심정에 자발적인 충동을 느끼는 자 만이 행동할 것이고, 그의 행동은 좋은 평판을 받을 만합니다. 온 세상이 아빠리그라하 이상에 따라 행동할 위험이나 가능성은 없습니다. 그러나 온 세상이 그런다고 해도, 나는 세상이 자체를 유지하는 데 아무 어려움이 없을 것이라는 점에 대해 추호의 의심이 없습니다. 이 세상에는 단 하루 동안의 자신의 수요를 충족시킬 만한 것도 저장하지 않는 사람들이 있습니다. 물건을 비축한 다른 사람들이 존재하지 않는다면 그들이 굶어죽을 것이라고 믿을 필요는 없습니다.

정부가 시행한 법률을 보면 과실(過失)로 범한 죄라도 여전히 죄가 되듯이, 무지에 의해 신성한 법률을 범한 것도 여전히 범한 것입니다. 알코올의 영향 아래에서 범한 간통이라도 여전히 간통입니다. ‘용서를 구함’과 ‘용서를 받아들임’은 아름다운 생각들입니다. 나는 이 두 원리에 근거하여 행동합니다. 그러나 이런 의미에서 용서는 보통 우리가 이해하는 용서가 아니라고 나는 늘 믿어 왔습니다. 용서받고 싶은 진지한 욕구는 우리의 겸손을 강화시킵니다. 그래서 우리는 우리의 약함을 볼 수 있고, 이 지식은 선량할 수 있는 힘을 줍니다. 힌두·무슬림·기독교도와 여타 종교인들은 신을 기술하기 위해 무수한 형용어구들을 사용해 왔지만, 그것들은 모두 우리 자신의 상상의 산물입니다. 신은 속성이 없으며 모든 제한을 넘어갑니다. 그러나 나는 다시 한번 그 이상에 대해 말하고 싶습니다. 만일 우리가 그 이상을 이해하지 못하고, 그 분을 묘사하기 위해 우리가 사용하는 일체의 형용어구에 신이 종속된다면, 그는 우리와 같이 여러 오류의 구현체가 될 것입니다. 그래서 우리는 그 분이 오점이 없고 형상(form)이 없는 분으로 알아야 하고, 그런 뒤 그 분에 대해 우리가 원하는 만큼의 많은 형용어구를 부여할 수 있을 것입니다. 왜냐하면, 그런 어구들이 그 분이 우리에게 준 유일한 언어이기 때문입니다. 이런 것 이외에도, 우리는 행위의 결과에서 도망갈 수가 없습니다. 이것이 보편적인 법칙이며 그 법칙 속에 그의 자비가 담겨 있습니다. 우리는 남에게 과오를 들키면 보통 그 과오를 두둔하거나 고칩니다. 우리가 하는 식으로 신이 자신의 법칙과 계명을 부단히 고쳐야 한다면, 이 세상은 단 한 순간도 유지되지 못할 것입니다. 우리가 신이라고 부르는 실재는 신비롭고, 묘사하기 어려운, 독특한 힘입니다. 우리가 마음으로 그 분을 파악하지 못한다면 어떻게 군색한 말로 그 분을 묘사할 수 있겠습니까?

—하삼 히르지에게 보내는 편지(G.), SN 10902;『전집』35 : 224

199) 나와 내 것(我·我所)을 제거하기

지난번 다르방가에서 있었던 평화 집회에서 행한 사띠스 찬드라 무께르지 씨의 연설에 대한 다음의 요약된 보고서를 관심과 이익을 갖고 읽을 수 있을 것이다…….42)

우리가 종교·정치·경제 등에서 '나'와 '내 것'을 제거한다면 곧 자유로울 수 있을 것이고 지상에 평화를 가져올 수 있을 것이다.

—「'나'와 '내 것'의 저주」,『영 인디아』, 1926.9.23;『전집』36 : 392

---

42) 필자의 주장은, '나'와 '내 것'의 감정이 이 나라의 집단간의 불관용과 폭력의 많은 부분에 대해 책임이 있었다는 것, 그리고 모든 종교에 대한 진실한 이해는 보편적 품성, 진리, 비폭력 등의 고려를 통해서만 가능하다는 것이었다.

200) 자기 포기

사바르마띠, 사땨그라하 아슈람, 1928.7.11

친애하는 샹까란에게,

나는 자네가 츠흐간랄 조시에게 보낸 편지와 수표를 받았다네. 그 이름들은 적당한 때에 공개될 것이라네.

애당초 특정한 명분을 위해 주어진 기부금이 기부자의 동의를 얻어서 그 명분 이외의 목적에 사용된다면 그것은 아스떼야(불투도, 不偸盜 : 훔치지 않기) 서약의 위반은 아니라네.

노동자가 자신의 임금을 받을 만한 자격이 있어야 한다는 원리에 근거하여 최소한의 의식주로 만족한다면, 그리고 자신의 봉사에 대해 의복과 식사를 받아야 한다는 조건을 달지 않는다면, 그는 자신의 필요를 제로로 감소한 사람으로 간주될 수 있을 것이라네. 그가 어떤 기관을 위해 일을 해주면, 그 기관은 기관 자체를 위해 그를 먹이고 입힐 것이네. 자신을 완전히 바친 사람이 굶주림을 자신의 운명이라고 여긴다면 그는 그것을 즐겁게 견딜 것이라네. 결국 자기 포기는 정신적 태도라네. 무력하게 굶고 있는 수백만 명의 사람들은 강요받은 굶주림과 자신들의 마음이 일치하지 않기 때문에 무엇을 포기한 것은 아니라네.

나는 이 편지를 자네의 새로운 주소를 알기 전에 보낸다네. 자네가 그것을 받아볼 수 있기를 바라네.

— 샹까란에게 보낸 편지, SN 13469; 『전집』 42 : 262

201) 아스떼야-불투도

안녕, 나란다스!

우리는 이제 불투도 규율에 대해 말할 차례이다. 좀더 깊이 생각해 본다면, 우리는 모든 규율이 진리와 아힘사 안에, 아니면 진리 안에 함축되어 있음을 알 수 있을 것이다. 이것은 다음과 같이 설명될 수 있다.

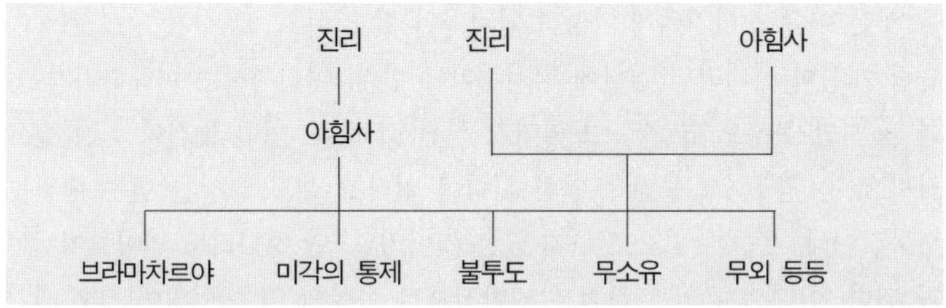

아힘사는 진리에서 도출할 수도 있고, 아니면 진리와 함께 쌍을 이룰 수도 있다. 진리와 아힘사는 동일하지만 나는 진리를 유달리 좋아한다. 최종적으로 오직 하나의 실재만이 존재할 수 있다. 최고의 진리는 그 자체로서 있다. 진리는 목적이며 아힘사는 그것에 이르는 수단이다. 우리는 사랑의 법을 따르는 것이 어렵다는 것을 알지만, 아힘사나 비폭력이 무엇인지를 알고 있다. 그러나 진리에 대해서는 그 편린만을 알고 있다. 사람이 비폭력을 완전히 실행하기가 어렵듯이, 진리에 대한 완전한 지식도 성취하기가 어렵다.

아스떼야는 불투도(훔치지 않기)를 의미한다.

사람이 훔치면서 동시에 진리를 안다고 하거나 사랑을 품고 있다고 주장하기란 불가능한 일이다. 하지만 우리 모두는 의식리 무의식리에 다소간 절도의 죄를 범하고 있다. 우리는 타인에게 속하는 것을 훔칠 뿐만 아니라 우리 자신에게 속한 것도 훔친다. 아이들 몰래 뭔가를 은밀하게 먹는 아버지가 바로 우리 자신의 것을 훔치는 사례이다. 아슈람 부엌 창고는 우리의 공동 재산인데, 그곳에서 단 하나의 설탕 알갱이를 몰래 가져가는 사람이 있다면, 그는 자신에게 도둑이라는 낙인을 찍은 것이다. 다른 아이의 연필을 가져가는 아이도 훔친 것이다. 어떤 사람의 물건을 그의 허락 없이 가져가는 일은 그 주인이 그 행위를 알고 있다고 해도 도둑질이다. 주인이 없다는 믿음하에 어떤 물건을 가져간다고 해도 도둑질이다. 노변에서 발견된 물건은 통치자나 지방 당국에 속하는 것이다. 아슈람 인근에 발견되는 모든 것은 아슈람 서기에게 마땅히 넘겨져야 할 것이고, 그 서기는 그것이 아슈람 재산이 아니라면 경찰에 넘겨주어야 한다. 여기까지는 이해하기가 쉽다. 하지만 불투도 규율은 그 의미가 훨씬 더 깊다. 어떤 물건이 진정 필요하지 않는 경우, 그 물건 주인의 허락이 있다고 해도 그것을 받는 행위는 도둑질이다. 우리가 필요로 하지 않는 것이라면, 단 하나라도 받아들여서는 안 된다. 이런 종류의 도둑질은 일반적으로 음식의 경우에 일어난다. 내가 필요하지 않는 과일을 받거나 필요량 이상으로 받는 경우, 그것도 도둑질이다. 우리는 우리 자신의 진정한 필요를 언제나 의식하는 것은 아니고, 우리 대부분은 우리의 수요를 부당하게 늘리기 때문에 무의식적으로 우리 자신을 도둑으로 만든다. 우리가 이 주제에 대해 생각을 좀 해본다면, 우리의 필요 중 상당히 많은 부분을 제거할 수 있을 것이다. 불투도 규율을 준수하는 자는 그의 필요를 단계적으로 감소시킬 수 있을 것이다. 이 세상의 비참한 빈곤의 많은 부분은 불투도 원리의 위반에서 생겨난 것이다.

지금껏 고려된 도둑질은 외면적이고 물질적인 도둑질이라고 명명할 수 있을 것이다. 이런 도둑질 이외에 보다 미묘하고, 인간정신을 훨씬 타락시키는 종류의 도둑질이 있다. 타인에게 속하는 어떤 것을 획득하고자 정신적으로 욕구하는 것, 또는 그것에 대해 탐욕의 시선을 던지는 것도 도둑질이다. 만일 성인이든 어린애든 좋은 물건을 보고 그것에 대해 유혹을 느낀다면 그것은 정신적 도둑질이다. 음식을 먹지 않는 사람은 신체의 면에서 단식한다고 보통 말할 수 있다. 하지만 그가 다른 사람이 식사하는 것을 보고 먹는 쾌락을 머리 속에 열심히 그리고 있다면, 이는 단식의 위반일 뿐만 아니라 도둑질의 죄를 범하게 된다. 단식 중에 그가 단식을 마친 뒤에 먹을 음식에 대해 다양한 메뉴를 계속하여 계획한다면, 앞의 경우와 유사한 죄를 범하는 것이다. 불투도의 원리를 지키는 자는 장차 얻을 물건들에 대해 번민하지 않을 것이다. 미래에 대한 이와 같은 사악한 불안이 수많은 도둑질 배후에 도사리고 있다. 말하자면 다음과 같은 식이다. 우리는 오늘 하나의 물건만을 갖기를 욕구하고, 내일 그것을 소유하기 위해 가능하다면 정직한 방법, 필요하다고 판단되면 부정직한 방법도 사용하기를 시작할 것이다. 물질적인 물건만이 아니라 생각도 훔칠 수 있다. 실제로 보면 자신에게서 출발한 생각이 아닌 것인데도 그 좋은 생각을 만들어 냈다고 이기적으로 주장하는 자는 생각을 도둑질한 자이다. 배운 자들 가운데 많은 사람들이 세계 역사에서 그런 도둑질을 자행했으며, 표절이 오늘날에도 결코 드문 일이 아니다. 예를 들면, 내가 안드라에서 새로운 모양의 물레를 보고 그와 유사한 물레를 우리 아슈람에서 만든 다음, 그것을 나 자신의 발명품으로 나눠준다면, 나는 허위를 행한 것이고 다른 사람의 발명품을 훔치는 죄를 분명히 범하고 있는 것이다.

그래서 불투도의 규율을 받아들이는 자는 겸손해야 하고, 사려 깊어야 하며, 방심하지 말아야 하고, 검소한 습관을 가지고 있어야 한다. 나는 오늘 시간의 심한 압박을 받으면서 아슈람 편지를 썼다. 모띨랄지와 다른 사람들이 여기에 있고, 나는 실제로 지난 주 내내 그들과 토의하면서 보냈다. 지금도 나는 내 시간의 일부를 그들에게 주어야 한다. 그래서 나는 어제 저녁 기도 이후에서야 비로소 편지쓰기에 대해 생각해 볼 수 있었고, 오늘 아침 기도 후에 이 편지를 쓰기 시작할 수 있었다. 그래서 나는 이 번에 가장 적은 통수의 편지를 쓰게 되었고 가능한 한 짤막하게 썼다. 자네는 강가벤과 반살리에게 보낸 내 편지 안에서 ○벤에 대해 읽을 수 있을 것이다. 마음을 단단히 먹고 자네가 적합하다고 생각한 것을 계속 하라. 나의 즉각적인 반응은 만일 ○벤의 마음이 평온하고 그 순수함을 회복했다면, 우리는 그녀가 아슈람을 떠나 외부에 머물겠다는 서약을 위반한 것을 용서할 수 있을 것이다. 지금 고려해야 할 주요 사항은 그녀 자신의 정염을 극복하는 일을 도우면서도 동시에 그녀의 자유를 보호하는 일이다.

여성들은 너무 철저하게 억압을 받아와서 무력감 안에서 생각조차 할 수 없게 되었다. 그래서 아슈람은 그들에 대해 대단히 자유로운 태도를 취해야 한다. 이 태도는 수많은 위험을 안고 있다. 우리가 여성들에게 봉사하자면 그런 위험을 감수할 수밖에 없다. 자네의 능력 범위 안에서 이 견해에 따라 행동하시게. 내가 마음의 눈으로 ○벤의 얼굴을 그려볼 때, 나는 그 얼굴 위에 오직 순진무구와 공포만을 본다네. 그녀는 자신의 타락의 원인이 아니다. 내가 그런 비행에 대해 들었을 때, 모씨의 얼굴에는 음란의 표시를 볼 수 있었지만 ○벤의 얼굴에는 그런 표시를 볼 수가 없었다. 그녀의 표정에서 보는 것은 단순성이다. 그리고 물론 무지도 본다. 그녀는 거의 리슈야슈링가(Rishyashringa)[43]에 비교될 수 있을 정도다. 물론 ○벤이 정염의 경험이 있었고, 리슈야슈링가는 절대 그런 경험이 없었다는 중요한 차이점은 있다. 하지만 그 시인은 그를 손대기만 기다리는 인물로 묘사했다. 그것이 오늘날 수없이 많은, 겉으로 보기에 순진무구한 남녀들의 상태다. '견물생심'이다. 그래서 우리가 그 누구를 비난할 권리는 없다. 간단히 말하자면, 우리의 의무는 사랑을 보이는 것이고 우리 자신에 대해 더 많은 경계심을 행사하는 것이다. 오늘은 이것으로 충분한 것으로 보인다.

바뿌로부터 축복을

— 나란다스 간디에게 보편 편지(G.), MMU / I; 『전집』 49 : 507

---

43) 인도 신화에 등장하는 인물. 이름의 뜻은 '사슴뿔을 가진 사람'이다. 초기 성장 과정에서 숲 속에서 성자의 아들처럼 양육을 받았는데, 그 숲 속에는 여자가 단 한 사람도 없었으므로 여자에 대한 생각이 없었다. 창조된 인간 중에 가장 순진하게 성장한 인물로 꼽힌다. 간디는 순진무구에 있어서 ○벤이 이 신화적 인물과 유사성이 있다고 보았다. (역주)

202) 무소유의 원리

예라브다 만디르, 1930.8.26 화요일 아침

안녕, 나란다스!

무소유는 불투도와 연결되어 있다. 애당초 훔친 물건은 아니지만 필요도 없는데 우리가 소유하고 있다면 훔친 물건으로 분류되어야 한다. 소유는 미래를 위한 준비를 함축한다. 진리의 추구자, 사랑의 법칙의 추종자는 내일을 대비해 어떤 것도 저장하지 않는다. 신은 내일을 위해 아무 것도 준비하지 않으신다. 그 분은 그 순간에 꼭 필요한 것 이상을 절대 창조하지 않으신다. 우리가 만일 그 분의 섭리를 믿는다면 그 분이 우리에게 매일 일용할 양식, 즉 필요로 하는 모든 것을 주실 것임을 우리는 확신해야 할 것이다. 성자들과 신앙의 사람들은 그들의 경험으로 신의 섭리를 정당화해 왔다. 신의 법은 인간에게 매일 이용할 양식만을 주고, 그 이상은 주지 않는다. 그 법에 대한 우리의 무지 내지는 무시가 갖가지 불평등과 그것들에 수반되는 온갖 불행을 낳았다. 부자들은 필요 없는 것들을 여분으로 저장하고 있는데, 이것들은 그래서 소홀히 다뤄지고 낭비된다. 수백만 명의 사람들이 생계가 없어서 굶어 죽어가고 있는 데도 그러하다. 만일 우리 각자가 오직 필요한 것만 소유한다면, 아무도 궁핍 속에 살지 않을 것이고 모두 만족 속에 살게 될 것이다. 그러나 실정은 부자들도 가난한 자들 못지 않게 불만을 품고 있다. 가난한 자들은 백만장자가 되고 싶어하고, 백만장자는 수백만 장자가 되고 싶어한다. 가난뱅이들은 그들의 일상의 필요를 얻는다고 해도 만족하지 않을 것이다. 그들은 하지만 일상의 필요를 충분히 얻을 권리가 있고, 그 필요를 충족시킬 수 있게 그들을 돕는 것이 사회의 의무이다. 부자들은 만족의 정신을 널리 확산하기 위해 자신들의 재산을 포기하는 일에 있어서 주도권을 발휘해야 할 것이다. 그들이 적당한 한도 내에서 자신의 소유를 유지한다면, 굶주리는 자는 쉽게 배를 채울 수 있고 부자들과 나란히 만족의 교훈을 배울 것이다.

　무소유 이상을 완전하게 만족시키기 위해서는 사람들도 새들과 마찬가지로 머리 위에 지붕이 없고, 옷이 없고 내일을 위해 비축한 음식이 없어야 한다. 그는 실제로 일용의 빵이 필요하지만 그것을 제공하는 것은 신의 일이지 자신의 일이 아니다. 이와 같은 이상에 도달할 수 있는 사람은 있다고 해도 오직 극소수에 불과할 것이다. 우리와 같은 평범한 구도자들은 겉으로 보기에 불가능하다고 해서 물러서서는 안 될 것이다. 우리는 무소유 이상을 부단히 앞에 두고서, 그 이상에 비춰 우리의 소유를 비판적으로 검토하고 그것을 감소시키도록 노력해야 할 것이다. 진정한 의미의 문명은 필요의 증대에 있는 것이 아니라 의도적이며 자발적인 감소에 있다. 이것만이 진정한 행복과 만족을 진작시키고 봉사의 능력을 증대시킨다. 이 기준으로 판단해 보건대, 우리는 아슈람에서 필요성이 반드시 입증될 수도 없는 많은 물건들을 소유하고 있으며, 그래서 우리 이웃으로 하여금 훔치도록 유혹하고 있다는 것을 안다. 민중은 스스로 노력한다면 자신들의 필요를 감소시킬 수 있고, 필요가 감소하면 점점 행복해지고, 점점 평화로울 것이고 점점 건강해질 것이다. 순수한 진리의 관점에서 보면 육신 역시 소유물이다. 향유에 대한 욕망이 혼을 위해 육신들을 창조하고 그것들을 유지한다고들 하는데, 이 말은 진실이다. 이 욕망이 사라지면, 육신을 위한 욕구는 더 이상 남아 있지 않게 되고, 사람은 생사의 악순환에서 자유롭게 된다. 혼은 무소부재다. 그 혼이 왜 새장 같은 육신 속에 갇혀 있기를 원해야 하는가? 또는 혼이 왜 그 새장을 위해 악을 범하거나 죽이기조차 해야 하는가? 그래서 우리는 전면적인 포기의 이상에 도달하게 되고, 육신이 존재하는 한 봉사를 위해 그 육신을 사용한다는 점, 그래서 빵이 아니라 봉사가 우리 생명의 양식이라는 점을 배운다. 우리는 봉사를 위해서만 먹고, 마시고, 잠자며, 깨어난다. 그런 마음의 태도는 시간이 완성될 때 진정한 행복 그리고 지복(至福)의 비전을 우리에게 가져 올 것이다. 이런 관점에서 우리 모두 자신들을 반성해 보자.

우리는 무소유가 물건에 대해서 뿐만 아니라 생각에 대해서도 적용될 수 있는 원리라는 점을 기억해야 한다. 자신의 두뇌를 쓸데없는 지식으로 채우는 사람은 더할 나위 없이 귀한 이 원리를 범하는 것이다. 우리를 신으로부터 외면하게 만드는 생각, 그에게로 향하게 하지 않는 생각은 불필요한 소유물이고 우리 앞길에 놓여 있는 장애물이다. 이와 관련하여 우리는『기따』13장에 포함된 지식에 대한 정의를 고려할 수 있을 것이다. 거기에서는 겸손(amanitvam) 등이 지식을 이루며 다른 모든 것은 무지라고 말한다. 만일 이것이 사실이라면 — 틀림없이 사실이겠지만 — 오늘날 우리가 지식이라고 고수하는 많은 것이 그저 무지일 뿐이고, 따라서 어떤 이익을 주기보다는 해만을 끼칠 뿐이다. 그런 지식은 마음을 헤매게 하고 심지어 공허하게 만들기도 한다. 그리고 악은 부단히 가지치기(分枝)를 할 것이고 그 속에서 불만족이 번성할 것이다. 말할 것도 없이, 이것은 우리의 무기력을 기원(祈願)하는 것은 아니다. 우리 인생의 매 순간은 정신적이거나 육체적인 행위로 차 있어야 하지만, 그 행위가 사뜨빅한 것(sattvik), 즉 진리로 나아가려는 것이어야 한다. 자신의 삶을 봉사에 바치는 자는 단 한 순간이라도 나태할 수 없다. 그러나 우리는 선행과 악행 사이를 분별하는 것을 배워야 한다. 이 분별은 봉사에 대한 일편단심과 더불어 자연스레 생길 것이다.

바뿌로부터 축복을

— 나란다스 간디에게 보낸 편지(G.), MMU / I;『전집』50 : 10(일부)

203) 무소유와 아힘사

세바그람, 1940.5.21

사랑하는 쁘리트비 싱에게,

자네가 보낸 세 통의 편지를 받았네. 쁘라바꾸마리의 사례와 관련하여 자네가 비난받아야 할 것은 조금도 없다네. 그러나 그 사례는 모든 사안에서 깨어 있어야 한다는 것이 필수적임을 입증하고 있다네. 아힘사는 정신적·육체적 무소유를, 그리고 진리는 침묵을 요구한다네. 이것이 수용된다면, 모든 주요 사안에 있어서 폭력적·비폭력적 행위들을 분별하기 쉬울 것이라네.

자네가 고가(Ghogha)로 갈 만한 명분은 약하다고 보네. 모든 운동선수들은 자네가 언급한 난관을 견뎌낼 것이네. 자네가 묘사한 것을 보고 나는 자네 이성에 어떤 큰 충격이 가해졌다고 믿지 않는다네. 그러나 진리는 곧 알려질 것이네. 우리는 참석한 사람들이 얼마나 많은 이익을 얻었는지를 알게 될 것이네. 나는 사람들에게 아힘사 훈련을 시키면서 내 일생을 보냈지만, 나 스스로 그것을 기르는 일에, 그리고 다른 사람이 그것을 기르도록 돕는 일에 완전히 성공한 것은 아니라네. 나는 이제 자네에게 기대한다네.

바뿌로부터 축복을

— 쁘리트비 싱에게 보낸 편지(G.), GW 2950;『전집』78 : 258

204) 소유물과 사회 구조

세바그람, 1942.2.9

질문 당신은 소유가 있는 경우 그 소유가 모든 불리한 여건에서도 지켜져야 한다는 것을 왜 알지 못합니까? 그래서 어느 경우에도 폭력이 회피되어야 한다는 당신의 주장은 전혀 실천 불가능하고 황당합니다. 비폭력은 오직 소수의 선택받은 개인들에게만 가능하다고 생각합니다.

답변 이 질문에 대해서는 본지 칼럼과『영 인디아』지의 칼럼에서 이런 저런 형식으로 충분히 대답했습니다. 그러나 그 질문은 늘 신선한 것입니다. 그런 질문이 제기될 때마다 대답해야 합니다. 특히 그 질문이 이번 것과 같이 진지한 구도자에게서 왔을 경우에는 더욱 그러합니다. 현 사회 구조는 비폭력의 의식적인 수용에 기초를 두지 않았습니다. 그렇지만 지금도 온 세상에 걸쳐 사람들이 살고 있고, 그들이 상대방의 묵인하에 자신들의 소유물을 유지하고 있다고 나는 주장합니다. 만약 그들이 묵인하에 소유하지 않았다면, 오직 극소수의 흉포한 자들만이 살아남았을 것입니다. 그러나 사실은 그렇지 않습니다. 가족은 사랑의 노끈으로 묶여 있고, 소위 국민(nation)이라고 불리는 이른바 문명사회 내부에 존재하는 집단들 역시 사랑의 노끈으로 묶여 있습니다. 다만 그것들은 비폭력 법칙의 지고(至高)성을 인정하지 못할 따름입니다. 여기에서 우리는 그것들이 아직 비폭력의 엄청난 가능성을 검토하지 않았음을 알 수 있습니다. 우리는 여태 완전한 비폭력이 무소유 서약과 그와 관련된 금욕적인 절제를 받아들인 소수의 사람들에게만 가능하다는 점을 당연시해 왔는데, 그 이유가 우리의 더 없는 무력증 때문이었다는 점을 나는 말하고 싶습니다.

신봉자들만이 탐색 작업을 수행할 수 있다는 것, 그리고 그들만이 인간을 지배하는 이 위대한 법칙의 새로운 가능성을 때때로 선언할 수 있다는 것은 사실입니다. 하지만 비폭력이 법칙이라면 만인에게 적용되어야 할 것입니다. 우리가 목격한 수많은 실패들은 그 법칙의 실패가 아니라 추종자들의 실패인데, 많은 추종자들은 싫든 좋든 그 법칙하에 있다는 사실조차 모릅니다. 어미는 제 자식을 위해 죽음을 맞을 때 부지중에 그 법칙을 따르고 있습니다. 나는 지난 50년 동안 그 법칙을 의식적으로 수용할 것을, 실패할 위험이 있더라도 열심히 실천할 것을 간청해 왔습니다. 50년 동안의 작업은 경이로운 결과를 보여주었고 나의 신앙을 강화해 왔습니다. 만일 우리가 부단히 노력한다면, 법적 소유가 보편적이며 자발적인 존경을 받을 수 있는 상황에 도달할 것이라고 나는 진실로 주장하는 바입니다. 그런 소유가 오염되지 않을 것이라는 점은 분명합니다. 그런 소유는 우리의 온 주변을 둘러싸고 있는 불평등을 오만하게 현시하는 것이 아닙니다. 부당하고 불법적인 소유물 문제는 비폭력의 신봉자에게 호소력이 없을 것입니다. 사땨그라하와 비협조라는 비폭력적 무기는 충분히 정직하게 활용되기만 하면 폭력의 완전한 대체물이 될 수 있음이 발견되었습니다. 비폭력 신봉자는 그 무기를 자신의 수중에 갖고 있습니다. 나는 비폭력의 완전한 과학을 제시하겠다고 주장했던 적은 한번도 없습니다. 비폭력 자체가 완전한 과학을 용납하지 않기 때문입니다. 내가 아는 한 단 하나의 자연과학도 완전한 과학을 허용하지 않는데, 이것은 수학이라는 대단히 정밀한 학문의 경우에도 마찬가지입니다. 나는 오직 구도자일 따름인바, 지난(至難)하고 어려운 만큼 매력적이기도 한 이 탐색 작업에 질문자와 같은 구도자를 나의 도반으로 초청하는 바입니다.

—「질문난」,『하리잔』, 1942.2.22;『전집』 82 : 2

205) 무조건 주기

1947.7.28

우리가 남에게 선물을 준다면 그 선물에 조건을 붙여서는 안 됩니다. 조건이 없을 경우에만 그 증여가 순수해집니다. 나는 이 세상에서 일어나는 대부분의 분쟁이 '협약'과 '조건'에서 생긴다는 점을 보아 왔습니다. 그래서 그 기관에 대한 당신의 기부가 무조건적이라면 훨씬 적합할 것이라고 말씀드립니다.

—편지(G.),『비하르 빠츠히 딜히』, 434면;『전집』 96 : 237

206) 무집착의 검증

1947.11.5

······ 만일 자제가 우리 심정에 뿌리를 내렸다면, 사람이 왜 오렌지색의 가사를 걸치거나 숲 속으로 은거해야 할까요? 심정이 확고부동하지 않는 자는 숲, 아니 어느 곳으로 가건 무엇을 얻을 것 같지 않습니다. 세속의 한 가운데서 신구의(身口意)의 자제를 지키는 자가 진실로 위대한 고행자라는 점을 나는 믿습니다. 물건들이 우리를 묶지 않고, 우리가 물건들을 쉽게 구할 수 있다고 해도 그것들에 집착하지 않는다면, 나로서는 그것이 무집착을 검증하는 데 있어서, 외로운 숲 속에 단순히 은거하는 것보다 더 위대한 검증 방법입니다.

—편지의 일부(G.),『딜히만 간디지(Dilhiman Gandhiji)』권1, 200면;
『전집』97 : 206

5. 권리와 의무

207) 변호사의 의무

1927.11.25[44]

여러분이 이런 질문[45]을 해줘서 기쁩니다. 내가 만일 이 주제에 대해 권위 있게 말할 수 없다면, 아무도 그럴 수 없을 것이기 때문입니다. 법정에

---

44) 간디지는 이날 콜롬보에 있었다. 『전집』권40, 433면. (역주)
45) 법률가 직업을 어떻게 영적인 것으로 만드는가?

서 경력을 쌓는 동안, 나는 단 한 차례도 가장 엄정한 진리와 정직함을 떠난 적이 없습니다.

불행한 일이지만 사람들은 지금 너무나 자주 변호사 직업을 돈벌이 수단으로 삼고 있습니다. 여러분이 변호사 업무를 영적인 것으로 만들려고 한다면, 제일 먼저 항상 명심해야 할 일은 여러분의 직업을 돈벌이 수단으로 삼지 말고 조국에 대한 봉사를 위해 사용하는 것입니다. 나라마다 자기 희생의 삶을 살았던 저명한 변호사들의 사례들이 있습니다. 이들은 자신의 탁월한 법률적 재능을 나라에 봉사하는 데 전부 바쳤습니다. 그것이 비록 그들을 거의 지독한 빈곤으로 몰아넣었는데도 말입니다. 인도에는 고(故) 마나 모한 고세(Mana Mohan Ghose)의 사례가 있습니다. 그는 인디고 농장주들을 상대로 싸움을 벌였고, 건강을 희생하고, 심지어 목숨을 걸면서까지 자신의 불쌍한 소송 의뢰인들에게 봉사했지만, 자신의 수고에 대해서는 단 한 푼도 청구하지 않았습니다. 그는 대단히 탁월한 변호사 겸 위대한 박애주의자였습니다. 여러분은 그런 분을 모범으로 두고 본받아야 합니다. 아니면 여러분은 러스킨이 『이 최후의 사람에게』 속에서 준 교훈을 따르면 더 나을지도 모릅니다. 그는 "이를테면 목수는 자신의 일에 대해 단 몇 실링도 얻지 못하는데, 왜 변호사는 자신의 일에 대해 15파운드를 청구하는가?" 하고 묻습니다. 변호사들이 청구하는 수임료는 어디서든 악질적입니다. 내가 지금 보기에도 높은 수임료라고 부를 만한 것을 나 역시 청구한 적이 있었음을 고백합니다. 그러나 변호사 업무를 보고 있는 동안 내 직업이 공공 봉사에 방해가 되게 한 적은 한 번도 없었다는 점을 말씀드립니다.

그리고 여러분에게 경고의 말을 해두어야 할 것이 하나 더 있습니다. 영국, 남아프리카, 그리고 거의 모든 곳에서 변호사들은 자신들의 업무를 처리하는 동안 의식적으로든 무의식적으로든 의뢰인을 위해 허위에 이끌려 들어가는 것을 목격했습니다. 어떤 저명한 영국인 변호사는 자신의 고객이 유죄임을 알지만 그를 변호하는 것이 변호사의 의무가 될 수 있다는 말까지 하고 있었습니다. 나는 거기에 동의하지 않습니다. 변호사의 의무는 언제나 판사들 앞에 진리를 보여 주는 일, 그리고 그들이 진리에 도달하는 것을 돕는 일입니다. 유죄인 사람을 무죄로 입증해서는 결코 안 됩니다. 여러분이 가질 직업의 존엄을 유지하는 것은 여러분 손에 달려 있습니다. 여러분이 자신들의 의무에 실패한다면, 다른 직업들은 어떻게 되겠습니까? 청년 여러분, 여러분이 지금 막 말했듯이 내일의 아버지이기를 주장한다면, 나라의 소금이 되어야 할 것입니다. 소금이 그 맛을 잃는다면, 무엇으로 나라에 소금을 대신할 수 있을까요?

—법대생에게 한 연설, 콜롬보」, 『실론에서의 간디지(With Gandhiji in Ceylon)』,
35~37면; 『전집』 40 : 289

208) 노동자들의 복지

1928.5.1

세쓰 까스뚜르바이[46]가 나를 초청했을 때 나는 주저하면서 수락했지만, 이 탁아소가 스스로 노동자로 부르는 사람에 의해 개설된 것은 대단히 적합한 일입니다. 내가 주저한 이유는 그 일을 좋아하지 않아서가 아니라 너무 바빴기 때문입니다. 여러분이 이 행사를 나보다 자격 있는 사람으로, 가능하다면 직물공장 공장주로 하여금 거행하게 했다면 그보다 나를 기쁘게 하는 일은 없었을 것입니다. 그러나 세쓰 까스뚜르바이에 대한 존경심 때문에 나는 양보할 수밖에 없었습니다.

내가 아메다바드에 이슈람을 설립했을 때, 나에게 주요한 고려 사항은 그것이 구자라뜨의 주도(州都)거나 분주한 상업 중심지였다는 것만이 아니라 직물 산업의 거대한 중심지였다는 것입니다. 그리고 나는 공장장들의 도움을 상당히 기대할 수 있고 그 도시에 봉사할 수 있다고 느꼈기 때문입

---

46) 까스뚜르바이 랄바이(Kasturbhai Lalbhai)는 라이뿌르 제조공장 공장장으로서 간디에게 [탁아소] 개소식을 거행해달라고 부탁했다.

니다. 이와 같은 나의 기대가 어느 정도는 성취되었다고 말할 수 있어서 오늘 기쁩니다. 나에게 쓰디쓴 기억들이 다소 없는 것은 아니지만, 공장주들과의 관계에 있어서 몇몇 달콤한 기억들도 있습니다. 나는 아메다바드에 대한 희망을 아직 포기하지 않았습니다. 그 도시에 대해 위대한 일을 기대하고 있습니다. 그것은 아직 성취해야 할 바가 많고, 그리고 다른 무엇보다도 스스로 노동자로서, 그리고 노동 계급의 가장 내밀한 감정에 들어가려고 했던 자로서 나는 아메다바드가 노동 계급의 처지 향상을 위해 해야 할 일이 많다고 말씀드리는 바입니다.

여기의 노동자들과 나의 관계는 어제 오늘의 관계가 아닙니다. 그것은 내가 이 도시에 처음 왔을 때만큼 오래된 것입니다. 그래서 나는 실례를 무릅쓰고 여러분이 노동하는 민중을 위해 자신의 역할을 다하지 않았음을 말씀드립니다. 어떤 경우에는 노동자들을 위한 기본적 편의시설조차 없습니다. 하지만 예외는 있습니다. 어떤 공장주들은 그 방향으로 노력을 경주했는데 그것이 하나의 적절한 사례가 됩니다.

세쓰 까스뚜르바이가 방금 여러분에게 언급했던 직공들의 복지에 대해 품고 있는 정서는 그 자신과 아메다바드 시의 명예가 됩니다. 세쓰 까스뚜르바이는 포트 선라이트[47]에 열광했는데, 그것은 옳은 일입니다. 그러나 포트 선라이트가 우리의 이상이 될 수는 없습니다. 내 생각으로 레버 씨 형제들은 고용주가 종업원들에게 보여줘야 할 최소한의 기준을 보여주고 있습니다. 그보다 못한 것은 불명예가 될 것입니다. 하지만 우리는 그것으로 만족할 수 없습니다. 우리는 우리 문명의 용어로 생각해 보아야 하고, 만일 『마하바라따』와 『라마야나』가 고대에 유력한 사회 조건에 대해 우리에게 제시한 그림이 정확하다면, 우리의 이상은 포트 선라이트를 넘어가는 이상일 것입니다. 나는 포트 선라이트에 대해 많은 문헌을 읽었습니다. 그리고 나는 그들의 복지 사업에 대해 열렬히 존경합니다. 하지만 나는 우리

---

47) Port Sunlight : 영국의 레버(William Hesketh Lever)가 19세기 후반 자신의 비누공장 노동자들을 수용하기 위해 설립했다. (역주)

의 이상이 더 고상한 것이라고 주창합니다. 서양에는 여전히 고용주와 종업원 사이의 엄격한 구분이 존재합니다. 불가촉천민이라는 저주가 아직 우리 땅에 횡행하고 있는 시점에, 우리의 이상을 말하는 것은 주제넘은 일이라는 것을 알고 있습니다. 그러나 내가 최고의 이상으로 간주하는 것을 여러분 앞에 제시하지 않는다면, 나는 자신에 대해 부정직하게 되고 여러분에 대한 나의 의무를 다하지 못하게 되는 것입니다.

직물공장 관리자들과 직공들 사이의 관계는 부자지간의 관계, 또는 피를 나눈 형제지간과 같은 것이어야 합니다. 나는 아메다바드의 공장주들이 자신들을 '주인'으로, 그들의 종업원들을 하인으로 부르는 것을 종종 들었습니다. 아메다바드는 종교에 대한 사랑과 아힘사에 대한 사랑에 대해 자부심을 갖고 있는 도시이므로, 그런 도시에서는 앞서 말한 격이 떨어지는 발언들은 이제 퇴물이 되어야 합니다. 우리의 이상에 따르면 우리는 모든 힘, 모든 부, 모든 두뇌들을, 자신들의 무지와 사태에 대한 우리의 잘못된 관념 때문에, 노동자 또는 '하인'들로 불리고 있는 사람들의 복지를 위해서만 사용해야 합니다. 이런 것이 이상으로 남아 있는 한, 주인과 하인이라고 부르는 태도는 아힘사를 부정하는 것입니다. 그래서 여러분에게 다음과 같은 것을 기대합니다. 여러분이 일체의 부를 바라볼 때, 그것을 신탁물, 즉 여러분을 위해 땀을 흘린 사람들, 자신들의 근면과 노동을 통해 여러분에게 지위와 번영을 가져다 준 사람들의 이익을 위해서만 사용될 수 있는 신탁물로 간주해야 합니다. 나는 여러분이 노동자들을 여러분의 부의 공동 경영자로 삼기를 원합니다. 나는 여러분이 법적으로 이런 모든 일을 하지 않는다면 노동자 폭동이 반드시 발생할 것임을 시사하려는 것이 아닙니다. 이와 관련하여 내가 생각해 낼 수 있는 유일한 도덕적 구속력은 부자지간의 있을 법한 상호간의 사랑과 존경이라는 구속력일 뿐, 법적 구속력이 아닙니다. 만일 여러분이 사랑의 상호 의무를 존중할 것을 하나의 규칙으로 삼는다면 일체의 노동 쟁의에 종지부를 찍을 것이고, 노동자들은 스스로 노동조합을 조직할 필요성을 더 이상 느끼지 않을 것입니다. 내가 창안해 낸 이상 아래에서는, 우리의 아나수야벤과 샹께를랄과 같은 사람들이 해야 할 일은 아무 것도 남아 있지 않을 것입니다. 그들의 직무는 사라져 버릴 것입니다. 그러나 자신이 일하고 있는 공장을 자신의 것으로 여기지 않고, 땀흘리기와 초과 근무에 대해 불평하고, 그래서 그의 가슴에 고용주에 대한 악의만을 기르는 직공이 단 한사람이라도 존재하는 한, 그런 일은 일어나지 않을 것입니다.

그리고 어려움은 어디에 있습니까?

여러분은 공장주들이 이런 일을 함으로써 이득을 꾸준히 얻게 된다고 우리에게 말해 왔으므로, 이런 사실은 어디에서나 확인됩니다. 레버 씨 형제들은 자신들이 한 일 때문에 잃은 것이 아무 것도 없습니다. 그들은 또 하나의 포트 선라이트를 나탈에 만들기 위해 노력할 정도로 고무되었습니다. 경험이 점점 확장되면서, 우리는 노동자들에게 많이 주면 줄수록 더 많은 이득을 꾸준히 얻을 것이라는 점을 분명히 알기 시작했습니다. 여러분의 직공들은 공장이 여러분만의 것이 아니라 그들 자신들의 것이기도 하다는 점을 깨닫게 되는 순간부터, 여러분을 육친의 형제로 느끼기 시작할 것이고, 공동 이익에 배치하여 행동하지도 않을 것이고, 그들 위에 엄중한 감독을 확립할 필요성도 없을 것입니다.

여러분은 현재 봄베이가 겪는 노동 쟁의에서 아메다바드 시를 자유롭게 한 일을 나의 공로라고 말했습니다. 그렇다면 나는 그 공로를 완전히 부인하지는 않겠습니다. 여러분 가운데 슈리마띠 아나수야벤과 샹께를랄 씨가 해왔던 일이 없었다면, 여기의 일들이 전혀 딴 판이 되었을 것이라는 점에 대해 의심하는 사람이 단 한 사람도 없을 테니까요. 아메다바드의 공장주들인 여러분이 봄베이 공장주들보다 책략이 뛰어나다는 것은 아마 사실일 것입니다. 노동 쟁의가 발생하면 여러분은 서양의 일부 고용주들이 하듯이 직공들을 분쇄하기 위해 깡패를 동원하지는 않습니다. 그리고 여러분은 노동자들의 열망을 탄압하는 무기를 의도적으로 포기했다고 나는 생각합니다. 나의 비판자들은 이것이 순전한 공상이라고 말하고, 여러분에게 할 수만 있다면 그런 수단을 사용하는 데 주저하지 말라고 합니다. 그러나 나는 그들이 잘못이라고 믿으며, 여러분은 그들이 잘못되었음을 행동으로 증명하시기를 바랍니다. 나는 여러분이 방께르 씨와 슈리마띠 아나수야벤이 실행하는 온갖 종류의 일이 불필요하게 될 시간이 다가오도록 돕기 바랍니다. 그 목적 달성이 그들이 일을 하는데 필요한 모든 도움과 격려를 줄 때까지 말입니다.

이제 여러분은 내가 오늘날 여기에 널리 퍼져 있는 평화에 대해 자그마한 공로를 감히 차지하려고 한 이유를 아실 것입니다. 그 공로는 내 것이 아니라 아나수야벤과 상께를랄 방께르 씨의 것입니다. 그들은 노동자들 사이에서 살고, 활동하고, 그들 속에서 자신의 존재를 각인시켰지만, 나는 그런 일을 할 수 없었습니다. 여러분이 이 친구들의 노력을 돕는다면, 이와 같은 탁아소를 설립하거나 의료 구호를 제공할 필요가 별로 없다는 것을 알게 될 것입니다. 나는 이와 같은 여러분의 노력이 갖는 공로를 헐뜯고 싶은 것이 아니라, 부유한 사람들이 자신들의 아이들을 이와 같은 탁아소에 보내고 싶어하는지를 여러분께 묻고 싶습니다. 우리는 직공의 갓난아이를 엄마로부터 떼어내지 않는 환경을 만들어 주도록 노력을 기울여야 할 것입니다. 그리고 직공의 아이는 우리 아이들이 받고 있는 교육에 대해 동일한 기회를 가져야 할 것입니다.

— 탁아소의 개소식 연설, 아메다바드, 『영 인디아』, 1928.5.10; 『전집』 41 : 553

209) 일, 부, 탐욕

아래는 내가 받은 질문들과 그것들에 대한 내 답변이다.

질문 당신은 톨스토이가 상술했던 생계를 위한 노동의 의무를 받아들입니까?

답변 예, 그렇습니다.

질문 모든 사람들이 자신의 모든 일을 스스로 해야 합니까?

답변 나는 그것을 기대하지도 않고 실천 가능한 것으로 생각하지도 않습니다. 톨스토이 역시 이것을 필수적이라고 여기지 않았습니다. 인간의 의존은 독립만큼이나 필수적입니다. 사람은 사회 속에 남아 있어야 합니다. 그리고 그가 사회 속에 남아 있는 한 타인들의 독립과 조화를 이루기 위해, 즉 사회와 조화를 이루기 위해 자신의 독립을 줄여야 합니다. 그래서 사람은 각자 가능한 범위 내에서 자신의 일을 해야 한다고 말할 수 있습니다. 다시 말하자면, 나는 내 찻잔을 스스로 채울 수 있지만 우물을 스스로 파지 못할 수도 있습니다. 찻잔을 채우지 않는 것은 오만이고, 우물파기를 계획하거나 파기 시작하는 일은 우둔입니다. 그래서 사람은 어떤 일을 자신이 해야 할지, 아니면 타인의 도움을 받아서 해야 할지를 결정하는 데 분별력을 행사해야 합니다.

질문 당신은 모든 사람들이 이마에 땀 흘려서 자신들의 생계를 꾸려나가기를 원합니까?

답변 분명히 원합니다. 하지만 모든 사람들이 그렇게 하지 않습니다. 그 때문에 이 세상 특히 인도에 극심한 빈곤이 발생했던 것입니다. 이것은 나쁜 건강의 주요 원인, 부의 획득을 위한 엄청난 탐욕의 원인이기도 합니다. 만일 모든 사람들이 육체 노동을 통해 생계를 꾸려나간다면, 탐욕은 감소할 것이고 부를 얻으려는 힘의 대부분은 저절로 약해질 것입니다. 육체 노동이 행해지면 나쁜 건강은 거의 사라질 테지만, 최대 이득은 사회 내부에서 상층민과 하층민 사이의 차별이 완전히 없어질 것이라는 데 있습니다.

―「바르나다르마와 노동의 의무 1」(H.), 『힌디 나바지반』, 1930.2.6;
『전집』 48 : 310

210) 육체 노동에 대한 보편적인 의무

질문 바르나아슈라마 다르마 아래에서 노동의 분업은 인류의 발전과 복리를 위해 충분하지 않습니까? 당신은 바르나다르마와 노동의 의무 중에 무엇을 더 높이 평가합니까?

답변 위 질문의 의도는 바르나다르마와 노동의 의무가 상충하는 책무라는 데 있습니다. 하지만 실제로 이 양자는 상충하는 것이 아니라 동시에 발생하고 필수적인 것입니다. 바르나다르마는 사회에 속하고 노동의 의무는 개인에 속하는 것입니다. 성자들은 사회 복리를 위해 사회를 네 부문으로 나눴고, 그럼으로써 사회에 치명적인 경쟁 관계를 근절하려고 했습니다. 그래서 그들은 첫 번째 바르나(카스트)에게는 사회 내 지식의 성장이라는 책임을 맡겼고, 두 번째 바르나에게는 사회에 있는 생명과 재산을 보호하는 책임을, 세 번째 바르나에게는 교역의 책임을, 네 번째 바르나에게는 사회에 대한 봉사의 책임을 각각 맡겼습니다. 이들 네 기능은 모두 동등하게 필수적이었고 지금도 그러합니다. 그래서 하나를 높다 하고 다른 것을 낮다고 간주할 이유가 하나도 없었습니다. 마하르쉬 브야스(Maharshi Vyas)는 저울의 형평에 대해 언급하면서 각 개인이 자신의 바르나의 의무를 수행함으로써 구원의 자격을 얻는다고 진실로 말했습니다. 반면, 상호 경쟁과 상하의 차별은 파멸을 가져옵니다. 바르나다르마는 어떤 바르나든 육체 노동에서 면제된다는 점을 전혀 의미하고 있지 않습니다. 노동의 의무는 각 바르나에 속하는 모든 개개인의 책임입니다. 브라만(바라문)들 역시 자신의 손에 땔감을 들고 구루에게 가야 했습니다. 다시 말하자면, 그 역시 숲 속으로 들어가서 땔감을 줍고 가축을 쳐야 했습니다. 이 일은 자신과 가족을 위한 일이지 사회를 위한 일은 아닙니다. 아동과 불구자들만이 그와 같은 육체 노동에서 면제되었습니다.

톨스토이가 상세히 설명했던 생계를 위한 육체 노동의 가르침은 노동의 의무에 수반된 것입니다. 모두가 육체 노동을 해야 한다면, 그것은 사람이 자신의 빵을 정신 노동에 의해서가 아니라 육체 노동에 의해서 반드시 벌어야 한다는 것을 의미한다고 톨스토이는 느꼈습니다. 바르나다르마에서 각 바르나의 일은 사회의 복리를 위한 일이었습니다. 생계가 동기는 아니었습니다. *끄샤뜨리아*는 득실을 불문하고 민중을 보호해야 했습니다. 브라만은 공양(供養) 유무와 관계없이 지식을 전해야 했고, 바이샤는 돈을 벌든 말든 농사를 짓고 가축을 쳐야 했습니다. 그러나 모든 사람들이 생계를 위해 육체 노동을 해야 한다는 톨스토이의 가르침은 완벽하게 진실입니다. 이 보편적 의무가 등한시되고 망각되었기 때문에, 우리는 오늘날 이 세상에서 갖가지 비참한 불평등(disparity)을 만납니다. 이 세상에는 언제나 불평등이 존재할 것이지만, 불평등은 한 나무의 여러 나뭇잎처럼 아름답고 유쾌하게 보일 것입니다. 순수한 바르나다르마 안에 불평등이 있고, 그 불평등이 순수한 모습을 지니고 있었을 때 유쾌하고, 평화롭고, 아름다웠습니다. 그러나 소수의 사람들이 부를 축적하기 위해 자신의 재주를 사용할 때 비참한 불평등이 창조되었습니다. 선생(브라만), 군인(끄샤뜨리아), 상인(바이샤) 그리고 목수(수드라)가 사회의 복리를 위해서가 아니라 부의 축적을 위해서 자신들의 직업을 따라간다면, 바르나다르마는 파괴되고 맙니다. 의무의 일에서는 부의 축적을 위한 여지가 전혀 없을 것이기 때문입니다. 사회에는 선생·변호사·의사·군인 등에 대한 필요성이 존재합니다. 그러나 그들이 이기적 목적을 위해 일을 한다면, 그들은 더 이상 사회의 보호자가 아니라 사회의 기생충이 될 것입니다.

『기따』 3장 10절은 위대한 원리를 상설했는데, 그 내용은 아래와 같습니다.

"옛날 쁘라자빠띠는 제사(yajna)와 함께 피조물들을 산출한 후 말했다. '이(제사)로써 그대들은 번성할지어다. 또한 이것이 그대들의 소원을 들어주는 소가 될지어다.'"[48]

---

48) 길희승 역주, 『바가바드 기타』, 현음사, 1988, 60~61면. (역주)

이에 우리는 야즈냐라는 말의 어원을 분명히 파악할 수 있을 것입니다. 야즈냐의 의미는 육체 노동이고, 이것은 신에 드리는 예배 행위에서 최초의 그리고 최고의 행위입니다. 그는 우리에게 육신을 주셨습니다. 음식 없이 육신은 존재할 수 없고, 노동 없이 음식은 생산될 수 없습니다. 그 때문에 육체 노동이 보편적인 의무가 되었습니다. 노동의 의무는 톨스토이 자신만의 의무가 아니라 전 세계의 의무입니다. 이 위대한 야즈냐에 대한 무지 때문에 사람들은 이 세상에서 맘몬을 예배하게 되었고, 영리한 자들은 다른 사람들을 착취하기 위해 자신의 재능을 사용했습니다. 신이 탐욕스럽지 않다는 것은 분명합니다. 그 분은 전능한 존재로서 모든 인간이나 모든 살아 있는 피조물을 위해 충분한 정도의 음식물을 매일 창조하십니다. 이 위대한 진리를 모르고 소수의 사람들은 온갖 종류의 사치에 탐닉하고 그럼으로써 많은 사람들을 굶어죽게 합니다. 만일 그들이 이 탐욕을 포기하고 자신의 생계를 위해 일하며, 그들이 필요한 만큼만 먹는다면, 우리가 오늘날 목격하는 가난은 사라질 것입니다. 나는 이제 질문자가 바르나다르마와 노동의 의무가 동시에 발생하고, 상호보완적이며, 필수적이라는 점을 알 수 있기를 바랍니다.

—「바르나다르마와 노동의 의무 2」(H.), 『힌디 나바지반』, 1930.2.13;
『전집』 48 : 332

211) 육체 노동과 정신 노동

질문 한 사람에게서 이들 네 바르나의 덕을 모두 발견한다는 것은 물론 좋은 일입니다. 하지만 대다수 사람들이 그 넷을 모두 얻을 수 있을까요? 이 이상을 사회에 제시하는 것이 적절한 일일까요?

답변 많은 덕과 기능들은 모든 바르나에 공통되며 또 그래야 합니다. 그러나 모든 사람들이 모든 바르나의 모든 덕을 갖춰야 한다는 것은 필요한 일도 아니고 가능한 일도 아닙니다.

질문 만일 톨스토이가 말하는 노동의 의무가 보편적인 것으로 수용된다면, 까비르와 라빈드라와 같은 시인들이 이 세상에 살아가기가 어렵지 않을까요? 그리고 이것은 세상을 위해 불행한 일이 아닙니까?

답변 노동의 의무를 수용한다고 해서 그것이 까비르와 라빈드라나트를 부인하는 것은 아닙니다. 이와 반대로 노동의 의무는 이 두 시인의 시를 보다 강력하고 보다 빛나게 만들 수 있습니다. 육체 노동은 정신의 능력을 약화시키지 않고 오히려 그 능력을 키웁니다. 유일한 차이점은 육체 노동의 신봉자가 결코 시만 쓰면서 생계를 꾸려나가지 않을 것이고, 육체 노동을 완전히 포기하지 않을 것이라는 데에 있습니다. 물론 까비르는 육체 노동의 주창자였습니다. 그는 종교적인 노래와 찬송을 지음으로써 한 푼의 돈도 벌지 않았습니다. 자신의 생계를 직조공으로서 꾸려나갔습니다. 종교와 도덕의 전파는 그의 본성이나 취미가 되었습니다. 라빈드라나트는 시를 씀으로써 생계를 꾸려나가지 않기 때문에 당대의 위대한 시인입니다. 시를 써서 그가 벌어들이는 것은 모두 그의 조직에 기부됩니다. 그는 자신의 사유지에서 나오는 수입으로 살아갑니다. 그가 노동의 의무에 대해 어느 정도 믿고 있는지 나는 모릅니다. 하지만 그가 노동을 경멸하지 않는다는 사실만은 알고 있습니다. 역사는 고대의 시인이나 성자들이 노동의 의무를 수용했다는 것을 우리에게 가르쳐 주고 있습니다. 그것이 암암리에 수용되었다고 해도 말입니다. 그 결과 오늘날에도 우리는 그들이 지은 감사기도를 드립니다.

질문 노동의 의무에 대한 가르침에 따른다면, 예수·석존·톨스토이가 모두 직접 비난을 받아야 할 것입니다. 톨스토이의 아내는 톨스토이가 책 쓰기를 제외하면 아무 일도 할 수 없었다고 말합니다. 그는 목공과 다른 수공을 배울 수도 있었겠지만 조롱거리가 되고 말았을 것입니다. 그러나 이것은 노동의 의무에 대한 톨스토이의 개념을 만족시키지 못합니다. 그래서 그 개념을 조심스럽게 검토하는 일이 필수적인 것이 아닐까요?

답변 이 견해는 역사를 전혀 고려하지 않은 것입니다. 예수는 목수였습니다. 그는 생계를 벌기 위해 결코 지성(intellect)을 사용하지 않았습니다. 우리는 석존이 지혜를 얻기 전 어느 정도의 육체 노동을 했는지를 모릅니다. 하지만 그가 자신의 생계를 위해 종교를 전파하지 않았다는 만큼은 우리는 압니다. 그는 보시에 의존하여 살아갔습니다. 그 일이 육체 노동의 의무를 방해하지는 않았습니다. 유랑하는 고행자는 많은 육체 노동을 해야 합니다. 이제 톨스토이에게로 갑시다. 그의 아내가 말하는 것이 사실이긴 하지만 진리 전체가 아닙니다. 그의 인생관이 달라진 후 톨스토이는 자신의 책에서 나오는 수입을 자신을 위해 결코 받아들이지 않았습니다. 비록 그가 수백만에 달하는 재산을 갖고 있었지만, 그는 집에서 손님처럼 살았습니다. 그는 지혜를 얻은 이후 하루 8시간 노동했고 노임을 벌었습니다. 때로는 들판에서 일했고 때로는 집에서 신발을 만들었습니다. 그런 일을 통해 많이 번 것은 아니었지만, 자신을 먹일 만큼은 벌었습니다. 톨스토이는 자신이 설교한 것을 실천하기 위해 열심히 애를 썼습니다. 이것은 그의 특성이었습니다. 이 논의의 요점은 고대인 자신들이 준수했던 의무, 오늘날에도 대다수의 사람들이 수행하고 있는 의무가 그에 의해 아주 명료하게 세상에 제시되었다는 것입니다. 사실상 이런 가르침은 톨스토이 자신의 창조적인 관념은 아니었고, 본다레프(Bondaref)라는 위대한 러시아 작가에 의해 생각된 것이었습니다. 톨스토이는 그것을 지지했고 세상에 선포했습니다.

―「바르나다르마와 노동의 의무 3」(H.), 『힌디 나바지반』, 1930.2.20;
『전집』 48 : 347

212) 돈과 탐욕, 노예제도

질문 톨스토이는 다음과 같이 적고 있습니다. '돈과 노예제도는 동일한 것입니다. 목표도 동일하고 결과 또한 유사합니다……. 돈은 노예제도의 새롭고도 무시무시한 이미지이고, 고대의 개인적 노예제와 같이 주인과 노예를 함께 타락시키고 부패시킵니다. 그것으로 전부가 아닙니다. 더 나쁩니다. 돈은 고대 개인적 노예제도에서 주인과 노예 사이에 존재했던 인간적인 애정을 파괴하기 때문입니다.'

당신은 이 견해를 지지합니까? 돈은 정말로 무해한 교환 수단이 될 수 없습니까? 만일 그럴 수 있다면 어떻게 가능합니까? 그럴 수 없다면 왜 그렇습니까?

답변 나는 질문자가 인용한 것이 톨스토이의 글인 줄은 몰랐습니다. 노예제도와 돈은 동일한 범주에 속하는 것이 아니므로 비교할 수는 없습니다. 노예제도는 하나의 현상이고 언제나 혐오할 만한 것입니다. 돈은 사람이 세상과 거래할 때의 수단일 따름입니다. 하지만 그것이 아무리 강력한 수단이라고 해도, 해로울 수도 있고 이로울 수도 있습니다. 다른 많은 물질적인 것들에 대해서도 같은 말을 할 수 있을 것입니다. 모든 경우에 그리고 이런 저런 모습으로 돈에 대한 필요성은 분명히 존재합니다. 노예제도는 필수적인 때가 결코 없었고 그럴 수도 없었습니다. 우리는 여기에서 돈의 의미를 이해해야 합니다. 내가 곡물을 신발과 교환할 때 곡물이 신발의 교환 수단이므로, 그것은 돈이 됩니다. 그러나 많은 사람들에게는 곡물을 통한 교환이 어려운 일이 되어서, 금속 또는 종이 조각이 곡물을 대표하는 일에 사용되었습니다. 이 금속이나 종이가 돈입니다. 여기에 반대가 있을 수 없습니다. 그러나 우리가 그런 종이, 금속 또는 곡물을 필요 이상으로 축적할 때, 그것은 악으로 나아가게 됩니다. 그래서 돈 자체가 해로운 것이 아니라 그에 대한 탐욕이 해롭다는 것이 분명합니다. 이와 반대로 노예제도는 탐욕의 표지입니다. 사람을 노예로 삼는 것은 잘못이고 탐욕스런 일입니다. 그러나 돈의 소유는 과도한 경우에만 잘못이 됩니다.

하지만 바르나다르마를 믿는 사람은 자족하므로 부에 대해 탐심이 없을 것입니다. 그리고 노동의 의무를 믿는 사람은 타인을 결코 노예로 삼지 않을 것입니다.

— 「바르나다르마와 노동의 의무 4」(H.), 『힌디 나바지반』, 1930.2.27;
『전집』 48 : 373

213) 생계를 위한 노동의 법칙

브라마 신은 자신의 사람들을 창조하면서 그들에게 제사의 의무를 부과하고 다음과 같이 말했습니다. "이(제사)로써 그대들은 번성할지어다. 이것이 그대들의 소원을 들어주는 소가 될지어다." 이 희생제사를 지내지 않고 먹는 자는 훔친 음식을 먹는 자입니다.

이렇게 『기따』는 말한다. 성경은 "당신의 이마에서 흘린 땀으로 당신의 빵을 버시오"라고 말한다. 희생제사는 여러 종류가 있을 수 있다. 그 중에 하나가 생계를 위한 노동일 것이다. 모든 사람들이 자신들의 생계를 위해 노동하고 그 이상(以上)을 위해 노동하지 않는다면, 만인을 위해 충분한 음식과 충분한 여가가 있을 것이다. 그렇게 되면 인구과잉에서 오는 아우성, 질병, 그리고 우리 주변에서 목격되는 불행도 없을 것이다. 그와 같은 노동이 최고 형식의 희생제사일 것이다. 사람들이 육신이나 마음으로 다른 일을 많이 할 것이라는 점은 분명하다. 그러나 이 모든 것은 공동선을 위한, 사랑의 노동이 될 것이다. 그렇게 되면, 빈부, 지위의 고하, 가촉과 불가촉의 차별도 없어질 것이다.

이것은 도달할 수 없는 이상일 수도 있다. 그렇다고 해서 우리는 그것을 위해 노력하는 일을 그만둘 필요는 없다. 희생제사의 전체 법칙, 즉 우리 존재의 법칙을 성취하지 않는다고 하더라도, 우리는 일용할 빵을 위해 충분한 육체 노동을 해왔고 또 그 이상을 위해 먼 길을 가야 한다.

우리가 그 먼 길을 간다면 수요는 최소화할 것이고 음식은 간단해질 것이다. 그렇게 되면 우리는 살기 위해 먹는 것이지 먹기 위해 살아서는 안 된다. 이 명제의 정확성을 의심하는 자는 누구든 자신의 빵을 위해 땀을 흘려보게 하라. 그러면 그는 그의 노동의 산물에서 최대의 풍미(風味)를 맛볼 것이고, 건강을 증진시키고, 그가 얻었던 많은 것들이 피상적인 것임을 알게 될 것이다.

사람이 정신 노동을 통해 빵을 벌면 안 되는가? 안 된다. 육신의 필요는 반드시 육신에 의해 공급받아야 한다. '시저의 것은 시저에게 주어라'라는 말은 아마 여기에서도 잘 적용될 것이다.

단순한 정신 노동, 즉 지적 노동은 혼을 위한 것이고, 그것 자체로 하나의 만족이다. 그것은 어떤 보답을 요청해서는 안 된다. 이상적인 국가에서는 의사와 변호사 등은 자신을 위해서가 아니라 사회의 이득을 위해서만 일하게 될 것이다. 생계를 위한 노동의 법칙에 순종하는 일은 사회 구조에 조용한 혁명을 가져 올 것이다. 인간의 승리는 생존을 상호 봉사를 위한 투쟁으로 대체하는 데 있을 것이다. 이로써 짐승의 법칙이 인간의 법칙으로 대체될 것이다.

'촌락으로 돌아가기'는 생계를 위한 노동의 의무와 그 의무가 함축하는 모든 것을 분명히 그리고 자발적으로 인정하는 것을 의미한다. 그러나 비판자는 "수백만의 인도 아동들이 오늘날 촌락에서 살고 있다. 하지만 그들은 반기아 상태에서 살고 있다"고 말한다. 아, 이 말은 슬프게도 너무나도 진실이다. 다행스럽게도 우리는 그들의 순종이 자발적인 순종이 아니라는 점을 안다. 그들은 할 수만 있다면 육체 노동을 기피할 것이고, 가장 인접한 도시에 자리를 잡을 수만 있다면 그곳으로 달려가고 말 것이다. 주인에 대한 강제적인 순종은 노예 신분의 상태이지만, 부친에 대한 자발적인 순종은 아들의 영광이다. 이와 유사하게, 생계를 위한 노동의 법칙에 강제적으로 순종하는 것은 가난·질병·불만을 낳을 것이다. 그것은 노예 상태이다. 그러나 그것에 대한 자발적인 순종은 반드시 만족과 건강을 가져다 줄 것이다. 그리고 진정한 부는 은붙이나 금붙이가 아니라 건강이다. 촌락산업협회는 생계를 위한 자발적인 노동의 실험이다.

—「생계를 위한 노동의 의무」, 『하리잔』, 1935.6.29; 『전집』 67 : 329

214) 바르나다르마

1939.5.6

나는 바르나다르마에 대한 당신의 견해를 전폭적으로 지지합니다. 그러나 그것을 실천하는 일은 대단히 복잡한 사안입니다. 이 점을 당신이 좀 해명해 주시겠습니까?

오늘날 카스트들은 서로 많이 혼혈이 되었습니다. 바르나는 사라졌습니다. 그런 경우에 바르나를 믿고 있는 사람들은 어떻게 해야 합니까? 이것이 위의 질문의 의미입니다. 오늘날에는 오직 하나의 바르나만이 존재합니다. 그것은 수드라 바르나입니다. 우리는 아띠수드라(atishudra)[49]라고는 부르지 못합니다. 우리가 불가촉천민제도를 믿지 않기 때문입니다. 우리는 제5의 바르나를 믿지 않습니다. 따라서 오직 제4의 바르나, 즉 수드라만이 남게 되었습니다. 우리 모두가 수드라라고 생각해 봅시다. 그렇게 되면 높고 낮음을 느낄 수 없을 것입니다. 선망(羨望)과 차별이 저절로 없어질 것입니다. 이것만이 현재의 지배적인 분위기에 맞을 것입니다. 브라만들은 오늘날 진기한 존재가 되었습니다. 독특하면서도 세상의 복리에 이바지하는 학식을 가진 자가 누구입니까? 그 학식의 대가로 아무 것도 기대하지 않는 사람이 어디에 있습니까? 끄샤뜨리아에 대해 말해 봅시다. 인도에는 단 한 사람의 끄샤뜨리아도 남지 않았습니다. 만일 존재했다면 우리나라는 자유를 잃지 않았을 것입니다. 인도에 위대한 학문과 위대한 용기가 있었다면

---

49) 불가촉천민의 뜻이다. (역주)

인도는 현재의 처지에 빠지지 않았을 것입니다. 바이샤에 관한 한 바이샤다르마가 바르나다르마입니다. 그것은 돈벌기 위한 직업만이 아닙니다. 그것은 권리가 아니라 의무입니다. 그들은 사회의 이익을 위해 자신들의 부를 사용해야 합니다. 바니아(상인과 농부 카스트)가 따르는 많은 직업들은 부도덕합니다. 지나치게 많은 돈을 버는 것 역시 부도덕합니다. 이 직업들의 많은 부분은 바르나다르마에 포함될 수 없습니다. 이것은 오늘날 바이샤도 존재하지 않음을 의미합니다. 악착같이 돈을 벌고 있는 전문인들만이 남아 있습니다. 그래서 세 개의 바르나는 사라졌습니다.

그래서 우리에게는 오직 수드라만이 남아 있습니다. 그들은 학식이 없습니다. 자신들을 노예로 간주합니다. 그들은 지식으로 봉사하지 않습니다. 말하자면, 인도에는 실제 수드라조차 남아 있지 않습니다. 다시 말하자면, 네 바르나 중에 단 하나의 바르나도 잔존한다고 말할 수 없습니다. 그렇다고 해도 우리가 바르나다르마를 믿으므로, 봉사의 다르마를 수용하도록 합시다. 수드라다르마를 받아들입시다. 이것은 학식을 버려야 한다는 것을 의미하지는 않습니다. 우리는 필요한 만큼 학식을 획득해야 합니다. 우리는 용기, 즉 무외(無畏)를 될수록 많이 얻어야 합니다. 우리는 상업과 산업을 최대한 발전시켜야 합니다. 우리가 봉사와 헌신의 정신에서 이런 일들을 행한다면, 진정한 브라만, 끄샤뜨리아, 바이샤가 우리 가운데서 탄생하게 될 것입니다. 그렇게 되면 그들 사이에 지위의 고하에 대한 느낌이 전혀 없을 것입니다. 우리가 만일 이와 같은 행위를 한다면, 미래에 어떤 일이 일어날 것입니다. 그런 바르나다르마가 지배하게 되면, 공산주의·사회주의·의회주의·간디주의·카스트주의 등의 이름으로 진행되는 일체의 분쟁이 끝날 것입니다.

— 간디봉사회 집회에서 질문에 대한 대답, 브린다반 2(H.),
『*Gandhi Seva Sanghke Panchama Varshik Adhiveshan (Brindaban, BIhar) ka Vivaran*』, 50~59면;
『전집』 75 : 410(일부)

215) 의무 헌장의 필요성

[1940.4.16 이전]

당신의 전문(電文)50)을 받았음. 당신의 다섯 개의 글51)을 유의하여 읽었음. 죄송하지만 당신이 틀렸다고 말하고 싶음. 나는 당신이 작성한 것보다 더 좋은 권리 헌장을 작성할 수 있다고 확신함. 하지만 그렇다고 그것이 무슨 소용이 있을까? 누가 그 권리 헌장의 수호자가 될 수 있을까? 당신이 선전이나 대중교육을 의미한다면 당신은 잘못된 목적에서 시작한 것임. 나는 올바른 길을 제안함. 인간의 의무 헌장에서 시작할 것(인간과 의무는 대문자). 나는 겨울 다음에 봄이 따르듯이 의무 뒤에 권리가 따른다는 점을 단언함. 나는 경험에서 글을 씀. 청년으로서 나는 나의 권리 주장을 추구함으로써 인생을 시작했지만, 내가 아무 권리가 없음을, 내 처에 대한 권리도 없음을 곧 발견함. 그래서 나는 처·자식·친구·동료·사회에 대한 내 의무를 발견하고 수행하기 시작함. 그리고 내게 커다란 권리가 있음을, 아마 내가 알고 있는 어떤 생존하는 사람보다 더 큰 권리가 있음을 오늘 발견함. 만일 이것이 너무 교만한 주장이라면, 나는 나보다 더 큰 권리를 소유한 사람을 알지 못한다고 말할 것임.

— H. G. Wells52)에게 보낸 전문, 『더 힌두스딴 타임즈』, 1940.4.16; 『전집』 78 : 151

---

50) H. G. 웰스는 자신이 작성한 '인간의 권리'에 대해 간디의 의견을 구했다.

51) 『더 힌두스딴 타임즈』지에 출판되었다.

52) Herbert George Wells(1866~1946) : 영국 작가, 사회비평가, 역사가. 『타임 머신(*The Time Machine*)』, 『우주전쟁(*The War of the Worlds*)』, 『미래 사물의 모습(*The Shape of Things to Come*)』, 『세계문화사 대계(*The Outline of History*)』, 『투명인간(*The Invisible Man*)』, 기타 등등.

216) 균형 잡힌 성장

세바그람, 1946.8.23

여러분 중의 한 분이 늘어놓은 불평 중에 하나는 여기에서 육체 노동이 지나치게 강조된다는 것이었습니다. 나는 육체 노동이 가진 교육적인 가치에 대해 확고하게 믿고 있습니다. 우리의 현 교육제도는 인도에서 제국주의자의 힘을 강화하고 영속하기 위한 것입니다. 그 아래에서 양육된 여러분은 자연스럽게 그 힘의 단맛을 알게 되었고 노동을 귀찮은 것으로 알고 있습니다. 정부학교 또는 정부대학에 있는 어느 누구도 도로나 변소를 청소하는 방법을 학생들에게 구태여 가르치려고 하지 않습니다. 여기에서는 청결과 위생이 여러분 훈련의 알파이고 오메가입니다. 청소는 여러분이 애써 배워야 할 훌륭한 기술입니다. 끈질긴 질문과 건전한 호기심은 어떤 종류의 학식을 얻는 데도 최초의 필수 조건입니다. 강한 호기심은 겸손과 스승에 대한 존경심에 의해 조절되어야 합니다. 그 호기심이 무례함으로 전락해서는 안 됩니다. 무례함은 감수성의 적입니다. 겸손과 배우려는 의지가 없다면 지식도 있을 수 없습니다.

유용한 육체 노동은 이지적으로 수행되기만 한다면 지성을 계발하는 데 최고의 수단입니다. 그런 방식이 아니더라도 날카로운 지성을 계발할 수는 있습니다. 그러나 그렇게 되면 그것은 균형 잡힌 성장이 아니라 균형이 깨진 왜곡된 미숙아가 되고 말 것입니다. 그것은 우리를 쉽게 건달과 깡패로 만들 것입니다. 균형 잡힌 지성은 육신·마음·혼의 조화로운 성장을 상정합니다. 그 때문에 여기 훈련의 교과목에는 육체 노동이 중심을 차지합니다. 사회적으로 유용한 노동의 매개를 통해 계발된 지성은 봉사의 도구가 될 것이고, 쉽게 타락하거나 사악할 길로 빠지지는 않을 것입니다. 타락과 사악한 길로 빠진다면 그것은 바로 천벌일 것입니다. 만일 내 말의 요점을 파악한다면, 여러분이 개별적으로 소속해 있는 주정부들이 여기에서 훈련을 받도록 여러분에게 지출한 돈은 잘 쓴 돈이 될 것입니다.

— 기초 교사 캠프의 연수생에게 한 연설, 『하리잔』, 1946.9.8; 『전집』 92 : 86

217) 봉사정신

[1946.9.3]

라자사힙께,

당신에게서 두 통의 편지를 받았습니다. 왜 영어로 서명하십니까? 나는 자민다르에 대해 많은 글을 썼습니다만, 잡지의 몇 호에 게재했는지는 기억할 수 없습니다. 사람들은 내 글을 묶어 많은 책을 출판했습니다. 당신의 비서가 약간의 노력을 기울여 그 책들을 찾아보면 당신에게 일러 줄 수 있을 것입니다. 간단히 말하자면, 내 의견은 자민다르이거나 부자 어느 누구라도 망해서는 안 된다는 것입니다. 가장 필요한 일은 그들에게 마음의 변화를 일으키는 일입니다. 자민다르·라자·백만장자 모두가 민중의 하인으로 산다면, 아무 문제가 없을 것입니다. 토지는 결국 그 위에 노동을 가하는 자들에 속합니다. 사람을 한편으로는 자본주의자 또는 주인, 그리고 다른 한편으로는 무산자 또는 농노로 분리하는 현 제도가 용납되어서는 안 됩니다. 이 모든 것을 나는 내 글에서 여러 차례 설명한 바 있습니다.

종교에 대해 말하겠습니다. 나는 우리나라, 아니 세상 전체가 모든 종교를 위한 여지가 있어야 한다고 느낍니다. 나는 어떤 종교는 높고, 어떤 종교는 낮다고 생각하지 않습니다. 브라만이나 끄샤뜨리아에게 주어진 의무는 모든 사람들의 의무입니다. 일부의 사람이 다른 사람들에 비해 의무를 더 많이 갖고 있을 뿐입니다. 그러나 이것들은 권리가 아니라 의무입니다. 브라만됨의 권리를 주장하는 자는 브라만이 아닙니다. 이와 마찬가지로 끄샤뜨리아의 특권을 주장하는 자들은 끄샤뜨리아가 되지 못합니다. 나는 힌두교를 구할 수 있는 최선의 길을 보여 주었습니다. 그 길은 우리 모두가 방기(bhangi, 최하층 카스트)가 되는 것입니다. 방기는 지식, 용기, 사업적 영리함을 가질 수 있으면서, 언제나 봉사정신을 가질 수 있기 때문입니다. 나는 이 모든 자질들이 봉사를 위한 것이라는 견해를 갖고 있습니다.

—어느 자민다르에게 보낸 편지(H.), 『뻬아렐랄 페이퍼스』; 『전집』 92 : 168

218) 육체 노동의 의무

질문 우리는 왜 라빈드라나트[53]와 같은 문인들, 라만[54]과 같은 과학자들이 육체 노동으로 자신의 빵을 벌어야 한다는 점을 역설해야 합니까? 그것은 순전한 낭비가 아닙니까? 정신 노동자와 육체 노동자가 모두 유용한 사회적 작업을 수행하고 있으므로 둘을 동등하게 간주해서는 안 되는 것입니까?

답변 지적 작업은 중요하고 삶의 구도에서 확실한 자리를 차지합니다. 그러나 내가 역설하는 바는 육체 노동의 필요성입니다. 나는 어떤 인간도 노동의 책무에서 자유로울 수 없다고 주장하고 싶습니다. 그것은 그의 지적 산물의 질을 제고(提高)하는 데도 도움이 됩니다. 브라만들이 고대에는 마음으로만 아니라 육신으로도 작업을 했다는 점을 감히 말씀드리는 바입니다. 그러나 비록 그들이 그렇게 하지 않았다고 해도 육체 노동은 현대에는 불가결한 것으로 판명되었습니다. 이와 관련하여 나는 톨스토이의 인생에 대해, 그리고 러시아 농민 본다레프가 그의 조국에서 최초로 제안한 '생계를 위한 노동 이론'을 톨스토이가 어떻게 유명하게 만들었는지에 대해 언급하고 싶습니다.

—「질문난」, 『하리잔』, 1947.2.23; 『전집』 93 : 524

---

53) 라비드라나트 타고르.
54) C. V. Raman : 물리학자.

219) 세계 시민의 의무

[1947.6.8 이전]

마땅히 향유할 만하고 지킬 만한 일체의 권리는 잘 수행된 의무에서 나옵니다. 그래서 살(to live) 권리 자체는 우리가 세계 시민의 의무를 수행할 때에만 생기는 것입니다. 이런 근본적인 선언에서부터 출발하면, 남녀의 의무를 정의하고, 각 권리를 그에 상응하는 의무─하지만 먼저 수행되어야 할 의무─와 관련짓기가 아주 쉬울 것입니다. 이것 이외의 일체의 권리는 강탈이고, 그것을 얻기 위해 싸울 만한 가치가 거의 없음을 보여줄 수 있습니다.

─ 편지(G.), 『하리잔』, 1947.6.8; 『하리잔반두』, 1947.6.8; 『전집』 95 : 206

220) 의무에서 권리를 도출하기

나는 오늘날 사회를 괴롭히는 우리의 커다란 악을 다루고 싶다. 자본가와 자민다르가 자신들의 권리에 대해, 노동자들 역시 그 자신들의 권리에 대해, 토호국왕은 통치할 수 있는 신성한 권리에 대해, 그리고 농민(ryot)은 그 권리에 저항할 수 있는 권리에 대해 말하고 있다. 만일 모든 사람들이 권리만을 역설하고 의무에 대해 말하지 않는다면, 엄청난 혼란과 혼돈이 있을 것이다.

사람들이 권리에 대해 역설하는 대신 각자 자신들의 의무를 다한다면, 인류 사이에는 질서의 통치가 당장 확립될 것이다. 왕의 신성한 통치권, 주인들에게 정중하게 복종해야 할 농민(료뜨)들의 겸허한 의무, 이런 것들은 존재하지 않는다. 이런 세습적 불평등이 사회복리에 유해한 것이므로 사라져야 함이 사실이지만, 여태껏 짓밟힌 민중의 줄기찬 권리 주장 역시 사회복리에 해롭다. 후자가 전자보다 더 해롭다고는 말할 수 없을지 몰라도 말이다. 민중의 행위는 신성한 권리나 다른 권리를 주창하는 소수의 사람을 해칠 것을 겨냥한 것이 아니라 수백만 명의 사람들을 해칠 것을 겨냥할 수 있다. 민중은 용감한 죽음이나 비겁한 죽음을 맞을 수는 있지만, 그렇다고 해서 죽은 사람 몇몇이 지복의 만족을 동반한, 질서 잡힌 삶을 가져오지는 못할 것이다. 그러므로 권리와 의무의 상관 관계를 이해할 필요가 있다.

올바르게 이행된 의무에서 직접 도출되지 않는 권리들은 가질 만한 가치가 없음을 나는 감히 말한다. 그 권리들은 강탈이며 신속하게 버리면 버릴수록 더 낫다. 자신들의 의무를 먼저 수행하지 않고 자식들로부터 복종을 주장하는 비열한 부모는 오로지 경멸만을 자아낼 뿐이다. 방탕한 남편이 충직한 아내로부터 전면적인 순종을 기대하는 것은 종교 계율의 왜곡이다. 자식에 대한 자신의 의무를 수행할 각오가 늘 되어 있는 부모를 업신여기는 자식들은 배은망덕한 자식으로 간주될 수 있고, 부모가 아니라 자기 자신을 해칠 것이다. 남편과 아내 사이도 같은 말을 할 수 있다. 여러분은 현재 세계의 다른 곳과 마찬가지로 인도에서 삶과 사업 분야에 동요와 혼란을 목격하고 있다. 그런데 여러분이 이런 간단하고 보편적인 규칙을 고용주와 노동자, 지주와 소작인, 왕자와 신하, 또는 힌두와 무슬림에 적용한다면, 위에서 말한 동요와 혼란이 초래되지 않고 가장 행복한 관계가 삶의 모든 부문에서 확립될 수 있음을 알게 될 것이다. 내가 사따그라하 법칙이라고 부른 것은 의무의 인정과 거기에서 나오는 권리의 인정으로부터 도출될 수 있다.

무슬림 이웃에 대한 힌두의 의무는 무엇인가? 그의 의무는 그를 인간으로 취급하고 친구가 되는 일, 그의 기쁨과 슬픔을 공유하고 곤란에 처한 그를 돕는 일이다. 그렇게 되면 그는 무슬림 이웃으로부터 유사한 대접을 기대할 권리를 갖게 되고, 아마 예상된 반응을 얻게 될 것이다. 힌두들이 다수를 차지하는 촌락, 그 안에 무슬림이 드문드문 사는 촌락을 상정해보

자. 소수의 무슬림 이웃에 대한 다수 힌두들의 의무가 여러 방면으로 확산되어, 소수의 무슬림들이 자신들의 종교가 자신들에 대한 힌두들의 태도에 어떤 차이도 만들지 않는다고 느끼도록 해야 한다. 그 전이 아니라 그런 뒤 힌두는 무슬림이 자연스런 친구가 될 것이라는 권리, 위기시에는 두 집단이 한 사람처럼 행동할 것이라는 권리를 획득하게 될 것이다. 그러나 소수의 무슬림이 다수 힌두들의 올바른 행위에 대해 보답하지 못하고, 모든 행동 속에 싸움을 드러낸다고 가정한다면, 그것은 사내답지 못함의 표시가 될 것이다. 그렇게 될 때 다수 힌두들의 의무는 무엇인가? 다수의 야만적인 폭력을 동원하여 그들을 압도하는 일은 결코 아닐 것이다. 그것은 얻지 못한 권리를 강탈하는 것이다. 그들의 의무는 자신들의 육친의 형제들에게 하듯이 무슬림들의 사내답지 못한 행위를 견제하는 것이다.

이와 같은 사례들에 대해 더 이상 상술할 필요는 없을 것이다. 입장을 바꾼다고 해도 위의 원리를 똑같이 정확하게 적용할 수 있다고 말하면서 끝을 맺겠다. 먼저 올바르게 이행된 의무에서 모든 권리를 도출한다는 원리를, 사람들이 실천에 적용하지 않기 때문에 현 상황 전체가 우리를 당혹하게 만들고 있다. 내가 말한 것은 현 상황 전체에 쉽게 확대할 수 있으며, 그렇게 되면 이익도 얻을 것이다.

동일한 규칙이 토호국왕들과 농민들에게도 적용된다. 전자의 의무는 백성의 충복(忠僕)으로서 행동하는 것이다. 그들은 어떤 외부의 권위가 허락한 권리에 의하거나 칼의 권리에 의해 통치해서는 절대로 안 된다. 그들은 봉사의 권리, 보다 더 큰 지혜의 권리에 의해 통치해야 할 것이다. 그렇게 하면 그들은 자발적으로 납부하는 세금을 징세할 권리를 갖게 될 것이고, 마찬가지로 자발적으로 행하는 봉사를 기대할 수 있는 권리를 갖게 되는 바, 그것도 자신들을 위해서가 아니라 그들의 보호하에 있는 백성을 위해서이다. 만일 그들이 이 기초적이며 간단한 의무 수행에 실패한다면, 농민들은 갚아야 할 의무가 없을 뿐만 아니라, 토호국왕의 강탈에 저항할 의무가 생성된다. 그렇게 되면 농민들은 강탈 또는 실정(失政)에 저항할 권리를 얻는다고도 말할 수 있으리라. 그러나 그 저항이 살인·강탈·약탈의 모습을 취한다면, 그것은 의무의 이름을 지니고 있지만 인간에 대한 범죄가 될 것이다. 의무 수행이 저절로 생성해 내는 힘은 사땨그라하가 만들어 내는 비폭력적이며 무적(無敵)의 힘일 것이다.

—「권리냐 의무냐」, 『하리잔』, 1947.7.6[55]

6. 평등과 착취

221) 만인의 생득적인 평등

1927.9.16

나는 오늘 딴조르(Tanjore)에 오면서 여기에 오면 브라만과 비브라만 문제를 논의하기를 바랐고, 오후에 친구 몇 명과 함께 기쁜 마음으로 간단히 논의했습니다. 우리가 논의한 내용을 여러분 앞에서 자유롭게 논의하거나 제시할 처지도 아니고 꼭 그럴 필요도 없습니다. 하지만 이 논의에 대해 지극히 기쁘게 생각합니다. 이제 나는 그 논의를 갖기 전보다 그 운동에 대해 아마 좀더 잘 이해할 수 있습니다. 친구들에게 내 소견을 제시했고, 그들은 내 소견을 자신들이 원하는 방식대로 자유롭게 사용할 수 있을 것입니다. 그러나 전체 토의 가운데 이 친구들을 억압하는 듯이 보이는 일 하나를 주목하게 되었습니다. 그들은 내가 생득적인 우월과 열등에 대한 관념에 나 자신을 일치시키고 있다고 생각한 것으로 보입니다. 내 생각은 전혀 그런 것이 아님을 그들에게 확신시키고, 우월의 문제에

---

55) 『전집』 내 확인 불가능. (역주)

대한 아주 작은 오해라도 불식시키기 위해 여태 해왔던 것보다 더 완전하게 바르나다르마의 의미를 기꺼이 설명하겠노라고 말했습니다. 내 의견으로는 생득적인 것이든 획득된 것이든 우월성이란 것은 존재하지 않습니다.

나는 아드바이따(Advaita)56)의 기초 교의를 믿고 있으며, 아드바이따에 대한 나의 해석은 우월성에 대한 일체의 관념, 어떤 단계에서의 우월성도 전면적으로 거부합니다. 나는 모든 사람들이 평등하게 태어났음을 절대적으로 믿습니다. 인도, 영국 또는 미국, 어떤 환경에서 태어났든 모든 사람들은 다른 사람과 같은 혼을 갖고 있습니다. 나는 모든 사람들의 생득적인 평등성을 믿고 있기 때문에 우리의 많은 통치자들이 사칭하는 우월성의 교의에 저항하여 싸우고 있습니다. 나는 이 우월성의 교의에 저항하여 남아프리카에서 철저하게 투쟁했습니다. 평등성에 대한 생득적인 믿음 때문에 나 자신을 청소부 · 물레질꾼 · 베짜기꾼 · 농민 · 노동자라고 즐겨 부릅니다. 그리고 브라만들이 태생에 의해 혹은 태생 이후 획득한 지식에 의해 우월성을 주장할 때마다 그들에 저항하여 싸워 왔습니다. 나는 누구든지 자신의 동료에 비해 우월하다고 주장하는 사람을 비인간적이라고 간주합니다. 내가 선언하는 이 신념에 대한 정당한 근거가 『바가바드 기따』에 충분히 들어 있습니다. 그래서 비(非)브라만이 우월성이라는 괴물─브라만이 주장한 것이든 아니면 다른 사람이 주장한 것이든─에 대항하여 싸울 때, 나는 속속들이 그와 하나가 됩니다. 우월성을 주장하는 자는 그것을 주장하는 바로 그 순간, 인간으로 불릴 자격을 박탈당하는 것입니다. 그것이 내 의견입니다.

여러분에게 보여 드린 모든 신념에도 불구하고, 나는 여전히 바르나아

---

56) 「용어해설」에는 不二, 일원론으로 설명되어 있다. 이 일원론은 궁극적으로 절대적이고 독립적인 실재, 즉 불변의 무성질의 브라만만이 존재한다고 하고, 이것이 만유의 바탕이라고 한다. 8세기 인도의 샹까라(Shankara)가 그 대표적인 철학자이다. 자세한 점은 콜러 저, 허우성 역, 『인도인의 길』(소명출판, 2003) 13장을 참조할 것. (역주)

슈라마 다르마를 믿고 있습니다. 우리가 아무리 바르나아슈라마 다르마를 부정하려고 해도, 그것은 내 마음으로부터 폐기할 수 없는 법칙입니다. 그 법칙의 작동을 인정하는 일은, 인생에서 한 가지 직업, 그것을 위해 태어난 것이 틀림없는 한 가지 직업을 위해 우리 자신을 자유롭게 하는 것입니다. 바르나아슈라마 다르마는 겸손입니다. 나는 모든 남녀 인간들이 동등하게 태어났다고 말합니다. 그렇다고 해서 자질들이 생득적인 것이 아니라는 점을 시사하려는 것이 아니라, 반대로 사람들 개개인이 특정한 모습을 물려받듯이 선조들의 특정한 성격과 자질을 물려받는다는 것을, 그리고 이런 것을 인정하는 일이 자신의 에너지를 보존하는 것이라고 나는 믿습니다. 성격과 자질을 물려받았음을 솔직하게 인정하면, 그리고 우리가 그 인정에 따라 살기만 한다면, 물질적 야망을 합당하게 억제할 수 있습니다. 따라서 우리의 에너지는 자유롭게 되어 영적인 탐구와 영적인 진화의 영역을 확장하게 될 것입니다. 나는 언제나 바로 이와 같은 바르나아슈라마 다르마의 교의를 수용했습니다. 여러분은 이것이 오늘날 이해되는 바르나아슈라마가 아니라고 말할 수도 있습니다. 현재 이해되고 실시되고 있는 바르나아슈라마는 그 원형을 기괴한 모습으로 풍자한 것임을 나는 수없이 많이 말해 왔습니다. 하지만 이 왜곡을 깨기 위해 원형을 깨려고 해서는 안 될 것입니다. 그리고 만일 여러분이 내가 제시했던 이상적인 바르나아슈라마가 아주 괜찮은 것이라고 말한다면, 내가 여러분이 인정했으면 하는 것을 여러분은 모두 인정한 셈입니다.

나는 어떤 나라, 어떤 개인도 적합한 이상 없이는 살아갈 수 없다는 점을 여러분이 나와 함께 믿어 주시기를 촉구하는 바입니다. 그리고 만일 여러분이 이상적인 바르나아슈라마를 믿어주신다면, 여러분은 나와 함께 가능한 범위 내에서 그 이상에 도달할 수 있도록 노력할 것입니다. 사실상 이 세상 어느 곳에서도 바르나아슈라마의 법에 대항하여 싸울 수는 없었습니다. 이 법에 대항하여 싸우는 과정에서 일어났던 일, 그리고 일어날 수밖에 없었던 일, 그런 일은 우리 자신에게 해를 입히고, 헛된 수고가 되고 말 것입니다. 선조들이 우리에게 물려준 유산을 이해하고, 이 위대한 유산 주변에 자라난 사악한 이상 생성물에 저항하여 싸운다면, 여러분의 투쟁은 그만큼 더 성공하게 될 것이라는 점을 말씀드립니다. 그리고 내가 감히 말씀드리려고 했던 바를 여러분이 수용한다면, 브라만·비브라만 문제 해결 역시, 그것이 종교적인 측면에 관한 한 대단히 쉬워질 것임을 알게 될 것입니다. 나는 비브라만으로서 비브라만이 할 수 있을 정도로 브라만 종교를 정화하기를 바라지만 그것을 파괴하려고 하지는 않을 것입니다. 나는 우월성을 사칭하는 자리 또는 이익의 자리에서 브라만을 몰아내고 싶습니다. 브라만은 이익을 구하는 행동을 하는 즉시 브라만의 자격을 상실합니다. 그러나 나는 그의 위대한 학식을 볼 때마다 그것에 손대지는 않을 것입니다. 그가 학식의 이유를 내세워 우월성을 주장해서는 안 되지만, 그 학식이 어디에 있든 그것이 내 마음속에 항상 일으키는 당연한 존경심을 억제하지는 못할 것입니다. 그러나 이와 같은 대규모 청중들 앞에서 그런 주제에 대해 더 이상 상세하게 말할 수는 없습니다.

결국, 나는 인생의 모든 질병에 효력이 있는 단 하나의 영약(靈藥)에 대면해야 합니다. 그것은 우리가 어떤 싸움을 벌이더라도, 그 싸움이 순결하고 올곧아야 한다는 점, 그리고 진리와 아힘사에서 약간의 이탈도 있어서는 안 된다는 점입니다. 만일 우리가 두 철로 위에 열차를 안전하게 운행하는 한, 비록 천 가지의 큰 실수를 범한다고 해도 여러분은 우리의 싸움이 늘 깨끗할 것이고, 쉽게 싸울 것이라는 점을 알게 될 것입니다. 그리고 궤도를 이탈한 열차가 파멸적인 종말을 맞이하듯이, 우리가 두 레일 위에서 이탈한다면 우리 역시 파멸을 맞이할 것입니다. 진실한 사람, 적수에 대해서도 악을 가하지 않는 사람은, 그의 적수에게 제기된 비난조차 쉽게 믿지 않을 것입니다. 하지만 그는 자신의 원수의 관점을 이해하려고 노력하고, 항상 열린 마음을 유지하며, 모든 기회를 이용하여 원수에게 봉사하려고 할 것입니다. 이 법칙을 여기에서만 아니라, 남아프리카에서 영국인들과 일반 유럽인들과 나 사이에 형성되었던 관계에도 활용하려고 애를

써 왔고, 그 결과 어느 정도 성공을 거둘 수 있었습니다. 그렇다면 우리는 우리의 가정, 인간 관계, 가사(家事), 친척과 관련하여 이 법칙을 얼마나 더 많이 활용해야 하겠습니까?

— 딴조르에서의 연설,『영 인디아』, 1927.9.29;『전집』 40 : 64

222) 우월감과 열등감

1927.10.23

청년 수명이 바르나다르마에 관해 논의하기 위해 간디지와의 대담을 청했다……. 그들은 브라만이 브라만으로 남아 있으면서 어떻게 자신의 우월감을 털어 버릴 수 있을지에 대해 고민하고 있었다.

간디지는 그 문제의 핵심에 도달하기 위해 극단적인 예를 들어서 다음과 같이 말했다.

시따조차 창녀보다 우월한 것이 아니라네. 이에 만족하는가?

그 친구는 말했다. '아닙니다. 상당한 충격을 받았습니다'라고 말했고, 간디는 다음과 같이 말했다.

나도 충격을 받았다네. 시따는 우월감이 없었다네. 그녀가 자신의 순결에 대해 자부심을 품고 있었다면 그녀는 이름 없는 존재가 되었을 것이라네. 그러나 그녀는 자신의 순결함에 대해 의식조차 없었네. 그녀는 순결했다네. 그녀가 순결하지 않다는 것은 불가능했기 때문이라네. 히말라야가 자신의 지고의 높이를 의식하는가? 조금도 의식하고 않고 있네. 그러나 만약 의식하고 있었다면 그 산은 산산조각이 나고 말았을 것이네. 만일 바르나가 우월감과 동의어이거나 에고이즘의 표현이라면, 그것은 우리의 목을 감고 있는 굴레보다 나을 것이 없다네. 막스 뮐러는 다음과 같이 말했을 때 힌두교의 정신을 아주 간결하게 표현한 것이라네. "다른 민족들은 쾌락 겸 의무에 대해 생각하지만, 인도는 인생은 오직 한 가지 ―의무―로만 생각한다." 바르나는 조상이 우리 각자에게 물려 준 의무의 표시와 다름없다네.

서양인들은 대중의 처지의 향상에 대해 말할 때 생활 수준의 향상에 대해 말한다네. 인도에서는 우리는 생활 수준의 향상에 대해 말할 필요가 없네. 우리 개개인의 내면에 수준이 있을 때 외부인이 어떻게 그 수준을 향상시킬 수가 있겠는가? 우리는 사람들이 자신들의 의무를 실현하고 성취할 기회, 신에게 더 가까이 접근할 수 있는 기회를 늘이기 위해 노력할 수 있을 뿐이라네. 그런데 여러분은 나무를 뿌리 채 뽑아버리려는 불가능한 과업을 오늘 시도하고 있다네. 가지와 나뭇잎들의 일부가 썩었다는 점을 나는 인정하네. 그렇다면 전정가위를 들고 병에 걸린 가지만을 쳐야지, 도끼로 뿌리를 찍어내서는 안 된다네. 여러분은 그 나무 아래에서 살아 왔고 성장해 왔는데, 그 나무를 파괴한다면 나쁜 정원사가 될 것이라네. 불필요한 이상 성장물이 있다면 그것은 잘라버리게. 나중에 뿌리 있는 줄기가 결국 그루터기처럼 보이더라도, 여러분이 그 뿌리를 손대지 않고 즐겁게 물을 준다면, 그것은 어느 날 큰 나무로 훌륭하게 성장할 것이라네.

그 나무가 파괴될 수 없다고 말했듯이, 진실한 브라만은 모든 폭풍을 견디고 그의 희생제의적인 존엄 속에 우뚝 서 있을 것이라네. 오늘날 브라만, 끄샤뜨리아, 바이샤가 소수이며 수드라 역시 소수라는 점을 나는 인정한다네. 수드라 역시 개성을 지니고 있다네. 우리는 모두 오늘날 노예라네. 우리는 다이어 장군과 같은 자의 무례한 힘 앞에 위축된다네. 우리 모두 각자 자신의 소명을 성취하기를 열망하세. 우리 대부분은 바이샤가 되어야 하네. 우리 자신들을 발로 짓밟고 있는 자들이 바이샤이기 때문이라네.

우리가 브라만을 존경하지만, 그 이유는 그의 우월감 때문이 아니라 그가 우리에게 베푸는 우월한 봉사 때문이라네. 우리가 우월감과 열등감이란 용어가 아니면 생각할 수 없다는 것 자체가 오늘날 우리가 타락했다는 증거라네.

— 바르나다르마에 대한 토론,『영 인디아』, 1927.11.3;『전집』40 : 187

223) 착취의 제거

사바르마띠, 사땨그라하 아슈람, 1928.3.20

약자에 대한 강자의 착취라는 핵심적인 이유가 제거되지 않는다면 종족과 민족들 사이에 살아 있는 조화는 존재할 수 없습니다. 우리는 소위 '적자 생존' 원리에 대한 해석을 새롭게 해야 합니다.

M. K. 간디

— 마르셀 캐피(Marcelle Capy)에게 보낸 메시지, SN 13117;『전집』41 : 341

224) 사무원들의 곤경

세쓰 란츠호드랄 암리뜨랄은 사무원을 위한 산업보험에 대한 다음 구상을 나에게 보냈다…….57)

나는 보험에 대해 아는 바가 거의 없다. 하지만 보험이 필요한 요즘과 같은 시대에 사무원들을 위해 고안된 산업보험에 대한 어떤 구상도 그들 자신에게 득이 되어야 한다는 뜻으로 이해한다. 오직 보험 전문가만이 그 구상에 대해 유익한 비판을 할 수 있을 것이고, 란츠호드랄 씨가 통이 큰

---

57) 여기에 게재하지 않는다.

전문가와의 협의 속에서 그렇게 구상했다는 점을 나는 믿는다.

다른 사업과 통상 회사에 못지 않게 직물공장 소유주들이 종업원들의 복지에 대해 부모와 같은 관심을 기울여야 한다는 사실에 이견이 있을 수 없다. 고용주와 종업원 사이의 관계는 지금까지는 그저 주인과 노예 사이의 관계였다. 하지만 그것은 아버지와 자식들의 관계여야 한다. 그래서 나는 그 구상을 환영한다.

내 의견으로는 의료 구호는 무료여서는 안 된다. 그것은 진실하고, 신속하고, 저렴해야 한다. 무료진료는 그들의 독립정신을 해칠 가능성이 있다. 무료진료는 때로는 겉치레로 행해지고 때로는 오용되고 있는데, 이 두 가지 악으로부터 사무원들은 구원을 받아야 한다.

사무원들과 노동자들의 주요 불평은 낮은 임금과 자신들의 복지에 대한 무관심이다. 그 구상에 제안된 조처들은 그 불평에 대한 직접적이며 간단한 교정책이고, 나는 그것들을 환영한다.

사무원들의 처지는 어떤 면에서 분명히 더욱 가련하다. 나는 그들의 처지에 대한 분명한 그림을 내 마음에 그리고 있다. 그것은 1915년 캘커타에서 마르와리 사무원협회가 나에게 준 것이었다. 그것은 그들의 무력감에 대한 비극적인 얘기였다. 사무원들의 수는 적고 인내력과 조직력은 약하다. 사무원들은 자신들의 가족 중 수입이 있는 유일한 사람이지만, 노동자 가족의 경우는 거의 모든 성원들이 임금 노동자이다. 사무원들은 자신들의 처지를 개선하기 위해 분발해야 한다. 그들은 단결해야 하고 부양가족 특히 아내들을 교육시켜 소득 있는 직업을 얻도록 해야 한다. 그들은 모든 자신감을 상실했고 무력하다. 일을 함에 있어서 정직하고, 능력이 있으며, 양심적이며 열심히 일하는 자들은 적합한 상황을 찾아내는 일에 실망할 필요가 없다.

진정한 사회경제학은 노동자·사무원·고용주가 하나의 불가분의 유기체의 지체라는 점을 가르쳐 줄 것이다. 어느 누구도 다른 사람에 비해 작거나 크지 않다. 그들의 이익은 상충해서는 안 되고, 동일하고 상호의존적이어야 한다.

─「사무원 대 노동자」(G.), 『나바지반』, 1928.4.22; 『영 인디아』, 1928.5.3;
『전집』 41 : 497

225) 모든 직업에 있는 결함들

1928.7.2

친애하는 베차르 빠르마르,

당신이 이발사 직업에 속한다고 생각하는 결함들은 아마 모든 직업에서 발견될 수 있을 것입니다. 하지만 모든 사람들이 생계를 위해 각자 자신의 직업에만 매달린다면, 마찰은 최소화될 것입니다.

모국 인도 만세
간디로부터

─ 베차르 빠르마르(Bechar Parmar)에게 보낸 편지, GN 5567; 『전집』 42 : 219

226) 평등한 대우

1932.3.16

사람을 평등하게 대우해야 한다는 것은 가능한 일이기도 하고 필수적인 일이기도 합니다. 그러나 이 말이 결코 그들의 도덕에 적용되어서는 안 됩니다. 사람은 깡패와 성자에게 연민을 느끼고 상냥할 수 있습니다. 하지만 우리는 성자다움과 깡패 기질을 동일한 위치에 두어서는 안 됩니다.

─편지의 일부, 『마하데브 데사이의 일기』 권1, 15면; 『전집』 55 : 138

227) 비폭력을 통한 평등한 분배

건설적 프로그램에 대한 지난 주 기사에서 나는 13개 조항의 하나로서 부의 평등한 분배를 언급했다.

평등한 분배의 진정한 의미는 각자가 자신의 모든 자연적 필요와, 그 필요만을 충족시킬 자금이 있어야 한다는 것이다. 예를 들면, 소화력이 약한 사람은 빵을 위해 밀가루 1/4파운드만 필요로 하고, 다른 사람은 1파운드의 밀가루를 필요로 한다면, 두 사람 모두 자신들의 욕구를 충족시킬 수 있어야 한다. 이 이상을 실현하기 위해서는 사회 전체의 질서가 재구성되어야 한다. 비폭력에 기초한 사회는 다른 이상을 길러낼 수 없다. 우리는 비폭력에 대한 이상을 실현하지 못할 수도 있지만, 비폭력에 대한 이상을 명심해야 하고 접근해가기 위해 부단히 일해야 한다. 우리가 목표로 나아가는 만큼 만족과 행복을 찾을 것이고, 그만큼 비폭력적 사회를 형성하는 데 기여하게 될 것이다.

물론 한 개인은 다른 사람이 이와 같은 삶의 방식을 채용하기를 기다릴 것 없이 스스로 그 방식을 채용할 수 있다. 그리고 한 개인이 특정한 행동 규칙을 준수할 수 있다면 하나의 집단도 그렇게 할 수 있다는 결론이 나온다. 우리가 올바른 길을 수용하기 위해 다른 사람이 그 길을 수용할 때까지 기다릴 필요가 없음을 나는 꼭 강조하고 싶다. 사람들은 어떤 목표를 완전히 수중에 넣을 수 없다고 느낀다면, 일반적으로 시작하기를 주저한다. 그런 마음의 태도는 실제로 진전의 장애물이다.

이제 평등한 분배가 비폭력을 통해 어떻게 실천될 수 있는지를 고려해보자. 그것을 위한 최초의 조처는, 이 이상을 자신의 존재의 일부로 만들 사람이 개인적 삶에서 필요한 변화를 가져오는 일이다. 그는 인도의 가난을 명심하여 자신의 욕구를 최소치로 감소시킬 수 있을 것이다. 그의 수입은 부정직에서 자유로울 것이다. 공론(空論)의 욕망은 내버리게 될 것이다. 그의 주처는 새로운 삶의 방식과 어울리는 것이어야 한다. 삶의 모든 방면에 자제가 있을 것이다. 그는 자신의 삶에서 할 수 있는 모든 일을 마쳤을 때, 오직 그럴 경우에만 비로소 자신의 동료와 이웃 사람들 사이에서 이 이상을 설교할 수 있는 위치에 있게 된다.

이 평등 분배 원칙의 뿌리에, 부자들은 자신들이 소유한, 잉여의 부에 대해 이것을 신탁받았다는 가르침이 있어야 한다. 평등 분배 원칙에 따른다면, 그들이 자신들의 이웃보다 단 1루삐도 더 소유해서는 안 되기 때문이다. 이것을 어떻게 실천할 수 있을까? 비폭력적으로? 또는 부자들에게서 소유를 몰수해야만 할까? 그러기 위해서는 우리는 자연스레 폭력에 호소해야 할 것이다. 이 폭력 행위는 사회에 이익을 줄 수 없다. 만일 사회가 부를 축적하는 방법을 아는 사람들이 준 선물을 잃게 된다면, 더 가난해질 것이기 때문이다. 그러므로 비폭력의 길은 분명 우월하다. 부자는 자신의 부를 계속 보유하고, 합리적으로 판단하여 개인적 필요를 위해 필요한 만큼 그 부를 사용하며, 나머지에 대해서는 사회를 위해 그것이 사용되도록 수탁자로서 행동해야 한다. 물론 이 논의에서 그 수탁자는 정직하다고 보아야 한다.

사람이 자신을 사회의 종복(從僕)으로 바라보고, 사회를 위해 벌고 사회의 이익을 위해 소비하게 되면, 그는 순결을 소득으로 얻게 되고 그의 모험에는 아힘사가 있을 것이다. 더구나 사람들의 마음이 이런 삶의 방식으로 향해 간다면 사회에 평화로운 혁명이 올 것이고, 이 과정에 어떠한 적개심도 없을 것이다.

우리는 인간 본성에서 일어난 그와 같은 변화에 대한 기록이 역사의 어느 순간에 있었던가를 물을 수도 있다. 개인들에게 그런 변화가 일어났던 것은 사실이다. 우리가 사회 전체 안에서는 그런 변화를 확인하지 못할 수도 있다. 그러나 이것은 대규모의 비폭력 실험이 여태까지 없었다는 것만을 의미할 뿐이다. 어떤 이유에서건 아힘사는 특별히 개인의 무기이므로 그 사용이 개인 영역에 국한되어야 한다는 오해가 우리를 사로잡아 왔다. 실제 그런 것은 아니다. 아힘사는 분명히 사회의 특성이다. 이 진리를 민중에게 확신시키는 일이 나의 노력이며 동시에 나의 실험이다. 이 경이의 시대에 어떤 사물이나 관념이 새 것이라고 해서 무용하다고 말하는 사람은 없을 것이다. 그것이 어렵기 때문에 불가능하다고 말하는 것은 시대정신에 어울리지도 않는다. 꿈도 꾸지 못했던 일들이 나날이 보이고, 불가능한 일이 점차로 가능하게 된다. 우리는 오늘날 폭력 분야에서 일어나는 굉장한 발견으로 항상 놀라고 있다. 그러나 정말로 꿈꾸지 못했던 것, 외견상 불가능해 보이는 발견은 비폭력 분야에서 일어날 것이다. 종교사는 그런 사례로 가득하다. 사회에서 종교 자체를 뿌리뽑으려 하는 것은 기러기를 쫓는 행위이다. 그리고 그런 시도가 성공하려면 사회를 파괴해야 한다. 미신, 나쁜 관습, 그리고 다른 불완전한 점들이 종교 안에 오랫동안 스며들고, 당장은 종교를 훼손하고 있다. 그런 것들이 오고 가더라도 종교 자체는 남을 것이다. 세계의 존재가 넓은 의미로 종교에 의존하기 때문이다. 종교에 대한 궁극적인 정의(定義)는 신의 법칙에 대한 순종이라고 말할 수 있을 것이다. 신과 그의 법칙은 동어의이다. 그래서 신은 불변의 살아 있는 법칙을 뜻한다. 그 분을 진실로 발견한 사람은 한 사람도 없다. 그러나 아바따르(성육화한 사람)와 예언자들은 자신들의 따빠스야(고행)를 통해 영원한 법칙의 희미한 편린을 인류에게 주었다.

　하지만 지극한 노력에도 불구하고 부자들이 진정한 의미에서 가난한 자들의 보호자가 되지 못한다면, 그리고 가난한 자들이 점점 더 심하게 짓밟히고 굶어 죽는다면, 우리는 무엇을 해야 할까? 이 난제에 대한 해결책을 찾기 위해, 나는 정당하고 무오류의 방법으로 비폭력적 비협조와 시민불복종에 불을 붙였다. 부자는 사회 안의 가난한 자들의 협조 없이 부를 축적할 수 없다. 사람은 자신의 본성 안에 있는 짐승에게서 폭력의 힘을 물려받았으므로, 처음부터 폭력에 정통해 있다. 그가 네 발 달린 짐승에서 벗어나 두 발 달린 사람의 경지로 상승했을 때 비로소 아힘사의 힘에 대한 지식이 그의 혼 안으로 들어왔다. 이 지식은 내면에서 완만하게, 하지만 분명하게 성장해 왔다. 만일 이 지식이 가난한 자들 속으로 파고들어가 그들 사이에 확산되기만 한다면, 그들은 강하게 될 것이고 자신들을 아사 직전까지 몰고 간 궤멸적인 불평등으로부터 비폭력의 방법으로 자신들을 구하는 방법을 배울 것이다.

내가 비협조와 시민불복종에 대해 쓸 필요는 거의 없을 것이다. 『하리잔반두』지의 독자들은 이미 이런 것들과 그 작동에 대해 친숙하기 때문이다.

—「평등한 분배」, 『하리잔반두』, 1940.8.24; 『하리잔』, 1940.8.25;
『전집』 79 : 136

228) 착취와 아힘사

아힘사가 무슨 소용인가?[58]

질문 우리는 오늘날 어느 방향을 쳐다보든지 거기에 폭력, 민중의 권리에 대한 맹공습, 그리고 권력정치를 목격합니다. 민중의 소리가 유일한 심판자라고 하는 영국이나 미국에서도 이 말은 사실입니다. 그런 상황에서 당신의 아힘사가 무엇을 할 수 있는지를 생각해 보았습니까?

답변 어디서든 권력정치가 판치고 있는 것은 사실입니다. 당신은 영국과 미국에 민중의 소리가 유일한 심판자라고 생각하는데, 그것은 잘못입니다. 민중의 소리는 신의 소리여야 한다. 그 때문에 우리는 빤차(Pancha)[59]가 빠람이슈와르(최고의 이슈와르)라고 말합니다. 그러나 한 민중이 다른 민중을 잡아먹는 곳에 어떻게 민중의 소리가 신의 소리라고 말할 수 있습니까? 우리는 영국과 미국이 유색인종을 잡아먹고 있고 다른 민중을 착취하고 있음을 봅니다. 여기에는 따로 증명이 필요 없습니다. 착취자들은 다른 착취자들과 협조하는 것으로 보입니다. 하지만 그렇다고 해서 그들의 소리가

---

58) 『전집』 권92, 205면에 따라 소제목을 단다. (역주)
59) 빤차야뜨의 약칭으로 보인다. (역주)

민중의 소리가 되는 것은 아닙니다. 민중의 소리가 신의 소리인 곳에서는 민중이 다른 민중을 잡아먹으려고 하지 않습니다. 그들은 청평 저울의 한 편에는 진리를, 다른 편에는 아힘사를 갖고 있습니다. 양편의 무게는 항상 같습니다. 이것이 나의 답변 전체를 포괄합니다. 나에게 아힘사는 불구가 된 것도 아니고 약한 것도 아니고, 지고의 것입니다. 아힘사가 있는 곳에 진리가 있고 진리는 신입니다. 신이 어떤 방식으로 당신을 드러내실지, 나는 알지 못합니다. 내가 아는 것은 그 분이 모든 곳에 두루 퍼져 계시다는 것, 그 분이 계시는 곳이면 만사가 형통하다는 사실뿐입니다. 그래서 모든 사람들에게 단 하나의 법이 존재합니다. 이 세상에 진리와 아힘사가 통치하는 곳이면 완벽한 평화와 행복이 존재합니다. 진리와 아힘사가 어디에서도 보이지 않는다면, 그것들은 우리가 눈으로 볼 수 없는 곳에 감춰져 있다고 이해해야 합니다. 그것들이 완전히 사라지기란 불가능하기 때문입니다. 이 신앙의 돛단배를 가진 자들은 그 안에서 안전하게 바다를 건너가고 다른 사람들도 건네줄 것입니다.

외국인들을 환영해야 할까요?[60]

질문 자유 인도에서 인도인으로 살기로 결정한 외국인들이 두려워할 이유가 없다고 당신은 말합니다. 당신은 다른 나라에서는 사정이 그러지 못했다는 점을 인정할 것입니다. 자아를 강조하고, 타인들을 혐오하지는 않지만, 그들에 대한 일정한 정도의 의혹은 언제나 남아 있습니다. 자유 인도가 이런 일을 피할 수 있을까요?

답변 자유 인도가 이런 일을 피할 것임을 나는 굳게 믿습니다. 그것을 증명할 수 있는 뚜렷한 증거를 인용할 수 있지만, 꼭 그럴 필요는 없습니다. 오직 다음 사항만큼은 명심해야 합니다. 즉, '외국인들은 여기에서 인도인으로 살아야 할 것이다.' 여기에 거주하는 외국인이 외국인으로서 권리를

---

60) 『전집』 권92, 206면에 따라 소제목을 단다. (역주)

보호받기를 원한다면 그것은 어려울 것입니다. 그것은 그가 자유 인도에서
우월한 인간으로서 거주하기를 원하는 것을 의미하기 때문입니다. 이것은
반드시 마찰을 낳을 것입니다. 영국 정부와 현재 벌이는 쟁투는 인도가 해
방되면 계속 진행될 수 없을 것입니다. 그 쟁투가 지속된다면 인도는 자유
롭게 되었다고 말할 수 없습니다.

— 「질문난」(G.), 『하리잔』, 1946.9.29; 『하리잔반두』, 1946.9.29; 『전집』 92 : 294

7. 신탁

229) 노동조합과 신탁

1934.10.6

슈리랑가사이 님께,

당신의 편지를 받았습니다. 안드라의 사회당이 내가 제안한 모든 수정
안들을 인정한다는 사실을 알고 기분이 좋았습니다. 내가 사회당이라고 말
한 것은 당신이 당 서기의 자격으로 그 편지에 서명했으므로 그 편지가 당
의 의견을 대변한다고 내가 믿기 때문입니다. 그러나 당신은 베나레스 집
회가 그 수정안을 얼마나 터무니없는 말로 비난했는지를 알 것입니다. 내
가 노동의 존엄에 대한 표시와 노동에 대한 보편적 인정의 징표로서 물레
질 프랜차이즈를 처음 생각해 내었을 때, 친구 하나가 소비에트 연방 헌법
을 담은 소책자 한 권을 나에게 보여주었고, 러시아에서는 노동자 프랜차
이즈가 분명한 자리를 차지한다는 사실에 대해 주의를 환기시켜 주었습니
다. 그러나 여기에서 나는 당신이 사회주의자 주류를 대변하고 있는지의

여부를 모릅니다. 규탄 결의안을 통과시킨 저들은 어떻습니까?

나는 부자들이 자신들의 부를, 소유주로서가 아니라 사회 전체의 수탁자로 취급했으면 하는 소망을 갖고 있습니다. 그런데 당신은 내 소망에 이의를 제기하고 있습니다. 물론, 그것은 힘든 과업이지만 결코 불가능한 일은 아닙니다. 나는 실제로 그 생각이 확산되고 수용되고 있다는 분명한 증거를 갖고 있습니다. 당신은 가난한 자들이 부자들을 맡아 관리하는 자로 간주되어야 한다고 제안했습니다. 그러나 당신은 그것이 나의 제안들 안에 함축되어 있다는 점을 망각했습니다. 노동이 돈만큼이나 자본이라고 내가 말하지 않았던가요? 그래서 노동자들은 자신들을 부자의 적으로 간주하거나, 부자를 자신들의 숙적으로 간주하는 대신, 자신들의 노동을 그것이 필요한 사람들에게 신탁해 둬야 합니다. 그들은 현재 극단적인 무력감을 느끼고 있습니다. 그들이 무력감을 느끼는 대신 인간의 경제에서 자신의 중요성을 자각하고, 부자에 대한 공포와 불신을 털어 버리고 난 다음에야 비로소 이런 일을 할 수 있습니다. 공포와 불신은 연약함에서 나온 쌍둥이 자매입니다. 노동자들이 자신들의 힘을 자각하게 되면, 자본가들에 대항하여 어떤 힘을 사용할 필요가 없을 것입니다. 노동자들은 자본가의 주목과 관심을 쉽게 불러일으킬 것입니다.

— 슈리랑가사이(B. Srirangasayi)에게 보낸 편지, 『더 힌두』, 1934.10.11;
『전집』 65 : 176

230) 신탁과 비폭력

1939.5.6

나는 신탁에 대한 당신의 이론을 이해할 수 없거나 아니면 내 이성이 그것을 파악할 수 없습니다. 그것을 설명해 주시겠습니까?

여러분이 그것을 이해할 수 없다고 하거나, 여러분의 이성이 그것을 용납할 수 없다고 하거나, 그 말은 같은 것입니다. 내가 그와 같이 중요한 원리를 어떻게 몇 분 안에 설명할 수 있을까요? 하지만 간단히 설명하도록 애써보겠습니다. 내가 1천만 루삐를 소유하고 있다고 상상해 보십시오. 나는 그 돈을 탕진할 수 있습니다. 또 '그 돈이 내 돈이 아니다, 그것을 소유하고 있는 것이 아니다, 그것은 유증(遺贈)이다, 신이 나에게 주신 것이다, 내가 필요한 것만 내 것이다'라는 태도를 취할 수도 있습니다. 나의 필요는 수백만의 다른 사람들의 필요와 유사할 것입니다. 어쩌다가 갑부의 자식으로 태어났다고 해서 나의 필요가 더 클 수는 없을 것입니다. 나의 쾌락을 위해 그 돈을 사용할 수 없습니다. 자신이 속한 사회에서 통상적으로 필요한 것을 만족시킬 만큼만 갖고, 사회 봉사를 위해 그 나머지를 사용하는 자는 수탁자가 됩니다.

사회주의 이념이 인도의 대중 사이에 널리 퍼진 다음, 토호국왕들과 백만장자들에 대해 '우리가 어떤 태도를 취해야 하는가'라는 문제가 대두되었습니다. 사회주의자들은 토호국왕들과 백만장자들은 제거되어야 하고, 모든 사람들이 노동자가 되어야 한다고 합니다. 그들은 이들이 소유한 재산의 몰수를 주창하고, 다른 사람들과 동일한 임금, 즉 한 달 5루삐에서부터 하루 8아나, 즉 한 달 15루삐61)까지 줘야 한다고 말합니다. 사회주의자들은 그런 식으로 말하고 있습니다. 우리 역시, 부자들은 자신들의 부의 주인이 아니지만, 노동자들은 자신들의 노동의 주인이라고 단언합니다. 그래서 우리의 관점에서 보면 노동자는 부자보다 더 부자입니다. 한 사람의 자민다르는 토지 1비가(bigha : 토지의 단위), 2비가, 10비가를 소유할 수 있습니다. 다시 말하자면 그의 생계에 필요한 만큼 토지를 소유할 수 있습니다. 그의 임금이 노동자의 임금보다 높지 않아야 할 것, 그리고 그가 하루 8아나로 살아가야 하고 부의 잉여분은 사회 복지를 위해 사용할 것을 우리는

---

61) 1아나는 1/16루삐이므로 하루 8아나면 한 달 30일은 15루삐가 된다. (역주)

원합니다. 그러나 우리는 그의 재산을 강제로 빼앗을 수는 없습니다. 이점이 가장 중요한 점입니다. 토호국왕들과 백만장자들 역시 육체 노동을할 것, 하루 8아나로 생활할 것, 자신의 나머지 재산을 국민적 신탁으로 간주할 것, 이런 것들도 우리는 원합니다.

이 대목에서 이런 유형의 수탁자가 실제 몇 사람이나 있을지 하는 질문이 제기될 수 있습니다. 하지만 실제로 그런 질문은 제기되지 말아야 합니다. 그것은 우리 이론에 직접적으로 관련된 것이 아닙니다. 그런 수탁자는오직 한 사람뿐이거나 전혀 없을 수도 있습니다. 우리가 그런 일에 대해왜 걱정해야 합니까? 우리는 폭력을 조금도 사용하지 않고, 또는 폭력이라고도 부를 수 없을 정도로 미미한 폭력으로 부자들 사이에 그런 감정을 일으킬 수 있다는 믿음을 가져야 할 것입니다. 우리는 그런 신앙 안에서 행동해야만 합니다. 우리에겐 그것으로 충분합니다. 우리는 비폭력으로 경제적 불균형을 끝낼 수 있을 것이라는 사실을 우리의 노력을 통해 증명해야합니다. 비폭력에 대한 신앙이 없는 자들만이 이런 유형의 수탁자들이 몇사람이나 있을지 물을 수 있습니다.

여러분은 그런 일이 결코 일어나지 않을 것이라고 말할 수도 있습니다.그런 일은 인간 본성에 부합하지 않는 일이라고 간주할 수도 있습니다. 그러나 여러분이 그것을 이해할 수 없다거나, 여러분의 이성이 그것을 파악할 수 없다는 점을 나는 믿지 못하겠습니다.

— 간디봉사회 집회에서 질문에 대한 대답들, 브린다반 2(H.),
『Gandhi Seva Sanghke Panchama Varshik Adhiveshan (Brindaban, Bihar) ka Vivaran』, 50~59면;
『전집』 75 : 410(일부)

231) 신탁과 국가

질문 폭력으로만 획득한 것을 비폭력의 방법으로 보호할 수가 있을까요?

답변 그가 위에서 말한 것에서 다음과 같은 사실이 도출됩니다. 즉, 폭력으로 획득한 것은 비폭력으로 보호할 수 없을 뿐만 아니라, 비폭력은 부당하게 얻은 이득의 포기를 요청한다는 사실 말입니다.

질문 명시적 폭력이든 묵시적 폭력이든 그것을 사용하지 않고 자본 축적이 가능하겠습니까?

답변 개인에 의한 축적은 폭력적인 수단을 통하지 않고서는 불가능했습니다. 그러나 비폭력 사회에서 국가에 의한 축적은 가능했을 뿐만 아니라, 바람직하고 불가피한 일이었습니다.

질문 한 사람이 물질적 부나 도덕적 부를 축적할 때, 그는 사회의 다른 구성원들의 도움이나 협조를 통해서만 축적합니다. 그렇다면 그는 그것들을 주로 개인적 이익을 위해 사용할 권리가 있습니까?

답변 아니, 그런 도덕적 권리가 없습니다.

질문 한 수탁자의 계승자는 어떻게 결정할 수 있습니까? 그는 어떤 사람의 이름을 제안할 권리만을 가지며 최종적인 결정권을 국가에 부여해야 합니까?

답변 그가 어제 말했다시피 최초의 수탁자인 최초 주인에게 선택권이 주어져야 하고, 그 선택은 국가가 최종적으로 승인해야 합니다. 그런 조처는 개인이나 국가를 견제하는 효과가 있습니다.

질문 이와 같이 신탁 이론의 작동에 의해 사적 재산을 공적 재산으로 대체하는 일이 일어날 때, 소유권은 폭력의 도구인 국가에 귀속됩니까? 아니면 자발적인 성격의 협회, 즉 촌락공동체와 지방자치단체에 귀속됩니까? 물론 이들 협회는 국가가 제정한 법률로부터 그들의 최종적 권위를 도출합니다만.

답변 이 질문에는 착각이 좀 있습니다. 변화된 조건에서 법적 소유권은 수탁자에게 귀속되는 것이지 국가에 귀속되는 것은 아닙니다. 신탁의 원칙이 생겨나고, 사회를 위해 최초 소유주의 권리를 그 소유주 자신의 명의로 유지하는 것은 몰수를 피하려고 했기 때문입니다. 연사인 그 사람도 국가가 언제나 폭력에 기초해야 한다고 생각하지는 않았습니다. 이론적으로는 그렇겠지만, 신탁 이론의 실행은 국가가 대부분 비폭력에 기초해야 할 것을 요구합니다.

—「간디지와 신탁」, 『하리잔』, 1947.2.16[62]

232) 수탁자와 동업자

빠뜨나, 간디 캠프, 1947.4.18

자민다르 또는 자본가는 농민과 노동자들을 계속 억압한다면 살아남을 수 없을 것입니다. 이제 여러분은 그들에 대해 주인으로서가 아니라 동업자와 친구로서 행동해야 하고 수탁자로서 움직여야 합니다. 그럴 경우에만 여러분은 살아남을 수 있습니다. 영국 체제하에서 여러분은 오랫동안 노동자와 농민을 착취해 왔습니다. 그래서 나는 여러분이 임박한 재앙의 징조를 보지 못한다면 적응하기가 어려울 것이라는 점에 대해 충고하는 바입니다. 그 충고도 여러분의 이익을 위해서입니다.

— 자민다르와의 대담(G.), 『비하르니 꼬미 아그만』, 222면; 『전집』 94 : 333

---

62) 『전집』 내 확인 불능. (역주)

8. 산업주의와 기계

233) 기계와 그 오용

고 슈리 마간랄 님은 대중을 위해 귀중한 편지를 나에게 많이 써 보냈다. 그런데 내가 으레 하듯이 그것들을 찢어 버렸다. 더구나 나는 그가 나보다 먼저 세상을 떠날지 전혀 예상하지 못했다. 죽기 15일쯤 전 그는 나에게 편지를 보냈는데, 그 편지는 내가 지금까지 가지고 있고, 공공의 이익이 될 만한 그 일부를 아래에 싣는다…….[63]

이 두 개의 비판 모두 고려할 만한 가치가 있다. 사람들은 어떤 종류의 박람회에도 성급하게 달려가서는 안 된다. 사람들은 전시 품목들에 대해 지식이 좀 있고 그 품목들의 가치에 대해 분별력을 발휘할 때, 박람회로부터 어떤 이익을 얻을 수 있다. 우리는 오래된 가내 기구들의 일부를 그것들을 충분히 알지도 못하면서도 포기하고 말았는데, 그 결과로 우리가 겪었던 손실을 누가 계산할 수 있을까? 오래된 것이면 무엇이든 좋다고 말하는 것이 터무니없듯이, 물건이 오래되어서 무용하다고 말하는 것 역시 터무니없는 짓이다. 기계에 반대하는 사람은 없다. 우리의 반대는 그것의 오용, 과도한 사용 때문이다. 사람이나 집짐승이 작동할 수 있는 기계류에 대해서는 15%의 관세가 부과되고, 동력으로 작동되는 기계에는 5%의 관세가 부과된다는 사실을 나는 전혀 몰랐다. 아마 많은 독자들도 이 사실을 몰랐을 것이다. 하지만 나는 이 차별에 대해 알고도 놀라지 않을 것이다. 정부가 모든 분야에서 그와 같은 차별을 행하는 것을 보았을 때 비로소 나에게 비협조의 생각이 떠올랐기 때문이다.

―「기계의 유용성」(G.), 『나바지반』, 1928.8.12; 『전집』 42 : 418

234) 인도와 산업주의

[1928.12.20 전]

신은 인도가 서양을 본받아 산업주의로 나가는 것을 금하십니다. 영국과 같이 작은 단 하나의 도서(島嶼) 왕국의 경제적 제국주의는 전 세계에 족쇄를 채워두고 있습니다. 만약 3억 인구를 지닌 국가 전체가 유사한 경제적 착취로 나간다면, 그 국가는 메뚜기처럼 전 세계를 헐벗게 하고 말 것입니다. 인도의 자본가들은 대중의 복지를 맡는 수탁인이 되어서 자신들의 재능을 자신들을 위한 부를 축적하는 데 사용하지 않고 애타주의의 정신으로 대중에 대한 봉사에 사용함으로써 그 비극을 막지 않는다면, 대중을 파멸시키거나 아니면 대중에 의해 파멸되는 종말을 맞이할 것입니다.

—어느 자본가와의 토론, 『영 인디아』, 1928.12.20; 『전집』 43 : 540

235) 기계와 사람

「사람의 손」이라는 제목을 가진 기사의 필자는 아래와 같이 적고 있다. ......(64)

나는 그 편지의 서언으로서 무엇인가를 덧붙이고 싶지는 않고, 독자는 다만 기계 숭배에 대한 반대 증언이 기계시대의 단맛과 쓴맛을 다 맛본 서양인의 증언이란 점을 명심하기를 바란다. 독자는 나와 위의 필자가 기계 자체를 매도한다고 생각해서는 안 될 것이다. 우리가 저항하는 것은 기계

---

63) 마간랄은 농업박람회에서 전시되었던 기계와 기구의 유용성에 대해 의심을 표했고, 손이나 황소의 도움으로 작동할 수 있는 기계를 희생하고, 증기기관이나 휘발유로 작동하는 기계 수입을 촉진하는 정부의 차별적 과세정책을 비판했다.
64) 이 글에서 미국 화가인 필자는 간디의 이상이 인간적 이상이라 하고, 이것이 '전 세계를 휩쓰는 기계론자의 비인간적 이상'에 대항한다는 점을 보여주려고 했다.

가 인간의 기능을 침범한다는 것, 그 결과로 인간이 기계에 종속된다는 것
이다.

—「인간의 손」, 『영 인디아』, 1929.3.21; 『전집』 45 : 240

236) 기계에 대한 열광

헨리 이튼(Henry Eaton) 씨는 캘리포니아에서 다음과 같은 편지를 보냈다.
……65)

이 편지는 두 개의 미신을 드러낸다. 그 중 하나는 인도가 자신을 방어
할 수 없고, 내부 알력으로 인해 분열되어 있기 때문에 스스로 통치하기에
부적합하다는 것이다. 이튼 씨는 영국이 철수하면 러시아가 인도를 급습할
채비가 되어 있다고 근거 없이 상정하고 있다. 이것은 러시아에 대한 모독
이다. 러시아의 사업이 영국이 지배하지 않는 민족들을 지배하는 일이란
말인가? 그리고 만일 러시아가 인도에 대해 그와 같은 사악한 궁리를 하고
있다고 해도, 위의 글의 필자는 영국을 지배의 자리에서 축출한 바로 그
힘이 일체의 다른 지배도 막아내고야 말 것이라는 점을 보지 못하는가? 인
도에 대한 통제권이 합의에 의해 인도의 대표자들에게 양도될 경우, 영국
은 지난 세월 동안 인도로 하여금 자신을 방어하기에 적합하게 만드는 일
에 의식리 무의식리에 태만했다는 점에 대한 속죄의 하나로, 인도를 외국
의 공격에서 보호할 것을 보증한다는 조건을 부가해야 할 것이다.

개인적으로 말한다면, 나는 합의에 의해서라도 침입자에 대항하여 시민
불복종을 벌이는 국민의 능력에 더 의존할 것이다. 작년 우리나라가 영국
인 점령자들에 대항하여 부분적 성공을 거둔 것이 하나의 사례이다. 완전
한 성공을 거두자면 그 국민은 먼저 신구의(身口意)에 있어서 비폭력을 완

---

65) 그 편지는 여기에 싣지 않는다.

전히 동화해야 한다. 전국 규모의 사땨그라하의 성공을 눈앞에 생생하게 보여주는 일은, 그것이 전 세계적으로 수용된다는 전주곡이고, 그 자연적인 결론으로서 군비(軍備)의 헛됨을 인정하는 전주곡이다. 폭력의 가시적 상징인 군비에 대한 유일한 해독제는 비폭력의 가시적 상징인 사땨그라하이다. 그러나 위의 필자는 우리 내부의 알력에 대한 공포에 의해서도 억압받고 있다. 우선 내부 알력이 서구에 전달되면서 크게 과장되었다. 둘째, 내부 알력이 외국인의 통제 아래에서 강화되었다. 제국주의적 통치는 분리하고 지배하라(divide et impera)는 것이다. 그래서 그 알력은 외국인에 의한 냉랭한 지배가 철수되고 온기를 내뿜는 진정한 자유의 햇볕이 도입되면 반드시 해소될 것이다.

두 번째 미신은 더욱 단단한 것이다. 이는 물레에 대한 미신이다. 이 미신은 인도에 있는 일부의 사람들도 공유하고 있다. 필자는 기계를 사용하는 방법을 계몽된 것이라고 부르고, 손을 사용하는 방법을 무지한 것이라고 부르고 있는데, 그때 논점을 교묘히 회피하고 있다. 기계로 손을 대체한 것이 모든 경우에 있어서 축복인지는 여전히 증명되어야 할 사항이다. 쉬운 것이 어려운 것보다 좋다고 하는 것도 진실이 아니다. 모든 변화가 축복인지 그리고 낡은 것은 오직 내버리기에만 적합한지, 이것은 앞의 것보다 증명이 더 필요한 사항이다.

1백만 개의 인간의 빈손들이 쉽게 할 수 있는 일을 기계로 할 경우 우리에게 해롭다는 것이 내 생각이다. 길이 1900만 마일, 폭 1500만 마일의 지역에 산재해 있는 인도의 70만 촌락에 수백만 명의 사람들이 퍼져 살고 있다. 이들이 스스로 자신의 식량을 준비하듯이 자신들의 옷감을 짜는 것은 어느 경우에도 더 좋고 더 안전하다. 이 촌락들이 자신의 기초 생필품의 생산을 통제하지 않는다면, 그것들은 태곳적부터 향유해 왔던 자유를 유지하지 못할 것이다. 서양의 관측자들은 서구적 상황에서 그들에게 옳았던 것이, 수많은 물질적 조건들이 다른 인도의 경우에도 분명히 옳을 것이라고 성급하게 논의한다. 경제학 법칙들의 적용은 변화하는 조건에 따라

달라져야 한다.

기계를 사용하는 방법이 의심할 나위 없이 쉽다고 반드시 축복이라고 할 것은 없다. 하나의 정해진 장소로 하강하는 것은 쉽지만 위험하다. 손을 사용하는 방법은 적어도 현재의 경우에는 어렵기 때문에 하나의 축복이다. 기계를 사용하는 방법에 대한 열광이 지속된다면, 우리가 너무 무능하고 약해져서 신이 우리에게 부여하신 살아 있는 기계의 사용을 우리가 망각했던 일에 대해 우리 자신을 저주하기 시작할 때가 올 것이다. 수백만 명의 사람들은 놀이와 체육 경기만으로 좋은 건강 상태를 유지할 수 없다. 그들은 왜 유용하고 생산적이며 든든한 직업을, 무용하고 비생산적이며 값비싼 놀이와 운동으로 대체해야 할까? 그런 놀이와 운동은 오늘날 기분전환과 휴식을 위해서는 괜찮다. 그런데 생산하는 데 우리가 전혀 관여하지 않았던 음식에 대해 식욕이 생기도록 하기 위해 놀이와 운동이 필수적인 일이 된다면, 그것들은 우리에게 불쾌감을 줄 것이다.

마지막으로 오래된 것은 모두 나쁜 것이라는 신념에 나는 찬동하지 않는다. 진리는 오래된 것이며 어려운 것이다. 허위는 큰 매력을 갖고 있다. 그러나 나는 진리의 바로 그 황금기로 기꺼이 돌아가련다. 옛날의 좋은 갈색 빵은 여러 차례 세련된 단계를 거치는 동안 많은 부분에서 영양가를 잃어버린, 반죽 같은 하얀 빵보다 항상 더 낫다. 오래되었지만 훌륭한 물건의 목록은 끝없이 늘릴 수 있다. 물레는 어쨌든 인도에게는 그런 품목의 하나이다.

인도가 자급자족하게 되고 유혹과 착취에 대해 대비가 되어 있을 때, 인도는 서양이나 동양에 있는 어떤 강대국의 탐욕스런 매력을 일으키는 대상이 되지 않을 것이다. 그럴 경우 값비싼 군비 부담을 떠맡지 않더라도 안전을 느끼게 될 것이다. 인도의 내부 경제가 외침에 대한 가장 강력한 보루가 될 것이다.

—「질기고 질긴 미신들」, 『영 인디아』, 1931.7.2; 『전집』 53 : 1

237) 대량생산과 실업

런던, [1931.10.16]

질문 간디지, 당신은 대량생산이 민중의 생활 수준을 향상시킬 것으로 봅니까?

답변 나는 대량생산을 전혀 믿지 않습니다. 포드66) 씨의 논법 배후에는 엄청나게 큰 오류가 있습니다. 대량생산에 적합한 대규모 분배가 생산과 동시에 실시되지 않는다면, 그 생산은 거대한 세계적 비극을 초래할 뿐입니다. 포드 씨의 자동차를 예로 들어 봅시다. 포화점이 조만간 도달하게 될 것입니다. 그 지점을 넘어가면 자동차 생산을 더 이상 강요할 수 없습니다. 그런 다음에는 무슨 일이 일어날까요?

　대량생산은 소비자의 진정한 필요를 조금도 고려하지 않습니다. 대량생산이 그 자체로 하나의 가치라면 무한정한 확대재생산이 가능할 것입니다. 그러나 대량생산이 그 안에 자체적인 한계를 갖고 있음은 명확히 보여줄 수 있을 것입니다. 모든 나라들이 대량생산 체계를 수용한다면, 그 생산물을 소비할 충분히 큰 시장이 없을 것입니다. 그렇게 되면 대량생산은 당연히 중지되어야 합니다.

질문 이 포화점이 서양세계에서 이미 도달했다고 당신이 느끼고 있는 것처럼 보이는데요. 포드 씨의 말에 따르면, 양질의 물건들이 결코 과도하게 많은 경우는 없고, 세계의 수요는 항상 증가하고, 따라서 시장에서 특정 상품에 대한 포화점이 있을 수 있지만, 일반적 포화점에는 절대 도달하지 않습니다.

답변 상세하게 논의하지는 않겠습니다. 하지만 나는 대량생산에 대한 열광자가 세계 위기에 대해 책임을 져야 한다는 확신을 단언하고 싶습니다. 기계가 인간의 모든 욕구를 충족시킬 수 있다고 잠시 가정해봅시다. 그렇

---

66) 대담자는 그 전에 미국에서 포드를 만났는데, 포드는 값싼 물건에 대한 수요가 대규모 생산을 촉진시킬 것이라는 견해를 제시한 바 있다.

다고 해도 기계는 생산을 특정 지역에 집중시키게 됩니다. 그러므로 분배를 간접적으로 규제해야 할 것입니다. 이와 달리 물건들이 필요한 개개의 장소에 생산과 분배가 함께 존재한다면, 분배는 자동적으로 규제될 것이고 사기(詐欺)를 위한 기회는 줄어들 것이고, 투기를 위한 기회는 전혀 없을 것입니다.

상기 미국인 친구는 가능한 치유책의 하나로 석탄과 증기 대신 궁벽한 지역에까지 전선으로 전력을 공급하는 산업의 비집중화라는 계획에 대해, 즉 포드 씨가 가장 선호하는 계획에 대해 언급했다. 그리고 공장들이 그 안에 산재해 있으며, 촌락 공동체가 운영하는 공장들이 있는 촌락들 — 작고, 단정하며, 연기 없는 수백 개, 수천 개의 촌락들 — 의 그림을 그려주었다. 그런 다음 그는 최종적으로 "간디지, 이런 모든 것이 가능하다고 한다면, 그것은 당신의 반대에 어느 정도 대답하고 있습니까?" 하고 물었다.

답변 그것으로 내 반대를 다 무마할 수는 없습니다. 당신들이 수많은 지역에서 물건들을 생산할 것이라는 점은 사실이지만 전력은 선택된 중심지에서 오게 될 것입니다. 그것은 결국 재앙을 초래하게 될 것이고, 인간이 만든 하나의 기구에 무한한 힘을 두게 될 것입니다. 나는 그것을 생각하면 두려워집니다. 예를 들면 전력에 대한 그와 같은 통제의 결과, 나는 빛, 물, 심지어 공기 등을 위해서도 그 전력에 의존하게 될 것입니다. 내가 생각하기에 이런 것은 끔찍한 일입니다.

질문 ……너무 많은 기계류가 제기한 문제를 해결하기 위해 유럽과 미국이 무엇을 해야 한다고 당신은 생각합니까?

답변 이런 나라들이 세상에서 소위 약하고 비조직화된 종족들을 착취할 수 있다는 점을 당신은 알고 있습니다. 그 종족들이 이와 같은 기초지식을 얻어 더 이상 착취당하지 않을 것이라고 결심한다면, 그들은 스스로 마련할 수 있는 것으로 간단히 만족할 것입니다. 적어도 핵심 필수품에 관한

한 대량생산은 사라질 것입니다.

질문 하나의 세계적인 조직처럼?

답변 그렇습니다.

질문 그러나 이 종족들은 그들의 수요가 증가하면 자꾸 더 많은 상품들을 요구하게 될 것입니다.

답변 그렇게 되면 그들은 스스로 생산할 것입니다. 그리고 그런 일이 일어나면 서양이 이해하고 있는 전문적인 의미의 대량생산은 그치게 될 것입니다.

질문 대량생산이 지방적인 것이 된다는 의미입니까?

답변 생산과 소비가 모두 지방화된다면 무제한으로 어떤 대가를 치러서라도 생산을 가속하려는 유혹은 사라지게 됩니다. 오늘날 우리 경제제도가 끝없이 제시하는 일체의 난관과 문제들 역시 종지부를 찍을 것입니다. 구체적인 사례를 들어봅시다. 영국은 오늘날 세계의 직물 상점입니다. 그래서 영국은 직물 시장을 확보하기 위해 세계를 포로로 삼을 필요가 있습니다. 그러나 내가 그려본 그 새로운 변화 아래에서는 영국은 자신의 4천 5백만 인구의 실제적 수요에 맞춰 자신의 생산을 제한할 것입니다. 그 수요가 충족되면 생산은 반드시 정지될 것입니다. 국민의 수요와 관계없이 더 많은 금을 들여오기 위해, 그 국민을 빈곤에 빠뜨릴 위험을 감수하면서까지 생산은 지속되지 않을 것입니다. 소수의 주머니에 재화를 부자연스럽게 축적하는 일도 없을 것이고, 이를테면 미국에서 오늘날 일어나고 있는 것처럼 풍요 속의 빈곤, 즉 나머지 사람들의 빈곤도 없을 것입니다. 미국은 온갖 종류의 잡동사니를 팔거나 경쟁자가 없는 기술을 팔아서 오늘날 전 세계를 상속지로 확보할 수 있습니다. 물론 미국이 그런 것들을 팔 권리가 있다고 할 수 있습니다. 미국은 대량생산의 정점에 도달했지만 실업이나 빈곤을 제거할 수 없었습니다. 미국에는 소수의 눈부신 부에도 불구하고 곤궁 속에 살아가는 사람들이 수천 명 아니 수백만 명이 존재할 것입니다. 미국이라는 나라 전체는 이러한 대량생산으로 이득을 보지 못하고 있습니다.

질문 거기에 분배의 잘못이 있습니다. 우리의 생산제도는 높은 수준의 완전함에 도달해 있지만 분배는 여전히 결점이 있다는 것을 의미합니다. 만약 분배가 평등하게 이뤄진다면 대량생산은 그 자체의 악을 정화하지 않을까요?

답변 아닙니다. 악은 그 제도에 내재하고 있습니다. 생산이 지방화될 때 분배는 균등하게 됩니다. 다른 말로 하면 분배가 생산과 동시에 일어날 때 분배가 균등하게 됩니다. 당신이 당신의 상품을 처분하기 위해 세상의 다른 시장을 두드리기를 원하는 한, 분배는 결코 공평하게 되지 않을 것입니다. 그 말은 서양의 나라들이 이룩한 과학과 조직의 눈부신 발전이 이 세상에 아무 소용이 없다는 뜻이 아니라 서양의 나라들이 그들의 기술을 사용해야 한다는 것만을 의미합니다. 만일 그들이 박애적인 관점에서 그 기술을 외국에 이용하기를 원한다면, 미국은 '우리는 교각 건설의 방법을 알고 있지요. 그런데 그것을 비밀로 하지 않습니다. 우리는 전 세계에 그것을 말하고, 당신에게 교각의 건설 방법을 가르치고 그 일로 해서 한 푼도 받지 않겠습니다' 하고 말할 것입니다. 미국은 '다른 나라가 밀 잎사귀 하나를 재배할 수 있다면, 우리는 2천 개의 잎사귀를 재배할 수 있다'고 말합니다. 그렇다면 미국은 그 기술을 배우고 싶어하는 자들에게 무료로 가르쳐 주어야 할 것이고, 전 세계를 위해 밀을 재배하기를 바라서는 안 됩니다. 그렇게 되면 세상에 대해 정말로 유감스런 날이 될 것입니다.

미국 친구는 다음에 간디지에게 러시아를 가리키며, 그 나라가 대량생산을 발전시킨 나라이긴 하지만 간디의 의미에서 공업화가 덜된 나라를 착취하지도 않고 불공평한 분배의 나락에 떨어지지도 않는 나라인지 물었다.

답변 다른 말로 하면 당신은 내가 국가 통제하의 산업에 대해, 즉 오늘날 소비에트 러시아에 그런 일이 진행되듯이 생산과 분배가 국가에 의해 통제되고 규제되는 경제 질서에 대해 나의 의견을 표시하기를 원하고 있습니다. 자, 그것은 새로운 실험입니다. 그것이 궁극적으로 어느 정도 성공할지, 나는 모르겠습니다. 만약에 그것이 힘에 기초하지 않았다면, 나는 그것에 홀딱 반했을 것입니다. 그러나 오늘날 그것은 힘에 기초하고 있으므로, 우리를 얼마나 멀리 그리고 어디로 데려 갈지 나는 모르겠습니다.

질문 그렇다면 당신은 대량생산을 인도의 이상적 미래로서 그리지 않습니까?

답변 예, 대량생산을 그리고 있습니다. 하지만 힘에 기초를 둔 대량생산은 아닙니다. 결국, 물레의 메시지가 그것입니다. 그것은 대량생산, 하지만 민중 자신들의 집에서 하는 대량생산입니다. 당신이 개인적 생산을 수백만 번 곱한다면, 엄청난 규모의 대량생산에 이르지 않겠습니까? 그러나 나는 당신이 말하는 '대량생산'이란 될수록 최소한의 사람들이 대단히 복잡한 기계의 도움을 받아 해내는 생산을 의미한다고 이해했습니다. 나는 자신에게 그것이 잘못이라고 말합니다. 나의 기계는 수백만 세대의 집에 둘 수 있을 정도로 가장 초보적인 유형이어야 합니다. 나의 제도 아래에서는 현재 유통되는 화폐는 노동이지 금속이 아닙니다. 자신의 노동을 사용할 수 있는 자는 누구든 그 화폐를, 그의 부를 가진 자입니다. 그는 그 자신의 노동을 직물로, 그 자신의 노동을 곡물로 변환합니다. 만일 그가 스스로 생산할 수 없는 파라핀유를 원한다면, 그는 그 기름을 얻기 위해 잉여 곡물을 사용할 수 있습니다. 그것은 자유롭고, 공평하고, 평등한 조건에서 이루어지는 노동의 교환입니다. 그래서 강도질이 아닙니다. 당신은 이것이 원시적인 물물교환제도로 복귀하는 것이라고 반대할 것입니다. 그러나 국제

무역도 물물교환제도에 근거한 것이 아닙니까?

이 제도가 제공할 수 있는 다른 장점을 보십시오. 당신은 그것을 무한히 증대시킬 수 있습니다. 그러나 생산의 무한 집중은 실업으로 나갈 수밖에 없습니다. 당신은 발전된 기계의 도입에 의해 일자리를 잃어버린 노동자들이 다른 직업을 찾을 수 있을 것이라고 말합니다. 그러나 취업의 길이 고정되고 제한되고 조직화된 나라에서는, 즉 노동자가 특정 종류의 기계의 사용에만 아주 숙련된 나라에서는, 이런 일이 매우 어렵다는 것을 당신의 경험으로 알 수 있을 것입니다. 오늘날의 영국이 3백만 명 이상이 실업 상태에 있지 않습니까? 전날 나는 다음과 같은 질문을 받았습니다. "오늘날 우리는 이들 3백만 명의 실업자들을 어떻게 해야 합니까?" 그들을 하루만에 공장에서 들판으로 옮길 수는 없습니다. 그것은 엄청난 문제입니다.

질문 기계농업은 미국과 캐나다에 한 것 같이 인도에 큰 변화를 낳지 않을까요?

답변 아마 그럴 것입니다. 그러나 그 문제에 대해서는 나는 대답하기에 적합한 사람은 아니라고 생각합니다. 우리 인도인들은 여태 농업에서 이익을 낼만큼 대단히 복잡한 기계를 사용할 수는 없었습니다. 우리는 기계를 배제하지는 않습니다. 조심스런 실험을 하고 있습니다. 그러나 우리는 동력에 의한 농업기계가 필수적이라는 점을 아직은 납득하지 못하겠습니다.

질문 일부의 사람들은 당신이 기계 일반에 대해 반대한다는 인상을 갖고 있습니다. 이것은 사실이 아니라고 저는 믿습니다만.

답변 그것 아주 잘못입니다. 물레 역시 기계입니다. 그것은 아주 아름다운 예술품입니다. 그것은 기계가 보편적 규모로 사용되는 것을 전형적으로 보여주는 것으로 대중의 여건에 맞춰진 기계입니다.

질문 그렇습니다. 기계가 소수의 손에 생산과 분배를 집중시키기 때문에 그리고 그럴 때만 당신은 기계에 반대합니다.

답변 당신 말이 맞습니다. 나는 특권과 독점을 미워합니다. 대중들과 공유할 수 없는 것은 나에게 터부입니다. 이것이 전부입니다.

— 미국인 특파원 캘런더와의 대담, 『하리잔』, 1934.11.2;『전집』 54 : 12

238) 기계와 노동의 추방

1934.12.10

사랑하는 친구에게,

편지에 감사드립니다. 다행스럽게도 나는 당신이 내게 보낸 책도 받았습니다. 그것에 대해서도 감사드립니다.

당신의 편지 안에 촌민들을 위해 기울이는 나의 겸허한 노력을 지원하겠다는 약속을 담고 있어서 그 편지는 큰 즐거움을 주었습니다. 중공업에 대한 당신의 의견을 나는 아무 어려움 없이 지지합니다. 나는 중공업이 동력으로 움직이는 기계의 사용 없이 조직될 수 없다는 것을 압니다. 나는 그런 기계의 사용에 대해서는 불만이 전혀 없습니다. 그런 기계가 사람의 노동을 추방하기 때문에, 그리고 추방당하는 노동자들에게 추방당하는 노동만큼 좋은 대체물을 주지도 않기 때문에 나는 반대합니다.

귀하의 신실한 친구
M. K. 간디

— 비슈베슈바라야(M. Visvesvarayya)에게 보낸 편지, CW 9727;『전집』 65 : 541

239) 적절한 기계 사용

[1935.6.22 이전]

[1935.6.22 이전][67]

간디지 이 물레는 기계가 아닙니까?[68]

[사회주의자] 이 기계를 의미하는 것이 아니라, 보다 더 큰 기계를 말합니다.

간디지 당신은 싱어의 재봉틀을 의미합니까? 그것 역시 촌락산업운동에 의해 보호받고 있습니다. 그리고 그런 사안에 있어서 대중으로부터 노동의 기회를 박탈하지 않고, 개인을 돕고 그의 효율성을 제고해 주는 기계, 사람이 기계의 노예가 되지 않고 자유롭게 다룰 수 있는 기계라면 보호를 받을 것입니다.

[사회주의자] 그러나 위대한 발명품이란 무엇입니까? 당신은 전기와는 아무 관계를 맺지 않을 것입니까?

간디지 누가 그렇게 말했습니까? 만일 전기가 촌락의 모든 가정에 들어갈 수 있다면, 나는 촌민들이 전기의 도움을 받아 그들의 기구와 도구를 부지런히 놀리더라도 괘념치 않을 것입니다. 그러나 그럴 경우 촌민공동체 또는 국가가 목초지를 소유하듯이 발전소를 소유해야 할 것입니다. 그러나 전기나 기계가 없는 곳에서 빈손들은 무엇을 해야 합니까? 당신은 그들에게 일을 주지 않으렵니까? 아니면 그들의 주인들로 하여금 일이 없다고 그들을 해고하게 만들겠습니까?

나는 만인의 이익을 위해 만들어진 일체의 과학 발명품을 귀중하게 여길 것입니다. 발명품에 따라 차이가 있습니다. 군중을 일시에 죽일 수 있

---

67) 한 사회주의자가 기계에 대한 짧은 글을 들고 간디에게 촌락산업운동이 모든 기계를 추방하려는 것이 아니었던지를 물었다.
68) 간디는 그때 물레질을 하고 있었다.

는 독가스를 나는 좋아하지 않습니다. 사람의 노동으로 할 수 없는 공익 설비를 위한 큰 기계는 불가피하게 필요하지만, 그런 것은 모두 국가가 소유해야 하고, 전적으로 민중의 이익을 위해 사용될 것입니다. 다수의 희생 위에 소수를 부자로 만들어 주기로 되어 있는 기계, 이유도 없이 다수의 유용한 노동을 추방하는 기계, 그런 기계에 대해 나는 조금도 고려하고 싶지 않습니다.

그러나 당신도 사회주의자로서 기계의 무차별적 사용에 찬성하지 않을 것입니다. 인쇄기를 예로 들어봅시다. 그것들은 살아 남을 것입니다. 수술용 도구를 봅시다. 사람이 그것들을 자신의 손으로 어떻게 만들 수 있겠습니까? 그것들을 만드는 데는 큰 기계가 필요할 것입니다. 그러나 나태를 치료하기 위한 기계는 물레를 제외하고는 따로 없습니다. 나는 당신과 대담을 하면서도 물레질을 할 수 있고, 나라의 부에 약간 보탤 수도 있습니다. 아무도 이 기계를 추방할 수 없습니다.

— 「대담」, 『하리잔』, 1935.6.22; 『전집』 67 : 291

240) 기계화와 재건

세가온,69) [1937.7.3 이전]

간디지 우리의 독립은 지상의 다른 민족의 묵인하에 살지 않을 것을 의미하고, 이 입장을 지키면서 죽어 가는 인도에서 큰 잔치가 열릴 것을 의미합니다. 그러나 우리는 스스로 죽임을 당할지라도 남을 죽이지는 않을 것입니다. 그것이 진기한 실험이란 것을 나는 알고 있습니다. 히틀러 씨가 힘의

---

69) 슈트렁크 대위는 독일 관보의 대표이며 히틀러 참모의 일원으로서, 인도의 실정을 조사할 목적으로 세가온을 방문했다. 그는 독립의 내용과, 인도 민중이 얼마나 진지하게 독립을 원하는지를 알고 싶어했다.

사용 없이 유지되는 인간의 존엄을 수용하지 않는다는 것을 나는 알고 있습니다. 우리들 중 많은 사람들은 비폭력적인 방법으로 독립을 얻을 수 있다고 느낍니다. 우리가 피로 이룬 강을 건너야 한다면 그것은 전 세계를 위해 나쁜 날이 될 것입니다. 만일 인도가 무기가 쨍그랑하고 부딪히는 소리에 의해 자유를 얻는다면, 인도는 세상의 참평화의 날을 무기한 연기하는 것입니다. 역사는 영속적인 전쟁의 기록입니다. 하지만 우리는 새 역사를 만들기 위해 노력하고 있습니다. 이 말을 하는 이유는 비폭력에 관한 한 내가 국민의 마음을 대변하기 때문입니다. 나는 칼의 교의를 논리적으로 생각하고 그 가능성을 실험해 보고, 인간의 운명은 의식적인 사랑의 법칙으로 정글의 법칙을 대체하는 것이라는 결론에 도달했습니다. 독립의 열망은 유럽의 모든 국민들을 불지른 열망입니다. 그러나 그 독립은 자발적인 협력을 배제하지 않습니다. 제국주의적 야망은 협력과 부합하지 않습니다.

 슈트렁크 대위는 기계·서양문명·서양의학 등에 대한 간디지의 견해에 대해 희미하게나마 들은 바가 있었다. 그는 그것을 직접 알기를 원했다.

간디지 우리가 서양 모델을 송두리째 받아들일 수는 없다고 나는 말해 왔습니다. 나는 인도의 기계화를 믿지 않습니다. 촌락 재건은 정말로 가능합니다!

슈트렁크 당신의 목표인 독립을 얻고 난 뒤 당신은 이런 견해를 바꿀 가능성이 있습니까?

간디지 없습니다. 이런 견해는 나의 영구적인 확신을 대변합니다. 그러나 기계와 철도 등에 대해 반대하고 있습니다만, 그 반대는 우리가 독립하자마자 그것들을 근절해야 한다는 것을 의미하는 것은 아닙니다. 기계와 철도 등은 오늘날 주로 전략적 군사적 목적을 달성하고자 합니다만, 그 대신 나라의 이익을 위해 사용될 것입니다.

슈트렁크 때때로 당신은 서양의 위생시설과 서양 외과 수술에 반대하는 연설을 합니다. 인도와 관련하여 당신의 장래 계획은 무엇입니까?

간디지 당신이 그 질문을 해줘서 기쁩니다. 서양의 위생시설에 대해 나는 말한 적이 없습니다. 실제로 나는 촌락 위생시설에 대한 나의 이상을 영국인 의사 푸르(Poore)로부터 얻었고, 그것을 여기에서 모방했습니다. 그러나 나는 검은 마법의 농축된 알갱이라고 불렀던 서양의학에 반대하는 말을 했습니다. 나의 견해는 비폭력에서 생겨났는데, 내 혼이 생체해부에 대해 반란을 일으키기 때문입니다. 내가 의학의 길을 갈 뻔했다가 선친의 소원을 들어주기 위해 법을 택했다는 것을 당신은 모르실 것입니다. 그러나 남아프리카에서 나는 다시 한번 의학을 생각했습니다. 내가 생체해부를 해야 한다는 말을 들었을 때, 내 혼은 그것에 대해 반란을 일으켰습니다. 나는 자문했습니다. '내가 자신에게는 절대 가하지 않을 잔인한 행동을 왜 하급 동물들에게 가해야 하는가?' 하고 말입니다. 그러나 나는 모든 의료 행위를 경멸하지는 않습니다. 우리는 안전한 해산과 영아(嬰兒) 양육에 대해 서양으로부터 많은 것을 배울 수 있음을 알고 있습니다. 우리의 애들은 아무튼 태어날 것이고, 대부분의 우리 여성들은 자녀 양육의 학문에 대해 무지합니다. 이 대목에서 우리는 서양으로부터 많은 것을 배울 수 있을 것입니다.

그러나 서양은 지상적 존재의 연장을 지나치게 중시합니다. 지상에서 최후 순간까지 당신은 사람에게 약을 계속 먹일 것이고 심지어 주사로 약을 주입하기도 합니다. 내가 생각하기로는 그들이 전쟁터에서 목숨을 던져 버리는 무모함과도 부합하지 않습니다. 내가 비록 전쟁에 반대하지만, 전쟁이 무모한 용기를 유발한다는 점에 대해서는 아무 의심이 없습니다. 그런데 나는 전쟁에 나가지는 않지만, 고상한 명분을 위해 내 생명을 던져 버리는 기술을 당신에게서 배우고 싶습니다. 그러나 서양의학은 인간 이하의 생명에 대한 애정마저 희생해 가면서 인간이 가진 삶에 대한 과도한 욕망을 고무하는 것처럼 보입니다만, 그런 욕망을 원치 않습니다. 하지만 서양의학이 질병의 예방을 강조하는 점은 좋아합니다.

슈트링크 인도에는 지성의 과잉생산, 지식층의 실업이 너무 많습니다. 이 교육받은 청년 그룹을 촌락으로 보내서 유용하게 이용해야 하지 않겠습니까?

간디지 그 운동은 시작되었습니다. 그러나 그것은 아직 유아기입니다. 그리고 학위의 과잉생산은 있지만 지성의 과잉생산은 없습니다. 두뇌의 힘은 전혀 증가하지 않았으며 오직 기억술만이 자극을 받았습니다. 이와 같은 학위들을 수레에 실어서 촌락으로 나를 수 없습니다. 만일 아직도 남아 있는 두뇌가 있다면 그것만이 사용될 수 있습니다. 학위를 위한 독서는 우리에게서 창조성을 앗아갔습니다. 그 독서는 촌락으로 가는 데 우리를 부적합하게 만들었습니다. 공과대학의 공부는 우리에게서 창조성에 대한 욕구를 박탈합니다. 수년 동안 진행된 기억의 작업은 마음의 피로를 초래한 나머지 우리 대부분을 사무직에 적합하게 만들었습니다. 하지만 촌락운동은 지속되어야만 합니다.

　　슈트링크 대위가 떠나려고 하자, 간디지는 그를 칼렌바흐 씨에게 소개해 주었다.

간디지 여기에 진짜 유대인이 있습니다. 당신이 원하신다면 독일계 유대인이라고 불러도 됩니다. 그는 전쟁중 열렬한 독일 지지자였습니다.

　　슈트링크 대위는 카디 도띠(허리감개)를 걸친 벌거벗은 독일계 유대인이 앉아 있는 것을 보고 깜짝 놀랐다.

간디지 그런데 나는 유대인이 왜 독일에서 박해를 당하는지에 대해 당신의 말을 듣고 이해하고 싶습니다.

　　슈트링크 대위는 설명해 보았다. 수많은 유대인이 참전했고 독일은 그들에 대해 나쁜 말 한 마디도 하지 않았다. 전후 독일을 유린한 것은 유대인들이었다. 독일인을 직장에서 쫓아내고 히틀러에 반대하는 투쟁을 '지도'한 것도 유대인들이었는데, 그런 행위를 봐줄 수가 없었다.

슈트렁크 이제 우리에게 좀 과도한 점이 있었다고 개인적으로 생각합니다. 그런 것은 혁명이 늘 범하는 잘못입니다. 아, 그런데 유럽에는 깊은 증오심이 있습니다. 그리고 그것은 스페인에서 그 정점에 도달했습니다. 이번의 스페인전쟁, 그것은 잔인하고, 냉혹하고, 어리석고 비인간적입니다. 그것은 어떤 다른 전쟁과도 비교할 수가 없습니다.

— 슈트렁크 대위와의 대담, 『하리잔』, 1937.7.3; 『전집』 71 : 493

241) 산업화와 개성

[1939.1.1 또는 그 이전]

프리더먼(Frydman)[70] 현실주의자로서 내가 세계를 휩쓸고 있는 산업화 물결에 대해 어떤 태도를 취해야 합니까? …… 그것에 단순히 반대하는 것은 에너지 낭비가 아닙니까? 그 방향을 전환하도록 노력하는 것이 더 낫지 않겠습니까?

간디지 당신은 기술자입니다. 그래서 당신은 역학의 사례를 잘 알 수 있을 것입니다. 당신은 힘의 평행사변형을 알 것입니다. 거기에서 힘은 서로 무력화하지 않습니다. 개개의 힘이 자신의 선을 따라 자유롭게 움직이고, 우리는 운동의 최종 방향을 보여주는 결과를 얻게 됩니다. 당신이 언급한 문제는 그와 같습니다. 산업화를 신성화할 정도까지 도달한 러시아를 보니, 그곳의 삶이 나에게 아무 매력이 없습니다. 성경의 말을 사용한다면, '사람이 온 세상을 얻고 자신의 혼을 잃어버린다면 무슨 소용이 있습니까?' 현대의 용어로 말한다면, 사람이 자신의 개성을 잃고 기계의 톱니바퀴의 이가 되는 것은 인간 존엄 이하입니다. 나는 개개의 인간이

---

70) 보통 바라따난드로 알려진 자로서 폴란드 인이다. 그는 방갈로르 소재의 정부 전기연구소 소장이었다. 그는 인도 정치와 철학에 예리한 관심을 갖고 있었다.

사회에서 활발하게 움직이고 완전히 발달한 성원이길 바랍니다. 촌락들은 자립적이 되어야 합니다. 사람이 아힘사의 이름으로 일을 해야 하는 경우 나는 다른 해결책을 보지 못합니다. 이제 나는 그런 확신이 있습니다. 산업화를 믿는 사람들이 존재한다는 것을 나는 알고 있습니다. 나는 내 확신을 위해 전 존재를 갖고 일합니다. 조정의 과정은 언제나 진행됩니다. 그 결과가 무엇일지 나는 모릅니다. 그러나 그것이 무엇이든 유익할 것입니다.

프리더먼 그러나 자급자족의 촌락에 대한 이상을 위협하지 않고도 산업화와 타협할 수 있지 않겠습니까?

간디지 예, 할 수 있습니다. 철도들이 있습니다. 나는 그것을 피하지 않습니다. 나는 자동차를 싫어하지만 막무가내로 늘 그것들을 이용합니다. 다시 말하지만, 나는 만년필을 싫어하고 내 상자에 갈대 펜이 있으면서도 방금 만년필을 이용했습니다. 만년필을 사용할 때마다 마음이 아프고, 내가 통 속에 버려 둔 갈대 펜을 생각합니다. 한 걸음 뗄 때마다 타협합니다. 그러나 그것이 타협이라는 점을 자각하고 심안(心眼)에 최종 목표를 늘 그려 보아야 합니다.

프리더먼 분주한 서양에서 인도 촌락의 대중에게 다가가면, 나는 정체 상태가 지배하는 전혀 다른 세계로 움직이는 것 같습니다.

간디지 당신이 표면을 보는 한 그럴 것입니다. 그러나 당신이 그들에게 말을 걸고 그들이 말하기 시작하는 순간, 당신은 그들의 입술에서 지혜가 뚝뚝 떨어지는 것을 보게 될 것입니다. 저 거친 껍질 배후에 당신은 영성의 깊은 저수지를 보게 될 것입니다. 나는 이것을 문화라고 부릅니다. 당신은 그런 것을 서양에서는 보지 못할 것입니다. 당신이 한 번 서양의 농부와 대화하려고 해보십시오 그가 영적인 일에 대해서는 관심이 없음을 알게 될 것입니다. 인도 촌민의 경우에는 조야한 껍데기 아래 오래된 문화가 숨겨져 있습니다. 그 껍데기를 벗겨내고 그의 만성적 빈곤과 무지몽매를 제거하시오. 그러면 문화인, 문명화한 자유 시민이 어떤 것인지에 대한 가장 훌륭한 표본을 가질 것입니다.

—「모리스 프리더먼과의 대담」, 『하리잔』, 1939.1.28; 『전집』 74 : 503

242) 촌락 연장의 완성

[1945.8.16 또는 그 이전][71]

인도 기술자들이 만일 촌락의 연장과 기계를 완성하는 데 그들의 능력을 사용한다면 얼마나 유용한 일이겠습니까. 이것은 분명히 그들의 품위를 떨어뜨리는 일은 아닐 것입니다.

—「기술자들에 대한 충고」, 『더 힌두』, 1945.8.25; 『전집』 87 : 629

243) 주요 산업의 국유(國有)

델리로 가는 열차, 1946.8.25

한 투고자가 다음과 같이 적고 있다.

'그렇다면 당신은 인도의 산업화—인도가 배·자동차·비행기 등을 자체 생산할 정도의 산업화—가 필수적이라고 생각합니까? 그렇게 생각하지 않는다면, 인도가 자유롭고 독립적인 나라로서 자신의 책임을 다할 수 있는 다른 대안을 제시

---

71) 이 충고는 실헤트 출신 기술자 라반야 꾸마르 초우다리가 세바그람에 방문했을 때 그와의 대담 중에 주어졌다. 그는 1942년 운동기에 공무원직을 사임했다.

해 주시겠습니까?

　만일 당신이 그런 산업을 유치할 필요성을 믿고 있다면, 당신의 견해로는 누가 그 산업과 거기에서 오는 이익을 관리해야 합니까?

　나는 산업화가 모든 나라와 모든 경우에 필수적이라고 보지 않는다. 그 것은 인도를 위해서는 더더욱 필요치 않다. 독립한 인도는 수천 개의 촌락 산업을 발전시키고 세계와 더불어 평화롭게 살아가는 형태의 삶, 검소하지만 고상한 삶을 살아감으로써만 신음하는 세계에 대한 자신의 의무를 수행할 수 있다고 나는 믿는다. 고결한 생각은 맘몬 숭배가 우리에게 부과한 고속도에 기초를 둔 복잡한 물질적 삶과는 일치하지 않는다. 삶의 모든 기품은 우리가 고상하게 사는 기술을 배울 때 비로소 가능하다.

　위험하게 사는 일에는 흥분이 있을 수 있다. 우리는 위험에 맞서서 사는 일과 위험하게 사는 일을 구분해야 한다. 총도 없이 오직 신만을 자신의 도움으로 간주하고 감히 야생동물과 야만인들이 출몰하는 숲 속에 혼자 살려고 하는 자는 위험에 맞서서 사는 자이다. 늘 공중에 살면서 세상이 입을 딱 벌리고 경탄할 정도로 지상으로 뛰어내리는 자는 위험하게 사는 자이다. 전자는 목적이 있는 삶이고 후자는 목적이 없는 삶이다.

　아무리 지리적으로 수적으로 광대한 나라라고 해도, 그 나라가 빈틈없이 무장한 세상에 직면하고 당당한 위풍을 뽐내는 세상 한복판에 고립되어 있다면, 그 고립된 나라가 그와 같은 단순한 삶을 살아갈 수 있을지의 여부는, 의심을 품고 있는 회의주의자에게는 하나의 질문거리일 수밖에 없다. 그에 대한 대답은 간단 명료하다. 소박한 삶이 살 만한 가치가 있다면 그렇게 살려는 시도를 한 번 해볼 가치가 있다. 비록 그 시도를 하는 것이 한 개인이나 한 단체라고 해도 말이다.

　동시에 나는 일부의 주요 기간 산업들이 필수적이라고 믿는다. 나는 구두선(口頭禪) 사회주의도 무장한 사회주의도 믿지 않는다. 나는 대규모의 회심을 기다리지 않고, 나 자신이 신념에 따라 행동하는 것이 옳다고 믿는다. 따라서 나는 주요 기간 산업들을 낱낱이 열거할 수는 없지만, 많은 사람들이 함께 일해야 하는 곳이라면 국가소유권이 있어야 한다고 본다. 그들의 숙련 노동과 미숙련 노동으로 만든 생산물의 소유권은 국가를 통해 그들에게 귀속할 것이다. 그러나 나는 비폭력에 기초를 둔 국가만을 생각할 수 있듯이, 부자들에게서 힘으로 재산을 박탈하지 않을 것이고, 국가소유권에로의 이전 과정에서 그들의 협조를 요청하고 싶다. 백만장자든 극빈자든 그들은 사회의 천민(pariah)이 아니다. 이 둘은 동일한 질병의 두 종기이지만, 그럼에도 불구하고 사람이다.

나는 우리가 목격한 바 있으며 다른 곳과 마찬가지로 인도에서 지금도 목격할 수밖에 없는 비인간성에 직면하여 이런 신념을 고백하는 바이다. 위험에 맞서서 살자.

—「산업주의의 대안」, 『하리잔』, 1946.9.1; 『전집』 92 : 94

244) 도시와 촌락

빠뜨나, 간디 캠프,[72] 1947.4.18

이 기계들에 투자한 돈이 모두 먼지가 된다고 해도 나는 조금도 후회하지 않을 것이다. 진정한 인도는 70만 개의 촌락에 있다. 런던과 같은 대도시는 인도를 착취하고, 인도의 대도시는 이번에는 인도의 촌락을 착취한다는 사실을 아는가? 그런 방식으로 대궐 같은 맨션들이 대도시에 생기고 촌락은 빈곤하게 된 것이다. 나는 이 촌락들에 새 생명을 주입하고 싶다. 도시 소재의 모든 공장들이 파괴돼야 한다고 말하는 것은 아니다. 하지만 우리는 경계해야 하고 실수할 경우에는 새롭게 시작해야 한다. 우리는 촌락

---

72) 마누 간디는 민중이 촌락 산업을 수용할 경우에 공장과 도시의 운명이 어떻게 될 것인지를 물었다. (원주) 마누 간디는 숙부 뚤시다스 간디의 증손녀이다. (역주)

에 대한 착취를 중지하고 촌락에 가해진 부정의를 상세하게 검토하고 촌락의 경제 구조를 강화해야 할 것이다.

나는 우리가 진리와 비폭력을 통해 많은 기운을 얻었다는 점에 대해 의심이 전혀 없다. 우리나라가 비폭력의 무기를 채용하지 않았다면, 이 나라는 절대로 높이 올라갈 수 없었을 것이다. 그러나 민중이 진리에 순종함에 있어서 꼭 그래야만 할 정도로 순종했던 것은 아니다. 나는 우리나라에 횡행하고 있는 저렇게 많은 허위를 보고 자주 놀란다. 우리의 비폭력 실천은 완전과 거리가 먼 것이 분명하지만, 우리가 만일 비폭력을 채용하지 않았더라면 이만큼이라도 진보하지 못했을 것이다. 우리의 목표는 진리이고 진리는 비폭력의 준수를 통해서만 도달될 수 있다. 비폭력은 수단일 뿐이다. 진리를 말하는 것은 내 유년기부터 형성됐던 습관이다. 그러나 나는 비폭력을 실천하기 위해 노력해 왔다. 우리가 비폭력을 받아들인다면 진리는 그에 따라 올 수 있다. 때로는 악에서도 선이 생겨나지만 그것은 하늘이 내리신 것이다. 인간의 경험으로 보면 선은 선에서 나오듯이 악에서는 오직 악만이 나온다. 보복이 폭력을 종결시킬 수 없다. 인류가 폭력을 뛰어넘자면 비폭력을 채용하는 길밖에는 다른 대안이 없다. 사랑만이 증오를 정복할 수 있다. 진리와 비폭력, 이 두 원리들은 새로운 것이 아니다. 그것들은 창조가 시작될 때부터 존재해 왔다. 60년간의 경험 이후에 이 두 이상들에 대한 나의 신앙은 나날이 강해진다.

— 마누 간디와의 대화(G.), 『비하르니 꼬미 아그만』, 220~221면;
『전집』 94 : 332

9. 사회 개혁

245) 촌락의 사회 일꾼들

한 자원봉사자가 다음과 같이 적고 있다……[73]

나는 이 말의 진리를 여기 벵골 전역에서 깨닫고 있다. 우리가 촌락에 들어가기로 생각한 것은 오직 최근의 일이다. 첫째, 우리는 촌민들로부터 물건들을 원했다. 우리가 그들에게 뭔가를 주기 위해 촌락에 가는 것은 지금 막 시작되었다. 그렇게 짧은 시간 안에 우리가 어떻게 그들의 신뢰를 얻기를 기대할 수 있을 것인가? 아비가 아들의 신뢰를 얻는 데도 종종 수 년이 걸린다. 우리는 촌민들 사이에 명예로운 위상을 되찾아야 하는데, 조급함을 통해서는 아무 것도 얻지 못할 것이다. 어떤 사람들은 봉사의 가면(假面) 아래에서 자신의 이익을 도모한다. 촌민들이 그런 사람들과 진실한 일꾼을 구분하기 위해서는 경험이 아니고서 무슨 다른 수단이 있을까? 그래서 공공의 일꾼들은 인내, 감내, 사심 없음 그리고 다른 덕을 길러야 한다. 대중은 자신들을 안내하는 데 경험 이외의 다른 지식이 없다.

—「누가 비난받아야 하는가?」(G.), 『나바지반』, 1925.6.28; 『전집』 32 : 49

---

73) 이 투고자는 자신의 경험에 기초하여 만일 촌민들이 일꾼들을 신뢰하지 않는다면, 그 잘못은 후자에게 있을 것이라고 적었다.

246) 대중을 위한 희생

(캠프) 발라소르, 1927.12.14

사랑하는 친구에게,

당신이 기차에서 쓴 편지를 받았습니다. 그 편지는 감상적입니다. 나 스스로 아주 관대한 기질이 있다고 믿는데도 나는 우리 사이에 핵심적인 차이점을 봅니다만, 당신은 단지 사소한 점에서만 차이점을 보는 것 같기 때문입니다. 나에게는 우리의 관점이 전적으로 다른 것으로 보입니다. 당신은 당신의 마음의 눈에 극소수의 식자층 인도인을 그리고 있지만, 나는 내 마음의 눈에 철도 지역 외부에 살아가는 가장 비천한 무식쟁이를 그리고 있습니다. 식자층도 중요한 것은 분명 사실이지만, 나 자신의 평가로는 식자층이 중요한 것은 무식한 대중의 관점에서만, 그 대중을 위해서만 중요합니다. 식자층은 자신의 삶을 대중을 위해 기꺼이 희생할 경우에만 그 존재를 정당화할 수 있습니다. 그래서 당신의 구도는 나에게 아무 호소력이 없습니다.

나는 P. C. 레이(Ray) 경의 서언을 읽었고 당신이 내게 보내 주신 다른 글들도 읽었습니다. 하지만 나는 이 위대한 사람들을 존경하기는 하지만, 그들은 근본적인 입장에서 나를 한치도 움직이지 못했습니다. 그래서 나는 당신이 우리 사이에 존재하는 근본적인 차이점을 인정하기를, 그리고 그 차이점에도 불구하고 당신이 할 수만 있다면 나를 사랑하기를 원합니다. 나의 입장을 말씀드린다면, 그런 차이점이 존재한다고 해도 그것이 당신을 사랑하는 일, 당신의 편지에 대해 가능한 한 자주 답장하는 일, 그리고 우리의 기질상의 차이점을 분명히 드러내도록 노력하는 일을 방해하지 않습니다. 이렇게 하다 보면 우리는 서로 다르다는 사실에 대해 동의할 수 있고, 그리고 어느 날 두 사람 중 한 사람이 개심자가 되기를 바랄 수도 있을 것입니다.

귀하의 신실한 친구

Captain J. W. Petavel

Baghbazaar

Calcutta

—J. W. 피터벌 대위에게 보낸 편지, SN 12648; 『전집』 41 : 30

247) 자원봉사자들의 기근

1932.3.31

안녕, 다히벤!

자네의 편지를 받았다네. 과업이 어려우면 어려울수록 자발적인 일꾼의 수는 적을 것이네. 그래서 나는 자네 편지에도 놀랄 것이 없네. 그러나 이 해심 많은 일꾼들은 봉사자들의 기근을 보게 되면, 자신들의 일에 더 열심히 헌신하고 더 큰 희생을 바칠 것이라네. 그들이 그렇게 한다면 일꾼들의 수가 다시 증가할 것이네. 이 법칙에는 예외가 없다네.

바뿌로부터 축복을.

— 다히벤 빠뗄(Dahibehn Patel)에게 보낸 편지, GN 9206; 『전집』 55 : 210

248) 사회 사업과 과학 실험

1932.6.19

나는 자네의 실험이 과학적인 것이라고 보고 있다네. 그래서 나는 자네를 쭉 지켜 봐왔고, 자네 일을 아주 자세한 점까지 추적하기를 원했다네.
자네는 노련한 일꾼이지만 장차 더 많은 난관에 봉착할 것이네. 다음과 같
은 것이 위대한 일의 통상적인 유형이라네. 나아가야 할 길이 분명해지고,
신속한 진보를 이룰 수 있을 것이라고 우리는 때때로 느낀다네. 그래서 우
리는 긴장을 좀 풀게 된다네. 그런데 갑자기 우리 앞에 깊은 도랑이 출현
한다네. 그래서 자네는 거기에 항구적으로 머물러야 하네. 우리에게 꼭 필
요한 일은 뿌리에 자신감을 둔 무한한 인내심이라네. 자신감은 자신의 일
에 대해 움츠리지 않는 신앙을 의미한다네. 일단 이런 신앙이 생긴다면 우
리가 때때로 범할 수밖에 없는 많은 실수에 대해 조바심을 낼 필요가 없다
네. 우리는 잘못된 길로 접어들었을지도 모른다는 공포에 의해 우리 자신
들을 마비시켜서는 안 되네. 나는 자네의 실험을 과학적인 것으로 간주하
네만, 아직 완벽하게 과학적인 것은 아니라고 생각한다네. 그러나 자네 일
은 과학적 실험이 갖춰야 할 모든 특성을 다 갖고 있다네. 그리고 자네는
그것을 수행하는 데 필요한 인내심이 있다네. 나는 전에 자네 안에 있는
결점을 하나 목격한 적이 있었다네. 하지만 나는 자네가 그것을 이지적으
로 고쳤다고 생각한다네. 아니면 진리에 대한 자네의 헌신이 자네가 그것
을 의식하지도 못한 채로 그것을 고치도록 도와주었을 것이네. 그 결함은
다음과 같은 것이네. 자네가 불완전한 자료에 만족하고 거기에서 성급한
결론을 도출한다는 것이네. 그러나 이 경우가 그런 것은 아니네.

　과학적인 실험자는 자신에 대해 깊은 신뢰를 갖고 있고, 그래서 결코 낙
망하지 않는다네. 동시에 그는 너무 겸손하여 자신의 일에 대해 절대로 만
족하지 않으며, 성급한 결론을 도출하는 잘못을 범하지도 않는다네. 그와
반대로 그는 수시로 자신이 이룬 진보를 가늠해보고, 갑의 결과가 을밖에
없을 것임을 강조하여 선언하기도 한다네. 우리의 일꾼들은 일반적으로 진
실한 과학도의 이와 같은 겸손함이 부족하다네. 그래서 자네가 이런 규칙
에 예외가 아니라는 점을 내가 알았을 때 놀라지 않았다네. 그러나 자네가
끝까지 해낼 힘이 있음을 나는 정말로 믿고 있다네. 나는 자네가 이 작은

한계가 있다고 해도 괴로워하지 않기를 열렬히 원하면서, 수년 전 그 점에 대해 자네의 주목을 부드럽게 촉구한 적이 있었다네. 자네는 성공하기 위해 먼저 자네 주변에 일단의 동료 일꾼들을 모아야 한다네. 그들은 자네가 하는 일을 보고 점차로 자네에게 이끌릴 수밖에 없을 것이네. 그들을 이끌기 위해 자네는 관대함에서 생겨나는 관용의 자질을 길러야 한다네. 동료들은 우리가 하는 모든 일, 혹은 우리가 그들이 하기를 원하는 일 모두를 다할 수는 없다네. 그러나 그들이 선의가 있고 부지런하다면, 우리는 그들의 도움을 경멸해서는 안 된다네. 그래야만 우리는 하나의 팀을 이룰 것을 바랄 수 있다네. 그런 관대한 정신이 없다면, 우리 가운데 일부는 묵묵히 혼자서 일을 해야 할 것이네.

자네 일에 대해 한 가지 더 말해 보겠네. 자네는 다른 노선에서 일을 하는 사람들로부터도 조언을 구하고자 하는 욕구를 길러야 한다네. 하나의 과학 실험이 특정한 방식으로만 행해질 수 있다고 상정하는 것은 실수이고, 그런 실수에 빠진 사람들은 많은 것을 잃게 된다네. 우리 자신들은 스스로 생각하기에 옳거나 완벽한 방법을 따라가도 괜찮을 것이네. 하지만 만일 다른 사람들이 우리의 방법의 완벽함을 인정하지 않거나, 그 안에 결함을 보았다면, 우리는 그들에게 그들 나름의 길을 가도록 허용해야 할 것이네. 그래서 우리는 우리의 이해력을 증대하게 된다네.

나는 현재 자네가 일하는 방법에 대해서는 할 말이 없다네. 내가 자네를 유달리 좋아하기에, 여기에서 보면 다 좋아 보인다네. 그러나 자네가 실제로 일하는 것을 볼 수 있다면, 많은 생각들이 나에게 떠오를 수도 있고, 그것들을 자네가 고려할 수 있도록 제시할 수도 있을 것이네. 이렇게 멀리 있는 나로서는 자네 일을 정확하게 그릴 수는 없다네. 그래서 어떤 제안을 한다는 것은 무례한 일이 될 것이네.

— 제타랄 G. 삼빠뜨에게 보낸 편지(G.), 『마하데브바이니 일기』 권1, 234~235면;
『전집』 56 : 32

249) 자선과 정직한 노동

굶주리고 직장 없는 자들에게 신은 먹을 것을 보장해 주는 일자리와 임금으로서만 나타나실 것이다.

나는 벌거벗은 자들에게 필요하지도 않는 옷을 제공함으로써 그들을 능욕하고 싶지 않다. 대신 나는 그들에게 정말로 필요한 일자리를 줄 것이다. 나는 그들의 은인이 되는 죄를 범하지 않을 것이다. 그러나 나는 그들의 파멸에 관련이 있었음을 자각하고 그들에게 사회에서 존경할 만한 자리를 주려고 한다. 나는 결코 그들에게 잔여분이나 버린 물건을 주지 않을 것이다. 나는 최선의 음식과 의복을 그들과 나누며, 그들이 일을 하는데 도울 것이다. 나의 아힘사는 정직하게 노동하지 않는 건강한 사람에게 공짜 음식을 주는 것을 허용하지 않을 것이다. 나에게 만일 결정권이 있다면, 나는 모든 자선기관과 빈민구호소를 폐쇄하고 싶다. 그런 것들로 인하여 나라가 타락하고 나태·위선·죄 등의 악들이 고무되었기 때문이다.

— 「구호(救護) 대신 일자리를」(H.), 『하리잔 세박』, 1939.2.25; 『전집』 75 : 140

250) 민주주의와 지방의 주도권

비조여나가르, 1947.2.9

질문 거의 모든 촌락에는 당파와 파당이 있습니다. 우리가 지방의 도움을 징발할 때, 우리의 바람과 관계없이 지방의 권력정치에 연루됩니다. 우리는 이 난관을 어떻게 헤쳐 나갈 수 있습니까? 우리가 양당 모두를 무시하고 외부 일꾼들의 도움을 받아 사업을 해야 할까요? 우리의 경험에 따른다면 그런 사업은 전적으로 외부의 도움에 의존하게 되고, 그 도움이 철회되자마자 무너져 내릴 것입니다. 그렇게 되면, 우리는 지방의 주도권을 돕고 지방의 협조를 육성하기 위해 무엇을 해야 합니까?

답변 슬프게도 인도에서는 당파와 파당이 우리 도시에 있는 것처럼 촌락에도 보입니다. 그리고 권력정치가 촌락의 복리에 대한 생각은 별로 없고 당력(黨力)을 배가하는 데 촌락을 활용할 생각을 많이 하면서 우리 촌락으로 들어오면, 권력정치는 촌민들의 진보에 도움이 되기보다는 오히려 장애물이 됩니다. 결과가 무엇이든지 간에 우리는 가능한 한 지방의 도움을 많이 활용해야 할 것이라는 점, 그리고 우리가 만일 권력정치의 폐해로부터 자유롭게 된다고 해도 잘못을 범하는 것은 아님을 나는 말하고 싶습니다. 영어로 교육받은 도시 출신의 남녀들이 우리나라의 척추에 해당되는 인도의 촌락들을 무시했고, 무시의 정도가 거의 범죄 수준에 달한다는 점을 기억합시다. 우리의 나태를 기억해내면 인내심이 생길 것입니다. 나는 정직한 일꾼 하나 없는 촌락을 단 한번도 방문한 적이 없습니다. 우리가 우리 촌민들 가운데 어떤 장점이라도 인정할 만큼 충분하게 겸손하지 않는다면 그런 사람을 발견할 수 없을 것입니다. 물론, 우리는 지역정치를 멀리 해야 합니다. 지역정치의 회피는 우리가 도움을―그 도움이 정말로 좋은 때 ―모든 당파로부터 다 받든지, 아니면 아무 당파로부터도 받지 않을 때 배울 것입니다. 나는 촌민들을 무시하는 것은 성공에 치명적이라고 생각합니다. 나는 바로 이 난관을 알고 있었기 때문에 한 촌락에 한 사람이라는 규칙을 엄격하게 준수하기 위해 노력했습니다. 물론, 그 일꾼이 벵골어를 몰라서 통역자의 도움이 필요했던 경우는 예외입니다. 나는 이 제도가 지금까지는 목적에 부응해 왔다고 말할 수 있습니다. 그래서 여러분의 경험을 에누리하여 들어야 하겠습니다. 나는 우리가 성급한 결론에 도달하는 못된 습관에 빠져버렸다는 점을 한 마디 더 말씀드리고 싶습니다. '그런 사업은 전적으로 외부의 도움에 의존하게 되고, 그 도움이 철회되자마자 무너져 내린다'는 문장이 함축하고 있는 대로 전면적인 비난을 퍼붓기 전에, 나는 다음과 같은 말을 하고 싶습니다. 즉, 한 촌락에 수년 동안 지방 일꾼들을 통해 사업을 하고자 하는 체재 경험이 있다고 해도, 그 경험이 그와 같은 지방 일꾼들을 통해 그리고 그들에 의해 그 사업이 수행될 수 없었다는 결정적인 증거는 될 수 없습니다. 그 반대도 분명히 사실입니다. 내가 이제 마지막 문장을 상세하게 검토할 필요는 없게 되었습니다. 나는 그 주요 일꾼에게 다음과 같이 단언할 수 있습니다. '당신이 외부의 도움을 받고 있다면 그것을 끊어버리시오 당신이 그 지역에서 얻을 수 있는 모든 도움을 얻어 혼자서 용감하고 이지적으로 사업을 벌이시오 그리고 당신이 그런 도움을 얻을 수 없다면, 당신 자신만을 원망하고 다른 누구도 어떤 것도 원망하지 마십시오'

질문 우리가 만일 노아칼리(Noakhali)의 황폐한 지역에서 카디 사업을 시작할 수 있으려면 외부의 재정적 기술적 도움을 받아서 시작해야 합니까? 아니면 지역 사람과 지역의 돈만으로 전체 구조를 서서히 세워야 합니까?

2

답변 나는 '지역 사람과 지역의 돈만으로 전체 구조를 서서히 세워야 한다'는 여러분의 말을 택하고 싶고, 여러분은 내가 물레질에 부여한 가장 넓은 의미로 물레질 전체 기술을 배우도록 반드시 유의하십시오 그 의미가 무엇인지 여러분은 『하리잔』지의 내 글에서 배워야 할 것인데, 여러분이 적합한 열의만 있다면 배울 수 있을 것입니다.

질문 무슬림 노동자들에 의해 경작된 토지를 소유한 적이 있는 경작자들과 토지 소유주들은 농기구와 황소의 약탈과 무슬림이 제공하던 노동의 결핍 때문에 미르차(mircha : 긴 고추)와 깨라는 두 가지 작물과 겨자씨를 망치고 말았습니다. 다음 해의 보로(boro)와 아우스(aus) 작물을 위해 땅을 갈아야 할 시간이 임박했는데, 만일 경작자들이 농기구 등을 보름 내로 얻지 않는다면, 그들은 그 작물마저도 거의 망치게 될 것입니다.

답변 그것이 사실이라면 아주 불행한 일입니다. 그런 모든 땅이 소유주를 위해서만 아니라 국가를 위해서도 경작되어야 한다는 점에 대해 나는 조금도 의심하지 않습니다. 국가는 소유주들보다 식량 작물의 경작에 더 많은 관심을 쏟고 있고 또 쏟아야 합니다. 그래서 소유주들은 당국자들에게 도움을 요청해야 하고, 국가는 그런 땅이 모두 유익하게 경작되도록 반드시 조처해야 합니다. 무슬림 노동자들에게 땅 주인이 무슬림이든 힌두든 이 핵심적인 일을 해달라고 요청하고 고무하는 일은 정부의 의무입니다. 국가는 급료를 정함으로써 모든 노동자들이 정당한 임금을 받도록 해야 합니다.

— 기도 모임에서의 연설, 『하리잔』, 1947.3.2; 『전집』 93 : 543(일부)

251) 협조 또는 파괴

빠뜨나, 간디 캠프, 1947.4.18

노동자들이 권리 주장을 목표로 하고 있다면, 자민다르를 괴롭히거나 죽임으로써가 아니라 자만다르와의 협조를 통해서만 그렇게 할 수 있을 것입니다. 자민다르제도의 폐지는 그리 어려운 과업이 아닙니다. 여기에 오직 한 줌의 자민다르밖에 없습니다. 그러나 만일 여러분이 법을 여러분의 수중에 넣는다면, 여러분은 여러분 자신의 이익을 뿌리째 흔들게 될 것입니다. 여러분은 여러분의 고충을 정부에 제시할 수 있습니다만, 법을 수중에 넣어서 폭력에 호소할 수는 없습니다. 다른 사람들을 파괴하려는 자는 자기 자신의 파멸을 초래할 것입니다. 그런 사례들은 수없이 많이 있습니다. 가장 잘 알려진 것은 야다바 가(家)[74]의 것입니다. 여러분이 작업 시간에 전심전력을 다해 일을 하게 되면, 고용주들은 정당한 임금을 지불해야 합니다. 그러나 여러분이 그들을 어떤 방식으로든 괴롭힌다면 그 누구의 공감도 얻지 못하게 될 것입니다. 나는 좀 전에 여기에 있었던 자민다르들에게도 내가 옳다고 생각한 바를 말했으며, 여러분에게도 같은 말씀을 드립니다. 그것이 내 본성입니다. 나는 다른 식으로는 행동할 수 없습니다. 나는

---

74) 슈리 끄리슈나의 친척, 동족간의 싸움에서 자신들을 파멸시키고 말았다.

여러분에게 내가 적절하다고 생각한 것을 말씀드려야 합니다.

— 농부와 노동자 지도자들과의 담화(G.), 『비하르니 꼬미 아그만』, 222~223면;
『전집』 94 : 334

252) 민주주의적 사회제도

1947.5.24

우리는 앞으로 수일 안에 완전한 독립을 얻을지도 모릅니다. 정치적 독립이 아무리 귀중하다고 해도, 국민 복리의 면에서 명백한 것을 얻기 전에는 가만히 있어서는 안 됩니다. 우리는 이제 착취가 완전히 제거된 사회제도, 모든 일이 민주주의 방식으로 수행되는 사회제도를 가져야 합니다. 영국인들의 욕구, 아니면 다른 나라의 욕구가 무엇이든, 코앞에 바짝 다가온 우리의 독립을 연기할 수는 없을 것입니다. 우리가 지금부터 그때까지 경계하지 않는다면, 우리의 처지는 장티푸스 환자의 처지와 같을 것입니다. 우리는 그가 발열하는 동안은 그를 돌봅니다. 그러나 열이 내린 다음에 그를 정말로 간병해야 합니다. 환자가 열이 내린 다음 적절한 간병이 없다면 재발하게 되고 죽음의 위험에 직면할 수 있습니다. 그와 같은 것이 독립 직후에 일어날 것입니다. 우리가 독립을 얻을 자격을 갖추기를 원한다면 일정한 난관을 견디기를 배워야 할 것입니다. 우리는 도량이 넓어야 합니다. 바다처럼 관대해야 합니다. 수많은 강물들이, 그리고 강둑에서 많은 오물이 바다로 흘러 들어갑니다. 바다에는 많은 피조물이 살고 그 위에는 증기선들이 떠 있지만, 그 바다는 여전히 거룩한 것으로 간주됩니다. 우리는 그 안에서 목욕함으로써 죄를 씻을 수 있다고 믿습니다. 그렇다고 해도 우리가 관대한 마음으로 다른 사람들의 난폭한 말과 공격마저 무시하고, 그들을 우리 형제로 받아들인다면 우리는 바다처럼 거룩하게 될 것입니다.

우리는 비폭력과 진리를 통해 자유를 얻었습니다. 나는 상호신뢰의 분위기와 평등의 정신을 만들 요량으로 지금 돌아다니고 있습니다. 하지만 그 일에 있어서 나는 여러분의 도움이 필요합니다. 군대와 경찰의 도움으로 확립된 평화는 결코 평화가 아닙니다. 그것은 연기가 모락모락 나는 혁명의 불을 감추고 있습니다. 경찰이 잠시만 자리를 비우면 그 불은 불꽃으로 화할 것이라는 점에 대해 나는 의심의 여지가 없습니다. 강요된 평화는 결코 평화가 아닙니다. 공포를 극복하는 유일한 길은 모든 국회의원과 장관들이 자신들의 가족과 함께 일반 사람들과 섞이는 일입니다. 힌두 의원들은 무슬림 대중과 섞여야 하고, 무슬림 의원들은 힌두 대중과 섞여야 합니다. 남정네들이 그들 자신이 갖는 이해의 빛에 따라 어떻게 하는 것이 독립 인도에 가장 잘 봉사하는지에 대해 의견을 교환하는 동안, 아낙네들은 다른 아낙네들과 섞이고, 아이들은 다른 아이들과 웃고 놀고 공부해야 합니다.

이런 일이 일어난다면, 우리 사회의 수준이 고양될 것이라는 점에 대해 추호도 의심하지 않습니다. 그렇게 되면 어떤 장관도 통치자로 자처하지 않을 것입니다. 어떤 장관의 부인도 자신의 남편이 특정 부처(部處)의 보스라고 생각하지 않을 것입니다. 그리고 그의 아이들 역시 자신들을 장관의 자식이라고 생각하지 않을 것입니다. 각 주에서 6명 정도의 장관들과 그들의 가족들이라도 일반 사람들과 섞이는 분위기를 창출한다면, 우리는 틀림없이 이와 같은 경우에 직면하지 않았을 것입니다. 슈리 바부(Shri Babu)는 장관이 되기 전보다 더 사교적이 되었다는 점을 개인적으로 알고 있습니다. 오늘날 그가 장관이 되었을 때, 그의 입장은 내가 아가 칸 궁전[75]에 있었을 때와 같은 입장입니다. 내가 슈리 바부만을 지적하는 것은 아닙니다. 내가 말하는 것은 모든 장관들에게 해당됩니다. 그들은 장관이 되었을 때 즉시 경찰로 하여금 자신들의 대문을 지키도록 했습니다. 이제 그들은 장

---

75) 1942년 8월 9일부터 1944년 5월 6일까지.

관이 되었으므로 자신들의 보초를 미리 준비해야 할 것입니다. 그들은 이
제 경호원 없이 어떻게 돌아다닐 수 있습니까? 그들은 스스로 묶인 신세가
되었습니다. 그들이 장관이 되기 전에는 한밤중에 어디론가 가고 싶을 때
침대에서 벌떡 일어나 나갈 수 있었습니다. 솔직히 말해 나는 장관들을 불
쌍하게 여깁니다. 내 자신의 말로 한다면, 그들의 처지는 죄수들의 처지보
다 더 못합니다.

—카스까르들과의 담화(G.), 『비하르니 꼬미 아그만』, 398~400면; 『전집』 95 : 137

253) 건설적인 훈련과 농촌의 자치

1947.5.27

나라를 분할한다는 생각 자체가 나를 놀라게 합니다. 오늘 우리의 관심
사는 나라가 분할되지 않을 것, 그러면서도 영국은 떠날 것이라는 점에 대
해 평화로운 방법으로 동의를 얻는 데 있습니다. 분할은 그래도 참을 수
있을지 모릅니다만, 나는 그 분할이 영국인들에 의해 부과된다는 생각은
견딜 수 없습니다. 우리 형제들 사이의 다툼에 왜 제3자가 개입해야 합니
까? 우리는 우리 자신의 문제를 해결할 만큼 강하지 못합니까? 바로 이 때
문에 나는 우리의 아힘사가 강자의 아힘사가 아니라 다른 것이었다고 느
낍니다. 그러나 오늘 신은 내 두 눈을 열어주셨습니다. 우리가 영국인을
우리 형제지간의 다툼에서 중재자로 초대한다면, 그것은 우리의 영광된 역
사에 큰 오점이 될 것입니다. 그 때문에 나는 기도 모임 연설에서 우리가
함께 살 수 없다면 상호동의에 의해 분명히 분리될 수 있을 것이지만, 삼
자 개입은 참을 수 없을 것이라고 선언했던 것입니다. 나는 오늘 부왕에게
이것을 말할 것입니다. 이 부왕은 아주 영리한 사람입니다. 그는 어느 편
도 불쾌하게 하지 않으면서 뜻대로 하는 사람입니다. 그래서 이 문제는 우

리 모두에게 하나의 시험입니다. 마운트배튼 경이 우리의 용기와 지성을 셈하고 있다는 점을 망각하지 마시오 속담에 알려진 적은 미지의 친구보다 낫다고 합니다. 린리스고 경과 와벨 경은 우리에게 위험하지 않았습니다. 우리가 그들의 정책을 알았기 때문입니다.

　나는 사회에서 생활 수준의 평등을 구현하려는 여러분의 욕구에 감사드립니다. 나 역시 같은 것을 바랍니다. 그러나 우리의 첫 관심사는 연대하는 것이고, 나라의 최대 이익이 무엇인지를 생각하는 것, 그리고 사람들로 하여금 건설적인 작업에 착수하게 하는 것입니다. 우리 민중은 150년 동안 노예로 살아 왔고, 이제 다른 방식의 삶을 위해 훈련받을 필요가 있습니다. 사람들은 우리 손에 권력을 가질 때 그런 일이 일어날 것이고, 우리가 힘을 통해 많은 일을 할 수 있을 것이라고 생각합니다만, 나는 그런 생각에 전적으로는 동의할 수 없습니다. 권력 이양이 많은 장애물을 제거할 것은 분명합니다. 그러나 우리는 민중 사이에서 탄탄한 작업을 해야 할 것입니다. 여러분이 나를 충고자로 간주하고, 여러분의 자유 의지로 내 충고를 구하고 있으므로, 나는 충고 한 마디를 드리고 싶습니다. 그 충고는 여러분이 사회주의를 수립하기를 원한다면 오직 다음의 한 길밖에 없다는 것입니다. 즉, 촌락의 가난한 자들에게 가서 함께 살며, 그들이 사는 것처럼 사는 것, 촌민들과 하나가 되는 것, 하루 8시간 일하고, 여러분의 개인적 삶에서도 오직 촌락에서 만든 상품이나 물건만을 사용하는 것, 촌민들의 문맹을 제거하는 것, 불가촉천민제도를 폐지하는 것, 그리고 여성 지위를 향상시키는 것, 이런 것들이 바로 그 길입니다. 나는 더 나아가, 여러분 누구든 미혼인 자로서 결혼하기를 원한다면, 촌락의 소녀나 소년 중에서 배우자를 고를 정도로 생생한 유대를 확립하기를 제안하고 싶습니다. 누군가가 이 주제에 대해 여러분에게서 충고를 구한다면 그 사람에게도 같은 충고를 해주십시오 이런 방식으로 당신의 삶을 이상적인 삶으로 만드십시오 우리가 스크린 위에 그림을 분명히 보듯이 민중이 하루의 매 순간 마다 여러분의 투명한 삶을 보게 되면, 여러분의 삶이 주는 영향력은 나라 전체에 걸쳐 느껴질 것이고, 나라의 삶을 개혁할 것입니다.

국민회의는 곧 수중에 권력을 장악하게 될 것입니다. 하지만 국민회의는 어떤 배타적인 교의와 결혼한 것도 아니고, 특정한 당에 소속한 것도 아닙니다. 모든 관점들에 대한 관용은 여전히 국민회의의 원리로 남아 있습니다. 그 원리가 실천 과정에서 때때로 위반된다는 점은 사실입니다만, 이런 점을 인정하면서도 여러분의 일꾼들이 촌락 향상을 위한 프로그램을 짤 수 있고, 그 프로그램이 종이 위에만 머물지 않고 실제로 실행된다면, 국민회의가 권력을 장악할 것이라고 믿습니다. 하지만 국민회의 장관들은 여러분이 하는 아주 견실한 작업을 분명 도울 것이라는 점을 보증합니다. 자와할랄은 진심으로 여러분에게 축하를 보낼 것입니다. 하지만 여러분이 오늘날 하고 있는 일은 건설적인 작업이 아니라 민중을 선동하고 파업을 요구하는 일이라는 점을, 괴롭지만 말씀드리지 않을 수 없습니다. 그리고 동시에 집단간의 투쟁이 진행되고 있습니다. 여러분 모두는 지성과 학문을 갖춘 사람입니다. 여러분의 일로 해를 입은 사람들을 왜 보지 못합니까? 그런 투쟁이 영국인에 대한 투쟁이었을 때는 괜찮았습니다. 그들이 떠나가기를 우리가 원했으니까 말입니다. 그러나 이제 여러분은 누구를 몰아내고 싶습니까? 우리 동포끼리 싸움으로 무엇을 얻으렵니까? 여러분은 도량이 넓어야 하고 국민적 향상이라는 위대한 일을 위해 협조해야 합니다. 권력을 지닌 자들이 과오를 범한다면, 단순한 비판·연설·선동을 통해서가 아니라 여러분의 일을 통해 반대해야 하는 것입니다.

촌민들과 빈민들을 여러분의 일로 떠맡고, 여러분의 지식, 기술, 통찰, 건설적인 일과 애국심을 이용하여 그들을 이롭게 하십시오 민중에게 여러분 자신의 삶을 모범으로 보여서 진정한 교육을 주십시오 여러분의 일체의 활동을 민중의 복리로 향하게 하십시오 그런 일이 수행되지 않는다면, 그리고 민중이 인내심을 상실한다면, 우리의 곤경은 현 노예 상태보다 훨씬 악화될 것입니다. 민중이 파괴의 길로 나가기 전, 그들에게 건설적이며, 생명을 부여하는 훈련을 꼭 주도록 하십시오 나는 이 제안을 여러분에게

만 주는 것이 아닙니다. 여러분이 충고를 구하러 왔으므로, 나는 여러분에게 내 마음을 열어 보였습니다. 그러나 내가 말한 바는 국민회의 의원들에게도 적용됩니다. 그래서 모든 공공일꾼들과 정부의 모든 관리들로 하여금 이데올로기에 대한 다툼과 분쟁을 잊게 하고, 물레질, 카디 작업과 촌락산업을 배우기 시작하게 합시다. 영국인들이 떠나고 동시에 민중이 그런 교육을 통해 새로운 삶을 얻는다면, 나는 인도가 5년 안에 아시아에서 지도적인 나라가 될 것이라는 점에 대해 확신합니다.

질문 당신은 왜 우리나라에서 기계를 통한 산업의 성장을 반대합니까?

답변 여러분은 자동차, 엔진, 비행기, 그리고 같은 부류의 것들을 만들기 위해 기계를 사용할 수 있을 것입니다. 하지만 나는 옥수수를 빻고, 직물을 제조하고, 땅을 가는 데 기계를 사용하는 것을 강력하게 반대합니다. 제분공장에서 간 밀가루의 소비는 우리에게서 모든 생명력을 앗아갔습니다. 기계제분이 모든 비타민을 파괴하기 때문입니다. 예전에 까티아와르에서 우리는 수도조차 없었습니다. 여인들은 강에서 물을 길어오곤 했는데, 그들은 광채 나는 유리알이 점점이 박힌 받침대 위에 놓여 있는 빛나는 물동이로 물을 길었습니다. 그때는 이른 아침이기도 해서 여인들은 매일 일광욕을 했으며, 그것이 그들의 건강을 유지시켜 주었습니다. 그들은 새벽녘에 옥수수를 빻았고, 그동안 신에 대한 기도를 포함하여 바잔(찬송가)을 불렀습니다. 유용한 도덕적 지혜를 포함하는 순결한 노래들은 그들에게 음악을 가르쳐 주었고 [옥수수 빻기]는 그들에게 운동을 제공했습니다. 그런 뒤 전 가족이 들판으로 나가서 일했으며, 가족 가운데 어느 누구도 병이 무엇인지, 그리고 오늘날 아주 널리 퍼진 폐에 대한 질병들의 이름조차 몰랐습니다. 그런 광활한 시골, 아니 그와 같은 가족은 다종다양한 공동체와 종족을 포함하고 있으면서, 기계를 필요로 하지 않습니다.

　기계는 아주 짧은 시간 내 작업을 하는데, 그런 식으로 일을 하는 것은 모든 면에서, 즉 신체적으로 경제적으로 해롭습니다. 많은 여유 시간을 얻은 사람들은 못된 짓을 하는 데에 바쁩니다. 속담이 말하는 대로, 게으른 마음은 악마의 일터이기 때문입니다. 또는 그들은 영화관과 극장에서 시간을 낭비합니다. 많은 사람들이 나와 논의하면서 영화관이 교육적인 가치가 있다는 것에 대해 나에게 확신을 심어주려고 합니다. 그러나 그런 주장은 나에게 전혀 먹히지 않습니다. 우선 닫힌 극장에 앉아 있으면 우리는 질식당할 것 같은 느낌을 가집니다. 나는 어린아이였을 때 그와 같은 극장에 간 적이 한 번 있습니다. 내 식대로 하자면, 인도에 있는 모든 영화관과 극장을 물레질하는 강당과 온갖 종류의 수공예품을 위한 공장으로 전환하고 싶습니다. 그리고 광고라는 명목으로 남녀 배우들의 대단히 외설적인 사진들이 신문에 게재되고 있습니다. 그리고 이 남녀 배우들이 우리 자신의 형제자매들이 아니라면 누구입니까? 우리는 돈을 낭비하고 동시에 우리의 문화를 망치고 있습니다.

만일 내가 이 나라의 수상이 된다면, 최초로 시행하고 싶은 일에는 다음과 같은 일들이 있습니다. 즉, 기계로 작동하는 모든 제분공장을 정지시킬 것이고 착유(搾油) 공장의 수를 제한하고, 나라 전역에 토착적인 제분공장을 설립하는 일입니다. 나는 기존의 직물 공장을 파괴하지는 않겠습니다만, 어떤 식으로든 돕지는 않을 것이고, 어떤 경우든 새로운 공장 신설을 허용하지 않을 것입니다. 나는 모든 영화관과 극장을 폐쇄할 것이고, 교육적 가치가 있거나 아름다운 자연의 풍경을 보여주는 그림의 전시는 예외적으로 허용할 것입니다. 그러나 나는 노래와 춤추기를 완전히 중지시킬 것입니다. 나는 춤과 음악에 대해 대단한 존경심을 갖고 있고 음악을 정말로 사랑합니다. 나는 어떤 음악이 좋고 어떤 음악이 나쁜지를 구별할 수도 있습니다. 그러나 젊은 남녀의 마음을 그르칠 경향이 있는 음악과 춤은 나는 분명히 금지시킬 것입니다. 나는 음악 레코드의 판매를 중지시킬 것입니다. 다시 말하자면, 나는 정부가 일체의 생명을 살해하는 활동에 중과세를 부과하기를 제안할 것입니다. 이와 마찬가지로 술과 같이 해로운 음료

와 마약·담배·차에도 중과세를 부과하여 그들의 소비가 자동적으로 감
소하도록 할 것입니다. 더구나 이상적인 촌락, 즉 식량을 자립하고 제분공
장이 하나도 없으며, 주민들이 필요한 모든 면화를 재배하고, 각자의 집에
서 옷을 바느질하는 단계에 이르기까지 자신들의 직물을 짜는 곳, 그런 이
상적인 촌락들은 상을 받아야 하고 모든 세금을 면제받아야 합니다. 그와
같은 이상적인 촌락에서는, 모든 주민들은 각자 경찰이고, 스스로 의사이
고, 스스로 야경꾼이 됩니다. 그렇게 되면 민중은 서로 다투고 싸울 시간
이 없을 것입니다.

보십시오. 나는 여러분에게 많은 시간을 주었습니다. 내가 묘사한 것은
자유 인도에 대한 내 그림일 뿐입니다. 그것은 세이크찰리(Sheikhchalli)[76]의
꿈과 같이 한가한 꿈일 뿐입니다. 내 가슴은 벅차올랐고, 그래서 나는 그
것을 여러분에게 쏟아 부었습니다. 하지만 지금은 내가 제안한 것들 중에
어떤 것도 실행되리라는 징조가 없습니다. 나는 이것을 알면서도 내 생각
을 억누를 수가 없습니다. 그래서 여러분과 같은 사람들이 오게 되면 그것
을 토로하게 됩니다.

질문 그러나 바뿌, 당신을 수상으로 만들려는 제안을 누가 반대하겠습니까? 만일 당
신이 그 책임을 수용하기로 동의한다면, 어느 누구도 그 제안에 반대할 것이라고는 생
각하지 않습니다.

답변 여러분이 주요 반대자들입니다. 여러분은 그 이유를 물을 것입니다.
자, 만일 여러분이 내가 충고한 대로만 행동했다면, 내 꿈은 더 이상 꿈이
아니라 현실이 되었을 것입니다. 여러분은 내가 지시했던 그 길로 쭉 따라
갔다면, 이 나라에 경제적 평등을 이룩했을 것입니다. 아마 여러분은 오늘
이 말을 이해하지 못할 것입니다. 그러나 내 말을 기록해 두십시오 그리
고 내가 죽은 뒤 상기해 보십시오. 그러면 여러분은 75세의 노인이 한 말

---

76) 민담 속의 인물; 한가한 꿈을 즐기고 있다.

이 진실이었다고 말하게 될 것입니다. 나는 예언을 말하고 있는 것이 아닙니다. 나는 평생의 경험에 기초하여 이 말을 하는 것입니다. 여러분의 긴 연설에 아무도 귀 기울이지 않을 때가 꼭 올 것입니다. 아무도 여러분의 집회에 참석조차 하지 않을 것입니다. 여러분 자신의 삶에서 따르지 않는 원리들을 민중에게 설교하는 일은 사회에서 그리 오래 가지 않기 때문입니다. 민중은 여러분의 말을 경청하기 전, 여러분 자신의 일에 대해 설명을 요구할 것이고, 여러분이 무엇을 하는지를 물을 것입니다. 이와 마찬가지로, 힌두·무슬림 일치의 문제에 대해서는 여러분 자신의 행동에서 일치를 실천하는 만큼, 그 안에 여러분의 심정을 쏟아 붓는 만큼 성공할 것입니다. 여태까지 우리는 맹인처럼 행동했고, 영국인들이 우리를 인도하도록 허용했습니다. 그러나 이제 우리는 우리 자신의 눈을 사용하여 우리 자신의 길을 발견해야 합니다. 여러분이 여러분의 발 아래를 보지 않고 곧장 걸어간다면 넘어지고 구덩이에 빠질 수밖에 없을 것입니다.

이것으로 말을 마치겠습니다. 이제 나는 부왕을 만나러 가야 합니다.

— 사회주의자들과의 대담(G.),77) 『비하르 빠츠히 딜히』, 14~19면;
『전집』 95 : 150

254) 건설적인 일과 청년의 훈련

1947.6.10

우리는 이 말78)을 경고로 받아들여야 합니다. 내가 여기에서 자유롭게 된다면 온 나라를 여행하면서 건설적인 일에 투신하라는 새로운 운동을 청년들 사이에서 벌이고 싶습니다. 나는 나라를 위해 무엇인가 하려는 그

---

77) 자야쁘라까슈 나라얀과 그의 동료, 대략 12명 정도의 남녀들이 오후 2시부터 4시 30분까지 간디지와 함께 있었다. 『전집』 권95, 147면. (역주)
78) 이것은 같은 날 간디를 만났던 힌두 마하사바 청년들의 발언을 가리킨다.

들의 열광을 보고 있습니다. 그러나 그 운동은 아무 지지를 얻지 못하고
잘못된 길로 빠질 위험이 충분히 있습니다. 나는 우리나라가 오래 전부터
앓고 있는 질병을 감지하고 있습니다. 최고 지도자들인 우리는 나이가 들
어갑니다. 우리는 젊은이들을 자유의 투쟁을 위한 비폭력 전사로 훈련시킨
바 있습니다. 그와 마찬가지로 우리는 죽기 전 우리가 꿈꾸는 인도의 건립
을 책임질 수 있도록 젊은이를 훈련시키는 데 신이 우리에게 주신 모든 역
량을 바쳐야 할 것입니다. 최소한 최고층 지도자들의 일부는 민중 사이에
서 일하기 위해 정부 외부에 남아 있어야 합니다. 그 길을 제외한다면 중
대한 과업을 감당할 수 있도록 민중을 미리 훈련시킬 수는 없을 것입니다.

— 라젠드라 쁘라사드(Rajendra Prasad)와의 대담,
『*Mahatma Gandhi —The Last Phase*』 권2, 248면; 『전집』 95 : 234

255) 지도자와 법률

1947.7.6

법률을 통해 우리가 공공생활의 수준을 고양시킬 수 있는 길은 절대로
없습니다. 우리는 그렇게 만들어져 있지 않습니다. 사적인 삶이든 공적인
삶이든 지도자들의 삶이 완전한 경우에만, 그들은 민중에게 어떤 효과라도
행사할 수 있을 것입니다. 단순한 설교는 아무 효과가 없습니다.

— 편지(G.), 『비하르 빠츠히 딜히』, 285면; 『전집』 95 : 410

256) 정치와 다르마

1947.7.18

정치 역시 다르마의 일부가 아닙니까! 정치가 다르마의 의미를 지니고 수행될 경우에만 민중에게 효과가 있을 것입니다. 정치 역시 행동의 순결을 요구합니다.

— 편지(G.), 『비하르 빠츠히 딜히』, 350면; 『전집』 96 : 108

257) 봉사를 위한 삶

1947.7.29

봉사를 원하는 사람은 자신의 필요를 충족시킬 만한 것을 항상 발견합니다. 그는 물론 사치에 탐닉할 수는 없습니다. 그래서 당신이 봉사를 위해 아슈람에 살기를 원한다면 무엇을 얻든 그것으로 만족해야 합니다. 그렇지 않다면 당신은 아슈람을 떠나 직장을 구해야 합니다. 당신과 같은 사람은 직장을 구하는 데 아무 난관이 없을 것입니다. 공공의 종(從)에게 열린 제3의 길은 없습니다.

— 편지(G.), 『비하르 빠츠히 딜히』, 440면; 『전집』 96 : 249

258) 보편적인 봉사

기차에서, 1947.7.31

안녕, 암리띠!

자네의 마지막 말은 폐부를 찔렀다네. 개인적 봉사가 보편적인 봉사에 수렴될 때, 유일하게 가치 있는 봉사가 된다네.

나머지는 모두 쓰레기라네.

건강하고 기운 내게.

여행은 잘 되고 있다네. 역에는 단 한 사람도 없다네. 그래서 밤은 고요하다네.

사랑을
바뿌가

— 암리뜨 까우르에게 보낸 편지, CW 3706;『전집』96 : 260

259) 활발한 봉사

1947.9.22

위의 제목은『하리잔』지를 발행하는 데 대한 내 의무만을 지칭한다. 내 질문에 대해 상당히 여러 통의 답장이 왔다. 소수의 예외가 있긴 하지만 대다수의 독자들은 그 잡지가 계속되기를 희망한다. 이 편지들의 취지는 독자들이 현안에 대해 나의 견해를 요구하기 위한 것이다. 이는 내가 죽은 다음에는 아마 나의 견해들이 더 이상 요구되지 않을 것임을 의미한다.

나의 죽음은 세 가지 방식으로 일어날 수 있다.

① 일상적 방식의 육신의 해체.
② 눈은 움직이지만 마음은 더 이상 활동하지 않는 상태.
③ 심신은 활동하지만 내가 일체의 공적 삶에서 물러나는 것.

첫 번째 종류의 죽음은 모두를 덮친다. 어떤 사람은 오늘 죽고, 어떤 사람은 내일 죽는다. 이것은 고찰할 필요가 없다.

두 번째 부류의 죽음은 어느 누구도 바라지 않을뿐더러 바람직한 것도 아니다. 개인적으로 나는 그와 같은 저능아 상태를 원하지 않는다. 그것은 지구의 짐이다.

세 번째 부류의 죽음은 진지한 고려를 요한다. 일부 독자들은 나의 능동적인 인생은 이제 끝나야 한다고 말한다. 인도의 새 시대는 지난 8월 15일에 시작되었다. 그 시대에 내가 들어갈 장소는 없다는 것이다. 지금과 같이 표현된 그 충고에서 나는 분노를 감지한다. 그래서 그것은 나에게 거의 아무 중요성을 갖지 못한다. 그와 같은 충고자들은 소수이다. 나는 독립적인 결론에 도달했다. 『하리잔』지는 나바지반 트러스트가 관리하고 발행한다. 이사들이 선택하기만 하면 출판을 중지할 수 있다. 그들은 완전한 힘을 갖고 있지만 출판 중지를 원치 않는다. 내 생명선은 활발한 공공 봉사에 던져졌다. 나는 '무행위 속의 행위'로 알려진 경지를 아직 얻지 못했다. 그래서 현재 내 행위는 내 숨이 붙어 있을 때까지 지속되도록 운명지어졌다. 그것은 완벽하게 별개의 부문들로 나눠지지도 않는다. 만사의 뿌리는 진리인데, 그 진리는 나에게 비폭력으로도 알려져 있다. 따라서 이 『나바지반』지는 현재의 모습으로 지속되어야 한다. '한 걸음씩, 한 걸음씩.'

— 「나의 의무」(G.), 『하리잔』, 1947.9.28; 『하리잔반두』, 1947.9.28;
『전집』 96 : 510

260) 비판자의 가치

뉴델리, 1947.10.20

나는 나에게 욕설하는 자를 아주 귀하게 여긴다는 점을 너는 모를 것이다. 그렇게 함으로써 그들의 분노는 가시고, 그들의 심정은 청결하게 된다.

나는 나를 숭배하고 찬양하면서도 동시에 살인하고 내 말을 무시하는 사
람들보다 그런 비판자들을 1천 배나 더 좋아한다. 나에게 욕설하는 자는
솔직하기 때문이고, 내가 만일 그들을 설득할 수 있다면 그들은 경이로운
일을 해낼 것이다. 내 인생에서 그런 경험이 종종 있었다.

— 마누 간디에게 보낸 메모(G.),[79] 『딜히만 간디지』 권1, 124~125면;
『전집』 97 : 98

261) 행위로서의 사유

뉴델리, 1947.10.16

한 투고자가 다음과 같이 적었다.

당신의 글(「나의 의무」[80])에서 당신은 아직 그 경지에 도달하지 않았다고 쓰고
있습니다. 그 문장은 아주 간단해 보이지만, 그 의미를 좀더 부연 설명해 주시기를
바랍니다.

사람이 자신의 생각을 외면적인 행위로 드러내는 것은 고사하고 선포할
필요조차도 없는 경지가 있다. 그때에는 생각이 활동하는 것이다. 생각이
그런 힘을 얻는다. 그렇다면 사람들은 그에 대해 외견상의 무행위가 바로
행위라고 말할 수도 있을 것이다. 나는 그런 경지에서 멀리 떨어져 있음을
고백해야 하겠다. 나는 나의 노력이 그 방향으로 향해 있음을 말할 수 있
을 뿐이다.

—「무행위의 행위」, 『하리잔』, 1947.10.26; 『전집』 97 : 76

---

79) 수신자는 왜 간디지가 자신에게 욕설만 퍼붓는 사람에게 답장하기를 좋아하는지를
　　알기 원했다.
80) 글 259번 후반부를 가리킨다. (역주)

10. 사회주의와 공산주의

262) 볼셰비즘[81]과 비폭력

현재 내가 유럽과 미국에서 주목을 받는 것은 행운이기도 하고 불운이기도 하다. 나의 메시지가 서양에서 연구되고 이해된다는 점에서는 행운이다. 하지만 그것이 무의식적으로 과장되거나 고의적으로 왜곡된다는 점에서는 불운이다. 모든 진리는 스스로 움직이며 내재적 힘을 갖는다. 사람들이 나를 크게 오해하고 있음을 알 때에도 나는 평온을 유지한다. 친절한 유럽인 친구 한 사람이 경고장을 보내 주었다. 그가 받은 정보가 사실이라면 나는 러시아에서 고의적으로든 우연하게든 오해된다는 경고였다. 다음이 그 메시지이다.

러시아 외무장관은 베를린 주재 러시아 대표부 크레친스키 씨에게 간디(?)를 공식적으로 환영하라고 권유하고, '간디 추종자들 사이에 볼셰비키 선전원의 활동을 착수하는 일에 있어서 주변 상황의 덕을 보라고 권유할 수 있을 것이다. 그 이외에도 크레친스키는 간디를 러시아에 초청하는 임무를 부여받을 수도 있다. 그는 아시아의 피억압 민중 사이에 선전 책자 출판을 위해 보조금을 지급할 권리를 부여받았다. 그는 동양 클럽과 사무국의 목적을 위해, 그리고 그 이념(간디의 이념 또는 모스크바?의 이념)을 가진 학생들을 위해 간디 이름의 기부금을 설립할 수 있을 것이다. 마지막으로 힌두교도 세 사람이 이 일에 협력할 것이다. 이 모든 것이 10월 18일의 룰(Rul)처럼 러시아 신문에 출판되었다.

이 메시지는 내가 독일과 러시아를 방문해 달라는 초청을 받을 가능성이 있었다는 보도에 일리가 있음을 보여준다. 하지만 나는 그런 초청을 받은 적이 결코 없으며, 그와 같이 위대한 나라들을 방문하고 싶은 욕구가

---

81) 번역한다면 볼셰비키사상이 될 것이다. (역주)

전혀 없음은 말할 필요도 없을 것이다. 나는 내가 대변하는 진리가 인도에서 아직 완전히 수용되지 못했다는 사실을 의식하고 있다. 그 진리는 아직 완전히 입증된 것도 아니다. 인도에서 나의 일은 여전히 실험 단계에 있다. 그런 상황에서 내가 외국으로 모험 여행을 떠나는 것은 전적으로 시기상조이다. 그 실험이 인도에서 명백하게 성공하게 되면 나는 충분히 만족하게 될 것이다.

나의 길은 분명하다. 폭력적인 목적을 위해 나를 이용하려는 어떤 시도도 실패하기 마련이다. 나에게 비밀의 방법은 전혀 없다. 나는 진리의 외교 이외에 별도의 외교가 없다. 나에게는 비폭력 이외의 무기는 없다. 나는 나도 모르게 잠시 길을 잃을 수 있지만, 늘 그렇게 되지는 않을 것이다. 그래서 나에게는 잘 정해진 한계가 있다. 그 안에서만 내가 소용이 있을 것이다. 그 전에도 나를 부당하게 이용하려는 시도가 한 번 이상 있었다. 내가 아는 한 그와 같은 시도도 일일이 다 실패했다.

나는 아직 볼셰비즘이 정확히 무엇인지 모른다. 그것을 공부할 수 없었다. 그것이 결과적으로 러시아의 덕이 될지 나는 모른다. 그러나 그것이 폭력과 신의 부정에 기초해 있는 한, 그것에 대해 나는 혐오감을 느낀다. 나는 성공으로 가는 폭력의 지름길을 믿지 않는다. 나를 주목하고 있는 저들 볼셰비키 친구들은, 내가 가치 있는 동기에 공감하고 그것을 존경하고는 있지만, 폭력적인 방법이라면 그것이 최고로 고상한 명분을 위한다고 해도 완강히 반대한다는 점을 깨달아야 한다. 그래서 폭력파와 내가 서로 만날 수 있는 공동의 토대는 실제로 없다. 그러나 나의 비폭력 강령은 무정부주의자들과 폭력을 믿는 모든 자들과의 연대에서 나를 배제하지 않고 오히려 그들과 연대하도록 강요한다. 그러나 내가 그들과 연대한다고 해도, 나는 과오로 보이는 것으로부터 그들을 떼어내려는 단 하나의 목표를 항상 갖고 있다. 나는 경험상 항구적인 선이 결코 허위와 폭력의 산물일 수는 없다고 확신하기 때문이다. 내 신념은 맹목적인 미망이다. 하지만 사람들은 그것이 매혹적인 미망이라는 점을 인정할 것이다.

— 「나의 길」, 『영 인디아』, 1924.12.11; 『전집』 29 : 374

263) 볼셰비즘의 멍에와 자본주의의 멍에

다음의 글은 볼셰비즘에 대해 내가 쓴 글에 대한 답장으로 M. N. 로이 씨에게서 받았던 것이다. 나는 기꺼이 그것을 게재한다. 하지만 로이 씨의 글이 볼셰비즘에 대한 올바른 설명이라면 볼셰비즘은 하찮은 것이라고 말하지 않을 수 없다. 나는 자본주의의 멍에를 용인할 수 없듯이, 로이 씨가 묘사한 볼셰비즘의 멍에 역시 참을 수가 없다. 나는 인류의 파괴가 아니라 인류의 개심(改心)을 믿고 있다. 그것도 아주 분명한 이유에서이다. 우리 모두는 불완전하며 연약한 존재이다. 우리가 좋아하지 않는 모든 것을 파괴한다면, 살아 있을 사람이 한 사람도 없을 것이다. 폭민정치는 독재정치가 100만 배 강화된 것이다. 그러나 나는 진정한 볼셰비즘이 M. N. 로이 씨의 볼셰비즘보다 훨씬 더 나을 것임을 바라고, 그것에 대해 거의 확신하고 있다.

— 「볼셰비즘의 의미」, 『영 인디아』, 1925.1.1; 『전집』 30 : 20

264) 볼셰비키의 이념과 사유재산 몰수

질문 볼셰비즘의 사회경제학에 대한 당신의 견해는 무엇이며, 우리나라가 그것을 모방하기에 어느 정도 적합하다고 생각합니까?

답변 나는 볼셰비즘의 의미를 아직 충분히 이해할 수 없다고 고백하지 않을 수 없습니다. 그것이 사유재산제도를 폐지하려고 한다는 것만을 알고 있습니다. 이것은 무소유라는 윤리적 이상을 경제 영역에 적용한 것일 뿐이고, 민중이 자발적으로 이런 이상을 채용하거나, 또는 평화적인 설득에 의해 그들로 하여금 이런 이상을 수용할 수 있게 한다면, 그보다 더 좋은 일은 없을 것입니다. 그러나 내가 볼셰비즘에 대해 알고 있는 것은, 그것이 폭력 사용을 배제하지 않을 뿐만 아니라, 사유재산의 몰수를 위해 그리고 그 재산의 집단적 국가 소유를 위해 폭력을 거리낌없이 명령한다는 것입니다. 사실이 그러하다면 볼셰비키 체제가 현재의 모습으로는 오래 지속되지 못할 것이라고 나는 주저 없이 말할 것입니다. 영속적인 어떤 것도 폭력 위에 세울 수 없다는 것이 나의 굳은 신념입니다. 그러나 사실이 아무리 그렇다고 해도 다음 사실은 의심할 수 없습니다. 즉, 볼셰비키의 이상은 그 배후에 자신들이 가진 것 일체를 그 이상을 위해 포기한 수없이 많은 남녀의 지고지순(至高至純)한 희생이 있다는 사실, 레닌과 같은 위대한 인물들의 희생에 의해 축성(祝聖)된 이상이 절대로 헛되지 않을 것이라는 사실은 의심할 수 없습니다. 그들이 보인 포기의 고귀한 모범은 영원히 찬양 받을 것이고, 세월이 흐르게 되면 그 이상에 활기를 주고 그 이상을 순결케 할 것입니다.

— 「나의 메모」(G.), 『나바지반』, 1928.10.21; 『영 인디아』, 1928.1.15;
『전집』 43 : 149(부분)

265) 계급전쟁을 피하기 위하여

당신은 노동자, 농민, 공장 직공들에게 이익을 주려고 하면서 계급전쟁을 피할 수 있습니까?

민중이 비폭력의 방법을 따르기만 한다면 우리는 단연코 계급전쟁을 피할 수 있습니다. 지난 12개월은 정책으로까지 수용된 비폭력의 가능성을 풍부하게 보여주었습니다. 민중이 비폭력을 행동 원리로 받아들이면 계급 전쟁은 불가능합니다. 그 방향의 실험이 지금 아메다바드에서 진행되고 있습니다. 그것은 가장 만족할 만한 결과를 낳았고, 그것이 결정적일 가능성이 매우 높습니다. 우리는 비폭력의 방법으로 자본가가 아니라 자본주의를 파괴하려고 합니다. 자본가들은 자신의 자본을 만들고, 보유하고 증식하는 데 다른 사람들에게 의존합니다. 우리는 자본가들이 자신들을 다른 사람들의 수탁자로서 간주하도록 초청하는 바입니다. 노동자가 자본가의 개심을 기다릴 필요는 없습니다. 자본이 힘이라면 노동 또한 힘입니다. 힘은 파괴적으로도 창조적으로도 사용될 수 있습니다. 자본가와 노동자는 서로 상대방에 의존해 있습니다. 노동자는 자신의 힘을 자각하자마자, 자본가의 노예가 되는 대신 자본가와 공유자가 될 위치에 서게 됩니다. 노동자가 유일한 소유자가 되겠다는 목표를 갖는다면, 그는 황금알을 낳는 암탉을 죽일 가능성이 매우 높습니다.

지성에 있어서 심지어 기회에 있어서 존재하는 불평등은 시간의 끝까지 지속될 것입니다. 강둑에서 살아가는 사람은 불모의 사막에서 사는 사람보다 곡물을 재배할 기회가 늘 많습니다. 그러나 불평등이 우리를 정면에서 노려본다고 해도, 본질적 평등 역시 놓쳐서는 안 될 것입니다. 모든 사람들은 새와 짐승이 그러하듯, 삶의 필수품에 대해 동등한 권리가 있습니다. 그리고 모든 권리는 그에 상응하는 의무와 권리 침해에 저항할 수 있는 교정책이 있기 때문에, 기초적이며 근본적인 평등을 입증하기 위해서는 상응하는 의무와 교정책을 찾아내기만 하면 됩니다. 상응하는 의무는 내 사지로 노동하는 것이고, 상응하는 교정책은 내가 한 노동의 열매를 박탈해 간 사람에 대해 협조하지 않는 것입니다. 그리고 우리가 자본가와 노동자의 근본적인 평등을 인정한다면(인정해야 하지만) 자본가의 파멸을 노려서는 안 되며, 다만 그의 회심을 위해 노력해야 합니다.

내가 그에게 비협조하면 그는 자신이 범하는 잘못에 대해 눈을 뜨게 될

것입니다. 내가 비협조하고 있을 때, 나는 누가 내 자리를 차지하지 않을
까 두려워 할 필요가 없습니다. 나는 동료에게 영향을 주어서 그 동료가
고용주의 비행을 돕지 말 것을 기대하기 때문입니다. 노동자 대중에 대한
이런 교육은 분명 완만한 과정이지만, 가장 확실한 과정이기 때문에 필연
적으로 가장 신속한 과정입니다. 자본가의 파멸이 결국 노동자의 파멸이라
는 점은 쉽게 증명될 수 있습니다. 그리고 사람이 아무리 나쁘다고 해도
구원받지 못할 사람이 없듯이, 사람이 아무리 완전하다고 해도 그가 순전
한 악이라고 잘못 간주한 사람을 파멸시키는 행위를 정당화할 만큼 완전
할 수는 없습니다.

— 「질문과 대답」, 『영 인디아』, 1931.3.26; 『전집』 51 : 344(일부)

266) 사유재산 몰수와 사회주의

1934.7.25

질문 까라치 국민회의는 민중의 기본권을 제시하는 결의안을 통과시켰습니다. 그리고
그것이 사유재산을 인정하고 있으므로 내셔널리스트 자민다르들은 국민회의를 지지했
습니다. 그러나 국민회의 내부의 신사회당은 사유재산을 폐지하겠다고 위협했습니다.
그것이 국민회의정책에 어떤 영향을 줄 것입니까? 이것이 계급전쟁을 촉발할 것으로
생각하지 않습니까? 당신은 그것을 막을 것입니까?

답변 까라치 결의안은 차기 국민회의 공개회의에 의해서만 수정될 수 있
습니다. 나는 정당한 이유 없이 유산자 계급에게서 사유재산을 박탈하는
데는 아무 관계도 맺지 않을 것임을 여러분에게 약속드립니다. 나의 목표
는 여러분이 여러분의 모든 사유재산을 소작인들을 위해 신탁을 받아 보
관하고 그것을 주로 그들의 복리를 위해 사용할 수 있도록 여러분의 심정
에 도달하여 여러분을 회심시키는 일입니다.

나는 국민회의 의원들 내부에서 사회당이라는 신당이 형성되고 있다는 사실을 알고 있지만 그 당이 국민회의를 장악하게 된다면 무슨 일이 일어날지 장담할 수 없습니다. 그러나 수백만 명의 우리 민중들이 아주 솔직하고 의의가 있을 수 없는 국민투표를 한 번 실시해 본다면, 그들이 유산자 계급의 전면적인 재산 몰수에 찬성하는 투표를 하지 않을 것이라는 점에 대해서 나는 아주 확신합니다. 나는 자본과 노동, 지주와 소작인 사이의 협조와 조정을 위해 노력하고 있습니다. 국민회의는 가장 가난한 사람들에게 개방되어 있듯이 여러분에게도 개방되어 있습니다. 단지 4아나의 수수료를 지불하고 국민회의 강령에 따르기만 하면 됩니다.

그러나 나는 경고의 말 한마디를 하지 않을 수 없습니다. 나는 직물공장 소유자들에게 그들이 공장의 유일한 소유자가 아님을 누누이 말해 왔습니다. 노동자들이 공장의 공동 소유자입니다. 마찬가지로 나는 토지소유권이 여러분에게 있는 만큼 료뜨(농민)에게도 있다는 점, 소득을 사치와 낭비의 생활에 탕진해서는 안 되며 료뜨의 복지를 위해 사용해야 한다는 점을 말씀드리고 싶습니다. 여러분이 일단 료뜨와의 경험을 동족의식으로, 그리고 가족의 구성원으로서의 그들의 이익이 여러분의 손에서 절대 손해나지 않을 것이라는 안도감으로 바꿀 수 있다면, 여러분과 그들 사이에 계급전쟁은 있을 수 없다는 점을 확신해도 될 것입니다.

인도의 중심적 천재들은 만인의 기본권과 만인에 대한 공평한 정의에 널리 기초한 공산주의적 방식을 전개할 수 있었습니다. 이들에게 계급전쟁은 낯선 것입니다. 내가 꿈꾸는 라마라즈야는 왕자와 거지의 권리를 동등하게 보장해 줍니다.

나는 내 영향력을 총동원하여 계급전쟁을 막을 것입니다. 그 점에 대해 여러분은 확신해도 됩니다. 내가 스스로 부과한 제한이 8월 3일 끝나면 무엇을 할지 모르겠습니다만, 교도소로 돌아가는 것을 피하기 위해 최선을 다할 작정입니다. 그러나 앞으로 상황이 어떻게 전개될지 오늘 잘 모르는 상황에서 무엇을 확실히 예언하기란 어렵습니다. 그러나 여러분의 재산을 부당하게 박탈하려는 시도가 있다면, 나는 여러분의 편에 서서 싸울 것입니다.

질문 우리는 다음 의회 선거에서 국민회의 후보들을 지지하겠다고 제의했습니다. 그러나 그 후보들이 의회에서 채택할 정책에 대해서는 염려하지 않을 수 없습니다. 당신이 의회평의회를 설득하여 우리의 공포를 몰아내 주시겠습니까?

답변 나는 이 문제에 대해 여러분이 의회평의회와 논의했으면 좋겠습니다. 하지만 나는 사유재산의 몰수나 폐지를 말할 의원은 한 사람도 없을 것으로 압니다. 그들은 여러분과 료뜨의 관계에 대해 근본적인 개혁을 분명 주장할 것입니다만, 그것이 여러분에게 새로운 것은 아닐 것입니다. 맬콤 헤일리(Malcolm Hailey) 경82)과 어윈 경은 여러분에게 시대정신을 자각하고 그에 따라 살아가기를 호소한 바 있습니다. 만일 이 일만 한다면 여러분은 우리가 가장 순수한 형태의 토착적 사회주의를 전개해 나갈 수 있다는 점에 대해 확신할 수 있을 것입니다.

서양의 사회주의와 공산주의는 우리의 관념과는 근본적으로 다른 관념들에 기초합니다. 그와 같은 관념 중에 하나는 인간 본성의 본질적인 이기심에 대한 믿음입니다. 하지만 나는 그것에 대해 찬성하지 않습니다. 나는 사람과 짐승의 본질적인 차이점이 다음과 같은 사실에 있음을 알기 때문입니다. 즉, 사람은 자신 속에 있는 영혼의 부름에 응답할 수 있다는 것, 그리고 짐승과 공유하는 정염을 딛고, 따라서 이기심과 폭력을 딛고 일어설 수 있다는 것입니다. 여기에서 이기심과 폭력은 사람이 가진 불멸의 영혼에 속하는 것이 아니라 야수적 본성에 속하는 것입니다.

그것은 힌두교의 근본적인 관념이며, 이 진리의 발견 배후에는 오랜 세월의 고행과 금욕이 있었습니다. 그 때문에 혼의 비밀을 탐색하기 위해 자신들의 육신을 불태우고 생명을 내놓은 사람들은 있지만, 우리에게는 서양

---

82) 우따르쁘라데슈 주 주지사. 『전집』 권64, 231면. (역주)

에서처럼 지구의 가장 궁벽한 곳이나 가장 높은 지역을 탐색하기 위해 자신의 생명을 내놓은 사람은 한 사람도 없습니다. 따라서 우리의 사회주의나 공산주의는 비폭력에 기초를 둬야 하고 노동과 자본, 지주와 소작인 사이의 평화로운 협조에 기초를 두어야 합니다.

국민회의 강령이나 정책 가운데 여러분을 놀라게 하는 것은 아무 것도 없습니다. 죄송하지만 나는 여러분의 모든 공포와 염려가 죄책감을 느끼는 양심에서 나온다고 말하지 않을 수 없습니다. 여러분이 의식적으로 무의식적으로 범했던 부정의를 제거하고, 국민회의와 국민회의 의원들에 대한 일체의 공포를 털어 버리십시오.

여러분이 자민다르와 료뜨의 관계를 일신하게 되면, 우리는 여러분 옆에 서서 여러분의 사유재산권과 재산을 빈틈없이 지킬 것입니다. 내가 '우리'라고 말할 때 그 속에 빤디뜨 자와할랄도 포함되어 있습니다. 비폭력이라는 중심적 원리에 관한 한 우리 사이에 아무 차이가 없다는 점을 확신하기 때문입니다. 그가 재산의 국유화에 대해 말하고 있는 것은 사실이지만, 그 때문에 여러분이 놀랄 필요는 없습니다.

국가는 재산을 개인들에게 주는 길 이외에 그 재산을 소유할 길이 없습니다. 국가는 단순히 재산이 정당하고 공평하게 사용되기를 보증하고, 모든 가능한 오용을 막습니다. 나는 여러분이 료뜨들의 이익을 위해 재산을 보유하는 일에 대해 반대하리라고 생각하지는 않습니다. 료뜨들은 평화와 자유 속에 사는 것 이상의 야망을 갖지도 않았고, 여러분이 그 재산을 그들을 위해 사용하는 한 여러분의 재산 소유에 대해 결코 불평하지 않을 것입니다.

—「자민다르들에 대한 대답」, 『더 파이어니어(*The Pioneer*)』, 1934.8.3;
『전집』 64 : 281

267) 바르나다르마와 진정한 사회주의

1934.9.23

이 소책자는 바르나다르마에 대한 내 글을 모두 모은 것이다. 인쇄는 서너 달 전에 아니 그보다 여러 달 전에 이미 완성되었다. 하지만 서문이 없어서 출판되지 못했다. 나는 내가 그 서문을 쓰기로 동의했으나, 하리잔을 위한 순회 때문에 지금까지 그렇게 할 수 없었다.

1.

나는 이 서문을 쓰기 전 지난 15년 동안 바르나아슈라마에 관한 나의 모든 연설과 글을 쭉 일람하고 싶었지만, 그것은 물리적으로 불가능했다. 어쩌면 그러지 못했던 것이 더 나을지도 모르겠다. 나는 일관성을 결코 맹목적으로 숭배하는 사람이 아니다. 나는 진리의 신봉자이다. 나는 어떤 문제에 대해 특정 순간 내가 느끼고 생각한 것을, 내가 그 전에 그 점에 대해 뭐라고 말했던가를 생각하지 않고 말을 해야 한다. 발행인도 이것을 원하고 있다. 내 현재의 견해들이 전에 표현되었던 견해들과 얼마나 부합하는가를 밝히는 것은 독자의 몫이다. 독자는 내가 전에 말하거나 쓴 것이 지금 쓰고 있는 것과 모순된다는 점을 볼 때마다 주저 없이 전자를 거부해야 한다. 나는 전지(全知)를 주장하지 않는다. 나는 진리의 신봉자임을, 특정 순간 진리로 보이는 것을 최선을 다해 순종할 것임을 주장한다. 나의 비전이 보다 분명해지면서, 나의 견해들은 나날의 실천과 더불어 점점 분명해질 것이다. 내가 의도적으로 의견을 수정한 곳에서는 그 변화가 명백할 것이므로, 조심스런 눈을 가진 독자라면 점진적이며 미세한 진화를 감지할 수 있을 것이다.

바르나아슈라마 다르마(varnashrama dharma)는 우리의 모든 지방어에도 알려져 있는 복합어이다. 다르마(dharma : 법)가 바르나와 아슈라마(ashrama)라는 요소에 연결되어 있지만, 이 단어들이 분리되어 사용되는 경우는 거의 없다. 힌두교는 바르나아슈라마 다르마를 지칭하는 불완전한 다른 이름이다. '힌두'라는 단어는 외견상 외국인들이 만든 말로 보이고, 어떤 다른 내용보다 두드러지게 지리적인 의미를 지니고 있다. 힌두교도들이 준수하기로 고백한 다르마(종교 또는 법)가 바르나아슈라마 다르마이다. 힌두교도의 다르마가 아리아인의 것이라고 말해도 별로 깊은 내용이 있는 것은 아니다. 그것은 인더스강 동쪽에 살고 있는 자들이거나 베다적 다르마를 믿고 있는 자들이 자칭 아리아인이라고 하고 다른 사람들을 비아리아인이라고 부른다는 사실만을 의미한다. 내가 생각하기로는 우리의 다르마에 이와 같은 종족의 이름표를 붙이는 것은 오해를 낳을 수 있다. 다르마는 다르마의 주된 성격을 선언할 수 있는 이름을 가져야 하고, 모든 사람들은 바르나와 아슈라마의 법이 없는 힌두교가 아무 것도 아니라는 점을 수용해야 한다. 우리가 발견할 수 있는 모든 스므리띠(기억된 전통들)의 많은 부분이 바르나 다르마아슈라마에 대해 말하고 있다. 바르나와 아슈라마 법은 우리의 최고(最古)의 경전인 베다까지 소급할 수 있고, 이 법칙을 무시하는 자는 자신을 힌두교도라고 부를 수 없다. 그 법칙을 모든 방면에서 공부하는 것이 힌두교도의 의무이다. 그 법칙이 이상 생성물이라면 그것을 거부하는 것이 힌두교도의 의무이고, 보편적 법칙을 대표하고 있다면 그것을 양성하고 그 본래의 순결함까지 회복하는 것이 그의 의무이다.

아슈라마 법칙에 관한 한, 그것은 선언에서든 실제에서든 사라지고 말았다. 힌두교는 네 단계의 아슈라마를 제시하고 있는바, 브라마차리(brahmachari : 梵行者)의 삶, 그리하스따(grihasta : 家長)의 삶, 바나쁘라스타(vanaprastha : 遊行者)의 삶, 그리고 산야시(sannyasi : 포기자)의 삶이 그것이다. 모든 힌두교도는 인생의 목표를 달성하기 위해 이 모든 단계를 거쳐야 한다. 그러나 첫 번째와 세 번째 단계는 오늘날 실제 존재하지 않는다. 네 번째는 어느 정도 이름으로만 준

수된다고 할 수 있을 것이다. 두 번째는 오늘날 모든 사람들에 의해 준수된
다고 한다. 그러나 이름으로만 준수되며 정신상 준수되는 것은 아니다. 우
리는 모든 피조물과 마찬가지로 먹고 마시고 동류를 번식해 내는 한 가장
(家長)이다. 그렇게 하면서 우리는 영혼의 법칙이 아니라 육신의 법칙을 완
수한다. 영혼의 법칙을 완수한 부부들만이 그리하스따 아슈라마의 법칙을
준수한다고 말할 수 있다. 단순히 동물적 삶을 산 자는 그 법칙을 준수한 것
이 아니다. 오늘날 가장들의 삶은 탐닉의 삶이다. 그리고 네 단계가 성장의
사다리를 대변하고 있고 상호 의존하여 있으므로, 사람이 최초의 두 아슈라
마, 즉 브라마차르야와 그리하스따의 법칙을 완수하지 않으면서, 바나쁘라
스타와 산야시의 단계로 건너뛸 수 없다. 그래서 아슈라마의 법칙은 오늘날
죽은 문자이다. 그것은 그것과 긴밀하게 관련된 바르나 법칙이 회복될 때에
만 부흥될 수 있다.

우리는 이제 바르나 법칙을 고려해야 할 차례이다. 바르나는 비록 왜곡
된 형태이긴 하지만 존재하고 있다고 분명히 말할 수 있다. 바르나에는 네
종류가 있다. 그러나 오늘날 바르나로 통용되고 있는 왜곡된 모습의 바르
나는 수많은 카스트로 나눠진다. 네 개의 바르나 모두 수많은 카스트와 하
위 카스트로 나눠진다. 그러나 처음 세 개의 카스트에 속한 자들은 거기에
소속되어 있다는 것을 수치심 없이 선언하지만, 네 번째 바르나 곧 수드라
에 속한 자들은 자신들의 바르나를 이름표로 삼지 않고 하위 카스트로 부
르기를 좋아한다. 왜냐하면 자신들의 바르나를 굴욕의 상징으로 간주하기
때문이다.

그러나 이름표는 결코 사람의 성격을 드러내지 못하며, 사람이 한 이름
표에 매달려 있다는 사실은 그가 그럴 만한 자격이 있음을 보여주는 것도
아니다. 흑인은 아무리 자주 자신을 붉은 사람이라고 불러도 붉은 사람이
될 수는 없다. 이와 마찬가지로 사람이 자신을 브라만이라고 부른다고 해
서 브라만이 되는 것은 아니다. 사람은 자신의 삶 속에서 브라만의 자질을
드러내기 전까지는 그 이름으로 불릴 자격이 없다. 이런 각도에서 본다면

바르나는 절멸해버렸다고 말할 수 있을지도 모른다. 우리가 실제 이름표를 주장하고 싶다면 수드라라고 부를 수 있을 것이다. 우리가 그 바르나의 법칙을 준수하지 않는 한 그 이름을 실제로 얻을 자격이 없겠지만 말이다. 이 법칙은 우리 존재의 법칙, 우리가 이행해야 할 법칙이다. 우리는 그것을 자발적으로 그리고 명예나 수치와 상관없이 이행해야 한다. 그 법칙을 법칙으로 자발적으로 이행하는 사람이 몇이나 될까? 달리 다른 방도도 없고, 우리 모두가 노예이기 때문에 원하든 원치 않든 우리는 그것을 이행한다. 이런 저런 사람이 각기 다른 바르나의 모든 기능을 이런 저런 방식으로 수행하고 있다고 해서, 오늘 바르나가 존재한다고 주장하지 말자. 바르나는 우리의 태생과 꼭 해소 불가능한 방식으로는 아니지만 긴밀하게 연관되어 있고, 바르나 법칙을 준수한다는 말은 우리가 우리 선조들의 세습적이며 전통적인 직업을 의무의 정신에서 순종한다는 것을 의미한다. 그래서 자신들의 바르나 법칙을 이행하는 자들은 손가락으로 셀 수 있을 정도이다. 우리의 유전적인 기능의 수행은 의무로 행해지는 것이다. 물론 이때 그 의무 수행이 자연스럽게 생계를 벌어들이기도 한다. 그래서 브라만의 기능은 브라만(혹은 영적인 진리)에 대한 학문을 공부하고 가르치는 것이다. 그것이 그의 존재 법칙이어서 달리 어떻게 할 수 없기 때문에 그 기능을 수행하는 것이 그에게 생계를 보장해 준다. 하지만 그는 생계를 신이 준 선물로 받아들인다. 끄샤뜨리아는 동일한 정신에서 민중 보호의 기능을 수행할 것이고, 민중이 그에게 줄 수 있는 것이면 무엇이든 생계로 받아들일 것이다. 바이샤는 공동체의 복리를 위해 부를 생산하는 직업을 추종하고, 자신의 생계유지를 위해 충분히 보유하고, 잉여분은 다양한 형식으로 공동체에 주게 된다. 수드라는 같은 봉사정신에서 육체 노동을 행한다.

바르나는 태생에 의해 정해지지만 책무를 준수함으로써만 유지될 수 있다. 브라만 부모에게서 태어난 사람은 브라만으로 불릴 수 있을 것이다. 하지만 성년이 되었는데도 그의 삶이 브라만의 자질을 드러내지 못한다면 브라만으로 불릴 수 없다. 그는 브라만 자격에서 타락한 것이다.

반면, 브라만으로 태어나지는 않았지만 행동에서 브라만의 자질을 보인다면, 본인이 브라만이라는 이름표를 거부한다고 해도 그는 브라만으로 간주될 것이다.

이렇게 생각된 바르나는 인간이 만든 제도가 아니라 인간 가족을 보편적으로 지배하는 삶의 법칙이다. 법칙의 이행은 삶을 살 만한 것으로 만들고, 평화와 만족을 확산시키고, 모든 충돌과 갈등을 끝낼 것이고, 기아와 빈곤에 종지부를 찍고, 인구 문제를 해소하고 질병과 고통마저 종식시킬 것이다.

그러나 바르나가 사람의 존재 법칙과 그가 수행해야 할 의무를 드러낸다고 해서 그 바르나가 권리를 주는 것이 아니다. 우월과 열등의 관념은 그것과 전면적으로 모순된 것이다. 모든 바르나는 평등하다. 사회가 모든 바르나에 동등하게 의존하기 때문이다. 오늘날 바르나는 고저의 차등을 의미하며, 이는 원본을 사악하게 곡해한 것이다. 바르나 법칙은 엄격한 고행에 의해 우리 조상들이 발견한 것이었다. 그들은 최선을 다해 그 법칙에 따라 살기 위해 노력했다. 하지만 우리는 오늘날 그것을 왜곡했고 우리 자신들을 조롱거리로 만들어 버렸다. 우리 힌두교도들 중에서 오늘날 바르나 제도를 힌두교의 파멸이라고 보고 그 제도를 파괴하기 위해 자신들의 에너지를 쏟는 일파가 있다는 점은 놀랄 일이 아니다. 그리고 그런 사악한 왜곡에 대해서는 어떤 연민을 느낄 필요도 없다. 왜냐하면, 사악한 왜곡은 힌두교의 파괴를 의미할 뿐이기 때문이다.

2.

나는 음식과 음료 그리고 혼인 관계를 제한하는 것이 깡그리 없어져야 한다고 제안하고 싶은 생각은 추호도 없다. 나는 내가 무슨 음식이 주어지든 우연히 함께 있게 된 일행과 그것을 먹는 일을 의무라고 여기지 않는다. 나는 일시적 기분에 따라 결혼하는 일은 자기 탐닉에 불과한 일로 간주한다. 엄격한 제한은 인생의 법칙이다. 그래서 당연히 다른 관계와 마찬가지로 이런 관계들을 통제해야 한다. 나는 일상의 음식에 규칙이 있다고 생각한다. 사람은 잡식성 동물도 아니며 마음내키는 대로 자신의 짝을 골라서도 안 된다. 그러나 혼인 관계와 사회 관계에 있어서 제한을 두는 일은 바르나다르마와 아무 관련이 없다. 바르나다르마는 전혀 그런 것이 아니다. 나는 다른 바르나에 속하는 사람들 사이의 흠결 없는 혼인 관계를, 그리고 다른 바르나에 속하는 사람들이 함께 앉아서 모든 사람들에게 허용되는 음식을 먹는 일을 생각할 수 있다. 혼인 관계와 사회 관계에 관한 한, 고대에 바르나들 사이에 엄격한 구분이 존재하지 않았음을 보여주는 충분한 증거가 있다. 우리가 바르나를 음식·음료·결혼에 대해 제한을 가하는 것으로 만들어 버림으로써, 힌두교에 대해 중대한 위해를 가했다는 점에 대해 나는 추호의 의심도 없다.

바르나 법칙은 일부 힌두 성자들의 특별한 발견이지만 보편적으로 적용되는 것이다. 각 종교는 독특한 특성을 갖고 있다. 하지만 각 종교가 원리나 법칙을 표현한다면, 그 원리나 법칙은 보편적으로 적용되어야 한다. 그것이 내가 바르나 법칙을 보는 방식이다. 세상은 오늘날 그 법칙을 무시할지 모르지만 장래에는 받아들여야 할 것이다.

나는 그 법칙을 다음과 같이 간단히 규정한다. 즉, 바르나 법칙은 모든 사람들이 자신의 선조들이 물려준 세습의 직업을 다르마 곧 의무의 일로서 순종할 것을 의미한다. 단 이때 그 직업은 기초 윤리에 어긋나지 않아야 한다. 그는 그 직업에 순종함으로써 생계를 유지하게 될 것이다. 그는 부를 축적하지는 않을 것이며 잉여분을 민중의 선을 위해 바칠 것이다.

네 개의 바르나는 베다에서 네 지체에 비유되어 왔는데, 이와 같은 직접적인 비유보다 나은 것은 없을 것이다. 그것들이 한 몸의 네 지체라면, 하나가 다른 것에 비해 어떻게 더 우월하거나 열등하다고 할 수 있는가? 각 지체가 표현의 힘이 있어서 자신이 나머지 지체들보다 더 높거나 좋다고 말한다면, 육신은 부서지고 말 것이다. 그와 마찬가지로 우리의 국가나 인류라는 몸이 우월과 열등의 해독을 영속화해도, 그 몸은 부서지고 말 것이다. 우리 시대의 갖가지 질병 특히 계급전쟁과 국내분쟁의 뿌리에는 바로 이와 같은 해독이 놓여 있다. 아주 천박한 이해력을 가진 자들도 이런 전쟁과 투쟁이 바르나 법칙의 준수에 의해서만 끝날 수 있다는 점을 아는 데 그리 어렵지 않을 것이다. 사람은 태어날 때부터 각자 해야 할 일이 있고, 바르나 법칙은 각자 해야 할 일을 의무와 봉사의 정신으로 수행함으로써 자신의 존재 법칙을 이행하라고 명하기 때문이다. 생계를 버는 일은 필연적인 결과이다. 그러나 그 법칙은 그 자체를 위해 이행되어야 한다. 인류의 대다수가 그것을 제대로 준수하면, 상충하는 불평등은 끝날 것이며 다양성 속의 평등이 생길 것이다. 모든 직업은 동등하게 존경할 만한 것이다. 여기에는 장관·변호사·의사·무두질 직공·목수·청소부·군인·장사·농민·영적 스승 등의 직업이 모두 망라되어 있다. 이런 이상적 상태에서는 세 가지 바르나가 수드라 위에 군림한다는 기형의 비정상이 들어갈 여지가 없을 것이다. 달리 말한다면, 끄샤뜨리아와 바이샤는 자신들의 궁전에서 향유하고, 브라만은 오두막집에서 만족하는 동안, 수드라는 자신 이외의 사람들을 위해 수고하고 누옥에서 살아간다는 비정상이 들어갈 여지가 없을 것이다. 혼란에 빠진 현 사태는 바르나 법칙이 사문화되었음을 표시하는 것이다.

위에서 말한 대로 이상적인 상태가 인도에서 한 번이라도 도달한 적이 있었던지 나는 모른다. 그러나 그것이 충분히 접근하기 쉬운 유일한 이상적 상태이고, 힌두교도들만이 아니라 인류 전체를 위한 상태라고 나는 정말로 생각한다.

그와 같은 제도 아래에서 개개 주인들은 모든 재산을 공동체를 위해 신탁 보관할 것이다. 아무도 그것을 제 것이라고 주장하지 않을 것이다. 왕은 자신의 인민을 위해 자신의 왕궁을 신탁받을 것이고, 민중의 이익을 위해 사용될 목적으로서만 세금을 거둘 것이다. 그는 자신을 지탱할 정도에 대해서만 권리가 있다. 나머지는 민중의 것이며 그들을 위해서만 사용될 것이다. 그는 실제로 통치자로서 풍부한 자원을 이용하여 민중으로부터 거두어들이는 것에 그 서너 배를 더 보태어 되돌려 줄 것이다. 이와 같이 바이샤도 그와 같은 수탁자이다. 수드라 역시 그러하다. 우리가 선택할 수 있다면, 봉사와 의무의 정신에서 육체 노동을 행하는 수드라, 자신의 것이라고는 아무 것도 없는 자, 그리고 소유에 대해 아무 욕망이 없는 자가 세상의 존경을 받을 가치가 있다. 그는 가장 위대한 종이기 때문에 만인의 주이다. 물론 본분을 다하는 수드라는 그런 주장을 거부할 것이지만, 신들은 최상의 축복을 그에게 쏟을 것이다. 사람은 오늘날의 무산자 계급에 대해 이런 말을 하지 못할 것이다. 그들이 분명 소유한 것은 없지만, 나는 그들이 소유를 탐내고 있는 것으로 본다. 노동과 봉사의 직업은 그들에게 유쾌한 의무가 아니고 고통스런 과업이다. 그것이 육신의 갈망조차 충족시키지 못하고 있기 때문이다. 나의 예찬은 이상적인 노동자를 위한 것이다. 그것83)은 내가 얻기를 소망했던 재산이다.

그러나 이와 같은 노동의 의무가 모든 사람들에게 부과될 수는 없다. 실제로 자신들을 공동체의 종으로 간주하고 종처럼 행동하는 법칙, 모든 재산을 공동체를 위해서만 신탁 보관한다는 법칙을 스스로 이행하는 세 바르나만이 저런 찬사를 말할 자격이 있다. 세 바르나는 오늘날 명목상으로만 존재한다. 그들은 수드라의 지위보다 높은 지위를 자신들에게 부여하려 하고, 대신 수행해야 할 어떤 의무도 떠맡기를 그만두었다. 그래서 그런 상황에서 수드라가 다른 사람들의 소유물과 소유지에 질투를 느끼고, 공유하고자 해도 놀랄 일이나 유감스런 일은 결코 아니다. 바르나 법칙이 발견되었을 때 외부의 강요는 존재할 수 없었다. 세상은 바르나 법칙의 자발적이고 충직한 준수에 의해 지탱될 수 있을 뿐이다.

경쟁이 삶의 법칙으로 여겨지는 시대, 세상의 물건들을 가장 많이 소유

---

83) 무엇을 지칭하는지 분명하지 않지만, 일단 '노동과 봉사의 직업'을 지칭하는 것으로 보았다. (역주)

하는 것이 최고선(summum bonum)이 되는 시대, 그리고 모두가 마음 내키는 대로 직업을 가질 자유가 있다고 간주되는 시대에, 바르나를 삶의 법칙으로 주창하는 시도는 한가한 꿈으로 간주될 수 있고, 그것을 부흥하려는 시도는 어린아이의 바보짓으로 비칠 수도 있다. 그것이 어떻게 보이든, 나는 그것이 진정한 사회주의라는 확신을 갖고 있다. 『기따』의 언어로 말한다면 그것은 영혼의 평등이다. 그것이 없다면 어떤 종류의 평등도 존재하지 않는다. 진정한 사회주의의 실천은 그 실천이 아무리 미미하다고 해도, 그것을 실천하는 자에게도 나머지 인류에게도 좋은 징조이다.

바르나가 넷이라고 하지만, 내 의견으로는 그 수가 변경 불가능한 것이 아니라는 점을 덧붙이고 싶다. 미래에 그것을 재건할 때, 그 수는 넷보다 많을 수도 있고 적을 수도 있을 것이다. 핵심적인 것은 우리가 그것을 위해 태어난 천직을 따름으로써만 자신의 생계를 구해야 한다는 점이다.

M. K. 간디

— 「『바르나브야바스타(*Varnayavastha*)』의 서문」, 『하리잔반두』, 1934.9.16·23; 『하리잔』, 1934.9.28; 『전집』 65 : 69

268) 사회주의자와 폭력

[1935.3.22 이전]

친애하는 메들렌에게,

나는 당신의 편지를 뻬아렐랄에게 방금 읽어 주었습니다. 내가 완전한 침묵을 지키게 되어, 당신의 편지에 즉시 답장할 수 있게 된 일에 대해 신에게 감사합니다. 그래, 나는 현자[84]의 긴 편지에 대한 답장으로 한 통의 완전한 편지를 써야 합니다. 그러나 '완전한'이라는 형용사가 나를 놀라게

---

84) 로맹 롤랑.

합니다. 나는 거기에서는 저 현자의 편지를 충분히 공평하게 다룰 만한 편지를 쓸 시간이 없습니다. 나는 내 침묵의 날 그것을 하도록 할 것입니다. 당신의 질문은 단순합니다. 나의 반대는 여기에 있는 공식적인 프로그램에서 해석되고 있는 사회주의에 대한 것입니다. 나는 사회주의 이론이나 철학에 반대하여 할 말은 없습니다. 여기에 제시된 프로그램은 폭력 없이 성취될 수 없는 것입니다. 여기에 있는 사회주의자들은 모든 상황에서 폭력을 배제한 것은 아닙니다. 그들은 권력을 폭력으로 전복할 기회만 있다면, 공개적으로 무기를 사용할 것입니다. 그 프로그램 안에 상세한 점도 있지만 내가 자세하게 논의할 필요는 없을 것입니다. 이 편지가 당신의 난점에 대답이 될지 염려됩니다. 하지만 당신은 당신의 난점에 대해 보다 구체적으로 써야 합니다.

두 사람 모두에게 사랑을

바뿌

— 메들렌 롤랑[85])에게 보낸 편지, CW 9737; 『전집』 66 : 476

269) 비폭력적 공산주의

[1937.1.22]

질문 당신은 공산주의에 대해 어떻게 생각합니까? 그것이 인도에 대해 좋은 것이라고 생각합니까?

답변 러시아식의 공산주의, 즉 민중에게 강요된 공산주의는 인도에는 전혀 맞지 않습니다. 나는 비폭력적 공산주의를 믿습니다.

---

85) 1872~1960 : 로맹 롤랑의 여섯 날 아래 여동생으로 로맹 롤랑에게 큰 영향을 주었다고 한다. (역주)

질문 그러나 러시아식 공산주의는 사유재산에 반대합니다. 당신은 사유재산을 원합니까?

답변 만약 공산주의가 폭력 없이 온다면, 그건 환영할 만한 일입니다. 그때는 민중을 대신하여 그리고 민중을 위해서가 아니라면 그 누구도 재산을 보유하지 않을 것이기 때문입니다. 백만장자는 백만 금을 보유하겠지만 민중을 위해 보유할 것입니다. 국가가 공동 이익을 위해 그것이 필요할 경우 그것을 맡을 수 있습니다.

질문 사회주의에 관련하여 당신과 자와할랄 사이에 견해상의 차이점이 있습니까?

답변 있습니다. 그러나 그것은 강조점의 차이입니다. 그는 결과를 강조하는 듯하고 나는 수단을 강조합니다. 그에 따르면 나는 비폭력을 지나치게 강조하는 셈이고, 그는 비록 비폭력을 신봉하고는 있지만 비폭력으로 사회주의를 갖기가 불가능하다면 다른 방법을 써서라도 사회주의를 갖기를 원할 것입니다. 물론 비폭력에 대한 내 강조는 원리의 강조입니다. 우리가 폭력의 방법으로 독립을 가질 수 있다는 것에 대해 내가 확신을 가졌다고 해도, 나는 독립을 거부할 것입니다. 그것은 진정한 의미의 독립이 아니기 때문입니다.

질문 하지만 당신은 영국인들이 당신이 벌인 비폭력적 운동의 결과로 인도를 당신에게 물려주고 평화롭게 물러서리라고 생각합니까?

답변 진정 그렇게 생각합니다.

질문 당신 신념의 기초는 무엇입니까?

답변 나는 내 신앙을 신과 그 분의 정의에 두었습니다.

질문 당신은 우리와 같은 소위 기독교도보다 더 기독교적입니다. 나는 이 말을 블록체로 쓸 것입니다.

답변 당신은 그래야 합니다. 그렇지 않다면 신은 사랑의 신이 아니라 폭력의 신이 될 것입니다.

— 어느 이집트인과의 대담, 『하리잔』, 1937.2.13; 『전집』 70 : 361

270) 사회주의 원리의 실행

1937.7.27

사랑하는 삼뿌르나난드 님에게,

나는 당신의 책을 띠탈에 갖고 가서 읽기 시작했습니다. 7월 24일 지난 주 토요일에 읽기를 마쳤습니다. 나는 여가 시간이 몇 분만 있어도 읽곤 했습니다. 나는 그 책을 처음부터 끝까지 조심스럽게 읽었습니다. 그 책이 좋습니다. 그 언어는 달콤하지만 산스끄리뜨에 아주 낯선 사람에게는 좀 난해한 책으로 여겨질 수도 있을 것입니다. 책의 말미에 영어·힌디 동의어, 힌디·영어 동의어의 용어해설은 학생들에게 유익합니다. 다른 사람들을 폄하하지 않고 사회주의를 옹호하는 논의를 전개한 것은 칭찬할 만합니다.

그 책에 제시된 사회주의의 모든 원리들을 내가 거의 전부 수용하는 데 아무 어려움이 없습니다. 나는 자야쁘라까슈가 지은 책[86] 역시 유의하여 읽었습니다. 그의 해석과 당신의 해석 사이에 차이점이 있을 수 있습니까? 당신의 책과 그의 책 어디에서도 인도에 최종적 혁명을 가져올 방법에 대한 분명한 생각을 찾을 수 없습니다. 그 점에 대해 여러 사람과 논의하고 난 뒤에도 나는 그것을 이해할 수 없었습니다. 그저께 비로소

---

86) 『왜 사회주의인가?』.

메허랄리(Meherally)의 마드라스 연설에 대한 보고가 내 손에 입수되었고, 나는 그것을 쭉 훑어보았습니다. 그것은 사회주의자들이 하는 일을 완벽하게 설명하고 있습니다. 목표는 모든 방면에서 반란을 개시하는 것입니다. 그러나 폭력 없이 반란이 가능했던 적은 없었습니다. 하지만 당신 책에서는 그런 폭력을 보지 못했습니다. 1920년 이래 수행되어 온 시민불복종이나 비폭력적 비협조와 같은 평화로운 방법을 통해 우리는 기운을 얻었습니까, 아닙니까?

당신은 우리가 국가 권력을 얻기 전에는 사회주의 원리들이 충분히 실행될 수 없다고 말합니다. 강력한 지주(地主)가 완전한 사회주의자로 변했다고 가정한다면, 그가 그의 원리에 따라 훌륭하고 진실하게 행동할 수 있었을까 하고 당신은 묻습니다. 사회주의자인 인도인 라자(왕)가 형벌권이 없다고 전제한다면, 사회주의를 실행할 수 있었을까요? 세상 전체가 사회주의자가 되기 전에는 사회주의가 전면적으로 실시될 수 없다는 당신의 글이 기억나는군요. 이것은 비록 우리가 완전한 독립을 얻는다고 해도, 사회주의를 완전히 또는 거의 완전히 실시할 수 없다는 것을 의미합니까? 나는 당신이 내 말의 요점을 이해했기를 바랍니다. 이 문제가 노리는 목표는 내가 사회주의자의 원리들과 그 원리들의 시행 방법을 어느 정도까지 수용할 수 있을지를 확인하는 것입니다.

한가할 때 이 편지에 대해 답장해주십시오. 나는 급하지 않습니다.

귀하의 신실한 친구
M. K. 간디

— 삼뿌르나난드(Sampurnanand)에게 보낸 편지(H.), CW 9940; 『전집』 72 : 102

271) 사회주의와 비폭력

세바그람, 1940.4.14

아래의 결의안 초안은 슈리 자야쁘라까슈 나라얀이 나에게 보낸 준 것이다. 그는 내가 그의 구도를 수용한다면, 그것을 람가르흐(Ramgarh) 운영위원회에 제시해 달라고 요청했다.

국민회의와 우리나라는 크나큰 국민적 격변의 전야에 있다. 자유를 위한 최후의 싸움이 곧 닥쳐올 것이다. 이 싸움은 전 세계가 변화라는 강력한 힘에 의해 요동칠 때 일어날 것이다. 유럽전쟁의 파국을 지켜본 모든 곳의 사려 깊은 사람들은, 국가들과 사람들 사이의 협조적인 선의에 기초하고 있는 새로운 세상을 창조하기 위해 노심초사하고 있다. 이런 때에 국민회의는 평화의 이상을 명확하게 진술하는 것이 필수적이라고 본다. 국민회의는 평화의 이상을 대표하고 있으며, 인도 국민에게 평화의 이상을 위해 지독한 고통을 감내하라고 곧 당부할 것이다.

자유 인도라는 국가는 국가들 사이의 평화와 군비의 전면적 거부를 위해, 그리고 자유롭게 설립된 일부 국제적 권위를 통해 국내분쟁을 평화적으로 해결하는 방법을 위해 일할 것이다. 인도는 강대국이든 약소국이든 모든 이웃들과 최상의 우호적인 관계를 갖고 살아가기 위해 특별한 노력을 경주할 것이며, 외국의 영토를 탐내지 않을 것이다.

이 땅의 법률은 국민이 자유롭게 표출한 의지에 기초할 것이다. 질서 유지의 궁극적인 토대는 국민의 명령과 동의이다.

자유 인도 국가는 완전한 개인적·시민적 자유와 문화적·종교적 자유를 보장할 것이다. 단, 헌법제정의회를 통해 인도인들이 제정한 헌법을 폭력으로 전복할 자유는 있을 수 없다.

국가는 나라의 시민들을 어떤 방식으로든 차별하지 않을 것이다. 모든 시민들은 동등한 권리를 보장받을 것이다. 태생과 특권에 따른 일체의 차별은 폐지될 것이다. 세습적인 사회 지위에서 그리고 국가에서 나오는 어떤 작위도 없을 것이다.

국가의 정치적·경제적 조직은 사회 정의와 경제적 자유라는 두 원리에 기초를 둘 것이다. 이런 조직이 사회 모든 구성원이 국내용 필수품을 충족하는 데 이바지할 것이지만, 물질적 만족이 그 유일한 목표가 되지는 않을 것이다. 그 조직은 개인의 건강한 생활과 도덕적·지적인 발전을 목표로 삼는다. 국가는 이것을 목표로 삼고 사회 정의를 확보하기 위해, 해당 당사자 전원의 동등한 이익을 도모할 목적으로 개인적 노력에 의해서거나 협동적 노력에 의해 소규모 생산의 촉진을 위해 노력할 것이다. 모든 대규모의 집단적 생산은 최종적으로 집단적인 소유권과 통제 아래 둘 것이며, 국가는 대형운송·해운·광업·중공업을 국유화함으로써 이 일을 시작할 것이다. 직물 산업은 점진적으로 분산될 것이다.

촌락의 삶은 재구성될 것이고, 촌락은 자치의 단위가 되며 가능한 한 많은 분야에서 자립하게 될 것이다. 우리나라의 토지법은 토지가 실제 경작자에게만 속할 것이라는 원리, 어떤 경작자도 적정한 생활 수준으로 자신의 가족을 부양함에 있어서 필요 이상의 땅을 소유해서는 안 된다는 원리 아래에서 근본적으로 개정될 것이다. 이것은 한편으로 지주제도를, 다른 한편으로 농노적 농장 보유제에 종지부를 찍을 것이다.

국가는 계급들의 이익을 보호할 것이다. 그러나 이런 이익이 가난하고 짓밟혀 온 사람들의 이익을 침해한다면, 국가는 후자를 보호할 것이고 사회 정의의 균형을 회복할 것이다.

국가 소유와 국가 경영의 모든 기업에서 노동자들은 자신들이 선출한 대표자들을 통해 그들의 입장을 경영에 대변할 것이며, 정부의 대표자들과 동등한 지분을 보유할 것이다.

인도의 각 주에서는 완전한 민주 정부가 수립될 것이고, 사회 차별 폐지와 시민의 평등이라는 두 원리에 부응한다면, 라자와 나와브[87]의 신분을 가진 사람들은 국가의 정식 수장이 될 수 없다.

이것이 국민회의가 그려본 질서, 국민회의가 수립하기 위해 노력할 질서이다. 이 질서가 인도의 모든 종족과 모든 종교의 국민에게 행복·번영·자유를 가져다 줄 것이라고 국민회의는 확신한다. 또한 국민은 모두 함께 이와 같은 토대 위에서 위대하고 영광스런 나라를 건립할 것이다.

나는 이 결의안 초안을 좋아했고, 자야쁘라까슈의 편지와 운영위원회 앞으로 가는 초안을 읽었다. 하지만 운영위원회는 람가르흐 국민회의를 위한 결의안이 오직 하나여만 한다는 착상을 엄격하게 고수했고, 빠뜨나에서

---

87) Nawab : 인도·파키스탄의 이슬람 귀족·명사에 대한 존칭. (역주)

기초된 원래의 결의안에 손대서는 안 된다고 생각했다. 위원회의 설명은 나무랄 데 없이 훌륭했고, 위원회는 장점에 대해 아무 논의 없이 그 결의안 초안을 각하시켜 버렸다. 나는 내 노력의 결과를 슈리 자야쁘라까슈에게 알려 주었다. 그는 다시 편지를 써와서, 내가 차선책, 즉 그것을 나의 완전한 동의, 또는 내가 할 수 있는 만큼의 동의를 붙여 출판할 수만 있다면 그가 만족할 것이라고 제의해 왔다.

나는 슈리 자야쁘라까슈의 희망을 따르는 데 아무 어려움이 없었다. 인도가 자기의 역량을 충분히 발휘하게 되어 하나의 이상을 실행하게 되면, 나는 슈리 자야쁘라까슈에 의해 발표된 제안들 중 하나만을 제외하고는 모두 지지할 것이다.

나는 내가 아는 인도의 사회주의자들이 강령을 공언하기 훨씬 전부터 사회주의자였음을 주장해 왔다. 그러나 나의 사회주의는 나에게 자연스러운 것이었지 책에서 채용한 것이 아니었다. 그것은 비폭력에 대한 부동(不動)의 신념에서 나왔다. 사회적 부정의가 어디에서 발생하든 그 부정의에 대항하여 일어나지 않고서는 그 누구도 능동적으로 비폭력적이라고 할 수는 없었다. 내가 아는 한 불행하게도 서양 사회주의자들은 사회주의적 교의를 실행하기 위해 폭력의 필요성에 대해 믿어 왔다.

나는 사회 정의, 심지어 가장 미천하고 가장 비천한 사람들에 대한 사회 정의조차 힘으로는 성취가 불가능하다고 늘 생각해 왔다. 나는 가장 비천한 자들이 당하는 부정(不正)의 확실한 시정은 그들을 비폭력 수단으로 적절히 훈련시킴으로써 가능하다는 것도 믿어 왔다. 그 수단은 비폭력적 비협조이다. 때로는 비협조가 협조만큼이나 의무가 되는 경우도 있다. 어느 누구도 자신의 파멸이나 자신을 노예로 만드는 일에 협조할 이유가 없다. 다른 사람들의 노력으로 얻은 자유는, 그 노력이 아무리 인자한 것이어도 그것이 철회되면 유지될 수가 없다. 다른 말로 하면, 그것은 진정한 자유가 아니다. 그러나 가장 비천한 자들은 비폭력적 비협조를 통해 자유를 얻는 기술을 배우자마자 자유의 광휘를 감지할 수 있다.

　그래서 내가 그의 초안을 읽어보니 슈리 자야쁘라까슈는 자신이 그린 질서를 확립하기 위해 비폭력을 받아들이고 있었는데, 그것이 나를 기쁘게 한다. 폭력으로는 절대 불가능한 것을 비폭력적 비협조가 확보할 수 있다고 나는 분명히 확신하는데, 그것은 악을 행하는 자들의 궁극적인 회심(回心)으로 가능하다. 우리는 인도에서 비폭력이 마땅히 받아야 하는 시험을 준 적이 없다. 잡다한 것이 섞인 우리의 비폭력으로도 우리가 그렇게 많은 것을 성취했다고 하는 점이 경이로울 따름이다.

　슈리 자야쁘라까슈의 토지에 대한 주장은 놀랄 만한 것으로 보인다. 그러나 실제로 그런 것은 아니다. 어떤 사람도 품위 있는 생계를 유지하는데 필요한 토지 이상으로 소유해서는 안 된다. 대중의 가혹한 가난이 그들 자신의 소유라고 부를 수 있는 토지를 갖지 못한 탓이라는 사실을 누가 반박할 수 있겠는가?

　그러나 개혁은 급히 서둘러 될 일이 아니라는 점을 깨달아야 한다. 그것이 비폭력적 수단에 의해 실행되어야 할 일이라면, 부자와 가난한 자 쌍방 모두에 대한 교육에 의해 실시될 수 있을 뿐이다. 부자들은 자신들을 대상으로 하여 폭력이 결코 사용되어서는 안 된다는 점에 대해 안심할 수 있어야 한다. 가난한 자들은 자신들의 의지에 반하여 행동을 강요할 수 있는 사람이 없다는 점을, 그리고 그들 자신들이 비폭력, 즉 자기 고통의 기술을 배움으로써 자신들의 자유를 확보할 수 있다는 점을 알 수 있도록 교육을 받아야 한다. 여기에서 그려진 목표가 성취되려면, 내가 윤곽만 그린 교육은 지금 시작되어야 한다. 상호 존중과 신뢰의 분위기는 사전 작업으로 조성되어야 한다. 그렇게 되면, 상류 계급과 일반 대중들 사이에 폭력적인 갈등이 있을 수 없다.

　그래서 나는 슈리 자야쁘라까슈의 발언을 비폭력의 견지에서 일반적인 지지를 보내는 데 아무 어려움이 없지만, 토호국왕에 대한 그의 제안은 지지할 수 없다. 법적으로 그들은 독립되어 있다. 그들의 독립이 보다 더 강한 집단에 의해 보증되고 있기 때문에 그리 큰 가치가 없다는 것은 사실이다. 그러나 그들은 우리에 대해 자신들의 독립을 선언할 수 있다. 슈리 자야쁘라까슈 제안의 초안에 암시되어 있듯이, 우리가 비폭력 수단을 통해 우리 자신의 역량을 충분히 발휘한다면, 토호국왕들이 전면에서 물러나는 식의 해결책을 나는 상상할 수 없다. 어떤 해결책에 도달하든 우리나라는 그 해결책을 완전히 실시해야 할 것이다. 그래서 나는 큰 토호국들이 자신들의 지위를 유지하는 식의 해결책만을 생각할 수 있을 뿐이다. 어떤 면에서는 그 해결책이 오늘날의 상태보다 훨씬 좋을 것이다. 그러나 다른 면에서 그 해결책은, 인도의 다른 지역 국민이 향유한 자치의 권리와 같은 것을 각 토호국의 주민들에게 주는 방식이 될 것이다. 그들은 자신들에게 보장된 언론의 자유, 자유 언론 그리고 순수한 정의를 가질 것이다. 아마도 슈리 자야쁘라까슈는 토호국왕들이 자발적으로 자신들의 전제적 통치를 내놓을 것이라는 것을 믿지 않겠지만, 나는 믿는다. 첫째, 그들이 우리만큼이나 선량한 인간이라는 것, 둘째, 진정한 비폭력의 효험에 대한 나의 신앙 때문이다. 따라서 우리가 우리 자신들에게 진실하고, 우리에게 신앙이 있다면 그 신앙에 진실하고, 그리고 나라에 진실하다면, 토호국왕들과 다른 모든 사람들이 진실할 것이고 고쳐질 수 있다는 결론을 나는 내리고 싶다. 현재 우리에게는 열성이 없다. 자유로 향한 길은 열성 없는 태도로는 결코 얻을 수 없다. 비폭력은 탐조등을 내부로 향함으로써 시작되고 종결된다.

— 「자야쁘라까슈의 구도」, 『하리잔』, 1940.4.20; 『전집』 78 : 145

272) 사회 구조의 혁명

1946.1.24

질문 경제적 평등이란 말로 당신은 정확히 무엇을 의미합니까? 당신이 고안해 낸 법이 질문에 대해 간디지는 자신이 생각하는 경제적 평등이란 모든 사람들이 문자 그대로 같은 양을 가짐을 의미하는 것은 아니라고 대답했다. 그것은 단순히 모든 사람들이 각자의 필요에 충분할 만큼 갖는다는 것을 의미한다. 예를 들면, 간디는 겨울철에 두 개의 숄이 필요하지만, 조카의 아들이지만 아들처럼 함께 살고 있는 까누 간디는 따뜻한 옷을 전혀 필요로 하지 않는다. 간디지는 염소 우유, 오렌지와 다른 과일을 필요로 한다. 까누는 보통의 음식으로 지낼 수 있다. 간디는 까누가 부럽지만 그래봐야 아무 소용이 없다. 까누는 청년인 반면 그는 76세의 노인이었다. 매월 식비는 간디의 것이 까누의 것에 비해 훨씬 높지만, 그것이 두 사람 사이에 경제적 불평등이 있음을 의미하지는 않았다. 코끼리는 개미보다 1천 배 더 많은 양의 음식이 필요하지만, 그것이 불평등의 표시는 아니다. 그래서 경제적 불평등의 진정한 의미는 다음과 같다. '각자의 필요에 따라.' 그것은 마르크스가 내린 정의(定義)이다. 만일 독신남이 처와 네 자식이 달린 사람만큼이나 많이 요구한다면, 그것은 경제적 정의의 위반이 될 것이다. 간디지는 계속 말했다.

그 누구도 상류 계급과 일반 대중을 비교하고, 왕과 거지를 비교했을 때 전자의 필요가 더 크다고 함으로써, 양자 사이의 역력한 차별을 정당화하려고 해서는 안 될 것입니다. 그것은 게으른 궤변이고 내 말의 왜곡입니다. 오늘날 부자와 빈자 사이의 대조적인 모습은 고통스런 광경입니다. 가난한 촌민들은 외국인 정부와 그들 자신의 동포들, 즉 도시인들 모두에 의해 착취당하고 있습니다. 그들은 식량을 생산하지만 굶주립니다. 그들은 우유를 생산하지만 자신들의 아이들은 마실 수 없습니다. 그것은 치욕적인 일입니다. 모든 사람들은 균형 잡힌 식사, 의젓한 집, 자녀들을 위한 교육시설 그리고 적절한 의료구호가 있어야 합니다.

그것이 경제적 평등에 대한 그의 구도였다. 그는 필수품을 넘어 그 이상의 모든 것을 금기시하지는 않았다. 하지만 그것들은 가난한 사람들의 필수적 수요가 충족되고 난 뒤에 와야 한다. 먼저 해야 할 일은 먼저 와야 한다.
현재 부를 소유한 자들은 계급전쟁과 자신들이 소유한 부의 수탁자로 자발적으로 전환하는 일 중 양자택일해야 할 것이다. 그들은 자신들의 소유물에 대해 청지기 직무를 유지하는 것, 그리고 자신들을 위해서가 아니라 나라를 위해 그래서 착취 없이 부를 증대하기 위해 자신들의 능력을 사용하는 것이 허용될 것이다. 국가는 그들이 베푼 봉사와 그 봉사가 사회에 대해 갖는 가치에 따라 수수료를 규제할 것이다. 자녀들은 자신들이 청지기 직무에 적합하다는 것이 증명되었을 경우에만 그 직무를 물려받을 것이다. 간디는 다음과 같이 결론을 내렸다.

내일 인도가 자유의 나라가 된다고 가정한다면, 모든 자본가들이 법령에 의한 수탁자가 될 기회를 가질 것입니다. 그러나 그런 법령은 위로부터 강요되어서는 안 되며 아래로부터 올라와야 합니다. 민중이 신탁의 의미를 이해하고 신탁을 위한 분위기가 무르익을 때, 촌락오인위원회(gram panchayat)를 필두로 하여 민중 자신들이 그런 법령을 도입하기 시작할 것입니다. 아래로부터 오는 일은 삼키기가 쉬울 것입니다. 위로부터 오게 되면 그것은 부담스러운 것이 될 가능성이 높습니다.

질문 경제적 평등이라는 목표를 실현함에 있어서 당신의 기술과 공산주의자 내지 사회주의자들의 기술의 차이는 무엇입니까?

사회주의자와 공산주의자는 그들이 오늘날 경제적 평등을 초래하기 위해 할 수 있는 일이 아무 것도 없다고 말합니다. 그들은 선전을 위해 선전을 계속할 것입니다. 그럴 목적으로 그들은 증오를 생성하고 강화하는 일을 믿고 있습니다. 그들은 국가에 대한 통제를 확보할 때 평등을 강제할 것이라고 말합니다. 나의 기획에는 국가는 국민의 의지를 수행하기 위해 있는 것이지, 그들에게 명령하기 위해, 국가 의지를 강제하기 위해 있는 것이 아닙니다. 나는 비폭력을 통해, 즉 증오의 힘 대신 사랑의 힘을 이용하여 민중을 내 견해로 개심시킴으로써, 경제적 평등을 만들어 낼 것입니다. 나는 내가 사회 전체를 나의 견해로 개심시킬 때까지 기다리지 않고 나 스스로 당장 시작할 것입니다. 내가 만일 50대의 자동차의 소유주, 또는 10비가

(bigha)의 토지 소유주라면, 내가 생각하는 경제적 평등의 실현을 바랄 수 없음은 물론입니다. 경제적 평등을 위해 나는 나 자신을 가난한 자들 중에서도 극빈자의 수준으로 낮춰야 합니다. 지난 50여 년 동안 내가 하려고 했던 것은 바로 그런 것이었습니다. 그래서 나는 부자들이 제공한 자동차와 다른 시설들을 이용하지만, 스스로 최선의 공산주의자라고 주장합니다. 그 물건들이 나를 붙잡고 있지 못할뿐더러, 대중의 이익이 요구만 하면 나는 당장에라도 그것들을 떨쳐 버릴 수 있습니다.

질문 부자로 하여금 가난한 자들에 대한 의무를 자각하게 하는 데 있어서 사땨그라하의 역할은 무엇입니까?

같은 질문은 외세에 저항하는 문제에 대해서도 주어질 수 있습니다. 사땨그라하는 보편적으로 적용할 수 있는 법입니다. 그것의 사용은 가족에서 시작하여 모든 다른 분야로 확장될 수 있습니다. 지주가 소작인들을 착취하고, 그들의 땀의 결과물을 자신이 사용함으로써 갈취한다고 해봅시다. 그러지 말라고 지주에게 충고하는 데도 지주는 경청하지 않고, 아내와 자식 등을 위해 그토록 많은 양이 필요하다고 반대합니다. 소작인들 또는 그들의 명분을 신봉하면서 동시에 영향력 있는 사람들이, 지주의 처에게 남편에게 충고해 달라고 호소할 것입니다. 그 처는 그녀 자신을 위해서는 그가 착취한 돈이 필요 없다고 말할 수도 있을 것입니다. 자식들 역시 필요한 것은 스스로 벌겠다고 말할 것입니다.

그가 누구의 말도 듣지 않고, 그의 처자식들이 소작인들이라는 공동의 적에 대해 그와 연합한다고 해도, 소작인들은 굴복하지 않을 것입니다. 경작을 그만 두라는 요구를 받는다면 그들은 그만둘 것입니다. 하지만 그들은 토지가 경작하는 사람에게 속한다는 점을 분명히 할 것입니다. 지주는 그 토지를 스스로 갈 수는 없을 것이고, 그들의 정당한 요구를 들어줄 수밖에 없을 것입니다. 하지만 다른 사람들이 소작인들을 대체할 수 있습니다.

그렇게 되면 대체 소작인들이 자신들의 과오를 깨닫고 추방된 소작인들과 연대할 때까지, 폭력은 아니지만 소요는 일어날 것입니다. 그러므로 사땨그라하는 여론이 사회의 각 부분에 퍼지고 결국 어느 누구도 저항할 수 없을 정도가 되기까지 여론을 교육하는 과정입니다. 그러나 폭력은 그 과정을 방해하고 전체 사회 구조의 진정한 변혁을 지연시킵니다.

―건설적인 일꾼 대회에서의 질의 응답, 마드라스, 『더 힌두』, 1946.1.26;
『하리잔』, 1946.3.31; 『전집』 89 : 402(부분)

273) 공산주의자들과의 차이점을 존중함

마드라스, 1946.1.24

공산주의자들과 그들의 재산에 가해진 손실에 대한 보고가 사실이라면, 나는 그것을 수치스런 일로 간주합니다. 공산주의자들과 다른 사람들 사이의 차이점이 무엇이든, 그것은 마땅히 존중되어야 합니다. 이것은 다른 사람들이 자신들의 차이점이 존중되기를 바라는 것과 같습니다. 대중적 폭력에서 나온 모든 행위는 민중의 진보에 해롭습니다.

―대담의 일부, 『더 힌두』, 1946.1.26; 『전집』 89 : 403

274) 사회주의, 자유, 비폭력

빤츠가니, [1946.7.17]

루이스 핏셔 나는 헌법제정의회에 들어가 그것을 다른 목적을 위한 전쟁터로 이용하고, 헌법제정의회가 자주단체라는 점을 선언하고 싶습니다. 당신은 여기에 대해 뭐라고 말하겠습니까?

간디지 다른 사람이 만든 것을 두고서 자주단체라고 선언하는 것은 소용 없는 일입니다. 결국 그것은 영국인들의 창조물입니다. 한 단체가 자주단 체임을 선언한다고 하여 자주단체가 되는 것은 아닙니다. 자주적이기 위해 서는 당신이 자주적인 방식으로 행동해야 합니다. 요한네스버그 툴리 가의 양복점 주인 세 사람은 스스로 자주단체라고 선언했습니다. 그것은 무로 끝나고 말았습니다. 그것은 한낱 우스개였습니다.

나는 제안된 헌법제정의회가 비혁명적이라고 간주하지는 않습니다. 그 제안된 헌법제정의회가 건설적인 시민불복종의 효과적인 대안이라고 나는 말한 적이 있고, 그 말은 100% 진심이었습니다. 나는 우리의 사회주의자 친구들의 자기 부정과 희생정신에 대해 크나큰 존경심이 있지만, 그들의 방법과 내 방법 사이의 첨예한 차이점을 숨긴 적은 결코 없었습니다. 그들 은 폭력을 정직하게 믿었고, 모든 것이 폭력 속에 있습니다. 나는 철저하 게 비폭력을 믿고 있습니다.

루이스 핏셔 당신도 사회주의자이며 그들 역시 그렇습니다.

간디지 나는 그렇지만 그들은 아닙니다. 그들 중 많은 사람들이 태어나기 전부터 나는 사회주의자였습니다. 나는 요한네스버그의 광신적인 사회주 의자에게는 설득력이 있었습니다. 그러나 요즘은 거기에서도 여기에서도 설득력이 없습니다. 나의 주장은 그들의 사회주의가 죽었을 때에도 살아 있을 것입니다.

루이스 핏셔 당신의 사회주의란 무슨 뜻입니까?

간디지 내 사회주의는 '이 최후의 사람에게'를 의미합니다. 나는 소경·귀 머거리·벙어리의 유골을 딛고 일어서기를 원치 않습니다. 그들의 사회주 의에서는 이들이 차지할 자리가 없을 것입니다. 그들의 단 하나의 목표는 물질적 진보입니다. 예를 들면, 미국은 모든 시민들이 차 한 대 소유하는 것을 겨냥하고 있습니다. 나는 그렇지 않습니다. 나는 내 인격의 완전한 표현을 위해 자유가 필요합니다. 내가 원할 때 시리우스로 가기 위한 계단을 건설하기 위해 나는 자유로워야 합니다. 그것은 내가 그런 일을 원한다는 것을 의미하지는 않습니다. 다른 사회주의에서는 개인적 자유가 없습니다. 당신은 아무 것도 소유하고 있지 않습니다. 심지어 당신의 육신마저도

루이스 핏셔 예, 그러나 사회주의에는 여러 변형이 있습니다. 내가 변형시킨 나의 사회주의는 국가가 모든 것을 소유한다는 것이 아닙니다. 러시아에서는 국가가 모든 것을 소유합니다. 거기에서는 당신은 당신의 육신조차 소유하고 있지 않습니다. 당신은 아무 죄를 범하지 않았어도 어느 때든 체포될 수 있습니다. 그들은 당신을 그들이 원하는 대로 어디로든 보낼 것입니다.

당신의 사회주의에서는 국가가 당신 자식들을 소유하여 국가가 원하는 대로 그들을 교육시키는 것이 아닙니까?

간디지 모든 국가들이 그렇습니다. 미국도 그렇습니다.

루이스 핏셔 그렇다면 미국은 러시아와 별로 다르지 않습니다.

간디지 그러나 사회주의는 독재이거나 아니면 책상머리 철학입니다. 나는 나 자신을 공산주의자라고도 부릅니다.

루이스 핏셔 아, 그러지 마십시오. 당신이 자신을 공산주의자라고 부르는 것은 끔찍한 일입니다. 나는 당신, 자이쁘라까슈(Jaiprakash)[88] 그리고 사회주의자들이 원하는 것, 즉 자유세계를 원합니다. 그러나 공산주의자들은 그런 것을 원하는 것은 아닙니다. 그들은 육체와 마음을 노예로 만드는 체제를 원합니다.

간디지 마르크스에 대해서도 그런 말을 하겠습니까?

---

88) 'Jayaprakash'의 이명으로 보인다. (역주)

루이스 핏셔 공산주의자들은 자신의 목적에 맞도록 마르크스 가르침을 타락시켰습니다.

간디지 레닌은 어떻습니까?

루이스 핏셔 레닌은 그것을 시작하고 스탈린이 완성했습니다. 공산주의자들이 당신에게 오는 것은 국민회의 내부로 들어가 그것을 통제하여 자신들의 목표를 위해 사용하기를 원하기 때문입니다.

간디지 사회주의자들도 마찬가지입니다. 나의 공산주의는 사회주의와 별로 다를 바가 없습니다. 그것은 공산주의와 사회주의의 조화로운 혼합입니다. 내가 이해한 공산주의는 사회주의의 자연스러운 귀결입니다.

루이스 핏셔 예, 당신이 옳습니다. 이 둘을 구별할 수 없을 때가 있었습니다. 그러나 오늘날 사회주의자들은 공산주의자들과 아주 다릅니다.

간디지 당신이 진심으로 그런 말을 하는군요. 당신은 스탈린식의 공산주의를 원치 않는군요.

루이스 핏셔 그러나 인도 공산주의자들은 인도에 스탈린식 공산주의를 원하고 있고, 그 목적을 위해 당신 이름을 사용하기를 원합니다.

간디지 그들은 성공하지 못할 것입니다.

루이스 핏셔 그래서 당신 자신은 헌법제정의회에 참여하지 않을 것입니다만, 그것을 지지하겠습니까?

간디지 예, 그렇습니다. 우리가 권력을 장악하기 위해 헌법제정의회에 참여하려 한다고 말하는 것은 잘못입니다. 그것이 비록 자주적인 단체는 아니지만, 그것은 가능한 한 거기에 가깝습니다.

루이스 핏셔 빤디뜨 자와할랄은 영국인들이 5월 16일 국가 공문서로 조약을 강제하려고 했다면, 그가 그것을 찢어버렸을 것이라고 말했습니다.

간디지 예, 외부에서 강요된 조약이라면 그랬을 것입니다.

루이스 핏셔 그리고 그는 "국민회의는 소단위로 나눠지지 않을 것입니다"라고 말했습니다.

간디지 그렇습니다. 나도 같은 말을 했을 것입니다. 연방법정이나 다른 법정이 다른 결정을 내리지 않는다면 말입니다. 내가 보기에는, 만약 영국인들이 그런 놀음을 하려고 한다면, 헌법제정의회로부터 많은 것들이 나올 수 있을 것입니다.

루이스 핏셔 당신은 그들이 그렇게 할 것이라고 하는데, 나도 그것을 믿습니다. 그러나 그들이 그 놀음을 하지 않으려고 한다면, 당신은 당신 나름의 저항을 벌이렵니까?

간디지 상황이 우호적으로 될 때까지는 그러지 않을 것입니다. 그러나 미래에 대해 추측하는 것은 잘못입니다. 그리고 실패를 예상하는 것은 더더욱 잘못입니다. 만일 우리가 현재를 돌본다면, 미래는 스스로 잘 될 것입니다.

그들은 그런 다음 힌두·무슬림 일치의 문제로 옮겨갔다. 간디지는 힌두·무슬림 문제가 결국 불가촉천민 문제의 결과라고 진술함으로써 방문객을 깜짝 놀라게 했다.

간디지 힌두교가 완전하게 개혁되고 힌두교에서 불가촉천민의 흔적을 마지막까지 털어 버린다면, 집단간의 문제는 하나도 없을 것입니다.

루이스 핏셔 국민회의 하리잔이 선거에서 비국민회의 출신의 하리잔을 이겼다고 하지만, 그것은 힌두교도들의 득표로 이길 수 있었다고 합니다.

간디지 만일 카스트 힌두교도들이 기초 선거에서 여러 성공적인 후보자들 가운데 한 사람을 선택할 수 없었다면 연합선거가 무슨 소용이 있었겠습니까? 기초 선거에서 실패한 후보자는 연합선거에서 자신을 후보로서 등록할 수도 없습니다. 더구나 태반의 경우 국민회의의 하리잔들이 카스트 힌두교도의 득표로 승리를 거두었다는 주장이 있지만, 그 말은 옳지 않습니다. 마드라스에서는 비국민회의 하리잔들은 경합을 벌였던 기초 선거에서 거의 전부 패배를 당했습니다. 태반의 경우 국민회의 하리잔들은 반대도 없이 국민회의에 선출되었습니다.

루이스 핏셔 그들 중 일부는 별도의 선거인단을 요구합니다.

간디지 그렇습니다. 하지만 우리는 거기에 저항했습니다. 그들은 별도의 선거인단으로 힌두교 범위 외부에 자신들을 두고, 서출(庶出)의 신분을 영속화하게 됩니다.

루이스 핏셔 그것은 사실입니다. 그러나 어쨌든 힌두교도들이 그들을 울타리 외부로 밀어냈다고 그들은 말할 수도 있습니다.

간디지 그러나 오늘날 힌두교도들은 참회하고 있습니다.

루이스 핏셔 제대로 참회하고 있습니까?

간디지 미안합니다만 아직은 아니라고 말해야겠습니다. 그들이 제대로 참회했다면, 내가 이미 말했던 대로 불가촉천민제도, 집단간의 문제도 없을 것입니다.

루이스 핏셔 힌두와 무슬림 사이에는 사회적 접촉이 좀 줄어들었습니까?

간디 아닙니다. 오히려 반대입니다. 그러나 정치적으로는 민토 경 때문에 장애물이 있습니다.

루이스 핏셔 당신네 청년들은 너무 인도 중심적(Indo-centric)입니다.

간디 그 말은 부분적으로만 사실입니다. 우리가 국제적인 사람들이 되었다고 말하지는 않습니다만, 우리는 버림받은 명분, 즉 착취당한 나라를 위한다는 명분을 받아들였습니다. 우리 스스로 주요 착취 대상국이기 때문입니다.

루이스 핏셔 여기에서 점증하는 반백인 정서는 나쁩니다. 따즈 마할 호텔에서는 ‘남아프리카인 출입 금지’라는 경고문도 붙었답니다. 나는 그것을 좋아하지 않습니다. 당신의 비폭력은 당신을 좀더 관대하게 만들어야 합니다.

간디 그것이 비폭력일 수 없습니다. 오늘날 백인들은 인도를 통치하고 있습니다. 그래서 따즈 마할 호텔이 그런 경고문을 부착할 담력이 있다면, 그것은 자랑거리가 될 것입니다.

루이스 핏셔 어떤 내셔널리스트라도 그렇게 말할 수 있을 것입니다. 당신은 그보다는 더 나은 말을 해야 할 것입니다.

간디 그렇다면 나는 한번쯤은 내셔널리스트가 될 것입니다. 그들이 인도인들을 평등하게 다루지 않는다면, 여기에 있을 권리가 없습니다.

루이스 핏셔 권리가 없죠. 옳습니다. 그러나 당신은 그들에게 권리 이상의 것을 주어야 합니다. 즉, 그들을 초청해야 합니다.

간디 예, 내가 부왕이 되면.

루이스 핏셔 인도공화국의 대통령을 말합니까?

간디지 아닙니다. 나는 당분간만 부왕이 되는 것으로, 즉 헌법적 부왕이 되는 것으로 아주 만족할 것입니다. 내가 처음으로 할 일은 부왕 관저를 비워 하리잔들에게 주는 것입니다. 그런 다음 나는 남아프리카 백인들을 나의 오두막에 초청하여 다음과 같이 말할 것입니다. "여러분은 내 민중을 가루로 빻았습니다. 그러나 우리는 여러분을 닮지 않을 것입니다. 우리는 여러분의 몫 이상으로 줄 것입니다. 우리는 여러분이 남아프리카에서 린치를 가했듯이 여러분에게 린치를 가하지 않을 것입니다." 그래서 그들로 하여금 수치심을 느끼게 해서 올바른 일을 하도록 하겠습니다.

루이스 핏셔 오늘날 반백인 정서가 아주 강합니다.

간디지 물론 나는 그런 정서에 반대합니다. 그것은 어느 누구에게도 도움이 되지 않습니다.

루이스 핏셔 세상이 심하게 분열되어 있습니다. 그래서 또 다른 전쟁이 있을 것 같습니다. 그리고 그것은 유색인종과 백인종들 사이의 전쟁일 것입니다.

간디지 유럽은 또 다른 전쟁으로 향하고 있는 것으로 보입니다. 유럽은 아직도 기운이 남아 있습니다.

루이스 핏셔 유럽은 끔찍하게 기운이 빠져 있습니다. 그러나 인류는 원자탄을 별로 문제삼고 있지 않습니다. 소수의 과학자들만으로 충분합니다. 다음 전쟁은 단추 몇 개 누름으로써 치러질 것입니다. 그 때문에 피부색 전쟁은 아주 위험합니다.

간디지 비겁함보다 못난 것이 없습니다. 그것은 두 번 증류된 폭력입니다.

그리고 간디지는 자신의 발언에 대해 예를 들기 위해 거구의 흑인 성직자의 얘

기를 했다. 이 성직자는 백인이 자신을 모욕하자 "형제여, 나를 용서해주십시오"라
고 말하고, 유색인용 칸으로 기어 들어갔다는 것이다.

간디지 그것은 비폭력이 아닙니다. 그것은 예수의 가르침의 왜곡입니다.
차라리 복수하는 것이 더 사내다울 것입니다.

루이스 핏셔 당신은 당신에게 무슨 일이 일어날지를 두려워하지 않고, 그것이 다른
사람들에게 대해 갖는 의미를 두려워하고 있습니다. 당신이 묘사한 상황에서 당신의
감정을 터뜨리고 백인들의 뺨을 때리는 것은 크게 무책임한 일입니다. 인도에서는 사
정이 다릅니다. 백인들의 수는 그렇게 많지 않습니다.

간디지 당신이 틀렸습니다. 영국인 한 사람이 살해당하면 그 보복으로 왜
마을 전체가 철저하게 파괴되어야 합니까? 아, 놀라운 양심입니다.

—루이스 핏셔와의 대담, 『하리잔』, 1946.8.4; 『전집』 91 : 356

275) 사회주의자의 이상

빠뜨나, 간디 캠프, 1947.4.15

사회주의는 현대 용어이지만, 사회주의의 개념은 새로운 발견이 아니다.
끄리슈나 신은 『기따』에서 동일한 교의를 설교한다. 사람은 자신에게 필요
한 것만을 소유할 필요가 있다. 그것은 만인이 신에 의해 창조되었고, 따
라서 의식주에서 동등한 지분을 가질 자격이 있음을 말한다. 이 이상의 실
현을 위해 거대한 조직체가 필요한 것은 아니다. 어느 개인도 그 이상을
실현하는 일을 착수할 수 있다. 무엇보다도 이 이상을 우리 삶에서 실천하
기 위해, 우리는 필요를 최소화해야 하고, 인도의 빈자 중의 극빈자를 염
두에 둬야 한다. 사람은 자신과 자신의 가족을 지탱할 정도만 벌어야 한다.

그래서 은행예금의 잔고를 가지는 것은 이 이상에 부합하지 않는다. 그리고 벌어들인 것은 무엇이든, 최고의 정직함으로써 벌어야 한다. 우리 삶에서 아주 작은 사안에 대해서도 엄격한 규제가 유지되어야 한다. 단 한 사람이라도 이 이상을 삶에서 실천한다면, 그는 다른 사람에게 영향을 줄 수밖에 없다. 부자들은 자신들이 소유한 부의 수탁자로서 활동해야 한다. 그러나 그들이 폭력의 방법으로 부를 빼앗기게 된다면, 그것은 우리나라의 이익이 되지 못할 것이다. 이것이 공산주의로 알려진 것이다. 더구나 우리가 폭력적인 방법을 사용하게 되면, 우리는 사회에서 유능한 개인들을 쫓아내는 셈이 될 것이다.

— 마누 간디에게 한 말씀(G.), 『비하르 꼬미 아그만』, 201~202면;
『전집』 94 : 311

276) 진정한 사회주의자들

빠뜨나, 1947.4.28

우리가 무력증을 털어 버릴 수 있었다면 진정한 사회주의자가 되었을 것입니다. 그러나 우리는 그렇게 하지 못했습니다. 내가 여러분에게 묻는다면, 여러분 열다섯 명 모두가 집에 하인이 있다는 대답을 꼭 할 것입니다.[89]

자, 그렇다면 여러분이 가정에서 개인적으로 해야 할 일을 못한다면, 나는 타인에게 봉사하려는 여러분의 욕구 — 여러분이 사회주의라고 부르는 것 — 를 이해하지 못할 것입니다. 여러분이 내 충고를 원한다면, 학생들은 공부하는 동안 어떤 이즘에도 관련되어서는 안 된다는 점을 충고하고 싶습니다. 학생들은 모든 수단을 통해 온갖 사상의 학파에 대해 읽고, 그것

---

89) 학생들 모두가 그렇다고 대답했다.

들에 대해 숙고하고, 가능한 한 많은 부분을 실행해도 좋습니다. 그러나 여러분은 지도자가 되기를 노력해서는 안 됩니다. 우리가 사회에서 착취와 폭력을 추방하고 싶다면 육체 노동과 수공업을 해야 합니다. 그리고 그것은 자연스럽게 만인에 의해 실행되어야 합니다. 과거 한때는 행복하고 자족적인 단위로 간주되었던 우리의 촌락들에 실업이 횡행하고 있습니다. 이는 카스트 차별뿐만 아니라, 우리의 복종하는 태도, 귀천에 대한 감정 때문입니다.

우리의 정치적 노예는 거의 끝이 나고 있습니다. 따라서 우리는 더더욱 경계해야 하고, 이런 과정에서 학생들은 큰 도움이 될 수 있습니다. 예를 들면, ① 아침에 기상하면 이부자리를 정리할 것, ② 어머니나 다른 사람들이 아침밥, 우유, 그리고 자네들이 좋아하는 것을 마련하여 차려줄 것을 기다리지 않고 준비하는 일을 도울 것, ③ 빗질과 걸레질을 도울 것, ④ 스스로 빨래하기, ⑤ 어머니를 도와 조리와 설거지를 할 것, ⑥ 매일 규칙적으로 물레질을 함으로써 자신들의 직물을 짤 것, ⑦ 책을 깨끗이 사용하고 잘 정돈하며, 연습장을 될 수 있는 대로 절약할 것, ⑧ 50루삐짜리 만년필 대신, 2아나짜리 펜대와 잉크 사용을 배울 것 등입니다.

여러분이 여러분의 삶에서 위에서 말한 규칙들 중 몇 개를 받아들인다면, 여러분은 어떤 이즘에 대해서도 상관할 필요가 없을 것입니다. 그리고 이 나라의 모든 학생들이 그렇게 한다면, 보호자들의 부담이 1천 배나 가벼워질 것임을 나는 확신합니다. 그리고 별도의 노력을 기울이지 않고도 사회주의자들로 불릴 것입니다. 그러나 여러분이 내 말을 실행할지 의심스럽습니다. 그래도 여러분이 집으로 돌아간다면, 이 경험 많은 늙은이가 침묵의 날 여러분을 위해 적은 몇 줄의 글에 어떤 의미가 있을지를 제발 반성해 보길 바랍니다.

—「학생들에게 준 충고」(G.), 『비하르 꼬미 아그만』, 270~271면;
『전집』 94 : 411

277) 비폭력, 평등, 신탁

뉴델리, 1947.5.25

무슬림연맹의 지도자와 추종자들은 비폭력을 통해 자신들의 목표를 달성할 수 있을 것이라고 믿지 않습니다. 그런 상황에서, 그들의 심정을 어떻게 녹일 수 있습니까? 또는 폭력 행위가 악이라는 것에 대해 어떻게 확신시킬 수 있습니까?

폭력은 오직 비폭력에 의해 효과적으로 다룰 수 있습니다. 이것은 예전부터 확립된 진리입니다. 질문자는 비폭력의 활동법을 실제 모르고 있습니다. 그것을 알았다면 그는 폭력의 무기가 비록 원자탄이라도, 그것이 진정한 비폭력과 겨룬다면 소용이 없음을 알았을 것입니다. 이 엄청난 무기를 다루는 방법을 이해하는 사람이 거의 없다는 점은 사실입니다. 그것은 큰 이해력과 마음의 힘을 필요로 합니다. 그것은 군사학교와 대학에서 필요한 것과는 다릅니다. 그것이 요구하는 것은 마음의 순결입니다. 아힘사로 힘사를 다룸에 있어서 우리가 경험하는 난점은 마음의 약함에서 생깁니다. 더구나 콰이데 아잠(Qaid-e-Azam) 진나[90]가 서북 변경 대표단과의 대담에서 명백히 선언했던 말, 그들의 권리 즉 파키스탄을 얻기 위해 폭력을 사용하는 것은 적절치 않다는 말을 잊지 맙시다.

오늘날 많은 사람들은 무슬림연맹의 지지자들과 충돌 — 아마도 폭력적인 충돌 — 이 불가피하다는 점을 느끼기 시작하고 있습니다. 내셔널리스트들은 무슬림연맹이 벵골과 뻔자브의 분할에 동의할 때까지 파키스탄에 대한 연맹의 요구는 부당하다고 느낍니다. 그들은 그런 상황에 대처하기 위해 어떤 수단을 사용해야 합니까?

첫 번째 질문에 대한 대답이 타당하다고 하면, 두 번째 질문은 일어나지 않을 것입니다. 하지만 보다 분명한 이해를 위해 그 문제가 논의될 수는 있습니다. 대다수 무슬림들이 콰이데 아잠 진나에 순종한다면, 폭력적인

---

90) Mohammed Ali Jinnah의 이명, 아랍어로 '위대한 지도자'의 뜻이다. (역주)

충돌은 아예 일어나지 않을 것이고, 대다수 힌두들이 비폭력의 입장을 취한다면, 무슬림들이 아무리 많은 폭력을 사용한다고 해도, 그 폭력은 실패할 수밖에 없을 것입니다. 하지만 한 가지는 완벽하게 이해되어야 합니다. 비폭력 신봉자들은 물론 폭력을 행하지 말아야 하고, 생각에서조차도 폭력을 품어서는 안 됩니다. 만일 파키스탄이 잘못이라면, 벵골과 뻰자브 분할이 파키스탄을 옳게 만들 수는 없습니다. 두 개의 잘못이 하나를 옳게 할 수는 없습니다.

> 대다수 사회주의자들은 사회주의혁명이 있었다면 경제적 문제가 전면으로 부상하고 집단간의 충돌은 뒤로 밀릴 것이라고 주장합니다. 당신은 이 말에 동의합니까? 만일 그런 혁명이 발생한다면, 그것은 당신이 라마라즈야라고 부르는 신의 왕국의 수립을 촉진합니까?

당신이 염두에 두는 사회주의혁명은 힌두·무슬림 사이의 긴장을 덜 첨예하게 만들 가능성이 있습니다. 우리 문제의 뿌리에 몇 가지 사항이 있다는 것은 일반 상식입니다. 힌두·무슬림 갈등이 종결된다고 해도 우리의 모든 문제들을 종결짓지 못할 것입니다. 힌두·무슬림 갈등이 위협적인 모습을 띠고 있고, 다른 사소한 충돌들의 종결이 그 위험을 감소시킬 것이라고도 말할 수 있습니다. 지금 일어나는 것은 다음과 같습니다. 즉, 노예신분이 종결되고 자유의 새벽이 오게 되면 사회의 온갖 약점들이 표면에 떠오르기 마련입니다. 그 일에 대해 불필요하게 기분 상할 이유는 없습니다. 그럴 때 우리가 균형을 취하고 있다면 모든 매듭이 풀릴 것입니다. 경제적인 문제에 관한 한 그것은 어떤 경우든 해결되어야 합니다. 오늘날 심각한 경제적 불평등이 존재합니다. 사회주의의 기초는 경제적 평등입니다. 사악한 불평등이 있는 현 실정에서는, 즉 소수가 풍요 속에 뒹굴고, 대중이 먹을 음식조차 충분히 얻지 못하는 실정에서는 라마라즈야는 결코 존재할 수 없습니다. 나는 내가 남아프리카에 있는 동안에도 사회주의 이론을 수용했습니다. 사회주의자들 그리고 다른 사람들과 내가 다른 점은, 일체의 개혁을 위해 가장 효과적인 방안으로 비폭력과 진리를 주창하는 데 있습니다.

> 당신은 라자·자민다르·자본가가 가난한 자들을 위해 수탁자가 되어야 한다고 말합니다. 그와 같은 사람이 오늘 존재한다고 생각합니까? 아니면 당신은 그들이 그런 식으로 변화되기를 기대합니까?

나는 그런 수탁자가 완전한 의미로는 아니지만 오늘날에도 소수지만 존재한다고 생각합니다. 그들은 분명히 그 방향으로 움직이고 있습니다. 하지만 우리는 현재의 라자와 다른 사람들이 가난한 자의 수탁자가 될 수 있을지 물을 수 있습니다. 나는 그런 희망을 품을 만하다고 생각합니다. 그들이 자발적으로 수탁자가 되지 않는다면, 상황의 힘이 그들에게 개혁을 강요할 것이며, 그렇지 않다면 그들은 극단적인 파국을 맞게 될 것입니다. 빤차야뜨 라즈가 수립된다면, 폭력이 절대 할 수 없는 일을 여론은 할 수 있을 것입니다. 일반 사람들이 자신들의 힘을 자각하지 못하는 한, 자민다르·자본가·라자가 가진 현재의 힘이 판치게 될 것입니다. 만일 민중이 협조하지 않는다면, 라자·자민다르·자본가가 할 수 있는 일이 뭐가 있습니까? 빤차야뜨 라즈에서는 오로지 빤차야뜨만이 순종을 얻을 것이고, 한 사람의 빤차야뜨는 자체가 만든 법률을 통해서만 움직일 수 있습니다. 빤차야뜨가 업무를 처리함에 있어서 비폭력을 따른다면, 위에서 말한 셋 모두는 법률에 의한 수탁자가 될 것이며, 만일 빤차야뜨가 폭력을 이용한다면, 그것은 그들의 힘의 종결을 의미할 것입니다.

—「질문난」(H.), 『하리잔 세박』, 1947.6.1; 『하리잔』, 1947.6.1; 『전집』 95 : 138

1947.6.8

나는 이틀 동안[91] 사회주의자 친구들에게 얘기한 것과 같은 것을 여러분에게 하겠습니다. 여러분 모두는 이 나라 전체의 이익에 대해 먼저 생각해야 합니다. 하지만 여러분은 사소한 고충에 대해 시간을 낭비하고 있습니다. 여러분이 실제의 사람에 의해서건 상상의 사람에 의해서건 사람에 의해 저질러진 실수를 만나게 되면, 여러분 공산주의자들은 어떤 조사도 하지 않고, 선동적인 연설을 시작하고 정부를 비난하고 민중을 자극합니다. 정부의 행위 가운데에서 여러분의 협조를 받을 만한 것이 단 하나도 없습니까? 잠시만 생각해 보십시오. 만일 여러분이 네루의 자리에 있다면 무엇을 했겠습니까? 그래서 여러분은 네루 또는 사르다르[92]의 입장이 되어보든지 아니면 그들에게 협력하십시오. 여러분이 그들에게 물러가라고 한다면 그들은 그 순간에 물러갈 것임을 나는 보증하는 바입니다. 그런 일은 여러분 자신들에게 득입니다. 어떤 경우에도 여러분은 근거 없는 주장으로 가득한 연설을 그만 둬야 합니다.

여러분의 원리들은 정말로 괜찮습니다. 그러나 여러분은 그것들을 실제 따르는 것으로 보이지 않습니다. 여러분이 진리와 거짓, 정의와 부정 사이의 차이점을 아는 것 같지 않기 때문입니다. 여러분에 대해 더욱 슬픈 일은, 인도에 대해 신앙을 갖고 비할 데 없는 인도문화로부터 영감을 기르는 대신, 러시아가 마치 모국이라도 되는 것처럼 러시아문명을 여기에 소개하기를 원합니다. 나는 일체의 외세, 그 외세가 아무리 큰 이익을 우리에게 준다고 해도, 그 외세에 의존하는 것은 찬성하지 않습니다. 여러분의 식사가 나의 공복을 채우지 못한다는 점, 나의 공복은 오로지 스스로 먹음으로

---

91) 5월 27일과 6월 7일.
92) 사르다르 빠뗄을 가리킨다. (역주)

써만 채울 수 있다는 점을 나는 원리상 믿기 때문입니다. 나는 라젠드라 바부에게 매일 같은 말, 즉 식량에 관한 한 우리는 어떤 외국에 의존해서도 안 된다는 말을 합니다. 우리는 외국인들의 자선에 의존하는 것보다 우리끼리 식량을 나눠 먹는 편이 훨씬 명예스러운 일일 것입니다.

우리의 자유에 걸맞게 행동합시다. 외국으로부터 유용하고 유익한 관념들을 받아들여도 분명 괜찮습니다. 그러나 이것은 우리가 무비판적으로 외국의 것이면 무엇이든 숭배해야 함을 의미하는 것은 아닙니다. 모든 나라에는 좋은 것과 나쁜 것이 있습니다. 우리나라에 있는 모든 것이 나쁘고, 다른 나라들에 있는 모든 것은 좋다고 믿는 것은 중대한 과오입니다. 외국에 있는 어떤 것들은 좋은 반면, 우리 문화의 어떤 모습들은 비할 데 없이 훌륭합니다. 여러분은 전문 용어의 하나로 '사땨그라하'라는 용어를 사용합니다. 그러나 이 용어를 사용하는 사람이면 누구든 큰 책임을 진다는 것을 깨달아야 합니다. 사땨그라히(진리파지자)는 전면적으로 진리에 의존해야 합니다. 그래서 그는 자신의 태도에 모호한 구석이 있으면 안 됩니다. 시류를 따라서도 안 됩니다. 간단히 말해, 그는 조금이라도 원리에서 떠나서는 안 됩니다. 사땨그라히는 오직 진리 이외의 어떤 것에도 눈을 돌려서는 안 됩니다. 그는 신구의(身口意) 무엇으로도 그 어느 누구에게도 고통을 주거나 부당한 짓을 해서는 안 됩니다. 그는 언제나 그의 생각에서 완벽한 명징성을 유지해야 합니다.

여러분 모두는 우리나라의 종이고 조국에 봉사하기를 열망합니다. 우리는 대단한 사람은 아니지만, 같은 나라에 형제자매로서 태어났습니다. 그와 같은 자격으로, 상대방의 일을 보완하고, 상대방에 대한 중상을 포기하고, 성과 없는 논의를 그만두고, 관대하고 서로를 용서합시다. 우리의 편협함을 포기하고, 마음의 관대함을 키우고, 이 나라의 좋은 이름을 이 세상에서 최고의 지점까지 고양시킵시다. 그 안에 우리 각자의 행복·평화·번영이 있습니다.

여러분 모두는 내 자식들과 같습니다. 여러분이 내 말을 참고 들었기에,

나는 내 마음을 여러분에게 쏟아 부었습니다. 원할 때는 언제든지 나에게 오십시오. 나는 여러분의 도움이 필요합니다. 여러분의 도움이 있을 경우에만 나는 뭔가를 할 수 있습니다. 나 혼자 무엇을 할 수 있겠습니까? 속담에 따르면 우리는 손바닥 하나로 박수를 칠 수 없습니다.

─ 공산주의자 일꾼들에게 한 말씀(G.), 『비하르 빠츠히 딜히』, 102~104면;
『전집』 95 : 213

279) 사회주의 설교와 모범 보이기

델리, 1947.7.2

나는 여러분에게 몇 가지 일을 말씀드리려고 여기에 왔는데, 그것을 듣고 싶다면 조용히 하십시오.

어제 여러분의 부의장께서 와서 이 대회에 나를 초청해 주었습니다. 나는 그때까지 자야쁘라까슈가 이 대회의 의장인 줄을 몰랐습니다. 사람들이 굽히지 않자, 나는 진퇴양난에 빠졌습니다. 거절하는 것은 옳지 않아 보였습니다. 여러분의 사랑에 이끌려 나는 억지로 여기에 나왔습니다. 경찰은 우리를 쇠사슬로 묶습니다. 미라바이의 말로 한다면, 사랑의 굴레는 비록 깨지기 쉽고 연약하지만 어떤 쇠사슬보다 더 강합니다. 사랑의 굴레에 이끌려 나는 8시 15분 정시에 여기에 도착했습니다. 여기에서 두서너 가지만 말씀드리겠습니다. 오늘날 스스로 사회주의자로 부르는 것이 유행처럼 되었습니다. 사람이 무슨 '이즘'의 이름표를 붙여야 봉사할 수 있다고 생각하는 것은 잘못입니다. 나는 자야쁘라까슈가 태어나기 전부터 그 문제를 공부해 왔습니다.

내가 50년 전 남아프리카에서 변호사 업무를 보고 있을 때, 사회주의자로 자처하면서도 나보다 덜 사회주의자였던 사람들이 많이 있었습니다. 나는 쿨리들 가운데에서 일하곤 했습니다. 나는 이것을 내 필생의 사명으로 삼았고, 쿨리가 사는 것처럼 살았습니다. 나는 늘 자신을 노동자와 농민의 종으로 간주했지만, 나 자신을 사회주의자라고 불러야 할 필요성을 발견하지는 못했습니다. 나의 사회주의는 종류가 다른 것입니다.

모두가 나를 버린다고 해도 나는 걱정하지 않을 것입니다. 나는 여러분의 친구입니다. 그래서 나는 절름발이가 자신이 필요한 것을 구할 수 없다면 우리 자신도 그것을 포기해야 할 것이라고 여러분에게 말씀드립니다. 나는 먼저 그 절름발이의 살림살이와 음식을 살핀 다음, 그런 뒤에야 비로소 나 자신을 위해 무엇을 할 것인가를 생각할 것입니다. 이것이 나의 사회주의입니다. 여러분이 이런 종류의 사회주의를 실현하기를 원한다면, 나는 여러분을 돕기 위해 맨 먼저 달려 올 것입니다. 심지어 왕조차도 자기 백성의 종이 됨으로써 사회주의자가 될 수 있다고 나는 확고하게 믿습니다.

우리가 백성과 왕을 모두 사회주의자로 만들기를 원한다면 어떻게 시작해야 할까요? 우리는 스스로 모범이 됨으로써 타인을 사회주의자로 개심시킬 수 있습니다. 왕을 바꾸는 방식에는 두 가지가 있다고들 합니다. 하나는 그의 목을 자르는 것이고 다른 하나는 그의 왕위를 뺏는 것입니다. 내 방법은 사랑을 통해 사회주의자로 만드는 방식입니다. 죽이는 것은 가증스런 일입니다. 여러분이 수천 명의 민중들에게 죽이기를 가르친다면, 여러분이 내릴 명령은 사회주의자의 명령이 아니라 살인자의 명령입니다. 내가 내 자신을 국민회의 의원이라고 부르듯이, 부왕도 자신을 그렇게 부를 수 있습니다. 그러나 부왕은 권력을 포기하라는 요청을 받는다고 그럴 준비가 되어 있습니까? 이와 마찬가지로 자신들을 국민회의 의원이라고 부르는 사람들이 많이 있지만, 그들은 진실한 의원입니까? 그들이 진정한 사회주의자들입니까? 자신들의 부와 그 부가 살 수 있는 쾌락에 익사해 버린 자들이 많이 있습니다.

나는 진리와 사랑을 굳게 고수합니다. 여기에서 말하는 사랑은 부부와 부자를 묶어 주는 유대와 같은 것은 아닙니다. 이것은 자기 이익에 의존하기 때문입니다. 내가 말하는 사랑은 귀의자를 신에게 묶어 주는 사랑입니다.

남아프리카에서 비록 백인들이 나를 적수로 대접했지만, 그들 중 많은 사람들은 친구로 나에게 왔습니다. 사회주의가 적수를 친구로 바꾸는 것을 의미한다면, 나는 진정한 사회주의자로 간주되어야 할 것입니다. 이런 사회주의에 대한 이념은 나 자신의 것입니다. 모든 사회주의자들은 나에게서 사회주의를 배워야 할 것입니다. 그럴 때에 비로소 우리는 헌신적인 일꾼들을 만들어 낼 수 있고, 농민의 통치를 실현할 수 있습니다. 나는 사회당이 설교하는 종류의 사회주의를 믿지 않습니다. 여러분에 대한 나의 설교가 광야의 외침일 수도 있고, 여러분은 내 말에 경청하지 않을 수도 있습니다. 나에게 욕을 하고 나를 미친 자로 취급하는 사람들도 있습니다. 나는 폭력을 믿지 않기 때문에 폭력을 가르칠 수 없습니다. 여러분이 목숨을 잃는다고 해도, 고개를 숙이지 말라는 것만을 여러분에게 가르칠 수 있습니다. 거기에 진정한 용기가 있습니다. 그리고 이 용기를 나에게서 빼앗아 갈 자는 없습니다. 내가 죽은 뒤, 여러분 모두는 간디가 진정한 사회주의자였음을 인정하게 될 것입니다.

내가 신탁에 대해 말하자 사람들은 나를 광인이라고 했습니다. 그러나 그 광기에는 뭔가가 있습니다. 여러분이 조금만 더 깊이 생각한다면 그것을 이해할 것입니다. 나는 이 모든 사람들 가운데 사회주의자가 한 사람 있다면, 그것은 바로 나라고 오늘 확신을 갖고 말할 수 있습니다. 그리고 이 확신 때문에 나는 여러분에게 말할 수 있는 권리를 갖습니다. 공복(公僕)의 공적인 삶과 사적인 삶은 서로 연결되어 있습니다. 사회주의는 도덕적 순결 없이는 확립될 수 없습니다. 사회주의는 끄리슈나 주님 시대 이래 늘 실시되어 왔습니다. 그 분은 목동들과 놀았고 그들과 함께 살고 먹었습니다. 그 분은 수다마와 함께 스승의 사모님을 위한 땔감을 구하기 위해 숲으로 갔습니다. 이와 같은 사례들은 많이 있습니다. 그 분은 자신에게 귀천의 차별이 없다는 점을 보여주기 위해 아르주나의 마부로 왔습니다.

그 분은 목동의 처녀들과 자유롭게 어울렸습니다. 그 분의 눈에는 불순함
이 존재하지 않았기 때문이었습니다. 그래서 여러분이 사회주의라고 부르
는 것, 러시아, 미국 또는 영국에서 배워야겠다고 생각하는 것은 우리나라
에 아주 오랫동안 있었던 것입니다.

자야쁘라까슈는 나에게 아들과 같고, 사회당의 다른 지도자들은 모두
내 친구입니다. 그들이 내가 묘사했던 사회주의를 받아들인다면, 나라 전
체가 그들과 함께 할 것이라는 점을 나는 그들에게 겸허하게 말하고 싶습
니다. 나는 유감스럽게도 여러분이 주창하는 사회주의 이론을 지지할 수
없습니다. 그것을 주창하는 자들이 삶 속에서 그것을 따르고 있지 않다는
것을 내가 알고 있기 때문입니다. 그들의 계율과 실천은 따로 놉니다. 단
순히 설교하는 것만으로는 효과가 없습니다. 라마는 숲으로 추방되어 14년
을 지냈기에, 우리는 그를 숭배합니다. 그러나 그가 그렇게 하지 않고, 자
식은 아비를 따라야 한다고 말하는 것만으로 만족했다면, 누가 오늘 그를
기억하겠습니까? 오늘날 살인·약탈·강간이 횡행하고 있습니다. 내 목소
리는 들리지 않습니다. 사람들은 내가 미쳤다고 합니다. 사람들은 주먹질
한 방 맞은 뒤 두 방을 어떻게 돌려주는지에 대해 가르쳐주기를 나에게 기
대합니다. 하지만 나는 그럴 수가 없습니다. "친구여, 여러분이 나를 죽이
기를 원한다면, 그렇게 하십시오. 하지만 나는 아무도 죽일 수가 없습니다"
라는 것이 내가 말할 수 있는 전부입니다. 나는 신이 마지막까지 이 용기
를 충분히 주시기를 그 분에게 기도합니다. 그런 용기를 기른 자는 약탈당
할 수 없습니다. 간디가 죽게 되면, 여러분은 간디가 사회주의자였다고 말
하게 될 것입니다. 나는 그것을 겸손하지만 확신을 갖고 말합니다. 나에게
그것을 지지할 만한 60년 동안의 경험이 있기 때문입니다.

—「델리지역 정치대회에서의 연설」(H.),
『간디지끼 델리 일기(*Gandhijiki Delhi Diary*)』 권3, 188~90면; 『전집』 95 : 382

280) 사회주의로의 회심

뉴델리, 1947.7.6

사회주의는 아름다운 말이다. 내가 아는 한 사회주의에서는 사회의 모든 구성원들이 평등하며, 낮은 사람도 높은 사람도 없다. 우리 몸에서 머리가 몸의 맨 위에 있다고 해서 높은 것도 아니고, 발바닥이 땅에 닿는다고 해서 낮은 것도 아니다. 개인의 몸의 지체들이 평등하듯 사회의 구성원들도 그러하다. 그것이 사회주의이다.

그 안에서는 왕자와 농부, 부자와 가난한 자, 고용주와 종업원들은 모두 동일한 지위에 있다. 종교의 용어로 말하자면 사회주의에는 이원성이 없다. 그것은 완전한 단일성(unity)이다.

온 세상에 있는 사회를 보면, 그 안에 이원성이나 다원성밖에 없다. 단일성은 눈에 띄게 부재하고 있다. 이 사람은 높고 저 사람은 낮다. 저 사람은 힌두교도이며, 저 사람은 이슬람교도이고, 세 번째 사람은 기독교도이고, 네 번째 사람은 파시교도이며, 다섯 번째 사람은 시크교도이고, 여섯 번째 사람은 유대교도이다. 개개의 종교인들 사이에서도 하위 구분들이 있다. 내가 생각하는 단일성이란, 구도들은 복수이지만 그 안에 완벽한 단일성이 존재하는 것이다.

이 상태에 도달하기 위해 우리는 사태를 철학적으로 바라보기만 하면서 모든 사람들이 사회주의로 회심하기까지 스스로 움직일 필요가 없다고 말해서는 안 될 것이다. 우리는 우리 자신의 삶을 바꾸지 않고, 계속 연설하고 당파만 형성하다가, 우리에게 닥치는 게임이 있다면 그것을 매처럼 낚아채려고 한다. 이것은 사회주의가 아니다. 우리가 사회주의를 이겨야 할 게임으로 생각하면 할수록, 그것은 우리에게서 더 멀어지게 된다.

사회주의는 최초의 회심자(回心者)에서 비롯된다. 회심자 한 사람이 있다면 여러분은 그에게 영(零)을 붙일 수 있고, 그 첫 번째의 영이 붙으면 열

사람이 될 것이며, 영이 하나 부가될 때마다 이전의 수는 10배로 불어난다. 하지만 출발하는 사람이 영이라면, 달리 말해 출발할 수 있는 자가 없다면, 영의 여럿이 있다고 해도 영밖에 낼 것이 없다. 영을 쓰는 데 사용된 시간과 종이는 그만큼 낭비인 것이다.

이 사회주의는 수정처럼 순수하다. 따라서 그것을 얻기 위해서는 수정 같이 투명한 방법이 필요하다. 불순한 방법은 불순한 목표로 끝날 것이다. 따라서 왕자의 목을 벤다고 해서 왕자와 농민이 평등하게 되는 것이 아니며, 목을 베는 과정이 고용주와 종업원을 평등하게 만드는 것도 아니다. 사람은 허위에 의해 진리에 도달할 수 없다. 진실한 행동만이 진리에 도달할 수 있다. 비폭력과 진리는 쌍둥이가 아닌가? 그 대답은 당연히 '그렇습니다'이다. 비폭력은 진리에, 진리는 비폭력에 깊이 박혀 있다. 따라서 그것들을 한 동전의 양면이라고 했던 것이다. 하나는 다른 하나에서 분리될 수 없다. 동전의 양면을 하나하나 보라. 말은 다르지만 가치는 동일하다. 이와 같은 축복의 상태는 완벽한 순수 없이는 얻을 수 없다. 마음이나 육신에 불순함을 품어 봐라. 그렇게 되면 여러분은 여러분 안에 허위와 폭력을 갖게 될 것이다.

그러므로 오직 진실하고, 비폭력적이고 순수한 마음을 지닌 사회주의자들만이 인도와 세계에 사회주의사회를 건설할 수 있을 것이다. 내가 알기로는 순수하게 사회주의적인 나라는 이 세상에 단 하나도 없다. 앞에서 말한 수단이 없다면, 그런 사회의 존재는 불가능할 것이다.

―「누가 사회주의자인가?」(G.), 『하리잔』, 1947.7.13; 『하리잔반두』, 1947.7.13;
『전집』 95 : 406

281) 사회주의와 사뜨그라하

뉴델리, 1947.7.13

진리와 아힘사는 사회주의 안에 반드시 살아 있어야 한다. 이것은 신에 대한 열렬한 신앙이 있을 경우에만 가능해진다. 진리와 아힘사를 단순히 기계적으로 고수하는 일은 고비를 만나면 무너질 가능성이 있다. 따라서 나는 진리가 신이라고 했던 것이다.

신은 살아 있는 힘이다. 그 힘으로 우리의 생명은 살아간다. 그 힘은 육신에 깃들어 있지만 육신은 아니다. 저 위대한 힘의 존재를 부정하는 자는 저 무한한 힘으로 접근하는 것을 스스로 부정하며 무능하게 될 것이다. 그는 이리저리 내동댕이쳐져서 앞으로 조금도 전진하지 못한 채 난파하고 마는 배, 방향타 없는 배와 같다. 많은 사람들이 이러한 곤경에 처해 있다. 그런 사람들의 사회주의가 어디로도 갈 수 없는데, 수백만 명의 사람들에 대해서는 뭐라고 말할 수 있을까?

실정이 이러하다면, 신을 믿는 사회주의자들은 왜 없을까? 그와 같은 사회주의자들이 존재한다면, 그들은 왜 진보를 전혀 이루지 못했을까? 신을 믿는 사람들은 많이 있다. 그런데 왜 그들이 사회주의를 실현하는 데 성공하지 못했을까?

이 물음에 대한 적절한 대답은 없다. 하지만 신심 있는 사회주의자가 자신의 사회주의와 신에 대한 믿음 사이에 관련이 있다는 사실을 조금도 생각하지 못했을 것이라고는 말할 수 있다. 이와 마찬가지로 신의 사람들은 아마 사회주의에 대한 어떤 필요성도 느끼지 않았을 것이다. 거룩한 남녀들의 존재에도 불구하고 이 세상에는 미신이 번성해 왔다. 신을 믿는 힌두교에 최근까지 불가촉천민제도가 분명히 우세하지 않았던가.

사람들은 이 거룩한 힘의 본성과 그 무한한 힘을 중단 없이 탐구해 왔다. 탐색을 하다보면 사뜨그라하를 발견할 수 있을 것, 그것이 내 주장이다.

하지만 사땨그라하의 모든 법칙들이 이미 체계화되었다고 주장하는 것은
아니다. 나 자신이 그 모든 법칙들을 안다고도 할 수 없다. 모든 가치 있는
목표는 사땨그라하에 의해 성취될 수 있다, 이 점을 나는 단언한다. 이것
은 최고의 수단, 가장 강력한 수단이고, 가장 효과 있는 무기이다. 나는 사
회주의가 이것 이외의 어떤 다른 수단에 의해 도달될 수 없을 것임을 확신
한다. 사땨그라하는 사회에서 모든 악, 즉 정치적·경제적·도덕적 악을
제거할 수 있다.

— 「사회주의」(G.), 『하리잔』, 1947.7.20; 『하리잔반두』, 1947.7.20; 『전집』 96 : 55

282) 어설픈 지식

뉴델리, 비를라 하우스, 1947.10.25

공산주의자들은 늘 바쁘게 뭔가에 몰두하고 있습니다. 하지만 일상사에
서 공산주의를 실천하는 자는 천 명 중에 한 사람도 없을 정도입니다. 공
산주의자들은 불평을 만들어 내고, 불만을 생성하고 파업을 조직하는 것을
자신의 지고의 의무로 간주해 왔습니다. 그들은 이런 불만, 이런 파업들이
궁극적으로 누구를 해칠지를 알지 못합니다. 어설픈 지식은 가장 나쁜 악
중의 하나입니다. 가장 좋은 것은 완전한 지식이나 무지입니다. 그런데 우
리는 이즘들 안에 갇혀 있으면서, 그것들을 자랑스러워하고, 이런 저런 이
즘에 속하는 것을 유행으로 간주합니다. 사람들은 러시아에서 지식과 교훈
을 구합니다. 우리의 공산주의자들은 이와 같은 비참한 상태에 놓여 있는
것으로 보입니다. 나는 그것이 창피한 상태가 아니라 비참한 상태라고 부
릅니다. 그들은 비난이 아니라 동정을 받아야 한다고 내가 느끼기 때문입
니다. 우리의 노예 신분 때문에 그들은 완전한 지식을 얻을 수 있는 기회
가 없었기 때문입니다. 그런데 이제 우리는 자유를 얻게 되어, 16세의 남

녀 학생이 주제넘게 자신을 어떤 이즘과 일치시키고 지도자로 나설 수 있는 기회까지 갖게 되었습니다. 이들은 영국인들이 우리에게 물려준 불화의 불에 부채질해 왔습니다. 그들은 그 불꽃을 통제할 수 없음을 곧 알게 될 것입니다. 우리가 해야 할 바는 우리의 무지한 대중에게 적합한 것을 찾아내고 그에 따라 행동하는 것입니다. 예를 들면, 우리는 곡물이 필요합니다. 우리나라의 청년들이 농사 기술을 배우고 더 많은 식량을 생산하는 데 몰두한다면 다툴 시간도 없을 것이며, 나라는 번영하게 될 것입니다.

— 공산주의자들에게 한 말씀, 『딜히만 간디지』 권1, 142~143면;
『전집』 97 : 141

11. 국가 없는 사회를 향하여

283) 악정보다는 무정부

이 편지[93]는 명백하게 출판을 염두에 둔 것이다. 페닝턴 씨는 연배에 비해 위대한 근면과 그가 믿는 대의명분을 진지하게 주창한 덕분에 늘 존경을 받아 마땅하다. 꾸마랍빠 교수의 경우 자기 일은 자기가 잘 할 것이다. 그는 촌락에 살고 있으므로 쉽게 만날 수 없다. 그러나 그가 페닝턴 씨의 사실에 대해 어떤 답을 갖고 있는지는, 나 자신의 경험으로 말할 수 있다. 페닝턴 씨와 같은 친구들이 생산해 낼 수 있는 '사실'의 대부분은 사실일

---

93) 페닝턴(J. B. Pennington)은 꾸마랍빠(J. C. Kumarappa)가 지은 「공공재정과 우리의 빈곤」이라는 장들을 비판했다. 이 장들은 『영 인디아』지(1929.11.28~1930.1.23)에 연재되었다. 페닝턴은 팍스 브리태니커에서 인도가 얻을 수 있는 여러 이익을 지적하고, 독립선언에 대해 의혹을 표시했다.

수도 있지만, 내셔널리스트들이 도달한 결론에 영향을 미치지는 않는다. 그런 사실들은 거기에서 도출되었다고 하는 여러 추론을 정당화하는 것도 아니다. '제비 한 마리가 왔다고 여름이 되는 것은 아니다.' 비옥한 토지 2~3에이크에 높은 가격이 지불되었다고 해도, 그것이 인도 아대륙의 일반적인 번영을 증명하는 것은 아니다. 번영을 누리는 개별적인 사실들이 있긴 하지만, 전체 인도의 일반적 빈곤이라는 엄연한 사실은 그대로 성립한다. 인도의 촌락을 한 번이라도 걸어본 사람이라면 직접 두 눈으로 이 빈곤을 볼 수 있을 것이다.

팍스 브리태니커는 유익한 작전이 아니다. 어떤 사유지 주인이 그 사유지를 외부 침입으로부터 보호하고 거기에 거주하는 노예들로 하여금 서로 싸우지 못하게 하고, 주인의 이익을 충분히 유지할 만큼 규칙적으로 일을 시킨다고 해보자. 팍스 브리태니커가 인도에 대해 갖는 가치는, 위의 사유지에 거주하는 노예들이 그 사유지에 대해 갖는 가치와 똑같을 것이다. 이 상상 속의 사유지에 있는 노예들은 자신의 위치에 대한 의식이 성장하게 된 후 다른 선택이 없다면 노예신분 대신에 무정부 상태를 선호할 것이다. 마찬가지로 나에게 다른 선택지가 없다면, 나는 기존의 통치와 그것의 자랑인 평화 대신 무정부 상태를 선호할 것이다. 악정(misrule)보다는 통치가 없는 것이 분명 낫다. '나를 가장 존경하고 싶어하는' 친구들에게는, 나에 대한 그들의 애정을 언제나 존중하지만, 그 애정을 나의 내면의 목소리에 대한 순종과 일치하여 간직할 수 없다면 나는 기꺼이 그 애정을 버리고 가야 한다는 것만을 말할 수 있다. 내가 내 혼을 잃어야 한다면 온 세상의 존경을 받는다고 해도 그것이 나에게 무슨 이익이 될 것인가?

—「무통치 대 악정」, 『영 인디아』, 1930.3.6; 『전집』 48 : 395

284) 국가와 이상적 사회 질서

1934.11.9 · 10

질문 ……카디가 단순히 인도주의적인 일이어야 할까요, 아니면 그것을 정치교육의 도구로 주로 사용해야 할까요? 우리의 경험에 따르면, 궁극 목표가 마음에 선명하게 그려지지 않는다면, 그 목표는 쉽게 시시한 일로 타락하고 맙니다.

답변 카디와 정치 조직, 이 두 가지 이슈는 절대로 분리되어야 합니다. 여기에 혼란이 있을 수 없습니다. 카디의 목표는 인도주의적입니다. 그러나 인도에 관한 한 그 결과는 굉장히 정치적일 수밖에 없을 것입니다.

구세군은 민중에게 신에 대해 가르치려고 합니다. 하지만 그들은 빵을 갖고 왔습니다. 가난한 자에게 빵은 신이기 때문입니다. 이와 마찬가지로 우리는 카디를 통해 민중의 입에 빵을 넣어주어야 합니다. 우리가 카디를 통해 민중의 나태를 깰 수 있다면, 그들은 우리에게 경청하기 시작할 것입니다. 정부가 무슨 사업을 하든, 그것은 촌민들에게 먹을 것을 좀 남겨 줄 것입니다. 우리가 민중에게 음식을 줄 수 없다면, 그들이 왜 우리의 말을 경청해야 합니까? 우리가 그들 자신의 노력을 통해 할 수 있는 일을 가르쳤을 때, 그들은 우리의 말을 경청할 것입니다.

그러한 신뢰는 카디를 통해 가장 잘 형성될 수 있습니다. 카디 프로그램을 실행해 나가는 동안, 우리의 목표는 순전히 인도주의적인 것, 즉 경제적인 것이어야 합니다. 우리는 일체의 정치적 고려를 철저하게 배제해야 합니다. 그러나 카디는 중대한 정치적 결과를 낳을 수밖에 없는데, 그러한 현상은 막을 수도 개탄할 필요도 없을 것입니다.

질문 우리가 자본주의에 대항하여 지역적이며 구체적인 이슈들에 대한 작은 전투를 촌락에서 시작함으로써, 그 전투를 카디의 방법 대신 민중을 강화하는 수단이나 그들 사이에 협력심을 키우는 수단으로 사용할 수 없었습니까? 양자 사이에 선택의 여지가 있다면, 우리는 어느 것을 선호해야 합니까? 우리가 한편으로 예컨대 이자율 감면이나 농업 생산물의 할당량의 증가를 위해 고리대금업자나 지주에 대해 반대 투쟁하고, 다른 한편으로는 카디와 관련하여 우리가 촌락에서 성취한 모든 일을 희생해야 한다면, 우리는 무엇을 해야 합니까? 이때 전자가 카디에 의한 조직보다 촌민들에게 자신감을 더 많이 심어준다고 가정하고 말입니다.

답변 당신이 질문의 마지막에 부가한 것은 큰 단서조항입니다. 지역적이며 구체적인 이슈에 대해 자본가들과 맞서 투쟁하는 것이 비폭력운동에 필요한 결의와 용기를 형성할 가능성을 높게 할 것인지에 대해 나는 말할 수 없습니다. 그러나 내가 만일 그 점을 당신에게 양보한다면, 당신이 설정한 상황에서 카디는 아마 희생되어야 할 것입니다. 나는 실천적인 사람이고 비폭력 방법의 전문가로 자처합니다만, 그런 나로서는 자의식과 힘을 얻도록 대중을 훈련하기 위해 그런 종류의 일을 택하지 말라고 충고해야겠습니다.

우리는 비폭력적 방법으로 스와라즈를 위해 투쟁합니다. 인도의 여러 지역에서 많은 일꾼들이 당신이 묘사한 지역 투쟁에 참여하게 된다면, 인도 전역의 민중은 꼭 필요한 때 스와라즈를 위한 투쟁에서 공동 전선을 펼 수가 없을 것입니다. 시민불복종이 대규모로 실시되기 전, 민중은 시민적인 복종이거나 자발적인 복종의 기술을 배워야 합니다. 정부에 대한 우리의 복종은 공포에 기인한 것이고, 그 공포에 대한 우리의 반응은 폭력 자체이거나 아니면 그것과 같은 부류인 비겁함입니다. 그러나 카디를 통해 우리는 그들이 자신들의 힘으로 설립한 기관에 대한 시민적 순종의 기술을 가르칩니다. 그 기술을 배운 경우에만 그들은 비폭력적으로 파괴하고 싶은 것에 대해 성공적으로 불복할 수 있습니다. 이 때문에 우리가 비폭력적 비협조의 성공적인 실행을 위해 필요한 조건에 맞게끔 대중을 교육하기 위해서는, 모든 일꾼들에게 투쟁력을 다방면의 전투에 낭비하지 말고 평화적인 카디 작업에 집중하라고 충고하는 바입니다. 대중들 자신의 착취와 함께, 피켓 들기를 통한 외제 직물의 불매운동은 쉽게 폭력화할 수 있

습니다. 카디의 사용을 통한 비폭력적 비협조운동은 가장 자연스럽고 절대
적으로 비폭력적입니다.

질문 사랑이나 비폭력은 모든 유형의 소유나 착취와 양립할 수 있습니까? 만일 소유
와 비폭력이 서로 어울리지 않는다면 당신은 토지나 공장의 사적 소유의 유지를 불가
피한 악으로 옹호하시는 겁니까? 물론 이 악은 개인들이 소유 없이 살아갈 만큼 성숙
하거나 교육받을 때까지는 지속될 것입니다. 만일 그것이 불가피한 단계라면, 국가가
모든 토지를 소유하는 것, 그리고 그 국가를 대중의 통제 아래 두는 것이 더 낫지 않겠
습니까?

답변 사랑과 독점적 소유는 절대 함께 갈 수 없습니다. 이론적으로 완전
한 사랑이 있는 곳에서는 완전한 무소유가 있어야 합니다. 육신은 우리 최
후의 소유물입니다. 그래서 사람이 인류에 대한 봉사로 죽음을 맞이할 각
오가 되어 있고 자신의 육신을 버린다면, 그때 비로소 그는 완전한 사랑을
할 수 있고 철저하게 무소유할 수 있을 것입니다.

그러나 그것은 오로지 이론적으로만 진실입니다. 실제의 삶에서 우리는
완전한 사랑을 하기가 어렵습니다. 소유물로서 육신이 언제나 우리에게 남
아 있기 때문입니다. 사람은 항상 불완전하게 남아 있을 것이고, 완전하게
되기 위해 노력하는 것이 언제나 그의 본분이 될 것입니다. 그래서 사랑이
나 무소유에서의 완전함은 우리가 살아 있는 한 성취할 수 없는 이상이지
만, 우리는 그것을 위해 부단히 노력해야 합니다.

돈을 가진 사람들은 이제 수탁자처럼 행동하고 자신들의 부를 가난한
자를 위해 갖도록 요청받습니다. 여러분은 신탁이 법적인 허구라고 말할
수도 있습니다. 그러나 민중이 그에 대해 부단히 성찰하고 그에 따라 살기
위해 노력하면, 지상의 삶은 현재보다 훨씬 더 많은 사랑에 의해 통치될
것입니다. 절대적인 신탁은 점에 대한 유클리드의 정의처럼 추상이라서 마
찬가지로 얻을 수 없습니다. 그러나 우리가 그것을 얻기 위해 노력한다면,
다른 어떤 방법에 의한 것보다 지상에 평등의 상태를 실현하는 쪽으로 더

진보할 수 있을 것입니다.

질문 만일 당신이 사유재산이 비폭력과 부합하지 않는다고 말한다면, 왜 사유재산을 참고 있습니까?

답변 그것은 돈을 벌지만 그 소득을 인류의 이익을 위해 자발적으로 사용하지 않는 사람들 때문에 인정할 수밖에 없는 양보입니다.

질문 그렇다면 왜 사유재산을 국가 소유로 대체하여 폭력을 최소화하지 않습니까?

답변 국가 소유는 사유재산보다는 낫습니다. 그러나 그것 역시 폭력 때문에 반대해야 합니다. 만일 국가가 폭력으로 자본주의를 억압한다면, 국가는 폭력 자체의 소용돌이에 휘말릴 것이고, 어떤 경우에도 비폭력을 발전시키지 못할 것입니다. 국가는 집중되고 조직된 폭력의 모습을 보여줍니다. 개인은 혼이 있지만 국가는 혼이 없는 기계로서, 자신의 존재를 의존하는 폭력에서 절대로 자신을 떼어 낼 수 없습니다. 따라서 나는 신탁의 교의를 선호합니다.

질문 구체적 사례를 검토해 봅시다. 한 예술가가 자신의 그림 몇 점을 아들에게 남겨주었는데, 그 아들은 그림들의 국보적 가치를 알아보지 못하고 그것들을 팔거나 훼손해, 이제 국가는 한 사람의 우둔으로 말미암아 귀중한 것을 상실하게 되었다고 가정해 봅시다. 만일 그 아들이 당신이 기대하는 그런 의미의 수탁자가 절대 될 수 없다고 확신하게 되면, 그리고 국가가 최소한의 폭력으로 그림들을 압수한다면 당신은 그 일이 정당화될 수 있다고 생각합니까?

답변 예, 국가는 실제 그것들을 압수할 것입니다. 그리고 국가가 최소한의 폭력을 행사한다면 압수 행위는 정당화될 수 있을 것으로 나는 믿습니다. 그러나 국가가 자신과 의견을 달리 하는 사람들에 대해 과도한 폭력을 행사할 공포는 항상 있습니다. 당사자들이 수탁자들처럼 행동한다면 나는 굉장히 기쁠 것입니다. 그러나 만일 그들이 그렇게 행동하지 못한다면, 국가를 통해 최소한의 폭력을 행사함으로써 그들에게서 소유물을 박탈해야 한다고 나는 믿습니다. 그 때문에 나는 원탁회의에서 기존 이익 일체가 검토되어야 하고, 필요한 경우 몰수를 명령할 수 있으며, 이 경우 사안에 따라 보상 여부가 결정된다고 말했던 것입니다.

내가 개인적으로 선호하는 것은 국가의 손에 권력을 집중하는 것이 아니라, 신탁의 의미를 확대하는 일입니다. 사적 소유의 폭력이 국가의 폭력에 비해 덜 유해하다는 것이 내 견해이기 때문입니다. 그러나 국가 소유가 불가피하다면, 나는 최소한의 국가 소유를 지지합니다.

질문 그렇다면 선생님, 당신은 사람들이 습관에 의해서가 아니라 자기 방향성이나 의지에 의해 더 많이 살아간다고 믿는데, 사회주의자들은 사람들이 의지에 의해서가 아니라 습관에 의해 더 많이 살아간다고 믿으므로, 여기에 당신과 사회주의자들 사이의 근본적인 차이점이 있다고 해도 될까요? 만일 그것이 이유라면 왜 당신은 자기 교정을 위해 노력하는 반면, 그들은 사람들이 타인을 착취할 욕구를 행사하지 못하게 하는 제도를 만들려고 합니까?

답변 나는 사람이란 실제로 습관으로 살아간다는 점을 인정하면서도, 사람은 의지를 발휘하여 살아가는 것이 더 좋다고 생각합니다. 나는 사람들이 착취를 최소한으로 줄일 수 있을 정도까지 자신들의 의지를 단련시키는 것이 가능하다는 점 역시 믿습니다. 나는 국가 권력의 강화를 최대의 공포심을 갖고 바라보고 있습니다. 국가가 착취를 최소화함으로써 외관상 선을 행하는 것처럼 보이지만, 그것은 모든 진보의 뿌리에 놓인 개성(individuality)을 파괴함으로써 인류에게 최대의 위해를 가하고 있기 때문입니다. 우리는 사람들이 신탁을 받아들인 수많은 사례들에 대해 알고 있습니다. 그러나 국가가 가난한 자들을 위해 실제로 살았던 사례에 대해서는 단 한 건도 모르고 있습니다.

질문 당신이 가끔 인용하고 있는 신탁의 사례들은 무엇보다도 당신 개인의 영향력에 기인한 것이 아니었습니까? 당신과 같은 스승은 드뭅니다. 그래서 사람들에게 필요한 변화를 도모하기 위해서는, 당신과 같은 인간들의 우연적인 강림에 의존하는 것보다, 어떤 조직체를 믿는 것이 더 낫지 않을까요?

답변 내 경우는 일단 제외합시다. 당신은 모든 위대한 스승들의 영향력이 그들의 인생보다 더 오래 살아남았다는 점을 기억해야 합니다. 마호메트, 석존 또는 예수와 같은 예언자의 가르침 안에는 영원한 부분이 있었고, 당대의 필요와 요구를 충족시키기 위한 것도 있었습니다. 오늘날 종교 실천에 이렇게 많은 왜곡이 있는 유일한 이유는, 우리가 그들 가르침 안의 일시적인 부분으로 영원한 부분을 따라잡으려고 노력하기 때문입니다. 그러나 그런 점을 도외시한다면, 당신은 이들이 세상을 떠나고 난 뒤에도 이들의 영향력이 우리를 지탱해 왔다는 점을 알 수 있을 것입니다. 더구나 내가 반대하는 것은 국가와 같이 힘에 기초한 조직체입니다. 자발적인 조직체가 있어야 합니다.

질문 예, 선생님. 그렇다면 당신의 이상적 사회 질서는 무엇입니까?

답변 나는 사람은 각자 이 세상에 일정한 자연적 성향을 타고 태어난다고 믿습니다. 각자는 자신이 극복할 수 없는 분명한 한계를 갖고 태어납니다. 이런 한계에 대한 조심스런 관찰에서부터 바르나 법칙은 도출되었습니다. 그 법칙은 일정한 성향을 지닌 사람들의 행위에 일정 영역을 정해줍니다. 이것은 일체의 무가치한 경쟁을 피하게 해줍니다. 바르나 법칙은 사람들의 한계를 인정하지만 귀천의 차별은 받아들이지 않습니다. 하지만 그 법칙은 각 개인에게 자신의 노동의 열매를 보장해 주는 반면, 그가 이웃에 압박을 가하는 것을 막아줍니다.

이 위대한 법칙은 타락했고 악평을 듣게 되었습니다. 그러나 나는 이 법칙의 의미가 충분히 이해되고 실행될 경우에만 이상적인 질서가 전개될 것이라고 확신합니다.

질문 고대 인도에서 네 개의 바르나 사이에 경제적 지위와 사회적 특권에 있어서 많은 차이점이 있었다고 당신은 생각하지 않으십니까?

답변 그것이 역사적으로 사실일 수 있습니다. 그러나 그 법칙의 잘못된 적용이나 불완전한 이해가 그 법칙 자체를 무시하는 것으로 나가서는 안 됩니다. 우리는 부단한 노력에 의해 우리에게 물려진 유산을 풍요롭게 해야 합니다. 이 법칙은 인간의 의무를 결정합니다. 권리는 의무의 합당한 수행에서 나옵니다. 의무를 무시하고 권리를 주장하거나 오히려 권리를 불법 행사하는 것이 오늘날의 풍조입니다.

질문 당신이 바르나아슈라마를 부활하고 싶다면, 가장 신속한 방법인 폭력을 왜 선호하지 않습니까?

답변 그런 질문은 일어날 까닭이 없습니다. 의무에 대한 정의와 수행은 폭력을 완전 배제합니다. 의무에 대한 언급 없이 권리를 주장할 때, 폭력은 필수적인 것이 됩니다.

질문 우리는 진리가 그 성격상 궁극적으로 제한되어 있다는 것을 알고 있으므로, 진리 추구를 우리 자신들에게만 한정하고 세상에 강요하지 말아야 되는 것이 아닙니까?

답변 당신은 진리를 그런 식으로 제한하려고 해도 할 수 없을 것입니다. 진리의 모든 표현은 그 안에 보급의 씨앗을 갖고 있습니다. 이는 태양이 그 빛을 숨길 수 없는 것과 같습니다.

—니르말 꾸마르 보세와의 대담, 『더 힌두스딴 타임즈』, 1935.10.17;
『전집』 65 : 364

285) 계몽된 무정부 상태

내 의견으로 정치력은 우리의 궁극 목표가 아니다. 그것은 사람들이 자신들의 전반적인 향상을 위해 사용해 온 수단 중의 하나이다. 국민의 대표자들을 통해 국민의 삶을 통제하는 힘이 정치력이다. 국민의 삶이 스스로 통제될 정도로 완벽하게 되면 대표자들은 불필요하다. 그렇게 되면 각자가 모두 자신의 통치자가 되는 계몽된 무정부 상태가 될 것이다. 그는 자신의 행위가 이웃의 복리를 방해하지 않게끔 처신하게 될 것이다. 이상 국가에서는 하등의 정치제도도 없고 따라서 정치력도 없다. 그 때문에 소로는 고전적인 선언에서 적게 다스리는 정부가 최선의 정부라고 말했던 것이다.

—「계몽된 무정부 상태—정치적 이상」(H.), 『사르보다야』, 1939.1;
『전집』 74 : 502

286) 분산화와 계획

빤츠가니, [1945.6.19 이전]

질문 아그라왈(Agrawal)[94] 교수가 언급하듯 간디 프로그램과 별도로 '간디 플랜'이란 것이 존재합니까? 플랜은 일정한 목표들을 얻기 위한 시간표가 그 안에 꼭 있어야 합니다. 당신은 그런 플랜을 짠 적이 없지 않습니까?

답변 나에게는 간디 플랜도 간디 프로그램도 없습니다. 그러나 만일 친구가 '간디'란 용어를 사용하는 것을 내가 반대하면 그것은 너무 현학적이 될 것입니다. '플랜'이란 용어에 대한 당신의 반대는 원칙적으로 타당합니다. 하지만 그 반대에 어떤 실질은 없다고 말하고 싶습니다.

---

94) 슈리만 나라얀(Shriman Narayan)을 지칭. 그의 「자유 인도를 위한 경제적 발전에 대한 간디 계획」은 1944년 출판되었다.

질문 간디 프로그램의 기초는 분산화입니다. 그러나 플랜의 핵심은 집중입니다. 플랜과 간디주의가 함께 갈 수 있습니까?

답변 나는 플랜의 핵심이 집중이라고 하는 견해에 찬성할 수 없습니다. 분산화는 집중과 마찬가지로 플랜에 진력해야 하지 않겠습니까?

질문 아그라왈 교수는 경제 계획이 최소한의 국가통제를 필요로 한다고 말합니다. 하지만 그가 전개하는 플랜은 가장 작게 다스릴 정부를 염두에 두는 것이 절대 아닙니다. 왜냐하면 국가 행위가 늘 강조되고 있기 때문입니다. '정부의 책임은 대단히 크다.' 통신, 공공의 건강, 교육, 장사와 교역, 은행업무와 화폐 등은 불가피하게 국가가 통제해야 할 것입니다. 그리고 그 플랜은 핵심적이며 기초적인 대규모 산업들의 국유화를 지지합니다. 이와 같이 서로 부합하지 않는 생각들이 어떻게 조화됩니까?

답변 인도의 촌락에 경제적으로 득이 되는 모든 산업과 수공업을 최대한 분산한다는 생각과, 전체적으로 보아서 인도에 필수적인 대규모 핵심 주요 산업을 집중시키거나 국유화한다는 생각 안에, 나는 어떤 불일치도 간파하지 못하고 있습니다. 아그라왈 교수는 현재의 상황에서 사례들을 지적했습니다. 우리가 독립을 얻고, 현 도시 산업의 자리에 촌락 산업이 득세하게 되면, 그런 일을 볼만큼 살아온 사람들 — 당신과 내가 그러기를 바라지만 — 은 다른 분위기, 즉 훨씬 건전한 분위기를 맞이할 것이고, 오늘 아그라왈 교수와 우리가 어둡게 보고 있는 것을, 우리는 밝게 보게 될 것입니다. 오늘날 모든 것이 외국에 의해 통제되고 있습니다. 내일 국가는 민중에 의해 통제될 것인데(그것 자체로 극히 중대한 변화입니다만), 만일 아그라왈 교수의 플랜(이 말을 사용하게 된 것을 용서하십시오)이 열매를 맺는다면, 국가통제가 크게 보인다고 해도 실제 최소가 될 것은 명백합니다. 인도의 중심을 지배하는 70만 개의 촌락들을, 그리고 촌락들의 이익을 위해 필요한 몇 개의 읍을 가진 저 촌락들을 당신의 마음속에 투사해 보십시오

질문 간디 프로그램은 본질적으로 인력의 최대 이용을 보증해 주는 촌락공동체의 부활입니다. 그것은 점진적 과정입니다. 물론 촌락 산업화가 전후 인도의 여러 문제 때문에 필수적이 된 산업의 국유화에 보완물이 되지 않는다면, 간디 프로그램은 확정적인 국가 계획을 반대하지 않겠습니까?

답변 당신은 내 이름으로 수립되어 있는 프로그램을 정확하게 묘사했습니다. 당신은 국유화라는 용어를 현재의 배경에서 떼어낸 뒤 난처한 문제를 제기했습니다. 나는 당신이 시각을 바꿔서 새로운 촌락의 배경에서 그 용어의 내용을 검토해 주시기를 바랍니다. 그 이상(理想)은 우리의 현대화된 마음에 너무 포괄적입니다. 내 이상은 결코 실현될 수 없는 완전한 백일몽일 수 있습니다. 하지만 그렇다고 말하는 것은 논점을 교묘하게 피하는 것입니다. 우리는 단 한 세대 안에 소위 어제 불가능했던 일이 오늘 가능하게 되는 것을 목격했습니다.

질문 최근 대기업가들은 정부를 큰 소리로 비판하고, 그들이 정부를 지지했지만 정부는 그들에게 빵 부스러기만 줌으로써 거짓말을 했다고 책망한 바 있습니다. 당신은 그런 대기업가들에게 강력하게 항의했습니다. 대기업가들은 자신들의 이익을 위해 국민회의를 착취하는데도, 그런 대기업가들을 돕는 일에 대해 국민회의 자체가 반대하지 않는다는 대답이 나왔습니다. 당신은 그런 착취를 중지시킬 수 없습니까?

답변 국민회의는 그 자체가 대기업가들에 의해 변화를 겪는 대신 대기업가들을 나라에 유용한 것으로 변화시키기를 바라고 있습니다. 국민회의는 그래서 여태 대기업가들에 대해 결코 반대해 온 적이 없었습니다. 미래에도 반대하지 않기를 나는 바랍니다. 당신이 언급한 나의 강력한 항의는 대기업가들이 종내 대중의 이익을 촉진하려고 한다면, 올바른 노선에 있어야 한다는 점을 보여주는 것입니다. 오늘날 그들은 어느 정도 외국의 지배자들에 봉사하면서, 스스로 그들의 탁자에서 떨어지는 빵 부스러기를 얻을 뿐입니다. 그것은 불행한 일입니다. 그러나 모든 사람들이 같은 생각을 하

지는 않을 것이고 같지도 않을 것입니다. 비폭력에는 강요 대신 상호간에
회심이 있습니다.

— P. 라마찬드라 라오와의 대담,『더 힌두』, 1945.6.23;『전집』87 : 260

287) 국가 없는 사회의 건설

뉴델리, 1946.9.6

슈리 샹까를라오 데오(Shri Shankarrao Deo)가 다음과 같이 적고 있다.

  한때 자신들을 사땨그라히(진리파지자)라고 불렀던 자들이 장관이 되면서 군과
경찰을 사용해야 한다고 하는 일에 대해, 사람들은 이상하게 생각합니다. 그들은
그것이 아힘사 — 강령으로 받아들였든 정책으로 받아들였든 — 의 위반이라고 느
끼고 있습니다. 그들이 옳아 보입니다. 국민회의 장관들이 보여주는 신념과 실천
사이의 모순은 우리의 일꾼들을 혼란에 빠뜨리고 있으며, 그 장관들은 국민회의
내부 비판자들과 그 모순을 악용하려는 국민회의 외부 비판자들에 직면하기가 어
려울 것입니다.
  국민회의의 아힘사는 대체로 약자의 아힘사였습니다. 이것은 현재 인도에서 주
도적인 여건 아래에서 유일하게 가능한 일입니다……. 아힘사를 오직 정책으로서
만 인정하고 권력의 지위를 받아들이는 사람들에 대해 반대할 만한 이유가 없다는
점을 나는 용인합니다. 그래서 많은 국민회의 의원들이 정부의 지위를 받아들였고,
당신은 그러도록 허락했습니다……. 그러나 우리가 아힘사를 통해 권력을 획득했
다면, 아힘사를 어떻게 실행하면 정부는 불필요한 것이 될까요? 만일 당신이 하나
의 길을 제시해 주지 않으면, 사땨그라하는 우리가 추구하는 목적을 위해서는 불
충분한 수단으로 간주될 것입니다.

  위의 질문에 대한 대답은 쉽다고 생각한다. 나는 얼마 전부터 '진리와
비폭력'이란 두 말이 국민회의 헌법에서 제거되어야 한다고 말해 왔다. 그
두 말이 제거 여부와 관계없이 우리가 진리와 아힘사에서 제거된 것이 분

명하다는 전제하에서 움직인다면, 우리는 특정 행위의 옳고 그름을 독자적으로 판단할 수 있을 것이다.

우리가 행정을 하면서 군대나 경찰을 계속 사용하는 한, 우리는 영국인들이나 다른 외세—그 세력이 국민회의의 손에 있든 아니면 다른 사람들 안에 있든 관계없이—에 계속 굴종해야 할 것이라는 점에 대해 나는 확신한다. 국민회의 장관들이 아힘사에 대한 신앙이 없다고 해보자. 그리고 나아가서 힌두, 무슬림 그리고 여타 사람들이 군대나 경찰로부터 보호를 구한다고 가정해 보자. 그 경우 그들은 계속 보호를 받을 것이다. 그렇다면 아힘사의 신봉자이며 군대로부터 도움을 청하기를 좋아하지 않는 국민회의 장관들은 퇴임할 것이다. 이것은 민중이 다툼을 스스로 해결하는 법을 배우지 못하는 한 깡패주의가 지속될 것이고, 우리는 우리 안에 아힘사의 진정한 힘을 결코 생성하지 못할 것임을 의미한다.

이제 문제는 그런 힘을 생성할 수 있는 방법에 대한 것이다. 나는 이 문제에 대해 8월 4일자의 『하리잔』지에 게재한 내 답장, 아메다바드 발 편지에 대한 내 답장에서 대답했다. 우리가 우리 마음에 사랑을 품고 용감하게 죽을 수 있는 힘을 계발하지 않는 한, 우리는 우리 안에 용감한 자의 비폭력을 발전시킬 수 없다.

이상사회에서는 국가 권력이 존재할 것인지, 아니면 국가 없는 사회가 될 것인지 하는 질문은 쓸데없는 질문이라고 생각한다. 우리가 만일 그런 사회 건설을 위해 계속 노력한다면, 그것이 어느 정도까지는 실현될 것이며 그만큼 민중은 이익을 얻을 것입니다. 유클리드가 직선은 폭이 없다고 정의했지만, 어느 누구도 그와 같은 선을 그리는 데 성공하지 못했으며 앞으로도 결코 성공하지 못할 것이다. 하지만 우리는 그와 같은 직선을 상정하기만 해도 기하학에서 진보할 수 있다. 이것은 모든 이상에 대해서도 사실이다.

하지만 우리는 그런 국가 없는 사회가 세상 어디에도 존재하지 않는다는 점을 기억해야 한다. 만일 그런 사회가 가능하다면, 인도에서 최초로 수립될 수 있을 것이다. 그런 사회를 건설하기 위한 노력들이 인도에서 시도되었기 때문이다. 우리는 그런 지고의 영웅적 행동을 아직은 보여주지 못했다. 유일한 길은 그것을 믿는 사람들이 모범을 보이는 것이다.

―「국민회의 장관들과 아힘사」(H.),『하리잔』, 1946.9.15;
『하리잔 세박』, 1946.9.15;『전집』 92 : 183

288) 세계연맹, 민주주의, 라마라즈야

뉴델리, 1947.7.4

형제자매들이여,

어떤 사람들은 일어난 일, 일어나고 있는 일 그리고 우리가 곧 얻으려는 자치령 지위가 라마라즈야로 이어질 것인지를 나에게 물어옵니다. 그런 질문을 던지는 사람들은 보통 빈정대는 사람입니다. 나는 이 모든 것이 라마라즈야로 이어진다고 말할 수 없음을 인정합니다. 내가 목격하는 모든 징후는 라마라즈야에 반대하고 있습니다. 나라는 쪼개져 버렸고 두 개의 자치령이 생기게 될 것입니다. 그리고 만일 이 둘이 상대방에게 적개심을 품는다면, 우리는 어떻게 라마라즈야의 수립을 기대할 수 있을까요? 물론 자치령 지위는 영국인들에 대한 복속을 의미하는 것은 아닙니다. 그것은 독립만큼이나 좋습니다. 그러나 영연방 내의 다른 자치령들은 어느 정도 같은 인종으로 구성되어 있습니다. 인도는 동양에 있으므로 어떻게 자치령이 될 수 있겠습니까? 만일 세상의 모든 나라들이 그런 자치령이 되기라도 한다면 그것은 다른 문제가 될 것이며, 라마라즈야가 수립될 수도 있을 것입니다. 그러나 이미 일어난 사태는 인도를 라마라즈야 곧 신의 나라로 인도하지 못할 것입니다. 영국 정부는 원래 권력을 인도인의 손에 1948년 6월 30일까지 이양하려고 했습니다. 하지만 이제 그들은 신속하게 빠져나오면 나올수록 더 좋겠다고 결정해 버렸습니다. 그러나 그들이 어떻게 그렇게 할 수 있습니까? 그래서 그들은 자치령의 지위를 분리된 인도에 부여하면 아무 위험이 없겠다는 결론에 도달했습니다. 그렇게 되면 그들은 우리와 여전히 관계를 유지할 것이기 때문입니다.

나는 인도가 우물 바깥세상에서 일어나는 일을 모르고 있는 우물 안의 개구리가 되기를 원치 않습니다. 자와할랄과 다른 지도자들은 우리가 어떤 나라에 대해서도 적대적이지 않을 것이라고 말했습니다. 우리는 영국인을 포함한 모든 사람들과 우정을 나눌 것입니다. 그렇다면 그들은 세계연맹을 원하는 것입니까? 내가 '아시아 유대 관계 대회'에서 연설했듯이, 세계연맹은 실현 가능하며, 그 경우 각 나라는 군대를 유지할 필요가 없을 것입니다. 오늘날 어떤 나라들은 자신들을 민주주의적이라고 묘사하고 있습니다만, 민주주의자라고 말한다고 해서 민주주의자가 될 것은 물론 아닙니다. 민중이 다스리는 곳에 군대가 왜 필요하겠습니까? 군대가 통치하는 곳에서는 민중은 통치할 수 없습니다. 군대들에 의해 지배되는 국가간의 세계연맹이란 있을 수 없습니다. 독일과 일본의 군사 독재들은 여러 나라를 속여 자신들과 우호 관계를 만들려고 했습니다. 그러나 기만은 오래가지 않았습니다. 오늘날 나는 주위를 돌아보지만 어디에서도 라마자즈야를 찾을 수가 없습니다.

사람들은 오늘날 횡행하고 있는 칼과 총탄의 통치가 32년 동안의 진리와 비폭력에 관한 내 가르침의 결과가 아니냐고 묻습니다. 그렇다면 이것은 32년 동안 내가 거짓과 위선으로 득세해 왔음을 의미합니까? 그것은 나에게서 아힘사의 가르침을 흡수했던 수백만 명의 사람들이 32년 이후 돌연 거짓말쟁이와 살인자가 되었음을 의미합니까? 나는 우리의 아힘사가 약자의 아힘사임을 인정했습니다. 그러나 실제로 약함과 아힘사는 동행할 수 없습니다. 그래서 그것은 아힘사가 아니라 수동적 저항이라고 불러야 합니다. 그러나 수동적 저항은 오직 약자를 위한 것이지만, 내가 주창했던 아힘사는 약자의 아힘사가 아니었습니다. 그렇다면 수동적 저항은 능동적 저항, 무장 저항의 준비 단계입니다. 결과적으로 민중이 자신들의 가슴에 품어 왔던 폭력은 이제 갑자기 분출되었습니다.

우리의 수동적 저항은 완전한 실패가 아니었습니다. 우리는 자유를 거의 얻었습니다. 우리가 오늘날 목격하는 폭력은 겁쟁이의 폭력입니다. 용감한 자의 폭력과 같은 것도 있습니다. 만일 대여섯 명이 전투에 가담하게 되어 칼에 찔려 죽는다면, 그 안에 폭력은 있지만 그것은 용감한 자의 폭력입니다. 그러나 1만 명의 무장한 사람들이 비무장한 사람들이 살고 있는 촌을 습격하여 그들을 처자식과 함께 살육한다면 이는 겁쟁이의 폭력입니다. 미국은 일본 위에 원자탄을 투하했습니다. 그것은 겁쟁이의 폭력입니다. 용감한 자들의 비폭력은 지켜볼 만한 가치가 있습니다. 나는 죽기 전에 그런 비폭력을 보고 싶습니다. 이를 위해 우리는 내면적 힘이 있어야 합니다. 그것은 독특한 무기입니다. 민중이 비폭력의 아름다움을 깨달았다면, 그동안 잃었던 모든 생명과 재산은 결코 그냥 허비된 것이 아닐 것입니다.

민중이 내가 지난 32년 동안 그들에게 전달하려고 노력해 왔던 아힘사의 가르침을 배웠다면, 현재 음식과 의복의 배급은 필요 없었을 것입니다. 우리가 음식과 의복을 소비하는 데 사려 깊게 생각했다면, 인도에 그 어느 것도 부족하지 않았을 것입니다. 민중이 진실하게 살고 상대방을 돕기를 배웠다면, 공무원의 공무를 쳐다볼 필요도 없었을 것입니다. 고 몽테규 씨는 공무를 융통성 없는 구조라고 묘사했습니다. 공무원들은 자신을 민중의 종복으로 간주하지도 않고, 민중에 봉사하기 위해 고용된 것도 아닙니다. 그들이 여기에 있는 것은 외세에 의한 통치를 어떻게든 굴러가도록 하기 위해서입니다. 그들은 사무실에 편히 앉아서 토민병을 통해 명령을 하달합니다. 우리가 만일 스스로 굳게 서서 공무에 대한 의존을 포기하기를 배운다면, 오늘날 인도에는 배급할 필요도 공무의 필요도 없을 것입니다. 행정을 보기 위해 일정한 종류의 공무원이 필요한 것은 분명합니다. 세월이 흘러 공무원들이 변하여 민중에 봉사하기 위해 행정을 본다면, 진정으로 민주주의적인 체제가 생기게 될 것입니다.

— 기도 모임에서의 연설(H.), 『*Prarthana Pravachan*』 권1, 217~220면;
『전집』 95 : 395

289) 부적

[1947.8]

나는 당신에게 부적 하나를 주겠습니다. 당신이 의심이 들 때마다, 또는 자아라는 것이 당신에게 너무 무겁게 느껴질 때마다 다음 시험을 적용해 보시오. 당신이 보았던 사람들 가운데 가장 가난하고 가장 연약한 사람의 얼굴을 기억해 내십시오. 그리곤 당신이 내딛으려고 생각한 발걸음이 그에게 도움이 될지를 자문해 보십시오. 그가 그것으로 뭐라도 얻을 수 있을까? 그것이 그로 하여금 자신의 삶과 운명에 대한 통제력을 회복하게 해줄까? 달리 말해 그 발걸음이 배고프고 영적으로 굶주린 수백만 명의 사람들로 하여금 스와라즈로 인도해 줄까?

그렇게 되면 당신은 의심과 함께 당신 자신이 녹아버리는 것을 발견하게 될 것입니다.

M. K. 간디[95]

—「메모」, 복사본에서, 『마하뜨마(*Mahatma*)』 권8, 89면;『전집』 96 : 427

---

95) 서명은 데반나가리와 벵골 문자로 되어 있다.

290) 내 메시지

1947.9.5

내 인생이 나의 메시지이다.

간디

— 샨띠 세나 달96)에게 보낸 메시지, 『더 힌두스딴 스탠더드』, 1947.9.7;
『전집』 96 : 460

---

96) 이것은 벵골어로 쓰여져 샨띠 세나 달('평화군')의 서기였던 데브또슈 다스 굽따(Devtosh Das Gupta)에게 주어졌는데, 그때 그는 간디를 방문하고 있었다. 간디는 '평화군'을 축복하면서, 앞길을 막을 수도 있는 어떤 불리한 여건에 대해서도 용감히 맞서라고 말했다.

1869	0세	
	10.2	모한다스 까람찬드 간디는 구자라뜨 까티아와르 뽀르반다르에서 바이샤 가문에 출생. 뽀르반다르, 라즈꼬뜨와 바나끄네르 주 수상인 까람찬드 간디와 그의 네 번째 처 뿌뜰리바이(Putlibai) 사이에서 세 아들 중 막내로 태어나다.
1876	7세	
		부모와 함께 라즈꼬뜨로 가다. 12살 때까지 그곳에서 초등학교 다님. 고꿀다스 마깐지(Gokuldas Makanji)의 딸 까스뚜르바이와 약혼하다.
1882	13세	
		까스뚜르바이 마깐지와 결혼.
1884	15세	
		육식과 무신론을 실험하다.
1888	19세	
	봄	장남 하릴랄(Harilal) 출생.
	9.4	간디가 속한 카스트 장로들의 반대를 무릅쓰고 유학차 영국으로 항해하다.
	11.6	런던의 인너 템플 법학원에 등록하다.
1889	20세	
	11월	신지학회 소속의 블라바츠키(H. P. Blavatsky)와 아니 베전트(Annie Besant)를 만나다.
		『바가바드 기따』, 에드윈 아널드의 『아시아의 빛』, 산상수훈을 읽다.
1890	21세	
	9.19	런던 채식주의자협회의 집행위원이 되다.
1891	22세	
	3.26	런던 신지학회 준회원으로 등록하다.
	6.10	변호사 자격 취득하다.
	6.11	런던 고등법원에 등록하다.*
	6.12	인도로 항해하다.
1892	23세	
	봄	마니랄(Manilal)의 출생하다.
	5.14	까티아와르에서 법률사무소 개업을 위한 허가 취득; 성공적인 업무를 수행하지 못하고, 라즈꼬뜨에서 법률문서 작성자로 정착하다.
1893	24세	
	4월	다다 압둘라 회사의 법률 고문으로 남아프리카로 항해하다.
	6월	프레토리아에서 객차에서 쫓겨나다.
		인종차별에 대해 비폭력적으로 저항하기로 결심하다.
	7월	크루거 총장 자택 인근의 보도에서 구타당했지만 공격자를 고소하기를 거부하다.
1894	25세	
	4월	종교 서적을 공부하다.
		여기에는 성경, 코란, 톨스토이의 『천국이 네 안이 있다』가 포함되어 있다.

	8.22	나탈 인도 국민회의를 조직하다.
	9.3	유럽인 변호사들의 반대를 무릅쓰고 나탈과 트란스발 고등법원에 변호사로 등록하다.
1895	26세	
	5월	더반 인근의 트라피스트회 수도원을 방문하다.
	12.6	인도 이민법안 내의 재계약 조항에 반대하며 나탈 의회와 리퐁 경에 호소하다.
		「인도인 선거권-남아프리카 거주의 모든 영국인들에게 보내는 호소문」을 발행하다.
1896	27세	
	6.5	인도로 항해하다.
		남아프리카 거주 인도인을 위해 여러 집회에서 연설하다.
	11.30	가족과 함께 남아프리카로 항해하다.
1897	28세	
	1.13	더반에 도착, 폭도의 공격을 받다.
	1.20	공격자 기소하기를 거부하다.
	5월	람다스(Ramdas) 출생하다.
1898	29세	
		차별법률에 관련하여 지방 당국 및 대영제국 당국자에게 청원서를 제출하다.
1899	30세	
	12월	보어 전쟁에 참전하기 위해 인도인 위생병부대를 조직하다.
1900	31세	
	5.22	데바다스(Devadas) 출생하다.
1901	32세	
	10.18	가족과 함께 인도로 항해하다.
	12.27	남아프리카에 대한 결의안을 인도국민회의에 제출하다.
1902	33세	
	2월	캘커타에서 고칼레와 함께 1개월 지내다. 라즈꼬뜨에서 변호사업에 실패하고, 봄베이로 옮겨서 법률업무에 착수하다.
	11.20	트란스발의 반아시아인 법안에 대항하는 인도인들의 운동을 지지하라는 부름에 응하여 가족과 함께 남아프리카로 돌아오다.
1903	34세	
	2월	트란스발 대법원 변호사로 등록하다.
		요한네스버그 법률사무소를 개소하다.
	6.4	주간지 『인디언 어피니언』을 창간하다.
1904	35세	
	10월	러스킨의 『이 최후의 사람에게』를 읽다.
	12월	더반 인근에 페닉스 정착촌을 설립하다.

1905	36세	
	5월	따밀어를 배우기 시작하다.
	8.9	나탈 인도인들에 대한 인두세 징수 법안의 수정을 요구하다
	8.19	벵골 분리에 대한 연합된 반대를 요구하고 영국 제품에 대한 불매운동을 지지하다.
1906	37세	
	5.12	인도 자치를 주창하다.
	6~7월	줄루 반란 때 위생병부대에서 봉사. 브라마차르야 서약을 하다.
	9.11	요안네스버그 소재 제국극장에서 열린 아시아인 법안의 철회를 요구하는 대규모 집회에서 연설하다.
	10.3	영국 정부에 탄원하기 위해 영국으로 항해하다.
	12월	남아프리카로 돌아오다.
1907	38세	
	1~2월	「윤리적 종교」에 대한 8개의 논문을 집필하다
	7.14	인도인에게 재등록하지 말도록 요청하다.
	7.31	수동적 저항의 중요성에 대해 설명하다.
		총파업이 실시되다.
	12.28	피케트 시위에 대한 재판에 자신이 변론하다. 48시간 이내 트란스발을 떠날 것을 명령받다. 나중 정부 광장에서 열린 집회에서 연설하다.
1908	39세	
	1.10	'수동적 저항'이란 말 대신 '사땨그라하'라는 말을 채용하다. 2개월 금고형을 선고받다. 다른 사땨그라히들과 함께 1월 31일 석방되다.
	2.10	미르 알람 칸(Mir Alam Khan)과 다른 빠탄인들의 공격을 받고 거의 목숨을 잃을 뻔하다. 병석에서 그 공격자들을 용서해야 한다고 호소하고, 아시아인들에게 자발적으로 지문날인을 하도록 요구하다.
	8.16	대규모 집회에서 연설하고 등록증명서의 소각을 부추기다. 간디의 공격자였던 미르와 다른 빠탄인들이 자신들의 과오를 인정하고 '최후까지 싸우기'로 결의하다.
	8.23	요한네스버거에서 대규모 집회가 소집되어 등록증명서를 소각하다.
	10.7	등록증명서 없이 트란스발에 들어가려다가 폴크스루스트에서 체포되다. 2개월간의 징역형에 처해지고, 12월 12일에 석방되다.
1909	40세	
	1.16	등록증명서를 제시하지 못하여 폴크스루스트에서 다시 체포되다. 추방당하자 돌아왔고 다시 체포되었으나 보석으로 풀려나다.
	2.25	폴크스루스트에서 같은 죄목으로 체포되어 3개월 금고형에 처해지다. 5월 24일 석방되다.
	6.23	영국으로 항해하다.
	7.10	런던에 도착하다. 앰프틸 경의 도움으로 유력한 영국인 지도자들을 교육하려고 하다.
	11.13	남아프리카로 돌아오다. 도중에 『힌드 스와라즈』를 집필하고 톨스토이의 「어느 힌두교도에게 보내는 편지」를 번역하다.

1910	41세	
	4.4	톨스토이에게 『인도 자치(힌드 스와라즈)』를 보내다.
	5.8	톨스토이는 수동적 저항이 인도와 인류에게 아주 중요하다는 대답을 해오다.
	5.30	헤르만 칼렌바흐가 제공한 1천 1백 에이커의 땅에 톨스토이 농장을 설립하다.
1911	42세	
	4.22	스뫼츠는 사땨그라하운동을 중지한다는 조건으로 인도인들의 요구 사항을 수락하다.
1912	43세	
	10.22	고칼레가 케이프 타운에 도착하다. 간디는 5주간의 여행 기간 동안 수행하다.
		유럽식 복장과 우유를 포기하고 식사를 생과일과 건과로 한정하다.
1913	44세	
	4월	까스뚜르바이가 사땨그라하 투쟁에 참여하다.
	9.15	사땨그라하가 재개되다. 12인의 남성과 까스뚜르바이를 포함한 4인의 여성이 더반을 출발하여 폴크스루스트로 향하다.
	9.23	까스뚜르바이가 다른 사땨그라히들과 함께 체포되다.
		3개월 징역형을 선고받다.
	10.28	1천 700인의 사땨그라히들을 뉴캐슬로부터의 행진에서 지도하다.
	11.6	2천 2백 21인의 행군자와 함께 폴크스루스트 국경에서 체포되고, 다른 사람들은 월경하다.
	11.7	폴크스루스트에서 보석으로 석방되고 2천 37인의 행군자들의 행군에 참여하다.
	11.8	스탠더튼에서 체포되어 신원 확인 이후 석방되다. 행군 계속되다.
	11.9	티크워스에서 체포되어, 밸푸어로 이송되다.
	11.11	파업을 선동했다는 죄목으로 둔디에서 9개월 징역형을 선고받다.
	12.18	석방되다. 석방부터 타결에 이르기까지 간디는 1일 1식하고 계약 노동자의 복장을 하다.
1914	45세	
	1.13	스뫼츠 장군과 협상 개시, 1월 22일 중재안에 도달하다.
	1.22	스뫼츠 장군과의 협상타결 이후 사땨그라하를 중지시키다.
	7.18	인도로 가는 도중 런던으로 항해하다. 남아프리카를 영영 떠나다.
	8.6	제1차 세계대전 발발 이틀 후 영국에 도착하다.
	8.8	영국인과 인도인 친지들이 세실 호텔에서 환영회를 열어주었다. 진나, 랄라 라즈빠뜨 라이, 사로지니 나이두가 참석자 중의 일부였다.
	8.13	런던 거주 인도인 학생들의 위생병을 조직하다.
	12.19	건강 악화로 인도로 항해하다. 벵골어를 배우기 시작하다.

1915	46세	
	1.9	봄베이에 도착, 위생병 봉사로 카이저-이-힌드 금메달을 수상하다.
	3.7	고칼레 죽음을 애도하기 위해 뿌나 집회에 참석하다.
	4.7	리쉬께슈에 가고, 스와르가 아슈람을 방문하다.
	5.20	아메다바드에 사땨그라하 아슈람(나중 사바르마띠 아슈람으로 개명)을 개설하다.
	9월	사땨그라하 아슈람에 불가촉천민 가족을 받아들이다.

1916	47세	
		인도와 미얀마를 여행함, 3등 열차를 이용하다.
	2.6	베나레스 대학에서 연설하다.
	10.21	아메다바드에서 개최된 봄베이지역대회에서 간디는 진나를 의장으로 선출하기를 제안하다.
	12.26	러크나우 인도국민회의에 참석하다.
	12.29	러크나우에서 열린 전인도 공용문자와 공용어대회를 주재하다.

1917	48세	
		물레를 사용하여 수직의 천을 대규모로 생산하려는 생각이 마음에 자리 잡기 시작하다.
	4.10	참빠란에서 인디고 농장 노동자들의 문제를 다루기 시작, 8월 노동자의 결의안을 이끌어 내다.
	8.31	마하데브 데사이에게 "당신 안에서 내가 원하는 사람을 찾았다"고 말하다.
	10.3	참빠란 위원회는 농장주들과 협상에 도달하다.

1918	49세	
	2.20	봄베이에서 바기니 사마즈 연례 집회의 회장이 되고, 여성 교육에 대해 연설하다.
	2.22	아메다바드 직물공장 노동자를 위해 사땨그라하운동을 지도하고, 3월 18일 협상을 타결하다.
	3.22	나디아드에서 케다 사땨그라하를 개시하고, 6월 29일 성공적으로 마무리하다.
	4.27	델리에서 열린 총독의 전쟁협의회에 참석하고, 그 협의회에서 힌두스따니어로 연설하다. 영국군을 위해 징집 고취를 위한 여행을 하다.
	11.14	구자라뜨 스와데시 상점을 개점하다.

1919	50세	
	2.24	부왕에게 사땨그라하 선서에 대해 통지하다.
	3월	『사땨그라하 소책자』 제 1호를 발간하고, 거기에 소로를 인용하다.
	3.19	마드라스 노동조합의 집회에서 연설하고, B. P. 와디아가 의장을 맡다.
	4.6	전인도 사땨그라하운동, 즉 전국적인 하르딸(파업)을 시작하다.
	4.7	등록 없이 『사땨그라히』지 제1호를 발간하다.
	4.10~12	델리로 오는 길에 뻰자브에 들어오지 말라는 명령에 불복하여 체포당하다. 봄베이로 다시 호송하는 도중 여러 마을에서 폭력이 잇따르다.
	4.13	암리짜르에서 대학살이 발생하다.

	4.14	사흘 동안의 참회를 위한 단식을 시작하다.
		롤래트 법안에 반대하는 사땨그라하운동을 지도하다.
		자신의 '히말라야만큼 큰 오산'에 대해 고백하다.
		뻔자브 지역에 계엄령 선포되다.
	4.18	사땨그라하운동을 중지시키다.
	9월	『나바지반』지 편집인을 맡다.
	10월	『영 인디아』지의 편집인을 맡다.
	11.4	암리짜르의 골든 템플에서 영접을 받다.
	11.24	델리에서 전인도 킬라파뜨 집회를 주재하다.
1920	51세	
	4.2	라빈드라나트 타고르가 사바르마띠 아슈람을 방문하다.
	8.1	부왕에게 편지를 보내고, 줄루 전쟁, 보어 전쟁에서 받은 메달을 반납하다.
	8.31	일평생 카디를 착용하겠다고 선서하다.
	9.8	인도 국민회의 특별회의는 뻔자브와 킬라파뜨에서의 과오에 대한 수정을 보장하기 위해 간디가 제안한 비협조 프로그램을 수용하다.
	12월	나그뿌르 국민회의는 합법적이며 평화적인 방법을 통한 스와라즈 성취를 국민회의의 목표로 선언하는 간디 결의안을 수용하다.
1921	52세	
	3.30	간디는 비자야나가람에서 힌디어를 인도 공용어로 삼자고 호소하다.
	4월	인도에 2백만 개의 물레를 설치할 프로그램을 개시하다.
	7.31	외제 천에 대한 전면적 불매운동을 지도하다.
		봄베이에서 거대한 외제 천 소각(燒却)을 지도하다.
	10.31	매일 물레질하기로 서약하다.
	11.19	집단간의 폭동에 항의하기 위해 5일간 단식하다.
	12월	대규모 사땨그라하 캠페인 시작, 국민회의가 전폭적으로 지지하다. 수많은 국민회의 지도자들이 체포되다.
1922	53세	
	2.4	차우리 차우라에서 폭동 발생하다.
	2.12	폭력에 대한 항의의 표시로서 5일간의 단식을 시작하다.
		사땨그라하운동 계획을 포기하다.
	3.10	선동 혐의로 사바르마띠에서 체포되다. 6년형을 언도받다.
1923	54세	
	11.26	교도소에서 『남아프리카에서의 사땨그라하』의 집필을 시작하다.
1924	55세	
	1.12	맹장 수술받다.
	2.4	교도소에서의 석방을 명령받다.

	2.12	자신에게 노벨 평화상을 추천하는 의회 결의안을 제출하지 말도록 마호메드 야꿉에게 요청하다.
	5.18	교도소에서의 석방 이후 최초로 대중 앞에 등장하여 봄베이에서 거행된 석존탄신 기념식의 의장이 되다.
	9.17	힌두·무슬림 일치를 위해 21일간의 단식을 시작하다. 10월 8일 단식을 중지하다.
1925	56세	
	2.15	라즈꼬뜨에 민족학교와 자이나교도 호스텔을 시작하다.
	7.2	캘커타의 끼드뿌르에 바끄르-이-이드 절(節)에 폭동이 발생하다. 간디는 압둘 깔람 아자드와 함께 소요 지역을 방문하고 두 집단을 진정시키다.
	9.22	전인도 직조인연합회를 창립하다.
	11.7	매들레인 슬레이드(미라벤)가 사바르마띠 아슈람에 들어오다.
	1.24	아슈람 거주자들의 비행 탓에 7일간의 단식을 선언하다.
	11.29	『나의 진리실험 이야기』의 집필을 시작하다.
1927	58세	
	1~11월	카디를 위해 북부 인도와 남부 인도를 널리 순회하다.
	11월	스리랑카를 방문하다.
1928	59세	
	2.12	바르돌리 농민들이 사땨그라하 행위로 세금납부를 거부하다. 간디는 8월 6일 성공적인 해결에 주도적인 역할을 하다.
	12월	자치령 지위가 1929년 말까지 부여되지 않는다면, 독립을 선호한다는 결의안을 캘커타 국민회의에 제출하다.
1929	60세	
	2.3	『나의 진리실험 이야기』를 완성하다.
	3.4	외제 천의 소각 행위로 체포되다. 개인적으로 인정하고 석방되다.
	8.20	국민회의 의장직을 거부함. 대신 자와할랄 네루를 제안하다.
	12.27	라호르 국민회의에서 인도의 완전독립을 선언하다.
1930	61세	
	1.26	자신이 준비한 독립선언이 인도 전역에 선포되다.
	3.12	사바르마띠에서 단디까지 소금행진을 시작하다.
	4.6	단디 해안에서 소금법을 위반하다. 인도 전역에서 사땨그라하를 개시하다.
	4.18	치따공에서 폭력이 발생하다.
	5.5	까라디에서 체포되다. 재판 없이 예라브다에 수감되다. 인도 전역에서 하르딸이 실시되다. 이해 말까지 10만 명 이상이 수감되다.
1931	62세	
	1.26	여타 국민회의 지도자들과 함께 석방되다.
	3.4	간디·어윈 협정이 체결되다.
	4.8	암리짜르에서 집단주의에 대한 해결책을 시크교도와 논의하다.
	8.2	치누바이 마다브랄의 가족 사원을 아메다바드 거주 불가촉천민에게 개방하다.

	9.12	원탁회의에 참석하고 영국 지도자들을 만나 인도의 완전 독립의 필요성을 천명하기 위해 런던을 방문하다.
	9.26	면화 산업의 대표자들과 대담하다.
	9.27	브래드포드 미취업 노동자들의 대표단을 영접하다.
	10.9	마담 몬테소리를 만나다.
	10.23	이튼 대학 집회에서 연설하다.
	10.24	옥스퍼드 학감들에게 강연하다.
	11.6	조지 버나드 쇼 부부가 간디를 방문하다.
	12.14	스위스에서 로맹 롤랑을 만난 다음 인도로 항해하다.
1932	63세	
	1.4	국민회의 운영위원회가 사뺘그라하 재개에 대한 간디 결의안을 수용한 뒤 봄베이에서 체포되어, 예라브다 교도소에 수감되다.
	9.20	불가촉천민을 위해 힌두교도와 불가촉천민을 분리시킨 분리 선거구에 항의하여 죽기를 각오하고 단식을 시작하다.
	9.24	간디의 면전에서 상층 카스트와 하층 카스트 사이에 예라브다 협정이 체결되다.
	9.26	단식을 끝내다.
1933	64세	
	2월	수감 중 하리잔봉사회를 청설하고 『하리잔』지를 창간하다.
	5.8	'자신과 동료들의 정화를 위한' 단식을 시작하다. 교도소에서 석방되다.
	5.9	사뺘그라하운동을 6주 동안 중단할 것을 선언하고, 정부에 법령을 철회하기를 요청하다.
	5.29	단식을 시작한 지 21일 이후 중지하다.
	7.26	아메다바드 사뺘그라하 아슈람의 해산을 선언하다. 8월 1일 33인의 동료와 함께 라스로 행진할 채비를 하다.
	8.1	제한 명령에 대한 불복으로 체포되어 1년 간의 금고형을 선고받다.
	8.16	수감되어 있는 동안 불가촉천민을 위해 일하기를 허용받지 못하자 단식을 시작하다. 나흘 뒤 병원으로 이감되다.
	8.23	교도소에서 무조건 석방되다.
1933.11 ~1934	65세	
	6월	하리잔을 위해 북인도와 남인도를 널리 여행하고, 이 여행의 마지막 1개월은 도보로 여행하다.
1934	65세	
	6.25	자신을 죽이려는 폭탄 세례를 모면하다.
	9.17	촌락산업의 발전, 하리잔 봉사, 기초기술 교육에 참여하기 위해 10월 1일부터 정치에서 은퇴하겠다는 결정을 선언하다.
	10.24	전인도 촌락산업협회를 창설하다.
	10.30	국민회의에서 은퇴하다.

1936	67세	
	4.30	인도 중앙지역 내 와르다 인근의 세바그람에 정주, 본부로 삼다.
1937	68세	
	10.22	와르다 교육대회를 주재하다.
1938	69세	
	2.3~5	와르다 국민회의 운영위원회에 참석하다.
	10월	서북 변경주를 순회하다.
1939	70세	
	3.3	지방 통치자가 행정 개혁을 하겠다는 약속의 준수를 보장받기 위해 라즈꼬뜨에서 죽기를 각오하고 단식을 시작하다. 부왕의 개입으로 3월 7일 단식을 끝내다.
	7.23	히틀러에게 편지를 쓰다(전달되지 못하다.)
1940	71세	국민회의 운영위원회에 자주 참석하여 적극적인 역할을 하다.
	10월	사땨그라하 주제에 대해 사전 검열하려는 당국의 요구에 대해 『하리잔』지와 다른 연대지들의 발간을 중지하다.
	10.17	제2차 세계대전에 인도가 참전을 강요받자 이에 항의하는 부분적 시민불복종운동을 개시하다.
1941	72세	
	12.13	『건설적 프로그램—그 의미와 위상』을 완성하다.
1942	73세	
	1.18	『하리잔』지와 다른 주간지들을 재개하다.
	3.27	뉴델리에서 스태퍼드 크립스를 만남. 후에 크립스의 제안을 '만기가 지난 수표'로 선언하다.
	8.8	'인도를 떠나시오' 운동을 시작하다.
	8.9	체포되어 뿌나의 아가 칸 궁전에 구금되다.
	8.15	마하데브 데사이가 아가 칸 궁전에서 심장병으로 별세하다.
1943	74세	
	2.10	정의에 호소하기 위해 21일간의 단식을 시작하다.
1944	75세	
	2.22	뿌나의 교도소에 있을 때 까스뚜르바이가 별세하다.
	5.6	건강악화로 교도소에서 석방되다. 건설적 프로그램에 헌신하다.
	9.9	진나와의 회담을 시작하다.
	9.27	진나와의 회담 결렬을 선언하다.
1945	76세	
	3.17	비노바 바베와 끼쇼렐랄 마슈루왈라를 세바그람 아슈람의 자신의 계승자로 지명하다.
	6.25	심라대회에 참석하다.
	12.19	산띠니께딴에 C. F. 앤드루스 기념 병원의 기공식을 거행하다.

1945.12 ~1946	77세	
	1월	벵골과 아삼 지방을 순회하다.
	1월~2월	불가촉천민제에 대한 반대와 힌두스따니어 학습을 위해 남인도를 순회하다.
	2.10	『하리잔』지와 다른 연대지를 다시 발행하기 시작하다.
	4월	델리에서 각료사절단과 회담에 참석하다.
	5.5~12	심라대회에 참석하다.
	6.23	부왕이 제의한 잠정 정부에 참여하지 말도록 국민회의에 권고하다.
	6.24	각료사절단을 만나다.
	6.29	델리를 떠나 열차편으로 뿌나로 가다. 도중에 열차를 탈선시키려는 시도가 있었다.
	7.7	봄베이 국민회의 집회에서 연설하다.
	8.16	무슬림연맹이 요구한 '직접 행동'의 결과로서 캘커타에서 4일간의 폭동이 있다.
	8.27	'벵골의 비극'의 반복 가능성에 대해 경고하는 전문을 영국 정부에게 보내다.
	10.15	무슬림연맹이 잠정 정부에 참여하다.
	11월	폭동이 휩쓸고 간 동 벵골을 4개월 동안 도보로 순회하다.
1947	78세	
	1.2	'칠흑 같은 어둠이 내 주위를 감싸고 있다'고 말하다.
	1.3~29	도보 순회를 위해 스리람뿌르를 떠나다. 비하르주에서 폭동의 영향을 받은 지역을 순회하다.
	3.29	인도 최후의 부왕인 마운트배튼 경이 인도에 도착하다.
	4.1~2	델리의 아시아교섭대회에서 연설하다.
	4.15	진나와 함께 집단간의 평화를 위해 합동호소문을 발표하다.
	5.5	인도 내부의 분열이 불가피하다는 점을 부인하다.
	6.2	부왕의 분할 정책이 드러나다. 국민회의 운영위원회가 이를 수용하다.
	6.6	모든 현안들에 대해 국민회의와 우호적으로 해결하도록 진나를 설득해 주도록 요청하는 편지를 마운트배튼에게 보내다.
	6.12	국민회의 운영위원회에서 연설하다.
	8.15	영국령 인도가 두 개의 자치령으로 분리되다, 영국 통치에서의 해방을 기뻐하면서도 인도의 분리를 개탄하다. 힌두교도와 이슬람교도의 대규모 이동과 함께 광범위한 폭력이 발생하다.
	9.1	캘커타에서 죽을 각오로 단식을 시작하다. 나흘 이후 지역 평화가 회복된 이후 단식을 중단하다.
1948	79세	
	1.13	집단간의 일치를 위해 뉴델리에서 단식을 시작하다.
	1.17	중앙 평화위원회 구성, '평화 선서'를 결정하다.
	1.18	단식을 종료하다.

| 1.20 | 비를라 하우스에서 폭탄이 폭발하다. |
| 1.30 | 저녁 기도 모임으로 가던 중 암살자의 총탄을 맞다. 합장하고 용서의 자세를 보이면서 입술로 '헤이 람, 헤이 람'이라는 말과 함께 이승을 떠나다. |

* 영어 원전에는 고등법원 등록일이 6월 10일로 되어 있지만『전집』의 연보에 따라 6월 11일로 잡았다. 「연보」 3면 참조 (역주)

1. 1차 자료

전집

『간디 전집(*The Collected Works of Mahatma Gandhi*)』(90권), 뉴델리 : 인도 정부 출판국, 나바지반, 1958~1984.

간디 저서

『힌드 스와라즈(*Hind Swaraj*)』, 나바지반, 1938.

『남아프리카에서의 사땨그라하(*Satyagraha in South Africa*)』

『나의 진리실험 이야기(*The Story of My Experiments With Truth*)』(마하데브 데사이 역), 아메다바드 : 나바지반; 권1, 1927(권2, 1929).

『건설적 프로그램—그 의미와 위상(*The Constructive Programme —Its Meaning and Place*)』, 아메다바드 : 나바지반, 1941.

『아슈람 행동 규율(*Ashram Observances in Action*)』, 아메다바드 : 나바지반, 1955.

『기따에 대한 강론(*Discources on the Gita*)』, 아메다바드 : 나바지반, 1960.

『건강 도우미(*A Guide to Health*)』, 마드라스 : S. 가네산, 1921(아메다바드 : 나바지반, 1967).

간디가 편집한 잡지

『인디언 어피니언(*Indian Opinion*)』, 나탈, 남아프리카(1903~1914).

『영 인디아(*Young India*)』, 아메다바드, 인도(1919~1932).

『나바지반(*Navajivan*)』, 아메다바드, 인도(1919~1931).

『하리잔(*Harijan*)』, 아메다바드, 인도(1933~1948).

간디 저술 선집

『미라에게 보낸 바뿌의 편지(*Bapu's Letters to Mira*)』(1928~1948), 아메다바드 : 나바지반, 1949.

『철저한 스와데시(Cent Per Cent Swadeshi)』마드라스; G. A. 나떼산, 1933.

『간디지의 대화(Conversations of Gandhiji)』 1(찬드라샹까르 슈끄라 편집), 봄베이 : 보라 & Co., 1949.

『간디지의 대화(More Conversations of Gandhiji)』 2(찬드라샹까르 슈끄라 편집), 봄베이 : 보라 & Co., 1950.

『델리 일기(Delhi Diary)』, 아메다바드 : 나바지반, 1948.

『카디의 경제학(The Economic of Khadi)』, 아메다바드 : 나바지반, 1941.

『윤리적 종교(Ethical Religion)』, 마드라스 : S. 가네산, 1922.

『평화주의자를 위하여(For Pacifists)』, 아메다바드 : 나바지반, 1949.

『예라브다 만디르로부터 : 아슈람 서약(From Yeravda Mandir : Ashram Observances)』(V. G. 데사이 역), 아메다바드 : 나바지반, 1949.

『간디지와 정부 간의 편지, 1942~1944(Gandhiji’s Correspondence with the Government)』, 아메다바드 : 나바지반, 1945.

『고칼레 : 나의 정치적 구루(Gokhale My Political Guru)』, 아메다바드 : 나바지반, 1958.

『힌두 다르마(Hindu Dharma)』, 아메다바드 : 나바지반, 1950.

『사땨그라하 아슈람의 역사(History of Satyagraha Ashram)』, 마드라스 : G. A. 나떼산, 1933.

『내가 꿈꾸는 인도(India of My dreams)』, 아메다바드 : 나바지반, 1947.

『마니벤 빠뗄에게 보낸 편지(Letters to Manibehn Patel)』, 아메다바드 : 나바지반, 1963.

『라즈꾸마리 암리뜨 까우르에게 보낸 편지(Letters to Rajkumari Amrit Kaur)』, 아메 다바드 : 나바지반, 1963.

『훈육의 수단(The Medium of Instruction)』(바라딴 꾸마랍빠 편집), 아메다바드 : 나바 지반, 1954.

『영국인들에 보내는 호소(My Appeal to the British)』, 뉴욕 : 존 데이 회사, 1942.

『‘내 사랑하는 아이’ : 에스더 패링에게 보낸 편지(My Dear Child : Letters to Esther Faering)』, 아메다바드 : 나바지반, 1956.

『평화와 전쟁에서의 비폭력(Non-Violence in Peace and War)』, 아메다바드 : 나바지반; 1부, 1945; 2부 1949.

『롤래트 법안과 사땨그라하(The Rowlatt Bills and Satyagraha)』, 마드라스 : G. A. 나떼산, 1919.

『사르보다야(*Sarvodaya*)』, 아메다바드 : 나바지반, 1951.

『사땨그라하(*Satyagraha*)』, 아메다바드 : 나바지반, 1951.

『서한집(*Selected Letters*)』, 아메다바드 : 나바지반, 1962.

『자제와 탐닉(*Self-Restraint v. Self-Indulgence*)』, 아메다바드 : 나바지반, 1947.

『내가 생각하는 사회주의(*Socialism of My Conception*)』, 봄베이 : 바라띠야 비드야 바반, 1957.

『연설과 저서(*Speech and Writings*)』, 마드라스 : G. A. 나떼산, 1933.

『간디식 자본주의자에게(*To a Gandhian Capitalist*)』, 봄베이 : 힌드 키탑스, 1951.

『아슈람 자매들에게(*To Ashram Sisters*)』, 아베다바드 : 나바지반, 1952.

『이 최후의 사람에게(*Unto This Last*)』, 아메다바드 : 나바지반, 1951.

『불가촉(*Untouchability*)』, 아메다바드 : 나바지반, 1954.

『여성과 사회정의(*Women and Social Justice*)』, 아메다바드 : 나바지반, 1942.

2. 2차 자료

Andrews, C. F. Mahatma, *Gandhi's Ideas*, London : George Allen, 1929.

Andrews, C. F. Mahatma, *Gandhi : His Own Story*, New York : The Macmillan Company, 1930.

Andrews, C. F. Mahatma, *Mahatma Gandhi at Work*, New York : The Macmillan Company, 1931.

Ashe, Geoffrey, *Gandhi : A Study in Revolution*, London : Heinemann, 1968.

Birla, G. D., *In the Shadow of the Mahatma*, Bombay : Orient Longmans, 1955.

Bondurant, Joan, *Conquest of Violence*, Berkeley : University of California Press, 1965.

Brown D. M., *The White Umbrella : Indian Political Thought From Manu to Gandhi*, Berkeley : University of California Press, 1958.

Brown, Judith, M., *Gandhi's Rise to Power : Indian Politics 1915~1922*, Cambridge : Cambridge University Press, 1972.

Brown, Judith, M., *Gandhi and Civil Disobedience : The Mahatma in Indian Politics 1928~1934*, Cambridge : Cambridge University Press, 1977.

Catlin, George, *In the Path of Mahatma Gandhi*, London : Macdonald & Co., 1948.

Charpentier, Marie Victoire, *Gandhi*, Paris : Édition France-Empire, 1969.

Datta, Dhirendra Mohan, *The Philosophy of Mahatma Gandhi*, Madison : University of Wisconsin Press, 1961.

Desai, Mahadev, *Gandhiji in Indian Villages*, Madras : S. Ganesan, 1927.

Desai, Mahadev, *Gandhiji in Ceylon*, Madras : S. Ganesan, 1928.

Desai, Mahadev, *The Story of Bardoli*, Ahmedabad : Navajivan, 1929.

Desai, Mahadev, *The Nation's Voice*, Ahmedabad : Navajivan, 1932.

Desai, Mahadev, *The Gita According to Gandhi*, Ahmedabad : Navajivan, 1946.

Desai, Valji Govindji ed., *The Diary of Mahadev Desai*, Ahmedabad : Navajivan, 1953.

Dhawan, G., *The Political Philosophy of Mahatma Gandhi*, Ahmedabad : Navajivan, 1951.

Diwakar, R. P., *Satyagraha —Its Technique and Theory*, Bombay : Hind Kitabs, 1946.

Doke, J. J., *M. K., Gandhi : An Indian Patriot in South Africa*(introduction by Lord Ampthill), London : The London Indian Chronicle, 1909.

Elwin, Verrier, *Mahatma Gandhi*, London : Golden Vista Press, 1932.

Erikson, Erik H., *Gandhi's Truth*, New York : Norton, 1969.

Fischer, Louis, *The Life of Mahatma Gandhi*, New York : Harper & Brothers, 1950.

Gandhi, Manubehn, *The Miracle of Calcutta*, Ahmedabad : Navajivan, 1959.

Gandhi, Manubehn, *Last Glimpses of Bapu*, Delhi : Shiva Lal Agrawala, 1962.

George, S. K., *Gandhi's Challenge to Christianity*, London : Allen & Unwin, 1939.

George, Richard B., *The Power of Non-Violence*, Ahmedabad : Navajivan, 1938.

Horsburgh, H. J. N., *Non-Violence and Aggression*, London : Oxford University Press, 1971.

Hunt, James D., *Gandhi in London*, New Delhi : Promilla, 1978.

Huttenback, Robert A., *Gandhi in South Africa : British Imperialism and The Indian Question, 1860~1914*. Ithaca : Cornell University Press, 1971.

Iyer, Raghavan N., *The Moral and Political Thought of Mahatma Gandhi*, New York : Oxford University Press, 1973. Galaxy Paperback, 1979. Second edition : Santa Barbara : Concord Grove Press, 1983.

Iyer, Raghavan N., *Utilitarianism and All That,* London : Chatto & Windus, 1960. Second edition : Santa Barbara : Concord Grove Press, 1983.

Iyer, Raghavan N., *Parapolitics : Toward the City of Man*, New York, Oxford : Oxford University

Press, 1979; Second edition : Santa Barbara : Concord Grove Press, 1985.

Kripalani, J. B., *Gandhian Thought*, Bombay : Orient Longmans, 1961.

Kripalani, J. B., *Gandhi : His Life and Thought*, New Delhi : Publications Division of the Government of India, 1975.

Kytle, Calvin, *Gandhi, Soldier of Non-Violence : His Effect on India and the World Today*, New York : Grosset & Dunlap, 1969.

Lanza Del Vasto, Joseph J., *Gandhi to Vinoba : The New Pilgrimage*(translated from the French by Philip Leon), London : Rider, 1956.

Leys, Wayne, and Rao, P. S. S. R., *Gandhi and America's Educational Future*, Carbondale : Southern Illinois University Press, 1969.

Maurer, Herrymon, *Great Soul*, New York : Doubleday, 1948.

Muzumdar, Haridas T., *Gandhi Versus the Empire*, New York : Universal Publishing Co., 1932.

Naess, Arne, *Gandhi and the Nuclear Age*, Totowa : Bedminister Press, 1965.

Nag, Kalidas, *Tolstoy and Gandhi*, Patna : Pustak Bhandar, 1950.

Namboodiripad, E. M. S., *The Mahatma and the Ism*, New Delhi : People's Publising House, 1958.

Nanda, B. R., *Mahatma Gandhi*, London : Allen & Unwin, 1958.

Nikam, N. A., *Gandhi's Discovery of Religion : A Philosophical Study*, Bombay : Bharatiya Vidya Bhavan, 1963.

Ostergaard, G., and Currell, M., *The Gentle Anarchists*, Oxford : Clarendon Press, 1971.

Panter-Brick, Simone, *Gandhi Against Machiavellism : Non-Violence in Politics*(translated by D. Leon), London : Asia Publishing House, 1966.

Payne, Robert, *The Life and Death of Mahatma Gandhi*, New York : E. P. Dutton & Co., 1969.

Polak, H. S. L., Brailsford, H. N., Pethick-Lawrence, Frederick, *Mahatma Gandhi*, London : Odhams Press, 1949.

Power, Paul F., *Gandhi on World Affairs*, Washington : Public Affairs Press, 1960.

Prabhu, R. K., & Rao U. R., eds., *The Mind of Mahatma Gandhi*, Ahmedabad : Navajivan, 1967.

Prasad, Rajendra, *Satyagraha in Champaran*, Ahmedabad : Navajivan, 1949.

Pyarelal, *The Epic Fast*, Ahmedabad : Mohanlal Maganlal Bhatt, 1932.

Pyarelal, *Mahatma Gandhi : The Last Phase*, Ahmedabad : Navajivan; Volume I, February 1956; Volume II, February 1958.

Pyarelal, *Mahatma Gandhi : The Early Phase*, Ahmedabad : Navajivan, 1965.

Radhakrishnan, S. ed., *Mahatma Gandhi : Essays and Reflections*, London : Allen & Unwin, 1938.

Radhakrishnan, S. ed., *Mahatma Gandhi — 100 years*, New Delhi : Gandhi Peace Foundation, 1968.

Ramachandran, G., & Mahadevan, T. K., eds., *Gandhi : His Relevance for Our Times*, Bombay : Bharatiya Vidya Bhavan, 1964.

Rao, V. K. R. V., *The Gandhian Alternative to Western Socialism*, Bombay : Bharatiya Vidya Bhavan, 1970.

Rao, V. K. R. V., *Reflections on 'Hind Swaraj' by Western Thinkers*, Bombay : Theosophy Company, 1948.

Reynolds, Reginald, *To Live in Mankind — A Quest for Gandhi*, London : Andre Deutsch, 1951.

Rolland, Romain, *Mahatma Gandhi*, London : Allen & Unwin, 1924.

Rothermund, Indira, *The Philosophy of Restraint*, Bombay : Popular Prakashan, 1963.

Sharma, Jagdish, *Mahatma Gandhi : A Descriptive Bibliography*, New Delhi : S. Chand & Co., 1965.

Sharp, Gene, *Gandhi As a Political Strategist*, Boston : Porter Sargent, 1979.

Shirer, William Laurence, *Gandhi : A Memoir*, New York : Simon & Schuster, 1979.

Shukla, C., *Gandhi's View of Life*, Bombay : Bharatiya Vidya Bhavan, 1954.

Spratt, Philip, *Gandhism : An Analysis*, Madras : Huxley Press, 1939.

Tendulkar, D. G., *Mahatma*(eight volumes), New Delhi : Publications Division of the Governement of India, 1951~1954.

Tendulkar, D. G., *Gandhi in Champaran*, New Delhi : Publications Division of the Government of India, 1957.

Watson, Francis, & Brown, Maurice, eds., *Talking of Gandhiji*, Calcutta : Orient Longmans, 1957.

abala 약한.

abhyasa 지속적인 에너지, 실수(實修).

achara 삶의 방식.

achhut 불가촉의.

adharma 비도덕적, 부정의.

advaita 불이(不二), 일원론.

ahimsa 불상해, 비폭력, 무해, 죽이거나 상해하려는 의지의 포기; 일체의 모진 신구의(身口意) 금지; 비강제.

ahimsadharma 아힘사를 실천하는 일.

akarta 무행위자.

akash 공간, 에테르.

akhadas 특정 분파의 사두의 센터.

akrodha 분노에서의 자유.

amanitvam 절제

amrit 감로수.

ananda 지복, 환희.

anasakti 사심 없음; 사심 없는 행위.

anasakti yoga 사심 없는 행위의 요가(훈련).

anekantavada 자이나교의 실재의 다면성 이론.

anekantavadi 아네칸따바다를 믿는 자.

angarakhun 비교적 엷은 천으로 만든 꼭 끼이는 상의.

antyaja 불가촉천민.

aparigraha 무소유, 포기.

artha 정치; 국가이유; 이익; 물질적 복리.

arya 문자대로 하면, '거룩한 자' 또는 '고귀한 자'. 원래는 리시(聖仙)의 직위명으로서 이들은 아르야마르가, 즉 고상한 길을 걷는 자들이다.

asan 자리.

ashram 영적인 공동체 또는 집단.

ashram(a) 인생의 단계.

asteya 불투도(不偸盜).

asura 악마.

asuri 악마.

asvad 미각의 통제.

atman 보편적 자아.

avatar(a) 문자적으로 '하강'—신격의 성육화.

bahadur 용감한, 강력한, 주권을 가진.

bania 상인과 농부 카스트

bansi 끄리슈나가 분 것과 같은 대나무로 만든 피리.

bapu 글자 그대로는 '아버지', 애정과 존경을 표시하는 말.

bhajan 귀의의 찬송 또는 찬가.

bhajan bhavan 바잔을 부르기 위해 사람들이 모이는 장소

bhajanavali 귀의의 찬송 또는 찬가집.

bhaji 익힌 채소.

bhakti 신에 대한 귀의·신앙·숭배.

bhakti yoga 신앙·귀의·숭배의 길.

bhang 인도 대마, 마취제로 사용됨.

bhangi 청소와 동물 사체 처리와 관련된 카스트 일원.

bhavan 거주처.

bhumi 땅이나 흙.

brahmachari brahmacharya의 수행자; 순결의 모범.

brahmacharya 충실, 순결; 인생의 4단계 중 첫째.

brahmin 브라만 또는 바라문, 네 카스트 중 처음에 속하는 자. 주요 임무는 베다 공
        부와 희생제사의 수행이다.

buddhi 분별, 도덕적 분별력.

chaitanya 보편 의식(意識).

chakra 원, 바퀴.

chandala 청소부, 불가촉천민.

chapati 밀가루로 만든 얇고 납작한 발효하지 않은 빵.

charkha 물레.

charpai 끈으로 달아맨 침대.

chawl 공동주택.

chit 지식, 의식.

chitta 마음, 순수지각.

dacoit 산적, 강도

daivi sampad 신적 계통.

dana 보시, 자선.

darshan(a) 글자 그대로는 '관점'; 철학사상의 학파.

dastur 파시교 사제.

daya 자비.

deva 어근 div '빛나다'의 파생어; 천상의 존재.

dharma 의무, 정의, 도덕법; 사회적 개인적 도덕; 자연법, 자연적 책무.

dharmaksetra 정의 곧 다르마의 평원.

dhed 청소부 카스트

dhoti 허리 둘레를 감는 천 조각, 허리감개.

duragraha 비행(非行)을 고수함.

duragrahi 비행을 고수하는 자.

dwadashamantra 12음절의 만뜨라.

ekadashi 음력의 한 달을 둘로 나눈 것 중의 제11일째, 자기 정화를 위해 사용됨.

fakir 무슬림 고행자; 탁발 수도사.

gadi 쿠션.

gandharva 천상의 존재.

gayatri 『리그 베다』에서 태양신에게 바쳐진 가장 거룩한 노래.

gazal 페르시아 기원의 서정시 스타일의 시작(詩作).

ghee 버터 기름.

goonda 무뢰한, 깡패.

goraksha 암소 보호.

goseva 암소에 대한 봉사.

goshala 우사(牛舍), 외양간.

grahasthya[garhasthya] 인생 중 2번째, 즉 가주기.

grihasta 가장, 가정 생활.

gunas 우주적 에너지의 양상들; 성질 또는 속성; sattva(明性), rajas(動性), tamas(暗性).

guru 영적 스승과 안내자.

harijan 글자 그대로는 '신의 아들', 간디가 불가촉천민에게 부여한 이름.

hartal 보이콧, 파업; 작업 중지.

himsa 상해; 폭력.

hundi 어음.

id 이슬람교도에게 거룩한 날.

itihasa 역사; 사건들의 기록.

jatiya sarkar 카스트 권위[자].

jehad 이슬람교에서 말하는, 불신자들에 대한 성전.

jiva 개인적 영혼.

jnana 지혜, 지식.

jnana yoga 지식의 길.

kaliyuga 암흑기 또는 투쟁기.

kalmah(kalama) 이슬람교도의 신앙 고백.

kama 욕망, 쾌락; 인간의 연정과 행복.

karma 도덕 법칙; 윤리적 인과와 도덕적 응보의 법칙; 인과론, 행위.

karmabhumi 의무의 땅.

karma yoga 사회적 행위를 통한 영적 자각.

karma yogin karma yoga의 수행자.

karta 행위자.

khadi(khaddar) 수직의 천.

kirpan 시크교도들의 작고 굽은 칼.

klesha 고뇌, 번뇌.

kosha 용어해설.

krodha 분노, 화.

kshatriya 두 번째 또는 전사계급의 일원.

kutchery 시내, 읍내.

lakh(lac) 십만.

lathi 경찰이 사용하는 철이 박힌 대나무 막대기.

lila 유희, 놀이.

lobha 탐욕.[1]

mada 자만.

mahajan 지도자.

maharshi 위대한 현자.

mahatma 위대한 영혼.

mahayajna 큰 희생제사.

mahavakya 글자 그대로는 '위대한 말씀.'

mantra 거룩한 음절 또는 주문.

maulana 학식이 있고 존경받는 무슬림.

maulvi 유식한 무슬림 성직자.

maund 무게 단위.

maya 우주적 미망의 베일, 외관.

mircha 푸르거나 붉은 매운 고추.

moha 원초적 무지와 미망.[2]

---

1) 한역불전에서는 주로 탐(貪)으로 번역. (역주)

moksha 해탈, 해방, 깨달음; 영적인 자유와 구속(救贖); 구원.

mukta purusha 해탈한 존재.

mukti 해탈.

mulla 무슬림 종교 지도자.

mumukshu 목사(즉 현상적 존재로부터의 해탈) 추구자.

muni 침묵의 성자.

nai talim(na yee talim) 신교육.

namasudras 벵골 출신의 하리잔 카스트

neti, neti 글자 그대로는 ‘이것이 아니다, 이것이 아니다’ — 상대적 진리를 부정하기
　　　　위한 철학적 훈련.

nirguna 속성이 없는.

nirvana 연생된 존재에서의 해방, 열반.

niyamas yama-niyama를 볼 것.

niyoga 남편 이외의 남자에 의한 수태.

padarthakosha 용어색인과 해설.

panchama ‘제5의 카스트’, 즉 불가촉천민의 일원.

panchayat 5인 촌락위원회.

pandal 연단.

papayoni 죄의 소생, 모든 죄인들 가운데 최고 악질.

paparaj 외국인에 의한 통치.

paradeshi 외래의.

paradharma 타인의 의무.

parameshwar(a) 최고의 자아, 유일한 실재.

paramatman 최고의 자아.

parayan 음송(吟誦), 찬송.

paricharya 봉사, 시중.

parigraha 취, 집착.

---

2) 한역불전에는 주로 치(痴)로 번역. (역주)

patel 구자라뜨 지방의 한 집단 또는 하위 카스트

phoongy 미얀마의 불교승려.

pinjrapole 축사 울타리

pir 무슬림 전통 내의 성자.

prabhatiyan 신도가 동이 트기 전 하루를 시작하면서 부르는 찬송.

prakriti 물질, 자연.

prathana 기도, 자기 정화

pravritti 세상에서의 행위의 길, 전진함.

prayaschitta 속죄.

puja 헌공; 귀의의 대상에게 바치는 숭배와 거룩한 영광.

purna swaraj 완전 자치; 전면적 독립.

purnavatara 신성의 완전한 성육화; 완벽한 아바따르

purushartha 거룩한 인간의 전형; 인생의 네 가지 목표 중의 하나.

purushottama 완전한 인간, 보편적 인간.

raj 왕국, 통치, 정권.

rajas 정염; 동성; gunas를 볼 것.

rajya guru 최고의 스승.

ramanama[3] 라마 신의 이름을 욈.

ramarajya 라마의 통치, 황금기; 이상적 형태의 정부; 지상에서의 신국.

ramdhun 라마를 찬미해서 노래함.

ratnachintamani 여의주.

rattan 지팡이.

ravania 심부름꾼.

rishi 현자.

rotli 발효시키지 않은 납작하며 둥근 빵.

rta 우주의 희생제의적 도덕 질서.

ryot(raiyat) 인도 농민.

ryotwari 토지세 제도

---

3) 또는 ramanam.

sadhak 진리추구자.

sadhana 영적인 훈련.

sadhu 고행자, 은둔자.

saguna 속성이 있는.

samaj 종교적이거나 세속적인 협회.

samanaya 종합.

samatva 같은 모양; 모든 상황에서의 평정심.

samsara 윤회전생.

sanatan(a) 영원한.

sanatana dharma 영원한 진리.

sanatani 베다 전통의 충실한 추종자.

sandhya 글자 그대로는 '새벽' 또는 '해질 녘'. 하루 중의 그 시점과 관련된 뿌자(헌공).

sanghatan 집단주의; 특정 지파나 집단에의 충성.

sangh(a) 자발적인 집단.

sannyasa 포기.

sannyasi 세상을 포기한 사람.

saptapadi 글자 그대로는 '일곱 발걸음'; 일곱 개의 혼인서약

sardar 주로 시크교도에게 사용되는 경칭.

sarvodaya 보편적 복지; 사회선; 공공 이익.

sat 상주하고 실제적, 옳음; 스스로 존재하는 본질.

satsang 종교적 담화.4)

sattva 진리; 선; 순수; gunas를 볼 것.

sattvik guna 진리, 선, 순수의 성질. gunas를 볼 것.

satya 진리; 참, 존재하는; 타당한; 신실한, 순수한; 효과가 있는.

satyagraha 비폭력 저항; 가차없이 진리를 추구하는 일; 진리의 고수.

satyagrahi 사땨그라하를 행하는 사람.

satyanarayana 신으로서의 진리; 진리의 형태로 드러난 신.

seva(k) 봉사.

shastra(s) 힌두교 경전.

---

4) 또는 종교 모임. 『전집』 권46, 395면. (역주)

shastri 신학자; 학자.

shatavadhani 동시에 일백 가지 일에 주목할 수 있는 사람.

shraddha 제사일.

shuddhi 의례적 청결; 배타성.

shudra(sudra) 하인 또는 비천한 카스트

siddha 영적 깨달음을 얻은 자.

sloka(shloka) 싯구.

smriti 구두로 전수된 전통적 설명, 기억을 의미하는 smriti에서 나왔다. 힌두교도들
        의 의례집, 천계(天啓)로 여겨지는 sruti보다는 덜 거룩하다.

svadharma 자기가 선택한 운명 또는 책무.

swadeshi 자족, 자조, 애국.

swaraj 자유, 자치, 정치적 독립.

syadvada 오직 상대적 술어부여만 가능하다는 자이나교의 교리.

syadvadi syadvada를 믿는 자.

tabligh 종교적 정화.

takli 물레.

taluk(a) 도시나 시골에서 보통 아주 분명히 구분되는 구역.

tamas 타성; 혼돈; 암성; gunas를 볼 것.

tamasha 유희; 소극(笑劇).

tapas 고행, 속죄.

tapascharya 명상과 고행.

tapasya 따빠스의 실수(實修).

tapovana 명상을 위한 암자.

tasbih 무슬림 염주.

thana 읍사무소; 경찰서.

thugs 보통 약탈·강도·살인하던 침입자.

til 깨

tilak(a) 이마 위의 상스러운 점.

topi(topee) (차양용)모자.

tulsi 향신료용 나륵풀.

ulema 이슬람교의 학자; 코란 전문가.

upas 독성을 지닌 나무.

vaid(ya) 의사; 아유르베다의 실수자(實修者).

vairagya 무관심의 태도.

vaishnava 비슈누 신 귀의자; 귀의의 모범.

vakil 법률인.

vaishya 상인 카스트.

vanaprastha 인생의 제3단계, 삼림에 거주하는 단계 또는 은둔자의 단계.

vanik(vania) bania를 볼 것.

varna 카스트.

varnashram(a) 사회를 네 계급과 인생의 네 단계로 구분하는 것.

vedia 사실주의자.

vibhuti 영적인 힘.

videshi 외래의.

vidyapith 교육기관.

viman(a) 비행기.

vina 현악기의 일종.

vanik(vania) bania를 볼 것.

vrata 서약; 엄중한 결의 또는 영적인 결정; 신적인 의지 또는 명령.

yajna 희생제사.

yama-niyama, yamas 도덕적 주요 금계(禁戒)로 아힘사(비폭력), 사땨(진리), 아스떼야
    (불투도), 브라마차르야(순결), 아빠리그라하(무소유)가 있으며, 니야마(勸戒)
    로는 샤우차(shaucha : 육신의 정결), 산또사(santosha : 만족), 따빠(tapa : 고행), 스
    와드야야(swadhyaya : 경전공부), 이슈와라쁘라니다나(Ishwarapranidhana : 신의 의
    지에 순종함)가 있다.

yoga 영적 훈련; 신과의 합일; 방편.

yogabuddhi 까르마 요가. 박띠 요가. 즈냐냐 요가의 종합을 통한 영적 지식.
yogi(n) 영적인 훈련을 따르는 자.
yuga 연대, 시대.
yuga dharma 당대의 종교.

사항

518, 525, 530, 533, 534, 563, 582, 595~598, 614~616, 619, 625, 632~634, 637, 648, 649, 668, 669, 687~690, 700, 707, 731
다르마 14, 16, 55, 59, 61, 66, 106, 124, 198, 202, 222~226, 257, 265, 281, 282, 425, 426, 430, 438, 439, 456, 475, 488, 489, 501, 567, 573, 680, 694, 698
다리드라나라야나(Daridranarayana) 542
단디 행진 138, 339
단식 54, 71, 88, 234, 247, 249~255, 386, 585
단식 농성(다르나, dharna) 251
대량생산 643, 645~647
도덕 604
도덕적 가치 12, 186, 552~554
독일 38, 438, 457, 654, 684, 753
＿독일인 289, 655
동양 27, 373, 403, 470, 577, 642, 684, 752
＿동양인 470
동인도회사 346~350, 441, 458, 460
두라그라하(duragraha) 7, 71, 78, 103, 104, 252
두라그라히(비협파지자) 250
두코부르 159
드라우빠디 483~485, 487
드베샤 477
따빠스(tapas, 고행) 568
따빠스야(tapasya, 고행) 566, 629
따빠스차르야(tapascharya, 고행) 58, 63, 97, 486, 545
라마(Rama) 46, 47, 56, 251, 308, 427, 733
라마나마(Ramanama) 502
라마라즈야(Ramarajya) 12, 16, 327, 457, 488, 690, 726, 752
＿라마의 통치(Ramarajya) 308
라바나(Ravana) 56, 191
랭커셔 293, 405, 406, 458
러시아 159, 268, 311, 338, 457, 605, 614, 632, 640, 646, 647, 655, 684, 685, 702, 703, 716, 728, 733, 737
롤래트 입법 164, 249, 420
＿롤래트 법 68, 114

＿롤래트 법안 76
료뜨와리(토지세) 351
맘몬 532, 603, 658
메소포타미아 154
모국어 469, 473, 572
무산자계급 267, 700
무소유 18, 282, 579, 587~591, 687, 742
무슬림연맹 366, 375, 377, 725
무신론자 198
무외(無畏) 4, 38, 11, 60, 288, 289, 307, 325, 411, 412, 502, 548, 610
무정부주의 537
＿무정부주의자 75, 541, 685
무집착 252, 361, 386, 593
무행위 376, 682, 683
문명 16, 85, 160, 194, 216, 306, 318, 388, 389, 408, 413, 414, 588, 591, 596, 657
문자 공부 269
문자교육 27, 74, 194
문화 285, 287, 306, 313, 471, 478, 537, 556, 656, 676, 706, 729
물레 380
물리력 5, 25, 32, 40, 41, 44~47, 54~57, 86, 178, 277
미국 21, 39, 74, 110, 241, 275, 276, 333, 432, 436, 438, 536, 537, 544, 619, 630, 644~646, 648, 684, 716, 733, 754
＿미국인 537, 560, 644, 649
미망 272, 685
민족학교 201, 209, 443, 444
민주주의 135, 183, 212, 214, 217, 222, 308, 324, 353, 357, 374, 377, 379, 666, 670, 752, 753, 755
바다 12, 31, 284, 285, 424, 446, 484, 528, 562, 631, 670
바르나다르마 601~603, 606, 609, 610, 619, 622, 693, 698
바르나아슈라마 다르마(varnashrama dharma) 601, 620, 694
바르나아슈라마(varnashrama) 56, 620, 693, 746

바르돌리(바르돌리운동) 134, 221, 222, 269,
   351
바이샤(상인) 602, 610, 623, 696, 699, 700
반종교 426
백인 35, 40, 379, 388, 389, 461, 535, 537, 562,
   564, 565, 720~722, 732
베다 569, 574, 694, 698
베트남 354
변호사 23, 82, 133, 155, 166, 268, 308, 346,
   388, 517, 593, 594, 602, 608, 699, 730
보시 605
보이콧운동 345
본다레프(Bondaref) 268, 605, 614
볼셰비즘 684~687
봉사 14, 17~19, 25, 27, 34, 36, 53, 66, 67,
   97, 103, 107, 111, 133, 146, 148, 156, 166,
   167, 174, 175, 178, 193, 195, 198, 199, 203,
   210, 215, 216, 219, 221, 224, 227, 259~261,
   275, 293, 294, 298, 302, 304, 305, 307, 320,
   323, 326, 401, 402, 408, 409, 414, 422, 436,
   439, 443, 448, 450~454, 462, 466, 474, 477,
   489, 490, 496, 497, 501, 518, 540, 547, 549,
   554, 558, 569, 572~576, 578, 582, 586, 588,
   589, 594, 595, 601, 610, 612~614, 617
분노 6, 51, 57, 58, 62, 64, 65, 69, 87, 105, 131,
   136, 137, 140, 175, 187, 198, 250, 275, 308,
   368, 403, 436, 477, 495, 533, 551, 568, 578,
   682
불가촉천민제도 9, 92, 120, 150, 201, 203, 210,
   263, 308, 323, 332, 366, 370, 460, 609, 673,
   719, 736
불교 195, 402, 469
   __불교신도(불교도) 306, 468
불매운동 118, 125, 201, 213, 218~220, 420,
   435, 436~438, 441, 442, 741
불투도(asteya, 아스떼야, 不偸盜, 훔치지 않기)
   582~585, 587
브라마차르야(brahmacharya, 梵行, 청정행, 순
   결) 417
브라만(Brahmin, 婆羅門) 56, 602, 609, 610,

613, 614, 618, 619, 621~623, 695~697, 699
브라만(Brahman, 梵, 바라문, 절대자) 196, 566,
   602, 696
브라모 사마즈(Brahmo Samaj) 410
비폭력 426
   __강자의 비폭력 144
비협조운동 154, 167, 177, 179, 185~187, 190,
   193, 195, 203, 210, 216, 218, 221, 295, 742
빈곤 14, 16, 148, 271, 309, 343, 351, 429, 434,
   445, 446, 458, 489, 520, 545, 584, 594, 600,
   645, 657, 659, 697, 739
빠리그라하 492
사따(satya, 진리) 1~3, 12, 13, 15, 102, 114,
   538
사따그라하(satyagraha, 진리파지) 1~8, 10, 15,
   21, 36~48, 50~61, 63~75, 77, 78, 400, 420,
   421, 423, 486, 487, 501, 503, 504, 506, 545,
   592, 618, 641, 713, 714, 729, 736, 737, 750
사따그라히(진리파지자) 2~7, 9, 11, 14, 38,
   39, 43, 45~47, 52, 54, 57~60, 62~64, 66,
   72, 74, 81~84, 86, 87, 89, 94~101, 106, 107,
   113, 114, 139, 140, 221, 222, 224, 226, 248,
   252, 385, 420, 729, 750
사랑 33, 69, 202, 587, 731
사르보다야(Sarvodaya) 1, 15~18, 509, 511, 538,
   545
사마디 570, 571
사바르마띠 아슈람 53, 85, 89, 208, 372, 373,
   579, 582, 624
사유재산 547, 686~689, 691, 703, 743
사탄 188, 192, 197, 198, 385
사포이 대폭동 339
사회경제학 625, 686
사회적 보이콧 214, 216~218, 225
사회주의 15, 18, 19, 267, 338, 457, 610, 634,
   658, 673, 684, 689, 691~693, 701~706, 708,
   714~717, 722, 723, 726, 730~737
   __사회주의자 266, 267, 338, 360, 368, 632,
   634, 650, 651, 678, 701, 702, 705, 708, 712,
   715~717, 722~724, 726~728, 730~733,

편자 **라가반 이예르**(Raghavan Iyer, 1930~1995)는 인도 마드라스 출생이다. 봄베이와 옥스퍼드대학에서 교육받았으며, 18세 최연소 봄베이대학 강사가 되었으며, 1950년 옥스퍼드 맥달런대학에서 박사학위를 취득하였다. 1956년 옥스퍼드에서 8년 동안 도덕·정치 철학을 가르쳤으며, 옥스퍼드 성 안토니대학에서 정치학 펠로우 겸 강사를, 오슬로대학, 가나대학, 시카고대학에서 교환교수를 역임하였다. 그는 1965년 산타 바바라에 영구 정착하고, 캘리포니아대학 산타 바바라 캠퍼스에서 1986년 퇴임할 때까지 정치학 교수를 역임하였다. 1971년에서 1982년까지 로마클럽 회원, 미국 법·정치철학회 회원, 국제간디학회와 신플라톤학회 회원 등을 역임하기도 한다. 1975년에서 1989년까지 『헤르메스(*Hermes*)』지 편집장을 역임하면서, 인간성의 영적인 재생에 대한 절대적 헌신 그리고 지혜의 스승들의 존재에 대한 불굴의 확신을 전파하였다. 신지학회 운동 그리고 부상하는 '인간의 도시'를 위해 50여 년간 헌신한 다음 그는 1995년 6월 20일 산타 바바라에서 영면했다. 저서로는 본 번역의 텍스트를 포함하여 『마하뜨마 간디의 도덕·정치사상(*The Moral and Political Thought of Mahatma Gandhi*)』(1973), 『초(超)정치학—인간 도시를 향하여(*Parapolitics—Toward the City of Man*)』(1977), 『미래의 사회(*The Society of the Future*)』(1977), 『신지학회 교과서(*Theosophical Texts*)』(1984) 등이 있고, 이외에도 수많은 단편적인 글을 남겼다.

역자 **허우성**(許祐盛, 1953~)은 서울대 철학과 및 동 대학원 철학과를 졸업하였다. 미국 하와이대학 대학원에서 철학전공 박사학위를 취득(1988)하였으며, 미국 뉴욕 주립대 객원 교수(학술진흥재단 강의파견 교수, 1998), 일본 경도대 종교학 세미나 연구원(1986), 동경대 외국인연구원(2004) 등으로 활동했다. 현재 경희대 철학과 교수로 재직중이다. 저서로는 『근대일본의 두 얼굴—니시다 철학』, 논문으로 「니시다 기타로 비판적 해명」, 「무아설—자아해체와 세계지멸의 윤리설」, 「불(佛)이냐 돈이냐?—불교와 자본주의 인간이해의 상충」, 「정보사회의 사이비성—불교적 비판」, 「만해의 불교이해」, 「만해와 성철을 넘어서—새로운 불교이념의 추구」, "The philosophy of history in "later" Nishida : A Philosophic Turn", "Gandhi and Manhae : 'Defending Orthodoxy, Rejecting Heterodoxy' and 'Eastern Ways, Western Instruments'" 등이 있으며, 역서로는 『인도사회와 신불교운동』, 『인도인의 인생관』, 『인도인의 길』 등이 있다.

마하뜨마 간디의 도덕·정치사상 권3
비폭력 저항과 사회 변혁 (하)

1판 1쇄 발행 2004년 11월 30일
1판 2쇄 발행 2008년 3월 25일

엮은이 / 라가반 이예르(Raghavan Iyer)
옮긴이 / 허우성
펴낸이 / 박성모
펴낸곳 / 소명출판
등록 / 제13-522호
주소 / 137-878 서울시 서초구 서초동 1621-18 (란빌딩 1층)
대표전화 / (02) 585-7840
팩시밀리 / (02) 585-7848
somyong@korea.com / www.somyong.co.kr

ⓒ 2004, 한국학술진흥재단

값 28,000원

ISBN 978-89-5626-117-1 03800
ISBN 978-89-5626-111-9 (전6권)